Joanna Wylde

ROCKER BLUT

Verbotenes Verlangen

Bibliografische Information der Deutschen Nationalbibliothek:
Die Deutsche Nationalbibliothek verzeichnet diese Publikation in der Deutschen National-
bibliografie; detaillierte bibliografische Daten sind im Internet über http://d-nb.de abrufbar.

Für Fragen und Anregungen:
info@lago-verlag.de

1. Auflage 2015

© 2015 by Lago, ein Imprint der Münchner Verlagsgruppe GmbH,
Nymphenburger Straße 86
D-80636 München
Tel.: 089 651285-0
Fax: 089 652096

© der Originalausgabe 2014 by Joanna Wylde. Die englische Originalausgabe erschien 2014
unter dem Titel *Reaper's Legacy*.

All rights reserved including the right of reproduction in whole or in part in any form. This
edition published by arrangement with The Berkley Publishing Group, a member of Penguin
Group (USA) LLC, A Penguin Random House Company.

Alle Rechte, insbesondere das Recht der Vervielfältigung und Verbreitung sowie der Übersetzung, vorbehalten. Kein Teil des Werkes darf in irgendeiner Form (durch Fotokopie,
Mikrofilm oder ein anderes Verfahren) ohne schriftliche Genehmigung des Verlages repro-
duziert oder unter Verwendung elektronischer Systeme gespeichert, verarbeitet, vervielfältigt
oder verbreitet werden.

Übersetzung: Ramona Wilder
Redaktion: Dunja Reulein
Umschlaggestaltung: Melanie Melzer, München
Umschlagabbildung: gettyimages und shutterstock
Satz: Daniel Förster, Belgern
Druck: CPI books GmbH, Leck
Printed in Germany

ISBN Print 978-3-95761-019-5
ISBN E-Book (PDF) 978-3-95762-043-9
ISBN E-Book (EPUB, Mobi) 978-3-95762-044-6

Weitere Informationen zum Verlag finden Sie unter

www.lago-verlag.de

Beachten Sie auch unsere weiteren Verlage unter
www.muenchner-verlagsgruppe.de

Joanna
Wylde

ROCKER BLUT

Verbotenes Verlangen

LAGO

DANKSAGUNG

Ein besonderes Dankeschön an Kristin Hannah, eine wunderbare Autorin, die sich die Zeit nahm, mein Leben zu verändern, obwohl ihr eigenes schon recht turbulent ist. Kristin, du kannst dir gar nicht vorstellen, wie viel mir das bedeutet hat. Danke auch an Amy Tannenbaum, Cindy Hwang und Onkel Ray, die mir die Möglichkeit dazu gaben.

Ich möchte auch meiner Online-Community danken – ihr seid einfach unglaublich, Leute. Meine Liebe und Wertschätzung gilt Maryse, Jenny, Gitte, Angie, Lisa, Paige, Sali, Sparky, Cara, Hang, Triple M und den Ladys von Kristin Ashley Anonymous. Großes Dankeschön an Backyard für all ihre Unterstützung.

Auch meine schreibenden Freundinnen sind fantastisch – ich liebe euch: Raelene Gorlinsky, Cara Carnes, Katy Evans, Renee Carlino, Kim Jones, Kim Karr, Mia Asher und Kylie Scott, meine böse Schwester (pass bloß auf dich auf, diese Koalas können dich nicht ein Leben lang beschützen).

Last, but not least danke ich meinem Mann dafür, dass er mich nicht umgebracht hat, während ich dieses Buch schrieb. Keine Jury hätte dich für schuldig befunden.

ANMERKUNG DER AUTORIN

Nachdem ich *Rockersklavin* (das erste Buch der Reihe, auch wenn *Rockerblut* ein eigenständiges Buch ist) veröffentlicht hatte, galten die meisten Leserfragen der Recherche und den Namen der Figuren. Meine Leserinnen und Leser wollten wissen, wie gut recherchiert die Bücher sind und warum einige der Namen fast schon albern klingen. Nun, ich begann meine berufliche Laufbahn als Journalistin und recherchierte deshalb für meine Geschichten sehr gründlich die Kultur der Outlaw Motorradclubs (OMC). Ich führte Gespräche mit Clubmitgliedern, die mir auch während des Schreibprozesses Antworten auf meine Fragen gaben. Das Manuskript von *Rockerblut* wurde von einer Frau, die einem Outlaw Motorradclub angehört, begutachtet und Korrektur gelesen.

Viele Leser stellten die Authentizität der Road Names (Straßennamen der Clubmitglieder), die ich gewählt hatte, infrage, da sie ihnen nicht wild oder bedrohlich genug erschienen (Horse, Picnic, Bam Bam etc.). Einige Leser meinten, dass ein knallharter Typ niemals »Picnic« heißen würde. Dabei ist ihnen nicht bewusst, dass Road Names oft seltsam oder ganz einfach lustig sind. Nicht jeder Biker trägt einen Namen wie »Ripper« oder »Killer«. »Picnic« aus meinem Buch wurde nach einer echten Person benannt, allerdings hieß der Mann nicht nur »Picnic«, sondern tatsächlich »Picnic Table«. Die meisten Namen im Buch haben eine Entsprechung im wirklichen Leben.

Schließlich bleibt noch zu sagen, dass dieses Buch eine erfundene Liebesgeschichte ist: Das bedeutet, dass ich die Realität der MC-Kultur zugunsten der Story, die ich erzählen wollte, ausgeblendet habe. Wer mehr über das Leben der Frauen erfahren möchte, die tatsächlich zu einem Motorradclub gehören, sollte das sehr empfehlenswerte Buch *Biker Chicks: The Magnetic Attraction of Women to Bad Boys and Motorbikes* von Arthur Veno und Edward Winterhalder lesen. Das Buch beschäftigt sich mit den Stereotypen, mit denen Frauen im Umfeld von Motorradclubs charakterisiert werden. Zudem erzählen betroffene Frauen ihre eigene Geschichte: Es werden also keine Schlussfolgerungen gezogen, die auf von Männern gelieferten Informationen aus zweiter Hand basieren.

PROLOG

Coeur d'Alene, Idaho

Vor acht Jahren

Sophie

»Ich steck ihn jetzt rein.«

Zachs Stimme klang rau und voll unbefriedigter Lust.

Ich konnte seinen Schweiß und sein Begehren an mir riechen, es war zum Sterben schön. Nach der heutigen Nacht würde er wirklich mir gehören. Er griff mit seiner Hand zwischen uns und führte die runde, wulstige Eichel seines Penis an meine Scheidenöffnung. Es fühlte sich seltsam an. Er stieß gegen mich, und ich nehme an, er traf nicht die richtige Stelle, sondern weiter oben, und …

»Au! Scheiße, Zach, das tut weh. Ich glaube, du machst was falsch.«

Er hörte sofort auf und grinste auf mich hinunter, sodass ich die süße kleine Lücke zwischen seinen Schneidezähnen sehen konnte. Verdammt, ich liebte dieses Grinsen. Schon seit der neunten Klasse war ich unglaublich verknallt in Zach, aber er hatte bis vor ein paar Monaten nie Notiz von mir genommen. Meine Eltern erlaubten mir nicht oft wegzugehen, doch im Juli durfte ich bei Lyssa übernachten, mit der ich dann heimlich auf eine Party ging. Zach hatte mich aufs Korn genommen, und seitdem waren wir zusammen.

Inzwischen war ich richtig gut darin, mich heimlich rauszuschleichen.

»Sorry, Süße«, murmelte er und beugte sich zu mir herunter, um mich zu küssen. Ich gab sofort nach, denn ich liebte es, wenn seine Lippen zart über die meinen strichen. Er richtete sich wieder auf und begann langsam, aber sicher in mich einzudringen. Dieses Mal verpasste er nicht den Eingang, und ich verkrampfte mich etwas, als er mich weit aufdehnte.

Dann traf er auf eine Sperre und hielt inne.

Ich öffnete meine Augen und sah zu ihm hinauf. Er sah mich ebenfalls an, und da wusste ich, dass ich nie jemand anderen auch nur halb so sehr lieben konnte wie Zachary Barrett.

»Bist du bereit?«, fragte er. Ich nickte.

Er stieß zu, und ich schrie auf, als der Schmerz zwischen meinen Beinen aufschoss. Zach drückte mich mit seinen Hüften nieder, während ich geschockt nach Luft schnappte. Dann zog er ihn raus. Doch bevor ich wieder zu Atem kommen konnte, stieß er ihn wieder hinein, und zwar richtig fest. *Autsch.*

»Scheiße, bist du eng«, murmelte er. Er stützte sich auf seine Hände, warf den Kopf zurück und stieß wieder und wieder mit geschlossenen Augen und vor Lust verzerrtem Gesicht in mich hinein.

Ich weiß nicht, was ich erwartet hatte.

Ich meine, ich war nicht blöd. Ich wusste, dass es beim ersten Mal nicht perfekt sein würde, egal, was in den Liebesromanen stand. Und es tat jetzt auch nicht *so* weh. Aber, scheiße noch mal, *gut* fühlte es sich auch nicht gerade an.

Zach bewegte sich schneller. Ich drehte den Kopf auf der Couch, um mich in dem kleinen Apartment umzusehen, das seinem Bruder gehörte. Wir konnten die Nacht über hierbleiben – dies sollte unser ganz besonderer, unser perfekter Abend werden. Ich hatte auf Blumen gehofft oder auf Kuschelmusik und Wein oder so was. Schön blöd. Zach hatte Pizza und ein Bier aus dem Kühlschrank seines Bruders.

»Autsch«, murmelte ich wieder, als er gerade mit zuckendem Gesicht eine Pause einlegte.

»Scheiße, ich komm gleich«, keuchte er.

Ich spürte seinen Penis tief in mir pulsieren, es war ganz komisch, fast wie ein Zucken. Echt eigenartig. Und so ganz anders als im Film, wirklich anders.

War's das schon?

Echt jetzt …

»Oh *verdammt*, war das gut.«

Gerade als Zach zwischen meinen Beinen niedersank und nichts mehr von der Welt mitbekam, ging plötzlich die Wohnungstür auf. Mir blieb nichts anderes übrig, als geschockt zuzusehen, wie ein Mann hereinspaziert kam. Horror!

Ich kannte ihn nicht, aber er war wohl kaum Zachs Bruder. Er sah ganz anders aus als Zach, der zwar größer war als ich, aber mich nur wenig überragte. Dieser Typ war *wirklich* groß und so muskulös, wie es Männer sind, die körperliche Arbeit verrichten und dabei schwere Sachen heben müssen.

Er trug eine schwarze Lederweste mit Aufnähern und darunter ein altes T-Shirt, dazu Jeans mit dunklen Schmierstreifen von Motoröl oder etwas Ähnlichem. In einer Hand hielt er locker einen halben Kasten Bier. Seine dunklen Haare waren kurz geschnitten, fast militärisch kurz, und eine Lippe war gepierct. Im linken Ohr trug er zwei Ringe und im rechten auch einen, wie ein Pirat. Auch an der Augenbraue hatte er ein Piercing. Er war ausgesprochen gut aussehend, aber hübsch würde ihn sicher niemand nennen. An den Füßen trug er große, schwarze Stiefel, seine Geldbörse war an einer Kette befestigt, die tief über seiner Hüfte hing. Auf einem Arm hatte er ein Full-Sleeve-Tattoo, am anderen ein Totenschädel-Tattoo mit gekreuzten Säbeln.

Er blieb im Türrahmen stehen und betrachtete uns von oben bis unten, während er seinen Kopf schüttelte.

»Ich hab dir gesagt, was passiert, wenn du noch einmal bei mir einbrichst«, sagte er ruhig. Zach warf den Kopf hoch, sein Gesicht war bleich geworden. Sein ganzer Körper hatte sich angespannt – bis auf eine Ausnahme. Ich spürte, wie die Ausnahme zusammen mit etwas Flüssigkeit aus mir herausglitschte. Dabei wurde mir klar, dass wir uns nicht mal die Mühe gemacht hatten, ein Handtuch oder so unterzulegen.

Igitt.

Aber woher hätte ich wissen sollen, dass wir ein Handtuch brauchten?

»Scheiße«, sagte Zach mit gepresster, fast quietschender Stimme. »Ruger, ich kann's dir erklären …«

»Du brauchst mir, verdammt noch mal, gar nichts erklären«, sagte Ruger und kam ins Zimmer. Er schlug die Tür hinter sich zu und ging auf die Couch zu.

9

Ich versuchte, meinen Kopf an Zachs Brust zu verstecken, denn ich schämte mich so wie noch nie in meinem Leben. Das Ganze war mir furchtbar peinlich.

Blumen. Wären Blumen nicht das Mindeste gewesen?

»Mein Gott, wie alt ist sie? Zwölf?«, fragte Ruger und gab der Couch einen Tritt, sodass ich sie unter mir wackeln spürte.

Zach setzte sich auf und gab den Blick auf meinen Körper frei. Ich kreischte und schob die Hände nach unten, um mich notdürftig vor seinem Bruder zu bedecken.

Shit. SHIT.

Aber es wurde alles nur noch schlimmer.

Der Bruder – *Ruger*, sollte das nicht *Roger* heißen? Was zum Teufel war *das* denn für ein Name? – sah mich direkt an, als er sich über mich beugte und eine zusammengelegte Decke von der hinteren Couchlehne nahm.

Dann warf er sie über meinen Schoß.

Ich stöhnte und starb tausend Tode. Meine Beine waren immer noch weit gespreizt, mein Rock lag hochgeschoben um meine Taille. Er hatte alles gesehen. *Alles.* Das hätte die romantischste Nacht meines Lebens werden sollen. Stattdessen wollte ich nur noch nach Hause und eine Runde heulen.

»Ich dusch jetzt, und wenn ich fertig bin, seid ihr verschwunden«, sagte Ruger, wobei sein Gesicht Zachs sehr nahe kam. Mein Freund zuckte zurück. »Und lass dich, verdammt noch mal, nie wieder in meiner Wohnung blicken.«

Nach diesen Worten marschierte er durch den Flur zum Badezimmer und knallte die Tür zu. Eine Sekunde später hörte ich das Wasser in der Dusche laufen. Vor sich hinmurmelnd, sprang Zach auf.

»Arschloch. Er ist so ein gottverdammtes Arschloch.«

»War das dein Bruder?«

»Ja. Er ist ein Idiot.«

Ich setzte mich auf und zog mein T-Shirt glatt. Gott sei Dank hatte ich es nicht ausgezogen. Zach liebte es, meine Brüste zu berühren, aber wir waren so schnell zur Sache gekommen, nachdem wir erst einmal angefangen hatten. Ich schaffte es aufzustehen, während ich mir im Schutz der Decke den Rock ordentlich anzog. Ich hatte keine Ahnung, wo mein Höschen abgeblieben war. Als ich mich umsah, konnte ich es nirgendwo entdecken. Ich beugte mich über die Couch, wühlte zwischen den Polstern herum. Nichts. Dafür langte ich mit der Hand in den ekligen, feuchten Fleck, den wir auf dem Sofa hinterlassen hatten.

Ich fühlte mich wie eine Schlampe.

»Fuck!«, brüllte Zach hinter mir. Mein Kopf schnellte nach oben – konnte es denn noch schlimmer werden?

»Verdammte Scheiße, ich glaub's einfach nicht!«

»Was ist los?«

»Das Kondom ist geplatzt«, sagte er mit großen Augen. »*Das verdammte Kondom ist geplatzt.* Das muss die schlimmste Nacht meines Lebens sein. Pass bloß auf, dass du nicht schwanger wirst.«

Mir wurde eiskalt. Offenbar konnte es durchaus noch *schlimmer* kommen.

Zach hielt den geplatzten Gummi vor mir in die Höhe.

Ich starrte das hässliche Ding an und konnte mein Pech kaum glauben.

»Hast du was falsch gemacht?«, wisperte ich. Er zuckte mit den Schultern, gab mir aber keine Antwort.

»Wahrscheinlich ist alles in Ordnung«, sagte ich nach einer langen Pause. »Ich hab gerade meine Tage gehabt. So kurz nach der Periode kann man nicht schwanger werden, oder?«

»Äh, ja, wahrscheinlich«, sagte er, wobei er rot wurde und wegsah. »Bei dem Zeug hab ich in der Schule nicht aufgepasst. Ich nehm immer ein Kondom her. Immer. Es ist noch nie eines geplatzt, nicht mal …«

Mir blieb die Luft weg, während mir die Tränen in die Augen stiegen.

»Mir hast du erzählt, du hast es vorher nur einmal gemacht«, sagte ich leise.

Er fuhr zusammen.

»Ich hab's vorher noch mit keiner gemacht, in die ich verliebt war«, sagte er. Er ließ den Gummi fallen und nahm meine Hand.

Ich versuchte zurückzuweichen. Das Zeug an seinen Fingern widerte mich an, aber als er mich an sich zog und die Arme um mich schlang, gab ich nach.

»Hey, es wird alles wieder in Ordnung kommen«, murmelte er. Er strich mir über den Rücken, während ich in sein T-Shirt schniefte. »Es wird alles gut gehen. Uns wird es gut gehen. Und es tut mir leid, dass ich nicht ehrlich war. Ich hab Angst gehabt, dass du nicht bei mir bleibst, wenn du weißt, dass ich vor dir schon rumgemacht habe. Andere Mädchen bedeuten mir nichts. Weder heute noch in Zukunft. Ich will nur mit dir zusammen sein.«

»Okay«, sagte ich und riss mich zusammen. Er hätte mich nicht anlügen dürfen, aber zumindest gab er es zu. Paare, die eine Weile zusammen waren, mussten sich ständig mit Problemen herumschlagen, oder? »Ähm, wir sollten vielleicht gehen. Dein Bruder hat ziemlich sauer ausgesehen. Ich hab gedacht, er hätt dir den Schlüssel gegeben?«

»Meine Stiefmutter hat einen Ersatzschlüssel«, sagte er mit einem Schulterzucken. »Den hab ich genommen. Mein Bruder sollte gar nicht hier sein. Nimm die Pizza.«

»Sollen wir deinem Bruder was übrig lassen?«

»Scheiß auf ihn. Und er ist mein Stiefbruder. Wir sind nicht mal richtig verwandt.«

Na gut, wenn das sooo war ...

Ich fand meine Schuhe wieder und zog sie an, dann nahm ich meine Handtasche und die Pizza. Ich wusste immer noch nicht, wo mein Höschen war. Aber in dem Moment wurde das Wasser in der Dusche abgedreht.

Wir mussten raus.

Zach sah hinüber zum Badezimmer und zwinkerte mir zu, als er sich den halben Bierkasten schnappte.

»Komm«, sagte er, wobei er meine Hand nahm und mich zur Tür zog.

»Du klaust sein Bier?«, fragte ich mit ungutem Gefühl im Magen. »Ernsthaft?«

»Der kann mich mal«, sagte Zach und sah mich mit halb zusammengekniffenen Augen an. »Er ist ein totaler Arsch und hält sich für besser als der Rest der Welt. Er und sein verdammter blöder Motorradclub. Alles Arschlöcher und Kriminelle, genau wie er. Wahrscheinlich hat er das Bier selbst gestohlen. Und er kann sich ja jederzeit noch ein Bier kaufen, im Gegensatz zu uns. Wir nehmen's mit zu Kimber. Ihre Eltern sind in Mexiko.«

Wir liefen die Treppen des Wohnblocks hinunter und gingen über den Parkplatz zu seinem Pick-up-Truck. Er war zwar schon alt, aber zumindest hatte man in dem Ford King Cab reichlich Platz. Manchmal fuhren wir damit raus, nur wir zwei, und lagen dann küssend und kichernd stundenlang auf der Ladefläche unterm Sternenhimmel. Ab und zu packten wir auch drei oder vier Pärchen rein, die dann aneinandergequetscht drinsaßen.

Zach hatte heute Abend keine Glanzleistung hingelegt, aber das war nicht seine Schuld. Das Leben verlief eben nicht immer nach Plan. Trotzdem war ich immer noch verrückt nach ihm.

»Hey«, sagte ich. Ich hielt ihn zurück, als er die Fahrertür öffnete, und drehte ihn zu mir herum. Auf Zehenspitzen gab ich ihm einen langen, langsamen Kuss. »Ich liebe dich.«

»Ich liebe dich auch, Baby«, sagte Zach und schob mir eine Haarsträhne hinters Ohr. Ich schmolz dahin, wenn er das tat – dann fühlte ich mich sicher und geborgen. »Jetzt lass uns ein paar Bier zischen. Mann, was für 'ne verrückte Nacht. Mein Bruder ist so ein Arsch.«

Ich verdrehte meine Augen und lachte, während ich schnell um den Truck herumging.

Meine Entjungferung war nicht perfekt und wunderbar gewesen und auch keine einzigartige Erfahrung. Aber zumindest war es jetzt vorbei, und Zach liebte mich.

Nur schade um das Höschen.

Ich hatte es extra für diesen besonderen Anlass gekauft.

Acht Monate später

Ruger

»Fuck, meine Mom ist dran. Ich muss rangehen«, brüllte Ruger Mary Jo zu und beugte sich dabei quer über den Tisch, während er sein Handy in die Höhe hielt. Die Band hatte noch nicht angefangen, doch der Laden war brechend voll, und er konnte keinen Ton verstehen. Seit er als Anwärter bei den Reapers angefangen hatte, kam er nicht mehr viel raus. Sich seinen Platz als Anwärter im Club zu sichern war schon ein Fulltime-Job, ganz zu schweigen von seinen Schichten in der Pfandleihe.

Seine Ma wusste das und hätte ihn nie angerufen, wenn es nicht wirklich wichtig gewesen wäre.

»Hey, lass mich schnell rausgehen«, sagte er laut ins Telefon, während er mit großen Schritten auf die Tür zuging. Die Leute wichen ihm verdammt schnell aus, er musste sich ein Grinsen verkneifen. Er war schon immer groß und breit gewesen, aber jetzt trug er eben auch noch die MC-Kutte.

Die Arschlöcher tauchten praktisch unter den Tisch, wenn sie die Clubaufnäher auf seiner Weste sahen.

»Okay, ich bin draußen«, sagte er. Er entfernte sich von der Menschenmenge vor dem Ironhorse.

»Jesse, Sophie braucht dich«, sagte seine Mom.

»Was meinst du damit?«, fragte er und blickte dabei in Richtung seines Bikes, das er weiter unten an der Straße geparkt hatte. Machte sich der Typ da etwa gerade daran zu schaffen? *Oh, nein, daraus wird nichts …*

»Fährst du also hin?«, fragte sie.

Shit. Sie hatte einfach weitergesprochen.

»Fuck, sorry, Ma. Ich hab nicht alles verstanden.«

»Ich hab gerade einen panischen Anruf von Sophie bekommen«, wiederholte seine Mom. »Wie können die Kinder nur so doof sein. Sie ist mit deinem Bruder zu einer Saufparty gegangen und glaubt jetzt, dass sie Wehen hat. Er ist zu besoffen, um sie zu fahren, und sie hat Kontraktionen und kann deshalb nicht selbst fahren. Ich bring ihn um. Ich glaub's einfach nicht, dass er sie dorthin mitgenommen hat, besonders jetzt.«

»Verdammte Scheiße, willst du mich auf den Arm nehmen?«

»Jesse, solche Ausdrücke will ich nicht mehr hören«, fauchte sie. »Kannst du ihr helfen oder nicht? Ich bin in Spokane und brauche mindestens eine Stunde, bis ich dort bin. Ich telefonier noch herum, falls du das nicht übernehmen kannst.«

»Warte mal, ist sie nicht zu früh dran?«

»Ja, ein bisschen zu früh«, antwortete sie mit angespannter Stimme. »Ich wollte einen Krankenwagen rufen, aber sie meint, dass es nur Braxton Hicks sind. Ein Krankentransport kostet ein Vermögen, weißt du, und sie hat Angst vor der Rechnung. Sie will nach Hause, aber ich glaube, dass sie vielleicht doch ins Krankenhaus muss. Kannst du sie abholen oder nicht? Wir können uns dort treffen, sobald ich ankomme. Ich hab bei der Sache echt ein schlechtes Gefühl, Jess. Für mich klang das nicht nach Braxton Hicks.«

»Ja, natürlich«, antwortete er, während er noch darüber nachdachte, was zum Teufel »Braxton Hicks« war. Er sah Mary Jo kläglich lächelnd aus der Bar kommen. Sie kannte sich mit plötzlichen Anrufen und geänderten Plänen bestens aus. »Wo sind sie?«

Er bekam die Information, schaltete aus, ging rüber zu seinem Date und zuckte mit den Schultern. Verdammter Mist. Er wollte Sex haben, und zwar nicht im Clubhaus. Ein wenig Privatsphäre wäre mal 'ne Abwechslung, und Mary Jo war absolut scharf.

»Clubangelegenheiten?«, fragte sie locker. Zum Glück war sie keine Drama-Queen.

»Nein, 'ne Familiensache«, antwortete er. »Mein Stiefbruder, das kleine Arschloch, hat seine Freundin geschwängert, und jetzt hat sie die ersten Wehen. Sie muss dringend ins Krankenhaus. Ich fahr hin und hol sie ab.«

Mary Jo riss die Augen auf.

»Du solltest sofort losfahren«, sagte sie schnell. »Ich nehm mir ein Taxi nach Hause. Was für eine Scheiße ... Wie alt ist sie?«

»Gerade 17 geworden.«

»Verdammt«, sagte sie und schüttelte sich vor Schreck. »Ich kann mir gar nicht vorstellen, wie das ist, in dem Alter ein Kind zu bekommen. Ruf mich später an, okay?«

Er gab ihr einen schnellen, aber intensiven Kuss. Sie griff nach unten und drückte seinen Schwanz. Ruger stöhnte und merkte, wie er steif wurde. Er brauchte wirklich *dringend* Sex ...

Stattdessen wandte er sich ab und ging hinüber zu seinem Bike.

Die Party war auf halbem Weg nach Athol, irgendwo in einem Feld, an das er sich noch aus seiner Highschoolzeit dunkel erinnerte. Zachs Truck war kaum zu übersehen, Sophie stand daneben. In der sommerlichen Abenddämmerung wirkte ihr Blick verängstigt. Dann spannte sich ihr

Gesicht an, und sie krümmte sich über ihrem riesigen Bauch zusammen und stöhnte. Jetzt drückte ihr Blick pure Panik aus.

Ruger stellte sein Bike ab, wobei ihm klar wurde, dass er es hier auf dem Feld stehen lassen musste – auf dem Motorrad konnte er sie keinesfalls mitnehmen. Verdammte Scheiße. Irgendein verdammter Idiot würde ihm noch reinfahren oder sonst was machen. Aber Sophies Gesicht war bereits kreidebleich vor Anstrengung. Für solche Gedanken hatte er keine Zeit mehr. Er musste sie mit dem Truck fahren, und zwar genau jetzt. Ruger schüttelte seinen Kopf und sah sich nach seinem Bruder um.

Er kapierte noch immer nicht, warum ein so schlaues und schönes Mädchen sich ausgerechnet Zach ausgesucht hatte. Sophie hatte langes, rotbraunes Haar, wundervolle grüne Augen und eine unglaublich softe, weibliche Ausstrahlung, von der er nicht nur einmal mit seinem Schwanz in der Hand geträumt hatte. Sogar schwanger auf einer wilden Party mitten in einem Feld sah sie immer noch toll aus.

Aber viel zu jung, verdammt.

Sie sah ihn und fuhr zusammen, als sie sich die Hand auf ihr Kreuz legte und sich nach dem Ende der Wehe aufrichtete. Ruger wusste, dass sie ihn nicht mochte, was er ihr auch nicht übel nehmen konnte. Ihre erste Begegnung hatte nicht unter dem besten Stern gestanden, und die Beziehung zwischen ihm und Zach ging jeden Tag weiter den Bach runter. Ruger hasste es, wie Zach ihre Mutter behandelte, und er hasste Zachs Lebensstil. Aber er hasste es noch viel mehr, dass das kleine Arschloch Sophie schon jetzt hinter ihrem Rücken betrog.

Der Schwanzlutscher hatte so ein Mädchen gar nicht verdient. Ihr Kind hatte sicher nicht das große Los gezogen, wenn man sich seinen zukünftigen Daddy so ansah.

»Wie geht's dir?«, fragte er, als er zu Sophie trat und sich zu ihr hinabbeugte, um ihr Gesicht zu sehen. In ihren Augen stand die blanke Angst.

»Die Fruchtblase ist geplatzt«, flüsterte sie heiser. »Die Wehen kommen jetzt in ganz kurzen Abständen, in viel zu kurzen. Beim ersten Kind sollte es eigentlich ganz langsam gehen und nicht so schnell. Ich muss ins Krankenhaus, Ruger. Ich hätt nicht herkommen sollen.«

»Oh, verflucht«, murmelte er. »Hast du die Autoschlüssel?«

Sie schüttelte den Kopf.

»Zach hat sie. Er ist drüben am Lagerfeuer. Vielleicht sollten wir einen Krankenwagen rufen? Oh …«, stöhnte sie und krümmte sich zusammen.

»Halt durch«, sagte er. »Ich hol Zach. Ich kann dich schneller ins Krankenhaus fahren als ein Krankenwagen.«

Sie stöhnte wieder auf und lehnte sich gegen den Truck. Ruger ging schnell zum Lagerfeuer, wo er Zach halb weggetreten auf dem Boden fand.

»Hoch mit dir, Arschloch«, forderte ihn Ruger auf, während er ihn am Shirt packte und hochzog. »Her mit den Schlüsseln, aber schnell.«

Zach sah durch ihn hindurch. War das Kotze auf seinem Shirt? Highschoolkids mit roten Bechern voll billigem Bier standen herum und beobachteten sie mit großen Augen.

»Fuck«, murmelte Ruger noch einmal, als er in der Hosentasche seines Bruders herumwühlte und hoffte, dass er die Schlüssel nicht verloren hatte. Seine Hand war entschieden zu nah an Zachs Schwanz. Er zog die Schlüssel hervor und ließ Zach wieder in den Dreck fallen.

»Wenn du sehen willst, wie dein Kind geboren wird, schwingst du deinen Arsch schleunigst in den Truck, und zwar sofort«, teilte ihm Ruger mit. »Ich wart nicht auf dich.«

Er marschierte zurück zum Ford, riss die Tür auf und hob Sophie auf den Rücksitz. Als er ein Plumpsen hörte, sah er Zach aus den Augenwinkeln auf die Ladefläche klettern.

Kleiner Wichser.

Ruger ließ den Motor an und stellte den Schalthebel auf Fahren. Dann drückte er den Hebel heftig wieder in die Parkposition, sprang hinaus und rannte hinüber zu seinem Bike. Er hatte ein kleines Erste-Hilfe-Set dabei, nichts Besonderes, aber wenn es so weiterging, würden sie es vielleicht brauchen. Er kletterte wieder in den Truck und fuhr auf dem Feldweg in Richtung Highway, während er Sophie im Rückspiegel besorgt im Auge behielt. Sie keuchte heftig und schrie schließlich.

Seine Nackenhaare stellten sich auf.

»Heilige Scheiße, ich muss pressen«, schrie sie. »Oh Gott, tut das weh. Es tut so furchtbar weh, ich hab noch nie solche Schmerzen gehabt. Fahr schneller – wir müssen schnell ins Krankenhaus …«

Ihre Stimme wurde leiser, als sie wieder anfing zu stöhnen. Ruger fuhr schneller und fragte sich, ob sich Zach irgendwo festhalten konnte. Er konnte ihn dort hinten nicht sehen. Vielleicht war er auf der Ladefläche ohnmächtig geworden. Verdammt, vielleicht war er ja sogar rausgefallen. Ruger war beides egal.

Sie hatten es fast bis zum Highway geschafft, als Sophie zu brüllen anfing.

»Stopp! Halt den Truck an.«

Ruger blieb stehen und hoffte, dass seine Befürchtungen nicht wahr wurden. Er zog die Handbremse und drehte sich zu ihr um: Ihre Augen waren geschlossen, das Gesicht schien beinahe violett, und sie litt ganz offensichtlich große Schmerzen. Mit einem Jammerton beugte sie sich nach vorne.

»Krankenwagen«, sagte er mit grimmiger Stimme. Sie nickte kurz. Er rief den Notarzt an und erklärte ihre Situation. Danach stellte er den Lautsprecher an und legte das Telefon auf den Sitz. Dann stieg er aus, öffnete die hintere Tür und beugte sich hinein.

»Ich bin bei dir, Sophie«, sagte die Ärztin am anderen Ende der Leitung. »Halt durch. Der Rettungswagen kommt gleich aus Hayden. Du wirst ihn bald sehen.«

Sophie stöhnte unter der nächsten Wehe.

»Ich muss pressen.«

»Der Krankenwagen ist in zehn Minuten bei dir«, erklärte die Ärztin. »Kannst du so lange durchhalten? Sie haben alles Notwendige für eine solche Situation dabei.«

»FUCK!« Sophie schrie und drückte dabei Rugers Hände so fest, dass seine Finger taub wurden.

»In Ordnung. Es ist unwahrscheinlich, dass das Baby kommt, bevor sie da sind, aber ich möchte, dass du bereit bist, Ruger«, sagte die Ärztin so ruhig, dass sie fast schon stoned klang. Wie machte sie das? Er fühlte sich, als ob er in 30 Sekunden einen Herzinfarkt bekäme. »Sophie braucht dich jetzt. Die gute Neuigkeit ist, dass eine Geburt ein ganz natürlicher Vorgang ist und ihr Körper deshalb weiß, was zu tun ist. Wenn ein Baby so schnell kommt, heißt das normalerweise, dass die Geburt ohne Komplikationen verläuft. Kannst du dir irgendwo die Hände waschen?«

»Ja«, murmelte Ruger. »Sophie, du musst mich für eine Sekunde loslassen.«

Sie schüttelte ihren Kopf, doch er entwand ihr seine Hände. Er riss das Erste-Hilfe-Set auf und zog ein paar lächerlich kleine Päckchen mit Desinfektionstüchern hervor. Dann bearbeitete er seine Hände und versuchte, ihre ebenfalls zu säubern.

Sie schrie und schlug ihn ins Gesicht.

Verdammte Scheiße, das Mädchen hatte eine unglaubliche Kraft. Ruger schüttelte seinen Kopf und riss sich zusammen, obwohl er am Wangenknochen pulsierende Schmerzen spürte.

Wieder eine Wehe.

»Es ist zu früh«, schnappte Sophie nach Luft. »Ich kann nicht aufhören. Ich muss *jetzt* pressen.«

»Wann ist ihr Termin?«, fragte die Ärztin, als Sophie ein lang gezogenes und tiefes Stöhnen von sich gab.

»In etwa einem Monat«, teilte ihr Ruger mit. »Sie ist zu früh dran.«

»In Ordnung. Am wichtigsten ist es, dass das Baby atmet. Lass es nicht auf den Boden fallen, falls es geboren wird, bevor der Rettungswagen ankommt. Du musst es auffangen. Aber keine Angst – die Pressphase kann Stunden dauern, besonders beim ersten Baby. Nur zur Vorsicht: Ich möchte, dass du etwas suchst, worin du das Baby einwickeln und wärmen kannst, falls Sophie tatsächlich gebären sollte. Du überprüfst die Atmung des Babys. Wenn alles okay ist, legst du das Baby auf die nackte Brust der Mutter, mit dem Köpfchen zur Mutter gerichtet, direkt Haut auf Haut. Dann legst du einfach das drüber, was du gerade hast. Zieh nicht an der Nabelschnur, schneide sie nicht durch, binde sie nicht ab oder etwas Ähnliches. Lass die Finger vom Geburtskanal. Wenn die Nachgeburt herauskommt, wickel sie zusammen mit dem Kind ein.«

Da wurde es ihm schlagartig klar.

Sophie würde ihr Baby genau hier am Straßenrand bekommen. Seinen Neffen.

Genau jetzt.

Heilige Scheiße, dazu musste sie ihre Hose ausziehen.

Sie trug Leggings, und zuerst versuchte er, sie ihr herunterzuziehen, während sie noch im Truck saß. Das klappte nicht. Außerdem schien sie sich in keiner Position wohlzufühlen.

»Wir müssen dich hier rausholen«, sagte er. Sie schüttelte den Kopf mit zusammengebissenen Zähnen, doch er hob sie trotzdem hoch und stellte sie auf den Boden. Dann zog er ihre triefend nasse Leggings und Unterhose mit einer raschen Bewegung herunter, wobei er erst den einen Fuß und dann den anderen anhob, um ihre Beine von dem festklebenden Stoff zu befreien.

Wie ging es weiter?

Sophie schrie wieder auf und kauerte sich mit verkrampftem Gesicht neben dem Truck zusammen.

Fuck, er brauchte irgendwas, um das Baby zu wärmen.

Ruger sah sich panisch um, ohne etwas entdecken zu können. Deshalb zog er seine Weste aus und warf sie in den Truck. Dann zog er sich das T-Shirt über den Kopf. Das war vielleicht nicht ideal, aber zumindest war es relativ sauber. Er hatte geduscht und sich ein frisches Shirt angezogen, bevor er sich mit Mary Jo getroffen hatte.

Sophie presste eine Ewigkeit, hingekauert und mit ihren Fingern tief in seine Schultern vergraben. Morgen würde er blaue Flecken haben. Vielleicht sogar Kratzwunden von ihren Fingernägeln. Egal. Die ruhige Stimme der Ärztin am Telefon, die sagte, dass der Rettungswagen in fünf Minuten komme, machte ihm Mut. Sophie ignorierte sie, denn sie war in ihrer Welt aus Schmerz und Pressdrang gefangen und gab bei jeder Wehe ein tiefes, lautes Stöhnen von sich.

»Kannst du den Kopf des Babys sehen?«, fragte die Ärztin.

Ruger erstarrte.

»Sie wollen, dass ich nachsehe?«

»Ja.«

Er war sich ziemlich sicher, dass er nicht nachsehen wollte. Fuck. Aber Sophie brauchte ihn, und das Kind brauchte ihn auch. Ruger ließ sich auf die Knie nieder, um einen Blick zwischen ihre Beine zu werfen.

Da sah er es.

Ein kleiner, mit schwarzen Haaren bedeckter Kopf, der aus ihrem Körper herauskam. Heilige Scheiße.

Sophie atmete tief ein und packte seine Schultern noch fester. Sie stieß ein lautes, langes Stöhnen aus, während sie wieder presste.

Dann passierte es.

Ruger griff – beinahe wie in Trance – nach unten, als das perfekteste kleine Wesen der Welt aus ihr herausglitt und in seinen Händen landete. Sophie begann vor Erleichterung zu weinen, während Blut an ihren Schenkeln herablief.

»Was ist los?«, fragte die Ärztin. In der Ferne hörte er eine Sirene.

»Das Baby ist gerade rausgekommen«, murmelte Ruger voller Ehrfurcht. Er war schon bei der Geburt eines Kalbs dabei gewesen, aber das hier war etwas völlig anderes. »Ich halt es in der Hand.«

»Atmet es?«

Er sah, wie das Neugeborene zum ersten Mal seine kleinen Augen öffnete und ihn direkt anblickte. Die Augen waren blau und rund, verwirrt und verdammt wunderbar. Sie schlossen sich wieder, und das Baby verzog seinen winzigen Mund, holte tief Luft und gab einen durchdringenden Schrei von sich.

»Ja. Fuck. Dem Kind geht's gut.«

Ruger sah nach oben zu Sophie, als er das Baby zwischen ihnen beiden hochhielt.

Sie lächelte zögernd und streckte die Arme nach ihrem Kind aus. Ihr erschöpftes, tränenüberströmtes und zugleich strahlendes Gesicht war das Zweitschönste, das er in seinem Leben je gesehen hatte.

Es kam gleich nach diesen winzigen blauen Augen.

»Das hast du toll gemacht, Kleine«, flüsterte er Sophie zu.

»Ja«, hauchte sie zurück. »Das hab ich wirklich gut hinbekommen, oder?«

Sanft küsste sie den Kopf des Jungen.

»Hey, Noah … ich bin deine Mommy«, sagte sie. »Ich versprech dir, dass ich mich um dich kümmern werde. Und zwar immer.«

KAPITEL EINS

Seattle, Washington

Sieben Jahre später

Sophie

Unsere letzte Nacht in Seattle war nicht so toll.

Mein Babysitter, mein Notfallbabysitter und mein zweiter Notfallbabysitter hatten alle die Grippe. Ich hätte ganz schön dumm dagestanden,
wenn nicht eine meiner Nachbarinnen sich angeboten hätte, auf Noah
aufzupassen. Ich kannte sie nicht wirklich, aber wir wohnten nun schon
seit einem Monat Tür an Tür, und es hatte keinerlei Warnsignale gegeben.
Es war trotzdem nicht optimal, ich weiß.

Als alleinerziehende Mutter muss man eben tun, was nötig ist.

Dann schrie mich Dick an, weil ich zu spät zu meiner Schicht kam.

Ich sagte ihm natürlich nicht, dass ich wegen Noah beinahe gar nicht
gekommen wäre.

An diesem Abend wurde mir klar, warum er so schlechte Laune hatte:
Von den sechs Mädchen, die eingeteilt waren, waren nur zwei aufgetaucht.
Zwei hatten die Grippe (wirklich – die halbe Stadt war krank), und zwei
hatten ein Date. Oder ich nahm zumindest an, dass sie ein Date hatten.
Offiziell hatten sie eine tote Großmutter (die fünfte) und ein infiziertes
Tattoo.

Offenbar hatte keine Apotheke in ihrer Gegend ein Antibiotikum vorrätig.

Egal, jedenfalls ging alles ziemlich schnell den Bach runter. Wir hatten eine Band, die die Leute in Stimmung brachte, aber wegen der Livemusik und der betrunkenen Leute auf der Tanzfläche war es noch schwieriger, mit meinen Tischen hinterherzukommen. Außerdem war auch mehr los als sonst. Selbst mit komplettem Personal wäre es eng geworden. Zu allem Überfluss war es eine Band aus der Nachbarschaft, und die meisten Fans waren Collegestudenten, die kaum Trinkgeld gaben.

Um elf war ich schon fix und fertig und musste dringend aufs Klo. Dort gab es wieder kein Klopapier (natürlich), und ich wusste verdammt gut, dass niemand Zeit hatte, es aufzufüllen. Als ich mein Handy rausholte, um schnell meine Nachrichten zu checken, entdeckte ich zwei Stück. Eine von Miranda, meiner Babysitterin, und eine zweite von Ruger, dem furchterregendsten Fast-Schwager der Welt.

Shit.

Zuerst Miranda. Ich hielt das Telefon ans Ohr und hoffte, dass alles in Ordnung war. Dick würde mich nie früher gehen lassen, selbst bei einem Notfall. Ruger konnte warten.

»Mom, ich hab Angst«, sagte Noah.

Mir wurde eiskalt.

»Ich hab Mirandas Telefon genommen und versteck mich im Kleiderschrank«, fuhr er fort. »Es ist ein böser Mann hier, und er raucht. Er hat gewollt, dass ich auch rauche, und sie lachen mich dauernd aus. Er wollte mich kitzeln, und ich hab mich auf seinen Schoß setzen sollen. Jetzt schauen sie einen Film mit nackten Leuten drin an, und das mag ich nicht. Ich will hier nicht bleiben, ich will heim. Ich will, dass du *heimkommst*. Ich brauch dich wirklich. *Jetzt gleich.*«

Ich hörte, wie sich seine Stimme überschlug. Wahrscheinlich weinte er, wollte aber nicht, dass ich es hörte. Dann war die Nachricht zu Ende.

Ich holte ein paarmal tief Luft, um gegen meinen Adrenalinschock anzukämpfen. Ich sah nach, wann die Nachricht reingekommen war – vor fast 45 Minuten. Mein Magen verkrampfte sich, und eine Sekunde lang dachte ich, ich würde gleich kotzen. Dann riss ich mich zusammen und verließ das Klo. Ich schaffte es, zurück in die Bar zu gehen, und bat Brett, den Barkeeper, die Schublade aufzusperren, in der wir unsere Wertsachen aufbewahrten.

»Ich muss nach Hause, mein Kind ist in Schwierigkeiten. Sag's Dick.«
Danach stürzte ich zur Tür und quetschte mich dabei zwischen betrunkenen Verbindungsstudenten hindurch. Ich war schon fast draußen, als jemand meinen Arm packte und herumriss. Mein Boss stand vor mir und starrte mich böse an.

»Wo zum Teufel glaubst du, dass du hingehst, Williams?«

»Das ist ein Notfall«, sagte ich zu ihm. »Ich muss nach Hause.«

»Wenn du mich mit diesem Haufen Leute sitzen lässt, brauchst du gar nicht wiederzukommen«, knurrte Dick.

Ich beugte mich vor und starrte ihn vernichtend an, was ziemlich einfach war, wenn man bedenkt, dass der Typ kaum über einen Meter fünfzig war. An guten Tagen stellte ich ihn mir als Hobbit vor.

Heute Abend war er nur ein Troll.

»Ich muss mich um meinen Sohn kümmern«, sagte ich mit meiner tödlichsten, trollvernichtendsten Stimme. »Lass meinen Arm los. Sofort. Ich gehe jetzt.«

Die Heimfahrt dauerte mindestens ein Jahr. Ich versuchte immer wieder, Miranda zu erreichen, aber niemand ging ran. Als ich endlich an unserem alten Wohnhaus angekommen war, raste ich die Holztreppe hinauf bis ins oberste Stockwerk, während mich eine komische Mischung aus Zorn und Angst durchfuhr.

Mirandas Wohnung lag direkt gegenüber von meinem kleinen Studio. Obwohl meine Waden und Oberschenkel das ständige Treppensteigen hassten, gefiel es mir sehr, dass wir zwei die einzigen Leute hier oben waren. Zumindest hatte es mir bis heute gefallen.

Heute Abend fühlte es sich abgelegen und angsteinflößend an.

Als ich an die Tür hämmerte, konnte ich Musik und Grunzgeräusche von drinnen hören. Niemand reagierte. Ich hämmerte fester und fragte mich, ob ich die Tür aufbrechen müsste. Dann flog sie plötzlich auf. Ein großer Typ mit offener Hose und ohne Shirt stand im Türrahmen. Er hatte einen leichten Bierbauch und blutunterlaufene Augen. Ich konnte Gras und Alkohol riechen.

»Ja?«, fragte er schwankend.

Ich versuchte, an ihm vorbeizusehen, aber er versperrte mir die Sicht.

»Mein Sohn Noah ist hier«, sagte ich, während ich mir Mühe gab, ruhig zu bleiben und mich zu konzentrieren. Dieses Arschloch könnte ich auch noch später umbringen. »Ich will ihn abholen.«

»Oh ja. Hab ihn ganz vergessen. Komm rein.«

Er trat zur Seite, und ich stürzte hinein. Mirandas Wohnung war auch ein Einzimmerapartment, also hätte ich Noah sofort sehen müssen. Stattdessen sah ich meine unzuverlässige Nachbarin, die mit glasigen Augen und einem abwesenden Lächeln im Gesicht rücklings auf der Couch lag. Ihre Kleidung war zerknittert, ihr langer Hippierock nach oben bis über ihre gespreizten Knie geschoben. Das Telefon lag auf dem Couchtisch vor ihr, neben einer aus Plastikkugelschreibern, Folie und einer Energy-Drink-Flasche zusammengebastelten Bong.

Auch andere leere Flaschen standen herum: Offenbar reichte ihr das Gras nicht zur Unterhaltung, während sie mein siebenjähriges Kind vernachlässigte.

»Miranda, wo ist Noah?«, wollte ich wissen.

Sie sah mich mit leerem Blick an.

»Woher soll ich das wissen?«, lallte sie.

»Vielleicht ist er rausgegangen«, murrte der Typ und wandte sich von mir ab, um sich ein weiteres Bier aus dem Kühlschrank zu holen.

Ich schnappte nach Luft.

Auf seinem Rücken war ein riesiges Tattoo, das ein bisschen wie das von Ruger aussah, nur dass Devil's Jacks statt Reapers draufstand. Ein Motorradclub. Schlechte Neuigkeiten. *Immer* schlechte Neuigkeiten, auch wenn Ruger was anderes behauptete.

Darüber würde ich mir später Gedanken machen. *Konzentrier dich.* Ich musste Noah finden.

»Mama?«

Seine Stimme klang sanft und zitterte. Ich sah mich panisch um, bis ich ihn durch ein offenes Fenster, das auf die Straße hinausging, hereinklettern sah. *Oh mein Gott.* Ich ging auf ihn zu, zwang mich aber, mich ganz, ganz vorsichtig zu bewegen. Wir waren im vierten Stockwerk, und mein Sohn hielt sich am Fensterbrett fest. Wenn ich nicht verdammt vorsichtig war, würde ich ihn noch hinunterstoßen. Ich griff nach ihm und umklammerte seine Oberarme, dann zog ich ihn herein und hielt ihn fest. Er klammerte sich an mich wie ein kleines Äffchen. Mit der Hand streichelte ich ihm immer wieder über den Rücken, flüsterte ihm ins Ohr, wie lieb ich ihn hatte, und versprach ihm, ihn nie wieder allein zu lassen.

»Ich versteh nicht, warum du dich so aufregst«, murmelte Miranda, als sie mühsam aufstand, um ihrem Arschloch von einem Freund Platz zu machen. »Da draußen ist eine Feuerleiter, und kalt ist es auch nicht gerade. Wir haben August. Dem Kind ging's gut.«

Ich holte tief Luft, schloss meine Augen und bemühte mich, ruhig zu bleiben. Dann öffnete ich die Augen wieder und sah an ihr vorbei direkt auf den Porno, der im Fernseher lief. Mein Blick wich schnell einer mit Silikon aufgespritzten Frau aus, die sich von vier Typen gleichzeitig vögeln ließ. Eine furchtbare Wut brannte in mir.

Blöde Schlampe. Miranda würde für das hier bezahlen.

»Was hast du eigentlich für ein Problem?«, lallte sie.

Ich machte mir nicht die Mühe, ihr zu antworten. Es ging nur darum, meinen Jungen hier rauszuholen und sicher nach Hause zu bringen. Mit meiner Nachbarin würde ich morgen abrechnen. Vielleicht hätte ich mich bis dahin so weit beruhigt, dass ich die elende Schlampe nicht einfach erwürgen würde.

Ich trug Noah aus dem Apartment und über den Flur zu meiner Wohnungstür. Irgendwie schaffte ich es, die Tür zu öffnen, ohne ihn fallen zu lassen, obwohl meine Finger vor unterdrücktem Zorn und einer ordentlichen Portion schlechten Gewissens zitterten.

Ich hatte ihn im Stich gelassen.

Mein Baby hatte mich gebraucht, und anstatt ihn zu beschützen, hatte ich ihn bei einer Drogenschlampe abgestellt, die ihn hätte umbringen können. Es war wirklich beschissen, eine alleinerziehende Mutter zu sein.

Erst nach einem warmen Bad, einer Stunde Kuscheln und vier vorgelesenen Büchern konnte Noah einschlafen.

Und ich selbst? Ich war mir nicht sicher, ob ich je wieder schlafen könnte. Die Sommerhitze machte die Sache auch nicht besser – ehrlich, die Luft stand im Zimmer. Nachdem ich eine Stunde lang im Dunkeln vor mich hingeschwitzt und zugesehen hatte, wie sich Noahs kleine Brust hob und senkte, gab ich es auf. Ich machte mir ein Bier auf und setzte mich auf die Couch, während mir tausend Pläne durch den Kopf gingen. Als Erstes würde ich Miranda umbringen. Dann bräuchte entweder ich eine neue Wohnung oder sie. Ich überlegte auch, ob ich die Bullen rufen sollte.

Mir gefiel die Idee, sie und ihren Kifferfreund den Wölfen zum Fraß vorzuwerfen. Sie hätten einen Besuch von der Polizei verdient.

Aber da ihr Typ in einem Motorradclub war, wäre es vielleicht nicht die beste Idee, die Bullen zu rufen. Die Kerle aus den MCs waren auf die Polizei im Allgemeinen nicht gut zu sprechen. Möglicherweise würden er und seine Clubbrüder mir, nachdem sie auf Kaution freigekommen wären, klarmachen, was sie davon hielten. Ganz zu schweigen vom Jugendamt, das sicher auch eingeschaltet würde, was ziemlich unschön ausgehen könnte.

Ich liebte Noah und würde alles für ihn tun. Ich war eine verdammt gute Mutter. Wenn andere Mädchen in meinem Alter um die Häuser zogen, um Party zu machen, ging ich mit meinem Kind in den Park oder las ihm Geschichten vor. Statt die Bars unsicher zu machen, verbrachte ich meinen 21. Geburtstag damit, ihn im Arm zu halten, während er kotzte, weil er eine Magen-Darm-Grippe hatte. Auch wenn es drunter und drüber ging, nahm ich mir jeden Tag Zeit für Noah und sorgte dafür, dass er sich geliebt fühlte.

Aber in den Akten einer staatlichen Behörde sah das alles nicht so gut aus.

Alleinerziehende Mutter. Vater unbekannt verzogen. Keine Familie zur Unterstützung, abgefucktes Apartment. Nach dem heutigen Abend wahrscheinlich arbeitslos … Was würde sich das Jugendamt dabei denken?

Würden sie mich dafür verantwortlich machen, dass ich Noah überhaupt bei Miranda gelassen hatte?

Ich hatte keine Ahnung, was ich tun sollte. Nach einem großen Schluck Bier schaltete ich mein Handy ein, wo mir Rugers Nachricht anklagend entgegenleuchtete. Mist. Ich hasste es, ihn anzurufen. Egal, wie oft er bei uns war (und er legte Wert darauf, Noah regelmäßig zu sehen), ich war in seiner Nähe einfach immer angespannt und nervös. Ruger mochte mich nicht, und das wusste ich. Ich glaube, er machte mich verantwortlich dafür, dass seine Beziehung zu Zach in die Brüche gegangen war. Gott, ja, ich hatte meinen Anteil daran. Ich verbannte diese Erinnerung aus meinem Gedächtnis.

So machte ich es *immer*.

Wenn ich ihn wenigstens auch nervös machen würde! Aber das war wahrscheinlich zu viel verlangt. Stattdessen sah er einfach durch mich hindurch und ignorierte mich fast völlig.

Und war das nicht noch frustrierender? Ruger war der wohl schärfste Typ, den ich je getroffen hatte. Er war eine Mischung aus Gefahr und stählernen Muskeln, aus Tattoos und Piercings, und dazu noch seine gottverdammte schwarze Harley. Wenn er einen Raum betrat, beherrschte er seine Umgebung, weil man auf den ersten Blick erkennen konnte, dass er ein harter Kerl war, ein Typ, der sich einfach nimmt, was er haben will, und der sich nie für etwas entschuldigt.

Ich war schon unglaublich lange verknallt in ihn, was ihm natürlich völlig entgangen war, obwohl er jeder anderen Frau unter 40 nachstieg, die auch nur irgendwie in seine Nähe kam. Nein, es war ihm absolut nicht aufgefallen, bis auf das eine Mal, aber das hatte nicht gerade ein glückliches Ende genommen.

Zumindest brachte er nie eine seiner Clubhuren mit (wofür ich sehr dankbar war), aber das änderte nichts daran, dass er einer der größten Hurenböcke von North Idaho war.

So sah es also aus mit uns beiden.

Dieser unglaublich scharfe und sexhungrige Typ spielte angesichts meines wirkungslosen Charmes bei seinen Besuchen also lieber mit meinem siebenjährigen Sohn.

Ich seufzte und spielte die Nachricht ab.

»Sophie, geh verdammt noch mal ans Telefon«, sagte er wie gewöhnlich mit kalter, harter Stimme. »Noah hat mich gerade angerufen. Ich hab eine Weile mit ihm geredet und versucht, ihn zu beruhigen, aber dann fing irgendeine Schlampe an zu schreien und nahm ihm das Telefon ab. Als ich zurückgerufen hab, hat niemand geantwortet. Ich weiß ja nicht, was zum Teufel du dir dabei denkst, aber dein Sohn braucht dich. Krieg deinen Arsch hoch und hol ihn da ab. Ich schwör dir, wenn ihm irgendwas passiert ... das willst du dir lieber gar nicht vorstellen, Sophie. Ruf mich verdammt noch mal an, wenn du ihn findest. Keine Ausrede.«

Ich ließ mein Handy fallen und beugte mich nach vorne, um meine Arme auf den Knien abzustützen. Mit meinen Fingerspitzen massierte ich meine Schläfen.

Zu allem Überfluss musste ich mich nun auch noch mit Mr »Ein Biker zu sein, ist schließlich kein Verbrechen« herumschlagen, der völlig durchgeknallt war. Ruger war schon furchteinflößend, wenn er guter Laune war. Das eine Mal, als ich ihn wirklich stinkwütend erlebt hatte, löste bei mir immer noch Albträume aus, und das meine ich ganz wortwörtlich. Leider hatte er nicht ganz unrecht. Als mich mein Sohn gebraucht hatte, war ich nicht ans Telefon gegangen. Gott sei Dank war Ruger für Noah da gewesen. Dennoch ... ich wollte mich jetzt wirklich nicht mit ihm befassen.

Hängen lassen konnte ich ihn aber auch nicht, wenn er sich schon die ganze Nacht um Noah Sorgen gemacht hatte. Bei unserem letzten Treffen hatte er mich »Miststück« genannt, was vielleicht sogar stimmte. Aber ein Miststück, das ihn auch noch quälte, war ich nun auch wieder nicht. Deshalb rief ich ihn zurück.

»Ist er okay?«, fragte Ruger ohne Begrüßung.

»Ich hab ihn hier, und es geht ihm gut«, sagte ich. »Ich konnte das Klingeln in der Arbeit nicht hören, aber ich hab seine Nachricht entdeckt und bin 45 Minuten nach dem Anruf losgefahren. Es geht ihm gut. Wir haben Glück gehabt, und es ist nichts passiert, zumindest nicht dass ich wüsste.«

»Bist du dir sicher, dass dieses Arschloch ihn nicht angefasst hat?«, fragte Ruger.

»Noah hat gesagt, dass er ihn zu kitzeln versucht hat und gewollt hat, dass er sich auf seinen Schoß setzt, aber er ist davongelaufen. Sie standen völlig neben sich. Ich glaub, sie haben nicht mal gemerkt, dass er verschwunden ist. Er hat sich draußen auf der Feuerleiter versteckt.«

»Fuck ...«, sagte Ruger. Er klang nicht glücklich. »Wie hoch oben war er denn?«

»Vier Stockwerke«, antwortete ich, während ich vor Scham meine Augen schloss. »Es ist ein Wunder, dass er nicht runtergefallen ist.«

»Okay, ich fahr los. Wir sprechen uns später. Lass ihn nie wieder allein, verdammte Scheiße, oder du bekommst es mit mir zu tun. Kapiert?«

»Ja«, flüsterte ich und legte auf. Im Zimmer war es stickig, und ich bekam nicht genügend Luft. Deshalb schlich ich leise zum Fenster. Der morsche Holzrahmen glitt mit einem Knarzen nach oben. Ich lehnte mich hinaus, sah hinab auf die Straße und atmete tief die kühle Luft ein. Die Bars hatten gerade zugemacht, und draußen lachten Leute, die völlig unbekümmert die Straße entlangspazierten.

Was, wenn ich nicht auf mein Handy geschaut hätte? Hätte einer dieser Besoffenen nach oben gesehen und den kleinen Jungen entdeckt, der sich an die Feuerleiter klammerte? Was, wenn er da draußen eingeschlafen wäre?

Noah könnte jetzt tot auf dem Gehsteig liegen.

Ich trank mein Bier aus, schnappte mir das nächste und setzte mich auf die Couch. Als ich das letzte Mal auf die Uhr sah, war es drei Uhr morgens.

Kurz vor der Morgendämmerung, als es noch dunkel war, weckte mich ein Geräusch.

Noah?

Plötzlich legte sich ein großer Körper auf mich und drückte mich auf die Couch, sodass ich mich nicht mehr bewegen konnte. Im selben Moment hielt mir jemand mit der Hand den Mund zu. Das Adrenalin schoss zu spät durch meinen Körper – ganz egal, wie ich kämpfte oder meinen Körper nach oben zu drücken versuchte, der Angreifer ließ nicht von mir ab. Ich konnte nur an Noah denken, der auf der anderen Seite des Zimmers schlief. Ich musste kämpfen und für meinen Sohn am Leben bleiben, aber ich konnte mich nicht bewegen und in der Dunkelheit nicht das Geringste sehen.

»Hast du Angst?«, flüsterte eine raue, dunkle Stimme in mein Ohr. »Fragst du dich, ob du die Nacht überlebst? Was ist mit deinem Kind? Ich könnt dich vergewaltigen und umbringen und ihn dann an eines dieser kranken Pädophilenschweine verkaufen. Du könntest, verdammt noch mal, nicht das Geringste tun, um mich davon abzuhalten, richtig? Wie willst du ihn in dieser Bruchbude schützen, Sophie?«

Fuck. Ich kannte diese Stimme.

Ruger.

Er würde mir nicht wehtun. *Arschloch.*

»Ich musste nicht mal das beschissene Türschloss aufbrechen«, fuhr er fort, während er seine Hüften über die meinen schob, um mir zu zeigen, dass ich keinerlei Kontrolle über die Situation hatte. »Dein Fenster ist offen und auch das im Flur. Ich bin einfach auf die Feuerleiter geklettert und rüberspaziert, was bedeutet, dass jeder das tun könnte. Auch dieses kranke Arschloch, das vorher mit deinem Jungen rumgemacht hat. Ist der Kerl noch im Haus? Ich will ihn haben, Sophie. Nick mit dem Kopf, wenn du versprichst, nicht loszuschreien. Dann lass ich dich reden. Mach Noah keine Angst.«

Ich nickte, so gut es ging, und versuchte dabei, mein rasendes Herz zu beruhigen, während ich zwischen der nachlassenden Furcht und meinem wachsenden Zorn hin- und hergerissen war.

Wie *konnte* er es wagen, über mich zu urteilen?

»Wenn du schreist, wirst du es bereuen.«

Ich schüttelte den Kopf. Er zog seine Hand weg und ich atmete ein paarmal tief ein, während ich blinzelte und überlegte, ob ich mit meinen Zähnen nach ihm schnappen sollte. Wahrscheinlich keine gute Idee … Ruger war schwer, und er bedeckte meinen ganzen Körper, seine Beine drückten meine nieder, meine Arme waren gefangen. Ich konnte mich nicht daran erinnern, dass er mich jemals zuvor freiwillig berührt hätte – zumindest nicht in den letzten vier Jahren. Das war im Grunde ganz gut so, denn irgendwas an Ruger brachte mein Hirn auf beunruhigende Weise zum Abschalten und überließ die Kontrolle meinem Körper.

Als ich das letzte Mal auf meinen Körper gehört hatte, war ich von Zach geschwängert worden.

Ich würde es nie bereuen, meinen Sohn bekommen zu haben, aber das hieß nicht, dass ich jemals wieder meiner Libido die Führung überlassen würde. Nachdem ich Zach endlich losgeworden war, ging ich nur noch mit völlig ungefährlichen und extrem langweiligen Männern aus. In meinem ganzen Leben hatte ich genau drei Liebhaber gehabt, wobei Nummer zwei und drei lieb und nett waren. Ich brauchte keinen Ärger in Form eines Bikers, der auch noch der Onkel meines Sohnes war …

Aber ich konnte nun seinen vertrauten Geruch riechen – Waffenöl und ein Hauch von männlichem Schweiß –, was eine ärgerlicherweise vorhersagbare Reaktion weiter unten zur Folge hatte.

Sogar wenn ich wütend war, wollte ich Ruger.

Genau genommen wollte ich ihn meist sogar noch *mehr*, wenn ich wütend war. Das war bedauerlich, denn er hatte echt ein Talent dafür, mich in den Wahnsinn zu treiben. Das Leben wär so viel einfacher, wenn ich ihn hassen könnte. Der Mann war wirklich ein Arschloch.

Allerdings war er zufällig das Arschloch, das meinen Sohn unbändig liebte.

Jetzt lag er also auf mir, und ich wollte ihm einen Kopfstoß verpassen oder so was Ähnliches, obwohl ich spürte, dass es zwischen meinen Beinen peinlicherweise schön warm wurde. Er war groß und hart, und ich hatte ihn *direkt vor mir*, wusste aber nicht, wie ich damit umgehen sollte. Ruger hielt sonst immer Abstand. Ich dachte, er würde mich nun aufstehen lassen, nachdem er mir seinen Standpunkt auf völlig unkonstruktive Weise klargemacht hatte. Aber nichts geschah. Stattdessen rutschte er noch einmal herum, stützte seine Ellbogen links und rechts von mir auf und hielt mich so gefangen.

Er bewegte seine Beine, sodass nun eines zwischen meinen Beinen lag. Entschieden zu intim.

Ich versuchte, meine Knie zusammenzudrücken, aber er kniff nur die Augen zusammen und schob seine Hüften über mein Becken. Das war falsch. Total falsch … Und auch unfair, denn ihn mit meinen Beinen zu umklammern half meinem Hirn nicht unbedingt auf die Sprünge. Ich wand mich hin und her, um von ihm wegzukommen. Und das sofort. Dennoch ging mir der Gedanke durch den Kopf, ob ich zwischen uns hinablangen konnte, um seinen Reißverschluss zu öffnen.

Der Mann war wie Heroin – verführerisch, abhängig machend und verdammt gut dazu geeignet, Tote wieder zum Leben zu erwecken.

»Beweg dich nicht«, flüsterte er mit angespannter Stimme. »Die Tatsache, dass mein Schwanz gerade an seinem Lieblingsplatz ist, rettet dir wahrscheinlich das Leben. Glaub mir, Sophie, ich hab ernsthaft darüber nachgedacht, dich zu erwürgen. Zum Ausgleich stell ich mir vor, dich zu ficken.«

Ich erstarrte.

Ich konnte kaum glauben, dass er das gerade gesagt hatte. Wir hatten eine Vereinbarung, die wir zwar nie laut ausgesprochen hatten, der wir aber peinlichst genau folgten. Doch es ließ sich nicht leugnen, dass er wieder seine Hüften gegen meine presste. Ich spürte, wie sein Schwanz hart wurde und gegen meinen Bauch stieß. Meine Muskeln im Unterleib zogen sich zusammen und schickten eine Welle des Begehrens durch meinen Körper. Das war gemein. Die Faszination war einseitig – ich verzehrte mich nach ihm, er ignorierte mich, und wir taten beide so, als ob zwischen uns nie etwas vorgefallen wäre.

Ich leckte mir über die Lippen, und seine Augen folgten der kleinen Bewegung. Sein Gesichtsausdruck war im Dämmerlicht, das langsam durchs Fenster sickerte, unlesbar.

»Du meinst das nicht ernst«, flüsterte ich. Er kniff seine Augen zusammen und beobachtete mich wie ein Löwe, der sich die langsamste Gazelle aussucht. Moment, fraßen Löwen überhaupt Gazellen? Passierte das hier wirklich?

Denk nach.

»Du bist nicht du selbst, Ruger«, sagte ich zu ihm. »Überleg mal, was du gerade gesagt hast. Lass mich aufstehen, und wir reden drüber.«

»Verdammt, ich hab jedes Wort ernst gemeint«, erwiderte er mit rauer und verärgerter Stimme. »Ich hör, dass mein Junge in Schwierigkeiten steckt, aber seine Mom ist nirgendwo zu erreichen. Ich fahr stundenlang quer durchs Land und hab eine Höllenangst, dass jemand den Jungen sexuell missbraucht oder umbringt. Und als ich endlich ankomme, find ich dich in einer totalen Bruchbude mit kaputtem Schloss an der Eingangstür unten und einem leichten Zugang in dein Apartment durchs offene Fenster. Ich kletter rein und entdecke, dass du halb nackt und nach Bier stinkend auf der Couch eingepennt bist.«

Er senkte seinen Kopf, sog meinen Duft ein und schob seine Hüften hin und her. Das fühlte sich verdammt gut an. Ich spürte ein schmerzendes Ziehen zwischen meinen Beinen. Einfach geil.

»Ich hätt ihn dir problemlos wegnehmen können«, fuhr er fort, wobei er seinen Kopf hob und mich mit einem brennenden Blick bedachte. »Und wenn ich das gekonnt hätte, hätt's jeder andere auch gekonnt, was verdammt noch mal nicht okay ist. Deshalb musst du jetzt brav abwarten, bis ich mich wieder beruhigt habe. Denn im Moment ist von mir kein vernünftiges Verhalten zu erwarten. Bis dahin schlag ich vor, dass du nicht versuchst, mir zu sagen, was ich denke, kapiert?«

Ich nickte und sah ihn mit großen Augen an, denn ich glaubte ihm jedes Wort.

Ruger hielt meinem Blick stand, während er seine Beine wieder bewegte. Plötzlich lagen seine Beine zwischen den meinen, und ich fühlte jeden Zentimeter seines Schwanzes direkt an meinem Schritt. Er hatte mich fest im Griff und überwältigte mich mit seiner Kraft. Ich hatte verrückterweise einen plötzlichen Flashback zu der Nacht, als mich Zach in Rugers Apartment entjungfert hatte.

Ich auf einer Couch liegend, Beine auseinander, während mein Leben zusammenkracht.

Da wären wir wieder.

Das Adrenalin rauschte durch meinen Körper; Ruger war nicht der Einzige, der runterkommen musste. Er hatte mir echt *Angst* eingejagt, verdammt, und jetzt machte mich dieses Arschloch auch noch scharf, ein Gefühl, das sich erschreckend gut mit dem Ärger und der Angst vertrug, die mich zu überwältigen drohten. Außerdem konnte ich mich nicht bewegen. Ruger legte seinen Kopf neben meinen und stöhnte, während seine Hüften zustießen. Ein Wirbel aus prickelndem, angespanntem und verräterischem Begehren schoss von meinem Becken meine Wirbelsäule entlang. Ich stöhnte, als er fest gegen meine Klit drückte. Das fühlte sich gut an. Zu gut.

Meine innere Schlampe schlug mir eine unfehlbare Methode zum Abbau der Spannungen vor …

Ruger schnappte nach Luft – als ob er meine Gedanken gelesen hätte. Dann stieß er fester zu und rieb seinen Steifen immer wieder an dem dünnen Stückchen Baumwolle, das meinen Schoß bedeckte. Keiner von uns beiden redete, aber ich bog meine Hüften nach oben, um ihn besser zu spüren. Er erstarrte.

Blöde Idee, dachte ich, während ich mich ihm mit geschlossenen Augen entgegenstreckte.

Ich war schon seit Jahren scharf auf ihn gewesen. Jedes Mal, wenn ich ihn sah, fragte ich mich insgeheim, wie es sich anfühlen würde, ihn in mir zu haben.

Wenn wir es tatsächlich taten, würde ich natürlich trotzdem noch sein selbstzufriedenes Grinsen vor mir haben. Es wäre dem blöden Idioten nicht mal peinlich. Wir mussten sofort aufhören. Aber er fühlte sich so verdammt geil an. Sein Geruch hüllte mich ein, sein muskulöser Körper hielt mich nieder, sodass ich dalag wie ein gefangener Schmetterling. Seine Nase fuhr an meinem Ohr entlang und dann ging's weiter nach unten. Er küsste meinen Hals mit einer langsamen, saugenden Bewegung, wobei seine Lippen über meine Haut fuhren. Ich musste mir auf die Lippen beißen, um kein Geräusch von mir zu geben. Ich wand mich unter ihm und sah der Wahrheit ins Gesicht.

Ich wollte ihn tief in mir, und zwar jetzt.

Es war mir egal, dass gefangene Schmetterlinge sterben, sobald man sie mit einer Nadel aufspießt.

»Mama?«

Shit.

Ich versuchte vergeblich zu sprechen. Als ich mich räusperte und es nochmals probierte, spürte ich Rugers warmen Atem an meiner Wange. Mein Körper pulsierte, und er bewegte sich, wobei er langsam seine Hüften über meine schob und mich mit Absicht verspottete.

Bastard.

»Hey, Kleiner«, rief ich Noah mit wackliger Stimme zu. »Äh, wart eine Sekunde, okay? Wir haben Besuch.«

»Ist es Onkel Ruger?«

Ruger stieß ein letztes Mal zu, bevor er aufsprang. Ich setzte mich etwas durcheinander auf und fuhr mit meinen Händen mehrmals über meine Arme. Noahs Stimme hätte meine Libido eigentlich erlöschen lassen sollen, so wie ein Eimer kaltes Wasser. Aber leider hatte ich kein Glück. Ich fühlte immer noch Rugers wunderbaren Steifen zwischen meinen Beinen.

»Ich bin hier, kleiner Mann«, sagte Ruger, während er sich mit den Fingern über den Kopf fuhr.

Ich beobachtete ihn im schwachen Morgenlicht. Wenn er doch nur Dick, meinem ehemaligen Boss, etwas ähneln würde! Aber nein, da hatte ich wohl Pech. Ruger war über eins achtzig groß, muskelbepackt und auf eine ärgerliche Art gut aussehend. Er war der Typ »Hallo, ich bin wahrscheinlich ein Mörder, aber ich hab Grübchen und 'nen Knackarsch, weshalb du trotzdem scharf auf mich bist«. Manchmal hatte er einen Irokesenschnitt, aber seit ein paar Monaten trug er die Haare kurz rasiert, so wie damals, als wir uns zum ersten Mal begegnet waren. Das etwas längere und dichte Haar am Oberkopf war dunkel.

Das in Kombination mit seiner Größe, seinen Piercings, seiner schwarzen, ledernen Clubweste und den Tattoos, die beide Arme komplett bedeckten, machte ihn zum perfekten Anwärter für ein Poster, auf dem »Wanted« stand. Noah hätte Todesangst vor ihm haben sollen. Aber er schien gar nicht zu merken, wie furchteinflößend sein Onkel war. Das war ihm nie aufgefallen.

»Ich hab dir versprochen, dass ich dich da raushol, oder?«, sagte Ruger sanft.

Noah krabbelte aus dem Bett und stolperte auf Ruger zu, die Arme weit ausgebreitet, um ihn zu umarmen. Ruger fing meinen Sohn auf und wirbelte ihn durch die Luft, wobei er ihm von Mann zu Mann ins Gesicht blickte. Das tat Ruger immer – er nahm Noah ernst.

»Alles okay, Kumpel?«

Noah nickte, schlang seine Arme um den Hals seines Onkels und hielt ihn fest. Er verehrte Ruger, und dieses Gefühl beruhte auf Gegenseitigkeit. Der Anblick zerriss mir das Herz.

Ich dachte immer, Zach wäre Noahs Held. Offenbar hatte ich einen beschissenen Instinkt.

»Ich bin stolz auf dich, kleiner Mann«, sagte Ruger zu ihm.

Ich stand auf, um zu ihnen zu gehen, aber Ruger drehte sich weg. Er wollte also ungestört sein. Darüber wollte ich nicht streiten, solange sich Noah bei ihm sicher fühlte. Dennoch bemühte ich mich zu hören, was er sagte, als er meinen Sohn wieder ins Bett trug.

»Hilfe zu rufen war genau das Richtige«, hörte ich ihn leise sagen. »Wenn je wieder so was passiert, rufst du mich an. Oder ruf deine Mama an. Du kannst sogar die Polizei anrufen. Weißt du noch, wie das geht?«

»Neun eins eins«, murmelte Noah mit schläfriger Stimme. Er musste plötzlich gähnen und fiel gegen Rugers Schulter. »Aber die darf ich nur im Notfall wählen, und ich war mir nicht sicher, ob ich dann deswegen Ärger bekomme.«

»Wenn dich ein böser Mann anfasst, ist das ein Notfall«, murmelte Ruger. »Aber du hast es richtig gemacht, du hast getan, was ich dir gesagt hab. Du hast dich versteckt, das war echt super, Kleiner. Ich will, dass du dich jetzt hinlegst und wieder einschläfst, okay? In der Früh bring ich dich zu mir nach Hause, und du musst diese Leute oder diese Wohnung nie wieder sehen. Aber du kannst nicht mitkommen, wenn du zu müde bist.«

Ich hielt die Luft an. Was zum Teufel?

Ich beobachtete, wie er Noah zudeckte, doch meine Laune war alles andere als gut. Nur ein paar Sekunden später war mein Kleiner fest eingeschlafen. Ganz offensichtlich war er immer noch erschöpft. Ich zog meinen Bademantel an und wartete mit verschränkten Armen auf Ruger, bereit zum Kampf.

Er zog eine Augenbraue hoch und ließ seinen Blick über meinen Körper wandern. Versuchte er vielleicht, mich mit Sex einzuschüchtern? Das würde sein kleines Verführungsspielchen auf der Couch erklären …

»Vergisst du gerade, dass du mich nicht wütend machen sollst?«

»Warum erzählst du Noah, dass er zu dir nach Hause fahren wird? Du kannst ihm nicht solche Versprechungen machen.«

»Ich nehm ihn mit nach Coeur d'Alene«, antwortete Ruger ohne jeglichen Zweifel in der Stimme. Er neigte den Kopf zur Seite und wartete auf den Kampf, mit dem er rechnete. Sein Hals war muskulös, und sein Bizeps zuckte, als er die Arme verschränkte und damit meine Haltung nachahmte. Es war echt nicht fair. Ein Mann, der einen so frustrieren konnte, sollte klein und fett sein, und aus seinen Ohren sollten Haare sprießen. Aber es war egal, wie sexy er gerade wirkte, ich würde nicht nachgeben – er war nicht Noahs Dad und er sollte sich besser *verpissen*.

»Ich wette, du willst mit uns kommen, das geht in Ordnung. Aber er schläft keine weitere Nacht in diesem Drecksloch.«

Ich schüttelte langsam und deutlich meinen Kopf. Ich hatte zu unserem Apartment auch diese Meinung – ich fühlte mich nicht mehr sicher –, aber ich würde nicht zulassen, dass er hier einfach reinplatzte und sagte, wo's langging. Ich würde eine neue Wohnung für uns finden. Zwar wusste ich noch nicht, wie ich das anstellen sollte, aber ich würde es schon schaffen. Schließlich hatte ich die vergangenen sieben Jahre meine Survival-Skills trainiert.

»Das ist nicht deine Entscheidung. Er ist nicht dein Sohn, Ruger.«

»Die Entscheidung ist gefallen«, antwortete Ruger. »Und er ist vielleicht nicht mein Sohn, aber er ist ganz sicher mein Junge. Ich hab bei seiner Geburt Anspruch auf ihn erhoben, und du weißt verdammt genau, dass das wahr ist. Es gefiel mir nicht, dass du mit ihm so weit weggezogen bist, aber ich hab deine Gründe respektiert. Die Dinge haben sich nun geändert. Mom ist tot, Zach ist auch nicht mehr da, und das hier« – er deutete mit einer Geste auf das verwahrloste kleine Studio –, »das ist nicht gut genug. Was zum Henker ist in deinem Leben wichtiger, als Noah eine sichere Umgebung zu bieten?«

Ich starrte ihn wütend an.

»Was soll *das* denn heißen?«

»Bleib ruhig«, sagte Ruger. Er kam einen Schritt näher und schob mich zurück. Es war ein Machtspiel, pure körperliche Einschüchterung. Ich wette, normalerweise funktionierte das auch, denn als er über mir aufragte, riet mir mein Überlebensinstinkt, seinen Befehlen sofort Folge zu leisten. Tief in mir zuckte etwas … blöder Körper.

»Ich mein genau, was ich sage«, fuhr er fort. »Wofür zum Teufel gibst du das Unterhaltsgeld aus? Sicher nicht für dieses Drecksloch. Und scheiße, warum bist du aus deiner anderen Wohnung ausgezogen? Sie war nicht toll, aber ganz in Ordnung, und es gab diesen kleinen Park und den Spiel-platz. Als du mir erzählt hast, dass du umziehst, dacht ich, du hast was Schöneres gefunden.«

»Ich bin hier, weil sie mich wegen Mietschulden rausgeworfen haben.« Sein Wangenmuskel zuckte. Seine Miene verdunkelte sich, während ein Ausdruck in seine Augen trat, den ich nicht deuten konnte.

»Willst du mir sagen, warum ich erst jetzt von dieser Situation höre?«

»Nein«, antwortete ich ehrlich. »Ich will dir gar nichts sagen, es geht dich nichts an.«

Er schwieg und atmete einige Male tief ein.

Die Sekunden zogen sich dahin, und mir wurde klar, dass er sich zur Ruhe zwang. Ich dachte, er wäre zuvor schon wütend gewesen, aber der kalte Zorn, den er jetzt ausstrahlte, war noch mal ganz was anderes ... Ich fröstelte. Das war eines der vielen Probleme, die ich mit Ruger hatte. Manchmal jagte er mir Angst ein. Und die Typen in seinem Club? Die waren noch furchteinflößender.

Ruger war Gift für eine Frau in meiner Lage, egal, wie lieb er zu Noah war oder wie sehr sich mein Körper nach einer Berührung von ihm sehnte.

»Noah geht mich was an«, sagte er schließlich langsam, wobei er jedes Wort extra betonte. »*Alles, was ihn betrifft, geht mich was an.* Wenn du das nicht kapierst, ist das dein Problem. Aber heute ist Schluss damit. Ich nehm ihn mit nach Hause, wo er in Sicherheit ist, sodass ich nie wieder so einen beschissenen Telefonanruf bekomme. Mein Gott, du hast nicht einmal die einfachsten Sicherheitsmaßnahmen ergriffen. Hörst du mir ei-gentlich nie zu? Ich hab dir gesagt, du sollst diese kleinen Alarmanlagen fürs Fenster besorgen, bis ich die Wohnung ordentlich sichern kann.«

Ich richtete mich kerzengerade auf und leistete Widerstand.

»Erstens, du wirst ihn nirgendwohin mitnehmen«, sagte ich mit fester Stimme, bemüht, nicht zusammenzuzucken. Ich konnte es mir nicht leis-ten, Schwäche zu zeigen, obwohl ich gefährlich nah dran war, in die Hose zu machen. »Und zweitens hat dein beschissener Bruder seit fast einem Jahr keinen Unterhalt mehr gezahlt. Das Jugendamt kann ihn auch nicht ausfindig machen, er ist spurlos verschwunden. Ich hab alles versucht, aber ich konnt die Miete in der alten Wohnung auf Dauer einfach nicht zahlen.

Diese Wohnung hier kann ich mir leisten, deshalb sind wir umgezogen. Du hast kein Recht, über mich zu urteilen – ich würd gerne sehen, wie du mit dem Geld, das ich verdiene, ein Kind großziehst. Diese Alarmanlagen werden nicht einfach kostenlos verteilt, Ruger.«

Sein Wangenmuskel zuckte wieder.

»Zach arbeitet auf den Ölfeldern in North Dakota«, sagte er langsam. »Verdient dort verdammt gutes Geld. Ich habe vor zwei Monaten mit ihm gesprochen, wegen Moms Grundstück. Er hat behauptet, zwischen euch beiden ist alles in Ordnung.«

»Er hat *gelogen*«, sagte ich mit Nachdruck. »Das tut er doch *immer*, Ruger. Das ist doch nichts Neues. Bist du wirklich überrascht?«

Ich fühlte mich plötzlich müde – so ging es mir immer, wenn ich an Zach dachte. Aber schlafen half nichts. Er wartete auch in meinen Träumen auf mich. Ich wachte dann schreiend auf.

Ruger drehte sich um und ging hinüber zum Fenster, wo er sich ans Fensterbrett lehnte und nachdenklich hinaussah. Gott sei Dank beruhigte er sich anscheinend. Wenn seine Silhouette vor meinem Fenster nicht auf so trügerische Weise attraktiv gewirkt hätte, wäre meine Welt langsam wieder in Ordnung gewesen.

»Wahrscheinlich sollt ich nicht überrascht sein«, sagte er nach einer langen Pause. »Wir wissen beide, dass er ein verdammter Loser ist. Aber du hättest es mir sagen sollen. Ich hätt das nicht zugelassen.«

»Es war nicht dein Problem«, antwortete ich mit sanfter Stimme. »Uns ging's gut, zumindest bis gestern Abend. Meine üblichen Babysitter haben alle diese Grippe, die gerade umgeht. Ich hab einen Fehler gemacht und werd das nie wieder tun.«

»Nein, das wirst du nicht«, sagte Ruger und drehte sich zu mir um. Er neigte seinen Kopf zur Seite, während sich sein Blick in mich bohrte. Ich merkte, dass er ein wenig anders aussah. Er hatte ein paar Piercings weniger. Schade, dass ihn das nicht weicher erscheinen ließ, denn sein Gesichtsausdruck war hart wie Stahl. »Das lass ich nicht zu. Du musst dir endlich eingestehen, dass du es alleine nicht schaffst. Im Club sind lauter Frauen, die Kinder lieben. Sie werden einspringen. Wir sind eine Familie, und die Familie sieht nicht einfach zu, wenn jemand in Schwierigkeiten ist.«

Ich öffnete meinen Mund, um ihm zu widersprechen, als ich ein leises Klopfen an der Tür hörte. Ruger stieß sich vom Fenster ab und schritt zur Tür, um sie zu öffnen.

Ein wahrer Riese kam hereinmarschiert; er war sogar größer als Ruger, was schon was heißen wollte. Er trug ausgeblichene Jeans, ein dunkles Shirt und eine schwarze Lederweste mit Aufnähern, so wie Ruger. Darauf standen sein Name und eine kleine, rote Raute mit einer Eins und einem Prozentzeichen.

Alle Reapers trugen sie, und laut meiner alten Freundin Kimber bedeutete sie, dass sie Outlaws waren – und das glaubte ich ihr sofort.

Dieser neue Typ hatte schulterlanges, dunkles Haar und ein so gut aussehendes Gesicht, dass er glatt ein Filmstar hätte sein können. Unter einem Arm hielt er einen Stapel zerlegter Kartons, die mit Draht zusammengebunden waren.

In der anderen Hand hielt er einen Baseballschläger aus Aluminium und eine Rolle Panzerband.

Ich schluckte und wurde beinahe ohnmächtig. Meine Hände wurden sogar schweißnass, ja, ich weiß, das ist ziemlich klischeemäßig, aber so bin ich eben gestrickt. Meine Nemesis war nicht einfach nur gekommen, um uns zu retten, sondern hatte auch noch einen Begleiter mitgebracht. Das war das größte Problem bei Ruger – es gab ihn nur im Mehrfachpack. Kaufte man einen Reaper, bekam man den Rest noch obendrauf.

Nun, alle, die gerade nicht im Knast saßen.

»Das ist Horse, einer meiner Brüder«, sagte Ruger, während er die Tür hinter ihm schloss. »Er wird uns helfen, dein Zeug einzupacken. Bleib ruhig, aber pack schon mal alles ein, was du mitnehmen willst. Du wirst im Souterrain meines Hauses wohnen. Ich glaub, du hast mein neues Haus noch nicht gesehen«, fügte er spitz hinzu, weil ich mich zu Beginn des Sommers, als wir in Coeur d'Alene gewesen waren, geweigert hatte, dort zu wohnen. »Unten gibt's eine helle Wohnung mit Küche und allem Drum und Dran. Du hast sogar deine eigene Terrasse. Noah hat genügend Platz zum Herumrennen. Die Wohnung ist auch möbliert, bring also nur mit, was dir wirklich wichtig ist. Der restliche Mist kann hierbleiben.«

Er sah sich im Zimmer um und beurteilte meine Möbel. Irgendwie hatte er ja recht. Die meisten waren vom Sperrmüll, die edleren Stücke aus Gebrauchtwarenläden.

»Wie geht's dem Jungen?«, fragte Horse leise. Er stellte die Kartons ab und lehnte sie gegen die Wand. Dann wog er den Baseballschläger in der Hand, ließ ihn kurz hochschnellen und fing ihn mit der anderen Hand wieder auf. Mir entging nicht, wie muskulös seine Arme waren. Offenbar bestand das Leben im Club nicht nur aus Saufen und Herumhuren: Ruger und sein Freund waren unübersehbar öfter beim Gewichtheben. »Hat ihn der Bastard angefasst? Was ist passiert?«

»Noah geht's gut«, sagte ich schnell, wobei ich das Panzerband beäugte, das Horse nicht neben den Umzugskartons abgelegt hatte. »Er hatte Angst, aber jetzt ist er wieder okay. Und wir brauchen deine Hilfe nicht, weil wir nicht mit nach Coeur d'Alene kommen.«

Horse ignorierte mich und warf Ruger einen Blick zu.

»Ist der Typ noch da?«

»Weiß nicht«, antwortete Ruger. Er sah mich an. »Sophie, zeig uns, in welchem Apartment sie sind.«

»Was habt ihr vor?«, fragte ich, während ich zwischen beiden hin- und herblickte. Ihre Gesichter verrieten nichts. »Ihr könnt ihn nicht einfach umbringen. Das wisst ihr, oder?«

»Wir bringen keine Leute um«, erwiderte Ruger mit ruhiger und beinahe besänftigender Stimme. »Aber manchmal haben Arschlöcher wie dieser hier einen kleinen Unfall, wenn sie nicht vorsichtig sind. So was kann passieren – das kommt vor im Leben. Zeig uns, wo er ist.«

Ich sah auf Horse' große, starke Hände, die den Baseballschläger und die Rolle mit dem Panzerband hielten, wobei ein Daumen zart über die silberne Oberfläche strich. Dann dachte ich daran, wie sich Noah vier Stockwerke über dem Erdboden an eine Feuerleiter geklammert hatte, um sich vor einem »bösen Mann« zu verstecken, der ihn zum Kitzeln auf seinen Schoß setzen wollte. Ich dachte an den Alk und das Gras und den Porno. Schließlich ging ich zur Tür, öffnete sie und zeigte auf Mirandas Wohnung auf der anderen Seite des Flurs.

»Sie sind da drinnen.«

KAPITEL ZWEI

Zehn Minuten später fragte ich mich, was Ruger wohl mit dem Wort »Unfall« gemeint hatte.

Planten sie einen *tödlichen* »Unfall«?

Ich sagte mir immer wieder, dass das nicht mein Problem sei. Mirandas Schicksal war in dem Moment besiegelt, als Noah Ruger angerufen und ihn weinend um Hilfe angefleht hatte. Es entzog sich völlig meiner Kontrolle. Das funktionierte ungefähr eine halbe Stunde lang – dann erwachte mein Gewissen.

Wenn Ruger und Horse nicht vorhatten, jemanden umzubringen, wozu brauchten sie dann einen Baseballschläger und ein Panzerband? Zu einem konstruktiven Gespräch über etwaige Fehler brauchte man die Ausrüstung kaum. So was kam eher zum Einsatz, wenn man jemanden töten und dann die Leiche beseitigen wollte. Fehlten nur noch die großen, schwarzen Mülltüten. Ich hatte schließlich die Krimiserie *Dexter* gesehen, ich kannte mich da aus.

Miranda verdiente eine ordentliche Abreibung wegen Noah, aber sie verdiente nicht den Tod. Diese Art von Karma brauchte ich wirklich nicht.

Ich wählte Rugers Handynummer. Er antwortete nicht.

Dann schlich ich über den Flur und klopfte an die Tür. Ich hörte keine Schreie oder so von drinnen. Gutes oder schlechtes Zeichen? Das war schwer zu sagen – dies hier war mein erstes Verbrechen, und ich hatte keine Ahnung, wie man da vorging. Ich hörte Stiefelschritte auf dem knarzenden Holzboden.

»Ich bin's«, sagte ich mit gedämpfter Stimme. »Könnt ihr kurz rauskommen? Ich muss echt mit dir reden, Ruger.«

»Ruger ist beschäftigt«, antwortete Horse durch die Tür. »Wir sind hier bald fertig. Geh packen und pass auf deinen Jungen auf. Wir kümmern uns um das hier.«

Ich drehte am Türknopf. Abgeschlossen.

»Ernsthaft, Sophie, geh wieder in deine Wohnung.«

Ich trat von der Tür zurück. Was nun?

Das offene Fenster am Ende des Flurs fiel mir auf. Die Feuerleiter. Ruger war auf diese Weise in meine Wohnung gelangt, und Mirandas Wohnung entsprach genau der meinen. Vielleicht könnte ich so reinkommen, um zu sehen, ob alles in Ordnung war?

Schnell schlüpfte ich in mein Apartment, denn ich wollte kurz nach Noah sehen. Dabei verschloss ich schnell mein eigenes Fenster. Zum Glück schlief er tief und fest. Kein Wunder nach dieser Nacht. Ich schlich durch die Tür und sperrte sie ab. Dann ging ich zum Flurfenster und streckte meinen Kopf raus, um die Lage zu checken.

Tatsächlich führte das schmale Eisengerüst von meinem Fenster am Flur vorbei bis zu ihrem Fenster. Vorsichtig kletterte ich auf die Plattform, die natürlich quietschte. Ich sah nach unten und schluckte.

Ich war noch nie ein Fan von großen Höhen gewesen.

Mit einer Hand hielt ich mich am Geländer fest, mit der anderen strich ich an der Ziegelmauer entlang, bis ich ihr geschlossenes Fenster erreichte. Ich duckte mich und sah hinein. Miranda hatte es nicht so mit der Wohnungsdeko, weshalb sie keine Jalousien angebracht hatte. Stattdessen hing ein dünner, halb durchsichtiger Schal vor dem Fenster. Man sah vielleicht ein wenig verschwommen, aber es war trotzdem alles deutlich zu erkennen.

Ihr Freund lag mit dem Gesicht nach unten auf dem Boden, seine Hände waren mit dem Panzerband stramm hinter seinem Rücken zusammengebunden. Seine Füße waren auch verpackt, ebenso sein Kopf, so, als ob sie ihm den Mund hatten zukleben wollen und dann einfach weitergemacht hatten. Von einem Schnitt an seiner Stirn und aus seiner Nase rann Blut. An seinen Rippen waren die ersten Anzeichen von Prellungen zu sehen. Er schien bewusstlos zu sein.

Ruger stand über ihm, in einer Hand den Baseballschläger, in der anderen das Handy.

Miranda kniete in der Mitte des Raums. Ihre Hände waren ebenso zusammengebunden wie die des Typen. Auch ihr Mund mit Panzerband zugeklebt. Außerdem trug sie ein billiges Nachthemd, das vermutlich sexy wirken sollte. Horse lehnte ihr gegenüber entspannt an der Wand. Er schien gelangweilt zu sein.

Ich seufzte vor Erleichterung. Ich hab mich umsonst verrückt gemacht! Sie würden wohl kaum zwei Leute eiskalt abschlachten. Im richtigen Leben lief das nicht so. Natürlich, nach Spaß sah das da drinnen auch nicht gerade aus, aber damit konnte ich leben.

Ruger beendete sein Telefongespräch und schob das Handy wieder in seine Hosentasche. Dann sagte er etwas zu Horse. Horse zuckte mit den Schultern und machte vermutlich einen Witz, denn Ruger lachte. Nun ging der große Kerl hinüber zu Miranda, kniete sich hin und riss das silberne Band von ihrem Gesicht. Ihre Lippen zitterten, als sie ihn etwas fragte. Er schüttelte seinen Kopf, während er ihre Frage beantwortete. Daraufhin fing sie so heftig zu zittern an, dass ich es quer durchs Zimmer und durch den Vorhang hindurch sehen konnte.

Jetzt wurde es erst richtig übel.

Horse langte nach hinten und zog eine hässliche, schwarze Pistole aus dem Hosenbund seiner Jeans. Vor Schreck erstarrt sah ich, wie er dieses Schiebedingens oben betätigte, um sie zu entsichern. Dann sagte er noch etwas zu Miranda.

Tränen rannen über ihr Gesicht, als sie langsam den Mund öffnete.

Horse schob ihre Lippen mit dem Lauf seiner Pistole weiter auf und steckte die Waffe hinein.

Verdammte Scheiße. VERDAMMTE SCHEISSE.

Ich sprang auf und hämmerte mit beiden Händen gegen das Fenster, während ich brüllte, dass sie aufhören sollten.

Ruger wirbelte unglaublich schnell herum. Innerhalb von Sekunden hatte er das Fenster aufgerissen und mich ins Zimmer gezerrt.

Das Fenster krachte wieder nach unten, als er seine Arme um mich schlang und mich hart gegen seinen Körper presste, mit dem Rücken zu ihm. Ich versuchte, wieder zu schreien, aber er drückte mir unsanft seine Hand auf den Mund.

Der Baseballschläger rollte klappernd über den Holzboden.

Mirandas Blick schnellte zu mir. In ihren Augen lag verzweifelte Hoffnung, die schnell erstarb, da sich keiner der beiden Männer bewegte. Dann begann Horse zu sprechen.

»Die Zeit ist um, Süße. Die meisten Leute machen die Augen zu. Du bist dran.«

Miranda stöhnte und schloss fest ihre Augen, während sich ihr ganzer Körper versteifte.

Horse sah nach oben, lächelte und warf mir eine Kusshand zu.

Dann drückte er ab.

Ruger

Sophie explodierte förmlich in seinen Armen und schlug um sich. Ihre verdammte Nachbarin schrie und fiel wieder auf den Boden, wobei sie dramatisch hin- und herrollte. Keine von beiden schien zu merken, dass die verdammte Waffe nicht geladen gewesen war. Ruger war vollauf damit beschäftigt, die Furie in seinen Armen zu bändigen. Er hasste Horse, weil der Bastard einfach nur dastand und sein arrogantes Schwanzlutscher-Arschloch-Grinsen aufgesetzt hatte. Eine Kusshand, verdammt noch mal?

Verfickt noch mal. Einer von Sophies Absätzen traf ihn mit aller Kraft am Schienbein. Als er grunzte, trat sie gleich noch einmal zu. Und zwar heftig.

»Ich wette 50 Dollar, dass dich deine kleine Mama in einem fairen Kampf fertigmachen würde«, spottete Horse.

Mirandas Kreischen verstummte plötzlich, und sie rührte sich nicht mehr. Stattdessen öffnete sie die Augen und sah sich verwirrt um.

Endlich hatte diese Idiotin kapiert, dass sie nicht tot war.

Auch Sophie wurde ruhig, worüber sich Rugers schmerzendes Schienbein sehr freute.

»Ich hab das Gefühl, ich wiederhol mich«, murmelte er ihr ins Ohr. »Aber wenn ich meine Hand wegnehme, hältst du besser still. Verstanden?«

Sie nickte knapp.

Ruger nahm seine Hände weg, und Sophie riss sich los. So schnell wie der Angriff einer Schlange kam ihre Hand hervorgeschossen und versetzte ihm eine Ohrfeige, die verdammt *wehtat*.

Mist.

»Du Bastard«, zischte sie. »Ich hätte mir vor Angst fast in die Hose gemacht! Was seid ihr für Sadisten, dass ihr so eine verdammte Show abzieht?«

»Sadisten, die einen bleibenden Eindruck hinterlassen wollen?«, fragte Ruger mit schräg gelegtem Kopf. »Mein Gott, hast du *gewollt*, dass wir sie umlegen?«

Sophies Gesicht verzerrte sich, und sie öffnete ihren Mund, aber bevor sie etwas sagen konnte, fing die Schlampe auf dem Boden zu weinen an, und zwar ziemlich laut. Ruger wurde klar, dass Miranda *alles* laut machte. Horse beugte sich nach vorne, zog an Mirandas Armen und riss sie nach oben, sodass sie vor ihm kniete. Er nahm ihr Kinn und zwang sie, ihn anzusehen.

»Beim nächsten Mal kommt eine Kugel raus und zermatscht dein Hirn. Kapiert?«

Sie nickte heftig und heulte sogar noch lauter als zuvor. Wie war das nur möglich? Dann roch Ruger den unverwechselbaren Geruch von Pisse. Tatsächlich bildete sich eine Pfütze unter ihr.

»Jedes verdammte Mal«, murmelte er. Horse prustete.

»Feige Schlampe.«

»Ich glaub's einfach nicht«, sagte Sophie, wobei sie ihre Fäuste ballte und wieder öffnete und vor Erregung zitterte. Sie war so wütend, dass sie ganz vergessen hatte, Angst zu haben. Das gefiel ihm sogar an ihr – Sophie hatte Mumm. Aber jetzt ging sie ihm gerade auf den Geist. Sie hatten eine Menge zu tun und nur wenig Zeit, bis die Typen vom Jacks MC auftauchten. »Ich dachte, ihr bringt sie um. *Sie* dachte, ihr bringt sie um. Wie könnt ihr das tun?«

»Wir wollten ihre volle Aufmerksamkeit«, antwortete Ruger, dem langsam die Geduld ausging. »Nahtoderfahrungen bleiben einem lange im Gedächtnis. Beim nächsten Mal wird sie sich die Sache besser überlegen.«

Sophie öffnete ihren Mund, schloss ihn wieder und starrte ihn wütend an. Das Geräusch von zerreißendem Panzerband war zu hören, als Horse erneut Mirandas Mund zuklebte. Scheiße, wurde auch Zeit. Ruger hatte genug von ihrem Krach, er war erschöpft, weil er die ganze Nacht gefahren war, und Hunger hatte er auch.

»Geh wieder rüber, Sophie«, sagte er, während er sich mit der Hand durch die kurzen Haare fuhr. Als er seinen Arm hob, stieg ihm sein eigener Schweißgeruch in die Nase. Ziemlich heftig. Er würde noch bei ihr duschen müssen, bevor sie nach Coeur d'Alene aufbrachen. »Wir drehen nicht durch, versprochen. Aber vergiss nicht, dass sich Noah letzte Nacht über eine Stunde lang auf der Feuerleiter verstecken musste. Im vierten Stock, Sophie. Der Typ deiner Babysitterin ist übrigens ein vorbestrafter Sexualstraftäter. Die Schlampe wusste das auch noch. Trotzdem hat sie ihn mitgebracht, als sie ein Kind in der Wohnung hatte. Du brauchst mit keinem von beiden Mitleid zu haben.«

Sophies sah ihn mit großen Augen an.

»Woher wisst ihr das alles?«

Horse antwortete.

»Sie haben's uns erzählt.«

»Ich glaub kaum, dass Sexualstraftäter das überall herumerzählen«, sagte sie nun misstrauisch.

»Wir können sehr überzeugend sein«, erklärte ihr Ruger. »Man muss nur die Frage richtig stellen. Geh heim, Soph. Wir müssen die Sache hier beenden und dein Zeug einladen. Ich bin müde, Süße.«

»Das ist nicht in Ordnung, ich fühl mich wie eine Komplizin«, antwortete Sophie und schüttelte ihren Kopf. »Das gefällt mir nicht.«

Verdammt noch mal … Als sie ihnen vorhin Mirandas Wohnung gezeigt hatte, hatte sie sich darüber nicht zu allzu viele Gedanken gemacht. Es war ein bisschen spät, sich jetzt darüber zu beschweren.

Genug.

»Tatsächlich? Es *gefällt* dir nicht? Mir persönlich gefällt die Idee nicht, dass bald das nächste Kind vergewaltigt wird, nur weil es nicht schlau genug ist, sich auf der Feuerleiter zu verstecken«, sagte Ruger, wobei er langsam näher und näher kam, bis sie mit dem Rücken zur Wand stand.

»Was hältst du davon? Du hast weiterhin als Komplizin Schuldgefühle, und ich mach weiterhin deine Drecksarbeit, damit du dir keinen Fingernagel abbrichst oder so. Und heute Abend machen wir 'ne Flasche Wein auf und reden drüber, wie wir uns heute gefühlt haben. Vielleicht essen wir dazu noch ein bisschen Schokolade und sehen uns dann zusammen *Wie ein einziger Tag* an. Wär das okay für dich?«

Sie berührte die Wand, und er lehnte sich nach vorne, wobei er seine beiden Hände flach neben ihrem Kopf an die Mauer klatschte. Ruger schob sein Gesicht näher an ihres heran und starrte sie mit blitzenden Augen an.

»Shit, Sophie – ich glaub, ich hab echt eine Menge Geduld mit dir gehabt. Das ist kein verdammter Witz hier. Noah hat die vergangene Nacht überlebt, weil er auf dieser Feuerleiter wach geblieben ist und aufgepasst hat, nicht weil auch nur eines dieser Arschlöcher einen Finger gerührt hätte, um ihm zu helfen. *Sie haben einen kleinen Jungen terrorisiert und ihn ausgelacht.* Jetzt sind sie fällig. Glaub nur nicht, dass ich mich deswegen schlecht fühle. Geh. Nach. Hause.«

Sophie schluckte mit weit aufgerissenen Augen. Sie sagte nichts, als sie langsam unter seinen Armen durchtauchte und an der Wand entlang zur Wohnungstür ging. Sie schlüpfte hindurch und schloss sie behutsam hinter sich.

Ruger sah hinüber zu Horse, der eine Augenbraue hochzog. Toll. Jetzt würde er sich von ihm auch noch was anhören dürfen.

»Deine kleine Mama ist ganz schön heiß, wenn sie sauer ist«, sagte Horse hilfreicherweise.

»Mann, Horse. Du hast echt kein Feingefühl, weißt du das eigentlich?«

»Ja«, antwortete er.

Ruger zog es ernsthaft in Erwägung, den Baseballschläger zu nehmen und dem Kerl die Visage zu polieren. Natürlich bekäme er dann Ärger mit Horse' Alter Lady, die eine verdammt gute Schützin war.

Miranda fiel mit weit geöffneten Augen und einem dumpfen Poltern vornüber. Sie sahen auf sie hinunter.

»Was machen wir mit ihr?«, fragte Horse. »Ich will sie nicht mehr sehen, aber ich muss zugeben, dass mir die Idee, sie hierzulassen, bis die

49

Jacks kommen, um ihr Problemkind aufzusammeln, nicht gefällt.« Er zeigte mit dem Kinn in Richtung des immer noch bewusstlosen Mannes auf dem Boden.

»Lassen wir sie gehen, wenn wir hier fertig sind?«, schlug Ruger vor. Er ging zu ihr und stieß sie mit dem Fuß an. »Hey, Miranda. Wenn wir das Band in ein paar Stunden durchschneiden, müssen wir uns dann Sorgen machen, dass du irgendjemandem von diesem kleinen Abenteuer erzählst? Denn dann wär ich ziemlich angepisst.«

Sie schüttelte heftig den Kopf.

»Sicher?«, fragte Horse. »Wenn du ein Problem damit hast, lassen wir uns was anderes für dich einfallen. Ich hab ein leeres Grundstück hier in der Nähe gesehen. Ich frag mich, wie lange es dauert, bis irgendein Bauarbeiter deine Leiche ausbuddelt.«

Miranda grunzte mit schreckgeweiteten Augen.

»Ich nehm mal an, das heißt, dass du den Mund halten wirst«, seufzte Ruger und rieb sich den Nacken. Seine Muskeln waren viel zu verspannt dahinten. »Oh, da ist noch was, was du wissen solltest. Du bekommst es nicht nur mit uns zu tun, wenn du redest. Im Club gibt's 134 Brüder. Ich gelte im Allgemeinen als einer der Netteren unter ihnen.«

»Genau so ist es«, schaltete sich Horse ein. »Leg dich mit uns an, und du bekommst es doppelt zurück. Darauf kannst du zählen.«

Sie nickte panisch.

»Das klingt doch nach 'nem Plan«, sagte Horse. Er warf einen Blick auf den Mann am Boden und sah dann zu Ruger. »Vielleicht erzählst du deiner kleinen Mama, dass sie das nächste Mal, wenn sie Ärger mit einem Typen aus einem anderen Club hat, uns zuerst warnen soll, bevor wir reingehen. Das hätt schiefgehen können.«

»Sie kapiert's nicht – nicht die Tinte, nicht die Weste, rein gar nichts. Vielleicht hat sie seine Tattoos gesehen, aber sie wusste nicht, was sie bedeuten. Gib mir das Band«, sagte Ruger. Horse warf es ihm zu, und Ruger hockte sich neben die Frau. »Beine zusammen, du Schlampe. Das ist mal 'ne ganz neue Erfahrung für dich.«

Sie gehorchte, und er begann, das Band straff um ihre Knöchel zu wickeln.

»Du warst noch in Afghanistan, als es bei Sophie und Zach gekracht hat«, erklärte Ruger Horse. »Aber glaub mir, es war ziemlich heavy. Und danach waren wir nicht unbedingt gute Kumpels. Sie hasst mich, sie hasst den Club. Trotzdem versucht sie, mit der Situation zurechtzukommen, weil sie Noah zu sehr liebt, um ihm den einzigen Mann in seinem Leben wegzunehmen. Ich bin das Beste, was er hat, so beschissen das für ihn auch ist.«

»Klingt, als ob sie ein Miststück wäre«, sagte Horse. »Es heißt, du hättest ihren Arsch gerettet. Wie ein verdammter Ritter in schimmernder Rüstung. Vielleicht solltest du dein Bike gegen ein hübsches rosa Einhorn tauschen.«

»Halt's Maul, du Arsch«, antwortete Ruger. »Ich hab sie gerettet, aber ich hab ihr auch gewaltig die Meinung gesagt, als sie gerade gar nicht damit umgehen konnte. Ist jetzt auch egal. Kurz gesagt, sie hat keine Ahnung von Clubfarben oder von unserer Lebensweise. Sie hat den Aufnäher nicht erwähnt, weil sie keinen blassen Dunst hat.«

»Kann ich einen Vorschlag machen?«, fragte Horse.

»Nein.«

»Du musst ihr erklären, was sie erwartet, musst ihr dabei helfen, das Clubleben zu verstehen, bevor sie wieder Mist baut«, sagte er. »Spart dir in der Zukunft 'ne Menge Ärger. Glaub mir, Bruder. Eine Zivilistin wie Sophie zu deiner Alten Lady zu machen ist schwierig genug. Mach's nicht noch schlimmer, als es eh schon ist. Außerdem hat sie eine verdammt große Klappe. Was zwischen euch abläuft, ist eine Sache, aber daheim im Arsenal kann sie sich nicht so aufführen. Du weißt, wie's ist.«

Ruger schnaubte und ließ das Band fallen, als er mit dem Zusammenbinden von Mirandas Beinen fertig war. Warum hatte er nur Horse mitgebracht? Jeder andere wäre ihm weniger auf die Nerven gegangen … sogar Painter, obwohl der Junge wahrscheinlich nicht mal seinen eigenen Schwanz unter der Dusche fand, ganz zu schweigen von einer Frau unter sich.

Leider war Horse der Einzige gewesen, der nüchtern und dumm genug war, mitten in der Nacht ans Telefon zu gehen.

»Das wird für dein kleines Hirn schwer zu begreifen sein, pass also gut auf«, sagte Ruger, während er aufstand und das Klebeband auf die Couch warf. »Erstens ist sie nicht meine kleine Mama, also hör auf, sie so zu nennen. Das war nur die ersten 50 Male lustig. Zweitens hab ich nicht vor, sie zu meinem Eigentum zu machen. Ich helf ihr, weil sie Noahs Mom ist, und praktisch gesehen ist er mein Sohn. Wegen ihm pass ich auf sie auf, aber sie ist völlig unabhängig. Ich bezweifle, dass sie jemals einen Fuß ins Arsenal setzen wird, egal, was ich ihr sage.«

»Schwachsinn.«

»Kein Schwachsinn«, fuhr ihn Ruger an. »Sie will mich nicht, du Arschloch. Glaub mir, ich habe allen Grund, das zu glauben. Unsere Geschichte ist verdammt kompliziert – viel zu kompliziert für einen dämlichen Schwanzlutscher wie dich.«

»Sie hat dich abblitzen lassen«, stellte Horse fest, während sich langsam ein Grinsen über sein Gesicht ausbreitete. »Und du fährst trotzdem mitten in der Nacht quer durchs Land, nur damit sie bei dir einzieht? Dich hat's echt ganz schön erwischt, Bruder, du bist am Arsch.«

»Sie hat mich nicht abblitzen lassen«, antwortete Ruger mit funkelnden Augen. »So war's nicht. Und ich mach mir nichts aus ihr.«

»Hier ist ein Vorschlag für die Zukunft«, sagte Horse. »Wenn ich dir glauben soll, dass du dir *nichts* aus ihr machst, holst du dir das nächste Mal besser einen runter, bevor du die Tür aufmachst. So eine Latte, wie du eine hattest, bedeutet eigentlich was anderes. Oder war die für mich? In dem Fall fühle ich mich echt geehrt.«

»Warum hat dich Marie noch nicht erschossen?«

»Weil ich die Bedürfnisse meines Schwanzes nicht leugne«, antwortete Horse. »Wenn sie sauer auf mich ist, gibt's keine Muschi. Beobachte und lerne. Lass uns die Sache hier abschließen, damit wir das Zeug deines Mädchens runter zum Truck tragen können. Die Jacks werden in ein paar Stunden hier sein, und ich hab nicht unbedingt vor mitzudiskutieren, wie sie die Tattoos von diesem Arsch am besten entfernen. Welcher selbstmörderische Idiot schwärzt seine Tattoos denn nicht, wenn ihn der Club rausgeschmissen hat?«

»Nun, er hat sich für die Devil's Jacks entschieden«, antwortete Ruger mit einem Schulterzucken. »Das spricht nicht gerade für seine Intelligenz. Ich hoffe, er ist krankenversichert. Das wird er jetzt wahrscheinlich brauchen.«

»Nur wenn er Glück hat. Sag mal, Bruder, wie oft hast du *Wie ein einziger Tag* gesehen?« Die Antwort wollen die Jungs zu Hause nämlich bestimmt gern wissen.«

»Arschloch.«

Sophie

Noah hüpfte wie ein Gummiball auf seinem Stuhl herum, während er sein Müsli schlürfte.

»Wir fahren heute zu Onkel Ruger, oder? Meinst du, er hat Skylanders?«

»Ja, wir fahren zu Onkel Ruger. Keine Ahnung, ob er Skylanders hat, aber mach dir mal nicht zu viele Hoffnungen«, antwortete ich. Mein Adrenalinrausch war wieder abgeklungen, weshalb es mir schwerfiel, weiterhin richtig wütend zu sein. Stattdessen blickte ich mich in der Wohnung um und sah der Wahrheit endlich ins Auge.

Das Apartment war eine völlige Bruchbude. Außerdem gab es keine Entschuldigung dafür, dass ich am Fenster keinen Alarm angebracht hatte. Die waren schließlich im Ramschladen zu haben.

Es gefiel mir nicht, Ruger gewinnen zu lassen, aber die Realität gab ihm einfach recht. Ich war pleite, hatte keinen Job mehr und konnte mein Kind nicht beschützen. Mit dem Kellnern hatte ich sowieso nicht genug verdient, um uns über Wasser zu halten. Und hätte ich bessere Jobangebote gehabt, wäre ich bestimmt nicht in der Bar gelandet. Meine Familie würde mir sicher nicht helfen. Für sie war ich so gut wie gestorben, seit ich mich geweigert hatte, Noah abtreiben zu lassen.

Eine sichere, kostenlose Wohnung abzulehnen wäre Wahnsinn.

Trotzdem war ich noch nicht wirklich bereit, Ruger zu verzeihen. Genau betrachtet, ergab das nicht viel Sinn. Sicher, er hatte sich mir gegenüber wie ein Arsch aufgeführt. Andererseits hatte er alles stehen und liegen lassen und war 500 Meilen gefahren, um Noah zu retten, als er Hilfe brauchte. Um fair zu sein, glichen sich die beiden Punkte ungefähr aus. Ruger hatte außerdem ein Argument angeführt, dem ich nichts entgegensetzen konnte.

Ich wollte *tatsächlich nicht* die Drecksarbeit erledigen.

Ruger und Horse hatten sich einen Überblick über die Lage verschafft, hart durchgegriffen und die Dinge wieder in Ordnung gebracht. Und das war eine große Erleichterung. Letztendlich war ich sauer auf Ruger gewesen, weil er *mich* erschreckt hatte, nicht wegen Miranda. Na ja, und weil er mich schikaniert hatte.

Er hätte doch einfach mit mir über den Umzug nach Coeur d'Alene reden können, anstatt sich mitten in der Nacht an mich anzuschleichen.

»Wir müssen noch packen, bevor wir loskönnen«, sagte ich, während Noah sein Müsli zu Ende löffelte. Vorsichtig trug er seine Schüssel mit dem darauf herumwackelnden Löffel zum Spülbecken.

»Wir besuchen ihn nicht nur, sondern wir werden dort eine Weile wohnen. Ich pack den Großteil deiner Sachen ein, aber ich möchte, dass du einen Schlafanzug und Anziehsachen für morgen heraussuchst. Pack sie in deinen Rucksack. Schnapp dir auch ein paar Bücher, die du im Auto lesen kannst, okay?«

»Okay«, antwortete Noah und zog seine Tasche unter dem Bett hervor. Der Gedanke schien ihn nicht zu beunruhigen, was Bände über unser bisheriges Leben sprach. Seit er auf der Welt war, war er mindestens einmal pro Jahr umgezogen. Ich schüttelte meinen Kopf, als sich die vertraute Last des Schuldgefühls auf meine Schultern legte. Wie sehr ich mich auch bemühte, ich schien es einfach nicht richtig hinzubekommen.

Ich spülte seine Schüssel aus und machte Kaffee. Dann nahm ich mir einen Karton und fing an zu packen.

»Willst du Musik hören?«, fragte ich Noah.

»Darf ich aussuchen?«

»Darfst du«, sagte ich und reichte ihm mein Handy. Er schloss es wie ein Experte an die kleinen Boxen an. *Here Comes Science* ertönte aus den Lautsprechern, und nach ein paar Minuten sangen wir beide den Text mit. Für Kindermusik war es gar nicht so übel. Tausendmal besser als der Disneyscheiß.

Wir besaßen kaum etwas, deshalb war das Packen keine große Sache. Und der Kaffee half dabei. Drei Kartons mit Noahs Sachen, zwei für mich und noch ein Koffer. Ich musste auf einen Stuhl steigen, um unseren großen, gebatikten Wandbehang abzunehmen. Wir hatten ihn zusammen im vergangenen Sommer gebatikt, an einem dieser wundervollen Tage, an denen die Sonne so hell scheint, dass man zur Schlafenszeit gar nicht auf die Idee kommt, das Kind ins Bett zu schicken. Ich wickelte das gerahmte Familienbild darin ein, das ich uns gegönnt hatte, als Noah drei war.

Dann sah ich mich im Zimmer um – viel war nicht mehr übrig. Nur die Sachen aus Küche und Bad … Zwei Leben in Kisten zu verpacken sollte länger als eine Stunde dauern, dachte ich wehmütig. Ich beschloss, schnell noch zu duschen, bevor ich das Bad ausräumte.

»Mach nicht die Tür auf, außer für Onkel Ruger oder seinen Freund«, sagte ich zu Noah und goss mir einen Kaffee ein. »Verstehst du?«

»Ich bin kein *Kind* mehr«, antwortete er und sah mich entrüstet an. »Ich geh bald in die zweite Klasse.«

»Okay, als Erwachsener kannst du ja dann hier weitermachen und noch den Rest erledigen. Pass auf, dass ich nichts übersehen hab«, antwortete ich. »Ich beeil mich auch im Bad.«

Ich schloss die Tür und zog meine Kleidung aus. Das Bad war klein, dafür hatten wir zumindest eine Badewanne. Leider gab es immer wieder Ärger mit dem Warmwasser – das war der Nachteil, wenn man ganz oben in einem Gebäude mit Gemeinschaftsboiler wohnte. Ich duschte schnell und schnappte mir ein Handtuch, als ich aus der Wanne kletterte und auf meine alte Wäsche tropfte. Ich trocknete mich ab und schlang mir das Handtuch um den Kopf, bevor ich nach meiner frischen Wäsche griff. Die nicht da war. Ich hatte alles schon gepackt, ohne darüber nachzudenken.

Mist.

Ich hörte Rugers Stimme in der Wohnung. War das nicht einfach perfekt? Ich nahm mir ein zweites Handtuch, wickelte es mir um den Körper und öffnete die Tür einen Spalt weit.

»Noah, kannst du herkommen?«, rief ich.

»Er ist unten mit Horse. Wollte beim Einladen mithelfen«, antwortete Ruger und schlenderte in Richtung Badezimmer. Er war groß und schlank, voll kontrollierter Energie. Eine große, gefährliche Raubkatze. Vor der Tür blieb er stehen, verschränkte seine muskulösen Arme und sah mich mit dunklen Augen an, in denen etwas schlummerte, was ich nicht verstand.

Die Erinnerung an diese Arme, wie sie mich vorhin umschlungen hatten, schoss mir durch den Kopf, sodass ich rot wurde … *Blöd.* Ruger war eine Sackgasse, zumindest was eine Beziehung anging. Und ich wollte ganz sicher keine reine Bettgeschichte. Okay, das war eine Lüge. Ich hätte größte Lust auf eine tolle Bettgeschichte. Nur nicht mit einem Typen, mit dem ich in zehn Jahren auch noch zu tun hätte. Meine Hormone mussten sich ein anderes Opfer suchen.

»Was ist los?«, fragte er.

»Ich hab die frische Wäsche vergessen«, erklärte ich ihm, während ich noch überlegte, wie ich vorgehen sollte. »Macht es dir was aus, kurz rauszugehen? Ich zieh mich schnell an.«

»Wirst du dich weiter über den Umzug nach Coeur d'Alene aufregen?«, fragte er mit herausfordernd hochgezogener Augenbraue.

Toll. Ich war nicht mehr beleidigt, er aber wohl schon noch.

»Nein.«

»Wirst du noch weiter wegen der Geschichte nebenan meckern?«

»Nein.«

»Das ist aber eine schnelle Kehrtwendung.«

»Ich hab keine große Wahl«, gab ich zu, wobei ich mich zwang, nicht mit den Zähnen zu knirschen. »Es ist nicht gerade meine erste Wahl, aber immer noch besser, als hierzubleiben. Und du hast recht – ich will nicht selbst die Drecksarbeit übernehmen. Ich bin froh, dass du das für mich getan hast. Zufrieden?«

»Du sagst das so, als ob's wehtun würde.«

Es tat weh. Der Mann fühlte sich an wie eine Käsereibe auf der Haut.

»Lass mich nur schnell was anziehen, Ruger. Du hast gewonnen. Das musst du jetzt nicht auch noch raushängen lassen.«

Er lachte rau.

»Schön, dass du das nun erkannt hast«, sagte er. »Das Leben ist einfacher, wenn einem jemand hilft, ob dir das gefällt oder nicht. Ich hol dir ein paar Klamotten raus. Im Koffer?«

»Ist schon in Ordnung …«, begann ich, aber er hatte sich schon umgedreht, den Koffer genommen, ihn auf das leere Bett geworfen und den Reißverschluss geöffnet. Ich schluckte, als er anfing, darin herumzukramen. Nicht, dass ich etwas zu verbergen gehabt hätte, aber es gefiel mir nicht, dass er meine Sachen anfasste. Das war mir viel zu intim.

»Hübsch«, sagte Ruger, als er sich zu mir umdrehte. Von seinem Finger baumelte ein schwarzer, spitzenbesetzter Push-up. Sein Mundwinkel zuckte, und die dunklen Augen schimmerten warm. »Warum ziehst du den nicht an?«

»Leg ihn hin, Ruger«, forderte ich ihn auf. »Geh einfach raus. Ich find schon, was ich brauche.«

»Die hier gefallen mir auch«, sagte er, während er ein türkises Höschen hervorzog. »Würden gut zu einem Strumpfband passen.«

Ich verkniff mir ein Stöhnen. Gut möglich, dass ich eine Schwäche für schöne Unterwäsche hatte, aber die Kommentare brauchte ich nun wirklich nicht. Idiot. Ich sah nach, ob mein Handtuch auch wirklich fest gewickelt war. Dann kam ich aus dem Bad, fest entschlossen, dafür zu sorgen, dass er die Finger von meinen Höschen ließ.

»Leg es hin«, wiederholte ich, als ich hinter ihn trat.

Er drehte sich um, ließ seinen Blick über meinen Körper schweifen und blieb dabei an meinen Brüsten hängen. Ich fühlte mich entblößt und unsicher, was blödsinnig war. Das Handtuch bedeckte mehr als die meisten Badeanzüge. Er hatte allerdings ein hungriges Glitzern im Auge, was ich aber nicht als Kompliment verstehen wollte. Wir hatten bereits festgestellt, dass Ruger mich auf einer rein biologischen Ebene attraktiv fand.

Das Problem dabei war, dass Ruger *jede* Frau auf einer rein biologischen Ebene attraktiv fand.

Mir gefiel diese neue Dynamik zwischen uns ganz und gar nicht. Ich hatte mich wohler gefühlt, als Ruger mich noch wie ein ungeliebtes Möbelstück behandelt hatte.

»Aber ich mag es«, sagte er. Dabei rieb er mit einem anzüglichen Grinsen den weichen Stoff.

Ich griff nach dem Höschen, das er jedoch außerhalb meiner Reichweite hielt.

»Gerade ist es mir gelungen, mich davon zu überzeugen, dass ich dir Unrecht getan hab«, sagte ich ihm mit schmalen Augen. »Mach's nicht wieder kaputt.«

Ruger antwortete ein paar Sekunden lang nicht. Dann dehnte er das Höschen wie ein Gummiband zwischen seinen Fingern und schoss es auf mein Gesicht. Ich sprang hoch, um das blauseidige Geschoss zu fangen. In dem Moment rutschte mir das Handtuch fast bis zu den Hüften herunter. »Hübscher Vorbau«, sagte Ruger. »Den Rest von dir hab ich ja schon mal begutachtet, aber die hier noch nicht. Meistens macht man es ja andersrum, wenn ich's mir recht überlege. Zuerst die Titten …«

»Mann, du bist so ein Schwein«, schnitt ich ihm das Wort ab, während ich das Handtuch hochzog.

»Da muss ich dir recht geben«, antwortete er mit einem Schulterzucken und trat vom Koffer zurück. »Aber nur, wenn du den schwarzen BH nimmst. Ich mag deine zwei Süßen, sie verdienen was Hübsches zum Anziehen.«

»Arschloch«, murrte ich, denn nun war ich wieder genauso sauer wie zuvor.

Ich wühlte in meinem Koffer herum und zog ein Paar alte abgeschnittene Jeans hervor. Dann fiel mir das superenge und weit ausgeschnittene Tanktop mit der Aufschrift »Barbie ist 'ne Schlampe« ins Auge. Meine Freundin Carrie hatte es mir vor zwei Jahren zu Halloween geschenkt, das wir bei ihrer Familie in Olympia verbrachten. Am frühen Abend waren wir in netten Hexenkostümen mit Noah von Tür zu Tür gegangen und hatten den »Süßes, sonst gibt's Saures«-Spruch aufgesagt. Dann hatten wir ihn bei ihrer Mama zu Bett gebracht und waren um die Häuser gezogen, auf der Suche nach süßen und sauren Drinks sozusagen. Ich hatte mit drei verschiedenen Typen auf drei verschiedenen Partys rumgemacht … unter drei verschiedenen Namen … Der krönende Abschluss bei Sonnenaufgang war eine Chocolate-Pancake-Orgie in einem Café gewesen.

Die. Absolut. Schärfste. Nacht. Meines. Lebens.

Grinsend zog ich das Tanktop hervor. Ruger wollte mich wie eine seiner Schlampen behandeln? Konnte er haben. Ich würde ihn den ganzen Tag meine Möpse anstarren lassen. In aller Öffentlichkeit. Vielleicht würde ich auch ein bisschen flirten, aber nicht mit ihm. Oh nein, er würde schön zusehen dürfen, während ich es der Welt so richtig zeigte. Das würde ihn lehren, mit meinen Höschen zu spielen.

Hoffentlich wurden seine Eier so blau, dass sie einfroren.

Ohne ihn eines Blickes zu würdigen, nahm ich die Shorts, das Top, den BH und den Slip mit ins Badezimmer und zog mich dort an. Ich föhnte mir die Haare und legte Kriegsbemalung auf. Als ich aus dem Bad kam, waren Horse und Noah schon zurück.

»Hey, Mom – Horse hat einen Hund, der Ariel heißt. Können wir auch einen Hund haben?«, fragte Noah, sobald er mich sah.

»Ich glaub nicht«, antwortete ich. »Ein Hund bedeutet eine Menge Arbeit. Wir sollten mit was Kleinerem anfangen. Vielleicht einem Hamster. Fragen wir erst einmal Onkel Ruger, ob das in Ordnung oder zu viel für ihn wäre.«

Ich lächelte Ruger an, der gebannt auf meine Brust starrte. Ich richtete mein Top und zog es nach unten, sodass im Ausschnitt gerade noch der Rand des BHs herausspitzte, den er an mir hatte sehen wollen.

Er wollte die unausgesprochenen Regeln brechen und mich schikanieren?

Kein Problem. Ich war jetzt ein großes Mädchen und konnte mich wehren.

»Also, was denkst du, Onkel Ruger?«, fragte ich betont nett. »Ist das zu viel für dich?«

KAPITEL DREI

Obwohl er schon gefrühstückt hatte, konnte Noah problemlos einen Teller Pancakes, zwei Scheiben Bacon und ein Glas Orangensaft verputzen. Offenbar stand der nächste Wachstumsschub bevor. Zu blöd. Ich hatte ihm gefühlt erst vor einem Monat neue Klamotten gekauft. Sobald er neu eingekleidet war, wuchs er schon wieder.

»Fertig?«, fragte ich ihn, während ich mich zurücklehnte. Als wir vor einer Stunde mit dem Packen fertig geworden waren, hatten uns Ruger und Horse hinausgeworfen. Offensichtlich waren wir ihnen im Weg. Ruger gab mir zwei Zwanziger und schlug mir vor, mit Noah zum Frühstücken zu gehen, was angesichts der langen Autofahrt, die uns bevorstand, durchaus sinnvoll war. Ich hatte keine Lust, sein Geld anzunehmen, aber ich musste praktisch denken. Denn ich konnte es mir nicht leisten, Kohle für so etwas Luxuriöses wie Essengehen auszugeben.

»Fertig«, sagte Noah und grinste mich an. Mein Gott, er war so hübsch. Sein Gesicht wirkte immer noch kindlich, aber seine Beine und Arme wurden allmählich schlaksig. Er trug sein Haar gerne etwas länger, sodass es ihm zottelig ums Gesicht bis auf die Schultern hing. Fast schon lang genug für einen Pferdeschwanz. Die Leute rieten mir, es abzuschneiden, aber das war schließlich seine Entscheidung, fand ich. In ein paar Jahren würde er schon bei Gleichaltrigen alles über Gruppendruck lernen und dass es darauf ankam dazuzugehören. Aber jetzt sollte er noch die wunderbare Freiheit genießen und sich einen Scheißdreck um die Meinung anderer Leute scheren.

Seine Haut war hell, seine Nase und Wangen waren mit ein paar Sommersprossen gesprenkelt. Manchmal entdeckte ich eine Spur von mir oder von Zach in ihm, aber nicht oft. Noah war ein eigenständiger Mensch, keine Frage.

Irgendwie kam er da ein wenig nach Ruger, vermutete ich.

»Okay, gehen wir los«, sagte ich, während ich ein paar Münzen auf den Tisch legte. Ich gab der Bedienung fast 50 Prozent Trinkgeld – sie sah überarbeitet aus, und ich wusste, wie sich das anfühlte. Außerdem war es ja nicht mein Geld.

Ich schickte Ruger eine Nachricht, als wir aufbrachen, und fragte mich, ob wir lange genug weggewesen waren. Er bat uns, ihm noch eine halbe Stunde Zeit zu geben. In der Nähe unserer Wohnung gab es keinen Park, aber drei Straßen weiter war eine Anlage, wo Noah gerne herumtollte. Ich hatte gehört, dass es früher mal ein beliebter Treffpunkt für Drogendealer und Junkies gewesen war. Doch vor ein paar Jahren waren die ersten Yuppies in die Gegend gezogen. Die Hälfte der Anlage war nun ein Gemeinschaftsgarten, und im anderen Teil konnten sich die Kinder vergnügen. Jemand hatte eine hölzerne Schaukel aufgebaut. Auf den Mauern der umliegenden Gebäude prangten Wandgemälde, die dem ganzen Gelände ein fröhliches und buntes Aussehen verliehen.

Wir brauchten etwa zehn Minuten bis zum Park, wo Noah ganz offensichtlich seinen Spaß hatte. Ich lief ein paar Runden mit ihm im Kreis herum, in der Hoffnung, ihn auszupowern, was aber natürlich nicht klappte. Dann machten wir uns auf den Rückweg, mit einem kleinen Abstecher in einen Secondhand-Buchladen, um etwas Besonderes für die Autofahrt zu besorgen.

Wir entdeckten Horse, Ruger und zwei Typen, die ich nicht kannte, auf dem Gehweg vor dem Haus. Die Neuankömmlinge trugen Lederwesten mit der Aufschrift »Devil's Jacks« auf dem Rücken. Darunter waren ein roter Teufel und das Wort »Nomade« zu sehen. Die Typen waren beide ziemlich groß, der eine eher breit und muskulös, der andere groß und sehnig. Beide hatten dunkle Haare. Einer grüßte mich wortlos, indem er das Kinn hob.

Den Männern gefiel ganz offensichtlich mein Barbie-Tanktop. Sie sahen beide gut aus, aber der Größere war beinahe so hübsch, dass man ihn süß nennen konnte. Er hatte wuschelige braune Haare und einen

Dreitagebart. Zu seiner ausgebleichten Jeans und den Lederstiefeln trug er ein altes T-Shirt mit dem Schriftzug der Band Flogging Molly. Alle beide waren etwa in meinem Alter.

»Hey«, sagte ich, als ich lächelnd näher kam. »Ihr müsst Rugers Freunde sein. Freut mich. Ich bin Sophie. Das ist mein Sohn Noah.«

Rugers kniff seine Augen zusammen.

»Wart im Auto«, sagte er und warf mir seinen Schlüssel zu.

»Das ist nicht mein Schlüssel. Stell mich deinen Freunden vor.«

»Das ist mein Schlüssel. Die blaue Karre da drüben«, sagte er, während er mit dem Kopf in Richtung eines großen SUV auf der anderen Straßenseite nickte. »Ab ins Auto. Aber schnell. Horse fährt deins zurück nach Coeur d'Alene.«

Ich öffnete meinen Mund, um ihm zu widersprechen, schon rein aus Prinzip. Dann merkte ich, dass mir Horse einen warnenden Blick zuwarf. Er sah zuerst Noah an und dann die beiden Fremden. Erst da fiel mir auf, wie angespannt alle waren – ihre Körpersprache war alles andere als freundlich.

Ups. Das war kein Freundschaftsbesuch.

»Äh, freut mich«, sagte ich, wobei ich Noahs Hand nahm. Ich zog ihn über die Straße und kletterte in den großen SUV. Ruger hatte hinten schon einen Kindersitz eingebaut. Daneben lag Noahs Rucksack. Ich lehnte mich zur Seite, steckte den Schlüssel ins Zündschloss und schaltete die Klimaanlage an.

Zehn Minuten später kam Ruger rüber und kletterte auf den Fahrersitz.

»Bist du angeschnallt, kleiner Mann?«, fragte er, als er den Rückwärtsgang einlegte.

»Jaha«, antwortete Noah. »Danke, dass du meinen Rucksack mitgebracht hast. Ich bin schon so gespannt auf dein Haus. Hast du Skylander?«

»Keine Ahnung, was ein Skylander ist, Kleiner«, antwortete er. »Aber wir können sicher welche besorgen.«

»Ruger …«, begann ich, aber er schnitt mir das Wort ab.

»Mein Gott, Sophie«, sagte er, während er mich wütend anstarrte. »Kann ich dem Jungen nicht mal ein Geschenk kaufen? Er hat eine schlimme Nacht hinter sich, scheiße noch mal. Wenn ich ihm was kaufen will, dann tu ich das auch.«

»Eigentlich wollt ich fragen, ob ich mit ihm noch mal schnell oben auf die Toilette gehen kann, bevor wir losfahren«, antwortete ich freundlich lächelnd. »Er hat zum Frühstück ein großes Glas Saft getrunken. Ohne einen Boxenstopp werden wir nicht weit kommen.«

Ruger sah nicht mehr ganz so sauer aus.

»Das ist eine sehr gute Idee.«

»Ja, weiß ich. Ich hab immer gute Ideen.«

»Wir halten an einem Restaurant oder so«, sagte er, während er ausparkte. »Ich will nicht, dass ihr noch mal hochgeht. Hunter und Skid sind jetzt da oben.«

»Hunter und Skid?«, fragte ich. »Sind das die Typen, mit denen du gerade geredet hast? Da lag wohl was in der Luft. Was war denn los?«

»Nichts Wichtiges«, sagte er. »Clubangelegenheiten. Ich halt an, wenn ich was Passendes sehe.«

Wie zu erwarten, wollte Noah unbedingt ein Kindermenü haben, als wir an einem Fast-Food-Restaurant anhielten, besonders als er sah, dass die Menüs mit einem Skylander-Spielzeug kombiniert waren. Er konnte eigentlich keinen Hunger haben, aber Ruger bestellte zwei der überteuerten kleinen Schachteln.

»Das ist lächerlich«, sagte ich zu ihm, als er sie zum Auto trug. »Das Essen können wir wegwerfen. Noah ist pappsatt. Ganz zu schweigen davon, dass er schon zuvor im Café gegessen hat. Er braucht kein ungesundes Junkfood.«

»Das ist für mich«, antwortete Ruger. »Er kann die Spielsachen haben, ich nehm das Essen. Ich bin am Verhungern.«

Sobald wir Richtung Autobahn losgefahren waren, begann Noah, Ruger alles über die Skylanders zu erzählen. Er war inzwischen völlig aufgedreht. Zum Glück war er angeschnallt, sonst wäre er wahrscheinlich im Auto herumgesprungen, bis wir einen Unfall gehabt hätten. Er erzählte von den Skylanders, als wir aus der Stadt rausfuhren, er erzählte von den Skylanders, als wir an North Bend vorbeifuhren, er erzählte von den Skylanders, als wir den Snoqualmie-Pass hinauffuhren.

Armer Ruger. Er hatte keine Ahnung, was Noah beim Quatschen für ein Durchhaltevermögen hatte ...

»Ich mach ein Nickerchen«, sagte ich, während ich mich streckte und reckte und dabei meinen Busen vorschob. Ich sah Ruger zu mir herüberschielen, wobei sein Blick eindeutig nicht meinem Gesicht galt. Gut. Sollten ihm seine Eier doch verschrumpeln. Vielleicht würde er dann lernen, nicht einfach ohne Vorwarnung die Regeln in unserer Beziehung zu ändern. Ich war immer noch verknallt in ihn, aber er überhaupt nicht in mich.

Nein.

Ruger wollte einfach nur vögeln.

»Okay«, grunzte er. Noah quasselte hinten weiter, als ich meine Sitzlehne zurückstellte und meine Augen schloss.

Ich wachte langsam auf, merkte, dass ich in einem Auto fuhr, konnte mich aber nur ganz allmählich erinnern, wo ich war. Da hörte ich Noahs Stimme, und plötzlich fiel mir wieder alles ein. Ruger.

Coeur d'Alene. Packen. Miranda.

»Dann wurde den Skylanders klar, dass sie die Giants brauchten, wenn sie Kaos besiegen wollten«, erklärte Noah Ruger mit ernster Stimme.

»Redest du immer noch über die Skylanders?«, fragte ich verschlafen und drehte mich zu Noah um. Er lächelte glücklich: Offenbar fand er es toll, ein ihm ausgeliefertes Publikum zu haben.

»Ja. Immer noch die Skylanders«, sagte Ruger mit angespannter Stimme und finsterer Miene. Ich verkniff mir ein Lachen. »Er hat pausenlos von ihnen erzählt. Ich glaub, vor einiger Zeit ist ihm das Material ausgegangen, denn jetzt erzählt er wieder alles von vorn. Wir sind fast in Ellensburg. Ich will runterfahren und einen von diesen kleinen DVD-Spielern für ihn kaufen, den er auf seinen Schoß stellen kann. Und einen Kopfhörer dazu. Wir haben fast noch dreieinhalb Stunden vor uns. Das bringt mich sonst um.«

»Darf ich den dann in meinem Zimmer haben?«, fragte Noah mit vor Begeisterung schriller Stimme. »Ich will viele Filme. Ich will jeden Abend DVD gucken. Mom lässt mich kaum fernsehen ...«

»Nur fürs Auto«, fauchte Ruger. Noah sah enttäuscht aus. Ruger blickte in den Rückspiegel und verzog sein Gesicht. »Sorry, Kleiner. Ich wollte dich nicht anbrüllen … Onkel Ruger ist ein wenig müde. Meinst du, du kannst ein bisschen Ruhe geben, bis wir bei dem Laden sind? Bitte?«

Der arme Mann war ganz offensichtlich verzweifelt. Ich biss mir auf die Zunge und sah aus dem Beifahrerfenster, um nicht loszulachen.

»Halt den Mund, Sophie.«

»Ich hab nichts gesagt.«

»Ich hab dich denken gehört.«

Da begann ich zu kichern, ich konnte einfach nicht anders. Noah lachte bald mit und füllte das Auto mit seinem fröhlichen Gegacker.

Ruger starrte finster geradeaus auf die Straße.

Wenn ich einen besseren Charakter hätte, wäre das Ganze nicht so lustig gewesen.

Ich musste zugeben, dass die Ruhe ganz erholsam war. Noah war ein wunderbarer Junge, aber sein Mund hatte keinen Ausschalter. Ruger hatte ihm einen kleinen DVD-Spieler gekauft, den man an die Rückenlehne des Beifahrersitzes montieren und im Auto anschließen konnte. Zusammen mit »Star Wars«-Kopfhörern und vier neuen Filmen war die Fahrt schon tausendmal erträglicher.

Ich wartete, bis Ruger das Lenkrad nicht mehr krampfhaft umklammerte, bevor ich ein Gespräch anfing.

»Wir müssen reden.«

Er sah mich an.

»Diese Worte bedeuten nichts Gutes, wenn sie aus dem Mund einer Frau kommen.«

»Tut mir leid, wenn's gerade ungünstig ist«, antwortete ich, wobei ich meine Augen verdrehte. »Aber wir müssen ein paar Dinge klären. Zumindest muss *ich* ein paar Dinge klären. Wie geht's weiter, wenn wir wieder in Coeur d'Alene sind?«

»Ihr zieht in meine Souterrainwohnung«, sagte er. Er langte nach hinten und rieb sich mit der Hand die Schulter. »Shit, ich bin völlig verspannt. Das kommt davon, wenn man die ganze verdammte Nacht durchfährt.«

65

Ich ignorierte die Bemerkung und sprach weiter.

»Die Sache mit dem Souterrain weiß ich schon«, fuhr ich fort. »Aber ich muss noch ein paar andere Dinge wissen. Ich muss Noah in der Schule einschreiben. In Seattle beginnt sie morgen in einer Woche. Weißt du, wann sie in Coeur d'Alene anfängt?«

»Keine Ahnung«, antwortete er.

»Weißt du, auf welche Schule er gehen wird?«

»Nö.«

»Hast du überhaupt an die Schule gedacht?«

»Ich hab nur dran gedacht, ihn zu retten und den Wichsern, die ihn beinahe umgebracht hätten, verdammt wehzutun. Das ist erledigt, der Rest ist deine Sache.«

»Okay«, murmelte ich, während ich mich zurücklehnte. Ich legte meine nackten Füße auf das Armaturenbrett und beugte die Knie. Es war schön, mal nicht fahren zu müssen. Bei Noah und mir war es nicht wie bei den meisten Familien, bei denen die Erwachsenen sich auf einer längeren Fahrt abwechseln konnten. »Ich kümmer mich darum. Als Nächstes muss ich mir Gedanken über einen Job machen. Weißt du vielleicht, wie zurzeit die Chancen stehen?«

»Nee«, sagte er wieder.

»Du hilfst mir nicht gerade weiter.«

»Baby, ich hab das hier alles nicht geplant«, antwortete er. »Ich bekam gestern Abend einen Anruf, nahm Horse als Verstärkung mit und los ging's. Das ist alles. Seitdem hab ich keine Gelegenheit gehabt, irgendwas anderes zu erledigen. Wenn ich früher von diesem Mist erfahren hätte, hätt ich die Wichser schon vorsorglich rangenommen. Ich improvisier einfach, Sophie.«

Meine bissigen Bemerkungen erstarben mir auf der Zunge. Er hatte recht, was aber unfair war. Wieder einmal. Ruger hatte immer recht. Das ergab keinen Sinn, denn soweit ich das beurteilen konnte, führte er sein Leben, ohne einen Gedanken an die Zukunft zu verschwenden. Ich knauserte und plante und arbeitete, bekam aber trotzdem keinen Fuß auf den Boden.

»Vielleicht kann ich was beim Club für dich organisieren.«

Ich sah ihn mit gerunzelter Stirn an.

»Ich weiß das, was du für mich und Noah getan hast, wirklich zu schätzen«, sagte ich langsam. »Ich weiß sogar das, was du mit Horse zusammen für mich getan hast, zu schätzen. Es interessiert mich nicht, dass das ein Verbrechen war. Aber bis hierher und nicht weiter, Ruger. Ich will nicht in noch mehr illegale Geschichten verwickelt werden. Ich werd nicht euer Drogenkurier oder so was.«

Ruger lachte laut auf.

»Meine Güte, Sophie«, sagte er. »Was glaubst du eigentlich, was ich den ganzen Tag so treibe? Verdammt, mein Leben ist nicht halb so aufregend.«

Ich wusste nicht, was ich sagen sollte.

»Ich bin Waffenschmied und Securityfachmann«, fuhr er fort, während er seinen Kopf schüttelte. »Das sollte nichts Neues für dich sein, da ich ja deine Wohnungen alle mit Alarmanlagen ausgestattet hab. Die meiste Zeit reparier ich Schusswaffen in einem völlig legalen Laden, den der Club betreibt. Nebenbei entwerfe und installiere ich Securitysysteme nach Kundenwünschen, weil mir so was Spaß macht. Am Lake Coeur d'Alene stehen massenweise Ferienhäuser von reichen Ärschen. Die brauchen alle Alarmanlagen, und ich kassier gerne ihr Geld.«

»Warte mal, eine Motorradgang darf einen Waffenladen betreiben?«, fragte ich verwundert. »Das wusste ich nicht. Ich wette, die Bullen sind begeistert.«

»Erstens sind wir ein Club, keine Gang«, sagte er. »Und der Laden gehört eigentlich einem Typen namens Slide. Er ist seit 15 Jahren Clubmitglied. Aber wir helfen alle mit, also sind alle irgendwie beteiligt. Weil er offiziell eingetragen ist, haben wir bei dieser Art von Laden nicht so viel Papierkram. Ich hab meine Lehre bei ihm gemacht.«

»Dieser Waffenladen ist also absolut legal?«, fragte ich skeptisch. »Und die Leute bezahlen dich tatsächlich, damit du Alarmanlagen für sie installierst? Haben sie keine Angst, dass du selbst bei ihnen einbrichst?«

»Ich bin verdammt gut bei dem, was ich mache«, antwortete er grinsend. »Ich zwing sie ja nicht, mich zu beauftragen. Wenn du dir den Waffenladen ansehen willst, nur zu. Sieh dir einfach all unsere Läden an.«

»Ihr habt noch mehr?«

»Wir haben einen Stripclub, eine Pfandleihe und eine Autowerkstatt«, sagte er. »Viele der Jungs arbeiten dort, aber wir haben auch Angestellte, die nicht im Club sind.«

»Und was stellst du dir für mich vor, wenn ich für die Reapers arbeite?«, fragte ich und dachte dabei an den Stripclub.

»Ich weiß nicht, was wir brauchen«, sagte er mit einem Schulterzucken. »Bin nicht mal sicher, ob's eine freie Stelle gibt. Wir müssen einfach mal nachfragen. Aber es wär eine gute Sache für dich. Es gibt sogar eine Krankenversicherung und so.«

»Ihr Typen macht also nichts Illegales? Rechtlich ist alles okay?«

»Glaubst du, ich würd dir sagen, wenn's nicht so wär?«, fragte er mit ehrlicher Neugier.

»Mhm, eher nicht?«

Er lachte.

»Genau. Ist also völlig egal, was ich dir erzähl, da du's eh nicht glauben würdest. Clubangelegenheiten gehen nur die Clubmitglieder was an. Du bist kein Mitglied, deshalb geht's dich auch nichts an. Du musst nur wissen, dass ich versuch, dir bei der Jobsuche zu helfen. Falls ein Job frei ist, für den du qualifiziert bist, gehört er dir. Falls nicht, macht es auch nichts.«

»Ruger, nimm's nicht persönlich, aber ich will überhaupt nicht für deinen Club arbeiten, selbst wenn's eine offene Stelle gibt«, antwortete ich. »Du weißt, ich wollt nie was mit den Reapers zu tun haben. Du und Horse, ihr habt mir geholfen, und dafür bin ich euch dankbar. Aber es hat sich nichts geändert. Ich find deinen Lebensstil nicht in Ordnung. Ich will auch nicht, dass Noah Kontakt zu deinen Freunden hat. Das Umfeld ist meiner Meinung nach nicht kindertauglich.«

»Du hast sie noch nicht einmal getroffen. Bisschen viele Vorurteile auf einmal, meinst du nicht?«

»Vielleicht«, sagte ich und sah dabei weg. »Aber ich geb mein Bestes für Noah. Zu meinem Erziehungsstil passt es nicht, wenn er mit einer Horde Krimineller abhängt. Ich glaub einfach nicht, dass da bei euch nichts Dubioses vor sich geht.«

Rugers Hände umklammerten wieder das Lenkrad. Toll, jetzt hatte ich ihn beleidigt.

»Wenn man bedenkt, dass deine Eltern seit sieben Jahren nicht mehr mit dir gesprochen haben, dass dem Vater deines Sohns ein Kontaktverbot auferlegt worden ist, du keinen Job hast und nicht für dein Kind sorgen kannst, scheinst du nicht gerade in einer Position zu sein, in der du uns kriminell oder sonst was nennen kannst«, sagte er mit angespannter Stimme. Der freundliche Ruger war verschwunden. »Im Clubhaus passieren 'ne Menge Dinge. Keine Frage, manches davon ist nicht unbedingt sauber und erschreckt dich vielleicht. Aber ich sag dir eins: Wenn einer von uns in Schwierigkeiten steckt, werfen wir ihn nicht raus auf die Straße. Das kann man von deinem Daddy nicht behaupten. Er ist der brave Bürger, und wir sind die Verbrecher, aber wenn's drauf ankommt, kann ich mich auf meine Clubbrüder verlassen. Hast du jemanden, von dem du das behaupten kannst? Außer mir? Ich bin aus tiefstem Herzen, aus tiefster Seele ein Reaper, Sophie, mit jeder einzelnen Faser meines Körpers. Bist du immer noch der Meinung, dass wir nicht gut genug für dich sind?«

Ich hielt die Luft an. Ich hasste es, dass mir die Tränen in die Augen stiegen. Meine Eltern zu erwähnen war ganz schön fies gewesen. Ich versuchte, die Tränen zu ignorieren, und ließ sie einfach fließen, ohne zu blinzeln. Dann fing meine Nase an zu laufen, sodass ich schniefen musste.

»Das war ein Schlag unter die Gürtellinie, Ruger.«

»Aber es ist die *Wahrheit*, Sophie. Wenn du dich toll und überlegen fühlen willst, such dir ein anderes Opfer. Ich rette hier deinen Arsch, und hinter mir steht der Club. Wenn du bei den Reapers wärst, hätte Noah eine Gruppe von Erwachsenen, die sich um ihn kümmern. Im Club gibt's eine Menge Kinder, Soph. Wenn es wild wird, gehen sie nach Hause. Aber glaub mir, wenn so was wie mit Noah einem unserer Kinder in Coeur d'Alene passiert wär, müsst ich mich mit meinen Brüdern um das Privileg prügeln, den Kerl umzulegen. Das verstehen wir unter *Familie*, Sophie. Und Noah würde ein wenig Familienatmosphäre guttun.«

»Ich will nicht drüber reden.«

»Dann sag nichts«, antwortete er. »Aber hör zu. Ich hab verstanden, dass du nicht zum Club gehören willst. Keine Sorge. Ich werd nicht weiter darauf rumreiten. Wenn du dich nämlich wie ein arrogantes Mistsück aufführst, will ich dich eh nicht in ihrer Nähe haben.«

»Hör auf!«

»Halt's Maul, verdammt, und hör mir zu«, fauchte er. »Das ist wichtig. Ob du den Club liebst oder hasst, ganz egal. Aber du musst ein paar Sachen wissen, weil sie nun Teil deiner Realität sind. Das Arschloch, das Noah angemacht hat: Du hast doch das Tattoo auf seinem Rücken gesehen?«

»Ja«, antwortete ich und wünschte ihn zum Teufel.

»Das nennt man ›Backpatch‹«, fuhr er fort. »Das sind seine Clubfarben, die er direkt auf der Haut trägt. Wir tragen die Farben auf unseren Kutten, unseren Westen, und sie sagen eine Menge über den Träger aus. In diesem Fall sagten die Farben, dass er zu den Devil's Jacks gehört. Es gibt 'ne Menge MCs, gute und böse, aber die Jacks zählen zu den allerschlimmsten. Die Reapers und die Jacks sind Feinde. Dieses Mal ist noch alles glattgegangen, aber wenn du jemals wieder auf einen Typen mit diesen Farben triffst, musst du es mir sagen. Ich werd ihn mir trotzdem schnappen, aber ich hol mir zuerst mehr Unterstützung. Heute Morgen ist nichts passiert, beim nächsten Mal kann das anders aussehen. Hast du mich verstanden?«

Ich hob die Schultern und sah weg. Ruger knurrte frustriert.

»Ich glaub, du kapierst es nicht, Soph«, sagte er. »Lass mich eine kleine Geschichte erzählen. Wir haben einen Bruder namens Deke in Portland. Deke hat eine Nichte namens Gracie, die Tochter der Schwester seiner Alten Lady. Sie hatte übrigens rein gar nichts mit den Reapers zu tun. Gracie ging also vor drei Jahren nach Nordkalifornien aufs College und begann dort, sich mit einem Typen zu treffen, der sich als Hangaround, als Anwärter bei den Jacks herumtrieb.«

Ich sah entnervt zu ihm hinüber. Er starrte mit finsterem Gesicht geradeaus.

»Klein-Gracie ging mit ihm auf eine Party, und ein Haufen Typen vergewaltigte sie, einer nach dem anderen«, sagte er. »Hast du schon mal was von einem ›Train‹ gehört?«

Ich starrte ihn an und schluckte.

»Ob du's glaubst oder nicht, manche Frauen stehen da drauf«, fuhr er fort. »Gracie allerdings nicht, und sie gingen nicht *sanft* mit ihr um. Sie haben sie so brutal vergewaltigt, dass sie nie Kinder haben wird. Dann haben sie ihr ›DJ‹ auf die Stirn geritzt und sie in einen Graben geworfen. Deke hat's rausgefunden, als sie ihm Fotos schickten, die sie mit ihrem Handy aufgenommen hatten. Sie hat versucht, sich umzubringen. Inzwischen geht's ihr etwas besser, sie ist mit einem der Brüder in Portland verlobt. Hab ich schon erwähnt, dass die Typen nicht zur netten Sorte gehören?«

Er sagte nichts mehr. Ich dachte an die beiden Männer, die ich am Morgen getroffen hatte, an Hunter und Skid.

»Was ist mit den Männern geschehen, die das getan haben?«, fragte ich zögernd. »Waren die ... waren diese Typen, mit denen du gesprochen hast ...?«

»Bei Gracie, das waren vier Hangarounds und zwei Jacks«, erklärte er mir. »Die gute Neuigkeit ist, dass sie nie wieder einem Mädchen wehtun werden. Hunter und Skid gehörten nicht zu dieser Horde, was noch lang nicht heißt, dass sie anständige menschliche Wesen sind. Deswegen frag ich dich jetzt noch einmal – hast du mich verstanden, Soph?«

»Ja«, flüsterte ich. Mir war schlecht.

Es herrschte Schweigen. Vom Rücksitz erklang Noahs Lachen, er amüsierte sich offenbar über sein Video.

Ruger fuhr weiter, sein Kiefer wirkte angespannt, und er starrte immer noch geradeaus. Gracies Geschichte ging mir unablässig durch den Kopf, ebenso wie das, was Ruger zuvor gesagt hatte.

»Ich bin kein arrogantes Miststück.«

»Hätt ich aber fast gedacht.«

»Ich habe das Recht, meinen Sohn von deinem Club fernzuhalten.«

»Bist du deswegen aus Coeur d'Alene weggezogen?«

»Du weißt verdammt gut, warum ich aus Coeur d'Alene weggezogen bin«, sagte ich. Ich hasste ihn. »Und das ist jetzt das zweite Mal, dass du mich Miststück nennst. Hör auf damit.«

»Sonst?«

»Ich weiß nicht«, antwortete ich frustriert. Ich verschränkte meine Arme, wodurch meine Brüste nach oben geschoben wurden. Er bemerkte es bei einem Blick in den Rückspiegel. Ich ließ meine Arme wieder fallen und zupfte mein Tanktop zurecht.

Was hatte ich mir heute Morgen nur für ein dämliches Spielchen ausgedacht.

Ruger war kein Junge, den ich provozieren konnte, indem ich mich wie eine Schlampe anzog.

Ich wollte doch gar nicht, dass er auf mich aufmerksam wurde. Und ein Teil seines Lebens wollte ich auch nicht werden.

Ich wäre nie etwas anderes als ein Spielzeug für ihn, und die Männer seiner Familie waren berüchtigt dafür, ihr Spielzeug kaputt zu machen. Sie hatten dafür nur unterschiedliche Methoden.

***

Ruger wohnte nicht direkt in Coeur d'Alene, sondern westlich der Stadt in Post Falls, in den Bergen nahe der Grenze zu Washington am Ende einer privaten Schotterstraße. Wir kamen gegen fünf Uhr abends an seinem Haus an, dicht gefolgt von Horse. Die Auffahrt verbreitete sich zu einer großen Parkfläche hinter einem L-förmigen zweistöckigen Haus aus Zedernholz, das über einem kleinen Tal thronte. Die Lage war fantastisch. Rundherum wuchsen immergrüne Bäume, und nicht weit entfernt hörte ich einen Bach plätschern. Vom Hang zog sich ein Grasstreifen herab zur Vorderseite des Hauses. Er schien etwas vertrocknet, und wenn man sich den Rest des Hofes so ansah, lag die Vermutung nahe, dass Ruger eher auf »natürliche« Gartenanlagen stand.

Noah hüpfte aus dem Auto und lief aufgeregt ums Haus herum. Ich reckte und streckte mich, wobei mein Tanktop hochrutschte und meinen Bauch freilegte. Ich spürte Rugers kühlen und spekulativen Blick auf mir ruhen und zog es schnell wieder runter.

Das Tanktop war echt eine blöde Idee gewesen. Was hatte ich mir nur dabei gedacht? Man zog einen Tiger doch nicht am Schwanz.

Jahrelang hatte ich mir gewünscht, Ruger würde mich auch nur ein einziges Mal richtig ansehen. Jetzt wollte ich, dass er wegsah und mich wieder wie ein Möbelstück behandelte. Als Möbelstück hatte man vielleicht kein aufregendes Leben, war dafür aber auch nicht in Gefahr.

»Dein Auto muss mal wieder in die Werkstatt«, sagte Horse, als er zu uns rüberkam. Er warf mir meinen Schlüssel zu, und als ich ihn auffing, wackelte mein Busen recht bedenklich.

Horse betrachtete mich eingehend und grinste dann Ruger an, der uns beinahe angeekelt ansah. »Ich helf dir, dein Zeug reinzutragen, dann fahr ich heim zu Marie. Sie fängt übermorgen mit der Schule an. Will noch ein wenig Spaß mit ihr haben, bevor sie zu gestresst und zickig wird.«

Ruger ging zur Tür schräg gegenüber der Triplegarage, die eine Seite des »L« bildete. Eine schmale Terrasse verlief entlang des Hauses zur Vorderseite. Er gab einen Code ein, öffnete die Tür, und wir gingen hinein. Dort gab er einen weiteren Code ein, weil einer offenbar für Mr »Sicherheit ist unglaublich wichtig« nicht genug war.

Ich folgte ihm und starrte mit offenem Mund auf die Wohnung.

Es war Liebe auf den ersten Blick.

Vor mir lag ein fantastischer Raum, von dessen riesiger, bugförmiger Fensterreihe der Blick auf das Tal hinausging. Das Zimmer war nicht besonders groß, aber definitiv groß genug, um Eindruck auf mich zu machen. Rechts war eine Tür, die bestimmt zur Garage führte. Links lag eine offene Küche mit Frühstücksbar. In einem extra Essbereich stand noch ein Tisch. Auf der Arbeitsfläche stapelte sich Geschirr, und auf der Frühstücksbar, die Wohnzimmer und Küche trennte, standen ein paar leere Bierflaschen.

Ein steinerner Kamin nahm eine Wand des Wohnzimmers ein, und eine geschwungene Treppe wand sich an der anderen Seite aufwärts.

Ohne an die Männer zu denken, ging ich langsam nach vorne, um die Aussicht zu genießen. Direkt vor dem Haus lag eine breite Wiese, die unten am Hang von immergrünen Bäumen gesäumt war. Dahinter erstreckte sich das wunderschöne weite Tal. Hie und da standen andere Häuser – edle Villen, Neubauten und ursprüngliche Farmen. Als ich nach oben blickte, sah ich, dass sich die Decke hoch bis zum Dach wölbte. Hinter mir war der offene Dachboden zu sehen. Ein Berg mit schmutziger Wäsche war gegen das Geländer geschoben, ein Anblick, der mich zum Lächeln brachte.

Haushaltsführung war noch nie Rugers Stärke gewesen.

Das Wohnzimmer hätte auch etwas Aufmerksamkeit vertragen. Die Ledercouches schienen ziemlich neu zu sein, ebenso wie die restlichen Möbel. Doch obwohl er sich Mühe gab, die Wohnung sauber zu halten, hätte es doch eine Studentenbude sein können. Auf dem Beistelltisch lag sogar eine leere Pizzaschachtel.

Als ich hörte, wie eine Bierflasche geöffnet wurde, drehte ich mich um und sah die beiden Männer in der Küche stehen.

»Dein Haus sieht beinahe so ekelhaft aus wie das Arsenal«, sagte Horse zu Ruger.

»So wie deines früher?«, fragte Ruger.

»Daran erinner ich mich nicht mehr«, erwiderte Horse mit Unschuldsmiene.

»Sei froh, dass Marie bei dir ist. Sonst müsstest du auch so leben.«

»So fertig sah's bei mir nie aus.«

»So schlimm ist es auch wieder nicht«, sagte ich und lächelte Ruger an, denn meinen Ärger von vorhin hatte ich schon vergessen. Ich konnte echt nicht fassen, wie wundervoll sein Haus war. Zwar hatte ich keine Ahnung, wie die Souterrainwohnung aussah, aber es konnte ein Kellerloch sein, und ich wäre wegen der tollen Umgebung trotzdem begeistert davon. Ganz zu schweigen von dem Hof für Noah. »Aber wie bist du zu so einem Haus gekommen, das muss doch ein Vermögen gekostet haben. Wie viel Land gehört dazu?«

»15 Morgen«, sagte er, während sich sein Gesicht verdüsterte. »Ich hab's im März gekauft. Hab meinen Anteil von Moms Grundbesitz als Eigenkapital verwendet.«

Ich legte verwundert meinen Kopf zur Seite. Karen, Rugers Mutter, war seit einem Autounfall, der sich, ein paar Jahre bevor ich sie kennengelernt hatte, ereignet hatte, behindert gewesen. Sie hatte von Erwerbsunfähigkeitsrente gelebt und jeden Cent umdrehen müssen. Ich würde nie vergessen, welches Opfer sie für mich gebracht hatte, als sie mich bei sich wohnen ließ. Ich würde auch nie ihren Gesichtsausdruck bei meinem Auszug vergessen, nachdem ich ihren Stiefsohn ins Gefängnis gebracht hatte.

»Was zum Teufel? Warum hat sie so geknausert, wenn sie sich so was hätte leisten können? Wie konntest du das zulassen?«

Sein Gesicht wurde noch düsterer.

»Sie haben endlich einen Vergleich geschlossen«, sagte er. »Nach all diesen Jahren hat die verdammte Versicherung uns endlich einen Vergleich angeboten. Zu spät. Es wurde dem Vermögen zugeschlagen, und ich hab meine Hälfte verwendet, um dieses Haus hier zu kaufen.«

Ich hielt die Luft an.

»Wann?«

»Vor etwa einem Jahr.«

»Und Zach bekam die andere Hälfte?«, fragte ich und schwankte dabei.

»Er hat so viel Geld und hat uns trotzdem keinen Unterhalt gezahlt?«

»Scheint so«, antwortete Ruger mit gepresster Stimme. »Weißt du noch, was du mich vorher gefragt hast? Wunderst du dich tatsächlich über irgendwas, was Zach getan hat? Mom dachte immer, sie würd uns nur Rechnungen hinterlassen. Vermögensbildung stand nicht auf ihrer Liste.«

»Dieser Bastard«, flüsterte ich geschockt. »Wir hungern, und er verjubelt das Geld eurer Mom … sie wär stinksauer.«

»Da kann man nichts gegen sagen«, murmelte er. »Seinen Dad zu heiraten war die blödeste Idee, die sie je hatte. Und ich durfte seitdem dafür zahlen. Zach hängt wie ein verdammter Mühlstein um meinen Hals. Alles, was er anfasst, verwandelt sich in Scheiße, die ich dann aus dem Weg räumen darf. Wieder und wieder.«

Es fühlte sich an, als ob er mir gerade die Faust in den Magen gerammt hätte.

»So denkst du also über Noah und mich?«

KAPITEL VIER

Ruger

Fuck. Er konnte es nicht fassen, dass er das gerade gesagt hatte. Zumindest hatte Noah es nicht gehört.

Dafür aber Sophie ... oh Mann.

»Ich lad schon mal das Auto aus«, sagte Horse. Feigling.

»Nein, meine Gefühle sehen anders aus, Sophie. Glaub mir«, sagte Ruger und meinte es auch so. »Du bist das Einzige, was er jemals richtig gemacht hat. Ich bin verrückt nach Noah, das weißt du. Und wir zwei verstehen uns zwar nicht immer, aber du bist wichtig für ihn, und deshalb bist du auch verdammt wichtig für mich.«

Sie lächelte ihn unsicher an, und zu seinem Entsetzen sah er Tränen in ihren Augen schimmern. Das war nicht gut. Ruger konnte mit einer wütenden Sophie umgehen, aber wie sah es mit einer weinenden Sophie aus?

Nein, verdammt noch mal. Nein.

»Ich zeig dir, wo du wohnst«, sagte er schnell. »Unten. Du hast eine Fenstertür da unten, einen eigenen Eingang. Es sieht hübsch aus. Wenn du willst, kannst du auch durch die Vordertür reingehen.«

»Danke«, murmelte sie. Ruger ging durch die Küche zur Souterraintür. Er öffnete sie, lehnte sich vor, um das Licht einzuschalten, und hielt sie auf, sodass Sophie vorgehen konnte. Er folgte ihr die Treppe hinunter, wobei er sich wie ein Idiot vorkam. Als er, anstatt darüber nachzudenken, wie er die Sache wieder ausbügeln konnte, lieber auf ihren wohlgeformten Hintern starrte, kam er sich erst recht wie ein Idiot vor.

Die verdammte Frau hatte ihn den ganzen Tag lang wahnsinnig gemacht. Ihre Titten hüpften praktisch aus ihrem Tanktop, und ihre abgeschnittene Jeans musste mindestens zehn Jahre alt sein, so abgenutzt und dünn sah der Stoff aus. Dazu war sie auch noch eng, was seine Theorie über das Alter der Hose belegte. Sophie war nicht dick, aber seit der Highschool hatte sie ein wenig zugenommen. Sie hatte zu seinem Pech genau an den richtigen Stellen zugelegt. Es würde die Hölle sein, hier mit ihr in einem Haus zu leben. Es war bereits jetzt die Hölle. Er konnte ihre Beine nicht ansehen, ohne sich vorzustellen, wie sie sich um seine Taille schlangen. Als sie sie während der Fahrt aufs Armaturenbrett gelegt hatte, hätte er beinahe einen Unfall gebaut.

Er dachte an den heutigen Morgen, an die Szene auf der Couch in ihrem Apartment. Allein bei dem Gedanken wurde sein Schwanz schon steif. Er hoffte, dass sie es nicht merken würde, denn mit einer Sache hatte er recht gehabt. Sophie konnte wirklich ein arrogantes Miststück sein, und er zweifelte keine Sekunde, dass sie die harten Fakten in seiner Hose benutzen würde, um ihm eins auszuwischen. Sie würde ihn vielleicht vögeln wollen, da war er sich sicher, denn sie war ebenso scharf gewesen wie er. Aber das hieß noch lange nicht, dass sie ihn für gut genug hielt.

Fuck, damit lag sie wahrscheinlich sogar richtig.

Sie zu vögeln wäre wirklich scharf. Aber danach? Es wäre einfach komisch. Ruger hatte kein Interesse an einer festen Freundin. Falls er sich doch mal eine suchen sollte, wäre sie garantiert nicht so wie Sophie. Zuallererst würde sie zum Club passen. Sie wär eines der Mädels, die wissen, wie man nach einem langen Tag ein Bier aufmacht, um runterzukommen, und ihm dann vor dem Schlafengehen einen blasen würde. Sie würde gerne hinter ihm auf seinem Bike sitzen, sie wäre blond und sie wäre so tough, dass sie sich in einem Kampf behaupten könnte.

Aber am wichtigsten wäre, dass sie ihm nicht dauernd widersprechen würde. Sophie hatte eine verdammt große Klappe.

»Wow, das sieht wunderschön aus«, sagte Sophie und blieb direkt vor ihm am Ende der Treppe stehen.

Er sah, dass alle Spuren von Sorge und Ärger aus ihrem Gesicht verschwunden waren. Stattdessen schenkte sie ihm ein breites Lächeln. Offenbar war sie von irgendetwas völlig begeistert. Verdammt, Frauen wechselten ihre Laune so schnell, dass ein Mann keine Chance hatte, da mitzukommen. »Ich kann's nicht fassen. Wie hast du das alles so schnell hinbekommen?«

Er blinzelte und sah sich schockiert um.

Was zum Teufel?

Als er in der Nacht losgefahren war, war das Zimmer halbwegs sauber gewesen. Natürlich nicht, weil er es geputzt hatte, sondern weil eines der Mädels aus dem Clubhaus vor ein paar Wochen aus irgendeinem Grund aufgeräumt hatte. Hatte wahrscheinlich versucht, ihn sich zu angeln. Er hatte sie gevögelt und rausgeworfen. Er würde, verdammt noch mal, nicht zulassen, dass eine dieser Schlampen ihn zu fassen kriegte.

Aber das Zimmer war jetzt nicht halbwegs sauber. Es war strahlend sauber.

Dies war ein Wohnzimmer mit einer angebauten kleinen Küche – weshalb, darüber hatte er sich nie Gedanken gemacht. Seitlich lag ein kleiner Flur mit zwei Schlafzimmern, einem Bad und einer Abstellkammer. Eines der Schlafzimmer hatte er als Lagerraum verwendet, in dem anderen hatten ab und zu Freunde übernachtet. Aber die Wohnung hatte nie wie ein Heim gewirkt.

Jemand war vorbeigekommen und hatte alles hergerichtet.

Über der Couch lagen weiche, kuschlig aussehende Decken und in der Mitte des beigen Teppichs ein runder, bunter Flickenteppich. Auf dem Beistelltisch direkt vor der Fensterwand, von der aus der Blick über das Tal ging, standen frische Blumen. Durch die Fenstertüren ging es hinaus auf einen kleinen Hof, der von der Terrasse der oberen Wohnung überdacht wurde. Zwei Liegen mit großen, weichen Kissen warteten draußen, gerahmt von Hängekörben mit üppig blühenden Blumen.

Die waren definitiv in der Nacht noch nicht da gewesen.

Auf dem mit einem hübschen, blau karierten Tischtuch bedeckten Tisch neben der Küche standen noch mehr frische Blumen. Ein Tisch aus dem Geisterreich – er hatte keine Ahnung, wo er herkam. Sogar die Fenster sahen anders aus. Als er sie genauer betrachtete, merkte er, dass neue Jalousien und lange, hauchdünne Vorhänge daran angebracht waren.

Dann sah er den Fernseher. Auf einem Schränkchen, das wie ein altmodisches Holzradio aussah und zugegebenermaßen ziemlich cool war, stand ein Flatscreen. Kein Riesenfernseher, aber eindeutig groß genug für den Raum.

Sophie stürzte durch den Flur und hatte ihre Traurigkeit offenbar vergessen. Er verstand ihre plötzliche Fröhlichkeit, denn das Souterrain wirkte nun wesentlich gemütlicher und freundlicher als seine eigene Wohnung.

»Ruger, ich fass es nicht!«, rief sie aus einem der Zimmer. Er ging hinein und entdeckte ein Kinderbett mit Motorradbettbezug und passendem Kopfkissen, eine Kommode und ein Bücherregal. Die Wände waren hellblau gestrichen, und an der Wand hingen als Bordüre kleine Motorradbilder. An einer Wand prangte ein großes, schwarzes Quadrat, auf dem mit Kreide »Noahs Zimmer« geschrieben war. »Noah wird völlig aus dem Häuschen sein. Vielen, vielen Dank!«

Sophie stürzte sich auf ihn. Ruger schlang völlig verwirrt seine Arme um sie. Shit, das fühlte sich gut an. Sein Schwanz ging in Habachtstellung, und als er an ihrem Haar schnupperte, fragte er sich, wie es sich anfühlen würde, die Haare um seinen Finger zu wickeln, während sie ihm einen blies.

Sophie verkrampfte sich und versuchte, sich loszumachen – offenbar spürte sie seinen harten Schwanz. Er ließ seine Hände zu ihren Arschbacken hinuntergleiten und hielt sie fest, während er ihr Gesicht studierte. Ihre Titten drückten fest gegen seine Brust, und er merkte, dass ihre Brustwarzen hart wurden. Sie wollte es genau wie er. Verdammt, ihre weichen Lippen waren groß und rosa.

Er wollte hineinbeißen.

»Mom!«, rief Noah. »Mom, wo bist du? Ich glaub's einfach nicht, es gibt 'nen Bach und 'nen kleinen Teich zum Spielen. Ruger hat auch Quads. Horse sagt, dass sie mal eine Fahrt mit uns machen!«

Ruger riss sich von Sophie los.

»Das können wir nicht machen«, flüsterte sie mit großen Augen. »Das ist gegen die Regeln.«

»Ja, du hast recht«, sagte er. Und das war verdammt schade. Sie spielten dieses Spielchen jetzt schon seit vier Jahren: so tun, als ob es den anderen gar nicht gäbe. Das war auch gut so gewesen. Manchmal hatten sie es so überzeugend gespielt, dass er es fast geglaubt hätte. Sie mussten es für seinen Neffen tun. Mit einem dämlichen One-Night-Stand, der alles ruinierte, wäre dem Jungen nicht geholfen.

Ruger konnte jederzeit Sex haben, aber Noah hatte nur eine Mom.

Der Junge kam hereingerannt und blieb mit großen Augen stehen, als er sich im Zimmer umsah.

»Ist das mein Zimmer?«, fragte er.

»Äh, ja«, antwortete Ruger. »Sieht so aus. Was hältst du davon?«

»Cool!«, sagte Noah. »Ich hatte noch nie so ein Zimmer. Mom, du musst den Hof sehen!«

Er raste wieder los. Dann streckte Horse seinen Kopf zur Tür herein und grinste Ruger selbstzufrieden an.

»Hübsch, nicht wahr?«

»Wir zwei müssen uns unterhalten«, sagte Ruger zu ihm und machte mit seinem Kinn eine Bewegung in Richtung Wohnzimmer. Sophie nutzte die Gelegenheit, um ebenfalls aus dem Raum zu stürzen und das zweite Schlafzimmer zu inspizieren.

Horse nickte, und Ruger folgte ihm.

»Was zum Teufel ist hier los?«, fragte Ruger mit leiser Stimme.

»Was glaubst du denn?«, antwortete Horse. »Marie war mit den Mädels hier, um die Bude ein wenig herzurichten. Alle Mädels. Ich hab sie darum gebeten.«

»Warum, verdammt noch mal, hast du das gemacht?«

»Du willst doch, dass sich deine kleine Mama und ihr Junge hier wohlfühlen, oder?«, fragte er. »Vielleicht sogar geborgen und willkommen? Mädels brauchen so was. Hab mir gedacht, das macht das Leben einfacher. Und nicht nur das – unsere Mädels hatten außerdem Spaß dabei.«

»Eine Vorwarnung wär nicht schlecht gewesen.«

»Du warst zu sehr damit beschäftigt, so zu tun, als ob du Sophie nicht vögeln wolltest«, antwortete Horse mit einem Schulterzucken. »Also musste jemand anderes den Job übernehmen. Marie hat dir übrigens alles berechnet. Ich hab ihr gesagt, sie soll die Rechnungen oben für dich auf der Arbeitsfläche liegen lassen. Du kannst mir jetzt gleich einen Scheck geben, oder ich erinner dich später dran.«

Ruger erstarrte.

»Fuck, daran hab ich nicht gedacht«, sagte er, während er sich umsah und die Dinge mit anderen Augen betrachtete. Was kosteten Fernseher eigentlich? Er sah wieder Horse an, dessen selbstzufriedenes Grinsen sich in ein eindeutig hämisches verwandelt hatte.

Oh, verdammt …

»Du hast das absichtlich getan«, sagte er. »Du hast mich einfach nur reinlegen wollen, oder? Es geht dir doch gar nicht darum, Sophie willkommen zu heißen. Das ist dir scheißegal. Du weißt, dass ich es jetzt nicht mehr umtauschen kann. Wie viel hat Marie ausgegeben, du Arsch?«

»Ich hab ihr gesagt, sie soll unter 3000 bleiben«, antwortete Horse mit unschuldiger Stimme. »Und ich glaub, die meisten Möbel hat sie secondhand bekommen. Weißt du, Marie gibt nur Geld aus, wenn's gar nicht anders geht. Zum Teufel, du musst es ihr nicht mal zurückzahlen, schließlich hast du ihr ja nicht gesagt, dass sie es tun soll. Ich übernehm die Rechnung, wenn du's nicht tust. Nicht jeder Mann kümmert sich um seine Familie – da gibt's ganz unterschiedliche Typen, hab ich gehört …«

»Du bist ein verdammter Schwanzlutscher«, sagte Ruger und ging auf ihn los.

Horse lachte.

»Du bist ein verdammter Schwanzlutscher«, wiederholte Noah wie ein dämlicher Papagei. Ruger drehte sich um und sah den Jungen in der offenen Terrassentür stehen, mit einem stolzen Grinsen im Gesicht.

»Oh mein Gott«, hörte er Sophie entsetzt sagen. Schnell drehte er sich wieder um. Sie stand am Eingang zum Flur, eine Hand an der Wand abgestützt. Scheiße noch mal, als ob sie noch mehr Gründe zum Streiten bräuchten! »Ruger, du kannst so was nicht vor Noah sagen.«

»Hey, du musst mal ein paar Manieren lernen, Bruder«, sagte Horse zu ihm. »Du willst doch nicht, dass Sophie sauer wird. Wie ich schon vorher gesagt hatte: Ich bin mir ziemlich sicher, dass sie dir in einem fairen Kampf überlegen wäre. Ich würde sogar fürs Zusehen zahlen.«

»Raus mit dir«, erwiderte Ruger und zeigte mit dem Kopf in Richtung Treppe. »Verpiss dich einfach. Fahr heim, bevor ich dich abknalle.«

Sophie öffnete ihren Mund. Ruger wandte sich um und brachte sie mit einem Blick zum Schweigen. Genug.

»Das ist mein Haus«, sagte er. »Fuck. Ich rede, wie's mir passt, und du hältst dein beschissenes Maul. Verstanden?«

Sie starrte ihm mit offenem Mund hinterher, als er sich umdrehte und wieder die Treppe hinaufstapfte.

Hinter sich hörte er Noah »Fuck, fuck, fuck, fuck« singen.

Er brauchte ein Bier.

Oder besser was Hochprozentiges.

Sophie

Noah funkelte mich wie ein wütender, kleiner Kobold an. Ich hatte ihm eine Auszeit auf der Couch verordnet, aufgrund wiederholten Benutzens seines neuen Lieblingswortes.

Ich machte mir ein Bier auf und prostete den Frauen, die geputzt, eingerichtet und gekocht hatten, in Gedanken zu. Als ich Ruger gesagt hatte, dass ich den Club nicht näher kennenlernen wollte, hatte ich es ernst gemeint. Aber nach all dem, was sie für mich getan hatten, musste ich mir die Sache noch einmal durch den Kopf gehen lassen.

Zumindest musste ich einmal vorbeischauen, um mich zu bedanken. Sie hatten sogar eine Karte und einen langen Willkommensgruß dagelassen, in dem lauter wichtige Informationen standen, angefangen von ihren Handynummern bis zur Adresse von Noahs neuer Schule.

Das war besonders wichtig, da die Schule bereits am Montag anfangen würde, eine Woche früher als in Seattle. Neben Grundnahrungsmitteln hatten sie mir auch eine Pfanne mit Tacomischung auf den Herd gestellt, dazu alle nötigen Zutaten. Ich musste das Fleisch nur noch aufwärmen und servieren. Gott sei Dank, denn für nichts in der Welt würde ich jetzt nach oben gehen, um nach etwas Essbarem zu suchen.

Genau genommen hatte ich überhaupt nicht vor, nach oben zu gehen, zumindest nicht ohne Einladung. Ich würde die Tür zum Hof als Eingangstür nehmen. Das wäre sicherer. Nicht dass ich noch immer sauer auf Ruger gewesen wäre – hier war es viel schöner als in unserer alten Wohnung. Deshalb konnte ich nicht länger die Beleidigte spielen. Nein, inzwischen hatte ich eher Angst vor ihm, denn die Regeln änderten sich ständig, und ich wusste nicht, wo wir standen.

Als ich das Bier trank, das netterweise im Kühlschrank auf mich gewartet hatte, entspannte ich mich allmählich.

Die meisten unserer Sachen waren noch draußen im Auto. Ruger und Horse hatten die schweren Sachen aus meiner alten Wohnung getragen, auspacken konnte ich hier selbst. Es war ja schließlich nicht so, dass wir viel besessen hätten. Ich überlegte mir, dass ich mit dem Ausladen auch erst morgen anfangen könnte, und freute mich, dass ich Noah seinen Pyjama in den Rucksack hatte packen lassen. So mussten wir heute nicht noch Klamotten für ihn suchen.

Was ich garantiert nicht tun würde, war, Ruger um Hilfe zu bitten.

Die Dinge waren eh schon komisch genug.

Ich wärmte die Tacos auf und holte Teller raus (die Küche war komplett eingerichtet – kein schickes Geschirr, aber dafür sah es neu aus).

»Hast du dich jetzt beruhigt?«, fragte ich Noah.

Er sah mich finster an und verschränkte die Arme.

»Okay, ich werd jetzt essen«, sagte ich zu ihm. Ich nahm mir eine Portion und schnappte mir ein zweites Bier. Dann ging ich hinüber zur Tür, öffnete sie weit und steuerte eine der Liegen an. Ich ließ mich im Schneidersitz nieder und stellte den Teller auf dem Kissen vor mir ab, um einen Bissen zu nehmen.

Mann oh Mann, schmeckte das gut nach dem langen Tag.

»Das ist echt lecker!«, rief ich Noah zu. »Es ist dein Lieblingsessen, mit viel Käse und ohne Tomaten. Schade, dass du keinen Hunger hast.«

Noah antwortete nicht, aber ich hörte oben auf der Terrasse einen Stuhl über den Boden schaben. Ich sah hoch und erblickte einen Schatten durch die Spalten zwischen den Bohlen. Ich wartete darauf, dass Ruger etwas sagte.

Was er nicht tat.

Okay.

Ich aß mein erstes Taco und überlegte, ob ich mir ein zweites genehmigen sollte. Noah würde sich unmöglich aufführen, wenn er nichts aß, aber ich konnte ihm diesen Trotzanfall auch nicht durchgehen lassen. Na ja, dann musste ich eben schweres Geschütz auffahren.

»Noah, bist du sicher, dass du keine Tacos willst?«, rief ich. »Ich bin schon fast fertig, und danach räum ich das Essen ab. Später gibt es nur Brot, wenn du Hunger bekommst. Oh, und außerdem haben sie auch noch Kuchen und Eis dagelassen.«

Schweigen.

Dann hörte ich wieder den Stuhl und Schritte von oben, als Ruger über die Terrasse marschierte. Toll. Ich hoffte, dass mein Geschrei ihn nicht noch wütender machte. Ich musste einfach immer wieder an diese Bemerkung über die Scheiße denken, die er aus dem Weg räumen durfte. Ich kippte mein Bier hinunter und wappnete mich für einen Kampf an zwei Fronten.

»Was für 'nen Kuchen?«, fragte Noah.

»Sah aus wie ein Beerenkuchen«, antwortete ich. »Ich wärm meinen auf, bevor ich das Eis draufgebe.«

»Ich bin bereit, mich zu entschuldigen«, antwortete er.

Ich erlaubte mir nur ein paar Sekunden der Genugtuung, bevor ich mit ernstem Gesicht wieder hineinging.

»Also?«, fragte ich ihn.

»Es tut mir leid«, sagte Noah. »Ich werd's nicht wieder tun. Kann ich mir meine Tacos selbst machen?«

»Du darfst solche schlimmen Wörter nicht verwenden«, sagte ich ihm mit ernster Stimme. »Wenn du das in der Schule sagst, bekommst du richtigen Ärger.«

»Warum darf Onkel Ruger sie sagen?«

»Weil er nicht in die Schule geht.«

»Das ist nicht fair.«

Da hatte der Junge recht.

»Das Leben ist nicht fair. Mach dir deine Tacos.«

Ich suchte gerade im Kühlschrank nach der Milch, als ich ein leises Klopfen an der Fenstertür hörte.

»Onkel Ruger!«, rief Noah. »Wir essen Tacos. Willst du welche?«

»Aber sicher«, antwortete er.

Ich richtete mich auf und drehte mich zu ihm um, während ich mich fragte, ob er noch immer sauer auf mich war. Mir war noch nicht so ganz klar, wie es sein konnte, dass er zwar Noah »fuck« beigebracht hatte, aber ich diejenige war, die den Ärger abgekriegt hatte. Natürlich gab es eine Menge Dinge in Bezug auf Ruger, die mir schleierhaft waren.

Er kam rein, und ich reichte ihm misstrauisch einen Teller, während ich auf das Essen zeigte. Zwar lächelte er mich nicht an, machte dafür aber auch kein finsteres Gesicht. Ich beschloss, das als positives Zeichen zu sehen.

»Hast du das alles gekocht?«, fragte er.

»Nö, das waren die Mädels vom Club«, erklärte ich ihm. Schließlich war eine Versöhnung beim Essen immer eine gute Idee. Und ich wollte eine Versöhnung, um Noahs und um meiner selbst willen.

Vielleicht konnten wir den heutigen Tag einfach vergessen und morgen neu anfangen?

Die Idee gefiel mir wirklich sehr. Ich holte noch zwei Bier und gab ihm eines davon mit einem zögerlichen Grinsen. »Das war alles im Kühlschrank. Ich kann's immer noch kaum glauben, dass sie das alles an einem Tag geschafft haben. Vielen, vielen Dank – ich hatte keine Ahnung, was du alles vorbereitet hattest. Das hat mich völlig umgehauen.«

Er grunzte, machte sich aber nicht die Mühe, mich dabei anzusehen. Okay, er behandelte mich wohl wieder wie ein Möbelstück. Weil ich eine doofe Zicke bin, gefiel mir das nun auch wieder nicht. Schön blöd, oder?

»Wollt ihr zum Essen raufkommen?«, fragte er uns. »Ich habe einen Tisch oben auf der Terrasse und eine tolle Aussicht. Wir können uns den Sonnenuntergang ansehen.«

»Danke«, antwortete ich überrascht. Er wollte wohl auch Frieden schließen. Gott sei Dank – ein Kalter Krieg würde keinem von uns Vorteile bringen. Und hier war es wirklich schöner als an jedem unserer früheren Wohnorte. Mir gefiel die Idee, die obere Terrasse mitbenutzen zu können … solange sich Ruger nicht wieder gegen mich wandte. Würde ich je an den Punkt kommen, an dem das Zusammensein mit ihm nicht so kompliziert war?

Ja, sagte ich mir. Ich würde mich dazu zwingen. Um Noahs willen.

85

Das Abendessen lief besser als erwartet. Noah plapperte die ganze Zeit und machte es so für Ruger und mich leichter. Ich aß auf, holte uns noch ein paar Bier und füllte gleich noch Noahs Milchglas auf. Schließlich wurde es Noah langweilig, und er lief die Treppen an der Seite der Terrasse hinunter, weil er ein wenig herumtollen wollte. Inzwischen hatte ich genügend Alkohol intus, um mich nicht ganz so komisch zu fühlen. Ruger schien auch entspannter zu sein. Ich zog meinen Stuhl vom Tisch zum Geländer und legte meine Beine hoch. Er ging zurück ins Haus und machte Musik an, einen Mix aus alten und neuen Songs.

Wir tranken beide noch ein Bier, während die Sonne tiefer und tiefer sank. Meine Stimmung steigerte sich von »gut« zu »verdammt gut«. Noah musste ins Bett, deshalb nahm ich ihn mit runter und steckte ihn kurz unter die Dusche. Der Arme war hundemüde und schlief schon bei der Gutenachtgeschichte ein. Ich beschloss, wieder hochzugehen und noch ein wenig auf der Terrasse zu sitzen. Ich brauchte jeden Tag ein wenig Zeit nur für mich alleine, ohne Noah. In unseren letzten Wohnungen war es dafür zu eng gewesen. Hier war das etwas anderes. Noah war in Sicherheit, und ich hatte meinen Freiraum.

»Hey«, rief ich, als ich wieder hinaufstieg. »Hast du was dagegen, wenn ich noch ein bisschen hier oben auf der Terrasse sitzen bleibe?«

»Dafür ist sie da«, sagte Ruger. Er stand am Geländer auf seine Ellbogen aufgestützt und sah hinab auf sein Königreich. Sein Haar war feucht – er musste geduscht haben, während ich Noah ins Bett gebracht hatte. Jetzt trug er ein Paar alte Jogginghosen, die so niedrig saßen, dass ich seine Hüftknochen sehen konnte.

Vielleicht ging ja meine schmutzige Fantasie mit mir durch, aber ich war mir ziemlich sicher, dass er darunter keine Unterhose trug. Die Hose ermöglichte jedenfalls einen schönen Blick auf seine ausgeprägten Pomuskeln. Stand ihm echt gut. Ruger war schlank und muskulös, hatte ein definiertes Sixpack und einen künstlerisch wertvollen Bizeps. Oh, wow. Sogar eine seiner Brustwarzen war gepierct. Das hatte ich vorher noch nie gesehen. Seine Brustmuskeln waren breit und fest, dabei so groß, dass sie scharf waren, aber nicht nach männlichem Busen aussahen. Und seine Tattoos …

Ich hatte mir immer Gedanken über seine Tattoos gemacht. Auf seinem Rücken war groß und breit der MC verewigt, aber auch seine Arme und Schultern waren tätowiert. Ich wollte sie näher betrachten, aber das erschien mir dann doch leicht unhöflich. Außerdem war mein Blick etwas verschwommen. Deshalb stellte ich mich einfach neben ihn und lehnte mich ans Geländer.

»Willst du noch ein Bier?«, fragte er.

Ich schüttelte den Kopf.

»Ich hab genug getrunken«, antwortete ich. Genau genommen hatte ich etwas mehr als genug. Auf der Treppe hatte ich geschwankt, und um ehrlich zu sein, musste ich mich entweder anlehnen oder hinsetzen. Ich spürte, wie mir das Blut ins Gesicht stieg, und musste kichern.

Ruger warf mir einen Blick zu und hob fragend die Augenbrauen.

Ich kicherte wieder.

»Was ist los?«

»Ganz schön angeheitert«, gab ich zu, während ich ihn anlächelte. »Ich schätze, das Bier hat ordentlich reingehauen. Kein Wunder an so einem Tag. Nicht genügend gegessen und geschlafen. Du weißt schon, was ich meine.«

Er lächelte mich an. Verdammt, war der Kerl schön. Aber er hatte definitiv einige seiner Piercings rausgenommen.

»Warum hast du nicht mehr so viel Metall im Gesicht?«, fragte ich, da sich mein Taktgefühl zusammen mit der Nüchternheit verflüchtigt hatte. »Dadurch siehst du weniger angsteinflößend aus, eindeutig menschlicher.«

Er hob seine Augenbrauen und sah zu mir rüber.

»Die meisten Piercings hab ich letzten Winter rausgemacht«, sagte er. »Hab angefangen zu boxen, und da sind Piercings keine so gute Idee.«

Äh, ich wusste nicht recht, was ich dazu sagen sollte. Mein Blick blieb an dem Ring hängen, den er noch links in der Unterlippe hatte. Ich fragte mich, wie es sich anfühlen würde, ihn dort zu küssen, mit meinem Mund vielleicht an dem Ring zu saugen. Ich würde vorsichtig mit meinen Zähnen daran ziehen und dann den Rest attackieren …

»Du bist süß, wenn du betrunken bist«, sagte er plötzlich.

»Ich bin nicht betrunken«, erwiderte ich entrüstet. »Ich bin angeheitert. Völlig in Ordnung … einfach nur … glücklich.«

Er lachte und beugte sich dann zu mir, um mir ins Ohr zu flüstern. »Wenn du noch glücklicher wirst, fällst du in Ohnmacht. Stell dir vor, was ich dann mit dir anstellen könnte.«

Das klang ziemlich lustig, und ich musste noch mehr kichern.

»Flirtest du mit mir?«, fragte ich wagemutig. Ich hatte den ganzen Tag versucht, schlau aus ihm zu werden. Warum hatte ich nicht einfach gefragt? Ich hatte mich bisher davor gefürchtet, über unsere Beziehung zu reden, aber warum, wusste ich nicht mehr. »Ich versteh dich nämlich nicht, Ruger. Erst scheinst du mich zu hassen, und dann kippt plötzlich alles. So geht's ständig hin und her. Das ist echt schräg.«

Er zog die Augenbrauen hoch. Mein Blick blieb auch an diesem Piercing hängen. Ich fragte mich, ob das wehtat. Vermutlich nur ein bisschen im Vergleich zu seinen Tattoos. Mein Blick wanderte nach unten zu seinen vollen Lippen. Für einen Typen hatte er viel zu weiche Lippen. Das wusste ich genau, denn schließlich hatte er vorhin meinen Hals damit abgeküsst.

Wenn ich die Gelegenheit dazu bekam, würde ich definitiv an diesen Lippen saugen, jawohl. Und zwar ziemlich lange.

Dann würde ich weiter nach unten wandern und auf dem Weg zu seinem Schwanz mal die gepiercte Brustwarze probieren. War sein Schwanz so groß und kräftig wie der Rest von ihm?

Das wollte ich unbedingt herausfinden. Ich schwankte wieder und spürte Hitze in mir aufsteigen, während meine Brustwarzen hart wurden.

»Ich versuch nicht, mit dir zu flirten«, sagte er.

Oh. Das fühlte sich an wie eine kalte Dusche.

»So ein Pech«, seufzte ich. Wie schade. Ich wollte mit Ruger schlafen, ehrlich. Oder mit irgendjemandem schlafen, verdammt. Meine Regel, mich nur mit harmlosen Typen abzugeben, die ich unter Kontrolle hatte, führte dazu, dass ich nie mit jemandem im Bett landete. Vielleicht sollte ich diese Verhaltensregel noch einmal überdenken …

»Ich komm nicht oft genug zum Flirten. Ständig bin ich nur am Arbeiten und kümmere mich um Noah. Das ist ganz schön anstrengend, Ruger. Ich würd gern jemanden kennenlernen, weißt du?«

Er antwortete nicht, sondern starrte einfach nur geradeaus. Sein Wangenmuskel zuckte. Wenn ich ein bisschen mutiger gewesen wäre, hätte ich mich zur Seite gelehnt und über sein Kinn geleckt. Seine Eintagesstoppeln sahen schön rau aus, was meiner Zunge gefallen würde.

»Sieh mich nicht so an«, sagte er und schloss seine Augen. »Trotz der Geschichte von heute Morgen versuch ich nicht, was mit dir anzufangen. Du kannst dir doch vorstellen, wie beschissen das wär, wenn wir miteinander vögeln würden? Ich will keine Beziehung, und ich bin nicht treu. Wir müssen uns gemeinsam um Noah kümmern. Das weißt du.«

Ich seufzte. Und wie ich das wusste. Blödes Bier.

»Du hast ja recht«, sagte ich. Ich wandte mich von ihm ab und sah auf das Tal hinunter. Er hatte sich da wirklich ein wunderschönes Plätzchen ausgesucht. Ich konnte es immer noch nicht fassen, was für eine tolle neue Bleibe wir gefunden hatten.

Und es war wundervoll, sich einfach mal entspannen zu können und alles zu vergessen.

»Noah steht an erster Stelle, da sind wir uns einig. Aber ich will einfach nur Sex haben. Denkst du, dass einer der Jungs aus dem Club vielleicht Interesse hätte? Ich will keinen festen Freund, nur einen für gewisse Stunden. Einen, den ich vögeln und dann ohne Schuldgefühle fallen lassen kann, wenn's langweilig wird.«

Ruger gab ein ersticktes Geräusch von sich, und ich sah besorgt zu ihm hinüber.

»Alles in Ordnung?«

»Ich dachte, du willst nichts mit dem Club zu tun haben«, sagte er mit angespannter Stimme. »Wie kommst du nun plötzlich auf die Idee, dir einen Freund für gewisse Stunden zu suchen?«

»Nun, ich denke, ich geb dem Club eine Chance«, antwortete ich. Vielleicht wären die Reapers ganz in Ordnung – und je mehr ich mir diese Geschichte mit dem Freund für gewisse Stunden überlegte, desto besser gefiel mir die Idee. Ich hatte *nie* Sex. Um Himmels willen, ich war 24 Jahre alt. Ich sollte einfach Sex haben! »Sie waren heute wirklich sehr nett zu mir. Horse ist mitten in der Nacht losgefahren, um jemandem zu helfen, den er gar nicht kannte. Und diese Mädels … sie müssen stundenlang geschuftet haben, um alles für uns vorzubereiten. Schon die Einrichtung ist unglaublich. Vom Essen, das fertig auf dem Herd stand, will ich gar nicht reden. Die Muster an der Wand sind, glaube ich, sogar noch feucht.«

»Gottverdammte Scheiße.«

Ich runzelte die Stirn.

»Was soll das nun wieder heißen?«, fragte ich. »Ich dachte, du willst, dass ich deine Freunde im Club kennenlerne. Und mal im Ernst – ich verdiene es, Sex zu haben. Es steht mir zu!«

Ruger richtete sich auf und drehte sich zu mir um. Jeder Muskel in seinem Körper war angespannt, er schien kurz vor der Explosion. Seine Nasenlöcher weiteten sich, als er tief einatmete. Mein Blick blieb an seinem Wangenmuskel hängen. Er war schon immer furchteinflößend gewesen, aber jetzt wirkte er absolut tödlich. Ich hätte eine Riesenangst haben sollen, aber ich war so angeheitert, dass ich mich wie unter einer schützenden Decke fühlte.

Ich würde mich nicht mehr von ihm schikanieren lassen.

»Ich schätze, die Mädels würden dir guttun«, sagte er. »Zumindest manche von ihnen. Halt dich an die Alten Ladys. Von den anderen hältst du dich fern. Aber diese Scheiße von wegen Freund für gewisse Stunden? Vergiss es, Soph. Denk nicht mal dran, verstanden?«

»Warum nicht?«, fragte ich empört. »Du fickst alles, was sich bewegt. Warum kann ich das nicht tun?«

»Weil du eine Mutter bist«, sagte er mit einem Knurren in der Stimme. »Als Mutter fickt man nicht einfach drauflos. Ernsthaft.«

»Auch wenn ich eine Mutter bin, heißt das noch lange nicht, dass ich *tot* bin«, sagte ich und verdrehte die Augen. »Keine Sorge, solange es nichts Ernstes ist, wird er Noah nicht kennenlernen. Aber ich könnt wirklich etwas Spaß vertragen. Horse ist scharf, und wenn die anderen Typen im Club auch nur ein bisschen so wie er sind, wären sie perfekt für mich. Ist mir auch völlig egal, dass ihr Typen jede flachlegt. Warum sollte ich nicht auch meinen Spaß haben?«

»Das sind Süßärsche und Clubhuren«, erwiderte er mit harter Stimme. »Das ist Trash. Du wirst nie im Leben eine von denen werden. Vergiss es, Soph.«

»Du bist nicht mein Boss.«

»Du klingst wie eine verdammte 14-Jährige«, antwortete er und funkelte mich an.

»Zumindest klinge ich nicht wie ein überfürsorglicher Vater«, blaffte ich ihn an. »Du bist nicht mein Dad, Ruger.«

Er streckte den Arm aus und packte mich im Nacken, um mich schnell an seinen Körper zu ziehen. Dann neigte er den Kopf, sodass mein Mund so nah an seiner Brust lag, dass ich ihn hätte lecken können, und flüsterte mir ins Ohr.

»Glaub mir, mir ist völlig klar, dass ich nicht dein Vater bin«, sagte er. Er fuhr mit seiner Nase meine Ohrmuschel entlang, während sein warmer Atem mir Schauer über den Rücken sandte. »Wär ich dein Vater, würden sie mich wegen meinen Fantasien in den Knast stecken.«

Ich hob meine Hände und fuhr mit ihnen die Seiten seines Oberkörpers entlang, betastete seine Muskeln, bevor ich damit begann, über seine Brustwarzen zu streichen. Ich konnte nichts dagegen tun – ich musste mich einfach vorbeugen und meine Zunge über sein Piercing schnellen lassen. Ruger stöhnte, und seine Finger griffen fest in mein Haar. Sein ganzer Körper spannte sich an, und schließlich spürte ich, wie sein Schwanz meinen Körper berührte.

Oh Mann.

Meine Brustwarzen wurden hart, und zwischen meinen Beinen zuckte es verdächtig. Unruhig wand ich mich hin und her. Eine seiner Hände fuhr meinen Rücken hinunter, vorbei an Shorts und Höschen, und griff nach meinem nackten Arsch. Seine Finger verkrampften sich, als ich nochmals an seiner Brustwarze saugte und dann den Ring in meinen Mund zog.

»Oh mein Gott …«, stöhnte er. »Wenn du nicht sofort aufhörst, leg ich dich über diesen Tisch und fick dich so fest, dass er zusammenbricht. Ich schwör's, Soph. Kannst du mir sagen, wie wir das Noah erklären sollen? Ich lass es nämlich krachen. Ich will dich nicht heiraten, und ich werd dir sicher nicht meinen angeleinten Schwanz überreichen, verdammt noch mal. Die Geschichte hier könnte also ziemlich schnell den Bach runtergehen, Baby.«

Zitternd erstarrte ich, während mein Höschen feucht wurde. Ich wollte mich an seinem Bein reiben wie eine läufige Hündin, denn ich brauchte dringend etwas, um die Leere in mir zu füllen.

Stattdessen löste ich mich langsam von ihm. Seine Hand rutschte aus meinen Shorts, und wir traten einen Schritt zurück. Doch unsere Augen bohrten sich ineinander.

»Fuck«, murmelte Ruger und fuhr sich mit der Hand durchs Haar. Er wandte seinen Blick ab. Das Vorderteil seiner Hose zeigte eine deutliche Ausbuchtung, denn sein Schwanz war so hart, dass sich die dicke Eichel klar abzeichnete. Ich fragte mich, was er tun würde, wenn ich mich niederkniete, um seine Hose herunterzuziehen und mit der Zunge über die Spitze zu lecken, bevor ich seinen Schwanz tief in meinen Mund nahm. Bei dem Gedanken lief mir direkt das Wasser im Mund zusammen. Das Verlangen durchfuhr mich wie ein Speer. Ich seufzte und fuhr mir mit der Zunge über die Lippen.

»Ich hol mir noch ein Bier«, sagte Ruger mit rauer Stimme.

Ich sah von seinem Schwanz zu seinem Gesicht auf und merkte, dass sein Blick meine Brüste fixierte. Shit. Ich trug immer noch das verdammte Barbie-Tanktop, das nichts der Fantasie überließ. Mein Koffer lag in seinem Auto.

»Bring mir auch eins mit«, antwortete ich mit wackliger Stimme.

»Hältst du das wirklich für eine gute Idee?«

Ich sah ihn an und schüttelte meinen Kopf. Seine Brust hob und senkte sich zu schnell, seine dunklen Pupillen waren geweitet. Er schluckte, und ich rieb unruhig und voll Verlangen meine Hand an meinem Oberschenkel. Die rhythmische Bewegung zog seinen Blick an, und er schluckte erneut.

»Nein, aber ich will trotzdem eins.«

Leicht schwankend ging ich über die Terrasse zu einer Liege und ließ mich nieder. Obwohl ich mich ganz schlaff fühlte, war ich so voller Verlangen, dass ich dachte, sterben zu müssen. Die Sonne war untergegangen, und die ersten Sterne standen am Himmel. *Ich sollte runter in meine kleine Wohnung gehen.* Das wusste ich. Stattdessen schloss ich die Augen und dachte lieber daran, wie gern ich jetzt zwischen meine Beine gefasst und meine Klit gerieben hätte, bis ich direkt vor ihm kam.

Etwas Kaltes berührte mich an der Wange. Als ich meine Augen öffnete, sah ich Ruger über mir aufragen. Mit brennenden Augen betrachtete er meinen Körper. Die Ausbuchtung in seiner Hose war noch größer geworden – nicht zu fassen. Gott, es wäre so leicht, einfach nur zuzugreifen und seinen Steifen in meiner Hand zu spüren. Oder ich könnte mich aufsetzen und meinen Kopf vorbeugen, sodass meine Wange den weichen Stoff über seinem harten Schwanz berührte. Ich konnte meinen Blick nicht abwenden.

Ich erhob mich, bis mein Gesicht nur noch ein paar Zentimeter von seinem Schritt entfernt war. Dann sah ich hoch und fragte mich, ob ich gerade den Verstand verlor.

»Hier ist dein Bier«, sagte er rau und hielt mir die Flasche entgegen. Ich schnappte es mir und steckte den Flaschenhals in den Mund, um einen Schluck zu nehmen, wobei ich ihm weiterhin in die Augen starrte.

Ich hasste es, dass er nüchtern war und sich unter Kontrolle hatte.

»Verdammt, Sophie …«, stöhnte er. »Sieh mich nicht so an.«

»Wie denn?«, fragte ich ihn, während ich einen herablaufenden Tropfen von der Flasche leckte.

»Tu nicht so blöd«, flüsterte er. »Wenn du nicht aufhörst, werde ich dich ficken. Morgen werden wir das beide bereuen. Du bist betrunken.«

Nachdenklich neigte ich meinen Kopf zur Seite.

»Bist du's denn?«, fragte ich ihn.

»Was?«

»Betrunken?«

Er schüttelte langsam den Kopf und setzte sich neben mich. Dann lehnte er sich zu mir herüber und sog den Duft meines Halses ein. Wir berührten uns überhaupt nicht, aber die Wärme seines Atems auf meiner Haut brachte mich fast um. Langsam und bedächtig nahm ich noch einen Schluck Bier.

Sein Blick durchbohrte mich.

»Nein«, flüsterte er. »Ich bin nicht betrunken.«

»Was ist denn dann deine Entschuldigung?«, fragte ich leise. »Meine ist der Alkohol. Was auch immer ich heute noch tue – ich kann's immer auf das Bier schieben. Welche Entschuldigung sollen wir uns für dich einfallen lassen?«

Ruger nahm mir die Flasche aus der Hand und stellte sie auf den Boden. »Genug für heute«, sagte er mit sich überschlagender Stimme. »Du hast genug. Wir haben beide genug. Wir werden das nicht tun. Verstanden?«

»Ja«, sagte ich und versuchte, meinen Rausch zu verdrängen. Ich wusste, dass er recht hatte. Noah brauchte uns beide, und es war für uns zwei schon schwierig genug, miteinander auszukommen. Ich würde in seiner Souterrainwohnung leben, um Himmels willen, und er hatte seinen Standpunkt nun wirklich deutlich gemacht – er wollte mich vögeln. Keine Herzchen, keine Blumen, keine Dates und garantiert keine Beziehung. Zumindest war ich kein Möbelstück mehr.

»Kann ich dich was fragen?«

»Was?«, antwortete er.

Ich schluckte.

»Ist dieses Gefühl neu für dich?«

»Was meinst du?«, fragte er mit brennendem Blick, während die warme Nachtluft schwer zwischen uns hing.

»Das Gefühl, mich zu begehren«, fragte ich leise. »Ist das neu für dich? Ich mein, abgesehen von … damals … ich hab immer angenommen, dass das nur ein schwacher Moment war, du weißt schon? Du hast immer durch mich hindurchgesehen.«

»Es ist nicht neu für mich.«

Wir saßen regungslos nebeneinander, während aus allen Richtungen Froschquaken erklang.

Nach einer Weile rieb er sich den Nacken, wie er es schon im Auto getan hatte.

»Bist du immer noch verspannt?«

Er nickte.

»Ja, ich hab mir irgendwas gezerrt beim Fahren. Echt blöd.«

»Soll ich dich massieren?«, fragte ich ihn.

»Du fasst mich unter keinen Umständen an«, sagte er. »Darüber haben wir doch schon gesprochen. Ich bin nicht betrunken, Soph. Verdammt, ich werd Noahs Leben nicht durcheinanderbringen.«

»Wir werden nichts durcheinanderbringen«, sagte ich zu ihm. »Ich werd langsam nüchtern, ist schon in Ordnung. Außerdem hab ich einen Massagekurs gemacht, ich kann das echt ganz gut. Lass mich dir helfen. Du hast so viel für mich getan, ich denk, ich bin dir was schuldig.«

»Keine gute Idee.«

Ich verdrehte die Augen und gab ihm einen Rempler mit der Schulter. »Bist du ein Feigling?«, fragte ich ihn mit einem Grinsen.

»Mann, du nervst«, murrte er. Aber er protestierte auch nicht, als ich hinter ihn kletterte. Ich ignorierte das heiße Verlangen zwischen meinen Beinen und kniete mich hin, um mit meinen Fingern seine Schultern durchzukneten. Sie waren stark und voller Kraft, weiche Haut bedeckte glatte Muskeln, die zweifellos stark genug waren, ihn zu stützen, während er seinen Schwanz in mich stieß.

Leider war es schon ziemlich dunkel, sodass ich seine Tattoos kaum erkennen konnte, was sehr bedauerlich war. Ruger zog öfter sein Shirt aus, aber ich war noch nie nah genug herangekommen, um sie mir genauer anzusehen. Ich grub meine Finger in seine Schultern, und er ließ stöhnend seinen Kopf vorwärtsfallen. Er war wirklich verspannt, da hatte er absolut nicht gelogen. Dicke Knoten überzogen seinen Nacken und die Schultern. Nachdem ich sie ein paar Minuten mit meinen Fingern bearbeitet hatte, setzte ich meine Ellbogen ein. Ganz allmählich entspannte sich sein Nacken, und ich arbeitete mich weiter den Rücken hinunter.

»Leg dich auf deinen Bauch«, sagte ich und glitt dabei hinter ihm von der Liege. Ich stellte die Liege flach, aber er bewegte sich nicht.

»Du bist echt ein Feigling«, murmelte ich. »Ich massier dir nur den Rücken, Ruger. Genieß es einfach, okay?«

Er rollte sich grunzend auf den Bauch. Ich beugte mich über ihn und machte mich an die Arbeit. Einige Knoten wollten einfach nicht weich werden, deshalb beschloss ich, mich auf ihn zu setzen, um mehr Druck ausüben zu können.

War das 'ne blöde Idee?

Na klar. Kümmerte ich mich darum?

Überhaupt nicht – betrunken, wie ich war.

Ich setzte mich mit gespreizten Beinen auf seinen Hintern und genoss das Gefühl, seinen harten Körper zwischen meinen Beinen und seine Haut unter meinen Fingern zu spüren. Er roch frisch und sauber, aber ganz zweifellos nach Mann. Das machte mich verrückt. Bei jeder Massagebewegung ging ich mit den Hüften mit, doch für eine richtige Befriedigung reichte das nicht aus. Es war immerhin so zufriedenstellend, dass ich, als mir ordentlich warm wurde, genau wusste, dass die Ursache nicht die Massagearbeit war.

Zuerst verkrampfte er sich, aber dann hörte er auf, Widerstand zu leisten, und Stück für Stück entspannte sich jeder einzelne Muskel. Schließlich ließ die Kraft in meinen Händen nach, und wir waren beide ziemlich schlapp. Ich legte mich auf seinen Rücken und atmete seinen Duft ein. Die leichte Sommerbrise sorgte dafür, dass mir nicht zu heiß wurde.

»Soph …«, sagte er warnend.

»Nicht, Ruger«, flüsterte ich. »Es hat nichts zu bedeuten. Lass es einfach zu, in Ordnung?«

Er seufzte, und Stille senkte sich herab.

Ich war immer noch frustriert, keine Frage. Aber es war ein eigenartiges, entspanntes Verlangen, das mich jetzt durchströmte. Die Geräusche der Nacht hüllten uns ein, und ich genoss es, Rugers Körper unter mir zu spüren. Ich wünschte mir, mit so einem Mann zusammen zu sein – einem, der stark und zuverlässig war und mich vor allem beschützen konnte.

Mit Ruger als Freund könnte ich mich sicher fühlen. Immer.

»Es wird alles in Ordnung kommen, Sophie«, murmelte er leise mit verschlafener Stimme. »Ich versprech's dir.«

Ich antwortete nicht, weil ich ihm nicht glaubte. Stattdessen nickte ich ein. Das Nächste, woran ich mich erinnerte, war, dass er mich hochhob und mich hinunter in mein Bett trug.

KAPITEL FÜNF

Ruger hatte unrecht gehabt. Nichts war in Ordnung.

Alles lief schief.

So schief, dass er für fast fünf Tage verschwand. Er fuhr am Sonntagmorgen weg und tauchte erst am Donnerstag wieder auf. Ich hatte keine Ahnung, wo er gewesen war, und ich fragte ihn auch nicht, als er zurückkam. Aber es *musste* doch irgendwann weniger unangenehm werden, oder? Man kann schließlich nicht bis in alle Ewigkeit diese Anspannung und das komische Gefühl aushalten ...

Zumindest verlief Noahs Schulstart ohne Probleme, was mich nicht wirklich überraschte. Es war ihm immer leichtgefallen, neue Freunde zu finden, und er konnte sich allen Veränderungen gut anpassen. Bevor Ruger zu seinem Club Run aufbrach (ich wusste nicht genau, was »Runs« waren, aber zu diesem Run gehörte es offenbar dazu, dass man fünf Tage lang verschwand), hatte er mir etwas Geld in die Hand gedrückt und vorgeschlagen, mit der Jobsuche bis zur folgenden Woche zu warten. Er wollte sehen, ob es beim Club irgendwelche offenen Stellen gab. Außerdem war er der Ansicht, ich sollte Noah dabei helfen, sich in der neuen Situation zurechtzufinden.

Ich würde ja gerne behaupten, dass ich ihm als starke, unabhängige Frau gesagt hätte, er solle sich da raushalten. Doch es war, ehrlich gesagt, eine große Erleichterung. Ich konnte mich nicht mehr daran erinnern, wann ich zuletzt eine Woche freigehabt hatte, und es war einfach wundervoll. Ich packte alles aus, genoss den Sonnenschein und machte mich wieder mit der Gegend vertraut.

Und ich verbrachte einen Nachmittag mit meiner alten Freundin Kimber.

Sie lud mich für Dienstag zum Mittagessen ein. Wir waren über die Jahre in Kontakt geblieben, und ich hatte im vergangenen Sommer, als wir zu Besuch hier gewesen waren, bei Kimber und ihrem Mann (die beiden hatten gerade geheiratet) gewohnt. Nach ihrem Abschluss hatte Kimber ein wenig über die Stränge geschlagen. Dann lernte sie Ryan kennen und ließ sich nieder. Er war Softwareingenieur oder so was und verdiente offenbar ziemlich gut, denn sie hatte eines von diesen riesigen Häusern, die auf der Rathdrum Prairie wie Pilze aus dem Boden schossen. Es gehörte zu einer Siedlung und war kein selbst geplantes Haus wie das von Ruger, dafür war es aber doppelt so groß und recht eindrucksvoll.

Und außerdem hatte es einen Pool.

»Willst du eine Margarita?«, fragte sie, als sie die Tür im Bikini öffnete. Sie trug einen bunten Pareo und eine Sonnenbrille, um die Paris Hilton sie beneidet hätte.

Ich grinste blöd, weil sich manche Dinge nie ändern.

»Jetzt schon?«

»Wenn man Kinder hat, gilt die Happy Hour durchgehend«, sagte sie mit einem Schulterzucken. »Oder es ist Sad Hour, und das macht nicht mal halb so viel Spaß.«

Wir grinsten uns an wie zwei komplette Idioten.

»Willst du jetzt eine oder nicht?«, fragte sie, während sie mich durch den großen Eingangsbereich in den Flur und von dort in ihre Küche zog. »Ich nehm nämlich auf jeden Fall eine. Ava war die ganze Nacht wach, sie zahnt gerade. Vor 15 Minuten ist sie *endlich* eingeschlafen. Mit etwas Glück bleiben mir zwei Stunden, bevor sie wieder aufwacht. Ich muss die Zeit nutzen und komprimiert sechs Wochen Social Life genießen, bevor du wieder gehst.«

»Okay«, sagte ich ihr. »Aber nur eine. Ich muss noch fahren und Noah abholen. Ich hab den Eindruck, du genießt die Mamaschaft?«

»Ich liebe es«, antwortete sie und goss mir einen Drink in ein grellfarbiges Martiniglas mit Stiel in Flamingoform ein. »Ich kann's gar nicht fassen, wie wunderbar Ava ist. Aber es ist auch verrückt. Ich hatte ja keine Ahnung, wie viel Arbeit sie machen können – ich kann kaum glauben, dass du das mit 17 geschafft hast. Ich konnte damals schon kaum meine Schlüssel finden, ganz zu schweigen von der Aufgabe, sich regelmäßig um ein Baby zu kümmern.«

»Nun, das Leben hält so manche Überraschung für uns bereit«, antwortete ich, während ich an die alten Zeiten zurückdachte. Nach Noahs Geburt hatte ich eine spezielle Highschool besucht und bei Rugers Mom gewohnt. Es war nicht leicht gewesen. »Ich konnte ihn nicht zur Adoption freigeben, also musste ich alles tun, was nötig war. Was uns nicht umbringt ... du weißt schon, dieser Scheiß.«

Ich wedelte mit meiner Hand stilvoll in der Luft herum, um meine Aussage zu unterstreichen.

Kimber platzte lachend heraus, und es war genau wie zu unserer Highschoolzeit. Mein Gott, hatte ich sie gern. Wir gingen hinaus in den Garten und ließen uns unter einer weinbewachsenen Laube an einem mit Kacheln belegten Tisch nieder. Ihr Garten war wirklich toll. Ganz anders als Rugers Wildnis ... Kimber hatte einen perfekt manikürten kleinen Garten Eden in der Vorstadt.

»Du wohnst also bei Jesse Gray«, sagte sie mit hochgezogener Augenbraue.

Ich lachte.

»Keiner hat ihn mehr Jesse genannt, seit seine Mom tot ist«, antwortete ich. »Er ist unter dem Namen Ruger bekannt.«

»Nun ja«, sagte sie. Ihre Augen wichen den meinen aus, als sie nachdenklich an ihrem Drink nippte. »Ich will ja nicht negativ sein, aber ist das eine gute Idee? Ich dachte, du hasst ihn. Ich meine, es war doch alles ziemlich übel, bevor du dort ausgezogen bist ... Es war eine schlimme Zeit.«

»Mhmm, ›hassen‹ ist vielleicht zu viel gesagt«, erwiderte ich und nahm einen Schluck aus meinem Flamingoglas. Igitt, viel zu viel Tequila. Das mit den sechs Wochen Social Life hatte sie offensichtlich ernst gemeint. Ich stellte das Glas ab und sah mich unauffällig im Garten um. Sobald sie reinging, könnte ich den Drink unter einen Busch gießen. Vertrugen Büsche Tequila oder starben sie dann?

99

»Ich muss allerdings zugeben, dass unsere Beziehung ein klein wenig angespannt ist«, fügte ich hinzu. »Er hat sich ziemlich dämlich benommen, als es darum ging, dass ich wieder hierherziehen soll. Aber eigentlich ist es eine super Sache für uns, das kann ich nicht leugnen. In Seattle lief's nicht so gut.«

Kimber machte ein beruhigendes Geräusch und wedelte mit der Hand. »Du wirst noch froh sein, dass du zurückgekommen bist«, antwortete sie. »Und wenn's nur darum geht, dass ich jetzt für dich babysitten kann. Ich versprech's dir – wenn ich auf deinen Jungen aufpasse, trinke ich keinen Tropfen. Pfadfinderehrenwort.«

»Die Pfadfinder haben dich rausgeworfen.«

»Nur die Mädels«, überlegte sie. »Die Jungs hatten in ihrem Zelt immer ein Plätzchen für mich frei. Aber jetzt mal ernsthaft, Noah ist ein toller Junge, und es ist ja nicht so, dass ich heutzutage viel unterwegs wäre. Macht mir auch nichts aus – ich hatte meinen Spaß.«

Als ich kicherte, wurde sie nicht mal rot. Und ich war mir nicht völlig sicher, ob die Geschichte mit den Pfadfindern und ihren Zelten ein Scherz war.

»Wenn wir gerade beim ›Spaß‹ sind …«, sagte sie langsam, während sie ihren Drink im Glas herumwirbeln ließ. »Ich muss dir was sagen.«

Ich sah zu ihr hinüber. Zum ersten Mal, seit wir uns kannten, wirkte Kimber peinlich berührt.

»Was denn?«, fragte ich ein bisschen nervös.

Kimber war *nichts* peinlich.

»Ich weiß nicht, wie ich es sagen soll, also spuck ich's einfach aus«, erwiderte sie, wobei sie schlucken musste. »Ich habe vor drei Jahren mit Ruger geschlafen. Es war nur ein One-Night-Stand, nichts Ernstes. Ich dacht mir, das solltest du wissen. Schließlich werd ich dich vielleicht irgendwann in deiner neuen Wohnung besuchen kommen. So, nun hab ich alles gebeichtet.«

Ich starrte sie mit offenem Mund an.

»*Warum* hast du mit Ruger geschlafen?«

Sie hob eine Augenbraue und sah mich wissend an.

»Willst du das echt wissen?«, fragte sie.

Ich wurde rot. Natürlich wusste ich, *warum*.

»Es war vor Ryan, ich hab also nichts Böses gemacht. Du hast damals noch in Olympia gewohnt und hast mit Müh und Not seine Besuchszeit bei Noah ausgehalten, so wenig konntest du ihn ausstehen. Ich dachte, es wär okay.«

Ich sah weg und versuchte, das Ganze zu verdauen. Die Vorstellung, dass sie und Ruger zusammen gewesen waren, fühlte sich nicht gut an. Genau genommen wurde ich sogar ein bisschen wütend. Und das war lächerlich, weil es mich überhaupt nichts anging. Nicht nur das – die Geschichte war vor drei Jahren gewesen. Ein ganzes Jahr nachdem hier alles zusammengekracht war. Und nicht mal Kimber kannte da alle Details ...

Egal, wie stark der Drink war, ich brauchte jetzt einen großen Schluck Margarita. Der Alkohol brannte sich seinen feurigen Weg durch meinen Schlund. Meine Lungen verkrampften sich unter Protest.

»Du hast aber nicht vor, es noch mal zu tun, oder?«, fragte ich, sobald ich aufgehört hatte zu husten.

Sie prustete los und schüttelte ihren Kopf.

»Natürlich nicht!«, betonte Kimber. »Erstens bin ich *verheiratet*. Erinnerst du dich? Du warst auf der Hochzeit, du Dödel ... Aber selbst wenn ich's nicht wär: Er ist nicht unbedingt ein Wiederholungstäter. Ich meine, ich hätt's gern noch einmal probiert, weil er so scharf ist, glaub's mir. Aber er bleibt nie länger, er hat schon halb Idaho flachgelegt. Es war unterhaltsam, doch ich mag es nicht so sehr, wenn ich eine unter vielen bin.«

»Müssen wir darüber reden?«, fragte ich und zappelte dabei nervös herum.

»Nein, nicht wirklich«, erwiderte sie. »Aber ich wollte, dass du Bescheid weißt, nur für den Fall.«

»Nur für welchen Fall?«

»Nun, für den Fall, dass ich mal rüberkomme. Es wäre komisch gewesen, es dir nicht zu sagen, nachdem du jetzt Interesse an ihm hast. Als ich mit ihm gevögelt hab, wusst ich das natürlich nicht. Ich schwör's dir, ich dachte, du hasst ihn so sehr, wie du Zach hasst.«

»Ich hab kein Interesse an ihm«, sagte ich schnell.

»Mach dir nicht die Mühe, es zu leugnen«, antwortete sie unbeschwert und schüttelte sich dabei demonstrativ. »Ich kann's an deinem Gesicht ablesen, wenn du über ihn sprichst, und ich kann's verstehen. Er ist einer dieser Typen, die man einfach aufs Bett werfen und von oben bis unten ablecken will. Was ich auch getan habe. Er ist echt 'ne scharfe Nummer im Bett, ein paar Sachen waren selbst mir neu. Ein gepiercter Schwanz, ich verarsch dich nicht.«

Meine Augen wurden groß, und ich nahm noch einen Schluck von meinem Drink.

»Machst du Witze?«, fragte ich. »Heißt das – warte mal, nein. *Nein.* Ich will's gar nicht wissen.«

Sie prustete los.

»Die Antwort auf deine nicht gestellte Frage lautet Ja«, sagte sie mit einem anzüglichen Grinsen. »Trotzdem musst du dich von ihm fernhalten, Süße. Das mein ich ernst.«

Ich verdrehte meine Augen. Eigentlich wollte ich sauer auf Kimber sein, aber es ging einfach nicht. Sie war zu süß und zu verrückt dafür.

»Ich wohn bei ihm«, sagte ich trocken. »Ich kann mich nicht fernhalten.«

Ihr Grinsen verschwand.

»Genau das meine ich«, sagte sie nachdenklich. »Aber du kannst die Distanz auf andere Art und Weise wahren. Du musst dir ein eigenes Leben aufbauen und die Vorstellung, mit ihm rumzumachen, in den Wind schießen, weil das kein gutes Ende nehmen würde. Wenn ihr zwei eines Abends im Bett landet, solltest du bereit sein, dein Zeug zu packen und zu verschwinden, bevor die Nächste auftaucht. Und die Übernächste und Überübernächste und so weiter. So ist er nun mal.«

»Ich weiß. Ziemlicher Arsch, hmmm?«

»Nun, du musst ja nicht Sex aus deinem Leben ausklammern«, sagte Kimber. »Wie ich schon sagte, die meiste Zeit bin ich eh zu Hause. Da kann ich genauso gut auf Noah aufpassen, während du ausgehst und ein wenig Spaß hast. Du bist scharf – die Typen werden dich gleich anspringen. Es gibt da übrigens jemanden, den ich dir vorstellen möchte.«

»Ich lass mich nicht verkuppeln«, sagte ich zu ihr.

»Oh doch«, antwortete sie wissend. »Glaub mir, wenn du ein Foto von ihm siehst, wirst du völlig hin und weg sein. Er heißt Josh und ist ein Arbeitskollege von Ryan. Außerdem ist er steinreich.«

Sie schaltete ihr Handy ein, suchte ein wenig herum, bis sie das Foto gefunden hatte, und reichte mir dann ihr Telefon.

Verdammt, der Typ war wirklich scharf, auf eine hübsche und saubere Art, eher wie ein Anwalt.

»Okay«, sagte ich.

Sie lachte los, und ich kippte den Rest meines Drinks hinunter. Als Ava übers Babyphone quäkte, stöhnte Kimber auf.

»Verdammter Mist …«

Während Kimber hineinging, um nach ihr zu sehen, zog ich meinen Sarong aus und glitt in den Pool. Dabei machte ich mir so meine Gedanken über Kimbers süßen Freund. Bei der Vorstellung, wie er mich küsste, musste ich leider stattdessen an Rugers Lippenpiercing denken und daran, wie es wäre, daran zu saugen. Dann dachte ich daran, an anderen Dingen zu saugen, was nicht sehr produktiv war.

Wie sah ein gepiercter Schwanz eigentlich aus? Und wie würde er sich in mir anfühlen?

Ich bebte.

Kimber hatte Ava endlich wieder zum Einschlafen gebracht und kam zu mir ins Wasser.

»Bist du schon auf Jobsuche?«, fragte sie.

»Noch nicht«, antwortete ich. »Ruger will fragen, ob's irgendeinen Job beim Club gibt, den ich übernehmen kann. Ich sitz da ein bisschen zwischen zwei Stühlen und bin mir nicht sicher, ob ich da wirklich reingezogen werden will.«

»Nun, wenn du richtig Geld verdienen willst, solltest du dich im Line umsehen.«

»Dem Stripclub?«, fragte ich mit großen Augen. Jeder kannte natürlich das Line, aber ich war noch nie dort gewesen.

»Genau. So hab ich übrigens meinen Abschluss finanziert«, sagte sie, während sie sich flach ins Wasser legte, um ihre Haare nass zu machen.

Ich starrte sie sprachlos an, als sie sich wieder aufrichtete.

»Du hast in einem Stripclub gearbeitet? Als Stripperin? *Ernsthaft?*«

Kimber lachte.

»Nein, ich hab die Autos der Kunden geparkt«, antwortete sie und verdrehte die Augen. »Ja, natürlich hab ich gestrippt. Und hab richtig Kohle damit verdient. Ich musste nur zwei Abende pro Woche arbeiten, war richtig geil.«

»Aber war das nicht irgendwie, hm ... eklig?«, fragte ich fasziniert.

Sie zuckte mit den Schultern.

»Kommt darauf an, was du mit ›eklig‹ meinst«, antwortete sie. »Manchmal war's echt lustig. Mir haben das Tanzen auf der Bühne und das Flirten gefallen. Beim Lap Dance hat man nicht ganz so viel Spaß, besonders wenn die Typen alt sind oder so. Aber sie dürfen dich nicht anfassen. Zumindest nicht, bis du mit ihnen nach hinten in die VIP-Räume gehst. Dahinten geht allerhand ab – aber nur das, was du zulässt. Niemand zwingt dich zu irgendwas.«

Fassungslos ließ ich mir diese Enthüllungen durch den Kopf gehen.

»Und hast du's getan?«, fragte ich, obwohl es mir unhöflich erschien. Doch ich konnte mich einfach nicht zurückhalten.

»Was?«

»Bis du in die VIP-Räume gegangen?«, fragte ich, da ich nicht anders konnte.

Sie kicherte.

»Ja, bin ich«, antwortete sie. »Man muss es nicht tun, aber dort verdienst du am meisten. Die Security hat alles gut im Blick. Es ist nicht gefährlich oder so.«

Ich starrte sie an. Sie starrte grinsend zurück.

»Wow«, sagte ich schließlich. »Das wusste ich nicht.«

»Was? Wirst du mich jetzt dafür verurteilen?«, fragte sie. »Scheiß drauf. Ich schäm mich nicht dafür. Ryan weiß auch über alles Bescheid. Ich habe ihn dort kennengelernt.«

»Und das hat ihm nichts ausgemacht?«, fragte ich nun noch überraschter.

»Dann wär er ein ganz schöner Heuchler«, sagte sie lachend. »Als er zum ersten Mal in den Stripclub kam, buchte er mich für die ganze Nacht, und ich kann dir nur sagen, dass wir in diesem kleinen Zimmerchen eine verdammt gute Zeit miteinander hatten ... ich schwör dir, ich hab mich auf der Stelle verliebt. Die Vorstellung, mich mit anderen Typen zu teilen, gefiel ihm nicht, also hab ich am nächsten Tag gekündigt. Ich wollte die Sache zwischen uns beiden nicht ruinieren, weißt du?«

»Wow«, sagte ich. »Ich weiß, ich sag das ständig, aber ich versuch nur, das alles zu begreifen. Ich will ja nicht zu neugierig sein, aber wie viel hast du verdient?«

Sie lehnte sich zu mir rüber und flüsterte mir etwas ins Ohr.

»Ach du heilige Scheiße!«

»Nicht schlecht, was?«, fragte sie. »Ich hab aber auch hart gearbeitet und die Sache ernst genommen. Und ich hab keine Drogen genommen. Viele Mädels haben ihr Geld für Drogen ausgegeben und so einen Blödsinn. Aber die Schlauen sparen ihr Geld und steigen früh aus. Ich hab so unsere Hochzeit, unsere Flitterwochen und die Anzahlung für unser Haus finanziert. Und für Ava hab ich einen Sparplan fürs College angelegt.«

»Verdammt«, murmelte ich. »Das ist unglaublich.«

Kimber lachte.

»Nun, es ist kein Job fürs Leben«, sagte sie. »Aber überleg mal. Ein normaler Job bedeutet, dass du mindestens 40 Stunden pro Woche von Noah getrennt bist. Vielleicht sogar mehr. Als Stripperin arbeitest du nur zwei Abende pro Woche. Was ist besser? Eine Mom mit einer schneeweißen Weste oder eine, die tatsächlich für ihr Kind da ist?«

»Da hast du, verdammt noch mal, recht«, antwortete ich verwirrt.

»Ohne Scheiß«, sagte sie. »Und denk dran, dass du, wenn du gut Geld verdienst, in Nullkommanichts deine eigene Wohnung hast. Egal, wie schön Rugers Haus ist. Solange er da wohnt, steckst du in der Scheiße.«

Dagegen ließ sich nicht viel sagen.

Portland, Oregon

Ruger

»Ich hab noch nie 'ne Stadt mit so vielen Stripclubs gesehen«, grummelte Picnic, während er an seinem Bier nippte.

Ruger sah rüber zu seinem President und zuckte mit den Schultern. Es war Mittwochnachmittag, aber sie waren erst seit ein paar Stunden wach.

Vergangene Nacht hatte Ruger eine scharfe, kleine Blondine gefunden, die sich alle Mühe gegeben hatte, ihn seine neue WG-Genossin vergessen zu lassen. Dummerweise hatte er sich selbst reingelegt, indem er sich beim Ficken vorgestellt hatte, Sophies feuchte Möse vor sich zu haben. Er war sich nicht ganz sicher, aber womöglich hatte er sogar Sophs Namen gerufen, als er gekommen war.

Mist, er musste das in den Griff kriegen … Doch die Vorstellung, dass sie in seinem Haus war, jederzeit verfügbar und seiner Gnade ausgeliefert, war zu verlockend. Er hatte zu viel Macht über sie.

Ruger war nie einer von den guten Jungs gewesen.

Er atmete tief und langsam ein. Sie waren auf einer Geschäftsreise, es war also Zeit, sich zusammenzureißen. Er sah hinüber zur Bühne, wo eine fast nackte Frau gelangweilt um die Stange turnte und dabei so begeistert wirkte, als ob sie gerade Toiletten sauber machen würde.

»Ein Jammer, dass sie sich mehr für Quantität als für Qualität interessieren«, sagte Ruger und nickte in Richtung Bühne. »Im Line wäre sie schon längst gefeuert worden.«

Deke gab ein schnaubendes Lachen von sich. Ruger warf ihm einen Blick zu und bemerkte, dass die Augen des President von Portland nicht mitlachten. Der Mann war innerlich tot, ohne Gefühle, schätzte er. Er hatte gehört, dass Deke erste Wahl war, wenn es dem National President der Reapers um die Durchsetzung gewisser Dinge ging, und er hatte keinerlei Zweifel daran. Der frühere Marine konnte eine Sache wahrscheinlich im Schlaf durchziehen. Nicht schlecht als Rückendeckung bei einem Kampf.

»Ihr Bastarde habt es leicht bei euch da oben in Idaho«, sagte Deke.

»Ihr habt ein Monopol, deshalb stehen alle Mädels, die bei euch arbeiten wollen, in Konkurrenz zueinander. Wir haben hier mehr Stripclubs als irgendwo anders im ganzen Land. Der Markt ist gesättigt, und das bedeutet, dass die Besitzer nehmen müssen, was sie kriegen. Einige dieser Läden machen kaum Gewinn. Eine echt üble Scheiße.«

Ruger sah sich mit neu erwachtem Interesse im Club um. Abgesehen von ihrem Tisch gab es alles in allem nicht mehr als sechs Kunden. Nein, sieben. Ein glückliches Arschloch ließ sich in einer der hinteren Ecken gerade einen runterholen.

»Es ist hier also immer so leer?«, fragte er. »Das ist beschissen. Kein Wunder, dass sie sich keine Mühe gibt, wozu denn auch?«

»Sie kann ums Verrecken nicht tanzen, aber ihr Blowjob ist einsame Spitze«, antwortete Deke. »Probier sie später mal aus, wenn du Lust hast. Oder irgendeins der anderen Mädels.« Deke sah hinüber zur Bedienung und nickte mit dem Kinn in Richtung ihrer Drinks. Sie trug ein Tablett mit der nächsten Runde an den Tisch und lächelte nervös. Ruger beäugte sie und überdachte Dekes Angebot. Das Mädchen trug ein schwarzes Lederbustier, einen kurzen, engen Rock und schwarze Netzstrümpfe. Lange, rotbraune Haare, ein bisschen wie Sophies. Und schon stand sein Schwanz wieder.

Dieser Scheiß mit »ein guter Junge sein« war einfach nicht sein Ding.

Verdammt, er hatte sich Sophie schon so lange in seinem Bett gewünscht: Jeder Zentimeter ihres scharfen kleinen Körpers hatte sich seinem Gedächtnis eingebrannt, und das bereits seit der ersten Nacht, als er sie mit Zach beim Ficken in seinem Apartment erwischt hatte. Er war einfach ein verdammter Wichser. Sie war 16 Jahre alt gewesen und hatte eine Scheißangst gehabt.

Und was war seine Reaktion gewesen? Er hatte sich in der Dusche einen runtergeholt, während sie im Wohnzimmer nach ihrem Höschen suchte. Übrigens ein Höschen, das sie nicht mehr wiedergefunden hatte. Das wusste er so genau, weil er es nämlich hatte. Es war pink und aus Spitze, ein verdammt unschuldiges Teil, wofür er damals gut im Gefängnis hätte landen können.

Danach war er losgezogen und hatte vor vier Jahren wirklich Mist gebaut, sodass sein ganzes Leben in die Luft geflogen war. Das war nicht nur seine Schuld gewesen. Aber er bedauerte immer noch, wie er mit Zach umgegangen war. Er hätte den Schwanzlutscher umbringen sollen, als er die Chance dazu gehabt hatte. Doch auch nach Jahren voller Schuldgefühle und Bedauern hatte sich eine Sache nicht geändert.

Er holte sich *immer noch* manchmal vor diesem Höschen einen runter.

»Wo zum Teufel bleibt Hunter?«, fragte er gereizt.

Deke kniff die Augen zusammen.

»Interessiert mich einen Scheißdreck«, antwortete er. »Ich mach bei der Sache nicht mit. Wir reden nicht mit Jacks. Wir machen sie fertig. So funktioniert das System.«

Toke, einer der jüngeren Typen aus Portland, nickte zustimmend mit finsterem Gesicht. Er hatte darauf bestanden, bei diesem Treffen dabei zu sein. Gracie war inzwischen seine Alte Lady. Er und Deke waren wie ein verdammtes Pulverfass …

»Wir sprechen mit ihm«, sagte Picnic mit leiser, aber unnachgiebiger Stimme. Mit 42 Jahren war er der älteste Mann am Tisch. Er und Deke hatten vielleicht den gleichen Rang, aber Pic war schon lange dabei, und wenn er redete, hörten die Männer zu. Ruger wusste, dass er als National President im Gespräch war, aber der Mann hatte kein Interesse daran.

»Irgendwas ist da los. Ich will hören, was dieses Arschloch zu sagen hat.«

»Die Antwort ist einfach«, erwiderte Deke. »Die kleinen Bastarde versuchen, unser Revier zu übernehmen. Du weißt es, ich weiß es. Diese Scheiße muss aufhören.«

Pic schüttelte seinen Kopf, beugte sich vor und starrte Deke mit seinen blassblauen Augen an.

»Das ergibt keinen Sinn, Bruder«, sagte er. »Vier Typen wohnen in einem Haus in Portland … Zwei davon gehen hier in die Schule, als ob sie verdammte Bürger oder so was wären. Nomaden. Hast du mitgekriegt, ob sie in den vergangenen neun Monaten irgendein Ding durchgezogen haben?«

Deke seufzte und schüttelte den Kopf.

»Wie gesagt, da stimmt was nicht«, fuhr Pic fort. »Wir wissen, dass sie unsere Feinde sind. Sie wissen das auch. Warum zum Teufel kommen sie dann hierher? Aus Todessehnsucht?«

»Um uns reinzulegen«, schlug Ruger vor. »Damit wir uns entspannen? Entweder das, oder sie sind völlig durchgeknallt.«

»Die Sache in Seattle, haben sie dir da Ärger gemacht?«, fragte ihn Pic, obwohl Ruger wusste, dass er die Antwort schon kannte.

»Nein«, antwortete er. »Es war ihre Sache, diesen Wichser zu bestrafen, da gab's gar kein Problem. Hat uns das Leben erleichtert. Außerdem waren die Typen sogar höflich.«

»Genau, und hast du schon irgendwann mal einen höflichen Devil's Jack erlebt?«, fuhr Picnic fort. »Ich hatte keine Ahnung, dass sie wussten, wie das geht. Diese Typen sind jung und irgendwie anders, und keiner von uns hat sie in früheren Jahren gesehen. Die Jungs aus Roseburg sagen, dass es in Nordkalifornien einen Streit gegeben hat. Irgendwas passiert in diesem Club, und ausnahmsweise glaub ich, dass es nichts mit uns zu tun hat.«

Deke kippte seinen Drink hinunter und lehnte sich mit gekreuzten Armen und finsterem Gesicht zurück.

»Die ändern sich nicht«, murrte Toke. »Es ist ganz egal, welches Spiel sie spielen oder wer das Sagen hat. Alles völlig egal. Es sind Jacks, und sie gehören umgelegt. Punkt. Jeder Tag, den sie hier in meiner Stadt unbehelligt leben, macht mich fertig. Ich will, dass Schluss damit ist.«

»Euer Hirn ist wie eine Einbahnstraße«, sagte Horse, der sich einen Stuhl heranzog und sich zu uns setzte. »Wir drehen uns ständig im Kreis, verdammt. Slide hat gerade eine Nachricht geschickt. Die Jacks sind auf dem Parkplatz. Nur zwei von ihnen, niemand anderes zu sehen. Macht keinen Scheiß, bis wir geredet haben, okay?«

Toke nickte mit blitzenden Augen.

Shit, dachte Ruger. Sie hätten ihn nicht mitnehmen sollen. Der Mann hasste die Devil's Jacks, und er hatte allen Grund dazu. Aber er war wie eine verdammte Handgranate ohne Sicherungsstift.

Die Tür öffnete sich, und im hellen Sonnenlicht standen zwei Männer, die Ruger erkannte. Hunter und Skid, dieselben Typen, die am vorigen Wochenende nach Seattle gekommen waren, um ihren ehemaligen Bruder einzusammeln. Beide waren groß, wobei Hunter der Größere war. Er war noch jung, wahrscheinlich nicht älter als 24 oder 25. Ein Nomade ohne Heimatclub. Er hatte zwar keine offizielle Position, strahlte jedoch eine instinktive Autorität aus.

Wenn bei den Jacks ein Machtwechsel anstand, wettete Ruger 1000 Dollar, dass Hunter dabei eine zentrale Rolle spielte.

Als ein anderer Song begann, stolzierte ein neues Mädchen auf die Bühne.

Fräulein Gelangweilt sprang herunter, machte sich aber nicht die Mühe, bei ihnen nachzufragen, ob sie vielleicht an einem Lap Dance interessiert wären. Sie machte ihren Job vielleicht mit wenig Begeisterung, aber völlig blöd war sie auch nicht.

Keiner von ihnen stand auf, als die Jacks näher kamen. Ruger kickte einen Stuhl zu Hunter rüber, der ihn mit einem alles andere als freundlichen Lächeln auffing. Er drehte die Lehne nach vorne und setzte sich breitbeinig darauf. Skid nahm neben ihm Platz.

»Seid ihr bereit zu reden?«, fragte Hunter und sah von einem Mann zum anderen.

»Ich bin übrigens Hunter. Von den Devil's Jacks. Einem Motorradclub, vielleicht habt ihr schon von uns gehört? Das hier ist Skid.«

Dekes Augen wurden schmal, und Ruger musste sich ein Grinsen verkneifen. Er war sich noch nicht sicher, ob Hunter ein Idiot war, aber der Bursche hatte echt Eier in der Hose.

»Picnic«, sagte der President von Coeur d'Alene. »Meine Brüder Deke, Horse, Toke und Ruger. Deke ist der President hier in Portland. Er ist ein bisschen enttäuscht, dass ihr nicht vorbeigeschaut habt, um euch vorzustellen. Vielleicht wusstet ihr ja nicht, dass Portland den Reapers gehört.«

Hunter hielt seine Hände mit nach vorne weisenden Handflächen hoch. »Kein Problem«, sagte er. »Auf meinen Aufnähern steht ›Nomade‹, ich versuch nicht, Oregon zu beanspruchen. Eure Stadt, eure Regeln.«

»Du atmest unsere Luft«, sagte Deke mit kalter Stimme. »Im Allgemeinen verlangen wir was dafür. Ich denke, wir haben darüber schon im letzten Winter mit einem eurer Jungs diskutiert. Er blieb fast eine Woche bei uns, wenn ich mich recht erinnere.«

Skid kniff seine Augen zusammen, aber hielt den Mund. Hunter zuckte mit den Schultern.

»Das kommt vor. Wir wissen, dass es zwischen den Jacks und den Reapers nicht zum Besten steht«, sagte er mit milder Stimme. »Aber wir sind heute hier, weil ihr uns geholfen habt. Ich hatte schon seit Längerem so ein Treffen geplant. Das war der Türöffner. Wir wollten uns bedanken und mit euch über einen Waffenstillstand verhandeln. Das Arschloch, das ihr uns in Seattle ausgeliefert habt, machte Probleme. Echte Probleme. Könnt ihr euch gar nicht vorstellen. Jetzt ist das Problem gelöst. Wir schätzen die Geste, das ist alles, was ich damit sagen will.«

»Wirklich?«, fragte Deke. »Wir haben nämlich auch ein paar Probleme. Wenn ihr tatsächlich froh seid über den Gefallen, den wir euch erwiesen haben, könnt ihr uns bei unseren Problemen helfen. Verstanden?«

Hunters Augen verdunkelten sich.

»Verstanden«, sagte er. »Das war eine üble Geschichte …«

»Nein, das war meine *Nichte*«, sagte Deke und schlug mit der Hand auf den Tisch. »Ein liebes Mädel. Wird aber nun nie eigene Kinder haben, weil eure Jungs sie innen völlig zerfetzt haben. Sie war ein verdammtes Jahr in der Psychiatrie und hat immer noch Angst, das Haus zu verlassen.«

Toke knurrte, zog sein Messer heraus und legte es auf den Tisch.

Hunter beugte sich vorwärts, wobei seine Miene ebenso angespannt wie Dekes war. Das Messer ignorierte er.

»Das Problem haben wir gelöst«, sagte er. »Wir haben Beweise vorgelegt.«

»Die Beweise waren nicht genug«, antwortete Deke. »Der Tod ist zu leicht. Sie hätten leiden müssen, und ich hätte derjenige sein sollen, der sie leiden lässt. Ihr habt mir diese Möglichkeit genommen.«

Hunter sah seinen Freund an und nickte dann der Bedienung zu, um sie zu sich zu rufen. Vorsichtig kam sie näher, da sie eindeutig die angespannte Atmosphäre bemerkte.

»Noch 'ne Runde für den ganzen Tisch«, sagte Hunter zu ihr. Sie huschte davon, und es wurde wieder still. Als das Mädchen mit den Drinks zurückkam, nahm sich Hunter sein Bier und nippte nachdenklich daran. Ruger tat es ihm gleich und fragte sich, wo das alles hinführte. Er würde an Dekes und Tokes Seite stehen, schließlich waren sie seine Brüder, egal, ob sie recht hatten oder nicht. Aber einen Jungen anzugreifen, der mit dem ganzen Vorfall nichts zu tun hatte, würde nichts bringen.

Schließlich fing Skid an zu reden.

»Bei den Jacks ändern sich gerade ein paar Dinge«, sagte er. »Vieles ist offen. Was mit deiner Nichte passiert ist – dafür gibt's keine Entschuldigung, und wir sagen sicher niemals, dass das in Ordnung war. Keiner von uns beiden war dabei, und um die Typen, die dabei waren, haben wir uns schon gekümmert. Nur zwei von ihnen waren Brüder, die anderen waren Hangarounds. Keiner von ihnen ist mehr übrig.«

»Wir hätten sie zu euch bringen sollen«, fügte Hunter hinzu. »Das ist uns jetzt klar. Damals haben wir uns einfach um die Sache gekümmert, denn deine Nichte war nur der letzte Baustein in einer viel größeren und noch wesentlich hässlicheren Geschichte, stellt euch das mal vor. Wir dachten, wir sehen zu, dass euer Risiko minimal bleibt, und räumen unseren Dreck selbst weg. Ich kann nicht zurückgehen und die Dinge für deine Nichte ungeschehen machen. Ich kann dir auch die Typen nicht mehr übergeben. Die Sache ist vorbei. Aber ich kann dafür sorgen, dass so was in Zukunft nie wieder passiert. Wir haben genug davon.«

»Genug wovon?«, fragte Picnic mit schmalen Augen.

»Genug davon, Zeit und Energie in den Kampf gegen die Reapers zu investieren, wenn wir uns auf Wichtigeres konzentrieren sollten.«

»Komisch, dass du dich letzten Dezember nicht so friedlich gefühlt hast«, mischte sich Horse ein. »Meine Lady war in Gefahr. Ich schätz es nicht, wenn Arschlöcher wie du mein Eigentum bedrohen.«

Hunter seufzte und lehnte sich an die Stuhllehne, während er seine Nasenwurzel mit den Fingern knetete.

»Die Dinge ändern sich«, sagte er schließlich. »Das wissen wir alle. Einige unserer Jungs sind da ein bisschen langsam und trauern der Vergangenheit nach. Das war ihre Geschichte, und zwar eine verdammt idiotische. Doch die meisten Brüder sehen so wie ich in die Zukunft. Euch zu bekämpfen ist Zeit- und Energieverschwendung. Früher waren wir mit dieser Meinung in der Unterzahl. Jetzt nicht mehr, deshalb will ich diese Tür öffnen. Es war nicht einfach, dieses Treffen hier zu arrangieren. Aber wir haben alle unsere Waffen abgelegt und sind hergekommen. Das ist ein Anfang.«

»Ich hab meine Waffe nicht abgelegt«, grummelte Deke.

Hunter grinste und schüttelte den Kopf.

»Mann, du bist ein Sturkopf«, sagte er zu Deke. »Respekt. Aber da ich noch am Leben bin, scheine ich nicht so unrecht zu haben. Wir reden miteinander und schießen nicht. Das muss ein Rekord sein.«

»Ist das dein Plan?«, fragte Picnic voll Skepsis. »Ihr hattet zu Hause 'ne kleine Revolution, und deshalb bist du jetzt hier, um Frieden zu schließen? Lass mich raten, du denkst, wir sollten uns alle umarmen und versöhnen, vielleicht ein paar Rezepte austauschen oder ein Gemeinschaftsessen organisieren?«

Hunter lachte. Seine Körpersprache war so entspannt, dass es schon beinahe beleidigend war. War ihm nicht klar, dass sie ihn in Nullkommanichts erledigen konnten?

Doch, überlegte Ruger. Das wusste er.

Aber es war ihm einfach egal, und ein Mann, dem das egal war, konnte verflucht gefährlich sein.

»Hört auf mit dem Scheiß«, sagte Ruger plötzlich. »Was willst du?«

Hunter lehnte sich vor und sah ihm in die Augen. Seine Stimme klang ernst.

»Ich bin hier, weil wir seit Jahren an Boden und Einfluss verlieren und es immer schlimmer wird. Wir haben hier Typen, die von unten aus dem Süden kommen und nach neuen Territorien Ausschau halten. Wir sollten gegen sie kämpfen, aber stattdessen kämpfen wir gegen euch. Meiner Meinung nach tun wir das aus alter Gewohnheit, wie ein paar Affen, denen nichts Besseres einfällt«, fügte er hinzu.

»Fliegenklatschen ist keine Gewohnheit, sondern gehört zum Hausputz«, polterte Deke. »So wie Jacks umlegen.«

Hunter schüttelte seinen Kopf.

»Sag mir bloß eins«, erwiderte er. »Das mit deiner Nichte, das war echt beschissen. Aber davor hatten die Reapers in Redding drei unserer Jungs getötet. Zwei von ihnen hatten Kinder. Erinnerst du dich daran?«

»Angenommen, es ist so passiert – was ich nicht offiziell gesagt habe –, dann lag das wahrscheinlich daran, dass sie unsere Jungs in der Nacht zuvor angegriffen hatten«, antwortete Picnic. »Präventiver Verteidigungsschlag.«

»Eure Jungs waren dort, um eine unserer Lieferungen zu klauen«, sagte Hunter mit flacher Stimme. »Und sie haben ganz nebenbei unser Clubhaus abgefackelt. Warum?«

Picnic zuckte mit den Schultern.

»Weiß nicht. War nicht dabei«, gab Picnic zu. »Das waren die Jungs aus Roseburg.«

»Und trotzdem sind wir bereit, wegen dieser Geschichten zu kämpfen und uns zu töten«, sagte Hunter. »Jedes Mal, wenn wir zurückschlagen, wird es schlimmer. Früher oder später werden wir uns gegenseitig ausrotten. Damit haben die Gangs aus dem Süden ihr Ziel erreicht. Unsere Clubs haben eine lange gemeinsame Geschichte, die nicht sehr erfreulich ist. Aber wir gehören zur selben Art – wir wissen, was es bedeutet, Brüder zu sein. Männer wie wir, wir leben, um auf unseren Bikes zu fahren, und wir fahren, um zu leben. Scheiß auf die Welt.«

Ruger nickte, denn er musste ihm recht geben.

»Nun müssen wir mitansehen, wie diese Burschen immer weiter nach Norden vorstoßen, Burschen, die keiner Bruderschaft angehören … und wenn ich Burschen sag, mein ich auch Burschen – bei denen arbeiten sogar Zehnjährige auf der Straße«, fuhr Hunter fort. »Diese *Kinder* nehmen Befehle von Anführern an, die sich ihre Hände nicht schmutzig machen und sich schon gar nicht für diese Kinder einsetzen. Sie dürfen nicht wählen oder selbst denken und wissen nicht mal, wofür sie kämpfen. Sie sind eine Bedrohung für unseren Lebensstil, für euren ebenso wie für unseren. Ich hab's satt, meine Zeit und Energie darauf zu verwenden, mir über Reapers Sorgen zu machen, wenn mich so ein Highschoolabbrecher abknallen will, sobald ich ihm den Rücken zuwende. Ich will nur auf meinem verdammten Bike fahren und guten Sex haben.«

Ruger sah hinüber zu Picnic. Er wirkte nachdenklich, obwohl sein Gesichtsausdruck seine Gedanken nicht verriet. Horse grunzte und leerte seinen Drink.

»Ich bin nicht der Einzige, dem es so geht«, sagte Hunter. »Viele meiner Brüder haben die Nase voll von diesem Krieg. Und genau diese Brüder nehmen in ihren Ortsgruppen immer wichtigere Positionen ein und denken, dass es vielleicht an der Zeit ist, bei diesem kleinen Spiel in derselben Mannschaft anzutreten. Es geht um Werte und darum, wofür wir stehen. Wir sind Brüder und wir lieben unsere Bikes, der Rest sind Kleinigkeiten. Aber diese Arschlöcher … die haben keine Werte, überhaupt keine. Wir müssen sie aufhalten, bevor's zu spät ist. Das können wir jedoch nicht, wenn wir an zwei Fronten kämpfen.«

»Genug«, knurrte Deke. »Du bist ein kleiner Wichser und hast keine Ahnung. Was zwischen uns vorgefallen ist, kann man nicht einfach vergessen, nur weil du und deine Freunde beschlossen habt, dass ihr vor den

Neulingen in eurem Revier Angst habt. Ihr wolltet einen Krieg mit den Reapers – jetzt habt ihr einen. Wir werden euch töten. *Euch alle*. Dauert vielleicht ein bisschen. Ich bin geduldig.«

»Deke …«, sagte Picnic mit leiser, aber unmissverständlicher Befehlsstimme. »Was sie Gracie angetan haben, kann nicht mehr rückgängig gemacht werden, Bruder. Aber die Bastarde haben bezahlt und sind nicht mehr da. Je mehr wir kämpfen, desto wahrscheinlicher ist es, dass noch mehr Mädchen verletzt werden. Ich habe zwei Töchter. Ein Friedensabkommen zwischen den Clubs ist nicht immer eine schlechte Sache. Besonders, wenn die Kartelle sich hier breitmachen. Ich hab Geschichten gehört …«

»Wir wissen, dass du zwei Töchter hast«, sagte Hunter mit schmalen Augen zu Picnic. »Genauer gesagt wissen wir viel mehr, als dir lieb ist. Wir wissen es, weil es ein paar Typen in meinem Club gibt, die denken, dass wir zuschlagen sollen, dass wir die Kartelle benutzen können, um euch aus dem Gleichgewicht zu bringen. Sie hatten im letzten Dezember das Sagen, aber stehen jetzt nicht mehr an der Spitze. Ich hätte gern, dass das so bleibt. Ihr habt zwei Möglichkeiten … Entweder ihr arbeitet mit mir zusammen, um diese neue Bedrohung auszuschalten. Wir ziehen das durch und leben danach, wenn wir nicht gestorben sind, glücklich bis in alle Ewigkeit, scheißen Regenbogen und tanzen mit den Einhörnern. Oder wir kämpfen weiter gegeneinander, bis uns die anderen alle umlegen. Wollt ihr das? Gut. Hab ich auch keine Angst davor. Aber denk dran, dass du Töchter hast, die du liebst. Eine lebt oben in Bellingham, die andere in Coeur d'Alene. Hübsche Mädels. Kann ich bezeugen, weil ich sie schon gesehen hab. Erst vor Kurzem.«

»Lass meine Töchter aus dem Spiel«, sagte Picnic und griff nach seiner Waffe. Rugers Hand schoss vor und hielt Picnic fest.

»Hör an, was er zu sagen hat«, murmelte er.

Hunter verzog sein Gesicht zu einem bösen Grinsen.

»Du *solltest* dir Sorgen machen, Alter«, fuhr er fort. »Ich garantier dir nämlich, dass es diesen Schwanzlutschern aus dem Süden völlig egal ist, wie hübsch diese Mädels sind, wenn sie den Befehl geben, sie auf offener Straße wie Hunde abzuknallen. Und wie sieht's bei mir aus? Ich hab nicht mal einen verdammten Goldfisch. Wer hat alles in allem mehr zu verlieren? Ruft mich an, wenn ihr bereit seid zu reden.«

Nach diesen Worten stand Hunter auf und schob seinen Stuhl zurück. Dekes Gesicht war rot vor Erregung, aber Picnics Miene schien wie aus Stein gemeißelt. Hunter warf eine Handvoll Geldscheine auf den Tisch und ging zur Tür hinaus.

»Er will uns reinlegen«, sagte Toke. »Das Kartell hat mit uns hier oben nichts zu tun. Er verliert sein Gebiet. Das ist nicht unser Problem.«

»Glaubst du wirklich, sie könnten Widerstand leisten?«, fragte ihn Ruger. »Das Kartell hat tausend Kinder, die nur darauf warten zu sterben. Die sind so verrückt nach Ruhm, dass sie ihre eigene Mutter niederknallen würden. Die Jacks sind harte Hunde, aber wenn's ihnen nicht gelingt, sie auszuschalten, bevor sie sich festsetzen, sind sie erledigt. Das wären wir auch, das weißt du. Diese Gangs existieren nur aus einem Grund – um Geld zu verdienen. Wenn wir zulassen, dass sie das Gebiet übernehmen, dann verlieren wir es und noch dazu unsere *Freiheit*. Und ohne Freiheit können wir das Atmen gleich einstellen. Ganz zu schweigen davon, dass es dem Kartell völlig egal ist, wen sie fertigmachen oder umlegen. Willst du, dass sie nach Portland kommen?«

»Das ist eine gewaltige Sache«, sagte Picnic langsam. »Die können wir nicht hier allein entscheiden. Wir müssen die Brüder zusammentrommeln und dafür sorgen, dass sich alle einig sind. Und dann sehen wir weiter.«

»Ich werd nie Frieden mit den Jacks schließen«, murrte Toke. »Wenn ihr Frieden wollt, müsst ihr erst mit mir fertigwerden.«

»Ist das eine Drohung?«, fragte Ruger. Er respektierte Toke wirklich, aber Toke war nicht in der Position, um diese Entscheidung zu treffen. »Ich hasse die Vorstellung, gegen einen Bruder zu kämpfen, aber glaub nicht, dass ich es nicht tun würde. Wir stecken hier zusammen drin, Toke. Das heißt, wir werden das auch als Gruppe entscheiden.«

»Du glaubst, du kannst es mit mir aufnehmen?«, fragte Toke mit hochgezogener Augenbraue.

»Gibt nur einen Weg, das herauszufinden«, antwortete Ruger und starrte ihn regungslos an. »Aber lass dir eins gesagt sein. Wenn wir anfangen, uns gegenseitig zu bekämpfen, hat das Kartell schon gewonnen. Du musst wissen, worauf es ankommt, Bruder. Wenn wir mit den Jacks Frieden schließen, sind sie unser Puffer. Dann können wir uns darauf konzentrieren, Geld zu verdienen und Sex zu haben. Sollte es schieflaufen, haben wir zumindest ein paar neue Informationen. Dann können wir sie, wenn es Zeit ist, leichter fertigmachen.«

Toke atmete tief ein und aus und bemühte sich offensichtlich, ruhig zu bleiben.

»Ich verzeih ihnen nie, was sie getan haben«, sagte er. »Mann, sie ist immer noch völlig fertig. Ihr habt keine Ahnung.«

»Das sollst du auch nicht«, erklärte ihm Horse mit ernster Stimme. »Was passiert ist, lässt sich nicht mehr rückgängig machen. Die Arschlöcher, die das getan haben, verdienten es zu sterben. Gut, dass sie tot sind. Aber du musst weiterdenken. Wenn wir die Jacks zu unseren Verbündeten machen, gehört uns die halbe Westküste. Und die Jacks sind unsere Verteidigungslinie zwischen uns und dem Kartell. Darüber sollten wir uns Gedanken machen.«

»Ich bin dafür, meine Mädchen zu schützen«, murmelte Picnic. »Das verdammte Arschloch weiß, wo sie sind, vielleicht beobachtet er sie sogar. Wisst ihr, was das heißt?«

»Das bedeutet, dass sich niemand in Sicherheit wiegen kann«, sagte Horse leise. »Und mit einer Sache hat er recht – in unserer Welt lassen wir die Bürger in Ruhe, solange sie Respekt zeigen. Wir beschützen unsere Städte und kontrollieren, was reinkommt. Ich weiß, dass die Jacks deine Nichte fertiggemacht haben, aber sie wurde gerächt, so gut es ging. Das Kartell dagegen … Sie erschießen Frauen und Kinder, und es ist ihnen scheißegal, wen sie umlegen, solange sie ihr Geld bekommen. Sie kennen keine Werte. Da sind mir die Jacks jederzeit lieber.«

»*Falls* sie uns die Wahrheit sagen«, erwiderte Ruger. »Vergiss nicht – sie lügen. Wir brauchen mehr Informationen.«

»Zeit, die Brüder zusammenzutrommeln«, sagte Pic. »Hilft alles nichts. Willst du den Gastgeber spielen, Deke?«

»Macht ihr es in Coeur d'Alene«, antwortete der Präsident von Portland und schüttelte seinen Kopf. »Wir haben kein Clubhaus wie das Arsenal. Treffen wir uns im Arsenal, dort haben wir genügend Platz zum Reden. Ich fang schon mal an rumzutelefonieren.«

KAPITEL SECHS

Sophie

Kein Mädchen sollte so teure Höschen verlieren. Ein beinahe wehmütiges Gefühl durchfuhr mich, als ich sie in Rugers Couch fand. Aus purpurfarbener Seide, mit zarten Spitzenaussparungen an der Vorderseite. Wer auch immer sie war, sie hatte entschieden zu viel Geld dafür ausgegeben, sich für einen One-Night-Stand mit der männlichen Schlampe aufzurüschen.

Ich wusste, wie ärgerlich es war, ein Höschen zu verlieren … In der nicht gerade tollen Nacht, in der Noah gezeugt wurde, hatte ich mein Höschen zurücklassen müssen, nachdem uns Ruger aus der Wohnung geworfen hatte.

Mit einem Seufzer ließ ich das Sofakissen, unter dem ich gesaugt hatte, wieder fallen. Bei der ersten Runde durch Rugers Haus hatte ich die Oberflächen abgewischt. Jetzt kam die Tiefenreinigung dran, was bedeutete, mich sozusagen durch die Eingeweide der Möbelstücke zu kämpfen.

Es war Donnerstagnachmittag, und die Woche war ganz erfolgreich gewesen. Nach meinem Besuch bei Kimber hatte ich die Mädels aus dem Club angerufen, die mir ihre Handynummern dagelassen hatten. Am Freitagabend würden sie rüberkommen, um mich kennenzulernen und einfach abzuhängen. Sie klangen genauso nett und aufmerksam, wie ich es erwartet hatte, und ich konnte es kaum erwarten, sie persönlich zu treffen.

Ich hatte auch die Nachbarin, eine Enddreißigerin namens Elle, kennengelernt, die ein Stück weiter in unserer Straße wohnte. Sie war seit ein paar

Jahren verwitwet und lebte allein. Wir trafen sie am Dienstagnachmittag, als ich mit Noah auf Erkundungstour ging und auf ihrem Grundstück landete. Gemeinsam saßen wir ein paar Stunden vor ihrem Haus (sie hatte eines der alten, ursprünglichen Farmhäuser mit toller Veranda inklusive Schaukelbank und -stühlen), nippten an unserem Tee und ließen es uns gut gehen. Elle verstand sich auch bestens mit Noah und hatte angeboten babyzusitten, falls es nötig wurde. Wir lagen genau auf einer Wellenlänge, und Noah betete sie an. Als sie uns am Mittwoch zum Abendessen einlud, waren wir völlig begeistert.

Am Mittwoch begann ich auch mit dem Hausputz bei Ruger. Zum einen war mir langweilig, zum anderen fühlte ich mich schuldig, weil Ruger ganz eindeutig ein Single war, der seine Freiheit genießen wollte. Dennoch hatte er uns hier einziehen lassen. Das passte eindeutig nicht zu seinem Lebensstil. Es gefiel mir allerdings nicht besonders, dass er völlig frei war und tun und lassen konnte, was er wollte … Ich wusste, dass ich ihn nicht haben konnte, aber trotzdem ließ mir der Gedanke, dass er sich mit einer anderen Frau vergnügte, keine Ruhe.

Und mir war völlig klar, wie verrückt die ganze Sache war.

Das änderte aber gar nichts an meinen Gefühlen.

Jedenfalls hatte ich beschlossen, dass ich mich am besten bei Ruger bedankte, indem ich seine inoffizielle Haushälterin wurde. Er hatte nicht vor, Miete von uns zu verlangen. Doch ich fand es nicht in Ordnung, wenn ich mir nicht zumindest meinen Unterhalt verdienen würde.

Was mich wieder zu dem winzigen, purpurfarbenen Höschen brachte, das in den Tiefen der Couch verloren gegangen war.

Traurigerweise war dies nicht die erste Spitzenwäsche gewesen, die ich in den vergangenen 24 Stunden gefunden hatte. Die Teile hatten auch nicht alle die gleiche Größe – Ruger schätzte eindeutig eine gewisse Vielfalt im Bett.

Ich hob das Höschen mit einer Küchenzange hoch und trug es in die Waschküche. Zwar wusste ich nicht, wem es gehörte, aber ich hielt es für keine gute Idee, die Fundstücke einfach wegzuwerfen, egal, wie … gebraucht … sie auch waren. Ich ließ das Höschen in eine der vier Plastikboxen fallen, die ich auf dem Trockner aufgereiht hatte.

In der ersten Box war Geld. Ich hatte schon 92 Dollar und 23 Cents gefunden. Box Nummer zwei war für Kondome. In fast jedem Zimmer waren sie stapelweise verteilt. Manche Stapel waren sicher Absicht, deshalb ließ ich sie liegen. Aber ich fand auch Kondome in den Taschen herumliegender Hosen, in der Schublade mit dem Familiensilber, auf dem Bücherregal … Ich fand sogar zwei mit Schokoladengeschmack in der Pizzabox auf dem Beistelltisch. Das inspirierte mich zu einer Reihe von Fantasien über Sex und Pizza, was mir dann aber doch auf den Magen schlug.

Allerdings bekam ich davon auch Hunger.

An dem Punkt beschloss ich, all dieses Zeug in kleine Schachteln zu geben. Dann konnte ich einfach den Deckel zumachen und so tun, als ob der Inhalt nicht existierte. Das klappte bisher ganz gut. In der dritten Schachtel sammelte ich Unterwäsche von Frauen, BHs und einen einzelnen Seidenstrumpf. Box Nummer vier war für »Diverses« gedacht – kleine, seltsame Metallteile, Werkzeug, Taschenmesser und zwei abgerissene Tickets von einem Spiel der Spokane Indians.

Abgesehen von eigenartigen Eifersuchtsattacken wollte ich, dass Rugers Haus wieder frisch, sauber und gemütlich aussah, wenn er nach Hause kam. Das war das Mindeste. Ich machte überall sauber außer in seinem Schlafzimmer, obwohl ich mich weit genug hineinwagte, um den größten Berg Schmutzwäsche abzutragen.

Am Abend fragte mich Noah, wann Onkel Ruger zurückkommen würde.

Ich hatte keine Ahnung, was ich ihm sagen sollte, und fragte mich, ob ich in diesem Haus jemals ein Gefühl von Normalität entwickeln würde. Mietfrei wohnen war toll, aber Kimber hatte vielleicht recht. Letztendlich brauchte ich eine eigene Wohnung, in der die Sofakissen nicht voll seltsamer Unterwäsche steckten und die Besteckschublade kondomfrei war.

Am Freitag, um drei Uhr morgens, wurde ich von Schritten im oberen Stockwerk geweckt. Verschlafen erkannte ich, dass Ruger wohl nach Hause gekommen war und nun eine Party schmiss. Zum Glück konnten mein Junge und ich bei jedem Lärm schlafen, was ich fünf Minuten später auch tat. Am nächsten Tag gaben Noah und ich uns große Mühe, leise zu sein, während wir uns herrichteten. Das Haus verließen wir durch unsere eigene Tür. Als ich ihn zur Schule gebracht hatte und wieder zurückgekehrt war, wäre beinahe der Hausalarm losgegangen, weil ich den Code zweimal eintippen musste, bevor ich es richtig hinbekam. Rugers Sicherheitsfimmel war manchmal ziemlich lästig ...

Ich duschte und räumte anschließend ein wenig unsere Wohnung auf. Inzwischen war es fast zehn Uhr, doch von oben kam noch immer kein Geräusch. Vielleicht hatte ich die ganze Sache ja nur geträumt? Ruger hatte weiß Gott die Angewohnheit, in meinen Träumen aufzutauchen.

Ich stieg leise die Treppe hinauf, da ich ihn nicht wecken wollte. Als ich oben ankam, sah ich in Richtung Küche und kam vor Schreck gefährlich ins Schwanken.

Offenbar war letzte Nacht ein Hurrikan durchs Haus gefegt.

Jede Oberfläche stand voller Bierflaschen. Die Möbel waren verschoben, ein Ende des Zweisitzers war angehoben worden und ruhte nun auf der Rückwand der Hauptcouch. Es gab halb leere Pizzaschachteln und Bierlachen.

Aber das Verstörendste war die splitterfasernackte Blondine an der Frühstücksbar, die sich gerade eine Zigarette anzündete.

Ihr Anblick traf mich mitten ins Herz, eine Sekunde lang blieb mir sogar die Luft weg, und mir wurde schwindlig. Ich wusste, dass Ruger mit allen möglichen Mädels schlief. Die Beweise dafür hatte ich selbst entdeckt. Aber erst jetzt wurde es mir richtig bewusst.

Sie sah großartig aus und wirkte völlig unbefangen. Natürlich trug ich ein altes Tanktop und abgeschnittene Jeans, hatte die Haare zu einem schlampigen Knoten zusammengedreht und war ungeschminkt. Ich wollte sie umbringen. Totschlagen. Auf der Stelle erwürgen, weil sie eine verdammte Hure und hübscher als ich war und außerdem meinen Macker vögelte.

Im Geiste schlug ich mir gegen den Kopf.

Ich hatte keinerlei Anrecht auf Ruger. Nicht mal ein kleines bisschen. Dies war sein Haus, und er konnte darin tun, was auch immer er wollte, anwesende Schlampen inbegriffen.

Eigentlich *wollte* ich ihn ja gar nicht, also zumindest nicht wirklich.

»So, du bist also Rugers Eigentum?«, fragte sie mich mit feindseligem Blick, während ihre rot lackierten Fingernägel lässig auf die Bar klackten.

»Äh, ich glaub, ich versteh die Frage nicht«, antwortete ich, mein Blick hin- und hergerissen zwischen ihren hervorstehenden, wackelnden Brüsten und dem Rauch, der von ihrer Zigarette zur Decke aufstieg. Wenn eine Wohnung erst einmal verraucht ist, bekommt man den Gestank nie wieder heraus.

Noch ein Grund, die Tussi zu hassen.

»Sag einfach Ja oder Nein«, erwiderte sie. »Gehörst du zu ihm? Hat er dich beansprucht?«

»Ich habe keine Ahnung, wovon du sprichst«, sagte ich und sah mich dabei im Wohnzimmer um. Von Sekunde zu Sekunde wurde ich wütender, obwohl es mich ja nichts anging. Die Aufräumarbeiten hier würden Stunden dauern, und ganz sicher würde ich nicht daran beteiligt sein, sagte ich mir. Soll es doch die Schlampe machen. Oder Ruger – was für eine Vorstellung!

»Also nein …«, sagte sie langsam. »Was zum Teufel machst du dann hier? Hat er dich heute früh angerufen? Also echt, wenn er einen Dreier will, hätte er vorher mit mir darüber reden sollen. Nimm's mir nicht übel, aber da gäb's was Besseres.«

Bei diesen Worten sah sie mich von oben bis unten an und beurteilte jeden Zentimeter meines Körpers.

»Ich denke, ich sollte wieder runtergehen«, sagte ich mit mühsam kontrollierter Stimme. Ich wandte mich zum Gehen, als mich Rugers Stimme innehalten ließ.

»Bist du noch da?«, rief er.

Die Blondine antwortete mit zuckersüßer Stimme, während ihre Augen triumphierend und besitzergreifend leuchteten.

»Sicher doch, Baby. Brauchst du mich?«

Ruger kam die Treppe herunter ins Wohnzimmer. Er trug nur eine offen stehende Jeans. Das war unverkennbar, denn sie hing so tief auf den Hüften, dass sie nur wenig der Vorstellungskraft überließ. Verdammt.

Ich wusste, dass Ruger scharf war, aber offenbar vergaß ich es, wenn ich ihn eine Weile nicht gesehen hatte, und war dann von Neuem geschockt.

Selbst wenn ich versuchen würde, ihn in aller Ausführlichkeit zu beschreiben, verstehen könnte man seine einzigartige Anziehungskraft doch nur, wenn einem bei seinem Lächeln plötzlich das Höschen in Flammen stand.

Oder wenn er, wie in diesem Fall, mit verschlafenen Augen durchs Wohnzimmer ging und dabei halb offene Jeans trug.

Mein Blick blieb an seiner Brust hängen und glitt dann entlang seiner Muskeln nach unten. Oh mein Gott … Perfekte Brustmuskeln, markante schräge und gerade Bauchmuskeln. Sie verschwanden in seiner Jeans, die gerade noch an seinen Hüften hing und kurz davor war herunterzurutschen. Ich wollte ihn von oben bis unten ablecken.

Das heißt, nachdem ich ihn umgebracht hatte, weil er die blonde Schlampe gefickt hatte.

»Morgen«, sagte er und blickte von mir zu der Schlampe. Ich hob meine Hand und winkte mit den Fingern, während ich mich fragte, ob das Messer in der Waschküche zum Werfen geeignet war.

»Schön, dass du wieder hier bist, Ruger«, sagte ich, wobei ich mir Mühe gab, nicht wie eine eifersüchtige Ehefrau zu klingen. Denn das wäre wohl kaum das Richtige gewesen. »Hattest du eine gute Reise? Noah hat dich vermisst. Ich wollte gerade runtergehen. Genieß den Vormittag!«

Die blonde Schlampe grinste hämisch, da sie meinen Rückzug als Sieg verbuchte. Zumindest hielt ich das für den Grund ihres dämlichen Grinsens. Hätte natürlich genauso gut der Gedanke »Gott sei Dank muss ich keinen Dreier mit dieser Loserin machen« sein können.

Was auch immer es war, sie konnte es sich gerne sonst wohin stecken.

»Nein«, sagte Ruger, während er mich durchdringend anstarrte. Sein Blick wanderte über meine Figur. Es war unverkennbar, dass er mich immer noch wollte, egal, wie scharf das Mädchen in der Küche war. Seine Augen waren dunkel und voll Verlangen, wie in dieser Nacht vor Kurzem. Und wie vor einigen Jahren …

Gar nicht daran denken, erinnerte ich mein Gehirn. Die Lage ist schon beschissen genug.

»Wir müssen reden. Es ist wichtig«, sagte er zu mir. Dann sah er hinüber zu dem Mädchen. »Wir sind fertig, Zeit, nach Hause zu gehen. Ruf mich nicht an.«

Wow. Das war ziemlich unterkühlt.

Gefiel mir aber.

»Du willst tatsächlich lieber *sie* als *mich*?«, fragte sie und sah verwirrt zwischen uns beiden hin und her.

»Sophie ist die Mutter meines Neffen«, sagte Ruger mit harter, tonloser Stimme. »Eine von ihrer Sorte in schmutzigen Jogginghosen ist mehr wert als zehn von deiner Sorte nackt auf den Knien vor mir, also verpiss dich.« Oh Mann, war das knallhart. Vielleicht hasste ich ihn doch nicht wirklich. Denn er benahm sich zwar wie ein Arschloch, aber bei ihr war er eindeutig das größere Arschloch als bei mir. Endlich Gerechtigkeit.

»Du bist ein ganz schöner Idiot«, sagte sie schmollend.

»Meinst du?«, fragte er und ging an uns vorbei zum Kühlschrank. Ruger holte einen Orangensaft heraus und kippte ihn hinunter, ohne ihn zuerst in ein Glas zu schütten. Als er fertig war, wischte er sich mit dem Handrücken über den Mund und stellte den Karton mit Schwung auf der Frühstücksbar ab. Der Saft schwappte heraus und erinnerte mich an die nagelneue riesige Sauerei in der Wohnung.

Eine Sauerei, die ich nicht aufräumen würde. Genug.

Ich musste mich zurückziehen und die Schlampe mit Ruger, dem weltgrößten Arschloch, allein lassen. Den Rang des größten Schweins hatte er auch noch inne, wenn man bedachte, was er in einer Nacht mit seinen Freunden zustande gebracht hatte. Ich drehte mich zur Treppe um, aber er packte mich am Arm und umklammerte ihn wie eine Handschelle. Er zog mich durch die Küche zur Bar und drückte mich auf einen Stuhl.

»Bleib hier«, befahl er mir und betrachtete mich streng. Dann sah er hinüber zu Blondie. »Geh.«

Sein Ton ließ keinen Raum für Diskussionen. Mit einem finsteren Blick sprang sie auf. Ruger schritt schnell durchs Wohnzimmer und ging die Treppe hinauf. Blondie folgte ihm, kam aber schnell wieder nach unten gerannt, als ihre Klamotten vom Dachgeschoss über das Geländer heruntersegelten.

Fünf Minuten später knallte sie die Haustür zu und war verschwunden. Ruger stand wieder in der Küche und machte mich nervös, denn ich wusste nicht, was ich sagen sollte. Eigentlich hasste ich ihn, weil er sie mitgebracht hatte. Ich war eifersüchtig, weil sie so scharf war und in der vergangenen Nacht seinen Schwanz in sich gespürt hatte. Während alles, was ich gespürt hatte, mein Vibrator gewesen war. Er funktionierte nicht mal richtig, sondern hatte 'nen Wackelkontakt. Oft genug ging er erst gar nicht an, und ich hatte kein Geld, um einen neuen zu kaufen. Das war doch zum Heulen!

Zu pleite, um einen Vibrator zu kaufen.

Vielleicht sollte ich mich zur Abwechslung vor einen Erotikshop stellen und ein Schild mit der Aufschrift »Alleinerziehende Mutter, bitte um kleine Spende« sowie einen Sammelbecher hochhalten.

Rugers Augen wurden schmal. Er hatte noch immer nicht seine Hose zugeknöpft. Heilige Scheiße. Ich hoffte wirklich, dass ich nicht sabberte.

»Heut Abend kommen die Mädels aus deinem Club vorbei«, sagte ich zu ihm, wobei ich nicht wusste, wo ich hinsehen sollte. Mein Blick huschte über das Tribal Tattoo auf seinem Brustmuskel und blieb an seiner gepiercten Brustwarze hängen. Ich wurde rot.

Dorthin garantiert nicht. »Ich glaub, ihr plant eine Art Clubparty, die morgen in eurem Arsenal stattfinden soll. Will ich wirklich wissen, warum dein Club ein Arsenal hat?«

»Es war ursprünglich ein Arsenal der Nationalgarde«, sagte er. »Der Club hat es gekauft, als es vor Jahren ausrangiert wurde. Da drin gibt's alles, was man braucht, angefangen bei der großen Küche und Bar bis zu den Zimmern im oberen Stock, wo Leute auch mal übernachten können.«

Aha. In seinem Clubhaus gab es also Betten. Warum überraschte mich das nicht?

Ich wollte ihn fragen, warum er Blondie nicht dort gefickt hatte, anstatt sie nach Hause zu mir und Noah zu bringen. Aber mir fiel einfach keine akzeptable Frage ein. Stattdessen beschloss ich, weiter über meine Pläne zu sprechen.

»Sie haben mir empfohlen, Noah morgen bei meiner Freundin Kimber übernachten zu lassen«, sagte ich und beobachtete dabei sein Gesicht. Offenbar erkannte er den Namen nicht. Gut. »Jedenfalls haben sie mich eingeladen, und ich hab dir ja versprochen, dass ich es mal probieren würde mit dem Club … Seh ich dich dann auf der Party?«

Er neigte seinen Kopf und studierte mit regloser Miene mein Gesicht. Schweigen hing zwischen uns. Ich gab mir Mühe, nicht plötzlich loszuplappern, nur um die Stille zu übertönen.

»Die Party ist größer, als sie glauben«, sagte er schließlich mit leiser Stimme.

Es dauerte eine Minute, bis ich mich wieder daran erinnerte, worüber wir gesprochen hatten. Oh, ja. Partyplanung. Arsenal.

»Heute und morgen kommen Typen von überallher zum Clubhaus. Ich bin mir nicht sicher, ob ich will, dass du dort bist.«

Langsam schüttelte er seinen Kopf und fuhr sich mit der Zungenspitze über die Unterlippe, wobei er am Ring hängen blieb.

Ich wollte auch mit meiner Zunge daran herumspielen. Dann sah ich noch etwas anderes schimmern … Shit. Seine Zunge war gepierct: In der Mitte saß eine harte, runde Kugel. Die war vor vier Jahren noch nicht dagewesen, daran hätte ich mich erinnert. Wie würde sie sich in meinem Mund anfühlen … oder weiter unten? Ich hatte noch nie einen Typen mit gepiercter Zunge geküsst, und unten geleckt hatte mich definitiv noch keiner. Ich spürte ein leises Kribbeln zwischen meinen Beinen, was ich in dem Moment *gar nicht* gebrauchen konnte. Riesenarschlöcher sollten einfach nicht so scharf sein.

Haarige Ohren, dachte ich mir. *Stell dir vor, er hätte haarige Ohren.*

»Du kannst einen echt frustrieren, Ruger«, sagte ich, hin- und hergerissen zwischen dem Wunsch, ihm wegen seines Herumhurens ordentlich die Meinung zu sagen, und dem Bedürfnis, über die Bar zu springen, seine Hosen herunterzureißen und mich auf seinen Schwanz zu stürzen. Wäre in dem Moment allerdings nicht die beste Reaktion gewesen.

Das wusste ich.

Echt.

»Du sagst, ich soll den Club nicht verurteilen«, fügte ich hinzu, während ich versuchte, mich zu konzentrieren. »Du sagst, dass ich jeden kennenlernen soll und Noahs Leben besser wäre, wenn der Club hinter ihm stünde. Wenn das wahr ist, warum kann ich dann nicht auf diese Clubparty gehen?«

»Weil's auf der Party ganz schön heiß hergehen wird. Nicht gerade eine Party für Anfänger«, sagte er und löste dabei seine verschränkten Arme, um sie links und rechts von seinem Körper auf die Bar zu stützen. Ich sah, wie sich sein Bizeps unter dem Full-Sleeve-Tattoo wölbte. Auf seinen Schultern hatte er weitere Tattoos, ein paar abgerundete Striche als Ergänzung zu dem Muster auf seiner Brust. Ein anderes Tattoo zog sich von seiner Hüfte um seinen Bauch herum: ein Panther, der schließlich auf der anderen Seite in seiner Hose verschwand.

Die glückliche Katze.

Ich wollte wirklich den Rest von ihr sehen.

»Letztens hast du was gesagt, über das wir reden müssen. Äh, Sophie? Ich hab übrigens ein Gesicht«, fügte er an.

Sofort riss ich meinen Blick von seinem Bauch los. Ich spürte, wie ich rot wurde, während er schwieg und mich mit halb geschlossenen Augen ansah. Er hob eine Hand und rieb sich den Nacken, sodass Bizeps und Trizeps gut zur Geltung kamen. Dann kratzte er sich am Bauch. Die Muskeln zwischen meinen Beinen hatten das auch bemerkt und zuckten zustimmend.

»Worüber müssen wir reden?«, fragte ich, während sich meine Wangen wieder röteten.

»Keine Freunde für gewisse Stunden für dich«, sagte er ohne eine Spur von Humor zu mir. »Kein Herumvögeln, kein Küssen und auch kein verdammtes Gezwinker mit den Augen, und zwar bei keinem der Typen im Club. Nur so darfst du zur Party. Oder zu irgendeinem Clubtreffen.«

Ich hob die Augenbrauen und schüttelte meinen Kopf. Egal, wie ungemütlich diese Unterhaltung war, ich musste ihm ein paar Grenzen aufzeigen.

»Das ist blödsinnig. Ich bin Single. Wenn ich jemanden treffe, der mir gefällt, dann ist es meine Entscheidung, ob ich mit ihm flirte oder ihn küsse oder sonst was mache. Und du musst gerade reden – du hast gerade ein nacktes Mädel zur Tür rausgeworfen, ohne dich auch nur zum Abschied zu bedanken. Ein ganz schöner Heuchler, oder?«

»Mein Haus, meine Regeln«, antwortete er. »Wenn du zu dieser Party gehst, wird nichts passieren. Du benimmst dich wie die Jungfrau Maria, verstehst du? Sonst bleibst du daheim.«

Ich dachte darüber nach, richtete mich dann auf und stützte meine Hände flach auf die Bar. Bis zu diesem Moment war ich mir wegen der

Party noch unsicher gewesen. Ich wollte dem Club zwar eine Chance geben, war aber auch nervös geworden anlässlich meiner bevorstehenden Einführung. Und jetzt? Nun würde ich in diesem verdammten Arsenal antanzen, und wenn es mich umbrachte. Außerdem würde ich wild herumflirten.

Scheiß auf ihn und seine Schlampe.

Ich starrte ihn giftig an. Er starrte zurück. Keiner von uns blinzelte.

Es gab eine Menge, worüber Ruger und ich nicht reden wollten, und er konnte, weiß Gott, seine Gedanken vor mir verbergen. Aber hier konnte ich seiner Logik nicht mal einen Schritt weit folgen – er hatte deutlich gemacht, dass zwischen uns beiden nichts passieren würde. Warum führte er sich also auf wie mein eifersüchtiger Freund?

»Was soll das Ganze?«, fragte ich schließlich. »Sind deine Freunde so gefährlich, dass ich dort nicht in Sicherheit bin? Du hast dir nämlich ziemlich viel Mühe gegeben, mich davon zu überzeugen, dass sie keine gefährlichen Kriminellen sind und ich sie mir mal ansehen soll. Entweder sind es also doch üble Kerle, oder du bist eifersüchtig. Ist es das? Du willst mich nicht, aber es soll mich auch sonst niemand kriegen? Wär's nicht einfacher, du pinkelst mich mal an, damit sie wissen, dass ich besetzt bin?«

»Es wär einfacher, wenn du mal dein Maul halten würdest, scheiße noch mal«, sagte er und sah mich mit dunklen Augen an.

»Ist es das, was du von mir willst? Dass ich still bin?«, fragte ich und merkte, wie mein Temperament mit mir durchging. »Vielleicht bin ich ja blöd, aber vor ein paar Nächten wolltest du ganz was anderes. Du kannst nicht beides haben, du Arschloch. Entweder ist da was zwischen uns beiden, oder ich kann tun und lassen, was ich will.«

Ruger stieß sich von der Bar ab und fixierte mich, während er durch die Küche stolzierte.

»Oh doch, ich *kann* beides haben«, sagte er. »Mach dir keine falschen Vorstellungen, Soph. Ich werde so nett sein, dir zu erklären, was hier los ist. Ich will dich ficken.«

Er kam um die Kücheninsel herum und bewegte sich dabei geschmeidig wie die große Raubkatze auf seiner Hüfte. Die Küche schien mehr und mehr zu schrumpfen. Ich war mir seiner nackten Brust mit ihren schwarzen Tattoos nur allzu bewusst und spürte, wie er seine Kraft kontrollierte. Vielleicht war die direkte Konfrontation ein Fehler gewesen …

»So ist das bei Typen wie mir«, fuhr er mit leiser, weicher Stimme fort. Sein Blick bohrte sich in meine Augen. »Wir tun nicht das, was wir tun sollen, sondern nehmen uns, was wir haben wollen. Und ich? Ich will *alles Mögliche*. Zuerst will ich dich mit meinem Gürtel in meinem Bett fesseln. Dann will ich dir die Klamotten vom Leib schneiden und dich in jedes Loch ficken. Ich will auch auf dir kommen und meinen Samen auf dir verreiben und deine Möse lecken, bis du mich anflehst aufzuhören, weil du's nicht aushalten würdest, noch mal zu kommen. Dann will ich's noch mal tun. Ich will dich *besitzen*, Sophie.«

Er blieb so nah neben meinem Stuhl stehen, dass ich die Wärme seines Körpers spüren konnte. Ich konnte nicht mal den Kopf drehen, um ihn anzusehen, denn mir ging es wie dem Kaninchen vor der Schlange. Wieder und wieder hörte ich seine Worte in meinem Kopf widerhallen. Sein Duft überwältigte mich. Ich versuchte zu atmen, als er sich über mich beugte, einen Arm auf der Bar abgestützt, und mir ins Ohr flüsterte.

»Ich will *jeden Zentimeter* von dir besitzen«, fuhr er fort, während sein heißer Atem über meine Haut glitt. »Ich will dich mit dem Gesicht nach unten über diese Bar legen, dir diese Shorts runterreißen und hart und schnell ficken, bis mein verdammter Schwanz endlich nicht mehr wehtut und meine Eier sich nicht mehr anfühlen, als ob sie gleich explodieren würden. So fühlen sie sich nämlich seit verdammt langer Zeit an, Soph, und allmählich glaub ich, dass sich daran nichts ändert, wenn ich nicht endlich was dagegen unternehme.«

Ich musste mich schwer zusammenreißen, damit ich nicht vor lauter Panik losquiekte. Mein ganzer Körper vibrierte, und ich drückte meine Beine fest zusammen, um bei jeder Welle des Verlangens Druck auf meine Klit auszuüben. Oh, das fühlte sich gut an. Aber noch nicht gut genug. Ich wollte mehr. Meine Wangen röteten sich, und ich atmete schneller und schneller. Ich überlegte, ob ich meine Hand in diese halb offene Hose stecken sollte. Vielleicht um selbst herauszufinden, ob Kimber die Wahrheit über seinen Schwanz gesagt hatte …

Ruger hatte mich noch nicht einmal berührt.

Er berührte mich *immer noch nicht*. Ich unterdrückte ein Stöhnen. »Aber das ist wahrscheinlich keine besonders gute Idee«, fügte er mit deutlich kühlerer Stimme hinzu, als er sich zurücklehnte. »Das wissen wir beide. Nicht gut für Noah und ein wahrer Sumpf für uns beide. Aber deine Idee, dir einen von meinen Brüdern zu angeln? Wenn mir das durch den Kopf geht, Soph, dann stell ich mir immer vor, wie ich jemanden abknalle. Ich will niemanden abknallen müssen, verstanden? Wär echt ein beschissenes Partyende. Ganz zu schweigen davon, dass unser President vielleicht frustriert wär, wenn bei unserem großen Treffen einer der Brüder vor aller Augen durchknallen würde.«

Heilige Scheiße.

Ich nickte und bekam kaum Luft.

»Wenn du dir das alles recht überlegst, dann wirst du auf dieser Party vielleicht *genau das tun*, was ich dir sage«, betonte er. Obwohl er es als Vorschlag formuliert hatte, war es dennoch ein klarer Befehl. »Ich versteh, dass du nicht jemanden wie mich im Bett haben willst, zumindest nicht auf Dauer. Ich will auch nicht, dass die Sache zwischen uns noch schräger wird, als sie eh schon ist. Aber wenn du unbedingt einen Biker flachlegen willst, Soph, dann nimmst du gefälligst mich. Ich werde nicht zusehen, wie du einen meiner Brüder vögelst.«

»Ich kann nicht glauben, was du da gerade alles gesagt hast«, flüsterte ich. »Da ist so viel falsch dran, ich weiß gar nicht, wo ich anfangen soll.«

Er warf mir einen kühlen Blick zu und sagte mit ebensolcher Stimme: »Ist mir egal, ob es falsch ist. So ist es einfach. Mein Haus, meine Welt, meine Regeln. Sag mir, dass du mich verstanden hast, und ich lass dich auf die Party gehen.«

»Ich bin erwachsen«, gelang es mir. mit wackliger Stimme zu sagen. »Du kannst mir nicht vorschreiben, was ich tun darf.«

»Und trotzdem tu ich's«, erwiderte er mit einem lässigen Schulterzucken. »Glaubst du wirklich, dass ich das nicht durchsetzen werde? Das werd ich aber, Soph. Probier's nicht aus.«

»Ich habe mich wegen der Party noch nicht entschieden«, flüsterte ich. »Aber ich hab genug von dieser Unterhaltung. Ich geh wieder runter.«

»Nein, das wirst du nicht«, sagte er.

Doch die kleine Stimme des Instinkts tief in mir, die mir kreischend befahl, jetzt loszurennen, gewann endlich. Ich glitt vom Stuhl und stürzte zur Treppe. Das war ein großer Fehler, denn Ruger packte mich um die Hüfte und hob mich mit blitzenden Augen auf die Frühstücksbar. Zwei Sekunden später stellte er sich zwischen meine Beine, zog mich mit einer Hand an sich heran und fuhr mit der anderen durch meine Haare, um meinen Kopf zurückzuziehen.

»Lass mich los«, flüsterte ich.

Er neigte seinen Kopf, als ob er darüber nachdächte, und schüttelte ihn dann langsam.

»Das kann ich nicht«, sagte er. Dann bedeckten seine Lippen die meinen, und in meinem Hirn brannte eine Sicherung durch.

KAPITEL SIEBEN

Es war kein höflicher Kuss. Er war nicht langsam und verführerisch oder voller versteckter Bedeutung. Es war ein Explosion aufgestauter Lust ... jahrelang aufgestauter Lust, um ehrlich zu sein. Rugers Brust war wie eine Betonmauer, und ich wickelte meine Beine um seine Hüfte, ohne nachzudenken. Seine Hand in meinem Haar verkrampfte sich und zog meinen Kopf zur Seite, sodass er besser an mich rankam. Seine Zunge hatte sich tief und gnadenlos in meinen Mund gebohrt. Die kleine Kugel in der Mitte reizte mich und erinnerte mich daran, dass der Sex mit ihm sich von allem, was ich bisher kannte, unterscheiden würde. Sein Schwanz drückte so fest gegen meinen Bauch, dass es schon fast wehtat.

Verdammt, warum hatten wir nur so viele Klamotten an!

Ruger ließ seine Hand in mein Tanktop gleiten und lehnte seinen Oberkörper etwas zurück, um meine Brust mit seiner Handfläche zu bedecken. Seine Finger entdeckten meine Brustwarze und drückten sie durch die dünne Seide meines BHs zusammen, als ich meinen Rücken begierig durchbog. Er löste sich von meinem Mund, und wir starrten einander schwer atmend und wie hypnotisiert an.

»Wir hielten das für eine schlechte Idee«, erinnerte ich ihn ziemlich verzweifelt, wobei ich mich fragte, wie es ihm gefallen würde, wenn ich mich einfach vorbeugte und an seiner Lippe saugte. Ich konnte meinen Blick nicht abwenden. Sie war dunkelrot und schimmerte nach unserem intensiven Kuss feucht. »Ich bin heute nicht betrunken. Es gibt keine Entschuldigung.«

»Du hast gesagt, du willst Sex haben«, antwortete er mit großen, dunklen Augen. »Hier bin ich. Zwischen uns ist eh schon alles schiefgegangen, warum sollen wir also nicht das Beste draus machen? Wir stecken ganz schön in der Scheiße. Ich kann nicht vergessen, wie du geschmeckt hast oder wie es sich angefühlt hat, als du auf der Couch auf mir gesessen hast. Ich muss dich von innen spüren, Soph.«

Oh, was für eine Versuchung …

Aber könnte ich mit Ruger rummachen und trotzdem hier wohnen?

Ich war schon immer scharf auf ihn gewesen, und es war unübersehbar, dass er mich auch wollte. Dann dachte ich an die Frau, die vor nicht mal einer halben Stunde nackt in dieser Küche gesessen hatte. Das purpurfarbene Höschen. Den grünen BH … All dies in Rugers Haus, das eigentlich Noahs Zuflucht sein sollte.

Mit Ruger zu schlafen war reiner Selbstmord.

Ich hätte gerne meinen Kopf gegen etwas Hartes geknallt, aber es war nur seine Brust in Reichweite. Und dieser nackten Haut wieder näher zu kommen war das Letzte, was ich brauchte.

»Eine schlechte Idee«, sagte ich. Er rollte meine Brustwarze zwischen seinen Fingern hin und her. Seine andere Hand senkte er auf meine Hüfte, während er seinen steifen Schwanz an meiner Klit rieb. Dieses langsame Vor und Zurück würde sich noch besser anfühlen, wenn er in mir wäre.

Ich war völlig aufgedreht, mir war fast schon schwindlig. Ich glaube, ich hatte mir noch nie etwas so sehr gewünscht wie das Gefühl, ihn in mir zu spüren.

Außer einem anständigen Leben für Noah.

»Wenn wir es tun, kannst du einfach weitermachen wie bisher«, sagte ich zu ihm, während ich meine Augen schloss. Mein Schoß zog sich verzweifelt um die innere Leere zusammen. Ich versuchte, es zu ignorieren. »Dir ist es egal, mit wem du schläfst, Ruger. Aber ich bin da anders.«

»Du hast doch über Freunde für gewisse Stunden geredet«, murmelte er. »Warum erzählst du jetzt was anderes? Hast du etwa Angst?«

»Ja, zum Teufel, ich hab Angst«, antwortete ich und öffnete wieder meine Augen, um in sein Gesicht zu sehen. Ich sah kein Mitgefühl oder Verständnis, nur pure Lust. »Ich wohn bei dir und kann nirgendwo anders hin. Gestern hab ich drei verschiedene Höschen unter deinen Sofakissen gefunden. Ich glaub nicht, dass ich mit dir schlafen kann und dann nicken und lächeln, wenn die nächsten Frauen hier durchs Haus stolzieren. Das klingt doch sehr danach, dass ich die Sache bleiben lassen sollte.«

»Warum, verdammt noch mal, hast du meine Sofakissen durchwühlt?«, fragte er. Seine Hüften bewegten sich nicht mehr.

Da hatte ich ihn aber kalt erwischt.

»Ich habe sauber gemacht«, antwortete ich. »Als eine Art Überraschungs-Schrägstrich-Dankeschön-Geschenk. Aber deine Freunde gestern Abend haben das Ganze ziemlich ruiniert.«

»Oh Mann«, flüsterte er und schüttelte langsam den Kopf, während seine Hüften wieder anfingen, sich zu bewegen.

Oh, das war schön … Es fühlte sich so gut an, wenn sein Schwanz über meine empfindlichste Stelle rieb. Könnte ich so kommen, trotz der Kleidung zwischen uns?

»Das tut mir leid. Ich hab nicht mal gewusst, dass sie kommen wollten. Ich schätze, das ist keine echte Entschuldigung.«

Ich zuckte mit den Schultern, konnte seinem Blick aber nicht standhalten. Stattdessen starrte ich auf seine Tattoos. Die meisten waren von hoher Qualität, schöne, von einem wahren Künstler entworfene Designs. Mir wurde klar, dass er seine Körperkunst wirklich ernst nahm. Die Tattoos waren nicht nur irgendeine Macke. Ich hätte gewettet, dass er für jedes eine Geschichte hatte, und ich wollte diese Geschichten verdammt gern hören.

Ruger betrachtete mich nachdenklich und kreiste mit seinem Finger langsam über die Spitze meiner Brustwarze. Dann nahm er meine Hand, führte sie zwischen uns nach unten und legte sie auf seinen harten Schwanz, wobei die Rückseite seiner Finger meine Klit berührte. Ich schnappte nach Luft und zappelte. Mein Griff wurde fester, sodass ich seinen Schwanz durch den Jeansstoff zu fassen bekam. Sogar durch den Denim hindurch merkte ich, dass er groß und dick war, viel größer als mein Vibrator. War dieser harte Knubbel nahe der Spitze sein …? Ich wusste nicht mal, wie ich es nennen sollte. Ich wollte es sehen – wollte ihn ganz sehen –, so sehr, dass ich sterben wollte. Seine Handknöchel lagen links und rechts von meiner Klit, und ich stöhnte.

Rugers Augen verdunkelten sich.

»Du willst das ebenso wie ich«, sagte er mit sanfter Stimme. »Es wird nicht einfach aufhören. Unsere Lust wird nur immer stärker und stärker, bis einer von uns explodiert und wir beide verletzt werden. Lass es uns jetzt beenden. Ich muss dich von innen spüren, Sophie.«

»Gestern *musstest* du deine Blondine von innen spüren«, antwortete ich ruhig. »Und was war das Ende vom Lied? Wirst du Noah und mich rauswerfen, wenn es unangenehm wird?«

»Damit liegst du falsch«, erwiderte er.

»Mit dem Rauswerfen? Das wird nicht klappen, wenn wir miteinander schlafen und du durch alle Betten hüpfst. Wenn's nur irgendein Typ wäre, dann könnt ich ihn einfach fallen lassen. Aber ich bin hier auf dich angewiesen.«

»Damit, dass ich sie letzte Nacht von innen spüren musste«, verbesserte er mich. »Ich hab *dich* gebraucht. Als ich weg war, hab ich nur an dich gedacht. Bin jede Nacht mit einem Steifen eingeschlafen und mit einem noch Steiferen aufgewacht, egal, wie oft ich mir einen runtergeholt oder wen ich gefickt hab. Als ich gestern Abend dann von Portland heimgefahren bin, wusste ich, dass ich in diesem dunklen und stillen Haus am liebsten nach unten zu dir gegangen wär. Ich wär in dein Bett gekrochen und hätt meine Finger in deine Möse gesteckt und dich für mich weit gemacht, ob du wolltest oder nicht. Deshalb hab ich etwas anderes versucht, weil wir entschieden hatten, dass wir nicht miteinander vögeln werden. Es hat aber alles nichts geholfen.«

Meine Hand begann, durch den rauen Stoff hindurch seinen Schwanz zu reiben. Es fiel mir schwer, mich dabei auch noch auf seine Worte zu konzentrieren, zumal seine Fingerknöchel meine Klit bearbeiteten. Sie streichelten mich in einem regelmäßigen Rhythmus, rauf und runter, und meine Hüften folgten diesem Rhythmus und rebellierten gegen jeden vernünftigen Gedanken.

»Soll ich mich jetzt besser fühlen?«, fragte ich. »Als ich sie gesehen hab, wollt ich sie umbringen. Und dich dazu. Ich hab kein Recht auf diese Gefühle.«

»Ich hab auch kein Recht, dir Grenzen aufzuerlegen«, antwortete er. »Aber ich tu's trotzdem. Kein Rumvögeln im Club. Genauer gesagt: kein Rumvögeln. Punkt. Du gehörst mir.«

Ich hob meine Hand und schob sie in seine Jeans, wo meine Finger seinen nackten Schwanz entlangfuhren. Schnell fand ich das Metallstückchen, das seine Eichel piercte – zwei harte Metallkugeln waren oben und unten befestigt. Als ich es vorsichtig berührte, stöhnte er.

»Stell sie dir tief in dir vor«, murmelte er mit geschlossenen Augen. Seine Hüften zuckten dabei. »Zuerst werd ich sie an deiner Klit reiben, und dann werden sie, während ich dich ficke, unentwegt auf deinen G-Punkt treffen. Verdammt unglaublich, Baby.«

Allein bei dem Gedanken wurde ich eng und kam fast. Ich spielte noch ein paar Sekunden mit dem Piercing, dann wanderten meine Finger weiter runter und umfassten fest seinen Schaft. Er stöhnte, und ich verstärkte meinen Druck; ich war fast wütend, weil ich ihn so begehrte.

Ruger öffnete seine Augen und lächelte mich träge an.

»Versuchst du, mir wehzutun?«, flüsterte er. »Das wirst du nicht schaffen, Baby. Drück, so fest du willst. Das gefällt mir. Ich bin stärker als du, was bedeutet, dass ich am Ende gewinne. So ist das Leben.«

»Das ist nicht fair«, antwortete ich leise.

Er beugte sich nach vorne und legte seine Stirn an meine. Seine Finger lösten sich von der Vorderseite meiner abgeschnittenen Jeans und glitten in die Hose.

Ich spürte, wie sie sich tiefer hinunterbewegten, zu beiden Seiten meiner Klit, und dort rieben und drückten. Sein Schwanz pulsierte heiß und hart in meiner Hand, während die Kugel leicht über die Innenseite meines Handgelenks strich.

»Das Leben ist nicht fair«, flüsterte er. »Manchmal musst du aus dem, was du hast, das Beste machen.«

»Wär das eine einmalige Geschichte?«, fragte ich, weil die Versuchung einfach zu groß war. Könnte ich es tun? Nur einmal nachgeben und dann so tun, als ob nie was gewesen wäre?

»Keine Ahnung«, antwortete er. Seine Stimme klang nun tiefer und rauer. »Wahrscheinlich wird's länger dauern, bis wir voneinander lassen können. Ich will dich schon so lange, Soph. Ich hab nie vergessen, wie du geschmeckt hast, hab an jedem Tag in den letzten vier Jahren dran gedacht. Gott, du warst so süß.«

Ich hielt die Luft an.

»Und danach?«

»Machen wir einfach weiter mit unserem Leben«, antwortete er. »Ich werd dich respektieren, du wirst mich ebenso respektieren. Außerdem bring ich keine Frauen hierher. Hätt ich eh nicht tun sollen, wir haben ja Betten im Club.«

»Aber du wirst weitermachen wie bisher«, sagte ich langsam, während tief in mir etwas zerriss. »Und ich werd nur eine weitere Frau in deiner Kollektion sein. Du sammelst sie nämlich einfach. Du legst sie flach, und dann legst du sie um, sozusagen.«

»Immer noch besser, als es mit meiner Hand zu treiben«, sagte er deutlich. »Ich hab mich nie als jemand anderes ausgegeben, Baby. Ich will mich nicht binden, denn ich liebe mein Leben, so wie es jetzt ist. Den meisten Typen geht's ähnlich – der Unterschied zwischen ihnen und mir ist, dass ich dir in der Hinsicht nie was vormachen werd.«

»Deshalb ist das hier ein großer Fehler«, sagte ich ihm, obwohl ich immer noch das Gegenteil erhoffte. Ich war verletzt, und nicht nur, weil ich ihn begehrte und nicht bekam. Ich hatte immer gewusst, wie er war, aber dass er es so offen aussprechen musste … das traf mich tief. »Ich sollte jetzt runtergehen, und wir vergessen, dass das jemals passiert ist.«

Aber meine Hand fuhr immer noch an seinem Schwanz auf und ab und blieb an seinem Piercing hängen, als ich seinen Lusttropfen entdeckte, mit dem ich den Schaft schlüpfrig machte. Seine Finger bewegten sich immer noch über meine Klit, hin und her, während mich die Berührung erschauern ließ. Meine inneren Muskeln zogen sich zusammen, und ich wusste, dass ich inzwischen extrem feucht sein musste.

»Wir hören bald auf«, sagte er und rieb seine Nase ganz langsam an meiner.

»Nur noch einmal naschen.«

Rugers Lippen öffneten meinen Mund, seine Zunge tauchte tief hinein und füllte ihn so aus, wie er meinen Körper hätte ausfüllen sollen.

Ich konnte mich kaum auf alle Empfindungen gleichzeitig konzentrieren – auf Rugers hungrigen Kuss und auf seine Finger an meiner Klit. Sein harter Schwanz in meiner Hand pulsierte, als die zwei Metallkugeln mich neckten. All diese Gefühle vereinten sich zu einer schmerzenden, brennenden Kugel der Lust. Dann bewegten sich seine Finger schneller, und ich überließ mich nur noch meinem eigenen Vergnügen. Die Anspannung in mir stieg, als er seinen Mund von meinem löste und mein T-Shirt hochzog. Den BH klappte er nach unten und nahm dann meine Brust, saugte fest daran und bearbeitete die Brustwarze mit seiner Zunge. Das harte Metall quälte meine Brustwarze, und der Kontrast zwischen solidem Stahl und heißem Fleisch zerstörte meine Denkfähigkeit. Rugers kraftvoller Körper umfing mich. Seine Finger spielten auf mir, und ich konnte nur noch die unglaubliche Intensität seiner Berührung auf meiner Klit spüren.

Ich war kurz davor zu kommen und keuchte angestrengt.

Rugers Mund umfing immer noch fest meine Brustwarze. Er ergriff die andere und zog und zerrte an beiden gleichzeitig. Ich wimmerte, denn ich war so nah dran, dass ich es schon spüren konnte. Aber ich brauchte noch ein kleines bisschen länger, um die Schwelle zu überschreiten. Dann hörte er auf, mich zu necken, und drückte hart und mit rauen und fordernden Bewegungen gegen meine Klit. Meine Hüften zuckten, als ich kam und mich schamlos auf der Bar hin und her wand. Ruger bedeckte meinen Mund wieder mit seinen Lippen und küsste mich sanft, während mich Schauer durchliefen und ich in seinen Armen erschlaffte.

Dann hob er seinen Kopf und sah mir in die Augen.

Seine Miene zeigte ein so starkes Begehren, wie ich es noch nie bei einem Mann gesehen hatte. Ich hatte in der Aufregung aufgehört, mit meiner Hand auf- und abzufahren, hielt aber immer noch seinen Schwanz fest, der größer und größer geworden war. Nun bewegte ich meine Hand in schnellem, hartem Rhythmus. Sein Lusttropfen befeuchtete alles, und meine Finger rutschten über seine gepiercte Eichel, als er sich in meiner Hand bog. Wir rührten uns nicht, sondern starrten uns nur unentwegt in die Augen, während ich immer schneller machte. Nach einer Minute verdunkelte sich sein Gesicht, und er begann, schneller zu atmen. Dann griff er zwischen uns, zog seine Jeans hinunter, sodass sein Schwanz hervorsprang, und legte seine Hand über die meine. Er begann, unsere übereinandergelegten Hände grob auf und ab zu bewegen, und ging dabei wesentlich weniger zimperlich vor, als ich es getan hätte. Mein Handballen blieb immer an seiner gepiercten Eichel hängen, was ihm ein begehrliches, fast tierisches Knurren entlockte.

»Lass mich dich ficken, Sophie«, keuchte Ruger mit schmerzerfüllter Stimme.

Ich schüttelte meinen Kopf und schloss die Augen, weil ich nicht wollte, dass er merkte, wie nah ich daran war nachzugeben.

»Nein«, sagte ich und weinte dabei fast, weil es so wehtat, das zu sagen. »Ich werd nicht mit dir schlafen und dann zusehen, wie du mit anderen Frauen rummachst. Ich kann das nicht. Ich *kenn* mich, Ruger. Außer du kannst mir hier und jetzt versprechen, dass du ernsthaft versuchen wirst, mit mir zusammen zu sein. Sonst werd ich nicht mit dir schlafen. Lass mich das zu Ende bringen, und dann war's das.«

Er ergriff meine Hand, drückte sie fest um seinen Schwanz zusammen und schloss die Augen, während ihn ein Schauer überlief. Dann zog er ganz offensichtlich unter Schmerzen meine Hand weg und drehte sie mir auf den Rücken, sodass mein Körper gegen den seinen geschleudert wurde und ich ganz nebenbei von der Geliebten zur Gefangenen wurde, was mich furchtbar erschreckte.

»Das ist keine Lüge«, sagte Ruger mit rauer Stimme. Sein Gesicht war dunkelrot, seine Brust hob und senkte sich, und seine Augen brannten. Der ganze Körper war hart wie Stein, von seinem Oberkörper, der gegen meine Brüste drückte, bis zu seinem nackten Schwanz, den er an meinen Bauch presste. »Es gibt keine Manipulation zwischen uns. Es ist, wie es ist. Aber ich werd dir den besten Sex deines Lebens bescheren, Soph. Das garantier ich dir.«

»Den besten Sex meines Lebens?«, fragte ich, denn die Worte hatten mich wie ein Eimer kaltes Wasser getroffen und meinen Nebel aus Dummheit zerrissen. Verdammter Mist. Was tat ich da gerade? Ich hatte den Verstand verloren. Ruger war vielleicht ein toller Onkel, aber meinen Körper konnte ich ihm nicht anvertrauen, ganz zu schweigen von meinem Herzen.

»Zach wollt mir schon den besten Sex meines Lebens bescheren, Ruger«, sagte ich und betonte dabei jedes Wort. »Bei ihm hab ich meine Lektion gelernt. Sex ist schnell vorbei und kann das ganze Leben verändern. Das ist was, wovon Männer wie du keine Ahnung haben.« Er riss sich von mir los und starrte mich wütend an. Sein Mund war angespannt.

»Gott, du bist vielleicht ein Miststück.«

»Ich bin kein Miststück«, antwortete ich. Nur mit Mühe konnte ich meine Stimme unter Kontrolle halten. »Ich bin eine *Mutter*. Ich kann's mir nicht leisten, mit dir Spielchen zu spielen, Ruger. Ich werd daran zerbrechen, und dann wird Noah zerbrechen.«

»Nicht zu fassen, verdammt noch mal«, murmelte er und hieb seine Hand neben mir auf die Bar. Ich zuckte beinahe verängstigt zusammen, und er griff nach unten und verstaute ganz offensichtlich unter Schmerzen seinen Schwanz wieder in der Hose. Er ließ mich aber nicht los, sondern packte meine Schultern mit seinen großen Händen.

»Nichts hat sich verändert«, sagte er, während seine Augen vor Ärger und unbefriedigter Lust funkelten. Ich schnappte nach Luft – Ruger hatte mir schon immer Angst eingejagt … Aber anscheinend stimmte was nicht mit mir, denn es machte mich auch an, ihn so wütend zu sehen. Mein gesunder Menschenverstand verabschiedete sich einfach bei diesem Anblick.

»Wenn du zu dieser Party gehst, lässt du deine Finger von den Männern. Das ist ein verdammter Befehl. Kein Flirt, keine Anmache, kein Gefummel, gar nichts. Das sind keine Pfadfinder, und wenn du eine Geschichte anfängst, die du nicht zu Ende bringen willst, werden sie nicht sehr begeistert sein. Du bist gesperrt. Kapiert?«

»Völlig«, flüsterte ich. »Ich versteh dich völlig.«

»Na, zum Glück, verdammter Mist«, murmelte er, wobei er mich losließ und einen Schritt zurückging. Endlich. Ich atmete tief ein und war so erleichtert, dass mir schwindlig wurde. Er fuhr sich mit der Hand durchs Haar und starrte mich nieder. »Jetzt verzieh dich und verlass mein Haus. Fahr ein bisschen rum, geh shoppen oder sonst was, aber komm nicht zurück, bis du Noah von der Schule abgeholt hast. Bis dahin werd ich weg sein.«

»Wohin gehst du?«

»Glaubst du wirklich, dass dich das was angeht?«, fragte er mit gerunzelter Stirn. »Wir sind nämlich keine Fickkumpel, du bist nicht meine Alte Lady, und ich bin mir verdammt sicher, dass ich dir nie die Kontrolle über mein Leben überlassen hab.«

»Du schuldest mir gar nichts«, sagte ich. *Aber ich werd dir auch nicht die Kontrolle über mein Leben überlassen,* dachte ich, war jedoch viel zu feige, es laut auszusprechen. »Und es tut mir leid. Du ähnelst Zach nicht im Geringsten. Das weiß ich. Aber hier geht's nicht nur um uns, sondern auch um Noah. Er wird nicht noch ein Heim verlieren, nur weil wir unsere Hosen nicht anlassen können, Ruger.«

»Hab ich dieses Kind jemals – *jemals* – verletzt?«, fragte er.

»Ich glaub nicht, dass du es absichtlich tun würdest.«

»*Verpiss* dich, bevor ich's mir anders überlege, Sophie. Mein Gott.«

Ich verpisste mich.

KIMBER: *Nie im Leben!!!!! Du verarschst mich!!!!!! Sein Schwanz in deiner Hand, und du sagst trotzdem NEIN?!??*
ICH: *Es wär mir lieber, es wär ein Scherz. Is aber so passiert.*
KIMBER: *Teil von mir denkt, dass du grad noch mal davongekommen bist ... Andrer Teil denkt, hättest ihn mal besser gevögelt.*
ICH: *Das würd es nur schlimmer machen. Du hast gesagt, soll mich von ihm fernhalten, weißt noch?*
KIMBER: *Ähm, is schon schlimmer, du Dödel. Hast es vermasselt. Du bist im Arsch und kannst nix mehr machen. Sex is nur das Symptom. Ihr zwei seid völlig verknallt. Er will viel mehr von dir als ich dachte.*
ICH: *Quatsch.*
KIMBER: *Du bist so doof. Seit heut früh is alles anders – ich kenn ihn. So is er nich mit andren Frauen. Ich nehm alles zurück, is doch keine schlechte Idee. Solltest Sex haben. Warum nich bisschen Spaß haben, wenn du schon zahlen musst – is eh schon alles im Arsch.*
ICH: *So ist es. Jeden Tag verrückter. Ganz schön hart, wenn ich ihn seh.*
KIMBER: *Hart!!!!! Gefällt mir ;-)*
ICH: *Perversling.*

KIMBER: *Bist ja nur neidisch, weil ich ein Perversling bin. Ich glaub, er will dich. Behalten.*

ICH: *Wie ein Haustier? Bin doch keine zugelaufene Muschi.*

KIMBER: *Ich mach gleich Muschiwitze, wenn du dich nich zusamenreißt. Ernsthaft. Denk drüber nach.*

ICH: *Ich hasse dich. Selbst wenn er mich will, fickt er immer noch alle anderen. No way.*

KIMBER: *Ich weiß … wir brauchen nen Plan … und Margaritas. Hilft immer. Kommst am Abend rüber?*

ICH: *Äh, treff heut die Clubmädels. Bei mir.*

KIMBER: *Wann?*

ICH: *7*

KIMBER: *Ich bring Alk mit. Du sorgst für Eis.*

ICH: *Äh …*

KIMBER: *Einfach nachgeben, Soph. Ich komm rüber zum durchdiskutieren. Ruger wird dich irgendwann vögeln, deshalb müssen wir rausfinden, wie wir ihn an die Leine legen. Wir reden drüber und dann sag ich dir, was du tust.*

ICH: *Bildet sich ein, er könnte sagen, wo's langgeht! Arschloch.*

KIMBER: *Ha!*

ICH: *Miststück.*

KIMBER: *Aber du hast mich lieb. Bis heut Abend.*

Meine Augen wären fast explodiert.

Oder wären sie mir fast nur rausgefallen?

Ich hatte noch nie so etwas wie diesen flambierten Shot probiert, den Em, meine neue beste Freundin, zubereitete. Beinahe hätte ich ihn durch die Nase wieder rausgeprustet, aber es gelang mir gerade noch, Haltung zu bewahren, als mein Schlund in Flammen aufging und mir die Tränen in die Augen stiegen. Die Frauen um den Terrassentisch herum gackerten und krächzten los wie ein paar Hexen, weshalb ich ihnen den Stinkefinger zeigte.

Sie lachten nur noch lauter.

Meine morgendliche Begegnung mit Ruger war vielleicht bizarr, angespannt und unglaublich frustrierend gewesen, dafür hatte sich der Abend umso besser entwickelt. Vier Ladys von den Reapers waren kurz nach sieben angekommen – Maggs, Em, Marie und Dancer. Sie brachten Pizza, Bier und einige Minischnapsflaschen mit. Zuerst war ich etwas überwältigt und versuchte sie einzuordnen, aber inzwischen wusste ich, wer wer war. Maggs war Bolts Alte Lady, und Bolt saß im Gefängnis. Für eine Frau, deren Mann im Gefängnis saß, sah sie ziemlich normal aus. Und »alt« war sie auch nicht. Ich hielt nicht viel von diesem »Alte Lady«-Zeug, aber die Reaper-Mädels schienen es als Ehrenbezeichnung anzusehen. Maggs hatte schulterlange und wild gelockte blonde Haare. Sie war zierlich und frech und hatte ein so ansteckendes Lächeln, dass man einfach zurücklächeln musste.

Ich wollte echt wissen, warum ihr Mann hinter Gittern war, schaffte es aber, ausnahmsweise meinen Mund zu halten.

Dancer war groß und elegant, hatte einen bronzefarbenen Hautton und lange, glatte Haare. Sicher hatte sie indianische Vorfahren. Vielleicht vom Stamm der Coeur d'Alene? Ich wollte nicht nachfragen, aber es erschien mir wahrscheinlich, da sie hier aufgewachsen war. Sie war mit einem Typen namens Bam Bam verheiratet, und Horse war ihr Halbbruder, der geboren wurde, nachdem ihre Mutter seinen Vater geheiratet hatte. Dancer war damals zwei Jahre alt gewesen.

Em war jung, wahrscheinlich jünger als ich. Sie hatte ganz unglaubliche himmelblaue Augen, deren Iris von einer dunklen Linie umrahmt war, hatte etwa meine Größe und trug ihr Haar in einem strubbligen Knoten. Em war die Tochter von Picnic, wer auch immer das war.

Die letzte der Alten Ladys war Marie, ein nicht allzu großes Mädchen mit einer braunen Haarmähne und einer fröhlichen, lebhaften Persönlichkeit. Sie war mit Horse zusammen, was ich mir nur schwer vorstellen konnte. Er war riesig – man hätte gedacht, dass er sie zerquetschte oder so. Sie trug einen ungewöhnlichen Verlobungsring: einen von glitzernden Diamanten umgebenen blauen Stein. Ende des Monats sollte die Hochzeit stattfinden. Der große, starke Biker, den ich in Seattle gesehen hatte, schien nicht gerade der Typ für was Festes zu sein, aber ganz offenbar war er bereit, für Marie seinen Namen auf die gestrichelte Linie zu setzen.

Sie betonte, dass ich zur Hochzeit und zu ihrem Junggesellinnenab-schied eingeladen sei, der die Reaper-Männer beschämen würde. Die Teilnahme war verpflichtend. Als sie bei ihrer Ankunft oben an der Tür läuteten, war ich zum ersten Mal wieder nach oben gekommen, um die ruinierte Küche und das Wohn-zimmer zu sehen. Überraschenderweise hatte Ruger seit dem Morgen tat-sächlich ganz schön aufgeräumt. Die Wohnung war nicht blitzblank wie zuvor, aber die Flaschen waren verschwunden, und der Zweisitzer stand auch wieder am Boden. Die Frauen waren wie eine Welle durch die Tür geschwappt, hatten mich umarmt und angelächelt und mir die Tüten voll Essen und Trinken in die Hand gedrückt. Ich führte sie nach unten und stellte sie Noah vor, der den Nachmittag damit verbracht hatte, Wildblu-men zu Ehren unseres gemeinsamen Abendessens zu pflücken. Mein leicht schmuddeliger kleiner Bursche gewann ihr Herz im Nu.

»Einer meiner Söhne ist ein Jahr älter als du und der andere ein Jahr jünger«, erklärte ihm Dancer. »Vielleicht könnt ihr mal zusammen spielen.«

»Haben sie Skylanders?«, fragte Noah unbeschwert. »Wenn sie Skylan-ders haben, sollten wir bei euch spielen. Ansonsten können sie hierher-kommen, damit ich ihnen den Teich zeigen kann.«

»Ähm, ich red mit deiner Mom, und wir machen was aus«, sagte Dan-cer.

Noah zuckte mit den Schultern und lief wieder nach draußen. Er ver-trödelte nur ungern seine Zeit mit sinnlosen Gesprächen.

Der einzig seltsame Moment war Kimbers Ankunft, kurz nachdem ich Noah ins Bett gebracht hatte. Sie kam fröhlich lächelnd die Treppe herunter, aber als Maggs und Dancer sie sahen, verzogen sie die Gesichter. Was auch immer sie über sie wussten, war Em und Marie offenbar nicht bekannt.

»Hi, ich bin Kimber«, sagte meine Freundin und stellte einen Mixer auf die Arbeitsfläche. Sie sah sich im Zimmer um und verschränkte die Arme, während sie sich demonstrativ vor uns aufbaute. »Lasst es uns hinter uns bringen. Ich hab früher im Line gearbeitet und mit Ruger und vie-len anderen Typen gevögelt. Meistens mit anderen Kunden, aber es waren auch ein paar aus dem Club dabei. Gibt's noch was, worüber wir reden müssen, oder haben wir's?«

»Heilige Scheiße«, sagte Em mit großen Augen. »Was für ein Auftritt.«
»Er wär noch besser gewesen, wenn ich außer dem Mixer auch gleich den Wodka und die Mixgetränke hätte tragen können«, sagte Kimber mit ernster Miene. »Also, wollt ihr Mädels Blaubeermargaritas? Ich bin so 'ne Art Margaritakünstlerin, sagt man zumindest. Wir können's uns hier gut gehen lassen und ein paar Drinks zu uns nehmen, wenn ihr wollt. Oder ihr könnt mich eine nach der anderen ›Schlampe‹ nennen, was uns allen wesentlich weniger Spaß macht, aber dennoch okay ist. Ich werd aber auf keinen Fall gehen. Deshalb denkt drüber nach und trefft 'ne Entscheidung.«

»Hast du mit Bolt, Horse oder Bam Bam geschlafen?«, fragte Em ganz offensichtlich fasziniert.

Die Spannung stieg merklich.

Kimber schüttelte ihren Kopf.

»Nö«, sagte sie. »Weiß nicht mal, wer Horse ist. Hab Bolt und Bam Bam ein paarmal getroffen, bin ihnen aber nie zu nahe gekommen. Sie sind in festen Händen – zumindest hab ich das gehört.«

»Das klingt gut«, murmelte Dancer, während sich ihre Lippen zu einem leichten Lächeln verzogen. »Wir vergessen die Sache mit der Schlampe einfach, oder?«

Die Spannung ließ nach, und Kimber bewies, dass sie tatsächlich eine Art Margaritakünstlerin war.

Inzwischen war es fast Mitternacht, und wir hatten die Cocktailphase hinter uns. Kimber war auf der Highschool die Königin der Partygirls gewesen, und ganz offensichtlich hatte sie nicht endgültig abgedankt.

»Glaubt mir«, sagte sie mit ernster Stimme, während wir in gemütlicher Runde um Rugers Terrassentisch saßen. »Ich bin wirklich gern Mama. Aber manchmal muss ich einfach raus, wisst ihr? Ich hatte keine Ahnung, dass ein so kleiner Körper so viel Körperflüssigkeit produzieren kann!«

Dancer lachte so heftig, dass sie fast vom Stuhl fiel.

»Ich weiß, was du meinst«, japste sie. »Manchmal spritzt es nur so hervor, und man möchte meinen, sie müssten doch zusammenschrumpfen oder so!«

Ich gab Kimber ein lautes High five, glücklich darüber, dass sie ein Kind hatte, das sie liebte, und noch glücklicher, dass mein Kind die Spuckphase bereits hinter sich hatte.

»Deshalb werd ich so schnell keine Kinder bekommen«, verkündete Em. »Man verliert eindeutig seine Freiheit und seinen Verstand. Mit euch kann man nur Mitleid haben.«

»Um Kinder zu kriegen, muss man zuerst Sex haben«, sagte Marie und wackelte dabei dramatisch mit den Augenbrauen, während sie Em in die Schulter boxte. »Ich sag dir immer wieder, dass wir losziehen und dafür sorgen müssen, dass dich einer flachlegt. Bring's hinter dich, lass dich entjungfern.«

»Bekomm ich einen Preis, wenn ich's geschafft hab?«, fragte Em. »Ernsthaft, ich weiß nicht, worauf ich noch warte.«

»Wart nur nicht auf Painter«, sagte Maggs und verdrehte die Augen. »Er hat seinen Aufnäher jetzt seit drei Monaten. Wenn er bisher noch nicht zum Mann geworden ist, dann passiert da auch nichts mehr.«

Em runzelte die Stirn.

»So ist es nicht«, sagte sie kopfschüttelnd. »Ich stand auf ihn, okay? Sogar sehr. Aber er hat's vermasselt. Ihm ist es wichtiger, meinen Dad nicht zu verärgern, als mit mir zusammen zu sein.«

»Man muss fairerweise aber auch sagen, dass dein Dad einen gewissen Ruf hat«, sagte Dancer trocken. »Auf deinen letzten Freund hat er geschossen. Wenn ein Mann daran denkt, wird ihm sicher ganz anders.«

Ich sah Em mit neu erwachtem Interesse an und versuchte, mich zu erinnern, wer ihr Dad war. Oh ja. Ihr Dad war Picnic. *Picnic?* Was war das denn für ein Name? Fast so schräg wie Horse ...

»Warum zum Teufel haben die alle so komische Namen?«, fragte ich plötzlich und schwankte dabei ein wenig auf meinem Stuhl. Alle sahen mich verständnislos an. »Picnic? Bam Bam? Horse?!? Wer nennt sein Baby schon Horse? Und was ist mit Ruger, verdammt noch mal? Er heißt Jesse, um Gottes willen. Ich kannte seine Mom, und sie hat's mir *gesagt.*«

Die Mädels prusteten alle los.

»Was ist denn so komisch?«, fragte ich, denn ich fühlte mich ausgeschlossen. Es war eine ernsthafte Frage gewesen.

»Du hast gedacht, es wären richtige Namen!«, sagte Marie und kicherte weiter. »Es ist lustig, weil ich genau weiß, wie's dir geht. Ich hab auch diese Frage gestellt. Horse ist ein verdammt lächerlicher Name, oder?«

Ich kniff die Augen halb zusammen.

»Ist das eine Fangfrage? Ich will nicht den Kerl beleidigen, den du heiraten wirst. Außerdem kann er einem auch Angst einjagen. Er hat einen Schläger aus Metall und läuft gerne mit Panzerband herum. Fehlen nur noch schwarze Plastikmülltüten, und schon würd er wie ein Serienmörder aussehen.« Ich beugte mich vor und stieß meinen Zeigerfinger in die Luft, um meine Aussage zu unterstreichen. »Ich kenn mich aus. Ich seh fern.«

Marie prustete so heftig, dass ihr der Margarita aus der Nase tropfte.

»Horse heißt in Wirklichkeit Marcus«, sagte Dancer kichernd und verdrehte die Augen. »Er ist übrigens mein Bruder. Horse ist nur sein Straßenname – so wie ein Spitzname, weißt du? Die meisten Typen haben einen. Auch die Mädels. Dancer ist mein Straßenname.«

»Was ist dein richtiger Name?«

»Kein Kommentar«, erwiderte Dancer geziert.

»Agrippina«, erklärte Em stolz. »Keine Verarsche.«

Dancer spritzte Em durch ihren Strohhalm mit gefrorener Margarita voll.

»Verräterisches Miststück.«

»Wollt ihr uns verarschen?«, fragte Kimber und sah zwischen den beiden hin und her. »Agrippina? Nach Agrippina der Jüngeren oder Agrippina der Älteren?«

Wir sahen sie alle entgeistert an.

»Mom hat sich für römische Geschichte interessiert«, sagte Dancer nach einer Pause.

Ich schüttelte meinen Kopf und versuchte, dem Gespräch zu folgen. Die Drinks machten die Sache nicht unbedingt leichter. Oh ja, Straßennamen.

»Also, warum heißt er Horse?«, fragte ich. Marie wurde rot und wendete den Blick ab.

»Ha!«, sagte Dancer und schlug untermalend auf den Tisch. »Horse behauptet, dass er so heißt, weil er sehr gut bestückt ist, wie ein Pferd eben.

Aber ich kenn den wirklichen Grund. Als er ein Kind war, vielleicht drei oder vier Jahre alt, hat er ständig ein Kuscheltier mit sich herumgetragen, ein süßes, kleines Pferdchen, hat es mit ins Bett genommen und so. Einmal haben wir uns gestritten, und er schlug mich immer wieder damit. Mom nahm es ihm weg und gab es mir. Er lief mir weinend hinterher und rief ständig: ›Horsie, Horsie.‹ Und so ist ihm der Name geblieben.«

Marie starrte sie mit großen Augen an.

»Meinst du das ernst?«, fragte sie. Dancer nickte. Ihre Miene zeigte eine teuflische Schadenfreude, wie sie nur eine ältere Schwester haben kann. »Heilige Scheiße, das ist zum Brüllen.«

»Sein Dad hat noch auf dem Sterbebett behauptet, Horse trägt den Namen wegen seinem großen Schwanz«, fuhr Dancer fort. »Aber ich schwör dir, es lag an seinem Stofftier. Lass dir von ihm nichts anderes erzählen.«

»Hast du's ihm jemals zurückgegeben?«, fragte Em atemlos.

Dancer schüttelte ihren Kopf.

»Ich hab's noch«, erklärte sie. »Und ich versprech dir, Marie: Ich geb's dir an dem Tag, an dem du den Idioten heiratest. Dann wird er schön brav sein.«

Wir konnten uns nicht mehr halten vor Lachen. Kimber schenkte uns aus dem Riesenkrug, den sie in Rugers Küche entdeckt hatte, noch eine Runde Margaritas ein. Diese Party war noch lange nicht zu Ende.

»Sind denn alle Namen so?«, fragte ich, als ich wieder sprechen konnte. »Sollten Biker nicht coole Namen haben, so wie Killer oder Shark oder Thors Rache?«

» *Thors Rache*?«, fragte Maggs mit hochgezogener Augenbraue. »Ist das dein Ernst?«

»Das ist Blödsinn«, mischte sich Em ein. »Straßennamen bleiben hängen, weil irgendwas Bestimmtes passiert ist. Eine lustige Geschichte oder irgendwas Blödes, was jemand gemacht hat, ihr wisst schon. Man bekommt den Namen verliehen, so wie jeden Spitznamen.«

»Emmy Lou Who zum Beispiel«, sagte Dancer mit unschuldigem Augenzwinkern.

Em kniff ihre Augen zusammen.

»Halt's Maul, *Agrippina*.«

»Im Ernst, sie haben auch einen bestimmten Zweck«, sagte Maggs. »Wenn die Leute deinen richtigen Namen nicht kennen, können sie dich nicht so leicht an die Bullen verraten.«

»Was hat es also mit ›Ruger‹ auf sich?«, fragte ich. »Er wird schon ewig so genannt.«

»Keine Ahnung«, sagte Dancer mit einem Stirnrunzeln. »Da musst du ihn selbst fragen – Ruger ist eine Waffenmarke, vielleicht ist es das. Picnic bekam seinen Namen, weil er einen Typen auf einen Picknicktisch geworfen hat, der dann zusammengekracht ist.«

»Übrigens …«, sagte Marie. »Wir haben Ems Lage noch nicht ausdiskutiert. Du musst deinen Dad dazu bringen, sich zurückzuhalten, Süße. Niemand will ein Date mit dir, solange er auf deine Freunde schießt.«

»Er hat ihn nicht niedergeschossen, weil er ein Date mit mir hatte«, fauchte Em. »Es war ein Jagdunfall, und ihm geht's wieder gut. Dass er mich außerdem betrogen hat, hat nichts damit zu tun.«

Die Frauen lachten wieder los, während Kimber und ich sie anstarrten.

»Wenn du das unbedingt glauben willst …«, murmelte Dancer.

Ich notierte das Thema auf meiner geistigen To-do-Liste, weil ich mehr darüber herausfinden wollte.

»Lasst uns über was anderes reden«, verkündete Em. Sie sah sich auf der Suche nach einem neuen Opfer am Tisch um. Ihr Blick fiel auf mich, und ihre Augen schimmerten plötzlich verdächtig schadenfroh. »Zum Beispiel über … hmmm … Erzähl mal, Sophie. Wie sieht's bei dir und Ruger aus? Vögelt ihr miteinander oder nicht?«

Alle, inklusive Kimber, sahen mich an. Kimber starrte sogar, um mich ohne Worte zum Reden zu bringen. Ich hielt meinen Mund und schüttelte meinen Kopf.

»Shit, muss ich denn *alles* machen?«, platzte sie heraus. »Okay, hier kommt die ganze Geschichte.«

Nach zehn Minuten wussten sie entschieden zu viel über Ruger und mich, und ich schwor mir insgeheim, Kimber nie wieder etwas zu erzählen. Gar nichts. Nicht mal, wo ich das Klopapier aufbewahrte. Sie war einfach nicht vertrauenswürdig.

»Und er hat einfach seinen Schwanz wieder eingepackt und ist wegge-gangen?«, fragte Em zum dritten Mal mit völlig ehrfürchtiger Stimme. »Er hat nicht mal gebrüllt oder Sachen durch die Gegend geworfen?«

Ich schüttelte meinen Kopf. Es hätte mir peinlich sein sollen, aber ich war zu betrunken, um zu realisieren, wie erniedrigend das Ganze war. Doofe Kimber. Hinterhältiges Miststück.

»Er ist eine männliche Schlampe«, verkündete Kimber mit einem Schulterzucken. »Wer kennt schon die Beweggründe von solchen Typen? Anstatt uns zu fragen, warum er es getan hat, müssen wir uns auf das tat-sächliche Problem konzentrieren. Wie kriegen wir die beiden miteinander ins Bett?«

»*Nein!*«, sagte ich. »*Ich werde nicht mit ihm schlafen.* Hast du nicht kapiert, worum es mir überhaupt geht? Noah und ich könnten dann nicht mehr in Ruhe hier leben.«

»Sei doch nicht so blöd, es ist eh schon alles im Arsch«, sagte sie zu mir. »Ich war dafür, dass du ihm aus dem Weg gehst, aber du musstest ja unbedingt den Rubikon überschreiten!«

»Was soll das nun wieder heißen?«, fragte ich.

»Das heißt, dass wir unsere Vorgehensweise ändern müssen. Aus dem Weg gehen klappt nicht mehr.«

»Nein, was zum Teufel ist ein Rubikon?«, fragte ich sie.

Kimber seufzte tief und mit frustriertem Unterton.

»Das ist der Fluss, der das transalpine Gallien von Italien trennt«, sagte sie. »Dort ließen römische Generäle ihre Armee zurück, wenn sie nach Hause zurückgekehrt sind. Als Beweis, dass sie keine Gefahr für die Römische Republik darstellen. Vor 2000 Jahren musste Julius Caesar die Entscheidung treffen, ob er dem Senat gehorcht oder seine Truppen mit-nimmt und damit einen Bürgerkrieg auslöst. Seine Legionen haben den Rubikon überschritten, was das Ende der Republik bedeutete. Natürlich nicht offiziell. Augustus war der Erste, der offen dazu stand, ein Diktator zu sein. Es war also ein verdammter Wendepunkt in der westlichen Zivili-sationsgeschichte, du Dödel.«

Wir starrten sie alle mit großen Augen an.

»Wann hast du das alles gelernt?«, fragte ich sie.

Kimber verdrehte die Augen.

»Auf dem College«, sagte sie. »Ich hatte Geschichte als Nebenfach. Meine Güte, gibt's vielleicht ein Gesetz, das besagt, dass Stripper nicht lesen können oder so was? Jetzt konzentriert euch bitte alle mal.«

»Du würdest meiner Mom gefallen«, sagte Dancer. »Sogar *sehr*.«

Kimber zuckte mit den Schultern.

»Diese ganze Geschichte gleicht einem riesigen Pickel, der ausgedrückt werden muss«, fuhr sie fort. »Der Schaden ist bereits angerichtet – dein Gesicht sieht beschissen aus, und selbst mit Concealer lässt sich da nichts mehr abdecken. Du kannst also ruhig fest zudrücken. Hinterher werdet ihr euch beide besser fühlen.«

»Iiiiiiiigitt …«

»Das ist die unsexyste Beschreibung, die ich jemals über Sex gehört hab«, gab Maggs bekannt. »Zum ersten Mal seit zwei Jahren bin ich fast froh, dass Bolt im Gefängnis ist, weil ich ums Verrecken nicht seinen Schwanz anfassen würde nach dieser Geschichte.«

»Ich sag's einfach, wie's ist«, erklärte Kimber. »Und nun lasst uns überlegen, wie Sophie am besten Ruger flachlegen kann, ohne dass er denkt, dass er gewonnen hat.«

»Kimber«, knurrte ich, während ich versuchte, mich auf sie zu stürzen. Stattdessen stieß ich den Krug mit den Blaubeermargaritas um, dessen Inhalt über den Tisch spritzte und Maggs, Dancer und Marie mit klebriger, zuckriger und nach Alk riechender Flüssigkeit überzog.

Alle lachten wieder los, und dieses Mal fiel Dancer tatsächlich vom Stuhl, was die ganze Sache noch komischer machte.

»Das hast du davon, dass du dich über meine historischen Analogien lustig gemacht hast!«, jaulte Kimber schadenfroh. »Ich bin die KÖNIGIN. Ihr tut, was ich euch sage, ihr Miststücke!«

»Du spinnst«, verkündete ich, tauchte einen Finger in die Pfütze auf dem Tisch und leckte ihn ab. Das war soooo lecker. Was für eine Verschwendung. »Aber mit einer Sache hast du recht. Vielleicht bin ich engstirnig und selbstsüchtig, aber ich will nicht, dass er gewinnt. Er gewinnt *immer*. Möglicherweise ist es tatsächlich an der Zeit, den Pickel auszudrücken.«

»Das ist eine wichtige Diskussion«, sagte Maggs feierlich und hielt eine Hand in die Höhe, um uns zum Schweigen zu bringen. »Und als älteste Alte Lady unter den Anwesenden werden Dancer und ich diese Diskussion moderieren, sobald wir uns umgezogen haben. Ist es in Ordnung, wenn wir uns aus deinem Kleiderschrank bedienen?«

»Aber sicher«, sagte ich. »Kommt, ich helf euch beim Suchen.«

»Keine Sorge«, sagte Dancer kichernd. »Wir finden uns schon zurecht. Wir kennen uns in der Wohnung schon aus.«

Ich grinste sie glücklich an.

»Danke noch mal«, sagte ich zu allen. »Ich kann euch gar nicht sagen, wie toll es war, dass alles hergerichtet war, als wir ankamen. Noah liebt sein Zimmer!«

»So sind wir«, sagte Maggs.

Marie grinste mich an und rieb sich fröstelnd die Arme.

»Mir ist kalt. Lass uns umziehen gehen«, sagte sie.

Die drei Frauen standen auf und gingen die Außentreppe hinunter.

»Ich hol heißes Wasser, um es über diese Sauerei zu gießen«, sagte ich mit Blick auf den großen Margaritasee. »In der Küche wird sicher was sein, das wir hernehmen können.«

Wir stapften ins Haus, und ich kramte in Rugers Küchenschränken herum, bis ich zwei Rührschüsseln fand, die ich mit heißem Wasser füllte, das ich schließlich über den Tisch schüttete. Dann ließen wir uns wieder auf die Stühle fallen, und Kimber machte endlich mal was Nützliches, indem sie die Frage stellte, die mir schon den ganzen Abend im Kopf herumging.

»Du bist also wirklich noch Jungfrau?«

»Größtenteils«, sagte Em und verdrehte die Augen.

»Oooh, *größtenteils*«, sagte Kimber, während sie sich vorbeugte und ganz offensichtlich vor Neugier fast verging. »Darauf kommen wir gleich noch mal zurück. Nun lass uns zuerst über die Jungfräulichkeit sprechen. Wie alt bist du eigentlich?«

»Ich bin 22«, sagte Em. Die Fragen schienen ihr überhaupt nichts auszumachen. Kimber war wohl nicht die Einzige, die völlig distanzlos war.

»Und ich bin Jungfrau, weil ich's nicht mit irgendeinem Typen treiben

wollte, um es hinter mir zu haben. Aber jeder Typ, den ich näher kennen-
lern, hat Angst vor meinem Dad. Um fair zu sein – er kann einem *wirklich*
Angst einjagen. Meine Schwester bietet ihm Paroli, aber ich schein das
nicht zu können. Nun sitz ich zu Hause, während sie das Leben in Olympia genießt. Sie ist meine *kleine Schwester*, ich begreif einfach nicht, wie
das passieren konnte.«

»Hast du immer zu Hause gewohnt?«, fragte Kimber mit fast schreckgeweiteten Augen. »Kein Wunder, dass du noch Jungfrau bist!«

»Nein, mein erstes Collegesemester habe ich in Seattle verbracht«, erklärte Em. »Aber ich hab nicht genau gewusst, was ich werden wollte, und
sobald sich die Sache mit meinem Dad rumsprach, ließen die Kerle die
Finger von mir. War auch nicht gerade hilfreich, dass er eines Tages in meinem Studentenwohnheim aufkreuzte und öffentlich verkündet hat, dass
jeder Typ, der versuchen sollte, mich ins Bett zu kriegen, schnell seinen
Schwanz los wäre.«

»Heilige Scheiße«, murmelte ich mit großen Augen.

Kimber schluckte.

»Das ist echt Hardcore«, gab sie zu.

Em verdrehte ihre Augen und warf entnervt ihre Hände hoch.

»So ist mein Dad eben. Mom hatte ihn im Griff, aber sie ist schon vor
einiger Zeit gestorben. Er ist der Präsident des Clubs, es gibt also keinen,
der sich ihm entgegenstellt und ihm mal die Meinung sagt.«

»Was ist mit diesem Painter?«, fragte ich.

Em stöhnte und ließ ihren Kopf auf den Tisch fallen, wobei sie ihn
dramatisch gegen die Tischplatte knallen ließ.

»Painter«, sagte sie. »Painter geht mir echt auf den Geist. Bis vor ein
paar Monaten war er ein Anwärter bei den Reapers. Inzwischen hat er
seinen Aufnäher. Er scheint mich zu mögen, er hat mit mir geflirtet und
scheucht andere Typen weg, die mir zu nahe kommen. Aber sobald ich
versuch, ihn im Dunkeln flachzulegen, läuft er davon wie ein verdammter
Feigling. Jedes verdammte Mal.«

Kimber schüttelte wissend ihren Kopf.

»Angst vor Daddy, eindeutig«, sagte sie. »Ein verlorener Fall, Süße. Du
musst dir einen anderen suchen.«

»Ja, ich weiß«, erwiderte Em wehmütig. »Ich konnt es ja noch verstehen, als er ein Anwärter war, deshalb habe ich auch Rücksicht genommen. Als Anwärter hat man ganz schön zu tun. Aber jetzt hat er seine Clubfarben. Er hätte sich durchsetzen müssen oder eben den Mund halten. Jedenfalls ist die Sache gelaufen.«

»Genau so ist es, verdammt noch mal«, sagte Kimber und schlug mit der Faust auf den Tisch, der so wackelte, dass wir alle zusammenfuhren. »Lasst uns nächstes Wochenende zu dritt nach Spokane fahren. So, wie ich es sehe, müssten Maggs, Marie und Dancer dich verpfeifen, weil sie zum Club gehören. Aber ich und Sophie? Wir sind unabhängig und können tun, was wir wollen. Zuerst sorgen wir dafür, dass dich jemand, den du danach wieder fortschickst, entjungfert, und dann suchen wir dir einen Mann, der kein so verdammter Feigling ist. Dieser Painter ist ein echter Idiot.«

»Ich hab übrigens online jemanden kennengelernt«, gab Em leicht errötend zu. »Ich mag ihn wirklich. Sogar sehr. Wir chatten schon seit ein paar Monaten, aber seit Kurzem telefonieren wir auch. Ich steh ziemlich auf ihn, aber ich hatte immer noch gehofft, dass Painter ...«

»Vergiss Painter«, sagte Kimber. »Er ist kein richtiger Mann. Vielleicht ist dein Online-Typ auch keiner, aber wir passen auf dich auf. Frag nach, ob er nächste Woche Zeit hat, lass uns die Sache durchziehen. Wir treffen uns an einem öffentlichen Ort und reservieren selbst ein Hotelzimmer, sodass wir dafür sorgen können, dass dir nichts passiert.«

Ems Augen leuchteten. Da mir die Sache etwas unausgegoren schien, runzelte ich die Stirn.

»Okay ...«, sagte sie. »Wow, ich kann's nicht fassen, dass wir das wirklich tun. Aber was ist mit Sophie? Ich glaube nicht, dass Ruger sie ausgehen lassen möchte.«

Plötzlich war es mir egal, wie blöd die geplante Sache klang. Ruger hatte hier nichts zu melden, verdammt. Flambierte Shots waren die beste Methode, um einem Mädel Mut zu machen.

»Ich bin dabei«, erklärte ich. »Er hat mir gar nichts zu sagen.«

»Ernsthaft?«, fragte Em und starrte mich in der Dunkelheit an. »Wir ziehen einfach los und tun das?«

»Warum nicht? Ruger ist nicht mein Boss. Und Kimber muss auch ab und zu mal rauskommen. Wir checken diesen Typen für dich und finden raus, ob er der Sache würdig ist. Falls nicht, gibt's noch genügend andere Typen. Glaub mir, wenn Kimber keinen Mann für dich finden kann, dann gibt es keinen. Sie ist wie ein sexueller Bluthund. War sie schon immer.«

»Genau so ist es, verdammt«, sagte Kimber ohne eine Spur von Verlegenheit.

»Ich frag Ryan, ob er für dich auf Noah aufpassen kann, Soph. Er ist mir noch was schuldig. Er geht jede Woche Poker spielen, und als ich schwanger war, hab ich ihm gesagt, dass er ebenso nüchtern wie ich sein sollte. Aber er hat überhaupt nicht auf mich gehört. Und er hat mir einen Minivan gekauft. Einen *verdammten Minivan*. Was ist das für ein Mann, der einer Frau so was antut?«

Ich begann zu kichern, Em fiel mit ein, und dann lachten wir alle drei, ohne dass ich eigentlich wusste, warum. Wir kreischten immer noch wie betrunkene Hyänen, als Marie, Dancer und Maggs zurückkamen.

Sie sahen komisch in meinen Klamotten aus, besonders Dancer, die viel zu groß und entschieden zu kurvig dafür war. Sie hatte eine Yogahose und ein altes T-Shirt gefunden, die an bestimmten Stellen ziemlich eng saßen.

»Bam wird das lieben«, sagte sie, während sie sich für uns drehte und mit ihrem Hintern wackelte. »Falls er heute Abend daheim ist. Kennt irgendjemand den Plan?«

»Heute Abend ist Party für die Brüder angesagt, die neu angekommen sind«, sagte Marie. »Schätze, es wird ein großes Clubmeeting geben. Horse wird in etwa einer Stunde hier sein, um uns heimzufahren. Ich richte morgen mit Maggs das Frühstück für alle, falls noch jemand mithelfen möchte. Sie haben für den Nachmittag ein Schwein zum Grillen organisiert. Wir müssen uns also nur um Snacks und Beilagen kümmern.«

»Ich kann in der Früh bei Costco 'ne Runde einkaufen«, sagte Dancer. »Em, willst du mitkommen?«

»Sicher«, sagte sie. »Dad hat gesagt, dass sie gegen vier mit dem Gottesdienst fertig sein werden. Danach kannst du jederzeit rüberkommen, Sophie.«

»Gottesdienst?«, fragte ich verblüfft.

155

Dancer kicherte.

»So nennen sie ihre Treffen«, erklärte sie mir. »Keine Ahnung, warum. War schon immer so. Hat aber nichts mit uns zu tun, das sind Clubangelegenheiten. Mach dir keine Gedanken drüber. Dein Job ist es, dich auf der Party zu vergnügen.«

»Ich weiß noch nicht genau, ob ich zur Party geh«, sagte ich, weil mich der Mut verließ. »Nach Rugers kleinem Trotzanfall ist es vielleicht besser, wenn ich daheim bleibe.«

»Wirklich nicht«, sagte Dancer mit fester Stimme. »Was auch immer da zwischen euch läuft, muss geregelt werden. Glaub nur nicht, dass wir das vergessen haben: Das Gespräch wurde unterbrochen, als es gerade *spannend* wurde. Wenn ihr so weitermacht, bringt ihr euch bald um. Zur Party zu gehen ist genau das Richtige.«

»Warum?«

»Weil er dann entweder durchdreht oder auch nicht«, antwortete sie. »Irgendwann wird dich ein Typ dort ansprechen. Entweder knallt Ruger durch und es geht rund, sodass ihr die Sache klärt. Falls nicht, weißt du auch, wo du stehst, und das Leben kann wieder weitergehen. Wir sind jedenfalls dort, um alles zu beobachten. Und letztendlich kommt's ja auf uns an, oder?«

»Ähm, vielleicht schockiert euch das, aber Ruger kann ziemlich furchteinflößend sein«, sagte ich. »Ich will eigentlich nicht, dass er durchknallt. Beim letzten Mal war das alles andere als schön.«

»Es wird alles gut gehen«, versicherte mir Maggs. »Solche Sachen klären sich oft im Arsenal, keine Sorge. Vielleicht hat er nach einem Kampf einen klaren Kopf.«

»Denk ich auch«, sagte Marie. »Leg einfach alles auf den Tisch. Wenn der ganze Club zusieht, muss er dich zu seinem Eigentum machen oder dich gehen lassen. So funktioniert das.«

»Findet ihr es nicht im Geringsten unheimlich, als Eigentum bezeichnet zu werden?«, fragte ich.

Sie lachten wieder alle los.

»Es ist eine andere Welt, Sophie«, sagte schließlich Marie. »Glaub mir, ich weiß, wie schräg das klingt. Als mich Horse gefragt hat, ob ich sein

Eigentum werden will, hab ich ihn sitzen lassen. Damals hab ich das nicht verstanden – sie sprechen eine eigene Sprache. Für einen Biker bedeutet der Ausdruck, dass man jemand Wichtiges und Besonderes ist. Es ist eine Ehre, eine Alte Lady zu sein, und sie behandeln einen dann mit großem Respekt.«

»Ich hätt da mal eine Frage«, unterbrach Kimber sie. »Von meiner Zeit im Line weiß ich ein bisschen über das Clubleben, aber das hab ich nie wirklich verstanden. Wenn deine ganze Identität von deiner Beziehung zu einem Mann bestimmt wird, ist das doch ziemlich beschissen, oder?«

Eine ziemlich gute Frage.

»Vielleicht«, gab Dancer zu. »Aber ich mach mir deswegen keine großen Sorgen. Meine Identität gehört allein mir. War schon immer so und wird immer so sein. Es stimmt zwar, dass der Club den Männern vorbehalten ist, und sie geben meist den Ton an, wenn ihre Freunde anwesend sind. Aber zu Hause? Da sieht's anders aus. Wenn Bam sich danebenbenimmt, habe ich genügend Methoden, um ihn dafür bezahlen zu lassen.«

»Was zum Beispiel?«

Dancer grinste und hob vielsagend eine Augenbraue.

»Musst du das wirklich fragen? Sogar das Jungfräulein kapiert das.«

»Halt den Mund«, stöhnte Em. »Könnt ihr denn nicht damit aufhören, immer wieder mein Sexleben zu diskutieren?«

»Nein«, antworteten die Reaper-Frauen im Chor, weshalb wir alle wieder in lautes Lachen ausbrachen.

»Die Sache ist die: Du entscheidest, was erlaubt ist und was nicht«, sagte Maggs, als das Gekicher langsam nachließ. »Du sagst Ruger, wie die Sache läuft, Sophie. Entweder spielt er mit oder nicht, aber am wichtigsten ist, dass du standhaft bleibst. Wenn er eine Grenze überschreitet, hat er verspielt. Und diese Grenze musst du ziehen, mit welchen Mitteln auch immer. Ich mein's ernst. Vielleicht musst du dir eine andere Wohnung suchen, falls das passiert. Aber lass dir nicht vormachen, dass du keine andere Wahl hast. Man hat immer eine Wahl.«

»Nein, sie sollte ihn lieber flachlegen und ihm dann einen Tritt geben«, sagte Em voller Schadenfreude. »Er ist scharf, sie sollte ihn wirklich vögeln. Ist er denn gut im Bett, Kimber?«

»Wag es nicht«, warnte ich meine Freundin und hielt ihr eine Hand vor den Mund. »Mund halten.«

»Warte mal! Vor lauter Partyplanung haben wir ganz vergessen, weswegen wir noch hier sind«, sagte Marie plötzlich. Sie drehte sich zu mir. »Ich kann nicht glauben, dass wir noch nicht über einen Job gesprochen haben, Sophie. Sex ist einfach spannender. Hat Ruger was über einen Job gesagt?«

»Nein«, sagte ich. Ich war sehr dafür, das Gesprächsthema zu wechseln. »Ich fang am Montag an zu suchen. Er hat erwähnt, dass ich für den Club arbeiten könnte, aber es erscheint mir ein bisschen unangebracht, das nach dem heutigen Morgen anzusprechen.«

»Ich führe für eine Freundin einen Coffeeshop«, erklärte mir Marie. Maggs, Em und Dancer wurden wieder ernsthaft und tauschten Blicke, die ich nicht interpretieren konnte.

»Ich könnte morgens gut Hilfe brauchen, wenn du eine Möglichkeit gefunden hast, wie Noah in die Schule kommt. Am Nachmittag, wenn er nach Hause kommt, wärst du schon fertig.«

»Ähm, ich kann mich mal umhören«, sagte ich und überlegte, ob meine Nachbarin Noah zum Schulbus bringen würde. Oder vielleicht gab es eine schulische Frühbetreuung?

»Ich finde, sie sollte als Stripperin in Line arbeiten«, meldete sich Kimber zu Wort.

Marie machte große Augen.

»No way«, sagte sie mit deutlichem Ekel in der Stimme. »Der Laden ist widerlich.«

»Es ist eine gute Methode zum Geldverdienen«, betonte Kimber. »Perfekt für eine alleinerziehende Mutter. Sie könnte zwei Abende pro Woche arbeiten und jeden Tag mit Noah verbringen. Was ist daran so schlecht?«

»Äh, vielleicht der Moment, in dem sie den Schwanz eines Fremden lutscht?«, fragte Marie. »Ich wette, Ruger würde das liiiiiieben.«

»Was?«, fragte ich. »Ich dachte, wir reden vom Tanzen und nicht vom Schwanzlutschen. Das geht ja gar nicht!«

»Wir reden ja auch vom Tanzen«, sagte Kimber und verdrehte dabei ihre Augen.

»Niemand zwingt dich, in den VIP-Räumen zu arbeiten. Das ist allein deine Entscheidung. Oder du kannst als Bedienung arbeiten. Sie verdienen nicht ganz so viel Geld, aber es ist trotzdem noch ganz ordentlich. Besonders wenn du nett zu den Tänzerinnen bist. Sie teilen ihr Trinkgeld, wenn du sie richtig behandelst.«

»Du willst *nicht* dort arbeiten«, beharrte Marie auf ihrem Standpunkt. »Ernsthaft, die meisten Mädels dort sind Huren. Ich red nicht von dir, Kimber, sondern von den anderen. Ich hätt kein Vertrauen zu dem Laden.«

»Nein, stimmt schon, ich war eine Hure«, verkündete Kimber unbekümmert. »Falls du mit ›Hure‹ meinst, dass ich Männern gegen Geld einen runtergeholt habe. Meistens per Hand, aber wenn sie genug gezahlt haben, bin ich auch mit dem Mund rangegangen. Jetzt hab ich ein tolles Haus, einen Abschluss und konnte sogar einen Ausbildungssparvertrag für mein Kind anlegen. Ich würd's wieder tun, und zwar ohne zu überlegen.«

Wir sahen sie alle an.

»Also echt!«, sagte sie und verdrehte die Augen. »Ihr Mädels gehört zu einer *verdammten Motorradgang*. Denkt ihr wirklich, dass ihr über mich urteilen solltet?«

»Club«, sagte Em. »Es ist ein Motorrad*club*. Einem Club anzugehören ist kein Verbrechen, weißt du.«

»Egal«, antwortete Kimber und wedelte dabei mit der Hand. »Mein Körper gehört mir, mir allein. Und was ich damit anstelle, geht nur mich was an. Ich hab für die Typen getanzt, hab sie manchmal berührt, und sie haben 'ne Menge Geld dafür bezahlt. Wie viele Frauen werden jeden Tag von Fremden angegrapscht? Zumindest wurde ich ehrlich dafür bezahlt. Ich würd's wieder tun, und ich denke, dass Sophie es auch tun sollte, wenn sie wirklich für Noah sorgen möchte.«

»Nie im Leben«, sagte ich kopfschüttelnd.

»Im Line zu arbeiten ist gar keine so schlechte Idee«, sagte Maggs überraschenderweise. »Ich hab dort hinter der Bar gearbeitet und ganz gut verdient. So hab ich Bolt kennengelernt.«

»Und hat dich jemand belästigt?«, fragte ich sie.

Sie schüttelte ihren Kopf.

»Es ist wie eine ›kontrollierte Umgebung‹«, sagte sie. »Niemand kommt da rein, ohne dass die Security das mitkriegt. Sie haben alles im Blick. Sogar bei den VIP-Räumen steht immer ein Securitymann direkt vor der Tür. Ich war dort wahrscheinlich besser geschützt als daheim.«

»Hast du … ich weiß nicht, wie ich das besser sagen soll, also spuck ich es einfach aus: Musstest du nackt rumlaufen?«

»Nein«, sagte sie mit einem süffisanten Lächeln. »Die Bedienungen im Line sind wie IKEA-Möbel. Nett anzusehen, aber man würde nicht gerade die Aufmerksamkeit darauf lenken. Ich trug ein schwarzes Bustier, einen kurzen, schwarzen Rock und dunkle Strumpfhosen. Hab mich der Umgebung angeglichen.«

»Das klingt nicht so schlecht«, sagte ich. Marie blickte finster drein und schüttelte den Kopf, aber Maggs grinste mich an.

»Ich stell dich morgen dem Boss vor«, sagte sie. »Er kommt auch zur Party. Und du wirst ebenfalls da sein, keine Widerrede. Und auch wenn du vielleicht die Sache mit Ruger nicht klarmachst, kommst du vielleicht mit einem Job nach Hause.«

KAPITEL ACHT

Ruger

»Ein verdammt großer Fehler«, erklärte Deke. Er stand in der Mitte des Spielezimmers des Arsenals, das im zweiten Stock war. Um ihn herum waren Offiziere aus beinahe jeder Reaper-Ortsgruppe versammelt. Normalerweise fand der Gottesdienst unten statt, aber dort war nicht genügend Platz für all die Brüder, die zu Besuch gekommen waren. Diese Gruppe umfasste Offiziere von nationalen und regionalen Ortsgruppen: Die Entscheidungen, die hier gefällt würden, wären fortan für den ganzen Club bindend.

»Wir können ihnen nicht vertrauen, das wissen wir alle«, fuhr Deke fort.

»Welcher Idiot legt sich selbst die Schlinge um den Hals? Wenn wir das tun, verdienen wir das, was folgt.«

Picnic seufzte und schüttelte seinen Kopf. Ruger lehnte an der Wand hinter ihm und fragte sich, wie lange sie dieselben Diskussionspunkte noch durchgehen würden. Er hatte genug davon, weil er seit gestern Morgen unter extremer Anspannung stand.

Sophie machte ihn noch wahnsinnig.

Nicht mal ein Blowjob von einer der Clubhuren hatte geholfen. Kaum hatte sie seine Hose aufgemacht, da hatte er schon angefangen, an Sophie und Noah zu denken, und da war es vorbei gewesen. Letzte Nacht war er von 30 seiner besten Freunde und Brüder umgeben gewesen, hatte mehr Alkohol gesehen, als er überhaupt trinken konnte, und kostenlose Muschis hatte es auch überall gegeben – und trotzdem war ihm immer noch langweilig, verdammt noch mal. Er wollte nur noch nach Hause gehen, Noah eine Gutenachtgeschichte vorlesen und dann Sophie das Hirn rausficken. Picnic bewegte sich. Das Geräusch seines über den Boden kratzenden Stuhls riss Ruger aus seinen Gedanken.

Sie diskutierten jetzt schon seit fast zwei Stunden, und bisher hatte noch keiner seine Meinung zum Waffenstillstand geändert. Die meisten Männer wollten es versuchen. Ruger sah das auch so. Er war zwar der Ansicht, dass die Jacks ein Haufen Scheiße waren, aber zumindest wusste man bei ihnen, was einen erwartete. Denn sie verstanden den Lebensstil, und abgesehen von allen anderen Themen waren sie letztendlich auch Biker. Er war nicht bereit, für einen Devil's Jack alles hinzuwerfen – aber sich mal eine Weile zurückzuhalten? Das klang sinnvoll.

Deke war da anderer Ansicht.

Völlig anderer Ansicht.

»Will noch jemand was sagen?«, fragte Shade. Der große Mann mit dem blonden, stachligen Haar und der hässlichen Narbe im Gesicht war seit knapp einem Jahr der National President. Ruger kannte ihn nicht wirklich, aber was er von ihm gehört hatte, klang gut. Shade lebte in Boise, obwohl er angedeutet hatte, weiter nach Norden ziehen zu wollen.

»Ich hab was zu sagen«, verkündete Duck und wuchtete seinen großen Körper von der Couch. Er war Ende 60 und damit das älteste Mitglied in Coeur d'Alene. Eines der ältesten Clubmitglieder überhaupt. Obwohl er kein Offizier war, kam niemand auf die blöde Idee, ihn vom Reden abzuhalten. Ruger wusste, dass das, was er sagen würde, den Umschwung herbeiführen könnte.

»Ich hasse die Jacks. Sie sind Schwanzlutscher und Arschlöcher, das wissen wir alle. Deswegen tut es so weh, das zuzugeben: Ich denk trotzdem, dass wir dem Waffenstillstand eine Chance geben sollten.«

Ruger legte den Kopf zur Seite, denn damit hatte er nicht gerechnet. Als Vietnamveteran und alter Kämpfer war Duck nie die Stimme des Friedens gewesen.

»Die Sache sieht so aus«, fuhr Duck fort. »Hunter, der kleine Wichser, hat irgendwas vor. Wenn's drauf ankommt, sind wir uns sehr ähnlich. Wir wissen, worum es im Leben wirklich geht, nämlich um die Freiheit, sein Motorrad zu fahren und ein Leben nach unseren eigenen Vorstellungen zu führen. Schließlich sind wir in diesem Club, weil uns die Bürger und ihre Regeln scheißegal sind. Ich hab mir immer genommen, was ich wollte und wann ich es wollte, ohne mich dafür zu entschuldigen. Ich führ ein freies Leben. Wenn ich dabei irgendwelche Gesetze breche, ist das ein Kollateralschaden.«

Die Brüder im ganzen Raum murmelten zustimmend, sogar Deke war darunter.

»Diese Kids allerdings, die immer weiter vordringen, die sind nicht wie wir«, sagte Duck, während er sich umsah und Mann für Mann mit seinen Augen fixierte. »*Sie. Sind. Nicht. Wie. Wir.* Sie kennen die Freiheit nicht und haben keinen Grund zu leben, außer dem, Geld zu scheffeln. Sie wachen jeden Morgen mit dem Vorhaben auf, das Gesetz zu brechen, was bedeutet, dass *das Gesetz ihr Leben bestimmt.* Ich hab keine Angst vor einem Kampf, das wisst ihr alle. Aber warum sollen wir kämpfen, wenn wir den Jacks die Arbeit überlassen können? ›Live to ride, ride to live‹ – das ist unser Motto. Das sind nicht einfach nur Worte, Brüder. Alles, was mich vom wahren Leben und meinem Bike fernhält, ist reine Zeitverschwendung, und der Kampf gegen das Kartell gehört dazu.«

Die Männer gaben laut ihre Zustimmung. Deke schüttelte seinen Kopf, und Ruger kannte ihn gut genug, um zu merken, dass er wütend war.

Deke war geschlagen worden, und er war es nicht gewöhnt zu verlieren. Und Toke? Der war so sauer, dass er fast vibrierte. Zumindest hielt er den Mund – ein so junger Bursche hatte hier gar nichts zu melden.

»Wir werden alle dafür bezahlen«, sagte der Portland-President. »Aber wir haben's ausdiskutiert. Es gibt momentan keinen Grund, weiter darüber zu reden. Lasst uns abstimmen und die Sache abschließen.«

»Hat jemand ein Problem damit?«, fragte Shade. Ruger warf Toke einen besorgten Blick zu. Niemand sagte etwas. »Okay. Wer ist alles dafür?«

Ein Chor aus Jas hallte durch den Raum, in dem sich beinahe 40 Männer aufhielten.

»Dagegen?«

Nur sechs Typen waren dagegen: vier aus Portland und zwei aus Idaho Falls. Wenig überraschend, dass Toke einer von ihnen war. Das war natürlich ungut, wenn man bedachte, wo Hunter lebte. Nicht, dass ihm irgendetwas lag an dem Mann. Aber er fand ihn besser als jeden anderen Jack, den er bis dahin getroffen hatte. Was er ihnen über das Kartell erzählt hatte, klang glaubwürdig. Das Kartell war ein großes Problem, das sie früher oder später lösen müssten. Ruger wollte ihren Mist nicht in seinem Revier, und seine Brüder waren derselben Ansicht. Sollten doch die Jacks ihr Kanonenfutter sein.

»Bekommen wir hier ein Problem?«, fragte Shade Deke in aller Klarheit.

»Wenn sie uns nicht in die Quere kommen, haben wir kein Problem«, sagte Deke nach einer Pause. »Ob richtig oder falsch, wir sind schließlich Reapers und halten zusammen.«

»Ich werde dich dran erinnern, Bruder«, erwiderte Shade.

»Die Mädels haben hart gearbeitet und ein Essen für uns vorbereitet«, sagte Picnic, wobei er aufstand und sich an alle im Raum wandte. »Das Schwein wird erst in einer Stunde fertig sein, aber die Fässer sind angezapft. Danke an alle, dass ihr hergekommen seid. Wir freuen uns über die Gesellschaft. Reapers forever, forever Reapers!«

»Reapers forever, forever Reapers!«, schallte es durch den Raum, sodass die Fensterscheiben klirrten. Toke sah nicht glücklich aus, aber Ruger wusste, dass er seinen Job tun würde. Die Männer standen auf, um sich zu unterhalten. Einige gingen nach unten zur Party, andere standen in Gruppen herum.

»Können wir kurz reden?«, fragte Picnic Ruger, bevor er entwischen konnte. Er blieb stehen und drehte sich zu seinem President um.

»Was ist los?«, fragte er.

»Em hat einen ziemlichen Kater heute Morgen«, sagte Pic mit fragendem Blick.

»Wie sieht's bei deinem Mädchen aus?«

»Is nicht mein Mädchen«, grunzte Ruger. »Hab keine Ahnung, hab nicht zu Hause geschlafen.«

»Tatsächlich?«, fragte Pic, während er eine Augenbraue hob. »Weil du hier zu tun hattest oder weil's daheim beschissen läuft? Em scheint zu glauben, dass es beschissen läuft. Wird das ein Problem für den Club?«

»Em redet ganz schön viel«, antwortete Ruger mit schmalen Augen.

»Em weiß immer noch nicht, dass sie ihren Daddy nicht reinlegen kann, wenn sie betrunken ist«, sagte Picnic. »Das ist ganz nützlich für mich. Sie scheint der Ansicht zu sein, dass du dieses Mädchen zu deinem Eigentum machen willst. Sagt, dass du dem Mädel erzählt hast, dass sie nicht mit anderen Typen reden darf. Was soll das bedeuten?«

»Bin mir nicht sicher, ob dich das was angeht«, antwortete Ruger, der zunehmend angespannt war. »Sophie weiß, wie die Lage ist, und ich weiß es auch. Das reicht.«

»Wunderbar, solange es keine Missverständnisse gibt«, sagte Picnic. »Wenn sie zu dir gehört, ist alles in Ordnung. Wenn nicht? Es sind viele Typen heute hier, die nicht aus der Gegend sind. Du kannst die Geschichte mir schon nicht erklären, wie willst du sie dann ihnen erklären?«

»Es wird keine Probleme geben«, erwiderte Ruger mit fester Stimme. »Ich hab die Dinge klargestellt, und sie weiß, was sie zu tun hat.«

Picnic warf ihm einen nachdenklichen Blick zu.

»Schick sie heim«, sagte er. »Bring sie zu einer Familienfeier mit, fang erst mal klein an und wart ab, wie's läuft. Heute wirfst du sie einfach ins tiefe Wasser, und das kann ganz schön schiefgehen.«

»Du meinst, sie wird abgeschreckt?«, fragte Ruger. »Das wär vielleicht am besten. Ich weiß nicht, was zum Teufel ich mit ihr anfangen soll …«

»Du willst sie ficken«, sagte Picnic unverblümt. »Das erkennt man daran, dass der Schwanz hart wird, hast du das gewusst? Wahrscheinlich ist das für dich nur schwer zu begreifen, da du dir oft nur einen runterholst, aber die meisten Männer stecken ihren Schwanz gerne …«

»Halt's Maul«, sagte Ruger, der sich fragte, ob es empfehlenswert wäre, seinen President vor so vielen Zeugen niederzuschlagen.

Wahrscheinlich nicht. Aber vielleicht wäre es die Sache wert.

Picnic lachte.

»Schickst du sie also heim?«, fragte er.

Ruger schüttelte den Kopf.

»Wenn ich sie heimschicke, hat sie gewonnen«, sagte er.

Picnic hob eine Augenbraue.

»Wo sind wir denn hier? Auf dem Pausenhof? Du bist der Mann, du gibst den Ton an.«

Ruger nahm einen tiefen Atemzug und zwang sich nachzudenken, statt zuzuschlagen. Er brauchte einen ordentlichen Kampf oder so, irgendetwas zum Spannungsabbau. Später gab es einen Boxkampf. Das wäre genau das Richtige ... hoffentlich.

»Wenn ich ihr sag, was sie tun soll, gewinnt sie«, gab er schließlich mit finsterem Gesicht zu, wobei er sich mit der Hand durchs Haar fuhr. »Das ist das Problem. Sie hat das, was ich gesagt hab, wörtlich genommen, und jetzt kann ich mich nicht mehr rausreden. Wenn ich sie wegschicke, dann sag ich praktisch, dass sie damit recht hatte, dass der Club gefährlich ist und einen schlechten Einfluss auf Noah ausübt. Ganz zu schweigen davon, dass ich nebenbei wie ein kompletter Idiot dastehe, weil ich nicht damit klarkomme, dass sie hier ist.«

»Erstens bist du ein Idiot«, sagte Picnic. »Zweitens hat sie recht. Der Club ist gefährlich für eine Frau, die kein Eigentum ist – besonders heute Abend.«

»Das weiß ich ja«, sagte Ruger. »Deswegen beschütz ich sie. Hast du 'ne Ahnung, was ich in der Scheißangelegenheit machen kann? Das geht mir echt auf die Nerven, muss ich zugeben.«

»Nein«, sagte Pic und klopfte Ruger mit der Hand auf die Schulter. »Aber ich weiß was, womit du dich gleich ein wenig besser fühlst.«

»Was denn?«

»Ein Sandwich mit schönem gerösteten Schweinefleisch«, antwortete Pic. »Bier. Und dann, falls du schlau bist, was zugegebenermaßen unwahrscheinlich ist, schnappst du dir dein Mädchen, fährst irgendwohin und fickst sie, bis sie nicht mehr gerade gehen kann. Vielleicht gewinnt sie, aber das ist doch scheißegal, weil sie schließlich für die absehbare Zukunft deinen Schwanz lutschen wird. Ich finde, das gleicht einiges aus.«

»Du bist ein verdammtes Arschloch.«

»Das hör ich öfter.«

Sophie

Am nächsten Tag hatte ich zwar nicht gerade einen schlimmen Kater, war aber dennoch nicht scharf darauf, mit dem Trinken gleich weiterzumachen. Das war vielleicht gar nicht so verkehrt. Trotz meiner Prahlereien unter Alkoholeinfluss wollte ich eigentlich keinen Ärger auf der Party machen. Ich googelte die Adresse und fuhr dann am frühen Abend hinaus zum Arsenal, nachdem ich Noah bei Kimber untergebracht hatte. Sie hatte die Nacht letztendlich auf meiner Couch verbracht und war ziemlich ramponiert wieder aufgewacht.

Ich nahm an, dass sie, fünf Minuten nachdem sie die Kinder ins Bett gebracht hatte, selbst ins Bett gefallen war.

Auf der Fahrt zur Party fühlte ich mich nervös. Das Clubhaus der Reapers lag ein paar Meilen vom Highway entfernt, am Ende einer alten Bundesstraße. Ich kam an einer Gruppe von vier Motorrädern vorbei, die in Richtung Highway fuhren. Darauf saßen Männer, die ähnlich wie Ruger angezogen waren: Tattoos, Jeans, Boots und schwarze Lederjacken, gefüllte Satteltaschen.

Sie wirkten nicht gerade wie Jungs auf dem Weg ins Schullandheim.

Das Gebäude war eine Überraschung. Ich schätze, ich hatte die Bezeichnung »Arsenal« nicht wörtlich genommen, aber die umgebaute Anlage war ursprünglich ein waschechtes Gebäude der Nationalgarde gewesen. Drei Stockwerke hoch, mit Wänden, die selbst Panzern widerstehen konnten, und einem umbauten Hof mit einem Tor, das breit genug für einen großen Laster war.

Es waren schon eine ganze Menge Leute da. Viele Typen, alle in ihren Clubfarben. Auf ihren unteren Aufnähern standen unterschiedliche Staaten oder Städte, aber das Symbol und der Namenszug der Reapers waren überall identisch.

Viele Motorräder standen herum, was nicht wirklich überraschend war. Aber auch einige Autos, die überwiegend auf einem Kiesplatz an der Seite geparkt waren. Ein junger Typ, der eine Weste mit nur wenigen Aufnähern trug, winkte mich in diese Richtung. Ich parkte neben einem kleinen roten Honda. Vier Mädchen, die ganz offenbar schon einiges getrunken hatten, stiegen aus. Sie waren jung, im Schlampenlook gekleidet und ready to party. Gestern Abend war mir aufgefallen, dass die Clubfrauen keine Scheu hatten, ihren Körper herzuzeigen – Dancer füllte ihre Jeans und ihr rückenfreies Top sehr schön aus –, aber die Alten Ladys der Reapers hatten irgendwie mehr Klasse und wirkten selbstbewusster als dieser Haufen.

Vielleicht lag es am Verhalten? Ich hatte den Eindruck, dass diese Mädels auf der Jagd waren und nicht vorhatten, bei der Beutewahl besonders überlegt vorzugehen.

Sie ignorierten mich komplett und kicherten stattdessen, während sie sich gegenseitig mit ihren Handys fotografierten. Wahrscheinlich erregte ich gar nicht ihre Aufmerksamkeit, was zugleich deprimierend und erleichternd war. Nicht, dass ich mir große Gedanken über mein Outfit machte – ich hatte ein simples T-Shirt, meine üblichen abgeschnittenen Jeans und Flip-Flops an. Trotz meines gestrigen Kampfes mit Ruger (ganz zu schweigen von meiner den Margaritas geschuldeten Angriffslust vom gestrigen Abend) hatte ich wirklich vor, mich im Hintergrund zu halten.

Zwar war ich mir nicht sicher, was ich von einer Reapers-Party zu erwarten hatte. Aber ich nahm an, dass ich bei meinen Mädels schon in Sicherheit wäre.

Ich hatte Ruger eine Nachricht geschickt und ihm mitgeteilt, dass ich kommen würde. In seiner Antwort hatte er mich nochmals an unser Gespräch erinnert, was mich beinahe dazu gebracht hätte, mich doch etwas nuttiger anzuziehen, nur um ihm eins auszuwischen. Dann riss ich mich zusammen. Ich wollte nicht unbedingt erleben, wie Ruger durchknallte, egal, wie befriedigend es wäre, ihm zu trotzen.

Trotzen? Meine Güte, wie alt war ich eigentlich?

Ich schickte auch eine SMS an Maggs, Em, Dancer und Marie. Sie sagten, ich solle gleich nach hinten kommen, wo sie draußen das Essen herrichteten. Da sie mich gebeten hatten, noch eine Ladung Chips mitzubringen, hatte ich noch kurz bei Walmart haltgemacht.

Nun zockelte ich der Schlampenbrigade hinterher und betrachtete ihre Löwenmähnen, ihr grelles Make-up und die mikroskopisch kleinen Kleidungsstücke. Hinter ihnen konnte ich mich auf dem Weg zum großen Tor, das in den Hof führte, gut verstecken. Ein paar Typen standen davor und bewachten offenbar den Eingang. Die Mädelshorde flirtete mit ihnen und spazierte dann hindurch. Die Männer hielten mich im Vergleich zu ihnen wahrscheinlich für eine alte Schnepfe, dachte ich mürrisch. Ein wenig Lipgloss hätte sicher nicht geschadet. Doch offensichtlich waren riesige, mit Chips gefüllte Einkaufstüten auch was wert, denn die Männer begrüßten mich ziemlich enthusiastisch.

Sex-Appeal ist 'ne tolle Sache, aber es geht doch nichts über Essen, wenn man das Herz eines Mannes gewinnen will.

»Ich bin Rugers Fast-Schwägerin«, sagte ich zu einem der Typen, der mich durchwinkte. Ich folgte der schmalen Auffahrt, die entlang der Seite des Gebäudes verlief, bis ich den Haupthof im hinteren Teil erreichte – einen weiten, offenen Platz, der eine Mischung aus Parkplatz und Rasenfläche war. Laute Musik tönte aus riesigen Boxen. Auf allen Seiten war das Gelände von Bergen umrahmt, die mit immergrünen Bäumen und Sträuchern bedeckt waren. Es war wirklich ein fantastischer Platz, viel schöner, als ich es mir vorgestellt hatte.

Eine relativ große Gruppe von Kindern schoss zwischen den Erwachsenen hin und her und spielte abwechselnd auf einer enormen und eindeutig selbst gebauten Schaukelkonstruktion, die durch eine Art Fort gekrönt wurde. Überall waren Männer – es waren wesentlich mehr als Frauen, obwohl mir eine weitere Mädelsgruppe folgte. Ich nahm an, dass die Männer zuerst da gewesen waren und jetzt allmählich die restlichen Gäste ankamen.

Ruger war nirgendwo zu sehen. Ich entdeckte eine Reihe von langen, mit unterschiedlichsten Tischdecken geschmückten Klapptischen in der Nähe der Rückwand des Gebäudes. Auf einer Seite stand etwas weiter weg auf einem Anhänger ein schwarzer, fassförmiger Barbecue-Smoker, der fast so groß war wie mein Auto. Rauch und der Duft von gebratenem Schweinefleisch stiegen aus ihm auf.

»Sophie!«, rief Marie und winkte mich hinüber zu einem der Tische. Schnell ging ich zu ihr, bemüht, niemanden anzustarren, was allerdings recht schwierig war. Die Typen sahen alle zumindest etwas furchterregend aus. Ein paar von ihnen wirkten ganz durchschnittlich, würde ich sagen, aber ein wenig rauer als andere Männer. Sie waren braun gebrannt, und sehr viele von ihnen trugen einen Bart. Andere sahen nicht ganz so normal aus: Ich sah eine Menge Tattoos und Piercings und nur sehr wenig T-Shirts, obwohl sie alle ihre Lederwesten zu tragen schienen. Es waren alle Reapers, und die meisten hatten offenbar ziemlich gute Laune. Mir fiel auf, dass auch ein paar der kleinen Jungen winzige Westen trugen. Keine echten, aber sie sollten eindeutig wie Kopien der Westen ihrer Daddys wirken. Shit. So, wie ich mein Glück kannte, würde mich Noah auch um eine anbetteln, sobald er sie sah. Gut, dass er nicht dabei war.

»Kann ich dir mit den Tüten helfen?«, fragte mich ein Mann. Ich hatte schon den Mund für eine Ablehnung geöffnet, als ich hochsah und Horse erkannte. Ich lächelte, denn ich war erleichtert, dass ich außer den Mädels, die ich gestern Abend kennengelernt hatte, auch noch jemand anderen kannte.

»Ja, danke dir«, antwortete ich. »Ich habe Marie kennengelernt, sie ist echt total nett.«

»Oh ja«, erwiderte er und grinste mich an wie ein Filmstar. Mann, war er attraktiv. »Ist jeden Penny wert, den ich für sie gezahlt hab.«

Das traf mich unvorbereitet. Ich blieb stehen und überlegte, ob er es womöglich ernst meinte. Er sah nicht so aus, als ob er Scherze machen würde.

»Kommst du?«, fragte er und drehte sich zu mir um.

Ich riss mich zusammen und ging weiter. Was zum Teufel hatte er damit gemeint?

»Sophie!«, rief Em. Sie stand hinter einem der Tische und hatte mich eben entdeckt. Schnell stürzte sie hervor und umarmte mich fest.

»Ich bin so froh, dass wir nächstes Wochenende ausgehen«, flüsterte sie in mein Ohr. »Ich hab heute früh mit Liam darüber gesprochen, dass wir uns doch im wirklichen Leben treffen könnten, und er ist ganz begeistert von der Idee. Vielen, vielen Dank!«

»Das ist fantastisch!«, antwortete ich, während ich einen Schritt zurückmachte, um sie anzusehen. Sie sah heute so hübsch aus: Die Aufregung ließ ihre Augen leuchten und schimmern.

»Aber denk dran, wir achten auf deine Sicherheit. Sag ihm nicht, wo du wohnst oder so. Wir checken ihn durch, und wenn er ein Spinner ist, servieren wir ihn ab.«

Em lachte.

»Ihm meine Adresse zu geben wäre wahrscheinlich völlig ungefährlich«, antwortete sie. »Denk dran, mit wem ich zusammenwohne. Unser Haus ist eine Festung. Das erinnert mich dran, dass ich dich meinem Dad vorstellen wollte.«

Sie nahm meine Hand und zog mich über den Hof zu dem riesigen schwarzen Barbecue-Smoker. Drum herum standen mehrere Männer und tranken aus roten Plastikbechern. Sie wandten sich um, als wir auf sie zukamen, und betrachteten mich offen von oben bis unten. Zurückhaltung und Raffinesse genossen hier im Arsenal ganz offensichtlich keine besondere Wertschätzung.

»Das ist Picnic, mein Dad«, sagte Em und trat vor, um ihren Arm um den Mann zu legen, der uns am nächsten stand. Er zog sie an sich und lächelte nachsichtig. Picnic war groß und ziemlich gut gebaut. Sie hatten beide diese durchdringenden, hellblauen Augen. Seine Haare hätten schon vor ein paar Monaten einen Schnitt vertragen. An den feinen Fältchen um seine Augen konnte ich erkennen, dass er älter sein musste. Doch seine Haare waren nur an den Schläfen leicht ergraut. Und sein Körper? Nett. Ems Dad war für einen älteren Typen echt scharf.

Das würde ich ihr aber kaum sagen – wer will schon hören, dass der eigene Dad scharf ist?

Am fesselndsten war jedoch Picnics befehlsgewohnte Miene, vermischt mit einer Spur Bedrohlichkeit. Mir wäre sofort klar gewesen, dass er der President war, ohne dass ich auf seinen Kuttenaufnäher hätte sehen müssen. Kein Wunder, dass sich niemand traute, sie um ein Date zu bitten.

»Dad, das ist Sophie«, fuhr Em fort. »Sie ist Rugers ... äh, was bist du eigentlich?«

»Ich bin so was wie seine Stiefschwägerin«, sagte ich mit einem unbeholfenen Grinsen. »Sein Stiefbruder Zach ist der Vater meines Sohns.«

»Er hat schon erzählt, dass du wieder hier bist«, sagte Picnic. Sein Gesicht verriet nichts, und ich konnte absolut nicht sagen, ob er sich darüber freute, mich zu sehen, oder sauer war, weil ich einfach auf der Party aufgetaucht war.

»Das sind Slide und Gage«, erklärte Em und nickte in Richtung der anderen Männer.

»Schön, euch kennenzulernen«, sagte ich. Slide war ein eher kleiner Typ im mittleren Alter mit kleiner Wampe und einem schon fast schlohweißen Bart. Eigentlich sah er nicht alt genug für so einen weißen Bart aus. Vielleicht gehörte er zu den Typen, die schon in jungen Jahren weiße Haare bekamen? Er wirkte echt ein bisschen wie Santa Claus. Nun ja, wie Santa mit zerrissener Jeans und einem riesigen Messer am Gürtel.

Gage dagegen gehörte zu den Hotties. Er hatte dunkles Haar, das fast schwarz wirkte, und sein Hautton war leicht gebräunt, weshalb ich vermutete, dass seine Ahnen nicht alle schneeweiß gewesen waren. Latino oder indianisch wahrscheinlich. Weil Gott manchmal großzügig und freundlich ist, trug Gage kein Shirt, wodurch ich einen Blick auf seine nackte Brust erhaschen konnte, die genauso muskulös war wie Rugers. Er hatte allerdings weniger Tattoos. Auf seiner Weste war ein Aufnäher mit der Aufschrift »Sergeant at Arms« angebracht, was mich überraschte. Wahrscheinlich hatte ich nicht damit gerechnet, dass es unter Bikern so viele Offiziere und so gab. Es wirkte irgendwie so ... organisiert?

Nicht nur das. Offenbar mussten sie auch einen gewissen Grad an Sexyness nachweisen, um Mitglied zu werden.

»Du bist Rugers Frau?«, fragte er und durchbrach damit den Zauber, dem ich erlegen war.

Ich wurde rot und hoffte, dass meine perversen Gedanken mir nicht mitten im Gesicht standen. Sein selbstgefälliges Grinsen war nicht sehr beruhigend.

»Äh, nein«, sagte ich und sah hinüber zu Em. Sie grinste. »Er lässt uns in seiner Souterrainwohnung wohnen. Ich hab einen siebenjährigen Sohn. In unserer alten Wohnung in Seattle sind wir nicht klargekommen.«

Das war sicher die Untertreibung des Jahres.

»Wo ist der Junge?«, fragte er und sah sich dabei suchend um.

»Er ist bei einer Babysitterin«, erklärte ich. »Ich bin heute zum ersten Mal hier im Club und wollt es mir erst mal selbst ansehen, bevor ich ihn mitschleppe.«

Picnic hob eine Augenbraue, und mir wurde bewusst, dass ich sie vielleicht gerade beleidigt hatte. Toll.

»Außerdem hab ich gehört, dass die Partys ziemlich lange dauern«, fügte ich schnell hinzu. »Ich wollte nicht heimfahren müssen, wenn's gerade lustig wird. Eine Freundin hat mir angeboten, auf ihn aufzupassen, deshalb bin ich hier.«

Em grinste mich an, und ich seufzte erleichtert. Okay, offenbar war mein schneller Rettungseinfall überzeugend gewesen.

»Nun, falls es dir langweilig wird, schau einfach mal bei mir vorbei«, sagte Gage mit einem kleinen Grinsen im Gesicht. »Ich würd dich gerne herumführen, und später könnt ich dich auf 'ne kleine Fahrt mitnehmen.«

»Äh, danke«, erwiderte ich, während mir Rugers Warnung durch den Kopf schoss. Gage war süß, aber obwohl ich Rugers Recht, Befehle zu erteilen, nicht anerkannte, wollte ich auch nicht in einen heftigen Kampf mit ihm verwickelt werden. »Hat mich gefreut. Ich mach mich jetzt auf die Suche nach Marie und Dancer. Falls sie noch Hilfe beim Aufbau brauchen oder so.«

»Ich komm mit dir«, sagte Em und stellte sich auf die Zehenspitzen, um Picnic einen Kuss auf die Wange zu geben. Obwohl sie so herumgejammert hatte, betete sie den Mann offensichtlich an. Das versetzte mir einen kleinen Stich. Schon bevor sie mich rausgeworfen hatten, waren meine Eltern nicht von der Sorte gewesen, die man einfach so küssen konnte.

Nein, nicht im Hause William. Ich war am Boden zerstört, als sie mir sagten, dass sie mit einer herumhurenden Tochter nichts zu tun haben wollten und schon gar nicht mit ihrem unehelichen Kind. Nun wurde mir klar, dass ich ohne sie viel besser dran war. Noahs Welt war vielleicht klein, aber jeder darin liebte ihn bedingungslos und hatte keine Scheu, das zu zeigen.

Meine Eltern hatten es nicht verdient, ihren Enkel kennenzulernen.

Als wir zu Dancer, Marie und Maggs kamen, verteilten sie gerade lachend bergeweise Essen auf den Tischen und klopften gelegentlich zum Spaß manchen Typen auf die Finger, die schon naschen wollten, bevor alles fertig war.

»Danke, dass du die Chips mitgebracht hast«, sagte Maggs. Mir fiel auf, dass die drei Frauen schwarze Lederwesten trugen.

»Ich dachte, ihr hättet gesagt, dass nur Männer Clubmitglieder sein können?«, erkundigte ich mich, indem ich mit dem Kinn in ihre Richtung wies.

»Oh, das sind keine Clubkutten«, sagte Dancer. »Sieh sie dir mal an.«

Sie drehte mir den Rücken zu, sodass ich einen Aufnäher mit der Aufschrift »Eigentum von Bam Bam« neben einem Reapers-Symbol sehen konnte. Meine Augen wurden groß.

»Mir war nicht klar, dass die Sache mit dem Eigentum so … wörtlich … gemeint war.«

»Die Jungs haben ihre Farben und wir die unseren«, sagte Maggs. »Zivilisten kapieren's nicht, aber all die Aufnäher haben eine bestimmte Bedeutung. Die Jungs zeigen ihre Farben, weil sie stolz auf ihren Club sind, aber ihre Westen erzählen auch Geschichten. Man erfährt eine Menge über einen Typen, wenn man sich die Aufnäher, die er trägt, etwas näher ansieht. Sie sind wie eine Sprache oder so ähnlich. Jeder weiß, wo der andere hingehört.«

»Das Tolle an einem Eigentumsaufnäher ist, dass man sich völlig sicher fühlen kann«, fügte Dancer hinzu. »Kein einziger Mann hier wird mich anfassen, egal, wie betrunken oder unvernünftig er am Ende des Abends ist. Nicht, dass ich mir hier in unserem eigenen Clubhaus allzu viele Sorgen machen müsste, aber wir nehmen auch an Runs mit Hunderten, ja Tausenden von Bikern teil. Jeder, der sich auch nur ein bisschen in der Welt der Motorradclubs auskennt, wirft einen Blick darauf und weiß, dass er sich besser nicht mit mir anlegt.«

»Ja«, sagte Em. »Wenn man sich an das Eigentum eines Reapers ranmacht, sollte man bereit sein, jeden einzelnen Typen im Club umzulegen.«

»Aha«, sagte ich bemüht unverbindlich. Mir gefiel durchaus die Idee, beschützt zu werden, aber es fühlte sich einfach nicht richtig an, wenn sich eine Frau selbst als Eigentum bezeichnete. Vielleicht waren das Schatten der Vergangenheit: Zach und seine Besitzansprüche. Doch Maggs und die anderen Mädels kamen mir jetzt auch nicht gerade unterdrückt vor.

Ich sah mich um und merkte, wie viele Frauen nun auf den Hof kamen. Nur eine Handvoll von ihnen trug Eigentumsaufnäher.

»Was ist mit den anderen Frauen?«, fragte ich.

Em zuckte mit den Schultern.

»Die sind nicht weiter wichtig«, sagte sie offen. »Ein paar von ihnen sind Süßärsche und Clubhuren, was bedeutet, dass sie oft hier rumhängen – die Jungs teilen sie sich. Manche sind nur irgendwelche Mädchen, die auf Abenteuer aus sind. Aber im Vergleich zu uns zählen die alle nichts. Sie sind alle Freiwild.«

»Freiwild?«

»Freimöse«, sagte Maggs mit nüchterner Stimme. »Sie sind nur zum Feiern hier, und mit viel Glück helfen sie beim Aufräumen. Wenn sie sich danebenbenehmen, werden sie vor die Tür gesetzt. Das Gute daran ist, dass sie wissen, wo sie hingehören. Die Hälfte der Mädels arbeitet eh im Line.«

»Was ist mit mir?«, fragte ich etwas nervös. »Ich trag keinen Aufnäher.«

»Deshalb bleibst du bei uns«, sagte Dancer mit ernster Stimme. »Auch wenn Ruger völlig schwanzgesteuert ist, hat er mit einer Sache doch recht. Du solltest dich mit den Brüdern nicht anlegen. Nicht flirten, wenn du nicht auch weiter gehen willst. Und zieh bloß nicht alleine mit jemandem los und geh mit niemandem ins Arsenal, besonders nicht nach oben. Dort oben geht's verdammt wild zur Sache. Da willst du nicht mitmachen, glaub's mir.«

»Mein Gott, du machst ihr ja Angst«, sagte Em stirnrunzelnd. »Betrachte es mal folgendermaßen: Würdest du zu irgendeiner Party oder in eine Bar gehen, ohne irgendwelche Sicherheitsvorkehrungen zu treffen? Wie nur Sachen trinken, die du dir selbst eingeschenkt hast oder die dir serviert wurden? Warst du schon mal auf einem richtig üblen Saufgelage? Stell's dir so ähnlich vor. Dad, Horse, Ruger und Bam Bam sind in Ordnung und nicht gefährlich. Aber geh ja nicht mit jemandem mit, den du nicht kennst. Bleib da, wo viele Leute sind. Schalt dein Hirn ein, und dir wird nichts passieren.«

Oookay.

»Hey, gute Neuigkeiten: Ich hab vorhin Buck gesehen«, fügte Em hinzu. »Er ist im Line der Boss. Ich werde dich ihm später vorstellen, du kannst ihn wegen dem Kellnern fragen. Ich bin definitiv dagegen, dass du strippst, aber als Bedienung zu arbeiten könnt eine ganz gute Idee sein.«

»Würdest du dort arbeiten?«, fragte ich sie. Em lachte los, und Maggs und Dancer fielen mit ein.

»Mein Dad würde mich lieber umbringen, bevor er mich im Line arbeiten lässt«, sagte sie, als sie wieder zu Atem kam. »Oder vielleicht würde auch einfach sein Kopf explodieren? Er versucht mich noch immer zu überzeugen, dass ich gar nicht arbeiten soll. Er fände es wunderbar, wenn ich einfach daheim bleiben und ihm den Haushalt führen würde. Nebenbei könnte ich ja noch ehrenamtlich ein wenig was machen. Dad konnte sich noch nicht dazu entschließen, in unserem Jahrhundert zu leben so wie der Rest von uns.«

Ich dachte an den großen, strengen Mann, den ich gerade kennengelernt hatte, und musste bei dem Gedanken lächeln. Denn ich konnte mir gut vorstellen, dass er etwas überbehütend war.

»Will er nicht irgendwann Enkelkinder haben?«, fragte ich. »Dazu muss man gewisse Dinge tun, weißt du.«

»Ich glaube nicht, dass er schon so weit vorausgeplant hat«, antwortete Em kichernd.

Das Pfeifen einer Feuerwerksrakete übertönte unser Gespräch, und wir sahen alle nach oben, um die Explosion aus roten, weißen und blauen Lichtern über dem Hof zu bewundern.

»Ist das nicht illegal?«, fragte ich mit großen Augen.

»Keine Sorge«, sagte Dancer zu mir. »Wir sind so weit draußen, dass das niemanden interessiert. Und wenn doch, würden sie nur den Sheriff anrufen, und mit dem verstehen wir uns gut.«

»Die Reapers haben ein gutes Verhältnis zu den Bullen?«, fragte ich verblüfft.

»Nicht zu allen«, sagte Dancer. »Aber der Sheriff ist ziemlich in Ordnung. Vielen Leuten ist nicht klar, dass ständig neue Banden versuchen, ihr Gebiet zu erweitern. Der Sheriff schafft es nicht, mit ihnen Schritt zu halten. Selbst wenn er über sie Bescheid weiß, kann er ohne Beweise gar nichts ausrichten. Die Reapers unterstützen ihn dabei, mit einigen dieser Probleme zurechtzukommen, auf ihre eigene Art und Weise. Von dem Arrangement profitieren fraglos beide Seiten. Die Bullen in der Stadt sind allerdings eine andere Geschichte. Sie hassen uns.«

Eine weitere Rakete schoss in den Himmel und explodierte mit einem kräftigen Blitz und Donner. Es war noch nicht dunkel, aber es dämmerte bereits, und ich merkte, dass das grelle Licht meine Sehfähigkeit einschränkte. Als ich endlich aufhörte zu blinzeln, sah ich, dass Ruger mich von der anderen Seite des Hofes aus beobachtete.

»Da ist er«, murmelte ich, an Maggs gewandt. »Ich hab ihn seit unserer kleinen Szene nicht mehr gesehen. Denkst du, dass ich rübergehen sollte?«

»Ja«, sagte sie. »Du musst ihm früher oder später gegenübertreten. Denk dran, was wir gesagt haben – du stellst die Spielregeln auf, und wenn er nicht mitspielt, gehst du einfach. Du hast immer eine andere Wahl.«

KAPITEL NEUN

Ich konnte Rugers Miene nicht deuten, als ich näher kam, und einen schrecklichen Moment lang dachte ich, er würde vielleicht nicht mit mir reden. »Hey«, sagte ich leicht nervös. Sein Anblick hätte mich ärgern oder mir womöglich Angst einjagen sollen. Mein Körper hatte die Nachricht aber wohl nicht erhalten, denn sobald ich neben ihm stand, war ich angeturnt. Ich denke, sein Geruch spielte eine große Rolle dabei. Nichts erregte mich so wie dieser Hauch von Schweiß und Waffenöl. Er hatte sein Shirt ausgezogen und trug lediglich Jeans, Boots und Weste. Seine gebräunte Haut verriet mir, dass er einen Großteil des Sommers so gekleidet gewesen war. Dann sah ich ein kleines Stück des Panthers, der in seiner Hose verschwand, und fühlte mich ein wenig schwindlig. Wirklich! Muss wohl das ganze Blut sein, das vom Kopf nach unten rauscht.

»Hey«, sagte er.

Ich hob meinen Kopf, um ihm ins Gesicht zu sehen, was mir wieder bewusst machte, wie viel größer er war.

»Also, sollen wir jetzt lange drum herum reden oder gleich zur Sache kommen?«

»Äh … ich glaub, ich weiß nicht genau, was du meinst«, gab ich zu, da ich immer noch etwas neben mir stand.

Welche Frau, bitte, könnte sich konzentrieren angesichts eines solchen Körpers? Ruger grunzte entnervt.

»Wirst du heut Abend meine Regeln respektieren?«, fragte er. »Falls nicht, kannst du deinen Arsch gleich zu deinem Auto bewegen und nach Hause fahren.«

»Ich respektier die Regeln«, sagte ich langsam, während mein Blick an seinem Kinn hängen blieb. Er hatte sich heute Morgen nicht rasiert, sodass gerade genügend Stoppeln gewachsen waren, um auf der Haut eines Mädchens ein leichtes Brennen zu verursachen. »Unter einer Bedingung.« Er hob skeptisch eine Augenbraue.

»Und die wäre?«

»Du erklärst mir, warum du mich ständig kontrollieren willst«, sagte ich und stellte damit die Bedingung. Die Mädels hatten recht gehabt. Entweder würde er mitspielen oder nicht, aber ich war diejenige, die die Kontrolle übernehmen musste. »Liegt's daran, dass du eifersüchtig bist und mich allein besitzen willst, oder daran, dass die Reapers zu gefährlich sind?«

Er betrachtete eine Weile nachdenklich mein Gesicht. Dann schien er eine Entscheidung getroffen zu haben.

»Komm«, sagte er zu mir in einem Ton, der nicht nach Einladung klang. Er schnappte sich meine Hand und zog mich beinahe grob über den Hof auf die große Werkstatt zu, die an die Rückwand angebaut war. Sie war auf drei Seiten geschlossen und auf einer Seite offen, wie ein überdimensionaler Carport. Im Inneren war es deutlich kühler und ein wenig abgeschieden. In einer Hälfte des Gebäudes standen Bikes in unterschiedlichem Reparaturstadium, darunter einige, die wenig mehr als ein Rahmen waren. An der Rückwand zogen sich Arbeitsflächen entlang, und an der Wand hing jedes nur vorstellbare Werkzeug. Es gab auch einige größere Gerätschaften wie eine riesige Tischbohrmaschine, ein Schleifrad und andere Maschinen, die ich überhaupt nicht kannte. An die Decke war eine Schiene montiert, von der ein fahrbarer Flaschenzug herabhing.

Auf der anderen Seite des Gebäudes standen ein Lieferwagen und ein alter Transporter. Die Arbeitsflächen mit darüberhängendem Werkzeug reichten bis auf diese Seite. Ruger zog mich zwischen den Transporter und die dahinterliegende Wand. Trotz der Tatsache, dass gute 50 Meter weiter die Party stattfand, fühlten wir uns hier völlig abseits vom Geschehen. Ich musste an die Warnung denken, dass ich nicht mit jemandem mitgehen sollte.

Galt das auch für Ruger?

Mein Bauchgefühl sagte mir, dass ich bei ihm gerade nicht in Sicherheit war … Nicht körperlich in Gefahr natürlich. Er würde mich nie schlagen. Aber ich war mir ziemlich sicher, dass ich es noch bereuen würde, mit ihm hierhergekommen zu sein.

Nicht, dass er mir eine Wahl gelassen hätte.

Ruger hob seine Hände an mein Gesicht und betrachtete mich genau. Er fuhr sich mit der Zunge über die Lippen und lenkte damit meinen Blick erneut auf seinen Ring. Zugleich machte er einen Schritt vorwärts und drückte mich gegen den Transporter. Ich verlor das Gleichgewicht und stolperte. Ruger griff zu und packte meinen Arsch, zog mich wieder nach oben und lehnte mich gegen das Fahrzeug. Unsere Unterleiber waren aneinandergepresst, und meine Brüste wurden an seiner Brust flach gedrückt. Ich schlang meine Arme um seinen Hals, und meine Beine klammerten sich um seine Hüften, um nicht abzurutschen.

»Soll ich deine Frage tatsächlich beantworten?«, fragte Ruger mit leiser und nüchterner Stimme. »Oder willst du die Party verlassen, solange du das noch kannst?«

Ich sollte gehen.

Das wusste ich. Aber ich spürte bereits seinen harten Schwanz, und jeder Tropfen Blut, den ich im Körper hatte, raste von meinem Hirn abwärts. Der Selbsterhaltungstrieb musste purer Lust weichen.

»Ich will eine Antwort«, flüsterte ich.

Ruger lächelte, aber nicht auf nette Art und Weise. Es war ein verdammt hungriges und völlig gnadenloses Lächeln und passte perfekt zu seinem Charakter.

»Ich bin scheißeifersüchtig«, sagte er mit rauer Stimme. »Find ich nicht toll, aber so ist es nun mal. Mir gefällt die Vorstellung, dass irgendein anderer Mann deinen süßen Arsch anfasst, ganz und gar nicht. Und falls einer versuchen sollte, seinen Schwanz in deine hübsche kleine Möse zu stecken, dann schneid ich ihn ab. Was hältst du davon, Soph?«

Ich hielt die Luft an.

»Ja?«, antwortete ich, während mir tausend Gedanken durch den Kopf gingen. Was hielt ich denn nun davon? Was sollte ich sagen? Die Mädels hatten mir geraten, klare Regeln aufzustellen und dann dabei zu bleiben.

Aber dieser Ausdruck in Rugers Augen … Das war nicht der Blick eines Mannes, dem daran lag, meine Grenzen zu respektieren. Wem machte ich was vor? Ich konnte mich gerade kaum mehr erinnern, wo diese Grenzen eigentlich lagen.

»Ich mein's todernst«, fuhr er fort und beugte seinen Kopf, um meinen Duft zu riechen. Als Reaktion durchfuhr mich ein Blitz von oben bis unten zu den Zehen. »Wenn dich ein anderer Mann anfasst, schneid ich seinen Schwanz ab, und dann kann er ihn fressen. Das ist keine Drohung, sondern ein Versprechen. Und wenn dich einer fickt, ist er schon tot. Vor vier Jahren hab ich zwei große Fehler gemacht. Ich hab dich nicht vor Zach in Schutz genommen, was ich jeden einzelnen Tag meines Lebens bereue. Und dann hab ich *das Richtige* getan und dich gehen lassen, und zwar weil ich mich verdammt schuldig gefühlt hab.«

Ich schloss meine Augen.

»Ich will nicht darüber reden.«

»Lass dir was sagen, Soph«, flüsterte er. »Es ist verdammt noch mal Zeit, darüber zu reden, weil es immer zwischen uns steht. Ich hab die Nase voll davon, so zu tun, als ob nichts wär.«

Im Versuch, mich zu befreien, wand ich mich hin und her. Meine innere Stimme rief mir zu, sofort loszurennen, weil er mich sonst zu einem finsteren Ort führen würde.

»Stopp«, befahl Ruger mit rauer Stimme.

Ich zappelte weiter, aber er presste mich nur fester gegen den Wagen und zwang mich so zum Stillhalten.

»Wir werden die Sache jetzt regeln, Soph. Wir werden sie regeln, und dann sehen wir weiter, denn die Dinge werden sich jetzt für dich ändern. Es war kein Fehler, dass ich dich in jener Nacht angerührt hab, und sicher nicht, dass ich es dir besorgt hab. Der Fehler war, dass ich es getan hab, ohne zuerst Zach aus dem Weg zu räumen. Wenn ich es gewusst hätte … warum hast du mir nichts gesagt?«

»Ich will echt nicht drüber reden«, zischte ich, während ich versuchte, seinen Atem in meinem Ohr zu ignorieren sowie seinen steifen Schwanz, der sich gegen mich presste. Meine Brustwarzen waren hart, und mein ganzer Körper drängte mich, meine Beine breit zu machen, aber tief in meinem Hirn verbarg sich eine dunkle Wolke der Furcht, die bei jedem Wort zum Vorschein zu kommen drohte.

»Ich hätt ihn für das, was er dir angetan hat, töten sollen«, sagte Ruger voll frustrierten Bedauerns. »Aber dann war er im Gefängnis, und ich wollt das Mom nicht antun, deshalb ließ ich ihn am Leben. Du bist gegangen, und ich habe mich selbst gehasst seit jenem Tag. Ich kann die Uhr nicht zurückdrehen, aber ich werd denselben Fehler nicht zweimal machen. Dieses Mal kommst du mir nicht aus, Soph.«

Ich nahm einen tiefen Atemzug und bemühte mich, meine Hormone in den Griff zu bekommen, um wieder *denken* zu können. Da wurde es mir plötzlich klar. Ich sollte ihm die Wahrheit sagen. Wenn das nicht ausreichte, um ihn zu überzeugen, dass die Sache vergeblich war, dann würde ihn gar nichts überzeugen.

»Es ist meine Schuld«, sagte ich, während die vertraute Welle von Selbstekel über mir zusammenschlug.

»Süße, dass Zach dich grün und blau geprügelt hat, war *nicht* deine Schuld«, sagte Ruger mit eiskalter Stimme.

»Doch«, sagte ich und blickte ihm dabei direkt in die Augen. »Es war meine Schuld, Ruger. Ich hatte es geplant. Als du angefangen hast, mich zu küssen und zu berühren, wusste ich, dass Zach vorbeischauen würde. Er hatte mir eine Nachricht geschickt, damit ich das Essen fertig hab, wenn er kommt. Ich *wusste*, er würde uns erwischen. Er war so eifersüchtig auf dich, Ruger. Das machte ihn verrückt. Ich wusste, dass er durchdrehen würde, wenn er uns erwischte. Ich wollte, dass er mich richtig fest schlug, denn nur dann konnte ich die Sache beenden.«

Ruger atmete hörbar ein.

»Was meinst du, zum Teufel?«

»Zach musste Spuren hinterlassen, blaue Flecken«, flüsterte ich. »Ich hatte ständig solche Angst, Ruger. Ich wusste, was er tun würde. An manchen Tagen war er super, und alles war in Ordnung, so wie vor Noah. Dann wurde ich unvorsichtig, und er wandte sich gegen mich. Ich hab versucht, die Bullen zu rufen, aber er hinterließ nie Spuren, deshalb unternahmen sie nichts. Er sagte, er würde mich umbringen, wenn ich ihn verlasse.«

Ruger nahm einen tiefen rasselnden Atemzug, und sein Blick verfinsterte sich.

»Als du an diesem Tag vorbeigeschaut hast, hab ich eine Chance gesehen«, gab ich zu, obwohl ich mich selbst verachtete. »Dieses Gefühl der Spannung – oder Lust oder wie auch immer du es nennen willst – war damals schon zu spüren zwischen uns. Ich spürte es jedes Mal, wenn ich dich sah. Und du hast dich so toll um Noah gekümmert, hast immer nach ihm gesehen. Du hast mein Auto repariert, den Rasen gemäht für uns. Ich habe dir was zum Trinken gebracht, und du hast mich angesehen, als ob du mich am liebsten auf den Boden geworfen und mich durchgevögelt hättest, bis ich schreie. Weißt du was? Ich wollte, dass du das tust. Deswegen ließ ich es zu.«

Ruger gab ein dunkles, raues Lachen von sich, das nichts mit Humor zu tun hatte.

»Ja, Süße, an den Teil erinner ich mich«, sagte er. »Obwohl ich das Happy End nie erlebt hab, da ja Zach nach Hause kam. Willst du mir ernsthaft sagen, dass das alles geplant war?«

»Es tut mir so leid«, flüsterte ich, während mir die Tränen in die Augen stiegen. »Ich wusste, dass es ihn wahnsinnig macht, wenn er uns beide zusammen sieht. Ich *wusste*, er dreht durch. Noah war bei deiner Mom in Sicherheit. Deshalb sorgte ich dafür, dass er uns erwischte, und hab ihn mit dir seinen Kleinkrieg ausfechten lassen. Er ist abgehauen, du bist abgehauen, und ich wartete darauf, dass er zurückkam und mich bestrafte, so wie immer. Aber dieses Mal war er endlich wütend genug, um sichtbare Spuren als Beweis zu hinterlassen – dafür hatte ich gesorgt. Ich sagte ihm, dass du viel besser wärst als er und ich schon öfter mit dir gevögelt hätte. Eine Weile hab ich gedacht, er würde mich umbringen. Und weißt du was? Das wär's sogar wert gewesen, nur damit es ein Ende gehabt hätte. Den Rest kennst du. Er wurde verhaftet und bekam vom Richter endlich ein Kontaktverbot auferlegt. Noah und ich waren endlich frei.«

Rugers Augen wurden schmal, während sich Gefühle auf seinem Gesicht abzeichneten. Ärger, Wut, Ekel? Für einen Moment hatte ich den Eindruck, dass er mir doch wehtun würde, weil er so wütend zu sein schien.

Aber dann wurde mir wieder der Unterschied zwischen Ruger und Zach bewusst. Beide Männer hatten ein hitziges Temperament. Aber Ruger würde mich nicht verletzen. Nie. Auf gar keinen Fall.

»Er hat dich brutal verprügelt«, flüsterte er. »Du bist fast *gestorben*, Soph. Warum hast du mir das nicht erzählt? Ich hätt ihn für dich *umgebracht*, verdammt noch mal. Du hättest es nicht so weit kommen lassen müssen. Du hättest es mir schon beim ersten Mal sagen sollen. Ich kann's nicht fassen, dass ich zu blöd war, das mitzubekommen.«

»Weil er dein Bruder ist!«, sagte ich zu ihm, während mir die Tränen übers Gesicht rannen. »Deine Mutter *liebte* ihn, Ruger. Was er mir angetan hat, hat sie beinahe umgebracht. Wenn du durchgeknallt wärst und ihn dir geschnappt hättest, wärst du jetzt im Gefängnis, und deine Mutter wär allein und verlassen gestorben. Wenn ich das zugelassen hätte, was für ein rachsüchtiges Miststück wär ich dann gewesen?«

»Du hättest in eines dieser Häuser für Frauen gehen können«, sagte er kopfschüttelnd. »Ich versteh das einfach nicht, Sophie.«

Ich lachte bitter.

»Scheiße, natürlich verstehst du es nicht – es stand Aussage gegen Aussage«, sagte ich, bemüht, es ihm zu erklären. »Ich hatte keinen Beweis, gar nichts. Sicher, ich hätt in ein Frauenhaus gehen können, aber er hätte immer noch das Besuchsrecht für Noah gehabt und vielleicht ums Sorgerecht gekämpft. Denkst du, dass ich Zach mit Noah allein gelassen hätte? Niemand konnte mir helfen, bis er eine Nummer härter vorgegangen war. Also hab ich dafür gesorgt, dass es passiert. Ich bin kein Idiot. Eine Frau, die von einem Mann kontrolliert wird, bekommt keine Hilfe, solange sie keine *Beweise* vorlegen kann.«

»Das waren nicht nur blaue Flecken«, sagte Ruger. »Drei gebrochene Rippen und eine punktierte Lunge sind *keine* blauen Flecken. Und warum zum Teufel glaubst du, dass ich im Gefängnis gelandet wär, hmm? Sieh mich an, Soph. Denkst du, ich gehöre zu den Männern, die freiwillig in den Knast wandern? Er wäre einfach verschwunden. Aus, basta. Sieh mir in die Augen und nenn mir einen einzigen beschissenen Grund, warum ein Mann wie Zachary Barrett noch immer am Leben sein soll. Mir fällt nämlich keiner ein. Ich hätte ihn beinahe umlegen lassen, während er im

Knast saß. Aber ich dachte mir, ein toter Kerl kann keinen Kindesunterhalt mehr zahlen.«

Ich riss die Augen auf und schnappte nach Luft.

»Meinst du das ernst?«, flüsterte ich.

»Ja, Sophie«, sagte er und klang dabei fast müde. »Verdammt ernst. Himmel, ich bin der erste Mensch, den Noah auf dieser Welt erblickt hat. Ich hab ihn mit meinen eigenen Händen aufgefangen, am Straßenrand, Süße, und dann hat er seine Augen geöffnet und mich direkt angesehen. Ich kann reinen Gewissens sagen, dass ich alles nur Vorstellbare tun würde, um ihn oder dich zu beschützen – wirklich *alles*. Seit wann?«

»Was?«

»Wie lange hatte dich Zach schon verprügelt?«

Ich schüttelte den Kopf und sah weg, um nachzudenken.

»Am Anfang war's keine große Sache«, sagte ich schließlich. »Am Anfang schrie er mich nur an und erniedrigte mich. Dann machte er das auch, wenn Noah dabei war.«

Sein Körper verkrampfte sich, und seine Kiefermuskeln zuckten. Ich starrte sein Kinn an und erzählte weiter.

»Ich musste was unternehmen, Ruger. So konnte ich meinen Sohn nicht aufwachsen lassen. Und dann hast du vorbeigeschaut, um den Boiler zu reparieren. Ich hab dich beobachtet und fühlte mich beschissen, weil ich wusste, dass ich den falschen Bruder erwischt hatte. Dann hast du mich angesehen, und mir kam plötzlich diese Idee.«

»Fuck«, murmelte Ruger. Er lehnte seine Stirn gegen meine.

Ich hatte meine Beine noch immer um ihn geschlungen und stützte mich mit dem Rücken am Transporter ab. Seine Arme und sein Duft umhüllten mich.

»Du steckst voller Überraschungen!«

»Soll ich aus deiner Wohnung ausziehen?«

Ruger lehnte sich zurück und runzelte die Stirn.

»Gerade hab ich dir gesagt, dass ich jeden Mann umbringe, der dich anrührt, und du glaubst, ich will, dass du gehst?«

»Das war, noch bevor ich dir erzählt habe, was ich getan habe. Ich hab dich benutzt.«

»Beantworte mir nur eine einzige Frage – offen und ehrlich«, sagte er langsam.

Ich nickte.

»War das gestern echt? Als ich dich geküsst und an deinen Brüsten gesaugt habe und dich mit meiner Hand gefickt habe? Und was war vor vier Jahren, als wir rumgemacht haben und du meinen Namen geschrien hast? Bevor uns Zach gefunden hat und alles den Bach runterging. Hast du da nur so getan?«

»Nein«, flüsterte ich. »Abgesehen von Noah ist das der einzige Moment in diesen Jahren, an den ich mich erinnern möchte, weil er wunderschön war, Ruger. Was auch immer sonst passiert ist, das war ein wunderbares Erlebnis.«

»Ich fass es nicht«, murmelte er.

Ich spürte, wie seine Hände fester meinen Po umfassten und seine Hüften sich stärker an die meinen drückten, was meinem Körper Wellen der Lust bescherte. Schon damals hatte ich mich sicher und geborgen in seinen Armen gefühlt, und jetzt fühlte ich mich ebenso.

Da wurde es mir plötzlich klar. Ich war nicht nur einfach scharf auf Ruger.

Ich liebte ihn. Liebte ihn seit Jahren.

Ich umarmte ihn fester und zog mich hoch, um mit meinen Lippen zart seine Lippen zu berühren. Als er nicht reagierte, wiederholte ich die Berührung, sog die Unterlippe in meinen Mund und knabberte vorsichtig daran.

Das war für ihn das Startsignal.

Eine seiner Hände langte nach oben, und seine Finger griffen in mein Haar, während er mir einen langen und harten Kuss gab, bei dem seine Zunge mich in einer Mischung aus Ärger und Begehren quälte. Ich konnte ihm die Gedanken, die er möglicherweise gerade hegte, nicht vorwerfen, denn ich hatte ihn benutzt, und das war nicht in Ordnung gewesen. Deshalb umarmte ich ihn noch fester und versuchte, mein Becken zu bewegen, um meine Klit an seinem Schwanz zu reiben. Er hielt plötzlich inne, lehnte sich zurück und sah mit brennendem Blick auf mich hinunter.

»Das war ein Fehler, Süße.«

Meine Augen wurden groß. Mein Körper verzehrte sich nach ihm, das raue Leder seiner Weste rieb schmerzhaft an meinen Brustwarzen. Ich sehnte mich so sehr nach seiner Berührung, was erklärte, warum mein Hirn nicht richtig funktionierte.

»Für die Bemerkung gäb's eine Reihe von Interpretationen«, sagte ich sanft.

»Du hast gerade zugegeben, dass du mir gehörst«, antwortete er langsam. »Ich hab mich gefragt, ob ich dich nehmen könnte – ob ich dich nehmen sollte. Ich denk immer an Noah und ob es gut für ihn wäre, aber jetzt wird mir klar, dass das keine Bedeutung hat, da du schon zu mir gehörst. Du hast mir schon unglaublich lange gehört, mir war das nur nicht klar.«

»Ich hab mir alle Mühe gegeben, um mir ein eigenes Leben aufzubauen. Ich gehör niemandem.«

»Mit wie vielen Männern hast du gevögelt?«, fragte er unverblümt.

»Wie bitte?«

»Beantworte die Frage«, verlangte er. »Mit wie vielen Männern hast du gevögelt? Wie viele Schwänze haben schon in deiner Möse gesteckt?«

»Das geht dich …«

»Jetzt wär der richtige Moment für die Antwort, Baby«, sagte er, während er sich an mir rieb. »Schließlich hab ich hier das Sagen. Das ist mein Club. Was auch immer ich mit dir anstelle, die Jungs werden mich decken. Übertreib's nicht.«

Ich hielt die Luft an.

»Du wirst mir nicht wehtun.«

»Nein, ich werd dir nicht wehtun. Beantworte die verdammte Frage.«

»Ich habe mit drei Männern geschlafen«, sagte ich. »Mit Zach, einem Typen in Olympia und einem anderen Typen in Seattle.«

»Und wie war's?«

»Was meinst du?«

»Bist du mit ihnen gekommen? Hast du sie sitzen lassen oder andersrum?«

»Ich hab sie sitzen lassen«, sagte ich langsam.

»Weil du nämlich zu mir gehörst«, sagte Ruger voll Befriedigung. »Wir haben rumgemacht und Zeit verschwendet. Du kannst dir gar nicht vorstellen, wie ich die Sache mit Zach bereue. Aber jetzt ist es genug. Du gehörst mir, Soph, und es war höchste Zeit, das endlich mal festzustellen. Ich sag dem Club Bescheid, und dann ist Schluss mit dieser Scheiße.«

»Fragst du mich, ob ich deine Freundin sein will?«, hakte ich nach. »Ich glaube nämlich, dass sich nichts geändert hat. Wir können's uns nicht leisten rumzumachen, und dann geht's plötzlich schief. Noah verdient was Besseres.«

»Ich frag dich gar nichts«, sagte er, während sein Becken sich deutlich bewegte.

Ich stöhnte laut auf. Was hatte dieser Mann nur an sich, dass es mich so umhaute? Vielleicht hatten meine primitiven Instinkte die Kontrolle übernommen, und ich fühlte mich zu einem starken Mann hingezogen, der für mein Kind sorgen konnte …

»Ich sag dir Folgendes«, fuhr er fort. »Du bist mein Eigentum, Baby. Ich werd mich verdammt gut um dich und Noah kümmern. Du kümmerst dich um mich. Aber nur ein einziger Schwanz darf in deine Muschi, und zwar meiner – und damit basta. Kapiert?«

Ich blinzelte ihn verwirrt an.

»Ich dachte, du wolltest dich nicht fest binden?«

»Ich will mich um dich und Noah kümmern«, sagte er. »Keiner von uns beiden will, dass Noah ein beschissenes Leben hat. Aber weißt du was? Ich tu Noah gut. Das ist einfach so. Jungs brauchen Männer in ihrem Leben, und ich hab ihn verdammt lieb. Die Sache zwischen uns beiden war furchtbar verworren und durcheinander, aber jetzt haben wir alles geklärt.«

»Ich werd nicht deine Hure sein«, murmelte ich.

Ruger grunzte, wobei ein Hauch von Lachen in seinen Augen zu sehen war.

»Glaub mir, in Huren investiere ich nicht so viel Zeit und Mühe«, sagte er reumütig. »Huren bedeuten gar nichts. Du wirst meine Alte Lady sein, mein Eigentum. Ich weiß, das ist alles neu für dich, aber in meiner Welt ist das eine verdammt große Sache.«

Ich ließ mir das durch den Kopf gehen, was reichlich schwierig war, weil er sich nach unten beugte und begann, meinen Hals zu küssen. Dazu zog er mich etwas höher, um leichter ranzukommen. Nicht seine übliche harte und brutale Invasion … Nein, das hier war langsam und verführerisch. Dann begann er, sanft zu saugen, was sich so gut anfühlte, dass ich hätte weinen können. Ich wand mich hin und her, weil meine Hüften noch stärker stimuliert werden wollten, aber er tat mir nicht den Gefallen. Stattdessen knabberte er mein Kinn entlang, bevor er neue Stellen an meinem Hals entdeckte, an denen er saugen und knabbern konnte.

Ich hörte die Partymusik im Hintergrund, hörte Leute lachen und reden. Doch hier in der kühlen Dunkelheit der Werkstatt waren wir in unserer eigenen Welt. Ruger umhüllte mich mit seinem Duft und seiner Stärke, und die pure, lebendige Energie, die ihn als Mann auszeichnete, überwältigte meine Sinne.

Niemand berührte mich so wie er, im doppelten Sinne.

Er zog mich vom Transporter weg und trug mich durch die Werkstatt, ohne im Küssen innezuhalten. Ich fand mich auf dem Rücken liegend wieder, und zwar auf der Werkbank hinter dem Lieferwagen, während Rugers Körper den meinen bedeckte. Meine Hände umfassten seinen Kopf, als er küssend meinen Hals vorne hinunterwanderte und dabei alle paar Sekunden innehielt, um daran zu saugen. Zugleich griffen seine Finger zwischen meine Beine und rieben langsam an der Innenseite meiner Schenkel auf und ab.

Ich trug ein schwarzes T-Shirt mit V-Ausschnitt, was ihn keine Sekunde aufhielt. Ruger zog das Shirt hoch und öffnet den vorderen Verschluss meines BHs mit verstörender Geschwindigkeit. Als sein Mund an meiner Brustwarze saugte, wobei die harte Metallkugel fast Schmerzen verursachte, drückte ich den Rücken in einem Bogen weg von der Arbeitsfläche.

Die Hand zwischen meinen Beinen öffnete meinen Reißverschluss. Er hob meine Hüften gerade hoch genug, dass er meine abgeschnittene Jeans und mein Höschen runterziehen konnte. Ich spürte das kalte Metall der Arbeitsfläche an meinem nackten Hintern, als Rugers raue Finger an meiner Klit auf und ab rieben.

»Heilige Scheiße, das fühlt sich gut an«, murmelte ich und versuchte dabei, die Dinge, die er gesagt hatte, zu begreifen. Das hier war nicht der Plan, nicht mal ansatzweise. Zum einen hatte ich nicht vorgehabt, die ganze alte Geschichte mit Zach auszupacken. Weder jetzt noch irgendwann anders. Die Mädels hatten mir geraten, Ruger direkt anzugehen, ihm meine Vorstellungen klarzumachen und dann dabei zu bleiben.

Stattdessen gab er die Befehle, und ich schmolz auf einer schmutzigen Werkbank dahin.

Was, wenn jemand reinkam?

Ich hatte schon meinen Mund geöffnet, um zu protestieren, als sich Ruger aufrichtete und seine Finger fest in mich hineinschob. Er kniete sich hin und suchte mit den Lippen meine Klit, woraufhin mein Hirn komplett den Geist aufgab.

Seine Zunge schnellte über meine empfindlichste Stelle und neckte mich mit der unglaublichen Kombination aus weicher Zunge und harter Metallkugel. Dazu noch das ständige Saugen seines Mundes – ich war kurz davor zu kommen. Zugleich drückte er seine Finger noch tiefer in mich und fand die perfekte Stelle an der Innenwand, was mich am ganzen Körper erschauern ließ. Er erhielt den Druck aufrecht, rieb hin und her, während mich seine Zunge langsam in den Wahnsinn trieb.

Dann hielt er gerade lang genug inne, um »spiel mit deinen Titten« zu sagen.

Ich kam gar nicht auf die Idee, ihm zu widersprechen.

Stöhnend nahm ich meine Brustwarzen zwischen die Finger, rollte sie hin und her, drückte sie und zog an ihnen, wie er es heute Morgen getan hatte. Da hatte ich noch Stopp gesagt, denn ich sah Noah an erster Stelle und dachte, jede Beziehung zwischen Ruger und mir könnte nur im Chaos enden. Eine Trennung würde bedeuten, dass wir wieder heimatlos wären.

Dieses Mal war ich nicht stark genug, Nein zu sagen.

Eine Frau hat schließlich nur eine bestimmte Menge an Selbstbeherrschung zur Verfügung. Danach schmilzt sie dahin. Und meine war eindeutig aufgebraucht. Seine Finger, die über meinen G-Punkt rieben und einen eigenartigen, schrecklichen Druck von innen aufbauten … Diese zuckende Zunge mit dem kleinen, harten Knubbel … Diese starken Schultern, die meine hochgezogenen Knie stützten …

Ich wollte herumzappeln und treten und ihn wegschieben. Stattdessen nahm Ruger seine freie Hand und legte sie auf meinen Bauch, um mich unten zu halten. Dreimal brachte er mich bis an die Grenze, was unfassbar sadistisch war. Ich hasste ihn jedes Mal, wenn er aufhörte, um nach Luft zu schnappen. Dann hörte ich Stimmen in der Ferne, und die Wirklichkeit durchbrach den Nebel, der mich umgab.

Da waren Leute – viele Leute. Leute, die jederzeit in die Werkstatt marschieren konnten. Es gab nicht mal eine Tür. Ich öffnete meinen Mund, um Ruger zu sagen, dass wir aufhören mussten, aber genau in diesem Moment saugte er wieder fest an mir und schob die Finger tief hinein. Anstatt zu protestieren, merkte ich, wie sich mein Rücken durchbog und ich in einem intensiven Höhepunkt explodierte, während ich mich verzweifelt bemühte, nicht zu schreien, was mir nicht ganz gelang.

Ruger stand langsam zwischen meinen Beinen auf, fuhr mit seinen Händen über meinen Körper, von den Brüsten bis zu meinen Schenkeln. In seinen Augen schimmerte die Befriedigung. Ich lag einfach da, etwas schwindlig im Kopf, als er sich vorbeugte und sich meine Hände schnappte. Er zog sie stramm über meinen Kopf, holte seinen Gürtel schnalzend hervor, wand ihn schnell um meine Handgelenke und befestigte ihn an irgendetwas hinter mir.

Der ganze Vorgang dauerte etwa 30 Sekunden – Ruger war für meinen Geschmack etwas zu geübt darin, jemanden zu fesseln. Ich bewegte meine Handgelenke und merkte, dass sie nicht nur zum Schein gefesselt waren. Es gab kein Entkommen. Keine Chance.

Meine Augen wurden groß. Ruger grinste mich wild an, während er seinen Reißverschluss öffnete.

»Ja, jetzt gehörst du mir«, murmelte er. »Du darfst erst kommen, wenn ich es dir erlaube.«

Ich hörte weitere Stimmen und drehte meinen Kopf, um Ausschau zu halten. Waren sie in der Werkstatt? Ich wollte schon protestieren, aber Ruger legte mir einen Finger auf den Mund.

»Fang gar nicht erst an, Soph«, sagte er mit leiser, gnadenloser Stimme. Seine Hände griffen zwischen uns nach unten, und dann spürte ich, wie seine Eichel mit tödlicher Langsamkeit an meiner Klit entlangfuhr.

Heilige Scheiße. Kimber hatte also nicht gelogen – da war etwas Metallisches da unten, ganz definitiv, und es fühlte sich *verdammt fantastisch* an.

Da ich schon gekommen war, hätte man davon ausgehen können, dass Ruger schlimmer dran wäre als ich. Stattdessen war ich superempfindlich. Wenn mir seine Finger schon gut vorgekommen waren, war das nichts im Vergleich zu dem Gefühl, das sein Schwanz an meiner Klit auslöste. Er quälte mich, bis ich wieder kurz vor einem Orgasmus war und meine Augen nur noch den Flaschenzug an der Decke fixierten. Dann beugte er sich vor, saugte so hart an meiner Brustwarze, dass es fast wehtat, bis mich eine Gefühlsexplosion fast wieder bis zum Orgasmus brachte. Ich versuchte, meine Muschi an seinem Schwanz zu reiben, aber er hielt mich fest, sodass ich mich nicht bewegen konnte.

»Du kommst nicht, bis ich es dir erlaube«, wiederholte er und ließ dabei meine Brustwarze frei, aber nicht, ohne sie vorher kurz abzulecken. »Verstehen wir uns?«

Ich nickte.

»Sieh mich an«, forderte Ruger mich auf.

Als ich ihn betrachtete, bemerkte ich seinen grimmigen und befriedigten Gesichtsausdruck. Er rieb seinen Schwanz wieder an meiner Klit, einmal, zweimal, dreimal. Bei jeder Bewegung wurde ich feuchter, und ich konnte mich um nichts in der Welt erinnern, warum ich ursprünglich dagegen gewesen war.

Dann positionierte er seinen Schwanz vor meiner Muschi und stieß langsam zu.

KAPITEL ZEHN

Ruger

Er schob seinen Schwanz so langsam wie möglich in Sophies süße Muschi und genoss jeden Zentimeter. Sie war verdammt eng, fühlte sich an wie eine Klammer um seinen Schwanz. Das leichte Ziehen an seinem Piercing machte die Sache noch besser. Er konnte sogar ihren Herzschlag spüren. Wenn er nicht hundertprozentig gewusst hätte, dass sie ein Kind geboren hatte, hätte er sie für eine verdammte Jungfrau gehalten – heiß, geschwollen und einfach perfekt.

Vielleicht hätte er sich schuldig fühlen sollen, weil er sie hier nahm.

Sie war emotional ganz durcheinander und höllisch verletzbar, was verständlich war. Ihr kleines Geständnis über Zach hatte ihn umgehauen. Er konnte immer noch nicht glauben, dass er so blind gewesen war. Aber eine Entscheidung hatte er bereits getroffen.

Wenn er seinen Stiefbruder das nächste Mal sah, würde er ihn umbringen.

Was Sophie anging … Er hatte es vermasselt, weil er Zach und sie nicht besser beobachtet hatte. Noch beschissener war es, dass er es dem Gesetz überlassen hatte, die Sache zu regeln. Er war vor vier Jahren nicht bereit gewesen, sich einzugestehen, dass er für Sophie verantwortlich war – trotz der Geschichte mit Noahs Geburt und was dabei mit ihnen beiden passiert war. Zu lange hatte er den lieben Onkel gespielt und seine Gefühle ignoriert, weil er wusste, dass es für sie nicht das Beste war. Sie verdiente, frei zu sein, und welches Recht hatte er, ihr diese Freiheit zu nehmen?

Scheiß drauf.

Er war ein eifersüchtiges Arschloch, und der Gedanke, dass irgend-ein anderer seinen Schwanz in ihre saftige kleine Möse stecken könnte … Picnic hatte recht – er musste sie zu seinem Eigentum erklären oder sie gehen lassen. Und das würde sicher nicht passieren, verdammt noch mal. Niemals.

Sophie war vielleicht noch nicht bereit dafür, einen Eigentumsaufnäher zu tragen, aber das war egal. Er hatte sie auf eine andere Art und Weise markiert, und zwar mit einem Ring aus allmählich sich lila verfärbenden Flecken am Hals. Sein Halsband, sein Brandzeichen, das der ganzen Welt zeigte, dass sie das Eigentum eines Mannes war. Sie lag vor ihm auf der Werkbank, die Hände mit seinem Gürtel gefesselt, Tanktop und BH hochgeschoben. Die Titten wackelten jedes Mal, wenn er zustieß. Gott, er liebte diesen Anblick. Es war noch besser, als er es sich ausgemalt hatte. Und er hatte es sich, verdammt noch mal, ziemlich oft ausgemalt.

Er versuchte, vorsichtig zu sein, aber als sie zu jammern anfing und er ihre zuckenden Muskeln an seinem Schwanz spürte, konnte er sich nicht mehr zurückhalten. Ruger stieß tief in sie hinein, hörte begeistert den kleinen Schrei, den sie von sich gab, und gab seine Selbstbeherrschung auf. Etwas Ursprüngliches und Machtvolles brach sich Bahn.

Er packte ihre Hüften und grub seine Finger in ihren Hintern. Eine Hand glitt nach hinten, er dachte sich, nun auch schon egal, und schob seinen Finger in ihren Anus. Sie verkrampfte sich und schrie auf, während ihre inneren Muskeln sich so hart zusammenzogen, dass er innehalten und sich Mühe geben musste, nicht sofort zu explodieren.

Das war zum Glück kein Schmerzensschrei gewesen.

Sophie starrte ihn mit großen Augen an und keuchte dabei so heftig, dass ihre Titten praktisch tanzten. Es war verdammt scharf. Er würde sich sein Leben lang an diesen Moment erinnern. Ruger begann wieder, sich zu bewegen, und genoss bei jeder Bewegung ihre ihn umklammernden Muskeln. Gleichzeitig fragte er sich, ob man vor Lust sterben konnte.

Alles in allem schien das sehr gut möglich zu sein.

Er benutzte seinen Finger, der tief in ihr steckte, und seine Hand, die auf ihr ruhte, um ihre Lage zu steuern. Als sie nach Luft schnappte, wusste er, dass die Stellung richtig war. Jetzt drückte der runde Kopf seines Piercings bei jedem Stoß gegen ihren G-Punkt. Ein Mädel zum Orgasmus zu bringen, indem man mit ihrer Klit spielte, war okay. Aber das Gefühl, wenn er sie von innen kommen ließ, war einfach unschlagbar.

Das wollte er von Sophie – den totalen Orgasmus, die totale Unterwerfung. Sie verkrampfte sich und stöhnte. Verdammt nah dran.

»Okay, Baby«, sagte er und beobachtete dabei ihr Gesicht. Sie hatte ihre Augen geschlossen, den Kopf zur Seite gelegt und den Rücken gewölbt, um ihm näher zu sein. Er hätte sie schon vor Jahren zu seinem Eigentum machen sollen. Was hatte er sich nur dabei gedacht, sich das entgehen zu lassen? »Komm für mich, zeig mir, was deine süße Muschi alles kann.«

Im Hintergrund hörte Ruger Stimmen und wusste, dass einige Brüder in die Werkstatt gekommen waren. Der Gedanke, dass sie ihn jetzt so sahen, dass sie miterlebten, wie er Sophie markierte, ließ ihn fast kommen. Hier ging es nicht nur darum, sie zu ficken, obwohl das allein schon scheißgeil war. Nein, hier ging es darum, sie ein für alle Mal als die Seine zu markieren. Je mehr dabei zusahen, desto besser.

Ruger stieß fester zu. Er liebte die kleinen Grunzgeräusche, die sie bei jedem Stoß von sich gab. Er wusste, dass sie kurz vorm Kommen war, ganz kurz davor. Deshalb zog er den Schwanz nur ein Stück zurück, bis seine Eichel ihren G-Punkt berührte, und stieß ein paarmal fest, kurz und gnadenlos zu. Sie kam mit einem Schrei, mit zuckenden Hüften und wackelnden Titten. Ihre Muschi fühlte sich wie ein verdammter Schraubstock an, und das war alles, was er brauchte. Ruger zog seinen Schwanz in der letzten Sekunde raus und spritzte seinen Samen über ihren Bauch.

Perfekt.

Sie war nie schöner gewesen – seiner Gnade ausgeliefert, von seinem Samen bedeckt und damit markiert, sodass jeder Mann, der sie sah, wusste, dass sie ihm gehörte, verdammt noch mal. Er wollte seinen Namen quer über ihren Arsch tätowieren und sie den ganzen Tag so gefesselt lassen, allzeit bereit für seinen Schwanz.

Irgendwie bezweifelte er, dass sie da mitspielen würde. Ruger verkniff sich ein Grinsen. Sophie öffnete ihre Augen und sah ihn benommen an.

»Wow«, flüsterte sie.

»Ganz genau«, erwiderte Ruger, der sich fragte, ob jemals ein anderer Mann sich so befriedigt gefühlt hatte wie er in diesem Moment. Wahrscheinlich nicht. Er ließ eine Hand auf ihren Bauch fallen und verrieb seinen Samen langsam auf ihrem Körper bis hinauf zu ihren Brustwarzen. Ja, er war ein elender Bastard, weil ihn das auch noch anturnte.

Eine Alte Lady zu haben war gar nicht so übel, entschied er. Gar nicht so übel.

Sophie

Ach du heilige Scheiße. So was … hatte ich noch nie erlebt.

Ruger hatte mich gefragt, mit wie vielen Männern ich schon zusammen gewesen war, und ich hatte »mit drei« geantwortet. Aber verglichen mit ihm? Ich war mir nicht sicher, ob die anderen überhaupt zählten. Ich hatte noch nie etwas erlebt, das sich so gut anfühlte wie das, was er gerade mit mir angestellt hatte. Nicht mal ansatzweise. Nun sah er mit entspannten, halb geschlossenen Augen und extrem selbstzufriedenem Gesichtsausdruck auf mich herab.

Das musste man ihm auch zugestehen.

Ich grinste ihn ebenfalls an. Vielleicht war das doch kein so großer Fehler.

»Verdammt, sie hat gequiekt wie ein Schwein«, sagte ein Mann irgendwo auf der rechten Seite. In weniger als einer Sekunde verwandelte sich mein Gemütszustand von entspanntem Nachglühen zu purem Horror. Ich lag nicht nur splitterfasernackt auf der Werkbank, sondern war auch noch gefesselt. Ich warf mich hin und her, um mich zu befreien, in der Hoffnung, dass sie mich nur gehört und nicht die ganze Show mitbekommen hatten.

Ruger lachte, was keine angemessene Reaktion war. Nicht im Geringsten.

»Verpisst euch«, sagte er und drehte sich zu den drei Männern um, die nun neben dem Transporter standen. Er klang jedoch nicht verärgert, sondern verdammt zufrieden mit sich selbst. »Die hier gehört mir. Vögelt mit euren eigenen Mädels.«

Die Männer lachten und schlenderten zur anderen Seite des Schuppens, um die Motorräder dort zu begutachten. So, als ob sie nicht gerade zugesehen hätten, wie ich in aller Öffentlichkeit durchgefickt worden war. Oh. Mein. Gott.

»Ruger, zieh mein Shirt runter und bind mich los«, zischte ich. »Jetzt.« Er zog meinen BH und mein T-Shirt gerade und stopfte seinen Schwanz zurück in die Hose. Das war nicht genug – ich wollte meine Hände frei und meine Hose anhaben. Und zwar sofort. Stattdessen beugte er sich über mich, wobei er zwischen meinen Beinen stand, und legte seine Ellbogen links und rechts von meinem Körper ab.

»Okay, haben wir jetzt alles geklärt?«, fragte er.

Ich sah zornfunkelnd zu ihm hinauf.

»Was machst du da, zum Teufel?«, zischte ich. »Um Himmels willen, Ruger, lass mich frei. Ich muss mir meine Klamotten anziehen. Kaum zu fassen, dass sie mich so gesehen haben.«

»Hast du irgendwas an dir, das sie noch nicht kannten?«, fragte er mit spöttischem Grinsen. »Du machst dir zu viele Sorgen, Soph. Das sind Biker, die haben schon öfter Leute ficken sehen. Und es war verdammt gut, dass sie uns gesehen haben.«

»Wie kommst du darauf?«

»Weil sie jetzt wissen, dass du zu mir gehörst«, sagte er. »Ich habe mir solche Gedanken über Noah gemacht, dass es mir bis heute nicht klar war.«

»Was ist klar?«

»Dass diese Geschichte zwischen uns beiden bereits eine klare Sache ist. Das können wir nicht leugnen. Wir sind zusammen, und wir werden das schaffen. Oder auch nicht. Sex ist dabei noch unser geringstes Problem. Die Geschichte geht weit über Sex hinaus.«

Eine plötzliche Hoffnung keimte in mir auf. Doch dann schüttelte ich meinen Kopf und ermahnte mich, nicht albern zu sein. Hier ging es um *Ruger*. Ich liebte ihn vielleicht, aber ich war nicht blind …

»Willst du damit sagen, dass ich dir was bedeute?«, fragte ich skeptisch.

»Wirklich was bedeute?«

»Äh, ja«, sagte er mit gerunzelter Stirn. »Du hast mir immer was bedeutet, Soph, das ist kein Geheimnis. Hey, schließlich hab ich dich am Straßenrand gehalten, als du dein Baby rausgepresst hast. Ich will nicht wie ein Arsch klingen, aber sicher würde das nicht jeder Typ tun. In dieser Nacht ist was passiert. Wir haben lange so getan, als ob nichts gewesen wär. Jetzt ist Schluss damit.«

»Du bist ein richtiger Hurenbock«, sagte ich tonlos, denn ich hasste diese Worte, obwohl sie gesagt werden mussten. »Ich werd nicht mit einem Typen zusammen sein, der herumhurt. Und doch sind wir hier auf einer Party, wo ein Paar, das es in einem Schuppen treibt, nicht im Geringsten für Aufmerksamkeit sorgt. Hast du vor, deinen Schwanz in der Hose zu lassen?«

Er blickte mich kühl an, und ich kannte die Antwort, bevor er seinen Mund öffnete.

»Ich werd niemanden mit nach Hause bringen«, sagte er. »Im Moment kann ich mir nicht vorstellen, dass ich eine andere als dich ficken möchte. Aber mein Leben hier dreht sich um Freiheit. Ich bin ein Reaper geworden, damit ich meine eigenen Regeln aufstellen kann. Ich hab nicht vor, meinen Schwanz an die Leine zu legen und die Leine einer Frau in die Hand zu drücken, so als ob mein Schwanz ein verdammtes Hündchen wär oder so.«

Schmerz durchzuckte mich, und ich dachte daran, was Maggs mir gesagt hatte.

Stell die Regeln auf. Entweder er hält sich daran oder nicht.

Ganz offensichtlich wollte sich Ruger nicht daran halten, was bedeutete, dass wir in einer endgültigen Sackgasse steckten. Mein verloren gegangener Selbsterhaltungstrieb kam wieder zum Vorschein. Gott, ich war so ein Idiot.

»Machst du jetzt endlich diesen Gürtel auf?«, fragte ich und versuchte dabei, ungerührt zu wirken. Ruger und Zach waren zwar zwei verschiedene Männer, aber sie hatten eine Sache gemeinsam. Sie sahen in mir einen Gegenstand, den man besitzen konnte. Eigentum.

Rugers Augen wurden schmal.

»Reg dich nicht auf«, sagte er. »Ich sag ja nicht, dass ich vorhab, mit anderen Frauen zu schlafen, aber ich glaub ...«

»Lass mich aufstehen, Ruger«, sagte ich mit leiser Stimme. »Ich muss meine Sachen anziehen und mich waschen. Dann will ich nach meinen Freundinnen sehen und so tun, als ob das nicht passiert wäre.«

»Es ist aber passiert.«

»Lass mich aufstehen.«

Er sah mich zwar finster an, aber er beugte sich vor und lockerte den Gürtel. Sobald meine Hände frei waren, setzte ich mich auf und drückte gegen seine große, blöde Brust, um ihn wegzuschieben. Ich sprang von der Werkbank, schnappte mir Höschen und Shorts und zog sie schnell über. Dann ging ich weg. Ich brauchte eine Toilette, um mich zu waschen. Er hatte nicht mal ein Kondom verwendet.

Shit. SHIT.

Wie blöd konnte ich sein? Zumindest nahm ich die Pille … Es gab also keinen kleinen Bruder und keine kleine Schwester für Noah, Gott sei Dank. Trotzdem musste ich einen Test machen. *Idiot.* Zum Glück wusste ich, dass er normalerweise Kondome nahm – ich hatte mehr als genug in seinem Haus gefunden.

Darüber würde ich später mit ihm reden.

»Stopp.«

Ich ignorierte ihn.

»Sophie, ich hab gesagt, du sollst stehen bleiben, verdammt noch mal«, sagte er mit harter Stimme. Einer der Männer auf der anderen Seite des Schuppens sah erwartungsvoll auf.

Toll. Es reichte wohl nicht, dass die Einheimischen in der ersten Show gewesen waren. Wir waren jedoch immer noch in Rugers Revier, also würde ich seine Regeln befolgen. Zumindest im Moment.

»Was?«

»Wir sind jetzt zusammen, das ist dir klar, oder?«, fragte er. »Ich mein's ernst, Soph. Du bist mein Eigentum.«

»Ich bin mein Eigentum«, sagte ich langsam und deutlich. Zeit, die Dinge klarzustellen, bevor es noch schlimmer wurde. »Ich hatte das nicht so geplant, aber das muss ich dir echt lassen: Du bist ziemlich gut darin, es einem Mädchen richtig zu besorgen. Ich habe jede Sekunde genossen. Und ich glaub, du hast recht mit dem, was Noah angeht. Er braucht einen Mann in seinem Leben. Aber dass wir nun gevögelt haben, ändert nicht wirklich was an der Sache – wir passen nicht zusammen. Das heißt nicht, dass er darunter leiden soll. Ihr Jungs macht weiterhin euer Ding. Ich werd euch nicht im Weg stehen.«

»Es ist das erste Mal, dass die verdammte Sache funktionert.«
Ich schüttelte resolut meinen Kopf.

»Lass mich erklären, was in den nächsten Tagen passieren wird«, sagte ich. »Ich werd mir einen Job suchen und danach eine billige Wohnung. Dann komm ich dir nicht mehr in die Quere.«

»Was für eine verdammte Scheiße.«

»Nein«, erwiderte ich. »Das ist die Realität. Du willst dir die Freiheit nehmen, mit jeder Frau zu schlafen. Ich hab nicht vor, sie dir zu geben – ich will mehr. Klingt, als ob wir eine tief gehende Meinungsverschiedenheit hätten, aber ich werd nicht versuchen, dich zu ändern. Aber ich sag dir eins, Ruger: Ich verdien es, mit einem Typen zusammen zu sein, dem ich als Mensch etwas bedeute. Jemandem, der mich genug wertschätzt, um nicht noch andere Frauen zu ficken. *Ich wär lieber für den Rest meines Lebens alleine, als mich mit dem zu begnügen, was du mir anbietest.* Du bist ein verdammt guter Lover, aber mehr nicht. Verstanden?«

Mit diesen Worten stolzierte ich davon, in der Hoffnung, dass ich nicht zu sehr wie jemand aussah, der gerade durchgevögelt worden war.

War eigentlich auch schon egal.

Leider musste ich zugeben, dass ich wahrscheinlich eh keinen von diesen Leuten jemals wiedersehen würde. Soweit ich das sagen konnte, gehörten Frauen nur zum Club, wenn sie mit einem Mann zusammen waren, und ich betrachtete mich als offiziell getrennt. Ich würde meine Handtasche und meine Schlüssel vom Essenstisch holen und dann die Welt des Reapers MC schleunigst hinter mir lassen.

Schade um die Mädels. Ich mochte sie wirklich sehr gern.

»Heilige Scheiße, was ist denn mit dir passiert?«, wollte Maggs wissen. Sie begutachtete mich von oben bis unten und lachte dann los. »Ladys, seht euch die mal an.«

Ich wurde rot und wünschte mir, im Erdboden versinken zu können. So viel zum Thema »Niemand soll merken, was ich angestellt hab«.

»Ich sehe, dass du mit Ruger eine kleine Diskussion hattest«, sagte Dancer, während sie mich gründlich beäugte. »Was zum Teufel ist er – ein verdammter Vampir?«

»Was meinst du damit?«

»Du hast überall am Hals Knutschflecken«, sagte Em grinsend. »Und zwar große. Das hat er absichtlich gemacht. So was bekommt kein Mensch zufällig hin.«

Verdammtes Arschloch.

»Er ist so ein schwanzgesteuertes Arschloch«, murmelte ich.

»Und das war dir neu?«, fragte Marie. »Sie sind alle schwanzgesteuert. Das gehört sozusagen zur Definition eines Mannes, Baby. Du weißt schon, dieses herabbaumelnde Dingens zwischen ihren Beinen?«

»Ich geh heim«, sagte ich. »Ich halt das nicht mehr aus.«

Maggs hörte auf zu lachen und stemmte die Hände in die Hüften.

»Du gehst *absolut* nicht heim«, sagte sie. »Aber wirklich nicht. War das nicht so geplant? Herauszufinden, was er tatsächlich von dir wollte? Sieht so aus, als ob er das gezeigt hätte. Das heißt nicht, dass du nicht noch länger hierbleiben kannst, um dich mit uns Mädels zu vergnügen.«

»Oh, ich weiß, was er von mir will«, murmelte ich. Ich fühlte mich grauenvoll. »Er will mich zu seinem Eigentum machen.«

Die Frauen quietschten alle los, und Marie versuchte, mich fest zu umarmen.

»Das ist der Wahnsinn!«, sagte Em.

Ich schüttelte meinen Kopf, und sie beruhigten sich wieder, waren aber eindeutig verwirrt.

»Er hat gesagt, wenn ich mit einem anderen Typen schlafe, schneidet er seinen Schwanz ab und füttert ihn damit«, sagte ich. »Und dann hat er erklärt, dass er nicht versprechen kann, nicht selbst herumzuhuren. Er hat gesagt, er würd keine mit nach Hause bringen. Ich soll mich wohl glücklich schätzen? Äh, nein, *nicht wirklich.*«

»Autsch«, murmelte Marie. »Das wird nicht funktionieren.«

»Nö«, erwiderte Maggs. »Obwohl ich mir schon vorstellen kann, woher er solche Ideen hat. Einige der Typen hier ficken einfach alles, was sich bewegt. Sie haben daheim ihre Alte Lady und nebenbei ein paar Süßärsche, und alle tun so, als ob nichts wär.«

»Wie kommt jemand dazu, das für akzeptabel zu halten?«, fragte ich. »Ich versteh's nicht.«

»Ich versteh's auch nicht«, sagte Marie. »Aber es ist nicht mein Job, anderen Leuten vorzuschreiben, wie sie leben sollen. Ich weiß allerdings, was ich mit Horse anstellen würde. Wenn ich mit ihm fertig wär, würd er drum bitten, sterben zu dürfen.«

»Das würde er«, fügte Em grimmig hinzu. »Marie kann echt gut mit 'ner Waffe umgehen.«

»Jep, ich würd seinen Schwanz einfach abschießen, Zentimeter für Zentimeter«, bestätigte sie. »Und glaub mir, das weiß er.«

»Nun, es ist mir egal, wie andere Leute leben«, sagte ich. »Wenn sie zulassen, dass ihre Männer herumvögeln, ist das ihre Sache. Aber ich will verdammt sein, wenn ich da mitspiele. Das ist absolut nicht in Ordnung für mich, und ich will auch nicht, dass Noah mit der Vorstellung aufwächst, dass man Frauen so behandeln kann. Ruger kann sich sein Angebot auf 'ne Gabel spießen und sich sonst wohin stecken. Jetzt brauch ich einen Job und eine Wohnung, denn ich werd hundertprozentig nicht mehr länger bei ihm wohnen.«

Maggs nickte, griff in ihre hintere Hosentasche und zog einen Flachmann heraus.

»Rein medizinisch«, sagte sie mit ernster Stimme.

Ich schraubte den Deckel ab und schnüffelte daran, was einen Niesanfall zur Folge hatte.

»Was zum Teufel ist das?«

»Meine eigene Spezialmischung«, sagte sie unter bedeutungsvollem Zucken ihrer Augenbrauen. »Glaub mir, es löst zwar keine Probleme, hat aber dafür eine andere Wirkung.«

»Welche denn?«

»Es wird dich ablenken«, sagte sie. »Du wirst nämlich viel zu beschäftigt damit sein, den Brand in deiner Kehle zu löschen. Ex und hopp!«

Ich nahm einen Schluck. Sie hatte verdammt recht.

Vier Stunden nachdem ich Maggs Spezialmedizin getrunken hatte, brannte meine Kehle noch immer. Ich hatte beschlossen, nicht zu gehen, denn die Mädels hatten mich überzeugt, dass ich nicht weglaufen und ihn damit gewinnen lassen sollte.

Dafür zu sorgen, dass Ruger nicht der Gewinner war, stand ganz oben auf meiner Prioritätenliste.

Überraschenderweise hatte ich auf der Party eine Menge Spaß. Da Maggs und ich beide männerlos waren, hingen wir ständig zusammen. Sie trug Bolts Eigentumsaufnäher, sodass uns die Typen in Frieden ließen. Ich trug einen Ring aus Knutschflecken, die in der Nacht immer dunkler und fieser wurden und somit womöglich denselben Zweck erfüllten. Eigentlich hätte ich mich total gedemütigt fühlen müssen, aber ich hatte bereits beschlossen, dass ich mich einen Scheißdreck um die Reapers und ihre Schlampen kümmern würde.

Und es waren eine *Menge* Schlampen unterwegs, darunter Blondie aus der Küche. Sie winkte mir dämlich mit einem Finger zu. Und mit jeder Minute wurden es mehr Schlampen, sie vermehrten sich wie die Karnickel. Fairerweise muss ich sagen, dass die meisten recht nett zu sein schienen, aber ich hatte mir fest vorgenommen, sie zu hassen.

Ich fragte mich ständig, mit welchen Ruger wohl gevögelt hatte.

Die Alten Ladys – insgesamt etwa zehn Stück – waren etwas ganz anderes. Ich mochte sie sehr gern, und es tat mir leid, dass ich sie nicht näher kennenlernen würde. Maggs und Marie hatten wohl herumerzählt, in welcher Lage ich steckte, denn niemand stellte mir neugierige Fragen. Die Mädels hielten mich auf Trab, sodass ich kaum dazu kam, über meine demütigende Lage nachzudenken.

Allerdings hörte ich ein paar interessante Dinge.

Zum einen teilte mir Maggs mit, warum Bolt im Gefängnis saß. Es war eine hässliche Geschichte. Offenbar war er verurteilt worden, weil er ein Mädchen, das im Line arbeitete, vergewaltigt haben sollte. Wir saßen auf Campingstühlen am Spielplatz und hatten ein Auge auf die Kinder, als Maggs anfing, so nüchtern davon zu erzählen, dass ich anfangs glaubte, nicht recht gehört zu haben.

»Äh …«, sagte ich, während ich noch verzweifelt nach einer passenden Antwort suchte. Was sagt man, bitte schön, wenn einem jemand erzählt, dass der eigene Ehemann gerade wegen Vergewaltigung im Knast sitzt?

»Er hat's nicht getan«, sagte sie mit einem Schulterzucken. »Er wurde reingelegt.«

Ich sah weg und fragte mich, wie eine Frau, die so smart zu sein schien, so blöd sein konnte. Wer bleibt denn bei einem Vergewaltiger? Wenn er im Gefängnis saß, war die Wahrscheinlichkeit, dass er das Verbrechen begangen hatte, ziemlich hoch.

»Nein«, sagte sie und drückte dabei meine Hand. »Ich seh, was du denkst. So war's nicht. Ich war bei ihm, als es angeblich passiert ist, Süße.«

»Hast du das nicht den Bullen erzählt?«, fragte ich mit großen Augen.

»Natürlich«, antwortete sie. »Aber das Mädchen hat ihn identifiziert, und es gab einen weiteren Zeugen, der ausgesagt hat, dass sie zusammen in ein Auto gestiegen sind. Es gab keinen DNA-Test, deshalb haben wir einen Anwalt eingeschaltet, der sich darum kümmert. Er sagt, dass es nur eine Frage der Zeit ist, bis er freikommt. Es ist nicht Bolts DNA, aber das staatliche Labor ist mit der Arbeit so weit im Rückstand, dass es schon ein Wunder braucht, damit sie auch nur einen Finger rühren. Die Bullen behaupteten, ich würde lügen, um ihn zu decken. Sie ließen mich im Zeugenstand wie eine Mischung aus Krimineller und Hure aussehen.«

»Verdammt«, sagte ich. »Das ist furchtbar, Maggs.«

»Wem sagst du das«, erwiderte sie mit nüchterner Stimme. »Ich liebe ihn so sehr, Bolt ist ein wunderbarer Mann. Er hat schon viel verrückte Scheiße gebaut, aber er ist kein verdammter Vergewaltiger, weißt du? Aber als Alte Lady eines Bikers ist man für die Bullen nicht viel mehr als eine Marionette des Clubs. Meine Zeugenaussage war für sie rein gar nichts wert. In einem Jahr kommt er sowieso auf Bewährung raus, aber ich will, dass seine *Unschuld* bewiesen wird.«

»Warum haben sie die DNA nicht untersucht?«

»Gute Frage«, sagte sie. »Und jeden Tag eine neue Ausrede. Verdammte Staatsanwälte.«

Oh Mann …

Ich wusste nicht, wie ich das einordnen sollte. Deshalb sagte ich lieber gar nichts. Aber ich stand nicht auf und ging auch nicht weg, denn obwohl ich Maggs erst kürzlich kennengelernt hatte, glaubte ich ihr. Sie war nicht dumm, und sie war nicht schwach. Es war eine erschreckende Vorstellung, dass das System womöglich so korrupt war.

»Sie haben Bolt eindeutig reingelegt«, sagte Marie, als sie sich in einen Stuhl neben uns fallen ließ. »Aber die Staatsanwälte hier sind nicht alle schlecht. Sie haben bei mir auf Selbstverteidigung plädiert, als die Sache mit meinem Bruder hochging.«

Ich sah neugierig zu ihr hinüber, aber sie wirkte gedankenverloren. Die Geschichte konnte bis zur nächsten Gelegenheit warten, entschied ich. Falls es eine nächste Gelegenheit *gab.* Die Mädels hielten zu mir, aber ob sie auf längere Zeit meine Freundinnen bleiben würden, war zweifelhaft. Ich hatte den Eindruck, dass man draußen war, sobald man den Club verlassen hatte … und ich war schon draußen, bevor ich überhaupt reingekommen war.

Als es dunkel wurde, gingen wir zu erfreulicheren Themen über. Um neun Uhr waren alle Kinder verschwunden, und die Stimmung wurde etwas wilder. Die Musik wurde lauter, und einige Frauen rissen sich das T-Shirt vom Leib, was meine neuen Freundinnen nicht im Geringsten zu stören schien. Dann zündeten die Männer ein großes Lagerfeuer an und machten ein neues Fass auf. Pärchen verdrückten sich in die Dunkelheit. Ich sah nicht zu genau hin, da ich Angst hatte, dass Ruger schon eine Neue zum Vögeln gefunden hatte. Er konnte tun und lassen, was er wollte. Das hieß aber nicht, dass ich ihm dabei zusehen musste.

Das schien mein Stichwort zu sein, um endlich aufzubrechen. Ich hatte nur noch nicht mit Buck wegen eines Jobs gesprochen. Je mehr ich darüber nachdachte, im Line zu arbeiten, desto unrealistischer erschien es mir. Vielleicht sollte ich es einfach bleiben lassen … Ich machte eine entsprechende Bemerkung, als ich Marie, Maggs und Em beim Leerräumen der Essenstische half. Dancer brachte gerade ihre Söhne zu ihrer Mutter und war noch nicht wieder zurück.

»Warum sprichst du nicht mit Buck und entscheidest dich danach?«, schlug Maggs vor, während sie halb leere Chipstüten in einen Karton stapelte. »Ich helf dir bei der Suche nach ihm. Aber lass uns erst hier fertig machen. Das ganze Zeug muss in die Küche.«

»Gib mir den Karton«, sagte Marie und griff danach. »Sophie, kannst du den anderen nehmen?«

»Sicher«, sagte ich, während ich ihn hochhob. Marie war wirklich süß – sie hatte den halben Abend über ihre Hochzeit geredet, die schon in drei

Wochen stattfinden sollte. Sie hatte darauf bestanden, dass ich auch kommen sollte, egal, wie die Sache mit Ruger weiterging.

Nun folgte ich ihr durch eine Hintertür ins Arsenal, wo wir an den Toiletten vorbei in die große Küche gingen. Die Küche war nichts Besonderes, keine Profiküche jedenfalls. Aber sie war geräumig, etwa so wie die Küche in einem Pfarrheim. Drei Kühlschränke, reichlich Arbeitsfläche und eine große, runde Mülltonne, deren Inhalt überquoll und zum Teil auf dem Boden lag.

Wir blieben beide stehen und starrten sie an.

»Mein Gott, ich kann's nicht glauben, was für Schweine diese Jungs sein können«, murmelte sie.

»Man leert den verdammten Mülleimer aus, wenn er voll ist. Dazu muss man doch kaum ein Genie sein.«

»Meinst du, wir können das tragen?«, fragte ich mit einem Blick auf die Tonne, die vollgepackt war und schwer aussah.

»Es gibt nur einen Weg, das herauszufinden«, antwortete sie. Wir stellten das Essen ab, stopften so viel Müll wie möglich zurück in die Tonne und packten dann jeweils eine Seite. Es war nicht einfach, aber wir zerrten sie aus der Küche in den Hauptraum des Arsenals, den ich noch nicht gesehen hatte.

»Heilige Scheiße«, sagte ich und riss die Augen auf. Der Raum war voller trinkender Männer und nackt herumspazierender Frauen. Es gab eine Bar mit einem nackten Mädel, das gerade Body Shots verteilte. Mein Blick wanderte schnell weiter, nur um auf einem anderen Mädchen zu landen, dessen Kopf über dem Schoß eines Mannes auf- und niederfuhr. Er saß zurückgelehnt auf einer abgefuckten Couch, hatte die Augen geschlossen und eine Hand in ihre Haare gekrallt.

»Einfach ignorieren«, murmelte Marie und verdrehte die Augen. »Eine Horde Idioten. Der Müllcontainer steht draußen vor dem Haus, gegenüber vom Parkplatz. Das Genie, das dieses Haus entworfen hat, hat nicht viele Haustüren eingeplant, sondern es wie eine Festung angelegt. Verdammt nervig.«

Wir schleiften die Mülltonne durch den Raum, wobei ich merkte, dass ich rot wurde. Dann trat ein Mann zu uns, der die schwere Tonne auf meiner Seite packte.

»Ihr Mädels hättet sagen sollen, dass ihr Hilfe braucht«, sagte er und lächelte mich an. Er war ziemlich süß, fiel mir auf. Schon etwas älter – vielleicht in den Dreißigern. Er hatte einen langen Bart und Tattoos (sie hatten alle Tattoos, wahrscheinlich stand das in den Aufnahmebedingungen oder so) und trug eine Kutte mit einem dieser kleinen, rautenförmigen 1%-Aufnähern. Sein Name war offenbar »D.C.«.

»Danke«, sagte Marie fröhlich. »Soph, hältst du uns bitte die Tür auf?« Ich öffnete die große Haupttür, die auf den vorderen Parkplatz hinausging. Da draußen waren noch mehr Typen. Sie hingen einfach rum – es waren die Typen, die ich zuvor schon gesehen hatte. Sie hatten nicht allzu viele Aufnäher auf ihren Kutten.

»Anwärter, schwingt euren Arsch hier rüber und kümmert euch um den Müll«, brüllte D.C., woraufhin prompt zwei von ihnen aufsprangen und die Tonne übernahmen.

»Sie muss wieder zurück in die Küche, wenn sie fertig sind«, sagte Marie zu D.C.

»Kein Problem, Baby«, antwortete er. »Wer ist deine Freundin?«

Marie und ich tauschten Blicke aus. Ich merkte, dass sie mich nicht vorstellen wollte, aber keine von uns beiden wollte unhöflich sein.

»Ich bin Sophie«, sagte ich, um sie rauszuhalten. »Ich bin nur zu Besuch. Genau genommen fahr ich bald wieder.«

Marie öffnete ihren Mund, um noch etwas hinzuzufügen. Plötzlich trat ein riesiger Mann hinter sie, hob sie mit Schwung hoch und wirbelte sie herum, bevor er sie sich über die Schulter warf.

Horse.

»Ich brauch Sex, Frau!«, erklärte er und schlug ihr scherzhaft auf den Hintern. Dann trug er sie zurück in das Gebäude, während sie protestierend quiekte.

Ich fand mich plötzlich alleine im Dunkeln mit D.C. und den Anwärtern wieder. Keiner der jüngeren Typen sah mir in die Augen, und ich dachte intensiv an die Warnungen, die ich heute schon zu hören bekommen hatte.

Jawohl, ich hatte gerade alles falsch gemacht, was ich falsch machen konnte.

»Hübsche Brandzeichen«, sagte er. Er fuhr mit der Hand Rugers blöde Knutschflecken entlang. »Gehörst du zu jemandem?«

Nun, das war eine delikate Frage.

»Das ist etwas kompliziert«, antwortete ich, während ich mich umsah. Ich wusste nicht, wonach ich suchte. Kimber wüsste in so einem Moment garantiert, was zu tun wäre, dachte ich finster. »Ich muss wieder rein, um die Mädels zu suchen. Ich geh … da rüber«, fügte ich hinzu und nickte zu dem großen Tor in der Mauer an der Gebäudeseite. Das Tor, durch das ich zu Beginn der Party gekommen war. Um keinen Preis würde ich allein durch das Clubhaus marschieren, nicht nach dem, was ich dort gesehen hatte.

»Ich bring dich hin«, sagte D.C., schlang seinen Arm um meine Schultern und drückte mich fest an seinen Körper. In seinem Atem roch ich Alkohol.

Shit. SHIT. *SHIT!*

»Hallooohooo!«, schrie Em und winkte mir vom Tor aus zu. Ich war noch nie in meinem Leben so froh gewesen, jemanden zu sehen. Sie kam zu uns rüber und lächelte uns fröhlich an. »Danke, dass du Sophie gefunden hast, D.C. Ich muss sie jetzt wieder mitnehmen – Ruger ist als Nächster mit Boxen dran, und er wird stinksauer sein, wenn sie den Kampf verpasst. Sie wohnen zusammen, weißt du.«

D.C. ließ mich los, und ich lief hinüber zu Em. Er runzelte die Stirn.

»Hab doch gesagt, dass es kompliziert ist«, sagte ich mit wackliger Stimme. »Tut mir leid.«

Er schnaubte, während er sich umdrehte und zurück ins Arsenal marschierte, wo er die Tür hinter sich zuknallte. Die anderen Typen sahen überallhin, nur nicht zu Em und mir.

»Mann, ich könnte Marie umbringen, weil sie dich mit ihm allein gelassen hat«, murmelte Em. Sie packte meinen Arm und zog mich über den Parkplatz zum Tor. »Zumindest hat sie mir zugebrüllt, dass ich dich holen soll, als Horse sie vorbeigetragen hat. Wir lassen nie eine Schwester allein zurück, weißt du? Das hätte unschön ausgehen können.«

»Äh, sie hatte nicht wirklich ein Wahl«, sagte ich. »Horse hat sie einfach gepackt und weggetragen. Es ging alles ganz schnell.«

»Horse denkt nur an Sex«, fauchte Em in einer Mischung aus Ekel und etwas, das verdächtig nach Eifersucht klang.

»Zumindest hat dich Marie hier rausgeschickt«, sagte ich. »Hätte er mir wehgetan?«

»Wahrscheinlich nicht«, sagte sie mit ruhiger Stimme. »Aber er ist ziemlich sicher betrunken. Wenn ein Typ zu betrunken ist, versteht er das Wörtchen ›Nein‹ oft nicht mehr.«

»Kommt das hier vor?«

»Vergewaltigung?«, fragte sie geradeheraus.

Ich nickte.

»Sollte es eigentlich nicht«, sagte sie. »Die Männer halten's nicht für okay oder so, aber ich bin mir sicher, dass das hier auch schon vorgekommen ist. In meinem Studentenwohnheim hatten wir auch einen Fall. Wenn Menschen zusammenkommen, werden ein paar von ihnen schreckliche Dinge tun. Und wenn ein Haufen geiler Männer reichlich Alkohol trinkt, kann so ein Mist schon passieren. Aber ich sag dir eins – ich fühl mich hier sicherer als auf manch einer anderen Saufparty, auf der ich gewesen bin. Auf Reaper-Partys geht's vielleicht wilder zu als auf Collegepartys, aber wir haben bestimmte Regeln, die auch durchgesetzt werden, das kannst du mir glauben.«

»Und du bist mit all dem aufgewachsen?«, fragte ich. »War das nicht … verstörend?«

»Ich bin mit 20 Onkeln aufgewachsen«, sagte Em. Als wir durch das Tor gingen, lächelte sie freundlich und winkte den Jungs, die dort herumstanden, zu. Alle winkten zurück: Em war eindeutig beliebt. »Sie hätten alles für mich getan. Ich hatte auch reichlich Tanten und eine Horde Kinder zum Spielen – Kinder, die ich schon mein ganzes Leben lang kannte. Du hast gesehen, wie viele Kinder heute hier waren. Und sie hatten alle eine Menge Spaß. Natürlich schicken wir sie nach Hause, bevor es zu wild wird.«

»Und ab wie viel Jahren durftest du dann länger bleiben?«, fragte ich.

Sie verdrehte die Augen und zuckte mit den Schultern.

»Dad hat mir vor einer halben Stunde gesagt, dass ich gehen soll«, gab sie zu. »Er will nicht, dass ich erwachsen werde. Nicht dass auch nur ein

Typ hier mich anfassen würde. Das ist es eben – wir sind hier eine Familie. Familienmitglieder passen aufeinander auf.«

»Und die ganzen Frauen, die hier rumlaufen?«, fragte ich. »Dieser D.C. hat mich nicht wie ein Familienmitglied angesehen.«

Sie machte ein langes Gesicht und seufzte.

»Du gehörst nicht zur Familie«, sagte sie leise. »Du gehörst zwar zu Rugers Familie und wirst mit Respekt behandelt – D.C. ist nicht von hier und hatte keine Ahnung, wer du bist –, aber wenn du darauf bestehst, nicht Rugers Eigentum zu sein, wirst du nie richtig zum Club dazugehören.«

»Wirst du mich hassen, wenn ich dir sag, dass ich gar nicht dazugehören will?«

»Ich versteh's schon«, erwiderte sie seufzend. »Glaub mir, ich wünschte, es wäre anders mit euch beiden. Aber ich würde das, was Ruger vorschlägt, auch nicht akzeptieren. Nie im Leben. Willst du hier weg? Mein Dad wird sowieso früher oder später nach mir suchen, dann kann ich auch gleich jetzt verschwinden.«

»Ja, ich würd gerne gehen«, erklärte ich.

»Lass uns zusammen einen Film ansehen oder so was«, sagte sie. »Du kannst mit zu mir kommen, wenn du willst. Wir haben ein absolut geiles Heimkino.«

»Äh, das klingt super«, antwortete ich etwas überrascht. »Weißt du, was lustig ist? Ich hätt nicht gedacht, dass der Präsident eines Motorradclubs ein Heimkino hat.«

»Ich wette, du hättest auch nicht erwartet, dass er eine jungfräuliche Tochter hat«, sagte sie. Em hatte eindeutig ihren Humor wiedergefunden, zumindest teilweise. »Lass uns einfach gehen, verdammt. Bei der letzten großen Party habe ich meinen Dad zufällig überrascht, als er ein Mädchen gevögelt hat, mit dem ich meinen Abschluss gemacht hatte. Es war widerlich.«

* * *

Draußen im Hof hatte sich ein Kreis um das Lagerfeuer gebildet. Die Leute jubelten, schrien und stöhnten alle paar Sekunden.

»Was ist denn hier los?«, fragte ich und reckte meinen Hals.

»Sie kämpfen«, antwortete Em. »Das passiert, wenn zu viele Schwänze auf einem Haufen sind. Oh, und es war übrigens kein Scherz, als ich gesagt habe, dass Ruger als Nächster dran ist – er ist auch hier draußen. Aus irgendeinem Grund halten sie es für lustig, sich gegenseitig zu schlagen. Lass uns Maggs suchen. Vielleicht will sie auch einen Film mit uns ansehen.«

Ich lachte und entdeckte gleich darauf Maggs. Sie stand in der Nähe des Feuers und starrte in die Flammen. Ich ging zu ihr rüber, aber sie sah nicht hoch.

»Geht's dir gut?«

Sie seufzte und verschränkte mit einem Stirnrunzeln die Arme.

»Prächtig«, sagte sie und verdrehte die Augen. »Ich hab's nur so verdammt satt, ohne Mann hier zu sein. Der Club ist wirklich toll, aber nicht so toll wie Bolt in meinem Bett.«

Ich wusste nicht recht, was ich tun sollte, weshalb ich sie einfach fest drückte. Sie umarmte mich auch. Trotz der Geschichte mit Ruger wollte ich wirklich mit diesen Frauen weiterhin befreundet sein.

»Hey, willst du mit mir und Em einen Film ansehen gehen?«, fragte ich. »Ich hab genug von Ruger, Picnic sagt, dass Em gehen soll, und du fühlst dich einsam. Klingt, als ob Gott persönlich seine Hand im Spiel hätte: Wir sollten hier verschwinden und lieber Schokoeis essen.«

Sie schnaubte.

»Eis ist kein Ersatz für einen Mann«, sagte sie ironisch.

»Wir können noch Schlagsahne obendrauf geben«, sagte ich und wackelte dabei vielsagend mit meinen Augenbrauen. »Du kannst so tun, als ob du sie von ihm ablecken würdest anstatt vom Löffel.«

»Du bist so doof«, antwortete sie grinsend.

»Ich weiß«, antwortete ich fröhlich. »Ich bin zwar doof, aber ich weiß, was ich für Leckereien im Tiefkühler habe, und darauf kommt's bei der Mission des heutigen Abends an. Lass uns gehen.«

»Ich möchte, dass du zuerst noch Buck kennenlernst«, sagte sie. »Du musst ihn nach einem Job fragen.«

Ich runzelte die Stirn. Wollte ich wirklich in einem Stripclub arbeiten – besonders in einem, der den Reapers gehörte? Klang nicht nach der besten Methode, um mich abzugrenzen ...

»Du musst dich ja nicht heute Abend entscheiden«, sagte sie. »Sprich einfach nur mit ihm, und dann kümmern wir uns um das, was wirklich wichtig ist – Eis und Mädelsfilme. Bitte einen traurigen, ich bin nämlich gerade in der Stimmung für eine Runde Heulen. Lass uns schnell mit ihm reden, okay?«

»Du hast schließlich nichts zu verlieren«, fügte Em hinzu, als sie sich neben uns stellte. »Sucht Buck, und dann verziehen wir uns von hier. Ich bin bereit für einen Dreier mit Ben und Jerry.«

Maggs nahm meine Hand und zog mich auf die Menge zu, die sich um die Kämpfer versammelt hatte. Em tapste wie ein Welpe hinter uns her. Ich konnte nicht viel von dem Kampf erkennen, da eine Mauer aus Bikern vor uns stand, aber Maggs schlängelte sich wie eine Expertin hindurch. Bald standen wir am Rand des »Rings«, der nur aus einer in den Erdboden gezogenen Linie bestand. Sie sah sich nach Buck um, aber der Klang einer Faust, die auf Fleisch traf, nahm meine Aufmerksamkeit völlig in Anspruch.

Ruger stand in der Mitte des Kreises. Er war nackt bis zur Taille und machte ein finsteres Gesicht. Den Mann, dem er gegenüberstand, kannte ich nicht. Er sah ein wenig jünger als Ruger aus, und dem Blut nach zu schließen, das über sein Gesicht lief, machte Ruger ihn gerade fertig.

Em blieb abrupt neben mir stehen.

»Was zum Teufel hat Painter vor?«, murmelte sie. »Ich glaub's einfach nicht – er kämpft gegen Ruger. Das ist verdammt idiotisch.«

»Warum?«, fragte ich, ohne den Blick von den sich umkreisenden Männern abwenden zu können. Ich konnte die obere Hälfte von Rugers Panthertattoo über dem Rand seiner Jeans sehen. Es passte wirklich perfekt zu ihm – jede seiner Bewegungen war ruhig und geschmeidig und unfassbar raubtierhaft.

»Ruger ist wirklich gut«, sagte Em knapp. »Er wird Painter abschlachten.«

»Ist das der Typ, der ...?«

»Ja«, antwortete sie mit grimmiger Stimme. »Genau das ist er. Der Typ, der sich nicht für mich einsetzen wollte. Ich hoffe, dass Ruger ihn fertigmacht.«

Ruger wählte diesen Moment, um Painter seine Faust in den Bauch zu rammen, was die Menge mit einem lauten Aufschrei quittierte. Painter schnappte nach Luft, blieb aber aufrecht stehen und erholte sich erstaunlich schnell, zumindest für mein ungeschultes Auge.

»Er ist hier drüben«, sagte Maggs und packte mich wieder am Arm.

Ich sah sie verständnislos an.

»Wer ist da drüben?«

»Buck«, sagte sie. »Du wolltest ihn wegen eines Jobs fragen, oder?«

»Oh ja«, sagte ich, wobei ich mich zwingen musste, den Blick von den sich umkreisenden Boxern abzuwenden. Was für Idioten kämpften absichtlich so hart? Maggs zog mich weiter durch die Menge und blieb neben einem großen Mann stehen, der den Kampf mit verschränkten Armen beobachtete. Er wirkte nicht besonders glücklich.

»Hey, Buck«, sagte Maggs fröhlich. Er sah auf sie hinunter und hob eine Augenbraue.

Ich schluckte.

»Äh, wir können das auch wann anders machen«, flüsterte ich Maggs ins Ohr. »Sieht nicht so aus, als ob er gute Laune hätte.«

»Er ist immer so«, sagte sie. »Stimmt's, Buck? Du bist immer ziemlich stinkig, oder?«

Der große Mann lächelte sogar.

»Und du bist immer ziemlich zickig, aber ich mag dich trotzdem«, sagte er. »Bist du bereit, den Arsch Bolt abzuservieren, damit du mit einem richtigen Mann ficken kannst?«

»Ich denke, Jade hätte vielleicht was dagegen, und sie ist 'ne verdammt gute Schützin.«

Dieses Mal verzogen sich beim Lächeln sogar seine Augen.

»Das ist verdammt wahr«, sagte er. »Sie kann aber auch eine ganz schöne Zicke sein. Langweilig wird's nie. Und, wer ist das denn?«

»Das ist Sophie«, sagte sie und zog mich dabei nach vorne.

Vom Ring hörte ich Fleisch auf Fleisch klatschen und sah Painter aus dem Augenwinkel hin und her wanken. Ruger umkreiste ihn wie eine Katze, die mit ihrer Beute spielt. Ich zwang mich wegzusehen und konzentrierte mich stattdessen auf Buck. Es konnte nicht schaden, mich mal mit ihm zu unterhalten.

»Sophie sucht einen Job«, fügte Maggs hinzu.

»Als Tänzerin?«, fragte er mit hochgezogener Augenbraue. Sein Blick wanderte über meine Figur und begutachtete mich auf ganz ungewohnte Weise – ganz geschäftsmäßig.

»Ich möchte kellnern«, sagte ich. »Ich hab schon früher als Bedienung in einer Bar gearbeitet. Zwar noch nie in einem Stripclub, aber ich kann hart arbeiten. Ich hab gehört, dass es ein guter Job sein soll.«

Er betrachtete mich mit nachdenklichem Gesicht.

»Gehörst du zu jemandem?«

Maggs und ich sahen uns an. Ich schüttelte meinen Kopf.

»Nicht wirklich«, antwortete ich.

»Was zum Teufel soll das denn heißen?«

»Sie …«

»Halt den Mund, Maggs«, sagte er, wenn auch nicht unfreundlich. »Wenn sie nicht selbst reden kann, hat sie in meiner Bar nichts zu suchen. Also, was ist das für eine Geschichte? Gehörst du zu jemandem oder nicht?«

Zwischen den Kämpfern ging es plötzlich heiß her, eine Reihe schneller Schläge wurde ausgetauscht, die ich von meinem Platz aus nicht genau sehen konnte. Nach den Reaktionen der Menge zu schließen, wurde die Sache langsam interessant.

»Bist du beim Aufnehmen der Bestellungen auch so langsam?«, fragte Buck. »'ne langsame Bedienung kann ich nämlich nicht brauchen.«

»Entschuldigung«, sagte ich und riss mich zusammen. »Ruger ist der Onkel meines Sohnes.«

»Hat er dir diesen Ring um den Hals verpasst?«

»Äh, ja«, antwortete ich, während ich eine Grimasse zog. »Und ich wohne bei ihm. Aber zwischen uns läuft nichts. Ich brauche nur dringend einen Job.«

Buck sah mich fragend an und warf dann einen Blick auf Maggs, die grinste und die Augen verdrehte. Er nickte langsam und lehnte sich dann zu seinem Nebenmann hinüber.

»100 Dollar auf Painter?«

Der Mann starrte ihn mit hochgezogenen Augenbrauen an.

»Bist du völlig krank im Hirn, Mann?«

»Nein«, sagte Buck. »Wetten wir?«

»Aber sicher, dein Geld nehm ich gerne. Der Junge ist fast schon erledigt.«

Buck drehte sich wieder zu mir.

»Zeig mir deine Titten«, sagte er.

Ich sah ihn mit großen Augen an.

»Ich hab nicht vor zu tanzen«, sagte ich schnell. »Ich will nur kellnern.«

»Ja, das hab ich verstanden«, antwortete er. »Aber ich muss wissen, ob du auch in der Uniform gut aussiehst. Du kannst deinen BH anlassen, aber zieh das T-Shirt hoch, wenn du den Job willst.«

Ich warf einen Blick auf Maggs, die mir beruhigend zunickte.

»Keine Sorge«, sagte sie, wobei ihr Blick zwischen mir, Buck und den kämpfenden Männern hin und her wanderte. »Du brauchst einen ordentlichen Vorbau, wenn du im Line kellnern willst. Mach einfach, das kümmert hier niemanden.«

Ich atmete tief ein und zog dann mein Shirt ganz nach oben.

Zwei Sekunden später hörte ich ein lautes Krachen. Plötzlich war Ruger zwischen mir und Buck und rammte ihm die Faust ins Gesicht. Buck ging in die Knie, und Ruger stürzte sich auf ihn, während er weiterhin auf ihn einprügelte.

Ich schrie, als mich Maggs zur Seite zerrte. Wir zogen beide unsere Köpfe ein und klammerten uns aneinander. Drei Typen sprangen auf Ruger, um ihn von Buck wegzuziehen. Er wehrte sich fluchend und knurrend. Picnic tauchte auf einmal auf, Gage im Gefolge, der einen Baseballschläger trug.

»Haltet alle euer Maul, verdammt«, brüllte Picnic. »Ruger, reiß dich zusammen. Du bist nicht mehr im Ring, du hast aufgegeben. Und jetzt hör endlich auf, mit deinem Schwanz zu denken, du Idiot.«

»Lasst mich los«, knurrte Ruger.

»Reißt du dich zusammen?«, fragte Gage. Ruger nickte knapp, woraufhin ihn die Typen losließen. Gage reichte Buck die Hand, um ihm aufzuhelfen.

»Gibt's hier ein Problem?«

Buck spuckte ein wenig Blut aus und grinste. Das leuchtende Rot umrahmte schaurig seine Zähne und tropfte ihm vom Kinn. Er sah aus wie ein Serienmörder.

»Alles in Ordnung«, sagte er, während er sich über die Lippen leckte. »Das Arschloch hat gerade eine Wette für mich gewonnen. War verdammt einfach.«

Dann sah er zu mir herüber. Ich kauerte immer noch völlig erschüttert neben Maggs.

»Kein Job«, sagte er. »Wir haben schon genug Gezicke in der Bar. Bei einem Kampf allerdings? Perfekt. Ruger gewinnt immer, was für ein schöner Moment. Danke, Süße.«

»Äh, okay«, sagte ich schnell. »Ich glaub, ich sollte eh besser woanders arbeiten.«

Ruger funkelte mich an. Seine Brust hob und senkte sich, sein ganzer Körper war schweißbedeckt.

»Du hast ihn wegen eines Jobs gefragt?« Ruger packte meinen Arm und zerrte mich durch die Menge.

Ich versuchte, mich loszureißen, aber er reagierte überhaupt nicht.

»Lass mich los!«

Ruger zog mich zur Hofmauer und drängte mich dagegen, wobei er beide Hände links und rechts von meinem Gesicht aufstützte, während er sich nach vorne beugte.

»Was genau ist so verdammt kompliziert an der Sache?«, fragte er so wütend, wie ich ihn noch nie gesehen hatte. Na ja, fast noch nie … »Du spazierst nicht in der Gegend herum und zeigst allen deine Titten. Das ist doch nicht so schwer zu verstehen, Sophie.«

»Maggs hat gesagt, er müsste einen Blick drauf werfen, wegen des Jobs als Bedienung«, sagte ich ihm schnell. »Sie hat gesagt, es wär nichts Persönliches, absolut keine große Sache.«

Rugers Blick verfinsterte sich.

»Wenn ein Mann die Titten einer Frau zu sehen verlangt, ist es *immer* persönlich«, sagte er klar und deutlich. »Und deine gehören mir.« Ich lass dich nie im Leben im Line arbeiten, verdammte Scheiße. Lass das verfluchte Shirt an. Fuck, ich fühl mich, als ob ich den halben Tag lang Selbstgespräche führen würde.«

»Keine Sorge«, sagte ich und fing erst gar nicht an zu diskutieren. Wäre völlig sinnlos gewesen. »Ich hab genug von diesem Club, ich gehe. Em und ich haben vor, Filme anzusehen und Eis zu essen.«

Ruger hielt inne und strich mir dann sanft eine Haarsträhne hinter mein Ohr.

Ich merkte, wie ich mich entspannte. Vielleicht war er gar nicht so wütend, wie ich dachte. Dann griffen seine Finger fester in meine Haare, und sein Blick wurde streng. Sein Griff wurde schmerzhaft, als er meinen Mund zu sich heranzog. Seine Zunge stieß tief in meinen Mund, besitzergreifend und dominant. Mit der anderen Hand packte er meinen Arm und zog meinen Körper an den seinen, indem er den Arm nach oben hinter mich drehte. Ein Knie drängte sich zwischen meine Beine, und er legte seinen Kopf schräg, um sich alles zu nehmen, was er wollte. Mein Körper liebte es – treulos, wie er war.

Nach dem Kampf war er völlig verschwitzt und verströmte starke Pheromone: Es war ein Wunder, dass ich mich aufrecht halten konnte. Ich wollte meine Arme um ihn schlingen, aber er hielt mich so fest, dass ich mich nicht bewegen konnte.

Langsam konnte ich ein Muster erkennen, dem Mr »Komm nicht, bis ich es dir erlaube« zu folgen schien.

Endlich hörte er auf, mich zu küssen, und wir mussten beide nach Luft schnappen. Er hielt mich immer noch so fest, dass ich keinen Finger rühren konnte, selbst wenn ich es gewollt hätte, was aber nicht der Fall war. Mein Hirn hatte sich schon vor einiger Zeit verabschiedet. Seine Hüften drückten gegen die meinen, sein Schwanz war bereit, die Sache zu beenden.

»Du gehörst mir«, sagte er mit rauer Stimme.

»Ruger …«, begann ich. Aber plötzlich erklang der laute Schrei einer Frau.

Ruger ließ mich los und wirbelte herum, während er mich mit seinem Körper deckte und versuchte, die Lage einzuschätzen. Das Schreien ging weiter, gefolgt von einem wütenden männlichen Brüllen. Im düsteren Schein des Feuers sah ich einen Mann über den Hof jagen, der von zehn weiteren Männern verfolgt wurde. Er erreichte die Mauer am anderen Ende, sprang hoch, griff nach dem oberen Mauerrand und zog sich hinüber.

»Heilige Scheiße«, murmelte ich.

»Bleib aus dem Weg«, sagte Ruger, als er sich zu mir umwandte. Sein Blick war todernst, und ausnahmsweise hatte ich die Absicht, genau das zu tun, was er mir sagte. »Ich schick eines der Mädchen zu dir rüber, und dann verschwindet ihr so schnell wie möglich. Geht zusammen zu euren Autos. Verstanden?«

»Sollten wir nicht die Bullen rufen?«, fragte ich, als der Schrei verstummte. Jetzt konnte ich Weinen und wütendes Geschrei hören. »Jemand wurde verletzt. Was zum Teufel ist hier los?«

»Keine Ahnung, was passiert ist«, antwortete Ruger. »Wir holen Hilfe, keine Sorge. Aber ruf nicht die Bullen. Wir kümmern uns innerhalb des Clubs selbst um die Dinge. Tu wenigstens einmal, was ich dir sage, und wart hier, bis ich jemanden herschicken kann. Dann fahr nach Hause und bleib dort. Ich kann mich nicht mit der Sache hier befassen, während ich mir gleichzeitig Sorgen um dich machen muss.«

Als ich nickte, gab er mir einen rauen Kuss, bevor er zum Tor des Arsenals rannte. In der Ferne hörte ich, wie zuerst Motorräder angelassen wurden, und dann erklang ein Schuss. Ich ließ mich an der Mauer nach unten gleiten und setzte mich mit fest angezogenen Knien hin, bemüht, Ruger in allem zu gehorchen.

Maggs kam zehn Minuten später zu mir. Ihr Gesichtsausdruck war finster, und sie hatte Blutspuren auf ihrem Arm. Ich stand auf und schlang meine Arme fest um sie.

»Was ist passiert?«, flüsterte ich.

»Verdammter Toke«, murmelte sie. »Irgendeine beschissene Clubangelegenheit. Sie haben heute darüber abgestimmt, und eigentlich sollte alles klar sein, aber Toke – er ist aus Portland – hatte ein paar Bier zu viel und beschloss, dass sie nochmals abstimmen sollten. Er begann, mit Deke zu kämpfen, und zog ein verdammtes Messer raus, mit dem er dann wie ein Idiot herumwedelte.«

»Wer hat geschrien?«, fragte ich. Ich ließ sie los und sah auf ihren Arm hinunter. »Du bist voller Blut. Wer wurde verletzt?«

Ihr Blick wurde starr.

»Em«, sagte sie. »Der Schwanzlutscher hat Em mit seinem Messer erwischt.«

Das versetzte mir einen Schock, und mir wurde schwindlig.

»Hat jemand einen Krankenwagen gerufen?«, fragte ich, während ich mich auf dem Hof umsah. Hinter dem Feuer sah ich jemanden auf dem Boden sitzen. Rundherum standen Frauen.

»Es geht ihr gut, Gott sei Dank«, sagte Maggs mit rauer und wütender Stimme. »Es ist kein schlimmer Schnitt. Wir haben einen Mann hier, der sie nähen kann. Dann müssen wir das nicht offiziell machen.«

»Was ist mit dem Schuss?«

»Pic war nicht besonders glücklich darüber, dass sein kleines Mädchen einen Messerstich abbekommen hat«, sagte sie, was ich für leicht untertrieben hielt. »Wahrscheinlich hat er geschossen. Toke lief davon und kletterte über die Mauer. Ich wette, er stellt gerade einen neuen Geschwindigkeitsrekord auf. Wenn er schlau ist, bleibt er nicht stehen, bis er in Mexiko ist. Em ist was ganz Besonderes, wir lieben sie alle. Ganz zu schweigen davon, dass er seinen eigenen President angegriffen hat. Das ist mehr als ein Kampf – das ist eine Clubangelegenheit. Toke ist gerade in einen Riesenhaufen Scheiße getreten, der sogar noch dampft.«

Ich zitterte.

»Lass uns gehen«, sagte Maggs. »Sie wollen, dass alle Mädels nach Hause fahren. Marie und Dancer bleiben bei Em, aber der Rest von uns ist nicht länger willkommen. Wir müssen sehen, dass wir ihnen nicht im Weg sind. Mist, wenn das so weitergeht, dürfen wir bald Kaution zahlen … Schlaf heute Nacht besser mit dem Telefon neben dem Bett.«

»Meinst du das ernst?«, fragte ich mit großen Augen.

»Wenn Pic Toke erwischt, wird's unschön«, sagte sie. »Aber mach dir keine Gedanken – unsere Jungs sind schlau. Sie sorgen dafür, dass die Lage nicht außer Kontrolle gerät.«

»Und die Sache mit der Kaution? Das war ein Witz, oder?«

»Lass dein Handy nicht aus den Augen, okay?«

Heilige Scheiße.

KAPITEL ELF

Meine Hände zitterten so sehr, dass ich es kaum schaffte, den Schlüssel ins Zündschloss zu stecken. Maggs bot an, mir bis nach Hause nachzufahren, aber ich wollte alleine sein. Ich musste über einiges nachdenken und wollte keine Gesellschaft haben. Ganz offenbar hatten Ruger und ich unterschiedliche Vorstellungen davon, was man unter normalem, angemessenem Verhalten verstand.

Zum einen war ich der Ansicht, dass längere Beziehungen monogam sein sollten. Er war der Ansicht, dass sie für mich monogam und für ihn offen sein sollten. Weitere Themen? Meine Partys kamen normalerweise zum Ende, wenn das Essen ausging und die Leute müde wurden.

Seine endeten gelegentlich mit Messerstechereien und rasanten Verfolgungsjagden.

Und ein letzter, aber keinesfalls unwesentlicher Punkt war, dass ich Sex eher als private Angelegenheit betrachtete. Er verrieb dagegen gerne in Anwesenheit seiner Freunde sein Sperma auf meinem Bauch, nachdem er mich mit Knutschflecken gebrandmarkt hatte.

Ich musste ausziehen. Sofort. Ohne weitere Verzögerung.

Je mehr ich darüber nachdachte, was passiert war, desto wütender wurde ich. Em hätte getötet werden können. Womöglich hatte ich bereits eine Geschlechtskrankheit, da ich mit der männlichen Oberschlampe in einem Schuppen gevögelt hatte, und das auch noch ohne Kondom. Ich war wirklich 'ne tolle Nummer. Oh, und dieser Dingens, wie hieß er noch mal, hätte mich im Dunkeln vielleicht vergewaltigt, nur weil ich es gewagt hatte, den Müll rauszubringen, als er ausgeleert werden musste.

Was zum Teufel war los mit diesen Leuten?

Zwei Stunden nachdem ich bei Rugers Haus angekommen war, hatte ich beinahe fertig gepackt. Wir waren nur eine Woche hier gewesen, es war also nicht besonders schwierig. Ich warf das Zeug einfach in Kartons und schaffte sie hinaus zu meinem Auto. Ich musste wahrscheinlich nur einmal fahren, da Noah noch bei Kimber war. Gleich in der Früh würde ich sie anrufen und fragen, ob wir ein paar Tage bei ihr unterkommen konnten.

Scheiß auf Ruger. Scheiß auf sein schönes Haus und auf die Reapers. Und scheiß auf ihre Motorräder. Ich hoffte, dass sie von ihrem gegrillten Schwein eine Lebensmittelvergiftung bekamen.

Ich hatte bereits meine Klamotten, die Sachen aus dem Wohnzimmer und aus dem Badezimmer gepackt, als ich Rugers Motorrad in der Einfahrt hörte.

Nun, das war natürlich beschiss-tastisch … Ich hatte vorgehabt zu verschwinden, bevor er nach Hause kam. Aber wenn er einen Kampf wollte, konnte er gerne einen haben. Ich hatte mein Leben vielleicht nicht ganz im Griff, aber ich war mir ziemlich sicher, dass Partys, die mit einer Messerstecherei endeten, nicht zu meinem Lebensplan gehörten.

Auch eine enge Beziehung zu einem Knacki, ein Job als Stripperin oder die ständige Sorge, ob ich ohne ein verdammtes Brandzeichen auf meinem Rücken – wie bei einer Kuh – in Gefahr wäre, zählten sicher nicht dazu.

Ich warf gerade Noahs Klamotten in einen Koffer, als ich Ruger in seinen Stiefeln die Treppe herunterstapfen hörte. Er blieb in meiner Küche stehen, und ich hörte wiederum, wie er sich ein Glas mit Wasser füllte. Es reichte ihm also nicht, mich in Gefahr zu bringen und meine Intimsphäre zu ignorieren. Jetzt musste er auch noch meine Gläser schmutzig machen! Ich warf Puff, Noahs Stoffdrachen, angeekelt in den Koffer.

Moment.

Warum zum Teufel sollte ich mir Gedanken darüber machen, woher er sein Wasser bekam? Ich würde nicht mehr hier sein, um das dämliche Glas abzuspülen. Es war nicht meine Wohnung. Diese völlig verrückte Nacht, das schreckliche Ende der Party, das Packen um drei Uhr morgens, um Gott weiß wohin zu ziehen – all das brach plötzlich über mir zusammen.

Ich schnappte mir Puff, sank neben dem Bett zu Boden und lachte darüber, wie verrückt ich gewesen war.

Wie hatte ich auch nur für eine Sekunde glauben können, dass wir in Rugers Souterrainwohnung leben konnten?

Ich lachte, als Ruger durch den Flur ging. Ich lachte, als er ins Zimmer kam, und ich lachte immer noch, als er sich vor mich hinkniete. Ich ignorierte die Wellen frustrierten Zorns, die er aussandte, weil es mir scheißegal war. Er ergriff mein Kinn und zwang mich, ihm in die Augen zu sehen. Sie sahen mich anklagend an. Als ob er das Recht zu einer eigenen Meinung hätte!

Ich hörte auf zu lachen und schenkte ihm mein bösestes Lächeln.

»Was zum Teufel ist hier los?«, fragte er.

»Ich packe«, sagte ich zu ihm und hielt den Drachen hoch. »Wir ziehen aus. Ich bin nicht deine Hure, und Noah ist nicht dein Sohn. Dein Club ist ein Irrenhaus, und ich will mit keinem von euch auch nur das Geringste zu tun haben.«

»Erinnerst du dich noch, dass ich es für keine gute Idee gehalten hab, dass du zur Party kommen wolltest?«, fragte er mich mit hochgezogener Augenbraue.

»Ja, daran erinner ich mich«, fauchte ich. »Aber weißt du, was wirklich ein gutes Argument gewesen wär? Der Hinweis, dass Mädchen niedergestochen werden, wenn's bei euren Partys mal etwas wilder zugeht … Denn ich bin mir ziemlich sicher, dass wir darüber nicht gesprochen haben. Daran hätt ich mich erinnert, Ruger.«

»Ihr wird Gerechtigkeit wiederfahren«, sagte er mit finsterem Blick. »Toke wird dafür bezahlen. Dafür sorgen Deke und Picnic schon.«

»Äh, ist mir wirklich unangenehm, dass ich dir das sagen muss, aber Em braucht keine *Gerechtigkeit*«, betonte ich mit sarkastischer Note. »Sie will erst gar nicht *niedergestochen werden*. Frauen sind da ein bisschen eigen – wir werden nicht gerne *niedergestochen*.«

»Es war ein furchtbarer Unfall«, sagte er langsam. »Und egal, was für eine Scheiße du dir ausmalst: So was ist noch nie zuvor passiert.«

»Du willst mir ernsthaft weismachen, dass es in eurem Clubhaus nie Kämpfe gibt?«

»Nein«, sagte er klar und deutlich. »Ich sag dir, dass bei den Kämpfen normalerweise keine unschuldigen Frauen verletzt werden. Wenn zwei Männer kämpfen wollen, ist das ihre Sache.«

»Und was ist mit den Frauen, die nicht ganz so unschuldig sind?«, fragte ich. »Wo ist da die Grenze? Schlagt ihr gerne Mädchen, Ruger? Ist das in Ordnung in eurem blöden Club?«

Die Atmosphäre kühlte deutlich ab. Oh, das hatte ihn getroffen ... die Luft füllte sich mit neuer Wut, und mir wurde plötzlich klar, dass es vielleicht keine so gute Idee gewesen war, ihn zu verhöhnen.

»Red nicht so über den Club«, sagte er. Sein Gesicht wirkte wie versteinert. »Zeig Respekt, wenn du mit Respekt behandelt werden willst. Und weißt du was? Natürlich würde ich eine Frau schlagen, wenn sie mich als Erste schlägt. Ich bin kein verdammter Ritter in schimmernder Rüstung, Sophie. Was genau kapierst du nicht? Ich war immer ehrlich zu dir, ohne Scheiß. Ja, eine Frau, die einen Mann angreift, verdient eine Abreibung. Wenn sie sich wie ein Mann verhalten will, kann sie auch wie einer kämpfen.«

»Und das bereitet dir keine Kopfschmerzen?«, fragte ich ihn.

Er schüttelte seinen Kopf.

»Nicht im Geringsten. Du willst Gleichberechtigung, Baby? Das ist Gleichberechtigung.«

»Ja, du bist im Grunde ein Feminist«, murmelte ich. »Em hat nicht gekämpft, Ruger. Sie wird für den Rest ihres Lebens eine Narbe tragen. Und wie kommt's, dass Frauen gleichberechtigt sind, wenn's darum geht, einen Schlag einzustecken, aber die restliche Zeit sind sie nur das *Eigentum* irgendeines Typen?«

»Hör auf, über Dinge zu reden, von denen du nichts verstehst«, knurrte er. »›Eigentum‹ ist eine respektvolle Bezeichnung. Das ist ein Teil unserer Kultur. Wenn du uns dafür verurteilst, dann verurteilst du besser auch jede Frau, die am Tag ihrer Heirat ihren Namen ändert. Denn das ist genau dasselbe, verdammt noch mal.« Er hielt inne und fuhr sich eindeutig frustriert mit der Hand durchs Haar. »Wenn du jemandes Eigentum bist, dann bist du eine Frau, die von den Brüdern unter Einsatz ihres Lebens beschützt wird«, sagte er mit nun sanfterer Stimme. »Sie würden auch für dein Kind sterben. Verdreh diese Art der Loyalität nicht in etwas Hässliches, nur weil dir die Worte, die wir verwenden, nicht gefallen. Dancer, Marie, Maggs? Sie sind stolz darauf, Eigentum zu sein, weil sie wissen, was es bedeutet. Niemand zwingt sie zu irgendwas.«

Ich schluckte und versuchte, das zu verdauen.

»Dann sag mir doch eins«, forderte ich ihn auf. »Warum hat Horse zu mir gesagt, Marie sei ›jeden Penny wert, den er für sie gezahlt‹ hat? Das klang nämlich ziemlich scheiße, und ich glaub nicht, dass er Spaß gemacht hat.«

»Du warst nicht mal einen Tag im Clubhaus und kennst schon diese Geschichte?«, murmelte er vor sich hin. »Mein Gott, ein bisschen mehr Diskretion wäre wirklich nett.«

»Ja, ihr wollt schließlich die neuen Mädels nicht verschrecken, wenn sie die Realität zu hören bekommen, oder?«

»Mach dir keine Sorgen«, antwortete er. »Marie und Horse geht's gut, sie heiraten nächsten Monat, also ist das egal.«

»Heilige Scheiße, hat er sie wirklich gekauft?«, fragte ich mit großen Augen. »Ruger, das ist … ich weiß gar nicht, was ich dazu sagen soll!«

»Gut, vielleicht bist du dann einfach mal ruhig«, sagte er. »Wenn's dich interessiert, hab ich Neuigkeiten über Em für dich. Du weißt schon, die Freundin, um die du dir so viel Sorgen machst. Vielleicht ist das wichtiger, als mir Vorträge über Frauenrechte zu halten, meinst du nicht?«

Ich erstarrte beschämt. Ruger hatte recht. Ich war mehr damit beschäftigt gewesen, mich mit ihm herumzuschlagen, als damit, mir Gedanken über Em zu machen. Das war ziemlich scheiße!

»Ja, ich wüsst gern, wie es ihr geht«, sagte ich. Ich legte Puff beiseite und stand auf. Er trat einen Schritt auf mich zu und zog wieder seine Einschüchterungsmasche ab, die er so gut beherrschte. »Also, wie geht's ihr?«

»Es geht ihr gut«, sagte er nach einer langen Pause. »Es war kein schlimmer Schnitt. Etwa sieben Zentimeter lang und nicht tief. Wir haben jemanden, der zu den Freunden des Clubs zählt. Er hat sie genäht und dafür gesorgt, dass keine hässliche Narbe bleibt, nachdem die Wunde abgeheilt ist. Hat ihr zur Sicherheit ein Antibiotikum gegeben. Als ich sie gesehen hab, war sie völlig high von dem Sauerstoff, den er ihr verabreicht hat. Sie hat irgendein Kinderlied über Kätzchen und Plätzchen gesungen. Allerdings muss ich zugeben, dass sich Picnic nicht ganz so entspannt fühlt.«

»Das sind gute Neuigkeiten«, erwiderte ich, während ich auf seine Brust starrte. Er hielt wirklich zu wenig Abstand. »Ich hab vor einer Stunde eine SMS von Maggs bekommen, aber ich hab nicht gewusst, ob sie die Sache herunterspielt. Ich mag eure Partys nicht, Ruger.«

»Die erste Hälfte war doch gar nicht so schlecht«, sagte er langsam, während sich ein wissendes Grinsen auf seinem Gesicht ausbreitete. »Weißt du noch, in der Werkstatt?«

Er berührte mit seinen Fingern leicht meinen Hals und griff dann fester zu.

»Meine Zeichen sehen gut aus«, fuhr er fort. »Vielleicht lass ich sie auf Dauer dran, hab mich noch nicht entschieden. Aber du musst lernen, nicht mit anderen Typen zu flirten, Baby. Du bist jetzt vergeben.«

»Erstens, nimm deine verdammte Hand von mir, denn ich bin *nicht vergeben*«, sagte ich. Er ignorierte mich. »Und zweitens hab ich mit niemandem geflirtet!«

»Du hast deine Titten vor dem ganzen verdammten Club vorgeführt«, sagte er. Sein Griff an meinem Hals wurde ein klein wenig fester. Nicht so fest, dass es wehtat, aber genug, um zu zeigen, dass er mir wehtun könnte.

Oh, *das* gefiel mir gar nicht …

»Nimm. Deine. Verdammte. Hand. Von. Mir«, knurrte ich. Das tat er, aber im selben Moment stieß er mich mit seinem Körper vorwärts, sodass ich stolperte. Ich fiel rückwärts auf Noahs Bett und knallte fast mit dem Kopf an die Wand. Bevor ich mich wegrollen konnte, ließ sich Ruger auf mich fallen und hielt mich so gefangen, wie er es schon in meiner Wohnung in Seattle gemacht hatte.

»Ich hatte einen BH an, und Maggs hat mir geraten, es zu tun«, zischte ich und gab mir gar keine Mühe, gegen ihn anzukämpfen. Das hätte ihn wahrscheinlich nur angemacht. Perversling. »Sie hat gesagt, er muss mich abchecken, wenn ich als Bedienung im Line arbeiten will. Ruger, ich brauch einen Job, verdammt noch mal. Schien keine große Sache zu sein. Die Hälfte der Frauen dort hatte nicht mal Shirts an. Ich hab ja schließlich nicht meinen BH ausgezogen.«

»Du bist so verdammt blöd«, fauchte er. »Natürlich sieht sich Buck potenzielle Bedienungen genau an … und zwar im Club. Zu den Geschäftszeiten. Das heute hat er getan, um mich wütend zu machen und mich aus dem Ring rauszuholen. Er hat dich benutzt, um eine Wette zu gewinnen, Soph – er würde dich eh nicht ohne meine Erlaubnis einstellen.«

»Warum hat Maggs dann gesagt, es wäre okay?«, wollte ich wissen. Mann, war er schwer. Er roch auch so gut, was ich echt beschissen fand. Wie zu erwarten hörte mein Körper nicht auf meinen Verstand: Ich verspürte den Drang, meine Beine breit zu machen und sie um seine Hüften zu schlingen.

»Keine Ahnung, aber sie hat's absichtlich getan«, knurrte er. »Vielleicht solltest du sie mal fragen. Sie hat dich reingelegt und damit auch mich. Ich werde mich später noch mit ihr unterhalten.«

Meine Augen wurden schmal.

»Du lässt Maggs in Ruhe«, sagte ich mit finsterem Blick. »Wenn hier irgendjemand ein Wörtchen mit ihr reden muss, dann bin ich es. Wenn du mit Horse ein Problem hast, willst du dann, dass ich mich einmische?«

»Mann, du bist so 'ne Nervensäge«, sagte er.

»Und du bist ein widerliches Schwein. Überhaupt kein Respekt …«

»Ich respektiere dich«, sagte er und runzelte dabei die Stirn.

Ich schnaubte.

»Ja, ich wette, du fickst alle Frauen, die du respektierst, in aller Öffentlichkeit? Und als du auf meinem Bauch abgespritzt hast – was war das denn für ein verdammter Mist? Ruger, ich bin kein Pornostar, zum Teufel. Ich bin immer noch ganz klebrig und fühl mich eklig. Ist ziemlich schwierig, sich in einem Dixiklo zu waschen.«

»In diesem Haus gibt's drei Duschen, Baby. Ist nicht meine Schuld, dass du noch nicht geduscht hast. Mir *gefällt* die Idee, dass ich noch an dir klebe, also meinetwegen kannst du dir ruhig Zeit lassen.«

»Ich war mit Packen beschäftigt! Ich wollte verschwinden, bevor du heimkommst, du Arsch!«

»Ja, das sehe ich«, murmelte er. Er beugte sich so weit vor, dass sich unsere Lippen beinahe berührten. »Du ziehst nicht aus, Baby. Du gehörst mir. Das hatten wir doch schon besprochen und geregelt.«

»Oh, ich zieh ganz sicher aus«, sagte ich ihm. »Nicht mal du kannst glauben, dass das hier gesund ist, Ruger.«

Er lächelte mich mit einem Raubtierlächeln an.

»Das ist mir ganz egal, ob es gesund ist«, flüsterte er. »Das ganze Leben ist verdammt ungesund. Glaubst du, all diese Leute, die in den Riesenhäusern am See wohnen, führen ein glückliches, nettes, perfektes Leben? Kannst du dir nicht vorstellen, dass diese Miststücke sich gegenseitig fertigmachen, während ihre Ehemänner in ihrer Mittagspause die Praktikantinnen ficken?«

Ich schüttelte meinen Kopf.

»Meine Freundin Kimber ist anders. Sie führt ein nettes und normales Leben, kein verrücktes.«

»Dann ist sie eine unter tausend«, antwortete er. »Glaub's mir, die schlimmsten Sachen passieren oft hinter den hübschesten Türen, wo alle lachen und lächeln und so tun, als ob alles in Ordnung wäre. Und so sieht's in meiner Welt aus: Wir sind abgefuckt. Das geben wir zu. Wir kümmern uns um unsere Angelegenheiten und machen dann weiter. In 20 Jahren werden diese ›gesunden‹ Leute, auf die du so neidisch bist, sich *immer noch* fertigmachen, und ihre Kinder werden dasselbe tun.«

»Das Risiko gehe ich ein«, sagte ich.

Ruger sah mich finster an und fuhr plötzlich hoch. Dann packte er mich und warf mich wie einen Mehlsack über seine Schulter. Ich kreischte, als er mich aus dem Zimmer und die Treppe hoch in sein Loft trug. Dabei kickte und schlug ich unablässig um mich. Half aber rein gar nichts. Ich weiß nicht, was ich erwartete – vielleicht, dass er mich aufs Bett warf und sich an mir verging, wie in einem Film oder so. Stattdessen trug er mich in sein großes Bad, steckte mich unter die Dusche und stellte das Wasser an.

»Was zum Teufel machst du da!«, kreischte ich, als ich das kalte Wasser durch meine Klamotten hindurch spürte. Ruger packte den Duschschlauch und begann, mich abzuduschen.

»Ich zeig dir, wie sehr ich dich *respektiere*«, brüllte er zurück. »Tut mir entsetzlich leid, dass ich vorhin so eine Sauerei veranstaltet habe. Jetzt geb ich mir alle Mühe, diese Beziehung *gesund* und *sauber* zu gestalten, weil dir das so verdammt wichtig ist. Bin ich nicht der reinste Märchenprinz, verdammte Scheiße?«

»Ich hasse dich!«, schrie ich und versuchte, den Schlauch zu packen. Er lachte und duschte mein Gesicht ab. Ich wollte zuschlagen und rutschte aus. Blitzschnell hielt mich Ruger fest und zog mich an seinen Körper. Ich sah zu ihm auf, während meine triefenden Klamotten uns beide durchnässten. Einer seiner Arme umfasste meine Taille, die andere Hand hielt meine Haare.

Wir starrten einander böse an.

»Mein Gott, du treibst mich noch in den Wahnsinn«, sagte er mit rauer Stimme. »Mein Schwanz wird schon hart, wenn ich nur an dich denke. Ich träum jede Nacht von dir. In der Früh wach ich auf und denk nur daran, dass du hier in meinem Haus bist, dass du und Noah endlich bei mir seid. *Meine Familie*. Es ist sogar besser als Motorradfahren. Ich bin verrückt nach dir, Soph.«

Ich schüttelte fassungslos meinen Kopf, denn ich glaubte ihm nicht. Ich konnte es mir nicht leisten.

»Du sagst das nur, um mich zu kontrollieren«, sagte ich leise. Ob zu mir oder zu ihm, wusste ich selbst nicht so genau.

»Fuck, du kapierst es einfach nicht, oder?«

Er küsste mich schnell und hart, und ich wehrte mich etwa zwei Sekunden lang. Dann gab ich nach, denn mein Körper erkannte und brauchte ihn. Plötzlich waren zu viele Klamotten zwischen uns. Unsere Hände fummelten herum, und mir wurde klar, dass klatschnasse Jeans, selbst abgeschnittene, die unpraktischsten Kleidungsstücke sein mussten, wenn es schnell gehen sollte. Ich schaffte es trotzdem irgendwie, sie auszuziehen und mit dem Fuß beiseitezuschubsen, bevor er mich um die Taille fasste, herumwirbelte und gegen das Waschbecken drückte. Ich blickte auf und sah ihn im Spiegel: Sein Gesicht war rot vor Erregung, und seine Augen bohrten sich in die meinen, während er seinen Schwanz tief in mich hineinstieß. Er füllte mich mit seinem harten Schwanz ganz aus und dehnte mich fast bis zur Schmerzgrenze. Ich schnappte nach Luft, in einer Mischung aus Lust und Schmerz. Ich hatte in meinem ganzen Leben noch nie etwas Besseres gespürt.

»Komplett verrückt nach dir«, murmelte er, während sich seine Finger in meine Haut gruben. »Das war ich schon immer.«

»Ruger …«

Dann nahm er mich mit heftigen Stößen von hinten und zwang mich dadurch, mich mit beiden Händen abzustützen. Mit einer Hand hielt er meine Hüfte, mit der anderen Hand griff er nach vorne zu meiner Klit. Sein Piercing glitt über meinen G-Punkt, und die harten, kleinen Metallkugeln an seinem Schwanz trugen mich auf eine neue und völlig unbekannte Gefühlsebene. Mein Orgasmus kam mit unglaublicher Geschwindigkeit über mich, und ich schrie, während mich Zuckungen durchfuhren.

Ruger stieß noch dreimal zu und kam dann auch, sodass sein heißer Samen herausspritzte.

Shit. Wir hatten schon wieder das Kondom vergessen.

Er zog seinen Schwanz langsam heraus, und wir sahen uns schwer atmend im Spiegel an. Er war komplett angezogen, und ich trug noch mein T-Shirt. Meine Haare waren klitschnass und zottelig, das Augen-Make-up lief mir übers Gesicht.

»Hast du irgendwelche Krankheiten?«, fragte ich, während mein Verstand tapfer um die Vorherrschaft kämpfte. Er schüttelte seinen Kopf und betrachtete mich nach wie vor im Spiegel.

»Ich nehm immer ein Kondom«, sagte er. »Ich ficke nie ein Mädel ohne.«

»Du hast mich zweimal ohne gefickt«, sagte ich mit trockener Stimme. »Willst du deine Antwort noch mal überdenken?«

Er grinste mich selbstzufrieden an.

»Ich weiß, dass du die Pille nimmst«, sagte er. »Schwangerschaft ist also kein Thema. Ich weiß auch, dass du sauber bist. Du bist meine Frau, also warum sollte ich dich nicht Haut an Haut spüren? Und ich schwör dir, Baby: Ich habe bisher niemals jemanden ohne Schutz gefickt. Ich hab vor zwei Wochen sogar Blut gespendet – alles bestens.«

»Das ist beruhigend«, sagte ich und richtete mich auf. Ich sah mich nach meinen Höschen und Shorts um. Sie waren neben der Toilette gelandet und hatten auf dem Boden eine Pfütze hinterlassen.

»Woher weißt du, dass ich die Pille nehme?«, fragte ich und griff nach einem Handtuch, um es mir umzuwickeln.

»Hab sie in deiner Handtasche gefunden«, sagte er, ohne dass es ihm peinlich gewesen wäre.

Ich sah verblüfft hoch.

»Was hast du in meiner Handtasche gesucht?«, fragte ich ihn wenig begeistert.

»Dein Handy«, antwortete er und packte seinen Schwanz wieder in die Hose. »Wegen der GPS-Einstellung.«

Ich hielt abrupt inne.

»Du hast auf meinem Handy einen GPS-Tracker eingestellt?«, fragte ich fassungslos. »Was zum Teufel ist mit dir los? Willst du mir auch noch einen Chip verpassen, wie bei einem Hund?«

»Ich will in der Lage sein, dich im Notfall zu finden«, sagte er, wobei sein Gesichtsausdruck ernst wurde. »Ich weiß, dass das paranoid klingt, aber letzten Winter ist eine wirklich schlimme Sache passiert ... Marie und Horse wären jetzt tot, wenn ich den Tracker auf Maries Handy nicht aktiviert hätte. Sie sind auch so fast gestorben. Jetzt mach ich das für alle Mädels, die zum Club gehören. Keine Angst, ich spionier dich nicht aus oder so. Aber das Signal ist eingestellt, falls du jemals in Schwierigkeiten gerätst.«

»Ich weiß gar nicht, wo ich anfangen soll«, sagte ich und schloss meine Augen. Ich spürte, dass ich erschöpft war. Kein Wunder, dass mein Hirn nicht funktionierte und mir nicht sagte, was ich tun sollte.

»Lass uns schlafen gehen«, sagte er. »Ich bin müde, du bist müde.«

»Ich schlaf unten«, sagte ich zu ihm. Ich hielt mein Handtuch fest, während ich nach meinen Klamotten griff.

»Du schläfst hier oben bei mir«, antwortete er. »Du kannst dich dagegen wehren und verlieren, was für uns beide mehr Arbeit bedeutet. Oder du kannst einfach nachgeben. Das Endergebnis ist dasselbe.«

Als ich ihn ansah, wusste ich, dass er recht hatte. Ich würde ihm später die Meinung sagen, jetzt brauchte ich erst einmal eine Pause.

»Kann ich mir was zum Anziehen von dir leihen?«, fragte ich, während ich mir Mühe gab, nicht zu gähnen. »Ich bin zu müde, um mir trockene Sachen zu holen.«

»Mir wär's lieber, wenn du nackt schlafen würdest.«

»Mir wär's lieber, wenn du dich verpissen würdest, aber da das unwahrscheinlich ist, frag ich noch mal: Kann ich mir was zum Anziehen ausleihen?«

Er lächelte mich an.

»Bedien dich. Shirts sind in der obersten Schublade, Unterwäsche in der zweiten von oben.«

Ich verließ das Badezimmer und sah mich nach seiner Kommode um. Die T-Shirts waren tatsächlich in der obersten Schublade. Ich entdeckte eines mit einem Reapers-Symbol und zog es heraus. Dann warf ich einen Blick in die nächste Schublade. Die meisten seiner Sachen waren schwarz oder grau. Deshalb stach mir etwas Pinkes weiter hinten schnell ins Auge.

Was zum Teufel?

Ich zog ein pinkes Seidenhöschen hervor.

»Meine Güte, Ruger«, sagte ich. »Gibt's irgendwo einen Platz in diesem Haus, wo Frauen nicht ihre Dessous herumliegen lassen? Hier sieht's ja aus wie bei Victoria's Secret!«

Ich drehte mich zu ihm um und hielt das Höschen angeekelt mit zwei Fingern hoch.

Er legte seinen Kopf schief und lächelte mich seltsam an.

»Das hier gehört dir«, sagte er langsam. »Du hast es liegen lassen.«

»Wovon redest du?«

»Diese erste Nacht«, sagte er. »Mit Zach. Du hast es in meiner Wohnung liegen lassen. Seitdem hab ich es.«

Ich erstarrte und betrachtete es genauer. Es war eine ganze Weile her, aber es kam mir tatsächlich bekannt vor. Ich war so traurig gewesen, dass ich es verloren hatte, denn ich hatte es extra zu diesem Anlass gekauft ...

»Ich weiß nicht recht, ob das nur ein bisschen krank ist oder echt krank«, sagte ich schließlich und warf ihm einen Blick zu.

Er zuckte mit den Schultern, wich meinem Blick aber nicht aus.

»Du hast mich letztens gefragt, ob ich dich erst seit Kurzem begehre«, sagte er ausnahmsweise ohne spöttisches Grinsen. »Nicht erst seit Kurzem, Baby. Absolut nicht.«

Ich wachte plötzlich auf und fragte mich, wo zum Teufel ich wohl war. Ein kräftiger männlicher Arm lag quer über meinem Bauch und hielt mich fest. Über mir erstreckte sich ein gewölbter Dachstuhl aus Zedernholz. Ich drehte mich um und entdeckte Ruger, der mit dem Gesicht nach unten neben mir lag. Schlagartig erinnerte ich mich.

Ich musste hier raus, bevor er aufwachte und wieder mit seinem »Du bist meine Frau und gehörst mir«-Scheiß anfing. Denn ich konnte es mir nicht mehr leisten, einfach so herumzuspielen – Noah hatte schon genug mitgemacht.

Vorsichtig hob ich seinen Arm hoch, rollte mich aus dem Bett und drehte mich um, damit ich seinen schlafenden Körper noch einmal betrachten konnte. Rugers Rücken war nur zur Hälfte vom Betttuch bedeckt, und zum ersten Mal hatte ich die Gelegenheit, seine Tattoos bei Tageslicht zu bewundern. Sein perfekt geformter Körper war nicht einfach nur sexy. Er war in der Tat ein Kunstwerk. Seine Arme waren von unzähligen, miteinander verwobenen Mustern und Zeichen bedeckt, sodass ich den einzelnen Linien kaum folgen konnte. Auf seinem rechten Bizeps stach ein Bild hervor, das offenbar Noahs Arche darstellte. Die sich von der Arche entfernenden Tiere waren Fantasiewesen, wie Drachen, Dämonen und Schlangen, aber die Arche war klar zu erkennen.

Ich hielt die Luft an. Warum war mir das noch nie zuvor aufgefallen?

Er regte sich im Schlaf, sodass das Bettlaken herunterrutschte. Ich konnte nicht noch viel länger bleiben … Ich wollte gehen, bevor er aufwachte und wir wieder anfingen zu streiten. Wenn wir unserem üblichen Ritual folgten, würde ich nämlich anschließend wieder Sex mit ihm haben. Meine Klit meldete sich und schickte ein dringendes Memo an mein Hirn, um diese Vorgehensweise zu befürworten. Wenn man mit einer männlichen Schlampe vögelte, hatte das einen großen Vorteil – er wusste ganz genau, was er tat.

Und was war mit dem pinken Höschen, das ich getragen hatte? Ich wusste nicht, was ich davon halten sollte. Eigentlich hätte ich schockiert sein sollen, aber ganz im Gegenteil – es turnte mich an. All die Jahre war ich scharf auf ihn gewesen, und er war scharf auf mich gewesen. Nicht scharf genug, um treu zu sein natürlich. Aber er hatte mich immer noch gewollt.

Meine Brustwarzen schlossen sich meiner Klit an und plädierten für eine weitere Runde.

Ich ignorierte sie.

Nichts hatte sich verändert. Die Party, Em, all die Gründe, warum ich mich von den Reapers fernhalten sollte. Ruger und ich konnten einfach nicht zusammen sein. Aber für ein paar Minuten erlaubte ich mir, den schlafenden Mann zu betrachten, der so unglaublich sexy war und zudem ein inoffizieller Vater für meinen Sohn. Über die obere Hälfte seines Rückens lief ein breites, geschwungenes Banner-Tattoo mit dem Schriftzug »Reapers«, das dem Aufnäher auf seiner Weste entsprach. Ihr Symbol – der Sensenmann – füllte die Mitte des Rückens. Vom unteren Teil sah ich nur ein Stückchen, aber ich wusste, dass darauf »Idaho« stand.

So komisch es auch klingt, die Verbindung seiner Clubfarben und die Arche verkörperten wunderbar Rugers widersprüchliche Persönlichkeit.

Seltsame Flecken bedeckten seine Schultern, und auf seiner Seite sah ich nur ein winziges Stück der Pantherklaue, die um seine Hüfte herum reichte.

Er bewegte sich, und ich hielt inne, als mich die Realität einholte.

Ich musste hier raus, sonst würden wir nur wieder miteinander streiten. Wir würden zwar sowieso bald den nächsten Kampf ausfechten, aber eine kleine Pause wäre ganz schön. Also ging ich hinunter und entdeckte dort mein Handy. Es war sieben Uhr morgens. Ich brauchte nicht einmal 30 Minuten, um den Rest zu packen. Dann trug ich alles hinaus zum Auto, lud die Sachen ein und stieg ein.

Ich drehte den Schlüssel im Zündschloss und fühlte mich zugleich traurig und ein wenig wehmütig.

Es würde schon irgendwie weitergehen, redete ich mir selbst zu. Ich tat das Richtige. Die Sonne stand schon hoch am Himmel, als ob sie mir recht geben wollte. Die Vögel zwitscherten wie in einem doofen Disneyfilm. Ich bog aus der Einfahrt und sah Elle, Rugers Nachbarin, mit dem Hund Gassi gehen. Sie lächelte, als sie mich sah, und winkte mir anzuhalten. Ich fuhr an den Bordstein.

Elle ließ ihren Blick über das Auto wandern und bemerkte offenbar die Anwesenheit von Kartons und die Abwesenheit eines Kindes.

»Ärger im Paradies?«, fragte sie trocken.

Ich lächelte kläglich und zuckte mit den Schultern.

»Könnte man so sagen«, antwortete ich. »Ruger und ich leben in unterschiedlichen Welten. Mir ist klar geworden, dass es nicht darauf ankommt, wie günstig die Miete ist. Es funktioniert nicht, wenn ich hierbleibe.«

»Hast du einen Plan?«, fragte sie. Und es war nicht eine dieser Fragen, die eigentlich eine verkappte passiv-aggressive Anklage sind. Mein Mutter war eine echte Meisterin darin gewesen … Elle dagegen machte sich ernsthaft Sorgen, das war mir bewusst.

»Nicht wirklich«, sagte ich. »Aber ich schätze, das passt schon. Jedes Mal, wenn ich Pläne mache, geht eh irgendwas schief. Noah ist bei meiner Freundin Kimber, sie hat auch noch ein Zimmer frei. Sie wird uns sicher aufnehmen, bis ich was anderes gefunden hab.«

»Verstehe«, antwortete sie, während sie nachdenklich die Lippen schürzte. Sie sah hinüber zu Rugers Haus und neigte dann ihren Kopf. »Warum kommst du nicht rüber zu mir zum Frühstücken? Ich würde gerne über etwas mit dir sprechen.«

Das überraschte mich.

»Äh, ich will nicht unhöflich klingen, aber ich versuche, irgendwie hier wegzukommen, bevor Ruger aufwacht«, erklärte ich ihr. »Er wird nicht glücklich darüber sein.«

»Darüber wird er hinwegkommen«, sagte sie wiederum mit trockener Stimme. »Er ist vielleicht ein großer, böser Biker, aber letztendlich ist er auch nur ein Mann, und Männer sind einfach dumm. Man sieht mein Haus nicht von der Straße aus, und dort wird er dich auch ziemlich sicher nicht nach dir suchen. Ich hab eine Schrotflinte, falls er doch vorbeischauen sollte. Außerdem habe ich Zimtschnecken.«

Ich starrte sie mit offenem Mund an. Mit der Bemerkung hatte sie mich überrumpelt.

»Okay«, antwortete ich ordentlich beeindruckt.

Eine halbe Stunde später saßen wir an ihrem Küchentisch, aßen Gebäck und diskutierten mein verrücktes Leben. Irgendwie gelang es ihr, das Komische an der ganzen Situation hervorzuheben, sodass alles nicht ganz so erschreckend wirkte. Wenn ich älter war, wollte ich so wie Elle sein, beschloss ich. Sie war smart, lustig, zynisch und ziemlich sexy für eine Frau, die auf die 40 zuging.

»Du hast also ein kleines Problem«, sagte sie schließlich. Sie war eine Meisterin der Untertreibung. »Auszuziehen war eine kluge Idee. Da stimme ich dir hundertprozentig zu.«

»Wirklich?«, fragte ich. »Ich glaube nämlich, dass mich Maggs gestern Abend reingelegt hat. Sie versucht, uns zusammenzubringen, das weiß ich sicher.«

»Nun, es gibt *Zusammensein*, und es gibt *Ficken*«, sagte Elle, während sie behutsam ein Stück von einer Cantaloupe-Melone abschnitt.

»Ich flipp fast aus, wenn du das tust«, gestand ich.

»Wenn ich was tue? Melone essen? Zitrusfrüchte und Gemüse sind äußerst gesund, Sophie.«

Ich kicherte und schüttelte meinen Kopf.

»Nein, dich zuerst ladylike benehmen und dann plötzlich wie ein Matrose fluchen.«

»Mein verstorbener Mann war in der Navy«, erklärte sie mit einem leisen Lächeln. »Und glaub mir, bei seinen Ausdrücken würden deine Freunde vom Motorradclub heulen wie kleine Mädchen. Ruger erinnert mich in gewisser Weise an ihn. Er ist so wild und voller Gewalt, die er aber auch im Zaum halten kann.«

»Vermisst du ihn?«, fragte ich sanft.

»Natürlich«, antwortete sie mit scharfem Unterton. »So einen Mann muss man einfach vermissen. Aber die Sache ist so, Sophie. Ich habe für ihn alles aufgegeben. Wir sind alle paar Jahre umgezogen, weshalb es mir schwerfiel, enge Freundschaften zu schließen. Ich hatte darüber nachgedacht, ein Kind zu bekommen, aber ich wollte es nicht allein aufziehen und ich wusste, dass er die Hälfte der Zeit nicht da wäre. Dann ist er wieder gegangen und ist mir einfach weggestorben – und jetzt bin ich völlig allein. Manchmal hasse ich ihn deswegen.«

Ich wusste nicht genau, was ich sagen sollte. Deshalb biss ich noch mal in meine Zimtschnecke. Elle nippte an ihrem Tee, lehnte sich dann zurück und sah mich sehr ernst an.

»Ich tat etwas sehr Dummes, als ich in deinem Alter war«, sagte sie. »Ich ließ zu, dass ein Mann für mich die Entscheidungen traf. Keine Ahnung, ob Ruger und du zusammengehört. Aber du brauchst deinen Freiraum, um das herauszufinden. Du darfst dich nicht zu abhängig von jemandem machen, außer du kannst ihm wirklich vertrauen.«

»Ich vertrau Ruger«, sagte ich langsam. »Zumindest bei allem, was Noah angeht. Ich glaub aber auch, dass er sich nicht ändern wird, und das ist wohl das Problem.«

»Das tun Männer selten«, stimmte sie zu. »Obwohl es nicht unmöglich ist, schätze ich. Wie ich vorhin schon gesagt habe: Ich habe vielleicht eine Lösung für dich. Wusstest du, dass es in meiner Scheune eine Wohnung gibt?«

»In deiner Scheune?«, fragte ich verständnislos. Ich sah aus dem Fenster auf den Holzbau hinter dem Haus. »Ich wusste nicht, dass du die Scheune nutzt.«

»Das tue ich auch nicht«, sagte sie. »Diese Farm gehörte meiner Großtante, und sie hatte einen Teil der Scheune für meinen Cousin umbauen lassen. Er hatte eine Entwicklungsverzögerung. Sie wollte ihn nicht in einem Heim unterbringen, aber er konnte auch nicht alleine leben. In der Wohnung hatte er seine Freiheit und war unabhängig. Gleichzeitig war er aber auch in Sicherheit. Er starb vor zwei Jahren, und seitdem steht die Wohnung leer. Sie müsste sicher gereinigt werden, aber ich würde sie gerne dir und Noah anbieten.«

»Meinst du das ernst?«, fragte ich. Sie nickte.

»Natürlich«, sagte sie. »Sonst hätte ich sie dir nicht angeboten. Sie wird nicht genutzt, und ich mag euch beide. Noah verdient ein ordentliches Heim, und das hier ist sicher besser, als bei irgendjemandem auf der Couch zu pennen. Es gibt nur ein Schlafzimmer, aber du musst ja nicht für immer dort wohnen. Die Wohnung ist auch möbliert. Nur, bis du wieder auf die Beine kommst.«

»Wie viel Miete hattest du dir denn vorgestellt?«, fragte ich vorsichtig. Sie dachte einen Moment nach.

»Ich hatte gehofft, du könntest mir ein bisschen in Haus und Hof helfen«, sagte sie. »In letzter Zeit bin ich nicht mehr so hinterhergekommen.«

Ich sah ihr in die Augen, und keine von uns sagte etwas für eine gute Weile.

»Du bist ein sehr netter Mensch«, flüsterte ich.

»Du auch«, erwiderte sie ruhig. »Ich habe keine Ahnung, ob aus der Sache zwischen dir und Ruger noch etwas wird, aber so kann Noah in derselben Schule bleiben und sogar noch zu Fuß hingehen.«

»Denkst du, dass das eine gute Idee ist, so nahe bei ihm zu sein?«, fragte ich offen.

»Viel Glück bei der Suche nach einem Ort, wohin er dir nicht folgen kann«, antwortete sie ironisch. »Es ist völlig egal, wie weit du weggehst. Wie gesagt – ich habe eine Flinte. Die Scheune hat ein gutes Schloss. Unter den beiden Voraussetzungen wird das schon klappen. Möchtest du dir die Wohnung einmal ansehen?«

»Liebend gerne.«

ICH: *Danke nochmal, dass du dieses Wochenende auf Noah aufgepasst hat. Sind jetzt komplett eingezogen. Kann immer noch nicht glauben, dass die Wohnung bei Elle hier einfach auf mich gewartet hat. Was hab ich für ein Glück!!!!*

KIMBER: *Kein Problem. Und ... hast du IHN schon gesehen?*

ICH: *Wen? :-)*

KIMBER: *Sei kein Idiot. Das is Rugers Job. Ist er ausgeflippt?*

ICH: *Nein, ist er nicht. Echt unheimlich.*

KIMBER: *Ernsthaft?*

ICH: *Nein. Er hat mir eine SMS geschickt und gefragt, ob alles in Ordnung ist. Ich hab ja gesagt. Er hat gefragt, wo ich bin.*

KIMBER: *Hast dus ihm gesagt?*

ICH: *Ja. Er hätt es eh rausgekriegt.*

KIMBER: *Hey ... das ist echt schräg. Nach der Geschichte von Samstagabend ist das ne totale Kehrtwendung. Dachte er verfolgt dich und schleppt dich zurück, wie n Höhlenmensch oder so, weißte.*

ICH: *Ich weiß. Hab auch mit mehr gerechnet. Macht mich nervös.*

KIMBER: *Ha! Du wolltest, dass er sauer wird!*

ICH: *Nein ... vielleicht? Echt blöd. Morgen Nachmittag hab ich ein Vorstellungsgespräch. Rezeptionistin in einer Zahnklinik. Ganz in der Nähe der Schule.*

KIMBER: *Hipphipphurra!!!!! Wechsel nicht das Thema.*

ICH: *Hey! Für mich ist ein Job wichtiger als Ruger.*

KIMBER: *Hier gehts um MICH, Baby. Ich brauch Klatsch. Du schuldest mir was. Ich hab auf dein Kind aufgepasst UND ich hab dich besoffen gemacht. Unterhalte mich ...*

KAPITEL ZWÖLF

»Sophie, es tut mir so leid, aber Dr. Blake liegt immer noch hinter seinem Zeitplan. Können Sie noch eine Weile hierbleiben, oder sollen wir einen neuen Termin vereinbaren? Ich möchte Sie wirklich nicht unter Druck setzen, aber er möchte sehr gerne heute Abend eine Entscheidung treffen, und Sie wären das letzte Interview ... wir sind ziemlich verzweifelt.«

»Kein Problem«, sagte ich, wobei ich die aufgelöste Assistentin an der Rezeption freundlich anlächelte. Es war ein verdammt großes Problem. Noah hatte in einer Stunde Schule aus, und ich musste ihn abholen. Aber ich musste auch Essen für ihn kaufen können, und nach drei Monaten in diesem Job bekäme ich eine Krankenversicherung und Lohnfortzahlung im Krankheitsfall ... ganz zu schweigen von der zahnärztlichen Seite. Ich hatte meine Zähne schon seit vier Jahren nicht mehr kontrollieren lassen.

»Sind Sie sich sicher?«, fragte die Assistentin. Sie hieß Katy Jordan, und ich hatte ihr in der vergangenen Stunde vom Wartezimmer aus zugesehen, wie sie Patienten und Telefonanrufe jonglierte. Offenbar hatte ihre bisherige Rezeptionistin wegen einer familiären Krise fristlos gekündigt, die Aushilfe war nicht erschienen, und die Assistentin des Arztes war um zehn Uhr morgens heimgegangen, nachdem sie sich übergeben hatte. Neben mir saß voller Ungeduld eine Mutter mit zwei Kindern. Sie wartete bereits seit fast 40 Minuten auf ihren Termin, und langsam wurde es etwas ungemütlich.

»Ich muss nur schnell telefonieren«, sagte ich zu Katy Jordan.

»Das klingt super«, erwiderte sie. »Mrs Summers? Sind Sie bereit?«

Die Frau neben mir stand auf und trieb ihre Kinder ins Behandlungszimmer. Ich ging schnell aus der Praxis, die sich in einem niedrigen Ärztehaus befand. Wie eine Shoppingmall für Ärzte, nur etwas stilvoller – mit schickem Landschaftsgarten, Zedernholzverkleidung und überdachten Wegen.

Ich versuchte es zuerst bei Elle. Niemand ging ran. Dann probierte ich es auch bei Kimber. Keine Antwort. Ich rief in der Schule an, um zu fragen, ob er nur für heute in der Mittagsbetreuung bleiben konnte. Aber ich bekam zu hören, dass man dazu offiziell angemeldet sein musste, was man wiederum persönlich machen musste, und zwar im Schulsekratariat.

Nun blieben mir nur noch die Mädels vom Club oder Ruger ... und die Clubmädels waren nicht in der Abholliste der Schule eingetragen. Das hätte ich natürlich ändern können. Dazu hätte ich nur ein Formular im Sekretariat ausfüllen müssen. Höchstpersönlich.

Blieb also noch Ruger.

Wir hatten seit Sonntagmorgen nichts voneinander gehört, abgesehen von der SMS, in der er nachgefragt hatte, ob alles in Ordnung sei. Ich wählte seine Nummer und wartete. Es klingelte lange, und ich rechnete schon damit, dass die Mailbox angehen würde. Shit ... Dann meldete er sich.

»Ja?«

Er klang nicht besonders freundlich oder herzlich. Eher wie der alte Ruger, der mich wie ein Möbelstück behandelt hatte. Ich nehme an, das war das, was ich haben wollte. Fühlte sich aber nicht gut an.

»Äh, hallo«, sagte ich. »Tut mir wirklich leid, dass ich dich darum bitten muss. Es geht um Noah.«

»Ja, du bittest ständig um einen Gefallen«, knurrte er. »Trotzdem geh ich immer noch an das verdammte Telefon, wenn du anrufst. Keine Ahnung, warum.«

»Arbeitest du heute Nachmittag?«

»Ja.«

»Besteht die Möglichkeit, schnell zwischendurch Noah von der Schule abzuholen? Sie haben mein Bewerbungsgespräch immer weiter verschoben. Wenn ich jetzt fahr, hab ich wahrscheinlich keine Chance mehr.«

Er seufzte.

»Ja, ich kann hier ein wenig umorganisieren«, sagte er. »Was glaubst du, wann du kommst?«

Ich dachte kurz nach, die Situation war echt blöd.

»Ich weiß es nicht«, sagte ich schließlich. »Wenn's so weitergeht, könnte es Abend werden. Ich muss noch mit dem Arzt persönlich sprechen. Es gab wohl vorhin einen Notfall, und dadurch hat sich alles verschoben. Er versucht, mich zwischen zwei Patienten dranzunehmen.«

»Okay, ich mach den Rest des Tages frei und nehm ihn mit nach Hause.«

»Danke, Ruger.«

»So bin ich«, sagte er und legte auf.

Ich sah das Display an und fragte mich, wie solch ein toller Typ zugleich so herumhuren konnte.

Dann kleisterte ich mir mein »Stellen Sie mich ein, ich bin freundlich und kompetent!«-Lächeln wieder ins Gesicht und ging zurück ins Wartezimmer.

Um halb fünf hatte ich noch immer kein Vorstellungsgespräch gehabt. Ich hatte die Hoffnung schon so ziemlich aufgegeben, denn es war ein zweiter Notfall in die Praxis gestürmt. Ein Mädchen von der Highschool hatte sich beim Fußballtraining die Hälfte ihrer Schneidezähne ausgeschlagen. Als ihr Trainer sie eiligst hereinbrachte, war sie völlig hysterisch und hatte blutige Handtücher auf ihr Gesicht gepresst. Die anderen Patienten sahen fasziniert und voll Schreck zu, wie Dr. Blake persönlich herauskam, um sie in Empfang zu nehmen, und sie dann hektisch in den Behandlungsraum geleitete.

45 Minuten später erschien er wieder.

»Wir müssen die Termine alle neu vergeben«, verkündete er mit einem erschöpften Blick. »Es tut mir so leid. Momentan ist niemand hier, der sich darum kümmern könnte. Wir müssen Sie morgen anrufen.«

Es gab ein paar frustrierte Seufzer, aber die Leute konnten sich unter diesen Umständen nicht wirklich beschweren. Dr. Blakes Blick blieb an mir hängen. Er war ein gut aussehender Mann, wenn auch älter als ich. Wahrscheinlich Ende 30 oder Anfang 40?

»Sind Sie eine Patientin von mir?«, fragte er. »Sie kommen mir nicht bekannt vor.«

»Ich bin Sophie Williams«, antwortete ich und zupfte das Tuch zurecht, das ich um den Hals trug. »Ich bewerbe mich um die Stelle als

Rezeptionistin bei Ihnen. Vermutlich wird das Gespräch heute nicht mehr stattfinden?«

Das Telefon läutete. Erneut. Dann ging die Tür auf, und ein Mann von UPS kam herein, gefolgt von einer Frau mit drei Kindern.

»Hallo, Dr. Blake!«, sagte sie. »Wir kommen zur Kontrolle. Wie geht es Ihnen?«

»Großartig«, antwortete der Doktor und sah sie gequält an. »Aber bei uns gibt es heute ein kleines Problem mit dem Terminplan. Dies ist Sophie, unsere neue Rezeptionistin. Sie wird sich um Sie kümmern.«

Und so hatte ich plötzlich einen Job.

Ich war mächtig stolz, als ich an diesem Abend das Auto in Rugers Einfahrt lenkte. Ich hatte mich direkt in die Arbeit gestürzt, und obwohl ich nicht wusste, wie man die Terminierungssoftware bediente, schaffte ich es doch, die zwei noch verbleibenden Patienten des Nachmittags herauszufinden und sie anzurufen, um ihren Termin abzusagen. Ich war auch ans Telefon gegangen und hatte sogar mit einem neuen Patienten gesprochen. Zwar musste ich noch ein paar Formulare ausfüllen, aber Dr. Blake war völlig begeistert gewesen.

Auf einmal eine Einkommensquelle zu haben machte einen Riesenunterschied ... Dass außerdem noch Krankenversicherung, Lohnfortzahlung im Krankheitsfall und Urlaubsgeld dazukamen, war einfach unglaublich.

Ich hatte noch nie einen Job mit bezahltem Urlaub gehabt.

Das tolle Gefühl ließ allerdings deutlich nach, als ich vor dem Haus hielt. Ich hatte Ruger nicht gesehen, seit ich vor drei Tagen aus seinem Zimmer geschlichen war, und war mir nicht sicher, was ich von ihm erwartet hatte. Aber ich hatte *irgendeine* Reaktion erwartet. Dass er das, was ich getan hatte, einfach still zu akzeptieren schien? Besonders nach der Show, die er abgezogen hatte, weil ich nun doch ihm »gehörte«? Das machte mich richtig nervös.

Was noch schlimmer war – er hatte heute Nachmittag meinen Arsch gerettet. Wieder einmal. Das hieß, dass ich noch tiefer in seiner Schuld stand und unsere bereits spannungsreiche Beziehung noch komplizierter wurde.

Ich klopfte an die Tür, aber niemand machte auf. Etwa um halb fünf hatte ich ihm eine Nachricht geschickt, um ihn auf dem Laufenden zu halten, und er hatte geantwortet, dass sie angeln gegangen waren. Deshalb ging ich nun um das Haus herum zu seiner Terrasse und machte es mir am Tisch für die Wartezeit bequem. Nun, so bequem, wie es in Anbetracht unserer jüngsten Auseinandersetzungen eben ging. Ich hatte noch immer meinen Schlüssel, aber es war nicht recht, ihn unter diesen Umständen zu verwenden. Es war schon kurz nach sechs Uhr. Ich hoffte, dass sie bald zurück wären. Noah musste vor dem Schlafengehen zu Abend essen und ins Bad.

Zehn Minuten später sah ich sie über die Wiese vom Teich her aufs Haus zukommen. Großer Mann und kleiner Mann – wie auf einer Postkarte übers idyllische Leben auf dem Lande. Ruger trug die Angelausrüstung, und Noah hüpfte wie ein Welpe neben ihm her und hielt eine Schnur mit drei winzig kleinen Fischchen.

»Mom!«, brüllte er, als er mich entdeckte. Er rannte in Richtung Haus, und ich kam ihm unten an der Treppe entgegen. Mit einem Sprung fiel er mir um den Hals, und ich hielt ihn fest, während die Fische, schleimig, wie sie waren, gegen meine Seite klatschten.

Igitt …

»Mom, ich hab *drei* Fische gefangen«, erzählte er mir mit vor Aufregung riesigen Augen. »Onkel Ruger und ich sind zum Teich gegangen und haben sogar Würmer ausgegraben, und die sind ganz schön zappelig!«

»Wow, das klingt toll«, sagte ich zu ihm, wobei ich überlegte, ob ich den Fischgeruch jemals wieder aus meinen Vorstellungsklamotten rausbekam. Aber ich konnte mich nicht darüber aufregen, denn er war einfach so was von glücklich. Manchmal vergaß ich, wie sehr ich meinen kleinen Jungen liebte. Doch wenn ich einen ganzen Tag lang von ihm getrennt war und ihn dann wiedersah, explodierte mein Herz förmlich.

»Ich hab auch gute Neuigkeiten«, sagte ich ihm lächelnd.

»Was denn?«

»Mama hat einen Job!«, sagte ich. »Ich werd in einer Zahnarztpraxis direkt bei deiner Schule arbeiten. So kann ich dich jeden Tag hinbringen und später von der Mittagsbetreuung abholen. Ich muss nie wieder abends arbeiten. Was hältst du davon?«

»Das ist verdammt toll, Mom!«, sagte er mit leuchtenden Augen.

»Noah! Verwenden wir dieses Wort?«

Sein Lächeln verging, und er schüttelte seinen Kopf.

»Tut mir leid«, sagte er. »Onkel Ruger hat gesagt, dass ich es nicht sagen darf, wenn du da bist.«

Ruger stellte das Angelzeug unter der Terrasse ab, während ich mich zu ihm umdrehte.

»Noah behauptet, du hast ihm gesagt, dass er nicht in meiner Anwesenheit fluchen soll?«, fragte ich mit hochgezogener Augenbraue.

»Eine lange Geschichte«, antwortete er. »Und ich werd mit dir auch nicht darüber diskutieren. Du kannst es also entweder vergessen und zum Abendessen den gegrillten Fisch mit uns genießen oder dich drüber aufregen. Das Ergebnis ist dasselbe.«

Ich starrte ihn finster an, während Noah anfing herumzuzappeln, weil er runter wollte. Ich stellte ihn auf den Boden, wo er voller Stolz die Schnur mit den Fischen hochhielt.

»Onkel Ruger und ich werden das Abendessen kochen«, verkündete er. »Wir essen meine Fische. Du darfst mitessen!«

Ich sah auf die drei verboten kleinen Regenbogenforellen hinab. Dann blickte ich fragend Ruger an.

Er zuckte mit den Schultern.

»Ich hab im Kühlschrank noch eingelegten Lachs«, sagte er. »Den kann ich zusammen mit Maiskolben grillen.«

»Ich hab Noah seine Lieblingsmakkaroni mit Käse mitgebracht«, antwortete ich.

»Soll ich das aufwärmen, während du den Grill anwirfst?«

»Das klingt toll.«

Die Atmosphäre beim Abendessen war etwas eigenartig, aber nicht so schlimm, wie man unter den gegebenen Umständen vermuten möchte. Ich war damit beschäftigt gewesen, die Makkaroni herzurichten und das Gemüse vorzubereiten, während Ruger und Noah die Fische ausnahmen. Ich hätte Noah noch kein Messer gegeben, aber Ruger zeigte ihm alles vorsichtig Schritt für Schritt und erklärte ihm, wie man die Fische aufschlitzte, ausnahm und dann ausspülte. Wir wickelten alles in Alufolie und legten es auf den Grill. Noah ging spielen, und ich deckte den Tisch.

»Du hast also heute den Job bekommen?«, fragte er, wobei er sich ans Geländer lehnte und nebenbei das Essen im Auge behielt. Es war fast so, als ob es am Wochenende zwischen uns nicht gekracht hätte. Okay. Damit konnte ich leben. Verdrängung war für mich schon immer eine hervorragende Methode gewesen.

»Ja«, sagte ich. »Es ist ein guter Job. Nach drei Monaten werd ich krankenversichert, und ab nächstem Jahr bekomm ich eine Woche Urlaub. Vielen Dank noch mal, dass du Noah abgeholt hast.«

»Kein Problem«, sagte er mit einem Schulterzucken. »Es lässt sich ja gut aushalten mit ihm, wenn man es schafft, ihn von dem Skylander-Zeug abzulenken. Wird ihm das jemals langweilig?«

»Nein«, sagte ich. Ich sah einen Funken Humor in seinen Augen aufleuchten und lächelte ihn an. Mir wurde bewusst, dass wir zumindest Noah als gemeinsame Basis hatten, egal, wie verkorkst der Rest war.

»Du hast ihn echt gut hinbekommen«, sagte Ruger. »Ich möchte, dass du das weißt.«

»Danke«, sagte ich überrascht. »Woher kam das denn plötzlich? Ich dachte, du wärst sauer auf mich.«

Shit, hatte ich das gerade laut ausgesprochen? Warum musste ich die Sache wieder auf den Tisch bringen, wenn wir gerade einmal gut miteinander auskamen? Aber er regte sich gar nicht auf. Stattdessen lächelte er mich zögerlich an, was irgendwie fast schlimmer war.

»Das wirst du schon rausfinden«, sagte er.

Mist.

Er trat an den Grill und drehte den Mais, während ich ihn misstrauisch beobachtete.

Doch er sagte nichts mehr, zog stattdessen sein Handy raus und checkte seine Nachrichten. Ja, eindeutig schlimmer. Wenn wir stritten, wusste ich zumindest, wo er stand.

Die gute Sache war, dass Noahs kleine Forellen ziemlich lecker schmeckten – und zwar jeder einzelne der drei Bissen. Noah aß statt Lachs lieber Makkaroni in Spongebob-Form mit Käse obendrauf, was keine große

Überraschung war. Ruger überraschte mich, indem er eine Flasche Cider herausbrachte, um meinen neuen Job zu feiern. Noah war völlig aufgeregt und trank allein die Hälfte des Safts aus einem echten Weinglas. Ich muss zugeben, dass ich gerührt war. Nach dem Abendessen räumten wir das Geschirr weg. Danach zog Noah wieder los, um zu spielen, wobei ich ihn streng ermahnte, dass wir in zehn Minuten nach Hause gehen müssten.

»Fängst du morgen an zu arbeiten?«, fragte Ruger, als ich den Geschirrspüler einräumte.

»Punkt neun Uhr«, erwiderte ich mit einem aufgeregten Gefühl im Bauch. »Das ist perfekt. Ich kann's gar nicht fassen, wie gut alles geklappt hat. Vielen Dank noch mal für deine Hilfe heute – du hast keine Ahnung, wie viel mir das bedeutet hat.«

»Ich hab bemerkt, dass du die Idee, im Line zu arbeiten, nicht weiter verfolgt hast«, sagte er mit hochgezogener Augenbraue.

Ich runzelte die Stirn und sah weg.

»Äh, das hatte ich eh nicht ernsthaft vor«, sagte ich. »Ich will nicht für den Club arbeiten.«

»Ja, das hast du wirklich deutlich gesagt«, antwortete er.

Meine Stimmung sank ein wenig.

»Ich hab was für dich.«

»Das klingt aber zweideutig«, erwiderte ich mit tonloser Stimme.

Er grinste, und ich fühlte mich gleich besser, denn es war kein verärgertes Grinsen.

»Schmutzige Gedanken, Soph?«, fragte er. »Ernsthaft, das ist wichtig. Komm ins Wohnzimmer.«

Ich folgte ihm und setzte mich auf einen Stuhl. Er ließ sich auf der Couch nieder und klopfte auf den Platz neben sich. Ich schüttelte meinen Kopf. Doch er hielt einen dicken, großen Briefumschlag hoch.

»Du bekommst deine Überraschung nur, wenn du hier rüberkommst.«

»Warum glaubst du, dass ich sie haben will?«

»Oh, du willst sie sicher haben«, sagte er und wirkte dabei recht zufrieden mit sich.

Ich stand auf und ging langsam zu ihm hinüber. Er nahm meine Hand und zog mich hinunter auf seinen Schoß. Der Form halber zappelte ich ein wenig. Als er mir den Umschlag gab, überkam mich die Neugier, weshalb ich ihn gewinnen ließ. Außerdem war es auch irgendwie nett, auf seinem Schoß zu sitzen. Ja, ich weiß. Blöde Idee. Aber ich bin auch nur ein Mensch. Ich öffnete den Umschlag und sah Bargeld. Eine große Menge Bargeld. Schockiert riss ich meine Augen auf und zog es heraus. Zwar zählte ich das Geld nicht, aber es schienen lauter Hundertdollarnoten zu sein ... schätzungsweise 3000 bis 4000 Dollar.

»Was zum Teufel ist das?«, fragte ich und sah ihn dabei an.

Er lächelte mich finster an.

»Kindesunterhalt.«

»Heilige Scheiße!«, keuchte ich. »Wie hast du es geschafft, dass Zach das rausrückt?«

»Das ist von Moms Grundstück«, sagte Ruger. »Ich habe ihn ausbezahlt, und er hat nun dich ausbezahlt. Im Austausch darf er weiterleben. Alle haben bei der Sache gewonnen.«

Ich drehte mich schockiert zu ihm um.

»Meinst du das ernst?«, fragte ich. Unsere Gesichter waren etwa fünf Zentimeter voneinander entfernt, und sein Blick zuckte zu meinen Lippen. Ich leckte sie nervös ab und spürte, wie sich unter meinem Po etwas rührte. Er legte seine Arme leicht um meine Taille, und meine Brustwarzen wurden hart.

Verdammt.

»Ernster kann man es kaum meinen«, sagte er zu mir. »Ein alter Freund von mir hat Zach für mich in North Dakota ausfindig gemacht. Am Sonntagnachmittag bin ich rübergefahren und heute früh wieder zurückgekommen. Wir haben uns ein wenig unterhalten. Dann sind wir zur Bank gegangen. Dass ich ihn am Leben lasse, hab ich ihm nicht schriftlich gegeben – das soll nur ein kleiner Anreiz am Rande sein. Ich kann das nochmals umformulieren, falls ich ihn je wieder in einem Umkreis von zehn Meilen um dich oder Noah erwische. Mom hätte es auch so gewollt. Sie hat nie aufgehört, ihn zu lieben, aber sie hat ihm verdammt noch mal nicht mehr über den Weg getraut.«

Ich schluckte. Ich war mir nicht sicher, ob ich die Details wissen wollte ... Aber Zach tat mir nicht im Geringsten leid. Er hatte das alles verdient.

»Wie viel Geld ist das?«, fragte ich, während ich den Banknotenstapel befingerte.

»Es ist nicht alles«, sagte er. »Das ist nur vom letzten Jahr. Der Rest wird überwiesen. Bei so viel Bargeld wird's schwierig. Zuerst müssen wir das Geld ein wenig waschen, und dann lassen wir uns was einfallen, um es dir zukommen zu lassen, ohne dass eine hässliche Spur entsteht. Der Deal sieht so aus, dass wir uns auf deine momentane monatliche Zahlung geeinigt haben. Du kannst ihn aber nicht verklagen, wenn er jetzt vielleicht einen tollen Job bekommt oder so.«

»Ich konnte ihn ja nicht mal dazu bringen, das zu zahlen, was er mir schon schuldete«, sagte ich. »Das Jugendamt kümmert sich überhaupt nicht. Ich schätze, eine Erhöhung der Zahlung war da gar nicht angedacht.«

»So ähnlich hatte ich mir das vorgestellt«, antwortete er. »Ich bin echt froh, dass du einen Job hast, aber zumindest musst du dich jetzt nicht mehr von einem Gehaltsscheck zum nächsten hangeln.«

»Das ist unglaublich«, flüsterte ich und sah wieder auf den Umschlag. »Ich muss dich das fragen … werden Noah und ich deswegen Ärger bekommen? Kann ich verhaftet werden?«

»Keine Sorge«, sagte er. »Das ist nicht genug Bargeld, dass das Finanzamt aufmerksam werden würde, und Horse arbeitet daran, dass auch der Rest auf sicherem und legalem Weg bei dir landet. Er ist ein verflucht guter Buchhalter und spricht sich mit unserem Anwalt ab, einem verdammten Finanzhai. Falls Zach jemals versuchen sollte, deswegen Ärger zu machen, rufst du mich an, und ich sorg dafür, dass er wieder verschwindet.«

Seine Arme hielten mich fest, und ich erschauerte, als ich die versteckte Kraft in ihnen spürte.

»Du machst gerade wieder die Drecksarbeit für mich, richtig?«, fragte ich leise.

»Es ist Noahs Geld«, sagte Ruger mit ernstem Gesicht. »Hier geht's nicht um dich, Sophie. Sondern darum, dass Zach für seinen Sohn sorgen muss – und er hat's nicht mal aus eigener Tasche gezahlt. Diese Einigung mit der Versicherung kam ganz plötzlich. Noah hat ein Recht auf dieses Geld, und meine Mom würde sich im Grab umdrehen, wenn sie wüsste,

249

dass Zach euch hungern lässt. Ich hab die Sache geregelt. Denk nicht mehr dran, nimm das Geld und kümmer dich damit um deinen Jungen, okay?«

Ich nickte und lehnte meinen Kopf an seine Brust. Er küsste mich auf den Kopf und strich mit der Hand beruhigend über meinen Rücken.

»Horse ist also ein Buchhalter?«, fragte ich nach einer Minute. »Das kann ich mir kaum vorstellen.«

»Mir wär's lieber, wenn du dir Horse überhaupt nicht vorstellst«, murmelte er.

Ich musste lächeln.

»Danke«, flüsterte ich. Ich hatte in meinem ganzen Leben noch nicht so viel Geld gesehen. Wenn das so weiterging, könnten wir ständig die coolen Makkaroni mit Käse essen. Und mit dem Rest? Wenn ich das Geld sparte, könnte ich damit Noahs Collegeausbildung bezahlen. Mein Kind würde aufs College gehen. Ich spürte Tränen aufsteigen, was mich ärgerte, weil ich Heulen hasste.

»Wenn du dich wirklich bedanken willst, kannst du mir einen Blowjob verpassen«, sagte Ruger mit leichter Stimme. Ich richtete mich auf und versetzte ihm einen kleinen Hieb auf die Schulter, was ihn zum Lachen brachte.

»Warum musst du so was sagen?«

»Du wurdest auf einmal ganz süß und nett«, erklärte er. »Und wenn du so bist, will ich dich einfach nur ficken. Aber Noah ist da draußen – außerdem schlechtes Timing. Deshalb ärgere ich dich ein bisschen, damit du nicht mehr so zuckersüß bist.«

»Du bist unmöglich«, sagte ich, während ich aufzustehen versuchte. Er hielt mich jedoch fest, und er war eindeutig immer noch an Sex interessiert – Ärgern hin oder her. Der Beweis unter meinem Arsch wurde von Sekunde zu Sekunde härter.

»Wie wär's damit?«, fragte er. »Ein Kuss. Gib mir einen Kuss, und wir sind quitt.«

»Nein«, sagte ich. »Du heckst doch was aus, du kannst mich doch gar nicht gewinnen lassen, oder?«

Ruger grinste mich an.

»Ja, da hast du recht«, sagte er. »Ich heck was aus. Und ich werd dich nie gewinnen lassen, also kannst du auch gleich aufgeben.«

Nach diesen Worten pressten sich seine Lippen auf die meinen und vollführten einen dieser Küsse, die meine Denkfähigkeit zerstörten. Er erforschte zart meinen Mund, und ich tat dasselbe mit dem seinen, während ich mir sehnlichst wünschte, dass Noah bei einem Babysitter wäre. Heroin. Der Mann war wie pures Heroin. *Heroin tötet Menschen*, schrie mein Verstand. Mein Körper schaltete meinen Verstand aus und küsste einfach weiter. Schließlich ließ er von meinen Lippen ab und lehnte sich mit einem reichlich selbstzufriedenen Lächeln zurück.

»Wie gesagt, du kannst auch gleich aufgeben, Soph«, sagte er. »Früher oder später werd ich unser kleines Spielchen gewinnen.«

Ich setzte mich langsam auf und schüttelte meinen Kopf. Wie machte er das nur? Während ich so verrückt nach ihm war, dass ich kaum mehr geradeaus sehen konnte, brach er die Sache einfach so ab. Noah kam über die Terrasse gelaufen und sah uns durchs Fenster an, wobei er seinen offenen Mund an die Scheibe drückte und wie ein Kugelfisch aussah. Dann fing er an, wie wild zu lachen, und rannte wieder davon.

Okay. Jetzt konnte ich die Sache auch abbrechen.

»Du brauchst für eine Weile deine eigene Wohnung«, sagte Ruger und berührte dabei sanft meine Wange. »Ich versuch, das zu verstehen. Das geht alles ziemlich schnell und kann schon erschreckend sein. Aber du gehörst immer noch mir, Soph. Glaub nie, dass ich das vergessen oder meine Meinung geändert hab.«

»Hast du vor, im Club deinen Schwanz in der Hose zu lassen?«, fragte ich ganz offen.

»Ich habe nicht vor, ihn *nicht* in der Hose zu lassen«, sagte er langsam. »Aber ich hab dir erklärt, dass ich kein Mann bin, der nur eine einzige Frau braucht. Ich lüg dich nicht an und geb keine Versprechen, die ich nicht sicher halten kann.«

»Da haben wir's wieder«, antwortete ich mit einem Kopfschütteln. »Leck mich am Arsch, Ruger. Ich geh jetzt heim.«

RUGER: *Bis wann musst du arbeiten?*
ICH: *5. Warum?*
RUGER: *Ich will bei dir vorbeischauen und dafür sorgen, dass deine Wohnung sicher ist.*
ICH: *Nein.*
RUGER: *Du hast das immer noch nicht verstanden, oder? Ich werd das tun. Lieber wär mir ein Zeitpunkt, zu dem es dir gut passt. Aber ich werd es in jedem Fall tun. Um wie viel Uhr? Ich bring Pizza mit.*
ICH: *Wir kommen gegen 6 heim. Noah mag seine Pizza ohne Belag.*
RUGER: *Ohne Belag? Überhaupt gar nichts drauf?????*
ICH: *Ohne Belag. Sei froh. Früher ließ er sie nicht mal Sauce draufgeben.*
RUGER: *Ohne Belag dann. Bis um 6.*

ICH: *Er verletzt meine Privatsphäre*
KIMBER: *?????*
ICH: *Ruger. Er verletzt meine Privatsphäre. Schaut heute Abend vorbei, um Sicherheitsvorkehrungen für meine neue Wohnung zu treffen. Besticht uns mit Pizza*
KIMBER: *Bisschen n Kontrollfreak? Was für Sicherheitsvorkehrungen?*
ICH: *Er will, dass meine Wohnungen Alarmanlagen haben. Überprüft Fenster und Schlösser, ob sie einbruchssicher sind. Türriegel, solche Sachen.*
KIMBER: *Is doch süß! Er will, dass dir nichts passiert*
ICH: *Er selbst ist die größte Gefahr.*
KIMBER: *Sei doch glücklich. Ein scharfer Typ besucht dich und bringt Abendessen mit. Frauen haben schon für weniger einen Mord begangen.*
ICH: *Auf wessen Seite bist du?*
KIMBER: *Auf meiner. Ist dir das immer noch nicht klar?*
ICH: *Miststück.*
KIMBER: *Schlampe.*
ICH: *Zumindest fahr ich keinen Minivan.*
KIMBER: *Warts nur ab, ob ich DIR jemals wieder Margaritas mixe! Tiefschlag!!!!!!*
ICH: *<3*

»Du musst nicht einen Haufen Geld ausgeben, um eine Wohnung sicher zu machen«, erklärte Ruger Noah mit ernster Stimme. Sie hockten zusammen, während Ruger einen neuen Türriegel an unsere Außentür montierte. Wir hatten zwei Wohnungstüren – eine führte nach draußen und die andere in die Scheune an sich, was ziemlich cool war. Unter anderem gab es einen Dachboden mit einem alten Heuhaufen, auf den Noah hinunterspringen konnte. Idealerweise war dort auch eine Treppe mit Geländer angebracht, die ursprünglich vermutlich der Sicherheit von Elles Cousin gedient hatte.

»Wenn du leere Getränkedosen hast, kannst du eine Alarmanlage basteln, indem du sie vor deiner Tür aufeinanderstapelst«, sagte Ruger. »Das Ziel ist es, Krach zu machen, sodass du es merkst, wenn jemand einbrechen will. Die meisten bösen Typen laufen davon, wenn sie den Krach hören. Deshalb montier ich diese kleinen Alarmanlagen an den Fenstern. Solltest du jemals einen bösen Typen sehen, darfst du nicht ruhig sein. Brüll einfach los. Aber schrei nicht ›Hilfe‹, schrei ›Ruft die Polizei!‹ so laut, wie du kannst.«

»Du wirst ihm noch Angst machen«, sagte ich von der Couch aus, wo ich überlegte, ob ich das letzte Stück Pizza noch essen sollte. Ruger und Noah hatten ihre Pizza ziemlich schnell verputzt.

»Hast du Angst, Noah?«, fragte Ruger.

»Nö«, antwortete Noah. »Ruger ist schlau. Er bringt mir alle möglichen Sicherheitstricks bei. Er sagt, dass du nicht immer simsen sollst, wenn du wo hingehst. Du sollst die Leute um dich herum ansehen. Er sagt auch, dass es ein kleines Stäbchen gibt, das du mit dir rumtragen sollst. Es heißt Cuburtron.«

»Kubotan«, verbesserte Ruger ihn und sah zu mir rüber. »Es ist ein kleiner Stab für den Schlüsselbund. Sehr effektiv, sehr sicher. Du solltest mal vorbeischauen und den Kurs in Selbstverteidigung im Shop mitmachen, Sophie.«

»Ich brauch keinen Selbstverteidigungskurs«, sagte ich und verdrehte die Augen. »Ich hab meinen eigenen Stalker, der mich beschützt. Es ist fast schon Noahs Schlafenszeit – hast du vor, irgendwann nach Hause zu gehen?«

»Wenn ich hier fertig bin«, sagte er. »Ab ins Bad, Kleiner.«

Noah probierte zwar das obligatorische Jammern und Betteln, um noch aufbleiben zu dürfen, war aber nicht ganz bei der Sache. Das Baden ging so schnell, dass Ruger gerade mit dem Schloss fertig war, als Noah aus der Badewanne kam.

»Liest du mir heute Abend meine Geschichte vor?«, fragte er Ruger.

»Klar doch, kleiner Mann«, sagte Ruger. »Was wollen wir lesen?«

»Das *Magische Baumhaus*«, antwortete Noah. »Ich kann's selbst lesen, aber ich mag es, wenn du es vorliest.«

Ich räumte das kleine Wohnzimmer auf, während Ruger Noah vorlas. Als Couch hatten wir einen Futon, auf dem ich auch schlief. Normalerweise hätte ich jetzt angefangen, mein Bett herzurichten, aber ich wollte Ruger nicht auf Ideen bringen. Nach einer halben Stunde kam er wieder raus und schloss vorsichtig Noahs Tür hinter sich.

»Schläft tief und fest«, sagte er. »Er ist schon nach dem halben Kapitel eingeschlafen. Ich find, er hält sich ganz gut, aber er hat in letzter Zeit eine Menge durchgemacht.«

»Danke für deine Hilfe«, sagte ich unbeholfen.

»Hier sind deine neuen Schlüssel«, sagte er und warf sie mir zu. »Ich hab alle Schlösser ausgetauscht, du musst also Elle auch einen Satz geben. Ihre alten passen nicht mehr.«

»Äh, das ist toll«, sagte ich.

»Kann ich Noah am Freitag für eine Weile mitnehmen?«, fragte er. »Ich fahr dieses Wochenende auf einen Run und komm vielleicht erst nach vier oder fünf Tagen zurück.«

»Sicher«, sagte ich. »Um sieben muss er allerdings wieder hier sein.«

»Klingt gut«, sagte er. Er verschränkte seine Arme und lehnte sich entspannt gegen die Wand. »Wie lange wollen wir das so weitermachen?«

»Was denn?«

Er vollführte mit seiner Hand eine Geste, die das kleine Apartment umfasste.

»Dass du mit Noah hier lebst, obwohl ihr auch drüben in meinem Haus wohnen könntet.«

»Es ist hübsch hier«, protestierte ich. »Sauber und sicher, und ich muss mir auch keine Sorgen machen, dass mich der Vermieter mitten in der Nacht anspringt. Zwischen uns läuft nichts, Ruger. Absolut gar nichts.« Er antwortete nicht, aber ich beobachtete ihn misstrauisch. Er hatte was vor … das konnte ich förmlich *riechen*. Plötzlich stieß er sich von der Wand ab, kam auf mich zu und packte mich um die Taille. Dann warf er mich über die Schulter, so, wie er es am Wochenende getan hatte.

»Nein!«, schrie ich. »Du wirst mich nicht jedes Mal abschleppen, wenn's nicht so läuft, wie du willst!«

Er versetzte mir einen Klaps auf den Po.

»Sei still«, sagte er. »Du weckst Noah auf. Wenn er rauskommt, sieht er dich so, und du kannst dir überlegen, wie du ihm das erklärst. Wenn er mich fragt, sag ich ihm die Wahrheit. Mommy war ein böses Mädchen, und ich musste ihr den Hintern versohlen.«

»Du Arschloch«, zischte ich, während ich auf seinen Rücken einhämmerte und um mich trat, so fest ich konnte. Vielleicht sollte ich *doch* so einen Kuba-Dings-Kurs machen. Ich hätte es ihm in seinen großen, blöden Arsch schieben können, als er mich aus dem Apartment hinaus in die Scheune trug.

Ruger ignorierte meine Anstrengungen, was mich noch wütender machte. Er trug mich durch die Scheune und dann die Treppe zum Heuboden hinauf.

Ich konnte da wieder ein Muster erkennen. Zumindest gab es da oben kein Badezimmer – es würde also keine kalte Dusche geben. Ein kleiner Trost. Er ließ mich auf einen Haufen Stroh fallen, sodass ich kaum Luft bekam, und baute sich über mir auf, während er seinen Gürtel öffnete und ihn rasch aus den Schlaufen seiner Jeans zog. Dann nahm er ihn doppelt und ließ ihn schnalzen.

Ich starrte ihn giftig an und bewegte mich rückwärts durchs Heu wie eine Krabbe.

»Muss ich dich wieder fesseln?«, fragte er.

»Wir werden's nicht tun«, erklärte ich, obwohl mein Verstand bereits den vertrauten Abschaltmechanismus initiiert hatte, den seine Anwesenheit auszulösen schien. Gott, ich liebte seinen Duft. Ganz zu schweigen von dem Gefühl, das sein Schwanz tief in mir auslöste … diese kleinen Metallkügelchen waren echt der Hammer.

»Fahr zur Hölle, Ruger.«

»Wirklich nicht. Wir werden's definitiv tun«, sagte er. »Vielleicht kann ich dir ja etwas Vernunft einficken. Worte scheinen offenbar nicht zu funktionieren.«

Dabei zog er sein Shirt aus und warf es beiseite. Ich blitzte ihn wütend an, als er seinen Hosenschlitz öffnete und ohne weitere Worte seine Jeans auszog. Er kniete sich hin und beugte sich im Heu vor, um meine Hände zu packen und sie links und rechts von meinem Kopf festzuhalten. Sein Kopf kam näher, als er meinen Duft aufsog und die verblassenden Knutschflecken an meinem Hals küsste, daran knabberte und saugte, wie er es auch auf der Party getan hatte.

Ganz schön ablenkend. Shit, das fühlte sich gut an.

»Sie werden schon blass«, sagte er, während er sich gerade so weit zurücklehnte, dass er mir in die Augen sehen konnte. Sein Gesichtsausdruck gefiel mir gar nicht. »Vielleicht mach ich dir ein paar neue. Was meinst du?«

»Ich meine, dass du ein Riesenarschloch bist.«

Ruger lachte.

»Ja, ich denk dafür, dass du ein Miststück bist. Aber mein Schwanz mag dich, und deshalb lassen wir uns was einfallen.«

Er näherte sich wieder meinen Lippen, doch dieses Mal war der Kuss nicht hart und brutal. Nein, er hatte seine Taktik geändert. Denn jetzt strichen seine Lippen zart über die meinen, knabberten und zogen an ihnen und drängten sie vorsichtig auseinander, während ich versuchte, ihn zu ignorieren. Dann zog er meine Arme über meinem Kopf zusammen, hielt sie mit einer Hand fest und griff mit der anderen zwischen uns. Seine Finger fuhren über meinen Bauch, bevor sie den Rand der Yogahose erreichten, die ich angezogen hatte, als ich nach Hause gekommen war.

Er begann, sie herunterzuziehen, und mir wurde klar, dass die Sache mal wieder gelaufen war.

Ruger war wieder dabei zu gewinnen, weil Ruger immer gewann. Und ich ließ ihn immer gewinnen, weil die Sehnsucht meines Körpers größer war als der Hass meines Verstandes. Ich hob meine Hüften, um ihm das Ausziehen meiner Hose zu erleichtern – ein weiterer Sargnagel für mich. Als seine Finger in mich hineinglitten, erschauerte ich.

Ich rechtfertigte mich vor mir selbst mit dem Hinweis, dass der Schaden schon passiert sei. Was würde das noch ändern? Als er schließlich aufhörte, mich zu küssen, starrten wir einander schwer atmend an. Seine Finger streichelten mich unten weiter, glitten über meine Klit und ließen mich zappeln, da ich noch mehr wollte.

»Mann, du machst mich wütend«, brummte er. »Nur gut, dass deine Möse so verdammt scharf ist.«

»Nenn sie nicht so.«

Sein Mund zuckte.

»Nur gut, dass deine Vagina so verflixt attraktiv ist«, flüsterte er. »Denn ich möchte wirklich ungemein gerne meinen Penis in sie hineinstecken und mehrmals den Geschlechtsverkehr ausüben, sodass wir uns gegenseitig zu einer befriedigenden Erfüllung unserer Sehnsüchte verhelfen. Wie klingt das?«

»Fast noch schmutziger«, sagte ich, wobei ich meinen Mund zu einem Grinsen verzog. Es war verdammt lächerlich. Die ganze Geschichte. Ich wollte ihn umbringen, vögeln und anschreien, und er machte einfach Witze? Ich musste fast lachen, aber seine Finger rieben gerade über meinen G-Punkt, während sein Daumen mit meiner Klit spielte. Wie schaffte er es nur, mich jedes Mal so schnell so feucht werden zu lassen?

»Oh, viel schmutziger«, sagte er, während er sich an mich schmiegte und an meinem Ohr knabberte. »Wenn ich deine Hände loslasse, wirst du dann versuchen zu entkommen?«

Ich dachte ernsthaft über die Frage nach.

»Nein«, gab ich zu. »Aber das hier ist eine einmalige Geschichte. Danach werden wir nie wieder Sex haben.«

Ruger lächelte sein träges Pantherlächeln und antwortete mir nicht.

Stattdessen ließ er mich los, weshalb ich ihm einen Schubs gab, sodass er im Heu landete. Dann setzte ich mich rittlings auf ihn. Ich hatte nur noch einen Versuch, wurde mir klar. Eine letzte Chance, mit Rugers Körper zu spielen. Was sollte ich mit ihm anstellen?

Ich entschied mich für den Ring in seiner Brustwarze und saugte ihn so tief in meinen Mund, dass er stöhnte und seine Hand in meine Haare krallte.

»Das ist gut, Soph«, flüsterte er. »Aber könntest du meinen Schwanz festhalten, wenn du schon dabei bist? Er bringt mich um, ich kann an nichts anderes denken.«

Ich griff nach unten und entdeckte seinen Schwanz, hart wie Stahl und zart wie Seide. Ich ließ meine Finger über seine Eichel wandern, erspürte die Metallkugel, fuhr auf und nieder.

»Heilige Scheiße«, stöhnte er. »Das ist zu viel, Baby. Erst mal nur den Schaft, okay?«

Er legte seine Hand auf die meine, um mir genau zu zeigen, wie er es haben wollte – langsam und tief hinunter, mit einer kleinen Drehung, die eigentlich schmerzhaft sein sollte.

Da ich mich erinnerte, dass er es gerne etwas rauer hatte, hielt ich mich nicht zurück. Schon bald wölbten sich seine Hüften mir entgegen.

Deshalb verabschiedete ich mich mit meiner Zunge von seiner Brustwarze und begann, mit dem Mund seinen Bauch entlangzuwandern. Ruger sah nicht aus wie ein Typ aus einer Werbeanzeige. Er hatte perfekte Brustmuskeln wie ein Model, aber er hatte auch Brusthaare, die mich daran erinnerten, dass ich es mit einem echten Mann zu tun hatte und nicht mit einem Fantasiewesen aus der Welt der sauberen, gewachsten Sexualität. Bevor ich weiter nach unten rutschte, rieb ich mein Kinn an seinem Nabel und genoss die Macht, die ich über ihn hatte.

Manche Mädchen lieben es, einem Mann einen zu blasen.

Ich zählte nicht dazu, weshalb ich nicht viel Erfahrung hatte. Allerdings hatte ich eine äußerst lebhafte Fantasie, und ich hatte mir seit dieser ersten Nacht auf der Terrasse vorgestellt, wie es wäre, seinen Schwanz in den Mund zu nehmen. Ich weiß noch, wie ich dort saß, seine Silhouette durch den dünnen Baumwollstoff seiner Jogginghose sah und das dringende Bedürfnis verspürte, ihn zu berühren.

Jetzt konnte ich es tun.

Ruger legte einen Arm unter seinen Kopf und stützte ihn ab, während er mir mit halb geschlossenen Augen zusah, wie ich mit der Eichel sanft über meine Wange strich und überlegte, was zu tun war. Ich fuhr mit der Zunge über das Bändchen am Rand der Eichel und ließ sie dann um die kleine Metallkugel kreisen.

Ruger atmete zischend ein, und ich spürte, wie mich pure feminine Macht durchströmte. Ich leckte wieder daran und spielte mit seinem Piercing, bevor ich ihn fest in meinen Mund nahm. Das Metall fühlte sich seltsam an, was aber nicht schlimm war, denn ich hatte schließlich nicht vor, eine Deep-Throat-Show abzuliefern. Ich begann, meinen Kopf auf und nieder zu bewegen und ihn gleichzeitig mit der Hand zu bearbeiten. Seine Finger gruben sich in mein Haar und führten mich.

»Du bringst mich noch um, Soph«, murmelte er stöhnend. »Stopp. Ich komm gleich, wenn du nicht aufhörst.«

Die Idee gefiel mir. Zum einen wäre es nett, mal zu sehen, wie Jesse »Ruger« Gray die Kontrolle verlor. Aber gerade als ich beschlossen hatte, das auszuprobieren, griffen seine Finger in meinem Haar fester zu und zogen meinen Mund von seinem Schwanz.

»Setz dich auf mich«, befahl er.

Oh, das würde mir auch gefallen …

Ich kletterte über ihn und griff nach unten, um ihn in meinen Körper zu leiten. Obwohl ich wahrscheinlich feuchter als jemals zuvor in meinem Leben war, dauerte es eine Weile, bis ich die ganze Länge seines Schwanzes in mich aufgenommen hatte. In dieser Stellung spürte ich jeden Zentimeter: Er dehnte mich so weit, dass es fast wehtat. Ich hielt ein paarmal inne, um mich daran zu gewöhnen. Seine Augen fixierten mich dabei unablässig. Als ich ihn schließlich ganz in mir hatte, verharrte ich einen Moment und hielt die Luft an.

Ruger beobachtete mich immer noch, wobei sich auf seinem Gesicht eine Mischung aus intensiver Lust und Begehren abzeichnete. Er lehnte sich auf einen Ellbogen, was meine hochempfindliche Klit in fast schmerzhaften Kontakt mit seinen angespannten Bauchmuskeln brachte. Er griff nach einer meiner Haarsträhnen und strich sie mir hinters Ohr. Dann legte er mit beinahe zärtlichem Gesichtsausdruck seine Hand an meine Wange.

Ich schloss meine Augen.

Wütender Ruger? Okay. Geiler Ruger? Daran hatte ich mich auch gewöhnt. Aber Ruger als feinfühliger Liebhafer? Dafür gab's einfach keinen Platz in meinem Kopf, nicht, wenn ich ein eigenes Leben führen wollte. Ich begann, mich ganz leicht und zugleich sehr lustvoll vor- und zurückzubewegen. Er ließ seine Hand von meinem Gesicht auf meine Hüfte fallen, um mich zu schnelleren Bewegungen zu veranlassen, was ich prompt tat.

Es dauerte nicht lange, bis ich ihn wieder an der Grenze hatte. Ich beugte mich vor auf seine Brust und grub meine Nägel in seine Brustmuskeln, was ihn sogar noch mehr anzumachen schien. Ruger hatte es gern ein wenig schmerzhaft, entschied ich und gab mir Mühe, ihn mit meinen inneren Muskel etwas zu quetschen.

Bei so was bin ich großzügig.

Ich war kurz davor, selbst zu kommen, als er seine Geduld verlor und mich auf den Rücken drehte, um wieder die Kontrolle zu erlangen. Er packte meine Beine und zog sie hoch über seine Schultern. Dann stieß er so lange zu, bis ich meinen Orgasmus in die Welt hinausschrie.

Ruger folgte kurz darauf und rief meinen Namen, als er kam.

Ich schlief ein, eng umschlungen von Ruger. Wir lagen beide auf der Seite, eine seiner Hände ruhte leicht auf meinem Bauch. Er war runtergegangen, um eine Decke zu holen, mit der er auf dem Heu ein Nest für uns schuf.

Irgendwann wachte ich auf und spürte Rugers Hand zwischen meinen Beinen, die mich langsam streichelte, während ich döste. Er drehte mich auf den Bauch, schob meine Beine auseinander und steckte seinen Schwanz sanft und vorsichtig in mich. Ich seufzte, als sich der köstliche Druck in mir aufbaute und ich so raffiniert explodierte, wie ich es noch nie erlebt hatte.

Dann umarmte er mich wieder, und ich döste erneut ein. Als mein Handy um sechs Uhr läutete, wachte ich auf und fand mich allein auf meinem Futon wieder, umhüllt von seinem Duft. Ich erkannte den Namen auf dem Display nicht, und der Anrufer legte wieder auf. Falsch verbunden, der Idiot.

Ich drehte mich auf die Seite und sah die leere Pizzaschachtel noch immer auf dem Couchtisch stehen.

Verdammt. Was zum Teufel sollte ich denn jetzt tun? Das war alles völlig verrückt.

KAPITEL DREIZEHN

»Mein Gott, ich liebe Tanzen«, sagte Kimber, während sie an ihrer Zigarette zog.

Es war Freitagabend, kurz vor Mitternacht: Wir standen auf dem Gehsteig vor einem Club mitten in Spokane. Ich hatte einen netten Schwips.

»Meine Füße werden mir höllisch wehtun, aber das ist es wert«, antwortete ich leicht schwankend. Ich spürte, wie meine Wangen rot wurden. Da sich das lustig anfühlte, fing ich an zu lachen. Kimber schüttelte ihren Kopf über mich.

»Mit dir kann man nirgendwo hingehen«, sagte sie ernst. »Du verträgst gar nichts. Wohin zum Teufel ist Em verschwunden? Ich will mir ihren Typen näher ansehen. Ich dachte, wir hätten ausgemacht, dass wir ihn begutachten und dann entscheiden, ob er sich lohnt. Sie schummelt.«

»Ohne Scheiß. Ich hasse das Miststück.«

»Ja, ich auch«, antwortete Kimber, während sie ihre Aussage unterstrich, indem sie mit ihrer Zigarette in die Luft stach. »Wie soll ich in Gedanken ein Singleleben führen, wenn ich keine saftigen Details zu hören bekomme?«

Ich schüttelte meinen Kopf und zuckte traurig mit den Schultern.

»Ich erfüll meine Aufgabe, ich sag dir alles.«

»Und denk ja nicht, dass ich das nicht zu schätzen weiß«, sagte sie fast unter Tränen. Wir umarmten einander angeheitert.

Wir waren etwa um zehn in der ersten Bar gelandet. Um halb elf war Em verschwunden, um Liam, ihren knackigen Online-Typen, zu treffen. Ausgemacht war, dass sie ihn reinbringen würde, damit wir ihn kennenlernen konnten, aber stattdessen hatten sie sich heimlich in eine Bar in derselben

Straße abgesetzt. Ab halb zwölf, als wir in den nächsten Club gingen, hätte ich Kidnapping und Mord vermutet, wenn sie uns nicht regelmäßig SMS geschickt hätte, aus denen hervorging, dass sie durchaus ihren Spaß hatte.

Kurz gesagt – Liam war fantastisch, wir würden ihn gleich treffen, sie würde hundertprozentig mit ihm schlafen und war sich ziemlich sicher, dass er mit ihrem Dad fertigwerden würde. Offenbar war Liam Ems Mr Perfect. Sie versprach uns, die andere Bar nicht ohne uns zu verlassen, weshalb wir Ruhe gaben.

»Hoffentlich fummeln sie gerade in einer dunklen Ecke«, sagte ich verdrießlich.

»Aber nicht zu viel«, sagte Kimber düster. »Wenn sie ihn ohne meine Erlaubnis vögelt, verliert sie ihre Margaritaprivilegien.«

Als wir übers Herumfummeln sprachen, musste ich an Ruger denken, und der Gedanke an Ruger brachte mich dazu, noch mehr zu trinken. Ich konnte immer noch nicht glauben, dass ich mit ihm gevögelt hatte. Schon wieder. Den Typen wurde ich nicht los. Zum Glück mussten wir nicht vor mittags in Coeur d'Alene sein, denn ich musste noch 'ne Menge Alkohol trinken. Kimbers Mann, der auf beide Kinder aufpasste, hatte sich echt was verdient heute Abend. Ich musste ihm Cookies oder so backen …

»Ist es 'n bisschen schräg, dass ich was für deinen Mann backen will?«, fragte ich sie. Sie prustete los, und ich lachte mit. Plötzlich summte mein Handy.

EM: *Ich will zurück ins Hotel. Er ist ganz sicher DER RICHTIGE.*

Ich las die Nachricht und jubelte, während ich das Handy an Kimber weiterreichte. Sie fing an, wie wild mit dem Daumen eine Nachricht reinzuhacken.

KIMBER: *Wag es ja nicht! Wir müsen ihn erst abchecken. So war das NICHT geplant!*
EM: *Ihr seht ihn in ner Minute, kommt runter zu Micks und wir sehen dann weiter. Wir warten draußen.*

Ich schnappte mir wieder mein Handy und sah Kimber giftig an.

»Das ist meins! Ich darf sie zuerst anschreien.«

»Wir können sie nicht vor den Augen ihrer Internetschnitte anschreien!«, teilte sie mir mit. »Das würde ihr die Tour vermasseln. Wir schreien sie morgen an.«

Ich dachte darüber nach.

»Okay«, sagte ich. »Aber ich erhebe Anspruch darauf, als Erste schreien zu dürfen, sobald wir ihn los sind.«

Sie seufzte und verdrehte die Augen.

»Wie du willst.«

Sie standen nicht vor dem Mick's. Es war eine winzige Höhle, die wir fast übersehen hätten, da sie direkt neben einem großen Club mit langer Warteschlange lag. Ich schickte Em eine SMS, erhielt aber keine Nachricht.

»Wahrscheinlich pinkelt sie gerade oder so«, sagte Kimber und warf einen interessierten Blick auf ein paar Typen, die nach College aussahen und in einer Gruppe auf dem Gehsteig standen.

Die Typen starrten zurück, und sie lächelte sie an.

»Hey!«, zischte ich. »Verheiratet, schon vergessen?«

Sie lachte.

»Ich guck doch nur, sei nicht so verklemmt. Ich werd auch nichts anfassen, versprochen.«

Mein Telefon summte.

EM: *Wir kommen raus.*

Wir warteten weitere fünf Minuten auf dem Gehsteig. Nichts. Ich wurde allmählich etwas nervös und schickte noch eine SMS. Keine Antwort.

Nach nochmals zehn Minuten hatte ich die Nase voll. Irgendwas stimmte hier nicht.

»Ich seh mal nach ihr«, sagte ich zu Kimber. Sie hatte das Interesse an den Collegejungs verloren, als sie zu uns rübergekommen waren und uns angemacht hatten. Die Jungs waren ein hübscher Anblick gewesen, zählten aber nicht unbedingt zu den brillantesten Gesprächspartnern.

Sie nickte mit besorgtem Gesicht.

»Ich wart hier draußen«, sagte sie, während sie Ausschau hielt. »Falls sie doch noch auftauchen.«

»Ich will nicht, dass du alleine hier rumstehst«, antwortete ich.

Sie zeigte mit dem Kinn auf den Türsteher des Clubs.

»Mir wird nichts passieren«, sagte sie. »Wenn irgendwas ist, schrei ich um Hilfe. Komm, such unser Mädchen.«

»In Ordnung«, antwortete ich mit grimmiger Stimme. »Aber wenn ich sie finde, bekommt sie gewaltig Ärger. Das ist nicht lustig.«

Die Kneipe war klein und dunkel – nur eine winzige, schmale Bar, viel kleiner, als ich gedacht hatte. Kein Wunder, dass die Collegejungs draußen blieben. Die Männer hier drin würden sie zusammenknüllen und wegschmeißen wie gebrauchte … äh … Dingens. Strohhalmverpackungen? Nein, was Schlimmeres. Ich schüttelte meinen Kopf, der vom Alkohol etwas benebelt war. *Konzentrier dich.* Es waren mehr Männer als Frauen hier, und die meisten starrten ihre Drinks an. Meine sich schnell verschlechternde Meinung über Liam wurde noch ein wenig mieser. Was für ein Typ brachte ein Mädchen an so einen Ort?

Wir hätten Em nicht aus den Augen lassen sollen, wurde mir klar. Ich konnte sie im vorderen Teil der Bar nicht entdecken und ging deshalb nach hinten, wo ein langer Flur an ein paar abgefuckten Toiletten und einem Büro vorbeiführte. Die Bar endete an einer Brandschutztür, die angelehnt war, mit einem Ziegelstein im Türspalt. Ich schickte Kimber eine Nachricht.

ICH: *Schon jemand zu sehen?*
KIMBER: *Nein, das ist verdammt beschissen.*
ICH: *Nicht in der Bar. Ich schau in die Seitengasse und komm dann zurück.*

Vorsichtig ging ich zur Brandschutztür. Würde Em wirklich mit einem Typen rausgehen, den sie nicht kannte? Es war nur so, dass sie vielleicht das Gefühl hatte, ihn zu *kennen.* Sie hatten schon seit einer ganzen Weile Telefonkontakt. Zum Teufel, ich war mit Typen ausgegangen, die ich nur ein paarmal getroffen hatte. Aber dennoch …

Ich drückte die Tür auf und sah draußen einen großen, dunkelhaarigen Mann in ausgewaschenen Jeans und Motorradstiefeln an einem zerbeulten Kleintransporter lehnen.

Er grinste mich wie ein Hai an und zwinkerte mir zu.

Oh mein Gott, ich erkannte ihn. Er war einer der Typen von diesem anderen Club, den Devil's Jacks. Die zu meiner Wohnung in Seattle gekommen waren.

Hunter.

Was machte er denn hier? Heilige Scheiße ... War das Zufall?

Oder waren Hunter und Liam *ein und dieselbe Person*?

Ich öffnete meinen Mund, um loszuschreien, als mich jemand von hinten auf die Gasse schubste. Ich stolperte und fiel fast hin. Dann packte mich Hunter, hob mich hoch und trug mich zur Rückseite des Transporters. Ich kreischte, so laut ich konnte, kickte und schlug um mich, als er mich hineinstieß, aber die hämmernde Musik vom Club sorgte dafür, dass mich niemand hören konnte. Em lag auf dem Boden, die Arme hinter dem Rücken mit Handschellen gefesselt, eine Bandana als Knebel im Mund. Ihre Beine waren mit etwas zusammengebunden, das nach weißer Wäscheleine aussah.

Hunter kletterte hinter mir rein, drückte mich nieder und nahm mir mein Handy ab. Innerhalb weniger Sekunden war ich geknebelt und hatte ebenfalls Handschellen um meine Handgelenke. Mit dem Gesicht nach unten lag ich auf dem Boden, wo ich Em mit großen Augen anstarrte. Sie starrte zurück. Ich spürte noch jemanden einsteigen und hörte, wie die Autotür zugeschlagen wurde. Dann wurde der Motor angelassen.

»Sorry, Mädels. Die Geschichte wird hoffentlich nicht zu unangenehm, dann könnt ihr beide bald nach Hause«, sagte Hunter mit kalter und unbeteiligter Stimme.

Der Transporter fuhr los.

Ruger

Sein Bier war warm geworden.

Ausgerechnet heute gab es keine Party und auch kein Barbecue im Clubhaus, was verdammt bedauerlich war, denn er musste ständig daran denken, dass Sophie mit ihrer besten Freundin, der alten Schlampe, nach Spokane zum Tanzen gegangen war. Er sollte sich auf seinen morgigen Trip nach Portland konzentrieren, aber er konnte sich einfach nicht dazu aufraffen. Mann, er hatte sich fast in die Hosen gemacht, als ihm klar geworden war, mit wem sie heute ausgehen würde. Kimbers Bühnenname war Stormie gewesen, und das Miststück war berühmt für ihren Mund mit Staubsaugerqualitäten. Sogar er hatte sie eines Abends mit nach Hause genommen … Es war okay gewesen, aber auch nicht so toll, dass er ihretwegen seine »Jede nur einmal«-Regel gebrochen hätte.

Jetzt fragte er sich, ob sie Sophie die ganze Zeit die Ohren mit Geschichten über ihn vollgeschwatzt hatte. Das erklärte auch, warum sie im Line hatte arbeiten wollen – Kimber hatte dort ein Vermögen gemacht, denn sie war eine der beliebtesten Tänzerinnen gewesen.

Noch beliebter war sie in den VIP-Räumen.

Er hatte daran gedacht, Sophie am Ausgehen zu hindern, indem er sie einsperrte. Aber er war zu dem Schluss gekommen, dass ihm das, auf lange Sicht gesehen, mehr schaden als nützen würde. Sie war ihm seit der Nacht im Heu ausgewichen, und er hatte sie nicht bedrängt. Die erste Woche in einem neuen Job war ziemlich anstrengend, deshalb hatte er sie in Ruhe gelassen. Dieser Mädelsabend war für ihn völlig überraschend gekommen. Er hatte es nur herausgefunden, weil Noah seinen Mund nicht halten konnte.

Der Junge steckte voller nützlicher Informationen.

Picnic spazierte mit einem Mädchen im Schlepptau in die Lounge. Sie sah wie 16 aus, obwohl Ruger wusste, dass sie älter sein musste. Ins Arsenal ließen sie keine Minderjährigen rein – die Gefahr, nach dem Sex im Knast zu landen, war einfach zu groß. Und solchen Ärger brauchten sie sicher nicht. Pic hatte den Gesichtsausdruck eines Mannes, dem es eine gerade richtig besorgt hatte. Mit einem Klatscher auf den Arsch schickte er sie weiter. Dann kam er rüber zu Ruger.

»Was ist denn mit dir los?«, fragte er, als er sich in einen der Sessel gegenüber der Couch fallen ließ.

»Mir ist langweilig«, sagte Ruger und rieb sich den Nacken. »Und offenbar werd ich alt, denn mein Nacken tut weh, nachdem ich mich heute an der Werkbank um den Spezialauftrag gekümmert hab.«

»Du bist ein verdammter Jammerlappen«, sagte Pic.

»Aber es ist wahr.«

»Hab gehört, dass dein Mädchen wieder ausgezogen ist.«

»Ja, und jetzt reden wir über was anderes.«

Picnic lachte auf.

»Zuerst Horse und jetzt du«, sagte er. »Der ganze Laden geht den Bach runter, weil ihr unter der Fuchtel steht.«

»Verpiss dich, du Arsch«, antwortete Ruger. »Der einzige Grund, warum ich hier sitz, anstatt sie durchzuficken, ist der, dass ich mich weiger, meinen Schwanz an die Leine zu legen und sie ihr in die Hand zu drücken. Und du musst gerade reden. Du fickst Mädels, die jünger als deine Tochter sind. Echt eklig, die Vorstellung, dass du alter Arsch ein Küken fickst.«

»Zumindest hat's mir heute Abend eine besorgt«, antwortete Pic verhalten. »Im Gegensatz zu manch anderem.«

Sein Handy klingelte. Er zog es raus und prüfte die Anruferkennung.

»Es ist Em«, sagte er kurz, stand auf und schlenderte auf die andere Seite des Raums. Plötzlich erstarrte Pic, sein ganzer Körper wirkte angespannt. 30 Sekunden später klingelte Rugers Handy.

Sophie.

»Ich hoffe, du bist nicht …«, begann er, aber sie schnitt ihm das Wort ab.

»Sei ruhig und hör zu«, sagte sie mit gepresster Stimme. Ruger setzte sich auf. »Diese Typen, die du in Seattle getroffen hast? Die Devil's Jacks? Sie haben mich und Em. Wir sind in Spokane, und sie …«

Er hörte sie schreien, als ihr jemand das Handy entriss. Adrenalin pumpte durch seinen Körper und katapultierte ihn sekundenschnell von »entspannt« zu »einsatzbereit«. Anstatt aufzuspringen, zwang er sich, ruhig zu bleiben und konzentriert zuzuhören. Sie brauchten einfach jeden Hinweis, um Sophie zu finden … und Em? Was zum Teufel? Jesus, Em sollte es eigentlich besser wissen und nicht ausgehen, ohne Pic Bescheid zu geben. Wie war Em da reingeraten?

»Ruger«, sagte eine Männerstimme. »Hier ist Skid. Aus Seattle. Wir haben hier ein kleines Problem.«

»Du bist so gut wie tot«, antwortete Ruger mit tonloser Stimme. Er meinte es ernst. Aus seinem Augenwinkel sah er, wie Picnic einen Stuhl packte und ihn an die Wand warf. Horse sprang auf und schob drei Mädchen zur Tür raus, während Painter eine abgesägte Schrotflinte hinter der Bar hervorzog.

Slide, der gerade aus der Toilette herausspaziert kam, sah sich mit hochgezogenen Brauen um.

»Über meinen Tod reden wir später, okay?«, sagte Skid gelangweilt. »Hör zu. Toke, euer Junge in Portland, ist durchgedreht und hat vor ein paar Stunden zwei unserer Brüder angegriffen. Ist einfach in ihr verdammtes Haus eingebrochen und hat um sich geschossen. Die Bullen sind überall und ein paar Mädels, die alles mitbekommen haben, absolutes Chaos. Die Mädels reden gerade mit den Bullen, Scheiße hoch drei, einfach perfekt. Die Ärzte haben einen der Jungs in der Mangel. Keine Ahnung, ob er durchkommt. Den anderen hat Toke mitgenommen.«

»Du redest komplette Scheiße«, sagte Ruger. Toke war vielleicht etwas unberechenbar, aber er würde nicht eine Entscheidung ignorieren, die der ganze Club gemeinsam getroffen hatte.

»Du kannst die Sache später verdauen«, fauchte Skid. »Jetzt ist es für euch an der Zeit, euren Jungen unter Kontrolle zu kriegen und unseren Mann in Sicherheit und zu uns zurückzubringen. Bis dahin passen wir gut auf … wie heißt sie noch mal … Sophie? Wir passen für dich gut auf die süße, kleine Sophie auf. Wenn die Sache geklärt ist, wird's ihr wunderbar gehen. Falls unser Junge getötet wird, sind ihre Aussichten nicht ganz so rosig. Hat einen richtig scharfen Hintern. Vielleicht stopf ich ihr den zuerst, bevor ich sie erschieße. Verstanden?«

Er legte auf.

»Fuck«, murmelte Ruger und gab dem Couchtisch im Aufstehen einen Kick, sodass er umfiel. Pic brüllte, während Horse und Bam Bam ihn zurückhielten. Ruger ignorierte das Drama, lief durch den Flur am Büro vorbei in die große Werkstatt, wo er seine Spezialprojekte anfertigte. Er klappte seinen Laptop auf, öffnete den GPS-Tracker und grenzte die Suchfunktion ein. Da waren sie – Sophies und Ems Handys wurden im Zentrum von Spokane in Flussnähe angezeigt. Allerdings würden sie bald im Wasser landen. Bis er dort war, wären die Jacks mit den Mädchen längst über alle Berge.

Verdammte Scheiße. Ruger drehte sich um und boxte gegen die Wand, wobei er die Rigipsplatte durchschlug. Der scharfe Schmerz half ihm beim

Nachdenken. Er zog eine nicht registrierte 38er Halbautomatik aus der Schublade seiner Werkbank und schob sie in sein Knöchelholster. Dann schnappte er sich zusätzliche Ladestreifen. Er ging wieder zurück in den Flur, wo Picnic und die anderen darüber diskutierten, was sie tun sollten. Pic wollte sofort los, Horse, Bam Bam und Duck wollten sich lieber die Zeit für einen Plan nehmen. Ruger war ihrer Ansicht. Sie konnten in Spokane rein gar nichts ausrichten, bis sie mehr Infos hatten.

Toke hatte zwar die Abstimmung verloren, aber dafür den Kampf gewonnen.

Die Reapers und die Devil's Jacks zogen in den Krieg.

Sophie

Ich weiß nicht, wie lange wir hinten im Transporter lagen und durch die Gegend fuhren. Es fühlte sich ewig lange an. Dann hörte ich, wie sich ein Garagentor öffnete. Wir fuhren hinein, und das Tor schloss sich hinter uns. Hunter und der Fahrer stiegen aus und kamen an die Hecktür, um sie zu öffnen.

Harte Hände – nicht die von Hunter – packten meine Fußknöchel und zogen mich grob raus. Meine Wange wurde aufgeschrammt: Hätte mich das Kidnapping nicht schon ernüchtert, hätte es spätestens dieser Schmerz geschafft. Halb trug, halb zerrte mich der Typ ins Haus. Dann ließ er mich auf die Couch fallen, wo ich mich aufzusetzen versuchte. Hunter setzte Em wesentlich sanfter neben mir ab. Er trat einen Schritt zurück und schloss sich seinem Freund an. Der zweite Typ war Skid, der andere Devil's Jack aus Seattle. Sie ragten mit grimmigen Gesichtern über uns auf, und wir wussten, dass wir richtig tief in der Scheiße steckten.

Mein Magen verkrampfte sich, während ich an Noah dachte. Würde ich ihn je wiedersehen?

»Die Lage ist folgendermaßen«, sagte Hunter, wobei seine kalten grauen Augen von einer zur anderen wanderten. Konnte er tatsächlich Ems Typ aus dem Internet sein? Sie hatte nicht gelogen, er war wirklich scharf und sah sogar noch besser aus, als ich ihn in Erinnerung hatte.

So ein Pech, dass er ein verdammter Soziopath war.

Oder vielleicht hatte er Liam etwas angetan. Konnte genauso gut sein, dass Ems Online-Freund tot in der Gasse lag. Scheiße.

»Ihr seid hier, um unseren Forderungen Nachdruck zu verleihen. Toke, einer der Reapers aus Portland, hat heute Abend richtig Scheiße gebaut. Er ist zu unserem Haus gegangen und hat angefangen herumzuballern, ohne Warnung oder Provokation. Als er abgehauen ist, nahm er eine Geisel mit. Einer unserer Brüder ist schwer verletzt, der andere wird vermutlich gerade zu Tode gefoltert. Deswegen müsst ihr schon entschuldigen, wenn wir wegen der Sache ein wenig überstürzt handeln. Dein Daddy«, sagte er mit einem Nicken in Ems Richtung, »wird alles tun, um unseren Mann wieder zurückzuholen. Wenn er das geschafft hat, könnt ihr nach Hause.«

Sie starrte ihn wütend an. Er beugte sich vor, nahm ihr den Knebel ab und flüsterte ihr etwas ins Ohr. Em riss sich von ihm los.

»Du bist tot, Liam«, sagte sie mit todernster Stimme.

Ein Rätsel weniger … arme Em. Es tat mir in der Seele weh.

»Mein Dad wird dich umbringen«, fuhr sie fort. »Lass uns jetzt gehen, und ich versuche, ihn davon abzubringen. Ansonsten ist es zu spät. Ich mein's ernst. Er. Wird. Dich. Umbringen.«

Hunter schüttelte seinen Kopf.

»Sorry, Baby«, antwortete er. »Ich versteh, dass du verängstigt und sauer bist, aber ich lass nicht einen Bruder sterben, weil ein Reaper einen Trotzanfall hatte.«

»Fick dich.«

Er warf einen Blick zu Skid rüber, der mit den Schultern zuckte. Hunter seufzte und fuhr sich mit der Hand übers Gesicht. Er sah müde aus.

»Okay, lass uns raufgehen«, sagte er. Er sah mich an. »Wir nehmen eure Knebel ab, aber falls eine von euch zu schreien anfängt, müssen wir sie euch wieder anlegen. Wir sind mitten im Nirgendwo, Schreien bringt euch also nichts. Ihr zwei habt's in der Hand, wie unangenehm die Geschichte hier wird. Kapiert?« Mit diesen Worten zog er sein Leatherman-Werkzeug raus und schnitt das Seil um Ems Füße durch. Dann wandte er sich mir zu.

Ich hörte ein Klicken, und als ich aufsah, richtete Skid eine kleine, rechteckige Pistole auf uns.

»Wenn ihr Ärger macht, erschieß ich euch«, sagte er. »Hunter ist nett, ich bin's nicht.«

Ich schluckte.

Hunter zog mich auf die Beine, und ich schwankte nervös hin und her, um meinen Kreislauf wieder in Schwung zu bringen. Es war schwierig, mit den hinter dem Rücken gefesselten Händen das Gleichgewicht zu halten. Nachdem er Em aufgeholfen hatte, führten sie uns die Treppe hinauf, die an einer Seite des Wohnzimmers nach oben ging.

Das obere Stockwerk wirkte mit seinem kleinen Treppenabsatz ziemlich gewöhnlich. Anscheinend gab es drei Schlafzimmer und ein Badezimmer, das mich daran erinnerte, dass ich dringend aufs Klo musste.

Hunter nahm Ems Arm und zog sie in das rechte Zimmer, wo er die Tür zukickte.

»Da drüben«, sagte Skid und zeigte auf die Tür daneben. Ich ging hinein und entdeckte ein Queen-Size-Bett mit schlichtem schmiedeeisernen Kopfteil, eine ramponierte Kommode und einen alten Tisch. Es gab ein kleines Fenster, das anscheinend in geschlossenem Zustand gestrichen worden war. Ich fragte mich, ob es schwer zu öffnen wäre. Falls ich es aufbekam, würde ich es schaffen hinauszuspringen?

»Stell dich neben das Bett und dreh dich mit dem Rücken zu mir«, sagte Skid.

Oh scheiße ... Das Bett bekam auf einmal eine ganz neue Bedeutung. Ich tat, was er gesagt hatte, und rechnete mit dem Schlimmsten. Würde mich Skid gleich vergewaltigen? Würde Hunter Em vergewaltigen? Er hatte offensichtlich eine Art Beziehung mit ihr gehabt. Ging es hier nur um den Club, oder war da noch mehr? Em war ein sehr hübsches Mädchen. Ein Mädchen, das etwas Besseres verdient hatte.

Ich zitterte, als Skid hinter mich trat, denn ich spürte seine Körperwärme und hoffte aus tiefstem Herzen, dass ich nicht sein Typ war. Ich merkte, wie seine Hände die meinen berührten und eine der Handschellen öffneten.

»Leg dich hin«, sagte er mit einer Stimme, die nichts verriet. Sollte ich mich gegen ihn wehren oder einfach die Augen schließen und es über mich ergehen lassen? Das Überleben war mir wichtiger als das Kämpfen. Ich würde ihn machen lassen und hoffen, dass es schnell vorüber wäre.

Ich legte mich auf den Rücken und starrte an die Decke, wobei ich ständig blinzeln musste.

»Halt deine Hände über den Kopf.«

Ich hob meine Arme, während er sich über mich beugte. Er hielt inne und betrachtete mich von oben bis unten. Dabei blieb er mit seinem Blick unverkennbar an der Rundung meiner Brüste hängen. Ich biss mir innen auf die Wange und versuchte, stark zu bleiben, denn ich wollte ihn nicht um Gnade anflehen. Diese Macht sollte er nicht haben. Er griff nach meinen Händen, und ich spürte ein Ziehen an den Handschellen, als er sie durch das schmiedeeiserne Bettgestell wand. Dann ließ er die Handschelle wieder um mein anderes Handgelenk zuschnappen.

Skid trat zurück und ging hinüber zum Fenster, als ob er hinaussehen wollte. Als er die Arme verschränkte, hielt ich die Luft an. War es vorbei? Passierte mir nichts mehr, zumindest für den Moment? Er sah nachdenklich auf mich herab.

»Der Typ, den Toke entführt hat, ist mein Bruder«, sagte er. »Nicht nur mein Clubbruder, sondern mein Halbbruder. Er ist mein einziger Verwandter. Du kannst mir glauben, dass ich alles tun werd, um ihn wiederzubekommen. Glaub nur nicht, dass es dir hilft, eine Frau zu sein. Nichts kann dich schützen. Kapiert?«

Ich nickte.

»Braves Mädchen«, sagte er. »Weiter so, und du hast eine Chance zu überleben.«

Er drehte sich um und ging hinaus.

Ich lag eine Ewigkeit einfach nur da, gequält von dem dringenden Bedürfnis, pinkeln zu müssen. Wahrscheinlich hätte ich Skid bitten sollen, mich zuerst zur Toilette zu bringen, bevor er mich ans Bett fesselte. Früher oder später würde ich ins Bett pinkeln. War mir egal. Ich würde lieber in die Hose machen, als Skid um Hilfe zu rufen. Dann hörte ich jemanden schreien und etwas an der Wand zu Ems Zimmer zersplittern.

Sofort vergaß ich meinen Pinkeldrang.

»Du verdammter Schwanzlutscher!«, kreischte Em. Ich hielt die Luft an, als ich erneut ein Scheppern hörte. Oh mein Gott. Kämpfte sie gegen ihn?

Vergewaltigte er sie? Ihre Stimme klang schmerzerfüllt. Mir war entsetzlich schlecht, denn egal, was dort drüben vor sich ging – etwas Gutes war es auf keinen Fall. Der Lärm ließ nach. Ich lag im Dunkeln und zählte die Sekunden. Wie konnte einer normalen, langweiligen Person wie mir so eine verrückte Scheiße passieren? Gottverdammte Reapers.

Rugers verdammter blöder Club. Erst wurde Em niedergestochen, und jetzt waren wir entführt worden. Es war wie ein furchtbarer Virus, der sich ausbreitete und alles ohne vorherige Warnung zerstörte.

Wenn ich hier lebend rauskam, würde ich Ruger nie wieder anrühren.

Ich konnte einfach nicht mit einem Reaper zusammen sein, egal, wie sehr ich ihn begehrte. Ich konnte nicht zulassen, dass *das* ein Teil meines Lebens würde. Es durfte auch nicht zu Noahs Leben gehören. Wenn Ruger meinen Sohn sehen wollte, sollte er den Club außen vor lassen, verdammt noch mal.

Und ich? Ich hatte genug von ihm. Endgültig genug. Ich spürte es bis ins Mark – ein Mann, zu dessen Leben es gehörte, dass Frauen entführt wurden, war nicht das Richtige für mich, egal, welche Gefühle er bei mir auslöste.

Punktum.

Ich schloss fest meine Augen, als Em erneut schrie.

Mit einem Ruck erwachte ich, als sich das Bett bewegte.

Wo war ich?

Ich hörte Ems Stimme, und die Erinnerungen kamen zurück.

»Geht's dir gut?«, fragte sie.

Ich öffnete meine Augen und sah sie neben mir sitzen. Ich betrachtete sie gründlich, um zu sehen, ob sie missbraucht worden war oder geweint hatte. Sie sah jedoch nicht wie ein Vergewaltigungsopfer aus, sondern einfach stinksauer. Vielleicht war sie sogar noch hübscher als sonst, denn ihre Wangen waren gerötet, und ihre Haare standen wild von ihrem Kopf ab. Durchs Fenster schimmerte das Licht des frühen Morgens. Hunter stand im Türrahmen und sah uns ohne jede Gefühlsregung an. Ich konnte es nicht fassen, dass ich eingeschlafen war.

»Ich muss aufs Klo«, sagte ich mit heiserer Stimme. Mann, hatte ich einen Kater.

»Kann sie verdammt noch mal aufs Klo gehen?«, fragte Em Hunter mit kalter Stimme.

»Ja«, sagte er und kam auf mich zu.

Sie stand auf und ging ihm aus dem Weg, wobei sie so viel Abstand zu ihm hielt, wie nur irgendwie möglich. Ich versuchte, nicht zurückzuzucken, als er die Handschellen aufsperrte, und rollte so schnell zur Seite, wie es mir meine steifen Muskeln erlaubten.

»Kommt schon«, sagte Hunter. »Alle beide.«

Em nahm meine Hand, und wir verließen gemeinsam das Zimmer. Als sie meine Finger drückte, wollte ich sie fragen, ob es ihr gut ging, um herauszufinden, was eigentlich passiert war. Aber ich würde nicht reden, solange er bei uns war.

Wir gingen in ein kleines Bad, das kein Fenster hatte. Em schloss die Tür hinter uns, blieb davor aber lange genug im Flur stehen, um mit ihren Blicken einen stillen Kampf mit Hunter auszufechten. Dann erst schloss sich die Tür.

Unglaublich erleichtert raste ich hinüber zur Toilette.

»Oh mein Gott«, flüsterte ich und sah sie an.

Sie fuhr sich mit den Händen durch die Haare, verschränkte dann ihre Arme und fuhr mit den Händen mehrmals darüber.

»Wie geht's dir? Hat er dich verletzt?«

»Meinen Stolz hat er definitiv verletzt«, sagte sie mit blitzenden Augen. »Aber nicht körperlich. Ich fass es einfach nicht. Ernsthaft, ich kann nicht glauben, wie blöd ich war. Hab ihn auch noch eingeladen, sich mit mir zu treffen. Ich hab's ihm so leicht gemacht. *Idiot.*«

Ich antwortete nicht, sondern wusch meine Hände, während wir Plätze tauschten, und formte mit den Händen eine Schale, um daraus zu trinken. Mein Mund fühlte sich an, als ob er mit Watte gefüllt wäre.

»Hast du irgendeine Ahnung, was mit uns passiert?«, fragte ich. »Skid jagt mir eine Scheißangst ein.«

»Hat er dir wehgetan?«, fragte sie scharf.

»Nein.«

»Das ist gut. Unsere Lage ist ziemlich beschissen«, sagte sie. »Toke, er ist der Typ, der mich auf der Party niedergestochen hat, ist völlig durchgeknallt.

Diese Schießerei ergibt für mich keinen Sinn, aber wenn's wirklich so passiert ist, sitzen wir in der Scheiße. Niemand weiß, wo Toke ist, nicht einmal Deke, und er ist schließlich Tokes President. Seit der Party sind alle auf der Suche nach ihm. Mit dem Messer auf mich loszugehen war *absolut* nicht in Ordnung, und Dad will sichergehen, dass er dafür bezahlt.«

»Shit«, murmelte ich. »Also könnte dein Dad ihnen diesen Toke nicht ausliefern, selbst wenn er wollte?«

»Ich schätze, so ist es«, sagte sie langsam. »Er beschützt mich wirklich. Als Toke mich verletzt hat, ist Dad ausgerastet. Wenn Dad ihn finden könnte, hätte er das schon getan. Sieht echt übel aus, Sophie.«

»Meinst du, sie werden uns wehtun?«

Sie überlegte.

»Liam nicht«, antwortete sie. »Ich meine, er wird mir nicht wehtun. Ich glaube auch nicht, dass er dir wehtun wird.«

Ich sah sie mit schräg gelegtem Kopf an.

»Dir ist klar, dass er dich die ganze Zeit angelogen hat, oder? Nur weil du ihn gemocht hast, heißt das nicht, dass du ihm vertrauen kannst, Em.«

»Oh, das weiß ich«, sagte sie schnell und schüttelte dabei kläglich ihren Kopf.

»Glaub mir, ich weiß ganz genau, dass ich die Idiotin bin, wegen der wir jetzt hier sitzen.«

»Du bist keine Idiotin«, sagte ich nachdrücklich. »Er ist ein Lügner, und zwar ein verdammt guter. Es ist nicht deine Schuld, dass er dich aufs Korn genommen hat.«

Es war die Schuld der Reapers, aber ich schätzte, es wäre nicht besonders hilfreich gewesen, ihr das unter die Nase zu reiben.

»Egal«, sagte sie. »Aber ich mein's ernst, ich glaub wirklich nicht, dass er mich verletzen würde. Über Skid mach ich mir mehr Sorgen.«

»Der Typ, der entführt wurde, ist sein Bruder«, erzählte ich ihr. »Sein wirklicher Bruder. Ich glaube, dass er mich verletzen *wollte*.«

»Alles okay bei euch?«, rief Hunter durch die Tür.

»Uns geht's wunderbar«, fauchte Em zu meiner Überraschung. »Wart gefälligst 'ne Minute, Arschloch!«

Ich machte große Augen.

»Das klang ziemlich zickig«, zischte ich. »Meinst du, dass das schlau war? Vielleicht versteh ich ja was falsch, aber wollen wir nicht dafür sorgen, dass er gut gelaunt ist?«

Sie schnaubte sarkastisch.

»Scheiß drauf«, antwortete sie. »Ich bin eine Reaper, und ich will verdammt sein, wenn ich vor so einem Wichser von Devil's Jack in die Knie geh.«

»Nun, ich bin aber *keine* Reaper«, sagte ich ruhig. »Und ich würde hier lieber nicht sterben und Noah zum Waisenkind machen, also mach ihn nicht wütend.«

Sie wirkte beschämt.

»Sorry. Ich fürchte, ich hab das Temperament meines Vaters.«

»Was für ein Jammer, dass du nicht die Knarre deines Vaters hast.«

»Echt, oder? Und ich bin das brave Mädchen in unserer Familie. Du solltest meine Schwester sehen.«

»Ihr habt nur noch eine Minute«, rief Hunter von draußen. »Dann komm ich rein.«

Em wusch ihre Hände, und wir gingen raus. Ich vermied es, Hunter, der an der Wand stand und uns mit dem Kinn in Richtung »meines« Schlafzimmers dirigierte, in die Augen zu sehen.

»Legt euch aufs Bett«, sagte er. »Alle beide.«

Wir taten, was er uns sagte – obwohl ich merkte, dass es Em fast umbrachte, ihm zu gehorchen. Zwei Minuten später hatte er uns beide ans Bettgestell gefesselt. Glücklicherweise legte er nur jeweils eine Hand in Handschellen, was wesentlich bequemer war als Skids Methode.

»Ich bring euch was zum Essen«, sagte Hunter, während er mit dem Finger langsam über Ems Wange fuhr.

Sie starrte ihn wütend an.

»Ich kauf mir ein knallrotes Kleid, um es auf deiner Beerdigung zu tragen, *Liam*.«

»Tatsächlich?«, antwortete er mit schmalen Augen. »Pass auf, dass es kurz und weit ausgeschnitten ist, sodass deine Titten zur Geltung kommen.«

»Ich hasse dich«, zischte sie.

»Red dir das nur selbst ein.«

Er ging hinaus und schlug die Tür hinter sich zu. Ich biss mir auf die Zunge und fragte mich, was *das* schon wieder gewesen war.

»Keine Sorge«, sagte Em nach einer unangenehmen Pause. »Wir kommen hier schon raus, irgendwie werden wir entwischen. Oder die Jungs finden uns.«

»Hast du irgendeinen Plan?«, fragte ich sie, während ich noch überlegte, was zwischen den beiden abging. »Hat er dir irgendwas gesagt, dir irgendwelche Hinweise gegeben, wo wir sind?«

»Nein.«

Ich wartete darauf, dass sie weitersprach, was sie aber nicht tat. Das beunruhigte mich nur noch mehr.

»Was habt ihr dann die ganze Nacht *gemacht*?«, fragte ich langsam.

Em ignorierte die Frage.

»Ich frag mich, ob einer von den beiden irgendwann mal weggeht«, murmelte sie. »Wenn wir warten, bis nur noch einer im Haus ist, könnten wir zusammen sicher mit ihm fertigwerden. Oder wenn wir ihn nur ablenken, kann zumindest eine von uns entkommen und Hilfe holen.«

»Glaubst du wirklich, dass wir mitten im Nirgendwo sind?«, fragte ich. »Konntest du raussehen?«

»Nein, aber wir sind nicht lang genug gefahren, um wirklich aus der Stadt raus zu sein«, sagte sie. »Vielleicht gibt's keine Nachbarhäuser, aber sicher wohnt jemand in Gehweite. Wir müssen es nur schaffen, aus diesen Handschellen rauszukommen. Wenn wir eine Büroklammer oder so finden, kann ich das Schloss knacken.«

»Echt?«, fragte ich sie beeindruckt. »Wo hast du das denn gelernt?«

»Du wärst überrascht, was ich alles kann«, antwortete sie mit trockener Stimme. »Dad ist der Überzeugung, dass man auf alles vorbereitet sein muss.«

Die Tür öffnete sich, und Hunter kam mit zwei Papiertellern herein. Unter dem Arm hatte er Wasserflaschen eingeklemmt. Plötzlich merkte ich, wie hungrig und durstig ich war. Mein Magen knurrte. Er stellte alles auf der kleinen Kommode in der Ecke ab. Dann kam er zu uns und nahm uns die Handschellen ab.

»Ihr habt zehn Minuten«, sagte er.

Wir standen auf und schnappten uns das Essen. Es waren einfach Sandwiches mit Johannisbeergelee und Erdnussbutter sowie ein paar Chips, aber es schmeckte so gut wie eine richtige Mahlzeit.

»In einer Minute rufen wir deinen Dad an«, sagte Hunter zu Em. »Dann weiß er, dass du am Leben bist, und wir finden heraus, ob er Fortschritte gemacht hat.«

Em sah ihn finster an, während sie ihr Essen kaute. Er seufzte und zog sich einen Stuhl unter dem Tisch hervor.

»Willst du dich hinsetzen?«, fragte er sie. Sie schüttelte den Kopf. Hunter drehte den Stuhl herum und setzte sich rittlings darauf. Seine Miene verriet nichts, und seine Augen waren beständig auf Ems Gesicht gerichtet. Sobald wir mit dem Essen fertig waren, nickte er in Richtung des Betts.

»Legt euch wieder hin«, sagte er.

Das taten wir. Hunter fing mit mir an und legte die Handschellen um mein rechtes Handgelenk. Dann ging er um das Bett herum, um dasselbe bei Ems linkem Handgelenk zu tun. Als er sich vorbeugte, sah ich ihre freie Hand zu seiner hinteren Hosentasche schnellen und etwas herausholen. Blitzschnell versteckte sie es unter ihrem Körper.

Hunter erstarrte.

Shit, hatte er das gespürt?

Wir brauchten eine Ablenkung. Sofort. Ich biss mir mit Gewalt auf die Zunge, schrie dann und spuckte ihm so viel Blut ins Gesicht, wie ich konnte.

»Verdammte Scheiße!«, schrie er, während er vom Bett zurücksprang, als ob er in Flammen stünde.

Em spielte sofort mit.

»Oh mein Gott, ist alles in Ordnung?«, schrie sie. »Hunter, du musst sie zum Arzt bringen!«

Ich hörte auf zu spucken und verschluckte mich am Blut. Igitt ...

»Wuw mir so leiw«, murmelte ich mit bemüht verlegenem und geschocktem Blick. »Ich hab mir auf wie Funge gebiffen un bin erfrocken.«

Hunter sah angeekelt auf die Blutspritzer und die Spucke auf seinem Arm und starrte mich wütend an.

»Du willst mich doch verarschen«, sagte er. »Was zum Teufel ist mit dir los? Shit, hast du irgendwelche Krankheiten?«

»Meim, ich hab keime Krakheiwem«, fauchte ich. Oder versuchte ich zu fauchen, was nicht wirklich klappte, weil meine Zunge so schnell anschwoll, sodass ich nochmals draufbiss. »Aua!«

Hunter schüttelte seinen Kopf, und Em sah mich besorgt mit großen Augen, in denen ein Funke Humor glimmte, an.

»Ihr macht mich noch wahnsinnig«, murmelte Hunter. »Ich hol dir ein Stück Eis, an dem du lutschen kannst. Mann, ist das alles widerlich.«

Als er aus dem Zimmer ging und die Tür hinter sich zuknallte, konnte sich Em kaum mehr beherrschen.

»Das war genial«, flüsterte sie. »Echt genial. Ich hab sein Leatherman-Werkzeug. Ich sollte in der Lage sein, uns damit aus den Handschellen zu befreien.«

»Wir habem Glück, waff er nich beiwe Hämwe gemach haw, fo wie Fkiw.«

»Oh, das ist beschissen«, sagte sie und verzog das Gesicht. »Lass mich raten: Hat es dich die ganze Nacht am Hintern gejuckt oder so?«

»Meim, Goww fei Wank mich«, antwortete ich. Shit, meine Zunge tat *wirklich* weh. »Wamm wiffst du daf Schwoss kwacken?«

»Wenn ich das Gefühl hab, dass er eine Weile weg sein wird«, sagte sie. Sie packte das Werkzeug, drehte sich um und krabbelte auf den Ellbogen übers Bett, um zwischen den Eisenstangen hindurchzulangen und es irgendwo zu verstecken.

»Es ist zwischen Matratze und Bettkasten«, sagte sie. »Falls du es brauchst.«

Ich runzelte die Stirn: Wenn ich es brauchte, wäre sie weg, und das verhieß nichts Gutes.

Hunter kehrte mit einer Papierserviette in der Hand zurück. Ich setzte mich umständlich auf, als er sie mir gab, und rutschte zurück ans Kopfteil des Betts. In der Serviette war ein Eiswürfel, den ich in meinen Mund steckte. Em lehnte sich neben mir an. Meine pochende Zunge fühlte sich zum Glück augenblicklich besser an.

»Wir rufen jetzt deinen Dad nochmals an«, sagte Hunter zu Em. »Ich lass dich eine Minute mit ihm reden, und dann sehen wir mal, wie's weitergeht.«

»Was ist mit Sophie?«, fragte sie. »Ruger will sicher mit ihr sprechen.«

»Ruger kann sich ins Knie ficken«, antwortete Hunter.

Em sah mich an, und mir wurde klar, dass sie eine weitere Ablenkung brauchte. Ich wusste zwar nicht, warum, aber ich würde einfach mitspielen. Ich spuckte mit Mühe den blutigen Eiswürfel in meine Hand.

»Bidde!«, jammerte ich sabbernd. »Mein Fohn Noah brauchd ein Medikamend. Ruger weif nichd, wo ef ift. Laff mich fwei Minuden mid ihm reden. Bidde.«

Er sah mich an und kniff dabei die Augen zusammen.

»Du redest lauter Scheiße.«

»Willst du, dass ein siebenjähriges Kind stirbt?«, fragte Em mit kalter Stimme. »Reicht es nicht, zwei Frauen umzubringen? Jetzt musst du auch noch einen kleinen Jungen umlegen? Du bist echt ein *richtiger* Mann, *Liam*.«

Hunter seufzte.

»Hältst du je den Mund?«, fragte er. Er zog ein Handy aus seiner Tasche, eines dieser billigen kleinen Dinger zum Aufklappen, die man überall bekommt. Beim Wählen starrte er uns an und stellte dann auf Lautsprecher.

»Ja?«, sagte Ruger voll unterdrückter Anspannung. Hunter nickte mir zu.

»Hier isd Fofie«, sagte ich schnell. »Ich bin hier mid Hunder und Em, fie hören mid.«

Hunters Augen wurden schmal, und er klappte das Handy zu.

»Keine Spielchen, verdammt«, sagte er. »Das war's.«

Ich nickte und steckte den Eiswürfel wieder in den Mund. Zumindest wusste Ruger, dass ich am Leben war … Letzte Nacht hatte ich beschlossen, dass ich genug von ihm hatte. Aber er war schuld, dass ich in diesem Schlamassel steckte, also konnte er mich auch verdammt noch mal wieder hier rausholen, bevor ich ihn absägen würde.

»Ich ruf jetzt deinen Dad an«, sagte Hunter zu Em, während er wieder wählte. »Sei schön brav, Emmy Lou, oder brauchst du noch eine Lektion?«

Em wurde rot und sah weg. Ich hob meine Augenbrauen. Wir hörten über den Lautsprecher das Handy klingeln. Kurz darauf ging jemand ran.

»Picnic«, sagte Ems Dad mit kalter Stimme.

»Hey, Daddy«, sagte Em. »Uns geht's momentan gut.«

»Was zum Teufel ist mit Sophie?«, fragte Picnic. »Ruger hat gesagt, dass sie nicht richtig sprechen konnte.«

»Sie hat sich auf die Zunge gebissen«, sagte Em schnell. »Keine Sorge, es geht ihr gut. Aber ihr müsst uns hier rausholen.«

»Das wissen wir, Baby«, antwortete er mit etwas sanfterer Stimme. »Wir arbeiten dran.«

»Das reicht, Mädels«, sagte Hunter und zog das Handy weg. Er schaltete den Lautsprecher aus und hielt es an sein Ohr. Dann ging er hinaus.

Em rutschte zu mir herüber und hob ihren freien Arm, um ihn mir um die Schulter zu legen. Ich lehnte mich an sie und fühlte mich schon etwas besser, weil wir zumindest nicht alleine waren. Meine Zunge war auch wieder abgeschwollen, was wirklich eine Erleichterung war.

»Wir müssen sehen, dass wir hier rauskommen«, sagte sie zu mir. »Wie gesagt – Toke ist desertiert. Nachdem er mich niedergestochen hatte, gab es nichts, was er hätte tun können, um meinen Dad zu besänftigen. Wenn sie Toke finden könnten, hätten sie ihn inzwischen.«

»Wie sollen wir's machen?«, murmelte ich, auf dem restlichen Eisstückchen herumlutschend.

»Wir warten besser, bis nur noch ein Kerl hier ist«, sagte sie. »Früher oder später müssen sie einkaufen gehen oder so. Dann starten wir durch. Ich hab gründlich darüber nachgedacht und schätze, dass ein Angriff zu gefährlich ist – außer du hast eine geheime Ninjaausbildung, von der ich nichts weiß. War übrigens super, die Sache mit dem Blutspucken. Bin beeindruckt.«

»Jeder muss seinen Beitrag leisten«, sagte ich, recht zufrieden mit mir. »Du bist auch nicht übel als Taschendieb.«

»Ich musste ja irgendwie das College bezahlen«, antwortete sie frömmelnd. »Ich halt nichts von Studiendarlehen.«

»Du spinnst total.«

»Wahrscheinlich«, sagte sie mit einem Grinsen im Gesicht. »Aber alles, was ich besitze, gehört wahrhaftig mir.«

»Ja, genau wie bei mir«, sagte ich. »Könnte ums Verrecken keine Kreditkarte bekommen. Arbeitslose alleinerziehende Mütter sind offenbar ein Risikogeschäft.«

»Wenn wir schon davon reden – ich hab jetzt die von Hunter«, sagte sie kichernd. »Ich hab seinen Geldbeutel geklaut, während du mit Ruger gesprochen hast. Keine Ahnung, ob sie uns weiterhilft, aber besser als gar nichts.«

Ich wurde wieder ernst.

»Okay, als Erstes musst du aufhören, ihm Dinge aus der Hosentasche zu klauen«, sagte ich zu ihr. »Irgendwann kommt er drauf. Er hätt's fast gemerkt, als du das Messer genommen hast.«

»Ja, da hast du wahrscheinlich recht«, sagte sie mit einem Seufzer. »Also, hier ist mein Plan. Wir müssen uns trennen. Die Chancen stehen besser, dass es eine von uns schafft, zu fliehen und Hilfe zu holen. Wir warten, bis einer der Typen weggeht, dann werd ich zur Vordertür rausgehen, und du verschwindest durch die Hintertür. Der, der noch da ist, kann uns nicht beide wieder einfangen. Vielleicht haben wir ja Glück, verdammt, und er merkt gar nicht, dass wir abhauen.«

»Was, wenn außer Hunter und Skid noch andere Kerle hier sind?«

»Nun, ich schätze, dann erwischen sie uns wieder«, sagte sie ernst. »Es ist riskant, weil sie uns dann bestrafen werden. Das ist kein Spiel hier. Aber wir können nicht einfach nur herumsitzen und hoffen, dass sich alles irgendwie in Wohlgefallen auflöst – realistisch betrachtet wird's für den Club nicht leicht sein, uns zu finden.«

»Ich dachte, du hast gesagt, dass Hunter dir nicht wehtun würde?«, fragte ich.

»Das glaub ich auch nicht«, sagte sie. »Aber Skid ist da anders. Dad wird uns früher oder später finden, aber ob wir dann noch am Leben sind? Ich will nicht irgendwo im Graben landen, nur weil Toke ein Idiot ist.«

Ich schnappte nach Luft.

»Ich will auch nicht im Graben landen.«

»Dann dürfen wir uns einfach nicht fangen lassen«, erklärte sie mit einem Grinsen. »Dürfte nicht so schwer sein, oder?«

»Hab ich schon erwähnt, dass du spinnst?«

»Das hab ich von meinem Dad.«

KAPITEL VIERZEHN

Ruger

»Ich wünschte, ich könnt dir mehr sagen«, sagte Kimber. Mit ihrem um die Augen verschmierten schwarzen Make-up samt Tränenspuren sah sie aus wie ein Waschbär. Sie saß an einem Tisch im Arsenal und war nach der langen Nacht offensichtlich erschöpft. Ruger konnte es immer noch nicht fassen, dass er diese Frau gefickt hatte. Absichtlich. Okay, sie hatte einen tollen Körper. Aber verglichen mit Sophie war sie völlig uninteressant. Nicht mal sein Schwanz war scharf auf sie.

»Du hast alles getan, was du tun konntest«, sagte Horse. Es hatte eine Weile gedauert, bis sie Kimber gefunden hatten, denn Kimber war wild durch die Gegend gerast, auf der Suche nach Sophie und Em. Als sie sie endlich aufgespürt hatten, hielt sie in einer Ecke des Mick's vier Männer als Geiseln, und zwar mit einem Pfefferspray in einer Hand und ihrem Handy in der anderen. Sie hatte sie gefilmt und von ihnen verlangt, ihr »fürs Protokoll« alles zu erzählen, was sie wussten.

Zum Glück hatte sie keine Waffe gehabt.

»Ich hab alles versucht«, sagte sie. »Ich hätt sie nie allein reingehen lassen sollen. Das Ganze war eine furchtbare Idee. Ihr könnt euch nicht vorstellen, wie leid es mir tut. Hoffentlich glaubt ihr mir das.«

Picnic grunzte, offensichtlich nicht überzeugt. Aber es gelang ihm, den Mund zu halten.

»Es ist gut, dass du nicht dabei warst«, sagte Bam Bam mit beruhigender Stimme.

»Sonst hätten wir jetzt drei statt zwei Geiseln. Und nicht nur das: Du gehörst nicht zu uns, das heißt, dass sie dich vielleicht als Ballast ansehen würden. So ist es besser.«

»Kannst du auf Noah aufpassen, bis wir die Sache geregelt haben?«, fragte Ruger abrupt.

»Ja«, sagte sie, hob den Kopf und sah ihm direkt in die Augen. »Ich werd mich um ihn kümmern wie um mein eigenes Kind. Deswegen brauchst du dir keine Sorgen zu machen.«

»Okay«, sagte er zu ihr. »Ich komm vorbei und besuch ihn, falls ich es schaffe. Aber ich lass mich nicht davon abhalten, Sophie zu finden. Brauchst du eine Waffe?«

»Oh, ich hab schon eine Waffe«, antwortete sie mit dunkler Stimme.

»Ich bring dich raus«, sagte Painter mit kalter Stimme.

Painter hatte sich verändert, merkte Ruger. Er war immer ein guter Mann gewesen, doch seit heute Morgen wirkte er wie ein Mann mit einem Ziel. Vielleicht würde ihn die Sache dazu bringen, sein Leben endlich auf die Reihe zu kriegen. Er hatte immer angenommen, dass Painter und Em irgendwann zusammenkommen würden. Ganz offensichtlich hatte sie keine Lust mehr gehabt zu warten. Verdammte Internetdates … da könnte man genauso gut eine leuchtend rote Zielmarke auf ihrem Kopf anbringen.

Ruger sah die Dinge heute Morgen ziemlich klar. Er musste Sophie gesund und munter zurückbekommen, denn er brauchte sie mehr als sein Leben. Andere Frauen waren ihm inzwischen völlig gleichgültig. Wenn er dieser Wahrheit früher ins Auge geblickt hätte, wäre dies alles nicht passiert, denn dann wäre sie in Sicherheit, nämlich zu Hause in seinem Bett.

Wenn er sie erst einmal wiederhatte, würde er sie nie wieder gehen lassen.

Niemals.

Sie wollte eine feste Beziehung? Er würde sich ihren verdammten Namen auf die Stirn tätowieren lassen, wenn es sein musste. Alles, was zu ihrer Sicherheit nötig war.

»Gibt's was Neues von den Jungs aus Portland?«, fragte Duck.

»Bisher nicht«, antwortete Picnic. »Sie denken, dass Toke den Jack – er heißt Clutch – vielleicht an die Küste gebracht hat. Sie suchen nach ihm, haben aber nicht viele Spuren, denen sie folgen können.«

»Wie geht's dem Typen, den er angeschossen hat?«

»In kritischem Zustand, aber stabil, was auch immer das heißen soll«, sagte Pic. »Schätze, dafür müssen wir schon dankbar sein. Okay, lasst uns einen Plan schmieden. Bis zu unserem Treffen mit Hunter haben wir noch zwei Stunden. Vorschläge?«

»Lass mich die Sache regeln«, sagte Duck, während er die Arme verschränkte. »Du steckst emotional zu tief drin, was bedeutet, dass dein Hirn nicht richtig funktioniert. Du solltest mit Ruger hierbleiben.«

»Nie im Leben, verdammte Scheiße«, erwiderte Picnic kopfschüttelnd. »Ich bin der President. Das ist mein Job.«

»Du bist ein Vater und völlig am Ende«, antwortete Duck. »Wenn du das übernimmst und Scheiße baust, stirbt dein Mädchen. Glaubst du wirklich, dass du diesem Wichser in die Augen sehen und dich dabei zusammenreißen kannst? Ich glaub nämlich nicht, dass du das schaffst. Sei schlau und lass mich das machen. Wenn du mich nicht haben willst, dann nimm Horse oder Bam Bam. Wir sind nicht umsonst deine Brüder. Wir halten dir den Rücken frei.«

Picnic schüttelte mit angespannter Miene seinen Kopf. Er hatte damit begonnen, ganz systematisch Magazine für seine neue Waffe zu laden, die er zuvor eingeschossen hatte. Ruger wusste, dass er vorhatte, Hunter mit dieser Waffe zu erschießen, weil sie rund eine Stunde gemeinsam damit verbracht hatten, genau die richtige Waffe dafür auszuwählen. Etwas, was man nicht nachverfolgen konnte. Eine Waffe mit kleinem Kaliber, die dennoch eine Wunde schlug, die ganz langsam, aber unabwendbar zu einem tödlichen Ende des Bastards führen würde.

»Ruger, du musst auch hierbleiben«, sagte Horse.

Ruger sah zu ihm auf und schüttelte seinen Kopf.

»Nein«, sagte er. »Ich komm mit. Keine Diskussion. Ich muss nicht der Anführer sein, aber ich werd dabei sein.«

Horse und Duck tauschten Blicke aus.

»Okay, ein neuer Plan«, sagte Duck. »Ich bin der Anführer, ihr kommt mit, aber haltet euch im Hintergrund. Wir dürfen nicht zulassen, dass er euch provoziert – wenn er es schafft, dass ihr durchdreht und was Blödes macht, hat er gewonnen. Verstanden?«

»Verstanden«, sagte Pic. »Solange du nicht vergisst, dass er am Ende mir gehört.«

»Uns«, korrigierte ihn Ruger. »Er und sein Freund.«

»Und Toke?«, fragte Bam Bam. »Hat jemand Vorschläge, was wir mit ihm anstellen sollen?«

»Er muss sich vor den Brüdern verantworten«, sagte Ruger. »Wir haben abgestimmt und eine Entscheidung für den Club getroffen. Er hat das ignoriert. Das Arschloch muss dafür bezahlen.«

Sophie

»Er wird sich mit Dad treffen«, sagte Em schließlich.

Vor einer guten Weile war Hunter gekommen, hatte sie mitgenommen und erst vor etwa zehn Minuten wieder zurückgebracht. Sie war eine gefühlte Ewigkeit weg gewesen. Realistisch geschätzt war es vermutlich nicht länger als eine Stunde. Als sie zurückgekommen war, war sie zuerst ziemlich still gewesen. Jetzt lag sie wieder mit mir auf dem Bett – ich war am rechten und Em am linken Handgelenk gefesselt.

»Warum?«, fragte ich.

»Ich denk, er versucht, die Lage zu retten«, sagte sie mit etwas trauriger Stimme. »Ich glaub, dass ich ihm tatsächlich was bedeute, Soph.«

Ich riss meine Augen auf.

»Das meinst du nicht ernst«, sagte ich. »Er will dich vögeln, das versteh ich – er ist ein Typ, und du bist scharf. Aber ein Mann, dem eine Frau was bedeutet, entführt sie nicht.«

»Frag mal Marie«, sagte sie. Allerdings schien es ihr unangenehm zu sein. »Horse hat sie richtig gekidnappt. Und jetzt heiraten sie.«

Da wusste ich erst mal nichts mehr zu sagen.

»Will ich die ganze Geschichte hören?«, fragte ich schließlich.

»Danach fühlst du dich auch nicht besser.«

Vor dem Haus war ein röhrender Motorradauspuff zu hören, jemand fuhr weg.

»Das ist Hunter«, sagte sie. »Wenn ich entkomme, und Dad findet heraus, dass ich in Sicherheit bin, bringt er ihn bestimmt um.«

»Denk nicht drüber nach«, sagte ich, während ich sie ansah. Sie wirkte bedrückt und nachdenklich. Shit, das konnten wir jetzt gar nicht brauchen. »Wag es ja nicht, dir die Sache nochmals zu überlegen. Dieser Typ ist gefährlich, und wir werden schwer verletzt, wenn wir hierbleiben. Wir werden fliehen. Genau genommen werden wir bald fliehen.«

»Ich weiß«, sagte sie. »Ich wünschte nur ...«

»Ich will's gar nicht hören.«

Wir warteten eine Stunde oder dachten zumindest, dass es etwa eine Stunde sei. Hunter sollte bereits weit weg sein, bevor wir unseren Fluchtversuch starteten. Em öffnete das Messer und klappte einen winzigen Schraubenzieher aus. Fünf Minuten später waren wir unsere Handschellen los und spähten abwechselnd aus dem Fenster. Hunter hatte nicht gelogen: Wir schienen mitten im Nirgendwo zu sein. Rundum wuchs Dickicht, es gab unbebautes Gelände und hie und da einen Nadelbaum.

Draußen stand nur der Transporter, keine Bikes, was hoffentlich bedeutete, dass wir es nur mit Skid zu tun hatten. Allerdings gab es wenig Versteckmöglichkeiten rund ums Haus.

»Wenn er uns verfolgt, haben wir keine Chance«, sagte ich mit grimmiger Stimme.

»Er wird uns nicht verfolgen«, antwortete sie. »Unser Plan sieht folgendermaßen aus: Wir schleichen uns nach unten und finden heraus, wo er steckt. Dann gehst du zur einen Seite des Hauses und ich zur anderen. Ich kann von hier aus eine Hintertür sehen.«

»Und wenn er uns sieht?«

»Diejenige, die er sieht, muss ihn so lang aufhalten, dass die andere entkommen und Hilfe holen kann«, sagte sie mir. »Sie muss ihn aufhalten, egal, wie. Und ich werd diejenige sein, die ihm am nächsten ist.«

»Warum?«, fragte ich verblüfft. »Nicht, dass ich ein Extrarisiko eingehen möchte, aber ...«

»Weil du ein Kind hast«, sagte sie. »Wenn wir mal alles andere beiseitelassen – Noah braucht dich, aber niemand braucht mich.«

»Deine Familie, der ganze Club, sie brauchen dich alle«, protestierte ich. »Du weißt, dass ich recht hab«, sagte sie. »Versuch hier nicht, edelmütig zu sein oder so. Wenn nur eine von uns entkommen kann, wirst du es sein. Lass uns nicht darüber streiten, okay?«

Ich atmete tief ein und nickte dann, denn ich wusste, dass sie recht hatte. Noah war wichtiger als der Rest von uns zusammengenommen.

»Okay, aber versprich mir eins«, sagte ich. »Du musst ernsthaft versuchen zu entkommen. Lass dich nicht wieder fangen oder so, nur weil du dafür sorgen willst, dass Hunter nichts passiert.«

Sie sah wieder raus, und einen Moment lang dachte ich, sie würde anfangen zu streiten. Er musste ihr wirklich eine Gehirnwäsche verpasst haben!

»Ich mein's ernst. Sonst fang ich an zu schreien und sag ihm, dass wir dieses Messer haben, wenn du mir nicht versprichst, dass du dir wirklich Mühe gibst zu entkommen.«

»Ich werd mir Mühe geben«, sagte sie. »Wenn wir entkommen, können wir ihm immer noch Zeit zum Zurückkommen lassen, bevor wir Dad anrufen, weißt du. Es geht nicht um alles oder nichts. Ich bin nicht blöd.«

Ich hielt meinen Mund. Wenn ich entkam und ein Telefon erreichte, war Hunter Hackfleisch.

»Ich nehm an, besser jetzt als nie, hmm?«, fragte ich.

»Wir können jetzt gehen«, sagte sie. »Ich behalt das Messer, außer du weißt, wie man damit umgeht?«

»Du meinst kämpfen?«, fragte ich überrascht. Sie nickte. »Äh, nein. Ich hab in der Schule keinen Kurs in Messerkampf belegt. Du kannst es behalten.«

»Okay, los jetzt«, sagte Em mit einer verdammt echten Arnold-Schwarzenegger-Stimme.

Leider brauchte es mehr als eine dumme Stimme, um meinen Kampfgeist zu wecken. Wir gaben uns einen Fist Bump, öffneten die Schlafzimmertür und schlichen hinaus. Ich hatte panische Angst, dass der Boden knarzen würde, aber zum Glück schien er recht stabil zu sein. Von unten hörte ich die Geräusche eines Videospiels, das auf dem Fernseher gezockt wurde.

»Ich geh zuerst die Treppe runter«, flüsterte Em. »Dann wink ich dich runter. Sei bereit, in die Richtung zu flüchten, die ich dir zeige, je nachdem, wo er ist. Wenn ich wieder auf das Schlafzimmer zeig, gehst du rauf und legst dir wieder die Handschellen an, okay? Wenn ich dich runterwinke, geht's los. Wir haben nur einen Versuch, mach also keinen Scheiß. Ich zähl drauf, dass du Hilfe für mich holst, wenn ich ihn ablenken muss.«

»Ich schaff das«, sagte ich zu ihr. Hoffentlich stimmte es. »Aber lass uns beide entkommen, okay?«

»Oh, noch eine wichtige Sache«, sagte sie.

»Was?«

»Wenn du an ein Telefon rankommst, ruf meinen Dad oder Ruger an«, sagte sie. »Ruf nicht die Bullen.«

Ich starrte sie an.

»Willst du mich verarschen?«

»Nein«, sagte sie mit ernster Stimme. »Ich verarsch dich ganz und gar nicht. Hier geht's um Clubangelegenheiten: Wenn wir die Bullen mit reinziehen, wird die ganze Geschichte nur noch schlimmer, und zwar ganz schnell.«

»Nein«, sagte ich tonlos. »Wenn ich hier rauskomme, ruf ich unter 911 die Bullen, so schnell ich nur kann.«

»Dann gehen wir nicht«, antwortete sie.

Ich riss die Augen auf.

»Meinst du das ernst?«

»Völlig ernst«, sagte sie. »Wenn du die Bullen rufst, landen Dad oder Ruger vielleicht im Gefängnis, noch bevor die Geschichte hier zu Ende ist.«

»Wie kommst du darauf?«

»Hast du gedacht, ich mach einen Scherz, als ich dir gesagt hab, dass Dad Hunter umbringt?«, fragte sie langsam. »Das hier ist kein Spiel. Ich versuch, ihn davon abzubringen. Ich hoffe sehr, dass es nicht dazu kommt. Aber wenn Hunter wegen der Sache ins Gefängnis kommt, ist er dort nicht in Sicherheit. Und wenn Dad ihn erledigt, will ich ihn nicht auch noch verlieren.«

»Mein Gott«, murmelte ich schockiert. »Ich weiß nicht, was ich sagen soll.«

»Sag, dass du nicht die Bullen rufst«, antwortete sie. »Wenn du einen Anruf machen kannst, bist du schon in Sicherheit. Ich habe jedoch das Recht, diese Entscheidung für mich zu fällen.«

Ich dachte eine Sekunde lang darüber nach.

»Okay«, flüsterte ich. Es gefiel mir nicht, aber ich würde es tun.

Sie nickte und machte sich dann ganz langsam auf den Weg nach unten. Dies würde der schwierigste Teil werden, denn wir mussten durchs Wohnzimmer, um die anderen Teile des Hauses zu erreichen. Wahrscheinlich war er im Wohnzimmer, wo schließlich auch der Fernseher stand. Ich versuchte, mir den Plan des Hauses im Kopf vorzustellen: Er würde uns den Rücken zuwenden, und ich konnte mich auch nicht an Spiegel an der Wand erinnern.

Mit etwas Glück würden wir es schaffen.

Em sah mich an, hielt einen Finger an ihren Mund und winkte mich hinunter. Ich schlich von Stufe zu Stufe und versuchte, kein Geräusch zu machen, während ich mich dennoch schnell bewegte, damit wir die Gelegenheit nutzen konnten.

Skid kam in mein Blickfeld, als ich das Ende der Treppe erreichte. Er saß mit dem Rücken zu uns auf der Couch und spielte irgendein Ballerspiel. Glücklicherweise wurde dabei auch viel Krach gemacht, und viele Dinge flogen unter Getöse in die Luft.

Em berührte meine Hand, und ich sah sie an. Sie zeigte auf ihre Brust, dann auf die Vordertür. Dann zeigte sie auf mich und auf die Rückseite des Hauses. Sie hielt drei Finger hoch und zählte stumm zwei, eins ... los!

Ich schlüpfte an ihr vorbei und ging schnell, aber ruhig zur Rückseite des Hauses. Innerhalb weniger Sekunden gelangte ich durch das Wohnzimmer und Esszimmer in die Küche, wo ich die Hintertür entdeckte. Sie war natürlich verschlossen. Doch ich musste lediglich den Türriegel öffnen, es gab keine speziellen Sicherheitsschlösser oder so. Mir wurde klar, dass sie unsere Entführung wirklich nicht geplant hatten. Sogar ich wusste, dass man einen Raum für die Gefangenen vorbereiten muss, wenn man eine Entführung plant.

So weit, so gut.

Ich öffnete gerade die Tür, als ich Skid hinter mir brüllen und dann Em kreischen hörte und schließlich ein lautes, krachendes Geräusch vernahm. Ich raste aus der Tür und lief, so schnell ich konnte, in einem großen Kreis ums Haus herum.

Es gab eine lange Kiesauffahrt, und da uns Skid bereits entdeckt hatte, folgte ich ihr einfach, während ich auf Fahrzeuggeräusche oder Pistolenschüsse lauschte. Doch ich hörte nichts außer diesem ersten Schrei. Mein Herz hämmerte, und mein Hirn hatte sich verabschiedet. Würde Skid Em wirklich töten? Ich lief schnell, angetrieben vom Adrenalin.

Dann hörte ich einen Schuss.

Fuck.

Ruger

Hunter hatte als Treffpunkt Spirit Lake angegeben, doch auf halbem Wege erhielt Ruger eine SMS, die ihn stattdessen nach Rathdrum schickte. Der Devil's Jack wartete in einer Bar auf sie, auf deren Tür »Keine Clubfarben« stand, weshalb sie ihre Kutten ausziehen mussten, bevor sie sie betraten.

Arsch. Aber Eier in der Hose.

Als sie reingingen, entdeckten sie ihn mit einem Bier hinten in der Bar. Picnic wollte sich auf ihn stürzen, aber Bam Bam erwischte ihn am Arm und zog ihn zurück.

»Tu's nicht«, sagte er leise. Picnic nickte kurz, als Duck stattdessen die Führung übernahm.

»Euren Mädchen geht's gut«, sagte Hunter, als sich die Männer hinsetzten. Ruger merkte, dass er nicht halb so entspannt war, wie er vorgab zu sein. Seine Augen blickten eiskalt, und er wirkte beinahe wild, was bei Ruger ein mulmiges Gefühl auslöste. Solche Männer waren zu allem fähig, man konnte ihre Handlungen nicht vorhersagen. »Ich hab nicht vor, was dran zu ändern, solange ihr mitspielt. Wie ist die Lage? Habt ihr für mich Neuigkeiten über unseren Jungen?«

»Nein, wir haben gar nichts«, sagte Duck mit ruhiger und nüchterner Stimme. »Es gibt da eine Sache, die du wissen solltest. Toke …«

»Toke hat Em mit einem Messer erwischt«, sagte Hunter. »Ich hab die Wunde gesehen. Er ist außer Kontrolle, und zwar nicht nur für uns. Hab ich recht?«

»Wie hast du die Wunde sehen können?«, wollte Picnic wissen. »Warum zum Teufel hatte sie ihr Shirt nicht an?«

»Halt's Maul«, sagte Hunter. Picnic sprang auf, doch Horse packte ihn und drückte ihn wieder auf den Stuhl.

»Nicht jetzt, Pic«, murmelte Horse. »Reiß dich zusammen.«

»Warum hatte sie ihr Shirt nicht an?«, wiederholte Picnic. Ruger merkte, wie auch bei ihm die Wut wuchs, aber er blieb ruhig und hielt die Augen offen.

»Ich glaub, die bessere Frage wäre, warum sie überhaupt verletzt wurde«, sagte Hunter mit sorgsam unterdrücktem Ärger in der Stimme. »Oder vielleicht, warum hat sie sich mit einem Fremden in einer Bar getroffen, ohne dass jemand ein Auge auf sie hatte? Du hast es verbockt, Alter, und jetzt hab ich sie. Sieht so aus, als ob sie einen neuen Beschützer braucht.«

Fuck, dachte Ruger. *Er steht auf Em.*

»Lass uns wieder zur Sache kommen«, sagte Duck, wobei seine Stimme zugleich ruhig und gefährlich klang, was nicht gerade typisch für ihn war. Normalerweise hatte er eine große Klappe und war hitzköpfig. Doch die Krise schien eine berechnendere Seite in ihm zum Vorschein zu bringen. Er hatte ihnen Storys über Vietnam erzählt, über Patrouillen im Hinterland, über Ausflüge hinter die feindlichen Linien, aber Ruger hatte immer gedacht, das wäre nur Prahlerei gewesen.

Jetzt war er sich da nicht mehr so sicher.

»Wir können euch das, was ihr wollt, nicht geben«, erklärte Duck Hunter. »Glaub mir, wir würden's tun. Die ganze Woche haben wir nach ihm gesucht. Und diese Scheiße richtet sich gegen den gesamten Club. Wir hatten für einen Waffenstillstand gestimmt, und die Entscheidung war gefallen. Er wird sich vor den National Officers verantworten müssen. Aber ihr dürft nicht zwei unschuldigen Mädchen wehtun, um uns zu etwas Unmöglichem zu zwingen. Ich versprech dir, wenn eine von den beiden auch nur einen Kratzer hat, ist dein Leben vorbei. Kapiert?«

Hunter lehnte sich zurück und betrachtete einen Mann nach dem anderen.

»Ihr erwartet ernsthaft, dass ich euch das abnehme? Dass ihr euren eigenen Mann nicht finden könnt?«, fragte er mit schräg gelegtem Kopf.

»Klingt, als ob die Reapers da ein paar Probleme hätten.«

»Vielleicht ist das so«, sagte Horse. »Aber es ist eine Tatsache – wir können euch nicht sagen, wo er ist. Ich kann dich nicht zwingen, das zu glauben. Ganz egal, was du mit Em und Sophie anstellst – es wird die Realität nicht ändern. Unsere Jungs haben die ganze Woche nach ihm gesucht.«

»Lass mich raten, seine Brüder in Portland? Deke?«, fragte Hunter sarkastisch. »Sie werden nur seinen Arsch retten.«

»Nicht nur Deke«, antwortete Horse. »Und glaub mir, die wollen ihm genauso wie ihr den Arsch aufreißen. Hier geht's nicht nur um euch, er hat das Vertrauen von uns allen missbraucht. Wir haben abgestimmt, wir haben eine Waffenruhe ausgehandelt.«

»Ernsthaft, Hunter. Wir wissen absolut nichts über Toke«, sagte Ruger, dem es irgendwie gelang, ruhig und vernünftig zu bleiben, obwohl er am liebsten quer über den Tisch gehechtet wäre, um dem Kerl das Herz rauszuschneiden. »Ich denk, du verstehst, dass wir hier gerade die Anfänge eines Kriegs sehen. Toke ist außer Kontrolle, das wissen wir alle. Was auch immer mit ihm passiert – er ist selbst schuld dran. Aber dass ihr unsere Mädchen entführt habt, das ist ganz was anderes. Wir jagen euch mit dem ganzen verdammten Club.«

»Em und Sophie sind in Sicherheit«, sagte Hunter. »Und ich versprech euch, dass das auch so bleiben wird, zumindest im Moment. Aber ihr bekommt sie nicht zurück.«

»Wie wär's mit einer?«, fragte Duck. »Sophie hat ein Kind. Lass sie gehen.«

Picnic erstarrte, sagte aber nichts. Das gehörte nicht zum Plan. Ruger war jedoch klar, was Duck vorhatte. Eine war besser als keine, und wenn Hunter auf Em stand, hätte er einen guten Grund, sie zu beschützen. Nicht nur das – Em würde garantiert wollen, dass Sophie zurück zu Noah kam. Ruger sah hinüber zu Pic und entdeckte Verständnis in seiner Miene. Fuck … Er konnte sich nicht mal vorstellen, was Picnic gerade durchmachte. Es war schlimm genug, dass sie Sophie hatten. Wenn jemand versuchen würde, Noah zu entführen, würde er komplett durchdrehen. Sie würden durch die Hölle gehen, verdammt noch mal.

»Was gebt ihr mir, wenn ich sie gehen lasse?«, fragte Hunter. »Ich brauch was, das ich in meinem Club vorweisen kann.«

»Wie wär's mit einer Geisel?«, sagte Painter plötzlich. »Sie haben einen von euren Brüdern – ihr nehmt einen von den unseren und lasst beide Mädels laufen.«

Hunter lachte kurz auf.

»Fuck«, sagte er. »Eure hässlichen Ärsche sind für mich keinen Cent wert. Wenn wir einen Reaper wollen, holen wir uns einen in Portland.« Er beugte sich mit brennendem Blick vor. »Ich will Frieden«, fuhr Hunter fort. »Selbst nach dieser Geschichte will ich immer noch Frieden. An unserer Situation hat sich nichts geändert. Und wenn ihr mir sagt, dass Toke ein Außenseiter ist, dann gebt mir einfach was, was ich meinem Club vorlegen kann. Vielleicht können wir dann den Waffenstillstand noch retten.«

Er zog sein Handy raus und sah es an.

»Bin in fünf Minuten wieder da«, sagte Hunter. Er stand auf und ging weg, wobei er das Handy ans Ohr hielt.

»Das hier ist Zeitverschwendung«, sagte Picnic. »Deke hatte recht, es hat keinen Sinn, mit diesen Wichsern Frieden zu schließen.«

Ruger nickte und hörte seine Brüder zustimmend murmeln. Der gesamte Club musste zweifellos seine Entscheidung überdenken. Das war zwar keine Entschuldigung dafür, dass Toke durchgedreht war, aber Ruger verstand zumindest seine Gründe.

Hunter legte auf und drehte sich zu ihnen um. Fast sofort klingelte sein Handy wieder, und er ging ran, während er die ganze Zeit ihren Tisch beobachtete. Während man seiner Miene nichts ablesen konnte, entdeckte Ruger einen Funken Wildheit in seinen Augen. Dann legte der Devil's Jack wieder auf und kam auf sie zu.

»Gute und schlechte Neuigkeiten«, sagte er langsam.

Ruger erstarrte.

»Und welche?«, fragte Duck.

»Clutch lebt«, sagte er. »Noch. Wir wissen noch nicht viel über ihn. Sie haben ihn ins Krankenhaus gebracht. Das war die gute Neuigkeit.«

»Und die schlechte?«, fragte Picnic.

»Die Bullen haben ihn und Toke gefunden«, antwortete Hunter. »Jemand hat was gehört und die Bullen gerufen. Sie haben Toke in einem Hotel erwischt, er hatte unseren Mann im Bad angekettet. Die Mädchen, die während des Angriffs in unserem Haus waren, kooperieren. Die Bullen haben also Zeugen. Sie haben Toke in Schutzhaft genommen. Momentan unserem Zugriff entzogen. Die Brüder werden nicht glücklich darüber sein.«

»Wirst du uns Sophie und Em zurückgeben?«, fragte Ruger.

Die Frage hing schwer in der Luft, als sich Hunter zurücklehnte und mit starrem Gesicht einen weiteren Drink zu sich nahm.

»Ja«, sagte er. »Ich tu's, um euch zu beweisen, dass wir den Waffenstillstand ernst meinen. Tokes Lage ist noch nicht geklärt. Aber ich erkenne an, dass er nicht im Namen der Reapers gehandelt hat. Das streich ich aus der Gleichung.«

Ruger spürte, wie sich das Band um seine Brust zum ersten Mal seit Sophies panischem Anruf lockerte.

»Wann?«, fragte Picnic.

»Bald«, antwortete Hunter. »Aber ich will erst lebend hier rauskommen, schätz ich. Ich bin mir sicher, dass ihr meine Bedenken nachvollziehen könnt.«

Duck schnaubte, was fast wie ein Lachen klang.

»Ja, ich würd mir an deiner Stelle auch Sorgen machen«, sagte er. »Wir werden diese Geschichte nicht vergessen. Bin mir nicht sicher, ob die Waffenruhe nach diesem kleinen Abenteuer noch hält.«

»Ich auch nicht«, gab Hunter zu. »Ich werd mein Bestes tun. Ihr hoffentlich auch. Skid wird die Mädchen freilassen, sobald ich ihm Bescheid gebe. Aber erst, wenn ich weiß, dass ich in Sicherheit bin. Falls ihr mich also verfolgt, bleiben eure Mädchen noch länger Gefangene.«

»Verstanden«, sagte Picnic. »Beeil dich.«

»Noch was …«, sagte Duck. »Die Sache mit Toke … habt ihr irgendwelchen Einfluss auf diese Zeuginnen? Wir würden das gern so weit wie möglich innerhalb des Clubs regeln. Wenn Toke den Mund hält, werden das eure Jungs sicher auch machen.«

Hunter zuckte mit den Schultern.

»Wir werden sehen, was passiert.«

»In Ordnung«, sagte Duck. »Pass gut auf Em und Sophie auf, verstanden? Ansonsten häute ich dich eigenhändig und mach aus deiner Haut Lampenschirme fürs Arsenal.«

Sophie

Manchmal gibt dir dein Verstand einen Befehl, und du weißt dennoch, dass er falsch ist.

Mein Verstand riet mir, schneller zu laufen, als ich den Schuss aus Skids Waffe hörte, und weiterhin wie ein braves Mädchen Ems Plan zu folgen. Ich musste entkommen und Hilfe holen. Es gab kein Zurück. Mein Sohn brauchte mich … Wir hatten das *gemeinsam beschlossen.*

Außerdem war die Rettung von Em Picnics und Rugers Angelegenheit.

Das hier war nicht mein Kampf.

Aber irgendwie sagte mir mein Bauchgefühl, dass Skid Em töten würde, wenn ich weiterrannte. Vielleicht hatte er es sogar schon getan.

Ich konnte sie nicht zurücklassen.

Deshalb blieb ich stehen und drehte mich um. So schnell wie möglich schlich ich zurück und ging unter einem Fenster des Wohnzimmers in Deckung. Ich lauschte eine Sekunde und konnte gedämpft Skids Stimme hören. Em antwortete ihm in flehendem Ton. Ich nahm an, dass er gerade abgelenkt war. Schnell stand ich auf, um einen kurzen Blick zu riskieren.

Em lag auf dem Boden und presste beide Hände an die Außenseite ihres linken Oberschenkels. Zwischen ihren Fingern floss leuchtend rotes Blut hervor. Skid stand über ihr und zielte mit der Waffe auf sie. Seine Miene war alles andere als freundlich – dieser Typ würde sie mit Freuden töten.

Fuck.

Ich sah mich panisch um und versuchte, einen Plan zu schmieden. Ich musste ihn aufhalten, und zwar so, dass niemand dabei zu Tode kam.

Schnell krabbelte ich auf die andere Seite des Hauses, wo auf der Veranda zwei Holzstühle und ein kleiner Tisch standen. Ich versuchte, durchs vordere Fenster zu sehen, was vor sich ging, aber alles lag im Schatten.

Dann hörte ich Em schreien.

Keine Zeit mehr.

Ich packte einen der Stühle und war froh, dass er aus Massivholz war und ein schönes Gewicht hatte. Dann klingelte ich an der Tür und wartete, den Stuhl in Händen, bereit zum Zuschlagen.

»Wer ist da draußen?«, rief Skid.

Ich blieb ruhig – ich meine, was sollte ich auch sagen?

Komm bitte raus, damit ich dir eins überziehen kann? Mit meinem Ellbogen klingelte ich erneut an der Tür. Meine Muskeln, die den schweren Stuhl halten mussten, fingen allmählich an zu brennen. *Beeil dich, du Arschloch.*

»Verpiss dich!«, brüllte Skid. Em musste irgendwas getan haben, um ihn abzulenken, denn ich hörte ein Krachen. Ich klingelte fünf oder sechs Mal hintereinander, wie ein Kind beim Klingelputzen.

Skid riss die Tür auf.

Ich donnerte den Stuhl mit aller Kraft in sein Gesicht. Er schwankte, und ein Schuss löste sich, der mich zum Glück verpasste. Ich ignorierte das Klingeln in meinen Ohren, schwang den Stuhl und traf ihn erneut. Er schüttelte sich und stürzte sich dann auf mich, während ihm aus seiner gebrochenen Nase das Blut übers Gesicht rann. Ich schrie, als er den Stuhl an den Beinen packte, ihn wegriss und hochzog.

Dann kam Em wie ein tollwütiges Frettchen von hinten über ihn, umklammerte seinen Hals, biss und kratzte und kickte. Er stürzte nach vorne, und ich machte nun auch mit, packte den zweiten Stuhl und ließ ihn gegen seine Knie krachen.

Er stieß einen hohen Schrei aus, als er kopfüber von der Veranda stürzte, Em auf seinem Rücken, die ihn noch ordentlich in den Dreck drückte. Ich sprang hinterher und landete zwischen seinen Beinen, woraufhin ich ihm einen Tritt in die Eier nach dem nächsten verpasste. Hoffentlich würde es in der Zukunft keine kleinen Skiddileins mehr geben, um die Familientradition hochzuhalten.

Skid schrie die ganze Zeit wie ein Baby.

Und Em? Ich konnte nicht sagen, ob sie lachte oder weinte.

* * *

Zehn Minuten später hatten wir Skids blutenden und von Prellungen übersäten Körper mit den Handschellen an eine Verandasäule gefesselt. Die Schmerzen hatten ihn ohnmächtig werden lassen, was wahrscheinlich ganz gut war. Ich wollte nicht seinem bösen Blick begegnen oder mir anhören, was für eine Scheiße er zu erzählen hatte.

Nun saß ich in einem der Verandastühle, hatte seine konfiszierte Waffe sorgfältig auf meinem Bein abgelegt, entsichert und bereit zum Schießen. Ich wollte ihn nicht töten, aber ich würde es tun, falls es nötig wäre. Daran zweifelte ich keine Sekunde lang.

Em humpelte aus dem Haus, ihr Bein war mit Bettlakenstreifen aus dem Schlafzimmer bandagiert. Zum Glück hatte die Kugel ihren Oberschenkel nur leicht gestreift. Dennoch war ihr Gesicht kreidebleich und schmerzverzerrt.

Trotz allem gelang es ihr, ein wenig zu lächeln, als sie triumphierend ein Handy in die Höhe hielt.

»Der Idiot hat Google Maps installiert«, sagte sie. »Ich weiß genau, wo wir sind. Ich ruf Dad an, damit er uns abholt.« Sie wählte. »Hey, Dad? Ich bin's. Uns geht's gut. Aber wir könnten ein Taxi brauchen.« Ihr Blick flackerte zu Skid, als Picnics Stimme gedämpft aus dem Telefon dröhnte. »Nein, ist alles in Ordnung«, antwortete sie. »Aber bring vielleicht den Transporter mit. Wir brauchen etwas Ladefläche.« Sie erklärte ihnen den Weg und legte auf.

»Sie werden in etwa 20 Minuten hier sein«, sagte Em zu mir. »Waren ziemlich froh darüber, dass wir uns gemeldet haben.«

»War Hunter bei ihnen?«, fragte ich. Kaum hatte ich die Frage ausgesprochen, bereute ich sie auch schon. Wollte ich die Antwort wirklich hören?

Em schluckte und sah weg.

»Nein«, sagte sie. »Das Treffen war schon vorbei. Wahrscheinlich haben wir ihn um fünf Minuten verpasst. Er hat ziemlich Glück.«

Ich hob eine Augenbraue, sagte jedoch nichts. Em ließ das Handy auf den Boden fallen und trampelte dann darauf herum, sodass ich Glas und Plastik knirschen hörte.

»Was zum Teufel?«, fragte ich verblüfft. »Warum hast du das gemacht?«

»GPS«, erklärte sie knapp. »Ich will nicht, dass uns die Devil's Jacks damit verfolgen können. Und hierlassen können wir's auch nicht.«

»Was, wenn wir's noch mal brauchen?«

»Das werden wir nicht«, sagte sie. »Dad und Ruger werden uns finden. Keine Sorge. Morgen werden wir diese Geschichte hier schon fast vergessen haben. Ich will nicht mal drüber reden und auch nicht drüber nachdenken. Verstanden?«

»Verstanden«, sagte ich mit schmalen Augen.

Em schnappte sich den zweiten Stuhl, zog ihn rüber zu mir und setzte sich hin.

»Soll ich die Waffe eine Weile halten?«

»Danke«, antwortete ich und gab sie ihr. Sie war verblüffend schwer, und nach den ersten paar Minuten hatte sich meine Hand verkrampft. Ich streckte meine Finger aus und sah über die lange Kiesauffahrt auf die Bäume dahinter.

»Nimm's mir nicht übel«, sagte ich langsam. »Aber das war der beschissenste Mädelsabend aller Zeiten.«

Em lachte überrascht auf – es war eher ein Schnauben als ein Lachen.

»Meinst du?«

KAPITEL FÜNFZEHN

Ruger

Sie erreichten die kleine Anhöhe, von der aus man auf das Haus hinabblicken konnte. Picnic fuhr langsamer und hob eine Hand, um die anderen zum Anhalten zu bewegen. Ruger stellte sich neben ihn.

Heilige Scheiße.

»Mein Mädel«, sagte Picnic voll Stolz in der Stimme. »Gottverdammt, irgendwas muss ich doch richtig gemacht haben bei der Erziehung.«

»Unsere Mädels«, murmelte Ruger. Er spürte, wie der Druck auf seiner Brust nachließ, ein Druck, den er gar nicht bewusst wahrgenommen hatte.

»Shit, ich wusste gar nicht, dass sie das draufhat.«

Em und Sophie saßen auf der vorderen Veranda wie zwei Nachbarinnen, die sich zum Kaffeklatsch getroffen hatten. Nur dass Em eine auf Skid gerichtete Waffe in der Hand hielt. Sein übel zugerichteter, blutüberströmter Körper lag im Dreck. Die Arme hatte er nach oben ausgestreckt, da er damit an einen Verandapfosten gefesselt war.

»Denkst du, sie hat ihn umgebracht?«, fragte Ruger.

»Ich hoff nicht«, antwortete Picnic. »Die Sache war schon schlimm genug, da braucht sie nicht auch noch das auf ihrem Gewissen zu haben. Ganz zu schweigen von der ganzen Sauerei, die wir dann aufräumen müssten.«

»Da hast du allerdings recht«, erwiderte Ruger.

»Ich bin's, Dad, wir holen euch ab!«, schrie Picnic hinunter, wobei er ihnen lebhaft zuwinkte. Ems Blick blieb auf Skid gerichtet, die Waffe bewegte sich kein bisschen.

»Ich bin froh, dass ihr hier seid«, brüllte sie zurück. »Ich könnt echt Hilfe gebrauchen.«

»Ist er der Einzige?«, fragte Pic.

»Hunter ist vor ein paar Stunden weggefahren«, rief sie. »Sie waren nur zu zweit.«

Langsam fuhren sie den Hügel hinunter auf das Haus zu. Ruger beobachtete Sophie genau, als er sein Motorrad abstellte. Aber er konnte keine ernsthaften Verletzungen sehen. Sie wirkte erschöpft, und ihr dunkles Augen-Make-up war völlig verschmiert – das war alles. Em schien es schlimmer erwischt zu haben: Ihr Gesicht war bleich, und auf ihrer Wange kam eine Prellung zum Vorschein. Weiße, blutgetränkte Streifen waren um ihr Bein gebunden.

»Bleibt, wo ihr seid, Mädels«, sagte Pic schnell, als er abstieg. Ruger tat dasselbe und folgte ihm zu dem Mann auf dem Boden.

Skid sah ziemlich übel aus. Er bewegte sich nicht, und Ruger sah Blut aus seiner Nase und aus dem Mund tropfen. Auch der Boden war blutgetränkt, allerdings konnte er nicht sehen, woher das Blut kam. Ruger ging vorsichtig näher und kniete sich hin, um Skids Puls zu fühlen.

Noch am Leben. Der Pulsschlag war schwach, aber regelmäßig.

»Er ist nicht tot«, sagte er. »Was sollen wir machen?«

Picnic rollte Skid mit dem Fuß herum. Jetzt sahen sie die Wunde: Er hatte eine Platzwunde am Hinterkopf.

»Er hat zwar geblutet, aber nicht so schlimm«, sagte Em. »Ich weiß nicht, ob er wegen der Kopfverletzung ohnmächtig wurde oder durch den Schock. Sophie hat ihn in die Eier gekickt, bis es qualmte.«

Ruger spürte eine instinktive Schrumpfreaktion in seinen unteren Gefilden und warf einen Blick zu Sophie. Mit der rätselhaften Miene einer Sphinx sah sie auf sie hinunter.

Absolut ruhig. Viel zu ruhig. *Schock*, vermutete Ruger.

Picnic ging hinauf zu seiner Tochter und streckte seine Hand aus, damit sie ihm die Waffe geben konnte. Er legte seinen Arm um ihre Schultern und zog sie an sich.

Ruger sah wieder zu Sophie, doch sie wandte sich ab. Dann hörte er Schritte auf der Auffahrt hinter sich.

»Was machen wir mit ihm?«, fragte Bam Bam, während er Skid begut-
achtete. Ruger sah hinüber zu seinem President und stellte sich dieselbe
Frage. Würden sie den Bastard umlegen oder nicht?
»Nicht vor den Mädchen«, sagte Picnic und drückte Em fest an sich.
»Ruger, du und Painter nehmt sie mit und bringt sie in Sicherheit. Ruft
den Arzt. Er kann zum Clubhaus kommen. Wir räumen hier auf.«
Em schüttelte ihren Kopf und verkrampfte sich.
»Töte ihn nicht«, sagte sie. »Wenn du das tust, wird's nur noch mehr
Kämpfe geben.«
»Das ist 'ne Clubangelegenheit, Em«, erwiderte Picnic sanft.
Sie sah Skid an und stellte sich dann auf die Zehenspitzen, um ihrem
Vater etwas ins Ohr zu flüstern.
Picnic erstarrte.
Em ließ ihn los, während sie ihn zugleich flehend ansah.
Er schüttelte seinen Kopf, doch sie verschränkte ihre Arme und trat ei-
nen Schritt zurück. *Interessant.* Picnic verengte die Augen, und die beiden
starrten sich sekundenlang an. Dann seufzte Picnic.
»Okay, wir nehmen ihn mit und werfen ihn irgendwo raus, wo er gefunden wird«, sagte er. »Sieh mal nach, ob du was findest, womit wir ihn
verbinden können, Bam.«
Ruger sah runter auf Skid. Rein verstandesmäßig wusste er, dass es
wahrscheinlich eine gute Idee war, ihn am Leben zu lassen. Abgesehen von
allem anderen brauchten Em und Sophie nicht auch noch diese Last auf
ihrer Seele. Trotzdem wollte er das Arschloch sterben sehen.
Sie konnten ihn immer noch später umlegen. Wenn sie es richtig
machten, würden die Mädchen es nie mitbekommen.

Sophie

Ich wusste nicht, was ich fühlen sollte, als ich mit Ruger erschöpft nach
Hause fuhr, während mein Adrenalinspiegel langsam absackte. Wir hatten uns von den anderen getrennt, die sich in verschiedene Gruppen mit
unterschiedlichen Zielen aufteilten. Er wollte mich im Club von einem
Freund, der Rettungssanitäter war, untersuchen lassen, aber ich bestand
darauf, dass es mir gut ging.

Was ja auch stimmte. Physisch ging es mir gut.

Aber jetzt, da es vorbei war, war ich so was von wütend auf Ruger, dass ich ihn nur noch anbrüllen, schlagen und treten wollte, weil der verdammte Riesenarsch mich in diese beschissene Lage gebracht hatte. Zugleich wünschte ich mir, von ihm festgehalten zu werden, damit ich mich wieder sicher fühlen könnte – was absolut lächerlich war.

In seiner Nähe wäre ich nie in Sicherheit.

Wichtiger als alles andere war mir allerdings, schnell zu Noah zu kommen. Ich wollte ihn festhalten und dafür sorgen, dass wir nie, nie wieder Angst vor so einem Albtraum haben müssten. Ich spielte verschiedene Szenarien durch, darunter einen Namenswechsel und einen Umzug in einen anderen Staat. Aber ich hatte jetzt einen guten Job, einen, mit dem wir womöglich im Leben vorankamen.

Ich brauchte nur eine Mauer zwischen mir und Ruger. Bald würde ich die Grenzlinie ziehen – er auf der einen Seite, ich auf der anderen –, und zwar ohne Grenzübergänge. Wenn ich das tat, wäre alles in Ordnung.

Doch obwohl ich wütend auf ihn war, fühlte es sich gut und richtig an, mich auf der Rückfahrt an seinen Rücken zu lehnen und meine Arme fest um seinen Bauch zu schlingen. Ruger war von oben bis unten stark und kräftig. Das von den Stoffaufnähern seiner Reaper-Abzeichen bedeckte Leder seiner Weste lag an meiner Wange. Seine harten Bauchmuskeln bewegten sich jedes Mal unter meinen Fingern, wenn er sich in eine Kurve lehnte.

Für die nächsten 20 Minuten erlaubte ich mir das Vergnügen, seine Nähe zu genießen und ihn zu berühren.

Danach würden wir getrennte Wege gehen.

* * *

Als wir schließlich um Elles Scheune bogen und auf dem kleinen Kiesparkplatz vor meiner neuen Wohnung anhielten, ließ ich ihn los.

Ich verbot mir jede Traurigkeit und versuchte, *gar nichts* zu fühlen.

Er schwang sich vom Motorrad, nahm meine Hand und führte mich zur Tür, was gar nicht so schlecht war. Denn ich fühlte mich wie in einem Traum gefangen, alles war weit entfernt und unwirklich.

»Mist«, murmelte ich mit einem Blick auf das Schloss. »Ich hab keinen Schlüssel. Er ist in meiner Handtasche, und ich hab keine Ahnung, was aus ihr oder meinem Handy geworden ist.«

»Vielleicht finden sie deine Handtasche in dem Haus«, sagte Ruger. »Dein Telefon ist verschwunden. Ich besorg dir morgen ein neues.«

Er ließ mich los und wandte sich seinem Bike zu, um in einer der Satteltaschen herumzuwühlen und eine kleine, schwarze Ledertasche herauszuholen. Als er zurückkam und sie öffnete, sah ich eine Sammlung von seltsamen kleinen Werkzeugen darin.

»Dietriche«, sagte er knapp.

»Noch ein weiterer Teil deines Lebens?«, fragte ich wie betäubt. »Du spazierst in der Gegend herum, bestens ausgerüstet für einen kleinen Wohnungseinbruch?«

Er sah zu mir auf und öffnete schon seinen Mund. Doch ihm war wohl etwas an meinem Gesichtsausdruck aufgefallen, denn seine Miene wurde sanft.

»Baby, ich bin Schlosser, das war mein Job«, sagte er mit weicher Stimme. »Schlosser, Waffenschmied – winzige Dinge aus Metall ziehen mich einfach magisch an, ich arbeite gern damit. Als Kind hab ich Zeug aus Lego gebaut, jetzt hab ich Spielsachen für große Jungs. Eine Zeit lang hab ich bei 'nem Schlüsseldienst gearbeitet. Es geht nicht immer um schlimme Dinge, okay?«

Ich nickte, war mir aber nicht sicher, ob ich ihm glaubte.

»Egal«, murmelte ich. Als das Schloss klickte und die Tür aufsprang, ging ich hinein und sah mich um. Alles wirkte so, wie ich es am Tag zuvor hinterlassen hatte. Normal. Völlig normal. Es hätte fast ein Traum sein können.

»Du musst dich ein wenig herrichten«, sagte er. »Ich ruf Kimber an und bitte sie, Noah in einer Stunde oder so heimzubringen. Ich will nicht, dass er ausflippt.«

»Hatte er Angst um mich?«, fragte ich, während ich mir ein Glas Wasser holte. Ich überlegte, ob ich ihm auch eines anbieten sollte, ließ es dann aber bleiben, weil … scheiß auf Ruger. Der kleine Wutausbruch tat mir gut, ich fühlte mich nicht mehr so betäubt.

305

»Ganz sicher«, antwortete er. »Kimber war allerdings die ganze Zeit bei ihm. Sie haben zusammen Filme angesehen und so. Ich hab heute Morgen fünf Minuten mit ihm gesprochen, ihn aber nicht gesehen, denn ich hab mich darauf konzentriert, dich da rauszuholen.«

Ich drehte mich zu ihm um. Er stand da wie ein Riese, beinahe zu groß für mein winziges Wohnzimmer.

»Soph, wir müssen reden«, sagte er langsam und mit nervösem Unterton. »Du musst mir erzählen, was passiert ist. Haben sie … dir … wehgetan?«

Ich schnaubte.

»Äh, ja, sie haben mir wehgetan«, sagte ich und griff an meine aufgeschürfte Wange. »Sie haben mich in einen Transporter geworfen, mich gefesselt und gefangen gehalten, dazu noch mit dem Tod gedroht wegen irgendeinem Scheiß, der mit deinem Club zu tun hat, wovon ich nichts versteh und was mich auch gar nicht interessiert. War echt ziemlich blöd, die Sache. Nett, dass du nachfragst.«

»Haben sie dich vergewaltigt?«, fragte er direkt.

Ich schüttelte meinen Kopf. Erleichtert sah er mich an, die Anspannung in seinem Gesicht ließ nach. Als er auf mich zukam, hielt ich ihm meine Handfläche entgegen, um ihn aufzuhalten.

Grenzen. Zeit, ein paar von ihnen zu setzen.

»Ruger, wir haben rumgemacht, und jetzt ist es vorbei«, sagte ich, meine Augen fest auf seine Brust gerichtet. Sein 1%-Aufnäher verhöhnte mich und erinnerte mich daran, warum es so kommen musste. »Ich weiß, dass ich das früher auch schon gesagt hab, aber jetzt ist alles anders. Es ist egal, welche Gefühle ich für dich hege oder wie nett du bist. Dein Club ist gefährlich, und ich will nichts mit einem von euch zu tun haben. Noah und ich, wir können uns das nicht leisten.«

Er blieb stehen.

»Ich kann mir vorstellen, warum du dich so fühlst …«, sagte er.

Aber ich unterbrach ihn.

»Nein, das kannst du echt nicht«, erwiderte ich. »Du warst nicht letzte Nacht mit Handschellen an ein Bett gefesselt, während du dich gefragt hast, ob du vergewaltigt oder ermordet wirst. Du hast nicht deine Freundin im Dunkeln schreien gehört. Du hast auch keinen Schuss gehört, als du fliehen wolltest. Wir hätten *sterben* können, Ruger ... Also, ab sofort wird's folgendermaßen laufen: Du kannst Noah einmal pro Woche sehen. Das planen wir im Voraus. Du lässt ihn nicht in die Nähe des Clubs und sprichst mit ihm nicht über Motorräder. Du wirst nicht deine verdammten Clubfarben tragen, und du wirst nichts tun, was ihn auch nur im Geringsten in Gefahr bringen könnte. Du rufst mich an, um einen Termin auszumachen. Zeitpunkt und Ort der Übergabe bestimme ich.«

Sein Blick wurde starr, und sein Wangenmuskel zuckte. Ich spürte förmlich, wie wütend und frustriert er war. Eigentlich lustig, da es mir inzwischen scheißegal war, was er von meinen Plänen hielt.

»Du hältst dich an meine Regeln«, fuhr ich fort. »Oder Noah wird dich nie wieder sehen. Glaub mir, ich tu's. Genau genommen würd ich es am liebsten jetzt schon tun. Aber ich weiß, wie sehr er dich liebt – es würde ihn umbringen. Deshalb versuchen wir's so. Wenn's klappt, wunderbar. Wenn nicht oder wenn ich das Gefühl habe, dass er in Gefahr ist? Dann bist du weg vom Fenster.«

»Das kannst du nicht tun«, sagte er. Er kam näher.

Ich blieb regungslos stehen, als er zu nahe an mich herantrat und diesen Dominierungstrick anwenden wollte, indem er mich bedrängte. Ich starrte zu ihm auf, während seine Brust etwa einen Zentimeter von meinem Kinn entfernt war. Es war mir völlig egal, wie groß und furchterregend er war.

Mir war alles egal.

»Ich bin seine Mutter. Du hast keine Rechte. Absolut keine. Ich lass dich ihn sehen, weil ich so ein netter Mensch bin. Und ich kann jederzeit aufhören, nett zu sein. *Verarsch* mich nicht, Ruger.«

Er berührte sanft mein Gesicht und fuhr mit einem Finger über meine Wange. Ich bekam eine Gänsehaut, und plötzlich wollte ich ihn wieder.

»Ich werd nicht herumvögeln«, sagte er. »Nur damit du es weißt. Ich hab dich fast verloren. Das werd ich nicht noch einmal riskieren. Ich hatte dir gesagt, dass ich nie treu sein könnte. Da hab ich mich getäuscht.«

Ich sah ihm ins Gesicht und tief in die Augen. Er meinte es ernst. Ich dachte daran, wie es wäre, mit ihm im Bett zu liegen ... ich wollte nachgeben. Ich *wollte* ihn.

Es änderte nichts an der Sache.

»Zu spät«, sagte ich überzeugt. »Ich habe genug von dir, das mein ich ernst. Verschwinde. Aus. Meinem. Haus.«

Er hielt meinem Blick stand. Dann geschah ein Wunder.

Ruger tat, was ich gesagt hatte.

Er trat einen Schritt zurück, drehte sich um und ging aus dem Haus. Ich hörte den Motor draußen aufjaulen, und kurz darauf fuhr er weg.

Ich hatte es geschafft. Es war mir endlich gelungen, Ruger zu zeigen, wo es langging. Leider war ich zu müde, um es zu genießen.

Montag

KIMBER: *Wie geht's dir?*

ICH: *Ok. Noah ist noch immer ziemlich anhänglich. Du hast dich toll um ihn gekümmert, aber er hatte trotzdem furchtbar Angst. Vielen, vielen Dank, dass du für ihn da warst. Ich bin so froh, dass er in Sicherheit war.*

KIMBER: *Dazu sind Freunde da – du würdest das auch für mich tun. Ich hab an dich gedacht … wollen wir uns treffen, vielleicht zum Reden?*

ICH: *Nein. Ich will eine Weile einfach nur meine Ruhe haben.*

Mittwoch

MARIE: *Hey Sophie! Ich will mit Maggs und Dancer morgen ein wenig abhängen … bist du dabei?*

ICH: *Danke, lieber nicht. Viel Spaß euch.*

MARIE: *Okay. Wie gehts dir?*

ICH: *Mir gehts gut.*

MARIE: *Hast mit Em gesprochen?*

ICH: *Nein. Gehts ihr gut?*

MARIE: *Weiß nich. Will nicht mit mir reden. Mach mir Sorgen … Is was passiert, was wir wissen sollten? Während ihr in … Dingens … wart? Vielleicht können wir uns treffen und darüber reden.*

ICH: *Mir gehts gut, will ne Weile allein mit Noah sein. Em und ich waren nich ständig zusammen. Wenn du mehr wissen willst, musst du sie selbst fragen.*
MARIE: *Okay. Wir machen uns auch Sorgen um dich ... Wie läufts?*
ICH: *Gut. Ich brauch nur etwas Zeit.*
MARIE: *Versteh ich. Ruf uns aber bitte an, wenn du uns brauchst ((Drück dich))*

Donnerstag

DANCER: *Hey. Wie gehts? Vielleicht können die Kids heute Nachmittag miteinander spielen?*
ICH: *Äh, wir haben gerade viel zu tun.*
DANCER: *Weiß, was du meinst ... Maries Junggesellinnenabschied, weißt du noch? Ist Freitag in einer Woche. Wir haben einen Babysitter, sie hat angeboten, auch auf Noah aufzupassen.*
ICH: *Weiß nicht, ob ich es schaff. Ich suche mir selbst einen Babysitter.*
DANCER: *Okay. Verkriech dich nicht zu lang.*

Freitag

KIMBER: *Das ist Scheiße. Ich versteh, dass du sauer auf Ruger und die Reapers bist, aber ich bin keine von denen, du kannst mich nich aussperren. Ihr zwei kommt heute Abend zu uns rüber, oder ich schick Ryan, um euch zu holn.*
ICH: *Noah und ich sehen heute daheim Filme an.*
KIMBER: *Nein, ihr kommt zu uns. Wir feiern ne Party, ich brauch Hilfe!!! KEINE Reapers. Normale Leute. Auch Kinder. Ihr seid um sechs hier oder ich hol euch. Geht nicht gibts nicht.*
ICH: *Dominantes Miststück.*
KIMBER: *Meinste? Schwing deinen Arsch hier rüber oder ich hol dich. Keine Ausrede. Badesachen und Nachspeise mitbringen.*

Mein nagelneues iPhone zeigte 17:56 Uhr an, als wir vor Kimbers Haus vorfuhren. Ruger hatte es am vergangenen Sonntag, dem Tag nach meinem kleinen Abenteuer mit Em, vorbeigebracht. Ich wollte ihn zum Teufel schicken, aber ich brauchte ein Handy und dachte mir, dass er es sich eher leisten konnte als ich. Schuldig fühlte ich mich deswegen auch nicht. Es war seine Schuld, dass man mich entführt hatte – dann konnte ich ihm auch gleich die Schuld daran geben, dass mein Handy im Fluss versenkt worden war.

Ich ließ ihn nicht ins Haus. Noah wollte mit zu ihm rübergehen, aber ich hab es ihm verboten. Dann machte ich Ruger die Tür vor der Nase zu.

Jetzt war es Freitagabend, und ich hatte angesichts von Kimbers Ultimatum nachgegeben, denn ich wusste, dass sie es ernst meinte, wenn sie sagte, sie würden mich abholen kommen. In einer Hand hielt ich einen Teller mit Brownies, in der anderen eine Tüte mit Schwimmsachen. Als Ryan, Kimbers Ehemann, die Tür öffnete, musste ich lächeln. Er trug neongrüne Badehosen und ein purpurfarbenes Hawaiishirt. Auf seinem Kopf saß ein orangefarbener Cowboyhut, und in der Hand hielt er eine Super-Soaker-Wasserpistole.

Mir wurde plötzlich klar, dass es eine gute Idee gewesen war hierherzukommen.

»Willkommen zur Party«, sagte er mit einem breiten Lächeln.

»Hübscher Look«, sagte ich, während ich sein Outfit begutachtete.

»Hey, man muss sehr selbstbewusst für diese Art von Kleidung sein«, sagte er ohne das geringste Anzeichen von Scham.

»Hast du eine Wette verloren?«, fragte ich mit einem spöttischen Grinsen.

»Das hat er tatsächlich«, sagte ein anderer Mann, der nun neben Ryan trat. Er hatte etwas längere, zottelig braune Haare und ein sensationelles Lächeln. Sein Blick besagte, dass er sich über mein Erscheinen freute. Er hielt ebenfalls eine Super Soaker in der Hand, obwohl er eine völlig normale Badehose und ein T-Shirt anhatte.

Ich hatte schon einmal ein Foto von ihm gesehen – er war der Typ, mit dem mich Kimber verkuppeln wollte.

»Ryan und ich hatten einen kleinen Programmierwettbewerb in der Arbeit, und ich hab gewonnen. Hi, ich bin Josh. Schön, dich kennenzulernen.«

»Ebenfalls«, sagte ich und sah hilflos auf meine beladenen Hände hinunter. »Äh, sorry, ich würd dir ja gern die Hand schütteln, aber …«

Er lachte und bekam dann riesige Augen, als er die Brownies entdeckte, was richtig lustig aussah.

»Darf ich dir die abnehmen?«, fragte er, während er nach den Leckereien griff. »Und wer bist du?«

»Ich bin Noah«, verkündete mein Junge. »Hast du noch mehr Soaker, Ryan?«

»Ich hab dahinten eine ganze Kiste voll«, antwortete Ryan. »Willst du dir eine aussuchen? Dahinten ist auch ein Haufen Kinder. Ich wette, die wollen liebend gern mit dir spielen.«

»Mom?« Er sah mit flehenden Augen zu mir auf.

»Lauf schon«, sagte ich in beinahe sorgloser Stimmung. Kimber hatte recht gehabt. Es war höchste Zeit, mal rauszukommen. Und eine nette Vorstadtparty war genau das Richtige für mich. Keine Reapers, kein Kidnapping, überhaupt nichts Böses.

Das würde ich schaffen.

Noah lief durchs Haus nach hinten, gefolgt von Ryan. Josh lächelte mich freundlich an.

»So, nachdem wir das nun geklärt hätten, kann ich dir einen Drink holen?«

»Aber sicher«, sagte ich. »Also, wie lange arbeitest du schon mit Ryan?«

Drei Stunden später war ich mit meinem Leben eigentlich recht zufrieden. Josh entpuppte sich als toller Typ, der einen Großteil des Abends mit mir abhing, aber doch nicht so lang, dass es seltsam wirkte. Ryan grillte Burger und Hotdogs, die Kinder plantschten im Pool, und Kimbers Mixer war fast pausenlos in Betrieb und spuckte Margaritas in jeder nur vorstellbaren Geschmacksrichtung aus. Ich blieb bei meinem Eistee und musste vor Lachen fast weinen, als Ryan Kimber schnappte und in den Pool warf.

Die Kinderhorde wurde immer größer, und ich traf so viele Leute, dass ich sie alle durcheinanderbrachte. Die meisten kamen aus der Nachbarschaft oder waren Arbeitskollegen von Ryan – schicke, aufgehübschte

Yogamamas mit ihren leicht dödeligen Ehemännern, die als Buchhalter und IT-Fuzzis arbeiteten. Ganz was anderes als die Reapers-Party.

Als ich Ryan zum ersten Mal traf, begriff ich nicht, warum Kimber mit ihm zusammen war. Er war so ein Computerfreak, und sie war so wild und cool – aber das glich sich wunderbar aus. Nach dem Essen saß ich mit Ava auf dem Schoß am Pool, als Josh vorbeischaute und sich neben mir auf einen Stuhl fallen ließ.

»So«, sagte er mit einem Grinsen. »Ich hab eine Frage an dich.«

»Welche denn?«, fragte ich.

»Hast du Lust, mit Noah morgen zum Chuck E. Cheese's zum Essen zu gehen?«, fragte er. »Ich weiß, es ist nicht gerade romantisch dort, aber es gibt da einen Flipperautomaten, den ich unbedingt ausprobieren muss, und ich dachte mir, Noah würde einen hervorragenden Assistenten abgeben.«

Ich lachte laut los.

»Bist du verrückt? Chuck E. Cheese's am Samstagabend ist der helle Wahnsinn. Ich wette, du würdest nicht mal eine Stunde durchhalten.«

Seine Augen leuchteten.

»Wetten wir tatsächlich?«, fragte er. »Meinst du, du schaffst das?«

»Du bist so was von durchgeknallt«, sagte ich mit einem Kopfschütteln.

»Durchgeknallt genug für ein Date?«, fragte er, während er mich durchtrieben angrinste. »Ich würd ja gerne die grüblerische, betont männliche Nummer abziehen und mich geheimnisvoll geben, aber irgendwie ist mir das noch nie so richtig gelungen.«

Ernüchtert dachte ich an Ruger. Die zwei Männer hätten nicht unterschiedlicher sein können, keine Frage.

»Äh, ich bin nicht wirklich auf der Suche nach einem Freund«, sagte ich langsam. »Und ehrlich gesagt – mit einem Siebenjährigen im Schlepptau wird wahrscheinlich kein richtiges Date daraus.«

Er zuckte mit den Schultern.

»Es wird nur ein netter Abend«, sagte er. »Keine große Sache. Außerdem muss ich dir noch ein großes, dunkles Geheimnis verraten.«

Er beugte sich zu mir und winkte mich näher heran. Ich rutschte rüber und balancierte Ava auf meinem Knie, während er mir ins Ohr flüsterte.

»Ich hab da wirklich eine neue Technik, die ich bei diesem Flipperautomaten ausprobieren muss«, sagte er mit würdevoller, ernster Stimme. »Du würdest mir einen großen Gefallen tun.«

Ich lachte noch einmal und rutschte wieder etwas weg.

»Funktioniert diese Anmache normalerweise?«, fragte ich.

Er lächelte mich an.

»Keine Ahnung, was meinst du?«

Ich dachte an Ruger und welche Gefühle er bei mir auslöste, und verglich das Ganze mit diesem Mann. Bei Josh bekam ich keine Gänsehaut, wenn ich seinen Atem an meinem Ohr spürte, aber er sah gut aus und schien lustig und nett zu sein. Und was konnte schon passieren bei einem Date in einer Kinderpizzeria?

»Okay«, sagte ich, heimlich voller Stolz. Ich würde Ruger hinter mir lassen – dies war der ideale erste Schritt. »Das wird bestimmt lustig. Aber nur als Freunde. Ich bin wirklich nicht auf der Suche nach einer Beziehung.«

»Keine Sorge«, antwortete er grinsend. »Lass uns einfach ein wenig Spaß haben – und Ryan kann für mich bürgen. Ich bin kein verkappter Bösewicht und habe keinerlei dunkle Geheimnisse. What you see is what you get.«

Ich wollte gerade antworten, als mich plötzlich ein dicker Wasserstrahl seitlich am Kopf traf und Ava und mich völlig durchnässte. Ich blickte auf und konnte Noah gerade noch mit einer kleinen Horde Jungs unter Triumphgeheul davonlaufen sehen.

Der kleine Lümmel ...

»Ich muss mich abtrocknen gehen«, sagte ich zu Josh.

»Möchtest du, dass ich deine Ehre verteidige?«, fragte er und hielt seine Wasserpistole hoch.

»Ja, tu das bitte.«

Er stand auf und salutierte, während seine Augen vor Lachen blitzten. Dann rannte er dem Mob aus Kindern hinterher, die sich gegenseitig anspritzten und über den Rasen tollten.

Ich entdeckte Ryan am Grill. Er hielt in einer Hand ein Bier und in der anderen die Grillzange. Als er sie ablegte, um Ava in Empfang zu nehmen, lächelte er mich an.

»Josh ist echt ein netter Typ«, sagte er. »Ich kenn ihn schon seit ein paar Jahren.«

»Äh, ja, er scheint echt nett zu sein«, antwortete ich unbeholfen.

Ryan lachte.

»Keine Sorge, ich wollte dich nicht unter Druck setzen«, sagte er. »Ich wollte dir nur sagen, dass er kein Serienmörder ist.«

»Gut zu wissen«, sagte ich. »Danke für die Einladung. Danke für alles, übrigens.«

»Kein Problem«, sagte er. »Kimber hält große Stücke auf dich. Weißt du, es ist nicht so einfach für sie, Freunde zu finden – egal, wie es aussieht. Du bedeutest ihr sehr viel.«

Das überraschte mich.

»Kimber hatte immer mehr Freunde als sonst jemand«, sagte ich lachend.

Sein Gesicht wurde ernst.

»Nein, sie hatte immer mehr Partygäste als sonst irgendjemand. Das ist ein großer Unterschied.«

Ich wusste nicht, was ich sagen sollte. Ryan zuckte mit den Schultern und lächelte wieder.

»Geh dich abtrocknen«, fügte er hinzu. »Sobald es ganz dunkel ist, dürfen die Kinder Wunderkerzen anzünden. Dazu brauch ich Hilfe, und Kimber ist nach drei Margaritas nicht mehr zu gebrauchen.«

Ich lächelte zögernd und ging hinein. Links lag das Wohnzimmer, rechts die Küche mit Frühstücksbar. Ich blieb mit meiner Sandale am Türrahmen hängen, wodurch sich der Riemen löste. Deshalb kniete ich mich gleich am Eingang hin, um ihn wieder zu befestigen.

»Meine Güte, hast du gesehen, was Ryan anhat?«, hörte ich eine Frauenstimme in der Küche sagen.

»Ich weiß«, antwortete eine andere. »Und Kimber ist nicht viel besser. Ihr Bikini könnte kaum noch kleiner sein, oder? Du weißt, dass sie eine richtige Schlampe ist, oder? Sie war früher Stripperin. Ich hoffe, sie ziehen weg, bevor Ava in die Schule kommt. Ich will nicht, dass sie in Kaitlyns Klasse kommt.«

»So ist es. Deswegen bin ich ja hierhergezogen – ich wollte normale Nachbarn, keine Assis. Und ihre Freundin … mein Gott, sie muss, äh, ungefähr zehn gewesen sein, als sie das Kind bekommen hat?«

»Ich habe gesehen, wie die Schlampe Josh angemacht hat. Einfach ekelhaft.«

Mein Handy summte, und als ich es herauszog, entdeckte ich eine SMS von Marie.

Hi. Ich weiß, dass momentan alles ein bisschen blöd ist, aber ich hoffe, dass du trotzdem nächstes Wochenende zu meinem Junggesellinnenabschied kommst. Wir sitzen hier zusammen und sind alle der Ansicht, dass es viel lustiger wäre, wenn du jetzt hier wärst! xoxo

»Das Mädchen, das meine Pediküre macht, arbeitet jetzt in einem neuen Salon. Lauter Vietnamesinnen! Ich hasse es, wenn sie miteinander reden, ohne ein Wort Englisch zu verwenden. Das ist so unhöflich!«, sagte die Frau in der Küche.

»Du hast völlig recht. Ich geb ihnen *nie* ein Trinkgeld, wenn sie das tun. Sie sollten Englisch sprechen, wenn sie schon hier leben …«

Ich stand auf, marschierte durch die Küche und bedachte beide Frauen mit einem durchdringenden, entzückenden Lächeln. Miststücke. Wie konnten sie es wagen, über Kimber in ihrem eigenen Haus zu lästern? Ich konnte es nicht fassen, dass sie sich mit Kimbers Alkohol besoffen, während sie sich über sie ausließen.

Zumindest zückte niemand ein Messer.

Na ja, keines aus Metall jedenfalls.

Ich wollte nach Hause.

»Jetzt hast du's, Kumpel«, sagte Josh, als er genau beobachtete, wie Noah sich am Flipperautomaten positionierte. Ich musste lachen. Josh hatte ja im Scherz von seiner neuen Technik gesprochen … zumindest größtenteils. Der Mann war wirklich ein absoluter Flipperfan, und Noah hatte auch seinen Spaß daran, weshalb der ganze Abend ziemlich gut lief.

Wir waren nun seit fast drei Stunden im Chuck E. Cheese's, und ich hatte eine schöne Zeit gehabt. Josh war eine angenehme Gesellschaft. Er stresste mich nicht und jagte mir auch keine Angst ein. Wir hatten gegessen, und er hatte die grässliche Pizza ohne jeden blöden Kommentar verspeist, das musste man ihm lassen (das schaffte nicht mal ich). Dann hatte er Noah eine riesige Menge Spielchips gekauft, und wir hatten uns auf die Automaten gestürzt.

Jetzt war es fast neun, und ich wusste, dass ich Noah ins Bett bringen musste, bevor es ungemütlich wurde. Ich berührte Joshs Arm, um ihn anzusprechen. Er wandte sich um und grinste mich wie ein großer, glücklicher Welpe an.

»Wir müssen nach Hause«, sagte ich mit einem Nicken in Richtung meines Sohnes. »Er ist müde. Ich will's nicht übertreiben.«

»Verstanden«, antwortete Josh. Er legte mir einen Arm um die Schultern und drückte mich. »Du hast einen tollen Sohn.«

Ich lächelte, denn ich wusste, dass er recht hatte. Außerdem gefiel mir sein Arm um meine Schultern. Josh brachte mein Herz nicht zum Explodieren, so wie Ruger, aber er hatte Humor, und ich kam gut mit ihm aus. Das war schließlich auch was wert.

Wir steckten alle Tickets, die wir gewonnen hatten (und es schienen Tausende), in die Maschine, was Noah einen Riesenspaß machte. Dann standen wir weitere 20 Minuten an der Preisausgabe, während er die schwere Entscheidung traf, welche winzigen Plastikspielsachen oder Radiergummis er nun auswählen sollte.

Die Sonne war schon untergegangen, als wir endlich rauskamen. Die Pizzeria lag in einer dieser Einkaufsmeilen mit einzelnen Restaurants am Parkplatz. Ich sah sehnsüchtig zum Steak House hinüber, da ich immer noch ein wenig Hunger hatte – ich hatte mit Müh und Not nur ein halbes Pizzastück runtergewürgt. Josh rempelte mich freundschaftlich an.

»Vielleicht nehmen wir beim nächsten Mal ein Essen für Erwachsene«, sagte er.

»Willst du mich auf die Art und Weise um das nächste Date bitten?«, fragte ich, als ich neben meinem Auto stehen blieb. Noah hüpfte glücklich neben mir auf und ab und spielte mit seinen neuen Schätzen. Ich sah zu Josh auf und lächelte. Er lächelte zurück, und schlagartig wurde mir klar, wie süß er war. Ein süßer Computerfreak, so wie Ryan.

Ich könnte es schlimmer treffen.

»Das hängt von der Antwort ab«, antwortete er, während er mir eine Haarsträhne hinters Ohr strich. »Ich hasse es, einen Korb zu bekommen.«

»Ich glaube nicht, dass das der Fall wäre«, sagte ich. Er beugte sich vor und küsste mich zart auf die Lippen. Es war nett – nicht scharf und aufregend, aber recht angenehm.

»Onkel Ruger!«, brüllte Noah und rannte los. Ich wich zurück und ließ Josh stehen, als sich mein Mama-Alarm einschaltete. Seinen Namen brüllend, stürzte ich ihm hinterher, schrie seinen Namen und befahl ihm, sofort stehen zu bleiben. Er ignorierte mich und sprang in Rugers Arme, der auf dem Gehsteig vor dem Steak House stand.

Es waren noch andere Typen aus dem Club bei ihm.

»Noah, du kannst nicht einfach so davonlaufen«, sagte ich und nahm Noahs Kinn in meine Hand, sodass er mir in die Augen sehen musste. »Du könntest sterben. Das solltest du inzwischen wissen – du bist doch ein großer Junge.«

»Es tut mir leid«, sagte er sofort. »Ich hab's vergessen. Ich war so aufgeregt, weil ich Onkel Ruger zeigen wollte, was ich gewonnen hab.«

Shit, ich hatte mir solche Sorgen um Noah gemacht, dass ich Ruger ganz vergessen hatte. Ich blickte auf und bemerkte, dass er quer über den Parkplatz starrte.

»Wer ist dein Freund da drüben?«, fragte er mit einer Kinnbewegung in Richtung Josh, der uns halbherzig zuwinkte.

»Das ist Josh«, sagte ich trotzig. »Er ist ein Freund von Kimbers Mann. Sie sind Arbeitskollegen.«

»Er hat uns ins Chuck E. Cheese's eingeladen, und wir haben ganz viele Spiele gespielt, und ich hab alle möglichen Preise gewonnen, aber ich hatte nicht genügend Tickets für das, was ich wirklich wollte, deswegen hat er gesagt, dass wir vielleicht noch mal herkommen können, und ich hab Ja gesagt«, erklärte ihm Noah atemlos. »Er ist ziemlich cool, Onkel Ruger.«

Rugers Blick wurde starr. Er setzte Noah ab.

»Bleib hier, Kleiner«, sagte er. Dann marschierte er quer über den Parkplatz, ganz offensichtlich, um Josh abzufangen. Fuck.

»Bleib hier«, sagte ich zu Noah, während ich zu Bam Bam aufsah. »Passt du auf, dass er nicht wegrennt?«

Dancers Mann nickte kurz, sah mich aber nicht unbedingt freundlich an.

Toll.

Ich hastete hinüber zu Ruger und Josh.

»Hey«, sagte ich und sah von einem zum anderen. Rugers Miene war versteinert, seine Augen funkelten bedrohlich. Josh wirkte verwirrt und ein wenig unsicher. »Josh, das ist Ruger, Noahs Onkel. Ruger, das ist mein Freund Josh. Wir wollten gerade losfahren. Entschuldige bitte, dass dich Noah gestört hat.«

»Noah stört mich nie«, sagte Ruger und neigte seinen Kopf in Richtung Josh, der versuchte, ihn anzulächeln.

»Er ist ein toller Junge«, sagte Josh. »Du musst wirklich stolz auf ihn sein.«

»So ist es«, sagte Ruger zu ihm. »Du verschwindest jetzt besser. Wahrscheinlich besser, wenn du Sophie nicht mehr anrufst.«

Josh riss die Augen auf.

»Verpiss dich, Ruger«, fauchte ich. Josh warf mir einen nervösen Blick zu. »Josh, ignorier ihn bitte einfach. Er geht schon.«

»Nein, ich geh nicht«, sagte Ruger demonstrativ. »Weder jetzt noch später. Du bist hier nicht willkommen. Ich weiß nicht, was dir Sophie erzählt hat, aber sie ist schon vergeben.«

»Das stimmt nicht«, sagte ich schnell. Josh sah erst mich, dann Ruger an und schluckte.

»Brauchst du Hilfe, Ruger?«, rief Horse vom Gehsteig aus, während er Josh ein wölfisches Grinsen zuwarf.

»Nicht bei diesem Arschloch«, antwortete Ruger und starrte dabei Josh an.

Josh gab nach und sah weg.

»Äh, ich muss jetzt los«, sagte er und lächelte mich dabei kurz verlegen an. Dann drehte er sich um und ging schnell weg.

Ich starrte ihm sprachlos hinterher.

»Sieht so aus, als ob dein neuer Freund etwas schreckhaft wär«, murmelte Ruger. »Hat nicht mal geschaut, ob du bei mir in Sicherheit bist. Auf so einen Typen würd ich mich nicht gern verlassen. Allerdings muss ich mir wegen so was keine Sorgen machen. Meine Brüder sind immer für mich da und unterstützen mich.«

Er ergriff meine Schultern und drehte mich in Richtung Steak House. Ich sah Horse, Bam Bam, Duck und Slide um meinen Sohn herumstehen. Bam hielt Noah beschützend an der Schulter. Ruger beugte sich von hinten zu mir und flüsterte mir leise ins Ohr, während seine Finger meine Schulter drückten.

»Sieh dir das an«, sagte er. »Du kennst sie und kannst dich darauf verlassen, dass Noah absolut sicher ist. Aber dein Kumpel Josh? Er weiß gar nichts über diese Typen. Trotzdem ist er abgehauen, um seinen eigenen Arsch zu retten, während die Jungs dort deinen Sohn in ihrer Gewalt hatten. Da hast du dir ja einen sauberen Mann ausgesucht.«

Ich schluckte, weil ich wusste, dass er recht hatte.

Josh würde also kein zweites Date bekommen, falls er sich die Mühe machte anzurufen. Das war ein rein theoretisches »falls«, denn ich hatte das Gefühl, dass er gar nicht anrufen würde.

»Du musst dich aus meinem Leben raushalten«, sagte ich zu Ruger, während ich beobachtete, wie Noah vorsichtig seine Preise vorzeigte und Horse einen seiner kostbaren Ringe anbot. Horse nahm den Ring an und schob ihn ein winziges Stück über seinen kleinen Finger. Noah strahlte vor Stolz.

»Ja, dazu komm ich gleich«, sagte Ruger. »Lass Noah nicht so einen Typen näher kennenlernen. Da bekommt er einen völlig falschen Eindruck.«

»Das geht dich nichts an.«

»Das wird mich immer was angehen.«

»Du wirst nicht jedes Mal gewinnen«, sagte ich in ernstem Ton. »Nur weil du was sagst, muss es noch lange nicht stimmen.«

»Nur weil ich was sage, muss es aber auch noch lange nicht falsch sein.«

Ich starrte ihn böse an und sammelte dann Noah ein, wobei ich mir Mühe gab, nicht mit den Zähnen zu knirschen. Ich fuhr ihn heim und brachte ihn ins Bett. Aber die ganze Zeit über war ich in bissiger Stimmung.

Als ich an dem Abend einschlief, träumte ich nicht von Josh. Sondern schon wieder vom doofen Ruger.

Selbst in meinen Träumen gewann er.

KAPITEL SECHZEHN

Sonntag

KIMBER: *Josh erzählt Ryan gar nichts über euer Date. Ist was schiefgegangen?*
ICH: *Ruger.*
KIMBER: *???*
ICH: *Wir haben uns wunderbar amüsiert, bis Ruger aufgetaucht ist. Bin ziemlich sicher, dass ich nie wieder was von Josh hören werde.*
KIMBER: *Ruger wieder, verdammt. 'ne Art Stalker?!?!???*
ICH: *Nein, so war es nicht. Er war mit den Jungs beim Essen, und wir sind ihm auf dem Parkplatz über den Weg gelaufen. Er hat Klartext mit Josh geredet, und Josh ist abgehauen. Mir ist klar, dass er uns nicht gut kennt. Aber er hat sich nicht mal drum gekümmert, ob Noah und ich nicht in Gefahr waren, als er abgehauen ist. Riesenreinfall.*
KIMBER: *Kleiner Scheißer. Josh verliert seine Margaritaprivilegien. Hasse Feiglinge.*
ICH: *Egal ...*
KIMBER: *Hast du mit Ruger gesprochen?*
ICH: *Nein. Der soll sich verpissen.*
KIMBER: *Kapiert. Hey, gehst du auf den Junggesellinnenabschied? Marie hat mich eingeladen und ich würd gern gehn, wär aber komisch ohne dich.*
ICH: *Weiß noch nicht. Hab sie gern und würd gern gehn, aber ... du weißt schon.*
KIMBER: *Ja, weiß schon. Sag mir Bescheid.*

Montag

RUGER: *Kann ich Noah nach der Schule abholen? Will ihn zu was mitnehmen.*
ICH: *Zu was denn?*
RUGER: *Hab einen Freund, der Rennen fährt. Sein Wagen steht an der Rennbahn. Hat gesagt, dass Noah mal mitfahren darf.*
ICH: *Ist das nicht gefährlich???*
RUGER: *So gefährlich wie jedes andere Auto auch. Er wird langsam fahren.*
ICH: *Bikerfreund?*
RUGER: *Nein. Keine Clubfarben, keine Reapers. Bin in der Hinsicht nicht deiner Meinung, aber geb dir Zeit.*
ICH: *Ich brauch keine Zeit, sondern eine rugerfreie Zone.*
RUGER: *Kann ich ihn mitnehmen oder nicht?*
ICH: *Okay. Um 6 wieder zu Hause?*
RUGER: *Geht 7? Wir essen noch zu Abend.*
ICH: *Klingt gut. Aber keine Spielchen. Du bringst ihn heim und gehst wieder.*
RUGER: *Verstanden. Keine Spielchen.*

Mittwoch

DANCER: *Kommst du nun zur Party oder nicht? Marie würde sich echt freuen.*
ICH: *Mhhmmm …*
DANCER: *Bitte komm. Ich weiß, dass es zwischen dir und Ruger scheiße läuft. Mir ist das egal, Marie auch. Wir wollen dich einfach nur dabeihaben.*
ICH: *Okay. Will aber nicht zu lange wegbleiben. Muss am Freitag arbeiten.*
DANCER: *Kein Problem. Marie freut sich auch über ein paar Stunden. Kimber auch? Sie ist lustig. Äh, kannst du sie bitten, ihren Mixer mitzubringen? Wir fangen mit Vorglühen bei mir an, bevor wir die Bars unsicher machen …*
ICH: *Idiot :-p*
DANCER: *Aber nicht ganz doof: ich weiß, was du willst ;-)*
ICH: *Vermutlich nicht. Ich frag, ob Elle auf Noah aufpassen kann.*

DANCER: *Kannst auch unseren Sitter nehmen, falls du willst.*
ICH: *Will ihn lieber daheim haben. Da schläft er eher. Unser Leben war in letzter Zeit ziemlich turbulent, und er hat morgen Schule.*
DANCER: *Bis morgen Abend <3*
ICH: *Klingt gut.*

Donnerstag

KIMBER: *Kanns nicht fassen, dass sie am Donnerstag feiert. Mist, Ryan muss morgen arbeiten. Kater und Baby passen nicht zusammen!!!!!!!!!!!*
ICH: *Du musst nicht trinken, weißt du?*
KIMBER: *Halt den Mund, verdammt. Trinkst du nichts?*
ICH: *Nein – muss in der Früh arbeiten.*
KIMBER: *Schwanger oder was?*
ICH: *Haha.*
KIMBER: *:-) Weißt du warum am Donnerstag?*
ICH: *Marie sagt. dass sie am Wochenende irgendwas mit ihrer Mum macht. Spa oder so.*
KIMBER: *Neid. Sollten wir auch mal machen.*
ICH: *Sobald ich im Lotto gewonnen hab.*
KIMBER: *Hmmm … dazu musst du erst mal spielen.*
ICH: *Warum spielst du nicht für uns beide?*
KIMBER: *Sofern ich dann auch für uns beide trinken darf, bin ich dabei! BUSSSSSSI*

»Fuck!«, schrie Marie und wirbelte herum. »Ich hab meinen Schleier verloren!« Sie stand in der Limousine und sah aus dem offenen Dachfenster heraus. Es war kurz nach Mitternacht, und wir hatten beschlossen, den Lake Coeur d'Alene entlangzucruisen, bevor wir unser endgültiges Ziel, eine Karaoke-Bar, ansteuerten.

Vor etwa einer Stunde hatte Marie verkündet, dass sie »Pour Some Sugar on Me« singen wollte, nein *musste*, bevor die Nacht endete. Sie hatte es im Radio gehört, als Horse und sie sich zum ersten Mal begegneten. Und offenbar würde die Erde stillstehen, wenn wir es heute Nacht nicht noch singen würden.

Das hatte sie mehr als deutlich gemacht: Der Fortbestand der Welt hing tatsächlich von der erfolgreichen Erfüllung dieser Karaoke-Mission ab.

Als eine der nüchternsten Frauen in der Limo hatte ich den Auftrag erhalten, dafür zu sorgen, dass wir nicht abgelenkt wurden und unsere Mission womöglich vergaßen. Da ich nicht hundertprozentig nüchtern war, hatte ich es mir mit Kugelschreiber sorgfältig auf die Innenseite meines Arms geschrieben.

Jetzt stand ich neben ihr und beobachtete geschockt, wie der kleine, weiße Tüllfetzen, den sie auf dem Kopf getragen hatte, durch die Luft auf Painter zusegelte, der uns auf seinem Bike gefolgt war. Heilige Scheiße. Würde er stürzen?

Offenbar war ein flatternder Schleier keine echte Gefahr für ein Motorrad, das mit 25 Meilen pro Stunde dahincruiste, denn er wich ihm problemlos aus. Der Anwärter hinter ihm – ich hatte ihn auf der Party im Arsenal gesehen, aber nicht kennengelernt – blieb stehen, um den Schleier einzusammeln.

Sehr freundlich.

»Hervorragender Service«, erklärte ich Marie. Sie fing an zu kichern und plumpste dann in die Limo, ganz offiziell sturzbetrunken.

Ich ließ mich auch wieder hinunterfallen.

Dancer lag quer über einem der Sitze und lachte Tränen. Maggs hielt ihr Shirt hoch und präsentierte uns ihre Brüste, während Kimber sie fotografierte. Ich war mir nicht sicher, ob ich die Geschichte dahinter hören wollte. Eine Frau namens Darcy, die ich gerade erst kennengelernt hatte, schenkte Champagner ein, und zwar so langsam und sorgfältig, wie es nur Betrunkene machten. Unglücklicherweise hatte sie das Glas vergessen.

Ich hoffte, dass derjenige, der die Limo gebucht hatte, an eine Versicherung für derartige Vorfälle gedacht hatte.

Eine Frau mit kurzen rotblonden Locken saß kichernd in der Ecke. Als sie noch in ganzen Sätzen hatte sprechen können, hatte Marie sie als Cookie vorgestellt. Sie hatte früher in Coeur d'Alene gewohnt, war dann aber umgezogen. Marie managte nun Cookies Coffee Shop in der Stadt.

Em und ich blickten einander an, und sie verdrehte die Augen. Ich hatte beschlossen, nicht zu viel zu trinken, da ich am nächsten Morgen arbeiten musste, war aber trotzdem in ziemlich guter Stimmung. Für den Heimweg würde ich mir auf jeden Fall ein Taxi nehmen. Em dagegen … Sie hatte irgendwie einen gehetzten Blick, der mir gar nicht gefiel. Kein Wunder, dass sich die Mädels Sorgen gemacht hatten – irgendwas stimmt ganz offensichtlich nicht.

»Warum fahren sie nicht einfach nach Hause?«, fragte ich Em, während ich zu ihr rüberrutschte.

»Wer?«

»Painter und der andere Typ, Banks.«

»Banks wird die ganze Nacht bei uns bleiben«, sagte sie ruhig. »Er soll ein Auge auf uns haben und dafür sorgen, dass wir alle sicher nach Hause kommen. Ich schätz, Painter ist einfach mitgekommen – vielleicht ist ihm unwohl nach der Sache mit Hunter und Skid.«

»Er hat dich beim Tanzen beobachtet«, sagte ich. »Vielleicht war er früher nicht interessiert, aber jetzt ist er es ganz sicher.«

»Ist mir scheißegal«, antwortete sie mit tonloser Stimme. »Painter, Hunter … Männer überhaupt. Ich glaub, ich hab genug von ihnen. Schade, dass ich nicht einfach einen Schalter umlegen kann und Lesbe werden.«

»Schätze, das funktioniert nicht«, sagte ich seufzend. »Männer sind echt für 'n Arsch, oder?«

»Wenn wir schon darüber reden, wie geht's denn Ruger?«, fragte sie. »Hab gehört, dass ihr euch ernsthaft streitet.«

»Äh, das klingt ein bisschen übertrieben«, sagte ich. »Ich würd sagen, dass wir nicht viel miteinander reden, was genau mein Plan war. Nimm's mir nicht übel, aber nach dem, was passiert ist, will ich nichts mehr mit dem Club zu tun haben.«

Sie seufzte.

»Das kann ich verstehen«, antwortete sie. »War nicht gerade die beste Einführung. Sieht vielleicht nicht danach aus, aber eigentlich sind die Jungs echt okay. So ein Mist passiert schließlich nicht ständig.«

Das Auto schlingerte, und Dancer rutschte mit Schwung auf uns. »Ihr seid langweilig!«, brüllte sie uns ins Gesicht. »Wir haben hier eine Menge Spaß. Wenn ihr in der Bar nicht ordentlich singt, müsst ihr mit Painter mitfahren.«

Oh nein. Ich würde mir eher die Augen ausstechen lassen, als einen Karaoke-Auftritt hinzulegen.

Das sagte ich allerdings nicht laut. Ich lächelte nur höflich und beschloss, dass dies ein Zeichen war – ich würde nach Maries Auftritt ein Taxi rufen. In sechs Stunden musste ich aufstehen, deshalb war das sicher das Beste. Zumindest musste ich mir keine Sorgen um Noah machen – Elle hatte ihn zu sich genommen und angeboten, dass er bei ihr übernachten könne und sie ihn am nächsten Tag für die Schule fertig machen würde. Das war eine große Hilfe.

»Oh mein Gott!«, quiekte Maggs plötzlich. Wir erstarrten alle. »Wir haben die Geschenke noch nicht aufgemacht!«

»Geschenke!«, schrie Marie und klatschte in die Hände. »Ich liebe Geschenke!«

Maggs stürzte in den vorderen Teil der Limo und zog einen großen Korb voller ungeöffneter Geschenke und Briefumschläge hervor. Sie schnappte sich eines auf gut Glück und warf es Marie zu.

»Von wem ist es?«, fragte Darcy. Marie versuchte, die Schrift zu entziffern, schüttelte dann aber ihren Kopf.

»Keine Ahnung«, sagte sie. »Die Handschrift ist echt chaotisch.«

»Warte«, sagte ich. »Lass mich mal lesen.«

Sie gab mir das Päckchen.

»Der Anhänger wurde mit Computer beschriftet«, sagte ich prustend. »Ist nicht mal 'ne besondere Schrift oder so. Du bist zu besoffen zum Lesen. Oh, und es ist von Cookie.«

Marie zog eine Schnute.

»Es ist nicht meine Schuld, dass ihr mir all diese Shots bestellt habt«, sagte sie. »Ich konnt sie ja nicht schlecht werden lassen. Das wär nicht recht.«

Darcy nickte weise.

»Das stimmt: Wenn du auf deinem Junggesellinnenabschied Alk wegschüttest, steht die Ehe unter einem schlechten Stern.«

»Das sagst du bei allem«, klagte ich. »*Die Ehe steht unter einem schlechten Stern*, wenn sie nicht das Steak *und* die Garnelen nimmt. *Die Ehe steht unter einem schlechten Stern*, wenn sie nicht mit mindestens zehn Typen tanzt. *Die Ehe steht unter einem schlechten Stern*, wenn sie uns nicht sagt, wie groß Horse' Schwanz tatsächlich ist. Wie kann das alles stimmen?«

»Ich weiß Bescheid über diese Dinge«, erklärte sie. »Hab ich recht, Ladys?«

»Ja, zum Teufel«, pflichtete ihr Dancer bei. »Darcy kennt sich aus. Wenn sie sagt, dass die Ehe unter einem schlechten Stern steht, wenn Marie nicht genügend trinkt, wird's Zeit, ihr ein paar Shots hinter die Binde zu kippen!«

»Aber jetzt ist es Zeit, die Geschenke zu öffnen!«, brüllte Maggs. »Ladys, wir müssen uns konzentrieren. Die Ehe steht unter einem schlechten Stern, wenn sie die Geschenke nicht öffnet, bevor wir in die Karaoke-Bar gehen!«

»Shit«, sagte Marie und riss in gespielter Panik die Augen auf. Sie öffnete schnell die Tüte, blickte hinein und fing an, wie wild zu kichern. Dann zog sie einen riesigen zweiköpfigen Gummidildo in bunt wirbelnden Farben heraus.

»Oh, Cookie«, seufzte sie. »Der ist wunderschön! Wie hast du das nur geahnt?«

Wir lachten alle los, während Maggs das nächste Geschenk herauszog. Es war von Darcy – ein riesiger Schwanz zum Umschnallen, ernsthaft.

»Damit du Horse sagen kannst, wo's langgeht«, erklärte sie Marie. »Das Ego dieses Mannes muss zurechtgestutzt werden, und mit diesem Werkzeug geht das wunderbar.«

»Wundervoll«, flüsterte Marie. »Oh, ich kann's gar nicht erwarten.«

»Meinst du, er würd dich das tatsächlich an ihm ausprobieren lassen?«, fragte ich.

Sie fing an zu kichern.

»Ich schätze, allein bei diesem Anblick bekommt er schon einen Koller«, sagte sie. »Es geht darum, eine richtig romantische Atmosphäre zu schaffen, weißt du?«

326

Em schenkte ihr ein wunderschön illustriertes Kamasutra, Dancer hatte ihr einen Stringtanga mit der Aufschrift »Unterstütze deinen örtlichen Reapers MC« (mit kleinem Reapers-Schädel) besorgt. Ich hatte Massageöle für gewisse Stunden gekauft, und Kimber schenkte ihr eine Art elektronisches Spielzeug, das wir alle ratlos betrachteten.

»Lies die Gebrauchsanweisung«, sagte Kimber. »Glaub mir, sobald du dieses Ding einschaltest, wirst du es einfach nur lieben.«

Marie drehte es, offenbar verwirrt, hin und her, und ich überlegte, an welchem Körperteil man dieses Ding benutzen könnte.

Ich hätte zu gerne einen Blick auf die Gebrauchsanweisung geworfen, aber als wir danach suchten, konnten wir sie in den Bergen von Geschenkpapier, die überall in der Limo herumlagen, einfach nicht finden.

Gerade als sie fertig mit Auspacken war, hielten wir vor der Karaoke-Bar. Es war Viertel vor eins, uns blieb also etwa eine Stunde. Dann würden die Bars allmählich schließen. Weil die Ehe unter einem schlechten Stern stünde, wenn sie nicht noch ein paar Shots bekäme, trank Marie eben noch ein paar Shots. Anschließend stand sie auf und sang ihren Def-Leppard-Song, unterstützt von ihrem Backgroundchor.

Maggs übernahm das Mikro, um »White Wedding« zu singen, und dann wurde Marie klar, dass die Ehe definitiv unter einem schlechten Stern stünde, wenn sie Horse nicht schnell ein Foto von sich in ihrem neuen Höschen schickte, weshalb wir alle zur Limo hinaustippelten.

Da beschloss ich dann, den Abend zu beenden, denn ich hatte gehört, dass die Mädels nach der Sperrstunde zurück ins Arsenal wollten, um sich mit den Männern zu treffen. Die Mädels wollten mich zwar nicht gehen lassen, aber ein Wiedersehen mit Ruger war sicher nicht eines meiner abendlichen Ziele.

Zehn Minuten später kam das Taxi, und ich gab dem Fahrer meine Adresse. Ich schätze, ich hatte etwas mehr getrunken als vermutet, denn ich bekam erst wieder etwas mit, als wir in Elles Einfahrt einbogen.

»Aufwachen«, sagte der Fahrer. »Soll ich Sie hier rauslassen?«

Ich sah mich um und versuchte, einen klaren Kopf zu bekommen. Ich war nicht betrunken, aber völlig nüchtern war ich auch nicht.

»Äh, ja«, sagte ich. »Fahren Sie einfach hinters Haus, okay?«

Das tat er, während ich in meiner Handtasche nach meiner Geldbörse suchte. Nachdem ich ihn bezahlt hatte, stieg ich aus und suchte nach meinen Schlüsseln. Ich hatte vergessen, das Außenlicht einzuschalten, was die Sache nicht einfacher machte. Oder vielleicht war einfach die Lampe kaputt … Normalerweise ließ ich es die ganze Zeit an.

Der Fahrer musste ein netter Typ sein, denn er wartete, bis ich die Haustür aufgeschlossen hatte, bevor er wegfuhr. Leider wartete er nicht noch eine Minute länger – denn als ich das Licht einschaltete, bekam ich fast einen Herzinfarkt.

Zach saß mit verschränkten Armen mitten auf der Couch.

»Höchste Zeit, dass du nach Hause kommst«, sagte er freundlich. »Lass mich raten – du bist betrunken? Was für eine Mutter bist du geworden, Sophie? Du bist nichts als eine verdammte Schlampe, weißt du das?«

Sein Anblick traf mich wie ein Schlag.

Ganz wörtlich gemeint – wenn mir jemand einen Schlag in die Magengrube verpasst hätte, wären die Schmerzen auch nicht schlimmer gewesen. Ich konnte nicht atmen und musste mich an der Wand abstützen, um nicht umzufallen. Solche Sachen bekommt man nie zu hören, wenn man als Mädchen vor Typen wie Zach gewarnt wird. Du hörst davon, dass Frauen »missbraucht« würden, aber das ist ein völlig steriles Wort für die Dinge, die Zach mir antat. Er »missbrauchte« mich nicht. Er verletzte mich, versuchte mich zu besitzen und zu manipulieren …

Er zerbrach mich.

Es ist wie bei einem Hund, den man mit einer zusammengerollten Zeitung schlägt. Wenn man es oft genug macht, duckt sich der Hund schon, sobald er nur die Zeitung sieht. Er gehorcht instinktiv, so, wie ich mich in dieser Sekunde plötzlich wieder an alles erinnerte.

Ich war Zachs Hündin. Sonst gar nichts.

»Du kannst gar nicht hier sein«, sagte ich schwach und fragte mich, wie es sein konnte, dass ich mich bei seinem Anblick auf einmal so kraftlos fühlte. »Laut Kontaktverbot darfst du gar nicht hier sein. Du solltest Hunderte von Meilen entfernt sein. Wie bist du reingekommen?«

»Ich hab das Schloss geknackt, du blöde Fotze«, antwortete er. »Ruger hat's mir beigebracht, als wir Kinder waren. Er hat mir auch gezeigt, wie man ein Auto kurzschließt. Das war das Einzige, was er für mich getan hat, verdammt …«

Zach stand auf und kam zu mir herüber, ein hässliches Funkeln im Auge. Er sah größer aus, merkte ich. Natürlich war er nicht gewachsen und hatte auch nicht zugenommen. Aber er musste mit Krafttraining angefangen haben, denn er hatte ein paar beeindruckende, steroidgenährte Muskeln. Er ließ die Muskeln spielen, während er auf mich zuging, und grinste, als er die Angst in meinen Augen sah. Er hatte als relativ kleiner Mann schon immer einen Minderwertigkeitskomplex gehabt.

Mein Verstand brüllte »Lauf los«, aber mein Körper gehorchte nicht. Bei der Entführung war ich stark gewesen. Ich war vor Skid davongelaufen, aber dann war ich zurückgerannt und hatte gegen ihn gekämpft.

Warum tat ich das jetzt nicht?

Ich konnte es nicht. Mein Körper wollte sich einfach nicht bewegen.

Stattdessen beobachtete ich furchterfüllt, wie Zach näher kam und seine Hände eine Spur zu fest um mein Gesicht legte.

»Gut siehst du aus«, sagte er und leckte sich die Lippen. Er beugte sich vor und gab mir einen Kuss. Keinen netten Kuss – nein, dieser Kuss war als Strafe gedacht. Ich biss die Zähne zusammen und presste meine Lippen aufeinander, bis er meine Haare packte und fest daran zog. »Mach deinen verdammten Mund auf, du Miststück.«

Ich gehorchte, denn ich wusste, dass Haareziehen noch das harmloseste seiner Mittel war. Er küsste mich eine Ewigkeit, wobei er seine Zunge immer wieder in mich stieß, sodass es wehtat. Sein Mund schmeckte schal und ekelhaft, als ob er sich ein Jahr lang die Zähne nicht geputzt hätte. Ich bekam keine Luft, und mir stiegen Tränen in die Augen.

Schließlich ließ er ab von mir.

»Ist deine Fotze immer noch so süß wie dein Mund?«, fragte er. Als ich nicht antwortete, zerrte er wieder an meinen Haaren. »Antworte mir, du Miststück!«

»Ich weiß es nicht«, wimmerte ich. Ich sollte versuchen, ihm mein Knie reinzurammen. Ich sollte kämpfen oder treten oder beißen oder sonst irgendwas tun, aber wenn ich Zach sah, fühlte ich mich immer wie ein hilfloses kleines Mädchen. Und das wusste er. Das merkte ich am zufriedenen Funkeln seiner Augen. Zach war ein Tyrann. Warum ich das nicht von Anfang an gemerkt hatte, ist mir unbegreiflich. Aber jetzt konnte ich es klar und deutlich erkennen.

»Hab gehört, du vögelst wieder mit Ruger«, flüsterte Zach, wobei sich sein Gesicht zu einer hässlichen Grimasse verzog. »Hab gehört, du lutschst die ganze Zeit seinen Schwanz und lässt dich von seinem ganzen Club ficken. Stimmt das, du Schlampe?«

»Nein«, wimmerte ich. »Nein, das stimmt nicht.«

»Was stimmt nicht?«, fragte er, und sein Mund verzog sich zu einem Lächeln. »Dass du mit Ruger vögelst oder dass dich der Club fickt? Denn die stehlen meine Erbschaft nicht einfach nur so für einen warmen Händedruck, Baby. Die machen *nichts* umsonst. Was für eine Riesenhure bist du nur? Sag's mir. Sonst weiß ich nicht, wie groß deine Strafe sein muss.«

»Ich vögel mit niemandem«, sagte ich.

Zach lachte laut auf. Er lachte so sehr, dass er mich losließ und sich die Handballen auf die Augen drückte, um die Tränen wegzuwischen.

»Lass mich die Frage noch einmal stellen«, sagte er, als er zu lachen aufgehört hatte. »Mit wem fickst du? Du gehörst mir, du Miststück. Wenn du mir nicht die Wahrheit sagst, fang ich an, dir die Finger zu brechen.«

Er griff nach unten und packte meine Hand, nahm meinen rechten Zeigefinger und bog ihn scharf nach hinten.

Ich bekam Panik und wünschte, ich könnte mich zum Nachdenken zwingen. Mein Verstand war zwar taub, aber ein uralter Überlebensinstinkt übernahm nun die Führung.

Bring's hinter dich.

Tu, was er sagt.

Vielleicht ist er gnädig, wenn du ein braves Mädchen bist …

»Ich hatte Sex mit Ruger«, sagte ich schnell. Dann schloss ich meine Augen und wappnete mich für das, was nun kommen würde. Aber darauf kann man sich nicht vorbereiten. Nicht wirklich. Ich wartete darauf, dass mein Knochen brechen würde. Deshalb war ich völlig überrascht, als er mich in den Bauch boxte. Ich krümmte mich zusammen und schnappte nach Luft. Heilige *Scheiße*, das tat weh.

Zach lachte laut.

»Du machst es mir zu leicht, verdammt.«

Wie dumm von mir, wurde mir klar. Ich hielt mir den Bauch und betete, dass er nicht noch einmal zuschlagen würde. Zach tat nie das, was ich erwartete. Ich konnte keinen Plan machen, ich konnte mich nicht vorbereiten, gar nichts in der Art. Er war wie ein Tornado, tauchte ohne Vorwarnung aus dem Nichts auf und brachte das Böse mit sich.

Zach hörte auf zu lachen.

»Verdammt lange Fahrt hierher. Ich bin müde und hungrig«, sagte er. »Deshalb machst du mir jetzt was zu essen. Danach reden wir noch mal darüber, mit wem du schläfst. Wir wollen doch keine saftigen Details auslassen, oder?«

Ich suchte im Kühlschrank herum und überlegte dabei, was ich für ihn kochen sollte. Mein Magen tat weh, aber es fühlte sich nicht so an, als ob eine meiner Rippen gebrochen wäre. Noch nicht zumindest. Wir hatten nicht viel zum Essen im Haus, aber ich konnte ihm Eier und Toast machen. Zach hatte schon immer liebend gerne zum Abendessen gefrühstückt.

»War verdammt blöd von dir, nach Coeur d'Alene zurückzukehren«, sagte Zach im Plauderton. Er saß an dem kleinen Tisch zwischen Wohnzimmer und Küche und beobachtete mich, während er an seinen Fingernägeln herumzupfte.

»Musstest einfach die Beine breitmachen, oder? Ich überlass dich ihm nicht. Nie. Dachte, das hätt ich dir deutlich erklärt.«

Ich antwortete nicht. Egal, was ich sagte, es würde ihn nur aufregen. Daran erinnerte ich mich noch. Zach hatte mir immer gerne Vorträge gehalten, wenn er mich bestrafte. Und wenn ich nicht zuhörte, wurde die Strafe härter und härter. Ich musste mich einfach zusammenreißen – Augen zu und durch. Früher oder später würde er müde werden oder sich langweilen, und dann würde er aufhören.

Zumindest für eine Weile.

Ich wäre aber nie wirklich frei. Ich hatte gedacht, ich könnte mein Leben ändern.

Dumm, dumm, einfach *dumm.*

»Ich hab dir die Sache mit Ruger mindestens tausendmal erklärt, aber du hörst immer noch nicht zu«, fuhr er fort. »Es geht einfach nicht in deinen Kopf rein, oder? Ich schätze, Schlampen, wie du eine bist, können sich nicht beherrschen ... Man muss euch dressieren wie Hunde. Soll ich dich dressieren?«

Ich atmete tief ein und dann wieder aus und schloss fest meine Augen. Ich wusste, was als Nächstes kam. Unser kleiner Tanz folgte einer strengen Choreografie.

»Ja, Zach«, flüsterte ich und merkte, wie sich meine Seele in mein Innerstes zurückzog und vor dem versteckte, was nun kommen würde. Wenn ich mich gut genug vor der Realität abschirmte, würde es nicht so wehtun, wenn er begann, mich wirklich zu schlagen. »Ich will, dass du mich dressierst.«

»Braves Mädchen«, murmelte er und klang dabei fast menschlich.

Ich kniete mich hin und öffnete die Schublade unter dem Herd, um eine Pfanne für die Eier zu suchen. Darin lag eine kleine Teflonpfanne, die ich normalerweise hernahm. Außerdem hatte ich eine große gusseiserne Bratpfanne, die ich beim Einzug entdeckt hatte.

Ich hatte sie nie zum Kochen verwendet – das gusseiserne Metall war mir immer komisch und furchterregend vorgekommen.

Hmmm.

Warum sollte ich vor einer verdammten Pfanne Angst haben? Weil sie anders war als die Pfannen, die ich sonst verwendete. Gewohnheiten zu ändern war schwierig.

Aber ich könnte es tun.

Ich könnte diese Pfanne hernehmen.

Wie im Traum griff ich nach der Bratpfanne und holte sie heraus. Wie schwer würde sie sein ...? Schwerer als die Faust eines Mannes, die gegen deinen Körper schlug? Härter als gebrochene Rippen oder ein blaues Auge, härter als das Schreien eines Babys, eine Stunde lang, weil seine Mommy nicht vom Boden aufstehen kann, um es hochzunehmen?

Es ist schwierig, auf eine neue Art auf einen Mann zu reagieren, der einen schlägt.

Aber es ist möglich.

Die Pfanne war schwer. Wirklich schwer. Aber meine Arme waren stark. Ich hatte jahrelang Noah getragen – dagegen war das hier gar nichts. Ich stand auf, stellte die Pfanne auf den Herd und schaltete das Gas ein.

»Ich glaub, wir müssen mal was klarstellen«, sagte Zach. Er lehnte sich zurück und grinste mich selbstzufrieden an.

Es waren nur ein paar Sekunden vergangen, seit ich die Pfanne entdeckt hatte, aber nun war alles anders. Ich spürte, wie meine Seele wieder aus ihrem Versteck hervorkam und sich entfaltete.

»Du hast mich ins Gefängnis gebracht«, fuhr Zach fort. »Das war ganz, ganz böse. Ich muss zugeben, das hat mich anfangs etwas aus der Bahn geworfen. Ich hab's dir durchgehen lassen. Dann hast du mein Geld gestohlen – das kann sich kein Mann gefallen lassen. Wenn du dich wehrst, bring ich dich um. Und ich werd nicht nur dich umbringen, sondern auch Noah. Mochte den kleinen Scheißer eh nie.«

Noch ein Schlag in den Magen. Dieses Mal nicht mit der Faust. War auch gar nicht nötig.

Ich sah auf die langsam heiß werdende Pfanne hinunter.

»Vielleicht lass ich ihn einfach verschwinden«, murmelte er. »Steck den kleinen Arsch irgendwohin. Du findest ihn nie wieder und wirst dich für alle Ewigkeit fragen, ob er lebt oder tot ist. Wenn du ganz brav bist, erzähl ich dir vielleicht zu seinem 18. Geburtstag, wo seine Leiche ist …«

Ich wandte mich um, um die Eier aus dem Kühlschrank zu holen, und sah zu Zach hinüber. Er sah auf seine Hand hinab, machte immer wieder eine Faust und ließ seine Armmuskeln spielen. Ich stellte den Eierkarton auf die Arbeitsfläche. Dann nahm ich die Rührschüssel, denn er mochte Rühreier – eine Mischung aus ganzen Eiern und zusätzlichem Eiweiß als extra Protein. Nun begann ich, sie aufzuschlagen: Die harten, weißen Schalen sahen wie kleine Schädel aus.

Sie zerbrachen so leicht.

Ich warf ihm nochmals einen Blick zu. Er starrte immer noch auf seine Finger, öffnete sie, machte wieder eine Faust.

Machte sich bereit, mich wieder zu schlagen.

»Werd dich in den Arsch ficken, schätz ich«, sagte er lässig. »Wirst darum betteln. Das hab ich vermisst, dein Betteln.«

Als ich einen Druck auf der Brust spürte, reagierte ich bewusst nicht auf seine Worte. Stattdessen nahm ich ein Geschirrtuch und wickelte es um den Metallgriff der heißen Pfanne. Dann atmete ich tief ein und stellte mir vor, wie Noahs Gesicht aussehen würde, nachdem Zach ihn fertiggemacht hatte. Nein. So weit würde es nicht kommen.

Du kannst das, sagte ich mir. Und so war es auch. Ich hob die Pfanne, ging drei Schritte auf Zach zu, riss die Pfanne hoch und ließ sie mit all meiner Kraft niederkrachen.

Er hatte nichts geahnt.

Dann schlug ich ein zweites Mal zu, sicherheitshalber. Und ein drittes Mal.

Der Geruch von angebranntem Fleisch durchzog die Küche.

Ich lächelte.

Ruger

Er spürte, wie sein Handy vibrierte, und zog es ernsthaft in Erwägung, es einfach zu ignorieren.

Es war beinahe halb vier Uhr morgens, und die Mädchen waren vor einer Stunde im Arsenal angekommen. Er hatte Marie noch nie so betrunken erlebt. Sie hatte einen kleinen, weißen Schleier auf ihrem Kopf und eine weiße Schärpe mit der Aufschrift »Braut« quer über der Brust. Außerdem trug sie ein seltsames elektronisches Gerät, das sichtbar vibrierte, wie eine Trophäe mit sich herum. Maggs sagte, es sei ein Sexspielzeug, aber Ruger konnte sich beim besten Willen nicht vorstellen, wozu es diente.

Horse war ebenfalls betrunken, wenn auch nicht so schlimm wie Marie. Er hatte seine zukünftige Braut, nicht lange nachdem sie angekommen war, weggetragen. Sie waren jetzt oben. Das war das Letzte, was er von ihnen gesehen hatte, obwohl Dancer die Mädels zu überzeugen versuchte, dass sie eine Rettungsaktion für Marie starten sollten. Dabei krächzte und kicherte die ganze Bande jedes Mal los wie ein verdammter Hexenzirkel.

Ruger zog das Handy heraus und sah Sophies Namen. Fuck. Was sollte er jetzt machen? Er versuchte, sie nicht einzuengen, aber es war verdammt schwer, währenddessen so zu tun, als ob alles in Ordnung wäre. Er vermisste sie. Die Jacks hatten sie ihm nicht mal einen Tag lang geraubt, aber diese Stunden hatten ihn beinahe umgebracht. Er musste sie wiederhaben. Und zwar *jetzt*. Denn er wusste nicht, wie lange er das noch aushalten konnte.

»Hey, Soph«, sagte er, als er durch die Tür in die dunkle Nacht hinaustrat. Es war fast Oktober, aber die Luft war noch immer warm. Eine perfekte Altweibersommernacht.

»Ruger«, sagte sie mit seltsamer Stimme. »Äh, ich hab ein Problem.«

»Was ist los?«

»Ich glaub, das kann ich dir nicht übers Telefon sagen. Würdest du … glaubst du, dass du rüberkommen könntest? Ich weiß, dass du auf der Party bist … glaubst du, du kannst Auto fahren?«

Verdammt, verdammt. Da war wirklich was gar nicht in Ordnung, das war ihrer Stimme deutlich anzumerken.

»Ja, ich kann fahren«, sagte er. Zum Glück konnte er das tatsächlich. Er war nicht in der Stimmung gewesen, etwas zu trinken – zu viele Gedanken waren ihm durch den Kopf gegangen. Er hörte sie keuchen. »Soll ich jemanden mitbringen?«

»Äh, wir sollten besser vorsichtig sein«, sagte sie langsam. »Ich steck hier in Schwierigkeiten, Ruger, ich weiß nicht, was ich tun soll.«

»Bist du verletzt?«, fragte er schnell.

»Ich glaub nicht«, antwortete sie. »Das ist nicht das Problem … Ruger, ich hab was getan. Ich glaub, du solltest jetzt gleich rüberkommen. Du musst mir sagen, was ich tun soll. Ich weiß, dass ich dich immer wieder aufforder, dich aus meinem Leben rauszuhalten, aber das war falsch. Ich schaff das nicht alleine.«

»Okay, Baby. Ich komm sofort.«

20 Minuten später war er bei ihr. Sie saß draußen auf dem kleinen Absatz, die Arme um die Knie geschlungen. Sie wirkte unglaublich zerbrechlich, so, als ob sie in tausend Stücke zerspringen würde, wenn er sie berührte. Ihr Gesicht war mit kleinen, roten Punkten übersät. Blutspritzer. Fuck.

»Was ist los, Soph?«, fragte Ruger, während er sich hinkniete.

Sie sah ihn mit leerem Blick an.

»Bist du hingefallen oder so?«

»Nein«, sagte sie ruhig. »Zach hat mich in den Bauch geschlagen und gedroht, Noah umzubringen. Deshalb hab ich stattdessen ihn umgebracht.«

Ruger erstarrte.

»Entschuldigung?«, fragte er vorsichtig nach und überlegte, ob er halluzinierte und sich ihre Worte nur vorgestellt hatte.

»Zach hat mich in den Bauch geschlagen und gedroht, Noah umzubringen«, wiederholte sie und sah ihm in die Augen. »Er war wütend auf mich, weil er gehört hat, dass ich mit dir geschlafen hab. Du weißt, dass er immer wahnsinnig eifersüchtig war. Ich hab keine Ahnung, warum er durchgedreht ist, aber er muss mich irgendwie beobachtet haben, denn er wusste genau, wo ich war. Er war in der Wohnung und hat dort auf mich gewartet, als ich von der Karaoke-Bar heimkam. Zuerst hat er mich geküsst, und dann hat er mir Fragen gestellt und mich geschlagen. Hat gesagt, er würde Noah umbringen. Ich weiß, dass er es ernst gemeint hat. Deswegen hab ich ihm eine gusseiserne Pfanne über den Kopf gezogen, bis er tot war.«

Ruger schluckte. Es tat ihm nicht leid um Zach, aber das hier war eine verdammt beschissene Situation.

»Bist du dir sicher, dass er tot ist?«

Sie nickte langsam.

»Ich hab immer wieder zugeschlagen, um ganz sicherzugehen«, antwortete sie entschieden zu ruhig. »Ich hab seinen Puls überprüft. Er ist definitiv tot. Hoffentlich kannst du mir sagen, was ich nun tun soll. Endlich hab ich meine Drecksarbeit einmal selbst erledigt, Ruger, aber ich weiß nicht, wie ich die Sache beenden soll.«

Verdammt. Er hätte sie nicht allein lassen sollen. Hätte nach ihr sehen sollen, als sie nicht mit dem Rest der Mädels aufgetaucht war ... Verdammter Freiraum.

»Okay«, sagte er. »Wo ist Noah?«

»Übernachtet bei Elle«, sagte Sophie. »Sie macht ihn in der Früh für die Schule fertig. Ich hol ihn ab und nehm ihn mit, wenn ich zur Arbeit fahre.«

Nun, das war wenigstens etwas.

»Ich geh mal rein und seh mich um«, sagte er. »Ist dir das recht?«

»Sicher«, murmelte sie. »Kein Problem. Ich bleib hier draußen, oder?«

»Klingt gut«, sagte er und legte seine Hand an ihre Wange. Sie schmiegte sich an ihn, während ihr die Tränen in die Augen stiegen. Dann stand er auf, ging an ihr vorbei und öffnete die Tür.

Fuck. Verdammte Scheiße. Zach lag mit blutgetränktem Haar auf dem Boden in einer Pfütze aus Blut. Es stank entsetzlich – eine Mischung aus angebranntem Fleisch und verkohlten Haaren.

Die Pfanne lag neben Zachs Leichnam, ebenfalls blutverkrustet. Das Blut war auch hinter ihn gespritzt. Das würde eine ganz schöne Säuberungsaktion werden. Neues Linoleum auf jeden Fall. Vielleicht mussten sie sogar die Bodendielen austauschen, überlegte er.

Ruger prüfte Zachs Puls, nur um sicherzugehen. Aber Sophie hatte recht gehabt. Sein Stiefbruder war definitiv tot. Diese Riesenschweinerei aufzuräumen würde nicht angenehm werden. Er war trotzdem stolz auf sie.

Sie hatte sich verteidigt, als es darauf ankam. Und letztendlich war es seine eigene Schuld gewesen. Er hätte Zach schon vor vier Jahren töten sollen. Dann hätte er ihn nochmals töten sollen, als er den Kindesunterhalt abgeholt hatte. Das war verdammt schwach von ihm gewesen.

Er hatte sich wegen Noah beherrscht, denn er wollte nicht den Vater des Kindes umbringen. Und seiner Mutter wollte er das auch nicht antun. Sie hatte Zach geliebt, auch wenn Ruger die Gründe dafür nie hatte verstehen können. Deswegen war Zach noch einmal davongekommen. Und er hatte es seiner Frau überlassen, die Drecksarbeit zu beenden.

Verdammter Idiot.

Ruger zog sein Handy raus und rief Pic an.

»Hier ist Ruger«, sagte er. »Ich bin bei Soph. Könnt hier etwas Hilfe brauchen, ist ein bisschen delikat, die Angelegenheit. Wer kann mir helfen? Wahrscheinlich brauch ich einen Transporter …«

»Wie delikat?«, fragte Picnic. Er hatte zum Glück auch nicht viel getrunken. Seit der Entführung waren sie beide nicht wirklich entspannt gewesen, und diese Wachsamkeit würde jetzt vielleicht Sophie retten.

»So delikat, wie man's sich nur vorstellen kann«, sagte Ruger langsam. »Wir sollten persönlich darüber reden.«

»Verstanden«, antwortete Pic und legte auf. Ruger ging wieder hinaus, wo Sophie immer noch auf den Verandastufen saß. Er setzte sich hinter sie und legte ihr die Arme um den Körper, seine Beine links und rechts von ihr. Sie zitterte.

»Hey, Soph«, flüsterte er, während er sich an ihren Hals schmiegte. Sie lehnte sich zurück, und er merkte, dass sie lautlos weinte und ihr die Tränen übers Gesicht rannen.

Gut, Weinen war besser als diese gespenstische Ruhe von vorhin.

»Es tut mir wirklich leid, Ruger«, sagte sie zu ihm. »Ich ruf dich immer wieder an, um die Dinge für mich zu regeln, und überlass dir immer die schwierigen Sachen. Erst Miranda, jetzt das hier. Ich hätte die Bullen rufen sollen ...«

»Nie im Leben«, sagte er. »Den Ärger brauchen wir nicht auch noch. Es würd vielleicht als Notwehr anerkannt, vielleicht aber auch nicht. Nicht, nachdem du ihn wieder und wieder geschlagen hast. Er saß einfach nur da, als du ihn geschlagen hast, oder? Er hat dich nicht gerade angegriffen, oder?«

»Nicht wirklich«, antwortete Sophie. »Er starrte auf seine Hände, und ich sollte ihm Eier braten.«

»Du hast getan, was nötig war«, sagte Ruger in der Hoffnung, dass sie ihm glauben würde. »Er hat sich das selbst ausgesucht – er bedrohte deinen Sohn, Soph. Du hast ihn beschützen müssen. Das tun Mütter nun mal.«

Sie nickte.

»Ich weiß«, erwiderte sie. »Er hat gesagt, er würde uns umbringen, und ich weiß, dass er's ernst gemeint hat. Das Kontaktverbot hat überhaupt nichts bewirkt. Das Gefängnis hat ihn nur eine Weile aufgehalten ... Was, wenn er Noah das nächste Mal verletzen würde? Das wollt ich nicht riskieren.«

»Wir räumen das alles für dich auf«, antwortete er und legte seine Wange auf ihren Kopf. Gott, er liebte ihren Duft, obwohl sein Schwanz sich wenigstens dieses Mal benahm und unten blieb. »Hoffentlich weiß niemand, dass er herkommen wollte. Er wird einfach verschwinden. Wenn die Bullen jemals nach ihm suchen, dann sagen wir ihnen, dass ich es war, okay?«

»Du kannst nicht …«, protestierte sie, aber er schnitt ihr das Wort ab.

»Ich hab's nicht vor«, sagte Ruger. »Glaub mir, Gefängnis steht nicht auf meiner Wunschliste. Wenn wir's richtig machen, wird nichts passieren. Er war nicht hier, es ist nie passiert. Wenn's wirklich scheiße läuft, tust du, was ich dir sage, was dir die Anwälte des Clubs sagen. Verstanden?«

»Es ist so furchtbar, dass ich dich hier reinziehe.«

»Wir sind eine Familie«, flüsterte er. »Wir kümmern uns umeinander. So läuft das, Baby. Du hast Noah und dich selbst beschützt, jetzt werd ich dich beschützen. Meine Brüder halten mir den Rücken frei, und so kommen wir alle heil aus der Sache raus.«

»Wir sind eine Familie, richtig?«, flüsterte sie.

»Immer.«

Sie nickte langsam, und er drückte sie fest. Sie saßen ruhig zusammen, während sie auf Picnic warteten, und hörten den quakenden Fröschen und zirpenden Grillen zu.

KAPITEL SIEBZEHN

Sophie

Ruger, Picnic und Painter kümmerten sich um Zach.

Sie ließen ihn zusammen mit der Grillpfanne, meinen Klamotten und jedem anderen Beweisstück im Haus verschwinden.

Ein Menschenleben auszulöschen sollte nicht so einfach sein.

Nachdem Ruger mich unter die Dusche geschickt hatte, kroch ich in Noahs Bett und versuchte zu schlafen. Selbst wenn mir nicht unzählige Gedanken durch den Kopf geschossen wären, tat mir doch alles so weh, dass ich nicht zur Ruhe kam. Ich würde eine heftige Prellung davontragen. Zumindest wäre sie nicht sichtbar. Die Sonne ging bereits auf, als ich ihn zurückkommen und unter die Dusche gehen hörte. 20 Minuten später tappte er ins Schlafzimmer, legte sich neben mich und nahm mich in den Arm.

Ich drehte mich um und klammerte mich an ihn.

»Danke dir«, flüsterte ich heftig. Mir war es ernst damit. Nicht nur für heute Nacht, sondern für alles. »Danke, dass du immer für mich da bist.«

»So bin ich«, flüsterte er. Seine Hand strich sanft und beruhigend über mein Haar.

»Ich hatte unrecht«, sagte ich.

»Hmmm?«

»Was dich betrifft«, fuhr ich fort. »Ich hab immer wieder gesagt, dass ich nichts mit dir zu tun haben will, dass der Club furchtbare Dinge tut. Aber ich bin diejenige, die schreckliche Dinge tut.«

»Du hast überlebt«, antwortete er mit fester Stimme. »Du hast deinen Sohn beschützt. Das ist nicht schrecklich.«

»Als ich dich angerufen hab, hättest du mir sagen können, ich soll mich verpissen«, antwortete ich. »Ich hatte kein Recht, dich da mit reinzuziehen. Jetzt bist du mein Komplize.«

»Baby, es ist vorbei«, sagte er. »Denk nicht mehr dran. Ich komm in ein paar Tagen vorbei, leg in der Küche einen neuen Boden und streich alles. Dann ist es geschafft. Wir müssen nicht darüber reden, okay? Genau genommen, *sollten* wir gar nicht darüber reden.«

»Okay«, flüsterte ich. »Was ist mit uns? Ich hab das Gefühl, dass das zwischen uns alles ändert.«

»Das müssen wir nicht genau jetzt herausfinden, Soph«, sagte er. »Versuch zu schlafen. Du musst in einer Stunde aufstehen und zur Arbeit gehen. Der Tag wird lang und anstrengend, und du musst ihn irgendwie durchstehen. Die gute Sache ist, falls dich jemand fragt, warum du so fertig aussiehst, kannst du immer sagen, dass du einen Kater hast. Dafür gibt's zum Glück genügend Zeugen.«

»Ich wünschte, ich könnte mich krankmelden«, sagte ich. »Doch ich schätze, es ist keine gute Idee, wenn ich mich schon nach so kurzer Zeit mit einem Kater krankmelde, oder?«

»Wahrscheinlich nicht«, sagte er. Er gab mir einen Kuss auf den Kopf. »Wie schon gesagt, wir müssen nicht alles jetzt klären, aber ich werd eine Weile bei dir bleiben. Ich will dich nicht allein lassen.«

Ich kam gar nicht auf die Idee zu streiten, denn ich wollte absolut nicht alleine sein. Obwohl ich nie an Geister geglaubt hatte, war ich mir ziemlich sicher, dass Zach vorhatte, mich heimzusuchen.

Wahrscheinlich für den Rest meines Lebens.

Eine Woche später hatten wir immer noch nicht über uns gesprochen. Ruger hatte an dem Samstag, nachdem ich Zach umgebracht hatte, unsere Sachen wieder zurück in sein Haus gebracht, und ich hatte ihn nicht davon abgehalten. Er räumte alles in mein altes Zimmer. Und obwohl wir fast jeden Abend zusammen verbrachten, tat er nie mehr, als mir einen schnellen Gutenachtkuss zu geben.

Dafür war ich unheimlich dankbar.

Unser Verhältnis hatte sich grundlegend geändert, das wussten wir vermutlich beide. All unsere Streits und unsere Empfindlichkeiten schienen nun so albern zu sein. Ebenso wie mein endloses Gejammer, ob ich nun mit ihm zusammen sein wollte oder nicht. Wenn ein Mann eine Leiche für einen beseitigt, steht man selbst nicht mehr auf moralisch festem Boden. Beihilfe zum Mord ist ein ziemlich guter Beweis für »Bindungsfähigkeit«.

Früher oder später würden wir zusammen sein. Ich war nur noch nicht so weit, und überraschenderweise hatte Ruger Geduld mit mir. Wir waren beide besorgt, dass ein weiterer Umzug Noah durcheinanderbringen würde. Aber er nahm es ganz gelassen – offenbar hatte er Elles Wohnung nur als verlängertes »Übernachtbleiben« empfunden.

Elle grinste nur wie ein Honigkuchenpferd, als ich ihr sagte, dass wir wieder ausziehen würden.

Offenbar geht das Leben einfach weiter, selbst nachdem man jemanden umgebracht hat.

Marie und Horse hatten am folgenden Freitagabend ihr Probedinner. Ursprünglich war ich nicht eingeladen. Ich gehörte schließlich nicht zur Hochzeitsgesellschaft und war auch kein Familienmitglied. Aber Ruger war Horse' Trauzeuge, weshalb er natürlich dabei sein musste. In seinen Augen und in den Augen des Clubs waren wir aber offenbar ein Paar, sodass Noah und ich auch eingeladen waren.

Es fühlte sich gut an dazuzugehören.

Die Hochzeit würde im Arsenal stattfinden, was mir zuerst komisch vorkam. Sie würden jedoch natürlich nicht im Gebäude oder auf dem Hof heiraten. Hinter der Mauer lag eine große Wiese, auf der die Leute bei Clubfeiern campten. Sie grenzte an einen Hain mit alten Bäumen, die ein natürliches Dach bildeten, das sich perfekt für eine Hochzeit eignete. An den Rändern der Wiese waren bereits Zelte aufgestellt, aber die Mitte und der hintere Teil waren für die Trauung mit einem neonorangefarbenen Band abgesperrt.

Ich bot an, während der Probe auf die Kinder aufzupassen, darunter die beiden Jungen von Dancer. Wir gingen zum Spielplatz im Hof, wo sie alle wie die wilden Tiere herumrasten, kreischten und von der Schaukel sprangen. Das Probedinner fand auch im Hof statt, weshalb ich der Frau vom Catering beim Aufbau half, während wir warteten. Sie hieß Candace, gehörte mehr oder weniger zum Club und hatte einen super Humor.

Ich lernte auch Lacey Benson, Maries Mom, und ihren Stiefvater John kennen.

Lacey war ... irgendwie anders.

Sie sah Marie sehr ähnlich. Auf den ersten Blick hätte sie sogar Maries Schwester sein können. Aber während Marie wilde Locken hatte, trug Lacey ihr Haar so, dass man sofort den teuren Haarschnitt, die aufwändige Färbeprozedur und die Riesenmenge an Pflegeprodukten ahnen konnte, die nötig waren, damit es so natürlich und perfekt wirkte. Marie verwendete normalerweise kein Make-up. Laceys Make-up war makellos, und ihre Kleidung schien nie zu knittern. Sie war der Inbegriff der stilvoll gekleideten Matrone, abgesehen von dem Zigarettenrauch, der sie umwehte.

Sie war selbstsicher, umwerfend und völlig durchgeknallt.

Und zwar nicht auf die dezente Art.

Sie platzte geradezu vor Energie, war ständig in Bewegung und umflatterte dabei Marie wie ein Kolibri. Offenbar freute sie sich ungemein für Marie. Wenn man ihr nur zusah, fühlte man sich schon erschöpft.

Ich bekam mit, dass Candace nicht nur nett war, sondern wahrscheinlich auch noch eine Heilige. Egal, wie oft Lacey sie alles neu herrichten ließ – sie tat es jedes Mal mit einem Nicken und einem bezaubernden Lächeln. Das war mehr als beeindruckend, denn Maries Mutter stellte alles siebenmal um.

Dann arrangierte sie die Sachen ein achtes Mal, und zwar während die Bedienungen das Essen bereits austeilten.

Nach dem Essen stand Lacey auf und hielt eine lange und weitschweifige Rede auf das Brautpaar. Sie erzählte uns Geschichten, über die sich Marie wahrscheinlich nicht besonders freute. Wir bekamen zu hören, dass sie als Kleinkind keine Kleidung anziehen mochte und sich im Lebensmittelladen immer alles auszog. Wir erfuhren von ihrem Wunsch, die Ziege des Nachbarn mit Sporen zu reiten, einem Wunsch, den sie selbstverständlich in die Tat umsetzen wollte. Uns wurde auch von dem Tag berich-

343

tet, als Lacey Horse kennenlernte, was zu einem interessanten Geplänkel über Gefängnisse, Bullen, Selbstbeherrschung, ihren Ehemann und Verlobungspistolen führte.

Horse' Mutter, die ihr nicht nachstehen wollte, kam nun auch in Schwung und erzählte uns davon, dass er die ersten fünf Jahre seines Lebens nicht im Haus pinkeln wollte, was sein Vater unglaublich lustig gefunden und deshalb unterstützt hatte.

Gegen Dancers Toast verblassten jedoch ihre Darbietungen. Horse' Schwester stellte sich vor die versammelte Hochzeitsgesellschaft und rief Marie für eine besondere Vorführung zu sich. Dann zog sie das kleine Stoffpferd mit zauberhaftem kleinen Zaumzeug und passenden Zügeln hervor, von dem sie uns am Abend, als ich sie kennengelernt hatte, erzählt hatte.

Maggs und Em ergänzten es durch eine winzige Spielzeugharley, auf dem das Pferdchen sitzen konnte.

Marie lachte so sehr, dass sie fast an ihrem Champagner erstickt wäre.

Horse lächelte grimmig und legte Dancer einen Arm um den Hals. Vermeintlich liebevoll drückte er ihre Schulter, nahm sie aber schon bald in den Schwitzkasten. Sie schrie, brüllte und kickte, aber er ließ sie nicht los, bis sie zugab, dass sie die ganze Geschichte erfunden hatte, was keine von uns auch nur für eine Minute glaubte.

Noah und ich gingen gegen neun, als es gerade spannend wurde. Den ganzen Tag lang waren Gäste angekommen, die hinter dem Arsenal campten. Sie kamen zur Party, als das offizielle Abendessen vorüber war.

Ich war erschöpft, und mein ganzer Körper tat weh, weshalb ich froh war, gehen zu können. Mein Körper wies immer noch Prellungen auf, jedoch zum Glück dieses Mal keine gebrochenen Rippen. Ich ließ mich allein ins Bett fallen und wünschte mir, Ruger bei mir zu haben.

Am Hochzeitsmorgen war das Wetter warm und einfach perfekt. Es war riskant gewesen, ein Fest im Freien für Anfang Oktober zu planen. Aber es hat sich gelohnt, denn es gibt kaum etwas Schöneres als den Herbst in Nord-Idaho. Die mit immergrünen Bäumen bedeckten Hügel waren von leuchtend gelben und orangefarbenen Flecken durchsetzt. In der Luft lag

eine Schärfe, die mich an den intensiven Geschmack eines saftigen, süß-
sauren Apfels erinnerte.

Es war mühsam, Noah vom Hinausrennen abzuhalten, während ich
mich herrichtete. Ich wusste, dass er am Ende des Tages völlig verdreckt
sein würde, aber ich wollte den Tag zumindest sauber beginnen. Ruger war
gestern Abend nicht heimgekommen. Ich nahm an, dass er die ganze Nacht
mit Horse gefeiert hatte, und fragte mich, was sie wohl gemacht hatten ...

Gestern Abend waren Unmengen von Leuten auf der Party gewesen,
viele davon weiblich. Nach der Entführung hatte er mir gesagt, dass er
niemanden außer mir wollte, dass er treu wäre.

Er hatte mir sogar einen sanften Gutenachtkuss gegeben, als er uns
zum Auto gebracht hatte.

Aber ich war mir nicht ganz sicher, wie unser neues Arrangement aussah und wo die Grenzen lagen. Wir hatten immer noch nicht darüber gesprochen. Wir hatten keinen Sex. Bedeutete das, dass er mit einer anderen
geschlafen hatte? Mit mehreren anderen?

Mir wurde übel, als ich darüber nachdachte.

Ich könnte ihn einfach fragen. Es gab Dinge, die er mir nicht erzählen
würde, aber ich dachte nicht, dass er mich anlügen würde. Allerdings war
ich mir nicht sicher, ob ich die Antwort hören wollte.

Etwa eineinhalb Stunden vor dem Beginn der Trauung hielt ich vor
dem Arsenal. Überall standen Autos und Motorräder. Die Mädels hatten heute Vormittag fleißig dekoriert. Ich sah Painter, und er winkte mir
freundlich zu. Ich ging ums Arsenal herum und ließ Noah mit der Horde
Kinder, die dort herumtollte, mitlaufen, denn der Hof war für sie gesperrt.
Im Hof wurde alles für den Hochzeitsempfang vorbereitet.

Picnic lehnte an der Wand und betrachtete die Kinder mit nachdenklichem Gesicht. Als er mich sah, winkte er mich herüber.

»Wie geht's dir?«, fragte er.

Ich zuckte mit den Schultern.

»Ziemlich gut, schätz ich«, antwortete ich. Während ich mich bemühte, nicht in sein Gesicht zu sehen, würgte ich etwas hervor, was ich schon
die Nacht zuvor hatte sagen wollen. »Danke, dass du mir geholfen hast.
Letztes Wochenende, mein ich.«

»Keine Sorge, nicht der Rede wert«, sagte er mit geneigtem Kopf, wobei er mein Gesicht beobachtete. »Aber ich wollt auch mit dir reden.«

»In Ordnung«, stimmte ich zu, weil ich wirklich tief in seiner Schuld stand.

»Weißt du, was zwischen Em und Hunter vorgefallen ist?«, fragte er geradeheraus. »Sie ist nicht sie selbst, und mir will sie gar nichts erzählen. Das ist nicht normal – sie war immer ein Papakind. Sie war diejenige, die mir alles erzählt hat. Nicht ihre Schwester. Jetzt hat sie dichtgemacht.«

Ich seufzte und sah ihn an. Sein Blick wirkte besorgt, und ich konnte erkennen, wie weh es ihm tat nachzufragen.

»Ich weiß es nicht«, sagte ich. »Die erste Nacht war sie mit ihm allein und dann nochmals für eine Stunde am nächsten Tag. Sie hat mir nie erzählt, was passiert ist, aber ich glaube nicht, dass er sie vergewaltigt hat, wenn's das ist, was du wissen willst. Sie wirkte nicht wie ein Opfer. Em war sauer auf ihn – wirklich wütend. Das ist so ziemlich alles, was ich dir sagen kann.«

»Das ist immerhin mehr, als sie mir bisher erzählt hat«, antwortete er. Er presste die Lippen zusammen. »Sie ist oben bei Marie. Du kannst ja auch hochgehen. Sie benehmen sich wie ein Rudel Hyänen. Ich bin vorhin hoch, um mit Em zu reden, aber sie haben mich nicht mal ins Zimmer gelassen.«

»Ich muss auf Noah aufpassen.«

Picnic warf einen Blick auf die Kinderhorde, die durchs Gras tollte.

»Der bleibt schon hier«, sagte er. »Sind genügend Erwachsene hier draußen. Du solltest bei Marie sein.«

»Ich kenn sie ja gar nicht so gut«, protestierte ich. »Ich komm mir komisch vor …«

»Honey, du steckst so tief in diesem Club drin wie jeder andere«, antwortete er im Befehlston. »Tiefer geht's kaum. Zeit, dass du Spaß an der Sache hast.«

Er lächelte, und ich war wieder völlig überrascht, wie gut er für einen alten Mann aussah.

»Okay, ich seh mal nach, was sie treiben.«

»Vergnüg dich«, sagte er zu mir. »Und pass auf Em auf. Wenn dir was einfällt, wie ich ihr helfen kann, dann sag's mir.«

»Natürlich.«

Ich fand Marie im dritten Stock in einem der Schlafzimmer. Maggs hatte mich in der Küche entdeckt und mich gleich engagiert, um ihr beim Biertragen zu helfen. Offenbar hielt es Marie nicht für die beste Idee, Horse völlig nüchtern zu heiraten. Als ihre Freundinnen mussten wir ihr Gesellschaft leisten, denn dazu waren Freundinnen nun mal da. Möge nie jemand über mich sagen, ich hätte sie in Zeiten der Not im Stich gelassen.

Wir schleppten das Bier die Treppe hoch, während mir Maggs erzählte, dass sie Marie noch nie schöner, aber auch noch nie gestresster gesehen habe. Ich hörte sie herumbrüllen, bevor wir das Zimmer erreichten – irgendwas übers Erwachsensein und über das Treffen von eigenen Entscheidungen. Ich schubste die Tür auf und stellte das Bier so schwungvoll auf den Boden, dass die Flaschen klirrten.

Marie stand mitten im Zimmer. Sie trug ein wundervolles weißes Kleid, sehr klassisch, mit Herz-Dekolleté, schmaler Taille, die ihre Figur betonte, und fließendem Gewand. Ihr braunes Haar war hochgesteckt und fiel in wilden Lockenkaskaden herunter, in die Blumen eingeflochten waren. Kein Schleier.

Ich nehme an, sie hatte nach der Fahrt in der Stretchlimousine genug von weißem Tüll.

»Ich liebe dich!«, schrie sie, als sie mich sah, obwohl ich mir nicht sicher war, dass sie überhaupt mitbekam, wer ich war. Nein, sie stürzte sich aufs Bier, schnappte sich eines und öffnete es mithilfe ihres Verlobungsrings. Sie trank beinahe die ganze Flasche in einem Zug, stellte sie dann ab und wandte ihr Gesicht trotzig ihrer Mutter zu.

»Meine Tochter trägt zu ihrer Hochzeit kein schwarzes Leder«, verkündete Lacey, wobei sie den fraglichen Gegenstand hin- und herschwenkte – es war Maries Kutte, die der Aufnäher mit der Aufschrift »Eigentum von Horse« zierte.

»Horse will, dass ich sie trag«, fauchte Marie. »Es ist ihm wichtig.«

»Sie passt nicht zu deinem Kleid«, fauchte Lacey zurück. »Es ist lächerlich. Das ist dein Tag heute – du solltest wie eine Prinzessin aussehen!«

»Wenn es mein Tag ist, warum darf ich dann nicht bestimmen, was ich anzieh?«, fragte Marie mit erhobener Stimme.

Laceys Augen wurden schmal.

»Weil ich deine Mutter bin und weiß, was du wirklich willst!«, brüllte sie. »Fuck, ich brauch 'ne Zigarette.«

»Ich will nicht, dass mein Kleid nach Rauch stinkt«, rief Marie. »Und ich will, dass es an *meinem* Tag um *mich* geht! Gib mir meinen verdammten Eigentumsaufnäher!«

»Nein!«, zischte Lacey. Sie sah sich verzweifelt um und entdeckte schließlich eine Blumenschere, die sie entschlossen packte und drohend an die Weste hielt. »Halt dich zurück, oder der Aufnäher muss es büßen!« Wir erstarrten alle.

»Warum nimmst du den Aufnäher nicht ab und befestigst ihn am Kleid?«, fragte ich plötzlich, inspiriert von der Schere. »So kannst du ihn tragen, ohne dass die Kutte die Kleidform auf den Fotos ruiniert.«

»Du kannst den Aufnäher nicht abnehmen«, erklärte Cookie. »Das wär, als ob sie sich von Horse scheiden lassen würde. Aber wir könnten ihn kopieren und ihn dann mit einer Sicherheitsnadel befestigen.«

Es wurde still im Raum, während Marie und ihre Mutter mit ihren Blicken einen lautlosen Kampf ausfochten.

Lacey blähte ihre Nasenlöcher.

»Damit könnt ich leben«, sagte Marie langsam.

Wir wandten uns alle schnell Lacey zu. Sie nickte langsam.

»Ich bin bereit, das zu akzeptieren.«

Sie starrten sich noch einen Moment lang an. Dann hielt Lacey die Kutte langsam in die Höhe, und Marie schnappte sie sich. Dancer packte die Kutte und ging nach unten, vermutlich auf der Suche nach dem Kopierer.

»Ich geh eine rauchen und mach ein paar *Entspannungsübungen*«, sagte Lacey langsam, während sie uns eine nach der anderen mit Blicken durchbohrte. »Wenn ich zurückkomme, wird der Aufnäher so am Kleid befestigt sein, dass er von vorne, also auf den Fotos, nicht sichtbar ist. Wenn ich ihn vorne seh, haben wir ein Problem. Es gibt keine Entspannungsübung auf dieser Erde, die euch dann noch retten könnte. Haben wir uns verstanden?«

Sie rauschte aus dem Zimmer, und Marie knurrte.

»Ich brauch noch ein Bier.«

Schnell gab ich ihr eines und nahm mir dann selbst noch ein Bier. Heilige Scheiße, und ich dachte, gestern Abend wäre ihre Mom verrückt gewesen …

Marie kippte ihr Bier runter, als Dancer schnaufend wieder erschien. Sie hielt triumphierend eine Farbkopie des Aufnähers hoch.

»Wohin willst du ihn haben?«, fragte sie Marie. »Wir müssen ihn ans Kleid kleben, bevor du zum Altar geführt wirst.«

»Ich will ihn auf meinem Hintern«, sagte Marie, gerade als ich einen Schluck genommen hatte. »Damit meine Mutter ihn während der ganzen verdammten Trauung im Blick hat.«

Ich konnte nicht anders und fing an zu kichern, was ich durch Husten zu überdecken versuchte. Dabei vergaß ich nur leider, dass ich den Mund voller Bier hatte. Schließlich prustete ich das Bier durch meine Nase wieder raus, woraufhin sich keine mehr beherrschen konnte. Dancer weinte sogar, als sie aufgehört hatte zu lachen. Wir brauchten alle einen Moment, um unsere Augen mit Taschentüchern abzutupfen, in dem Versuch, unser Make-up zu retten. Dann wandte sie sich an Marie.

»Mir gefällt die Idee mit dem Hintern«, sagte sie, bemüht, nicht wieder zu lachen. »Ich weiß, dass es deine Mom wütend machen wird, und das ist super. Aber es ist auch eine nette kleine Botschaft für Horse …«

Maries Augen wurden groß.

»Oh, da hast du recht«, flüsterte sie. »Das machen wir.«

Und so geschah es, dass Marie Horse mit einem Eigentumsaufnäher auf ihrem Arsch heiratete.

Wir gingen alle mit Marie runter; dann brachten Dancer und Em sie schnellstens irgendwohin, wo sie sich verstecken würde, bis es losging. Ich sammelte Noah ein, und wir spazierten zur Wiese, die sich seit gestern Abend völlig verändert hatte. Nun standen doppelt so viele Zelte darauf, wahrscheinlich mehr als 100. An der Frontseite war eine kleine, hölzerne Kanzel errichtet worden, und Stühle standen in ordentlichen Reihen beidseits des Mittelgangs, wie bei einer Trauung im Freien üblich.

Aber es war ja nicht irgendeine Trauung, sondern eine Reaper-Hochzeit, und ganz offenbar verliehen sie der Zeremonie gerne ihre eigene

Note. Alle Männer hatten ihre Bikes in zwei ordentlichen schrägen Reihen links und rechts der Mitte aufgestellt, sodass sie für Marie einen Weg aus blitzendem Chrom bildeten, durch den sie schreiten würde.

Ich musste zugeben, dass es ziemlich cool aussah.

Als Rugers … *was auch immer* … war für mich ein Platz ganz vorne reserviert, direkt neben Maggs, Cookie und Darcy. Wir saßen etwa zehn Minuten lang dort und warteten darauf, dass es losging. Noah zappelte herum. Dann knatterten die Lautsprecher, und der Pfarrer bat alle, sich auf ihre Plätze zu begeben.

Horse und Ruger traten unter den Bäumen hervor, kamen nach vorne und warteten. Beide hatten schwarze Jeans und schneeweiße Hemden an. Außerdem trugen sie ihre Clubfarben. Selbst der Pfarrer war mit einer Kutte bekleidet, obwohl er kein Reaper war.

»Der Kaplan aus Spokane«, flüsterte mir Maggs zu. »Er hatte schon öfter mit dem Club zu tun. Netter Typ.«

Ich nickte. Als Pachelbels »Kanon« über der Wiese erklang, drehten wir uns alle um und hielten Ausschau. Als Erstes kam ein ganz kleines Mädchen, das ich nicht kannte, den Mittelgang herunter. Es trug einen Korb mit Blütenblättern, die es im Gehen verstreute. Dancers Jungs folgten ihr als Ringträger. Als Nächstes kamen Maries Mom und ihr Stiefvater. Dann hörte ich das Röhren eines Motorrads über die Wiese dröhnen.

Ich reckte meinen Hals und sah Picnic langsam auf die Gruppe zufahren, Marie hinter sich auf dem Sitz. Vor Begeisterung riss ich die Augen auf.

Maggs kicherte und beugte sich zu mir rüber.

»Davon haben wir ihrer Mom nichts erzählt …«

Ich sah schnell nach vorne und sah, wie Lacey misstrauisch die Augen verengte. John legte den Arm um sie und flüsterte ihr etwas ins Ohr. Sie starrte ihn zornig an, zuckte dann aber mit den Schultern und verdrehte die Augen. Offenbar wusste sie, dass sie verloren hatte.

Picnic hielt am Ende des Mittelgangs an, wo Em und Dancer als Brautjungfern darauf warteten, Marie vom Motorrad zu helfen und ihr Kleid zu richten. Dann schritten die zwei Frauen vor ihr Seite an Seite den Mittelgang hinab. Wir standen alle auf, als Picnic Marie den Arm reichte und sie langsam zu Horse geleitete.

Schon nach wenigen Sekunden begannen die Leute in den hinteren Reihen zu lachen.

Alle um uns herum sahen sich verwirrt an, und als ich nach vorne blickte, merkte ich, dass Horse die Stirn runzelte. Er beugte sich zu Ruger und flüsterte ihm etwas ins Ohr. Das Lachen pflanzte sich in Wellen fort, während Marie voranschritt. Und schließlich konnte ich den Aufnäher – »Eigentum von Horse« – sehen, der, wie versprochen, stolz auf ihrem Hinterteil prangte.

Picnic blieb am Ende des Gangs stehen und trat einen Schritt zurück, als Horse Marie in Empfang nahm. Sie flüsterte ihm etwas zu, und er sah sich nach hinten um und entdeckte den Aufnäher. Ein breites Grinsen erhellte sein Gesicht. Und als ich zu Lacey rübersah, biss sie sich gerade auf die Lippe und verkniff sich ein Lachen. Sie zwinkerte Marie zu und gab ohne Worte zu erkennen, dass ihre Tochter gewonnen hatte. Die Trauung konnte beginnen.

Ich kann mich nicht mehr an alle Einzelheiten erinnern, es ging alles ziemlich schnell. Jedes Mal, wenn ich aufsah, beobachtete mich Ruger mit ernstem Gesicht. Zwei Sachen fielen mir jedoch auf: Die erste war, dass Horse' richtiger Name Marcus Antonius Caesar McDonnell lautete. Der arme Kerl.

Und die zweite war, dass Marie nicht gelobte zu gehorchen.

Braves Mädchen.

Dann erklärte sie der Pfarrer zu Mann und Frau, und Horse umfing Marie, um ihr einen Kuss zu geben, der so manche Frau hätte schwängern können. Def Leppards »Pour Some Sugar on Me« dröhnte aus den Lautsprechern, und Horse trug sie unter allgemeinen Jubelschreien den Mittelgang hinunter – und Biker können *ziemlich laut* jubeln.

Ruger geleitete Dancer, Em dagegen ging alleine.

»Sie haben den zweiten Platz für Bolt freigehalten«, sagte Maggs mit verklärtem Blick. »Sie halten immer einen Platz frei für Bolt. Sie warten darauf, dass er nach Hause kommt.«

Ich sah hinüber zu Cookie, die blass geworden war.

»Alles in Ordnung?«, fragte ich.

Mit einem angespannten Lächeln antwortete sie mir.

»Entschuldigung, ich muss mich um Silvie kümmern«, sagte sie. Anscheinend machte ich ein verständnisloses Gesicht, weshalb sie eine Erklärung nachschob. »Das Blumenmädchen. Sie ist meine Tochter.«
»Oh, sie ist so hübsch«, sagte ich. Aber Cookie war bereits aufgestanden und nach vorne gegangen.

Seit ich die Reapers besser kennengelernt hatte, waren mir ein paar Dinge aufgefallen. Sie waren den anderen Reapers gegenüber absolut loyal. Manchmal schienen sie eine Art Codesprache zu verwenden. Sie hatten ihre eigenen Regeln und taten die Dinge auf ihre eigene Art. Sie mochten keine Bullen und wussten, wie man eine Leiche verschwinden ließ. Aber ihren inneren Glanz zeigten die Reapers erst, wenn sie etwas zu feiern hatten.

Wenn es eine Hochzeit zu feiern gab und reichlich Bierfässer aufgestapelt waren, dann knallte es ordentlich.

Und Maries Mom wusste eindeutig, wie man einen Empfang organisierte. Sie hatten sich für die etwas legerere Variante entschieden. Als ich auf den Hof kam, war er wie verwandelt: nicht direkt elegant, aber so, dass es allen ganz offensichtlich Spaß machte. Alles war voller Lichter, die Musik dröhnte aus den Lautsprechern, und es gab so viel zum Essen, dass es für zwei Armeen gereicht hätte.

Was am besten war? Es gab eine Kinderbetreuung.

Ja, sie hatte das gesamte Personal der örtlichen Kita gemietet. Die Erzieherinnen hatten einen Spielbereich für die Kinder eingerichtet mit Spielsachen, Preisen, Kinderschminken und einem echten lebenden Pony, auf dem die Kleinen reiten durften. Die Kinder hatten sogar ihr eigenes kleines Buffet, wo sie sich Hotdogs und Hamburgers zusammenstellen konnten.

Noah verlor augenblicklich jegliches Interesse an mir.

»Wow, das ist unglaublich«, sagte ich zu Maggs, als Noah davonrannte. »Ich wusste ja gar nicht, dass Marie aus einer reichen Familie kommt.«

»Marie kommt aus einem Trailerpark«, antwortete Maggs lachend. »Aber ihr Stiefpapa versucht, die letzten Jahre gutzumachen, und er hat reichlich Kohle. Lacey bekommt, was sie will. Heute will sie ein Pony.«

»Ach du Scheiße«, sagte ich.

Dann legte Ruger seinen Arm um mich und beugte sich über mich, um an meinem Haar zu schnuppern.

»Hey«, flüsterte er in mein Ohr.

Ich schmolz dahin. Maggs verdrehte die Augen, als ich mich in seiner Umarmung umdrehte.

»Hey«, flüsterte ich zurück. Dann legte ich meine Hände auf seine Schultern und stellte mich auf die Zehenspitzen, um ihn zu küssen. Wir machten das schon die ganze Woche über so: sanfte, süße Küsschen zwischendurch, mit denen ich meinen Gefühlen Ausdruck verleihen konnte, ohne dass die Sache zu heiß wurde.

Dieses Mal war es kein sanftes Küsschen.

Ich schätze, der Anblick von Horse und Marie hatte Ruger inspiriert, denn er küsste mich schnell und heftig, so, wie ich es von früher kannte. Dann ließ er von mir ab und sah mich mit ernstem Gesicht an.

»Alles okay bei uns?«, fragte er.

»Ja, alles okay«, sagte ich lächelnd. »Ich hab dich vermisst.«

»Ich hab dich auch vermisst. Einen Teil von dir hab ich besonders vermisst. Lass uns wieder vertraut miteinander werden.«

Ich wurde rot, als er meinen Arm nahm und mich halb über den Hof zog und halb führte. Ich stolperte, denn ich war mir seiner Gedanken bewusst, kam aber bei seinem Tempo nicht ganz mit.

»Wohin gehen wir?«, fragte ich. »Wir werden alles verpassen!«

»Horse hat schon gesagt, dass die Party warten kann, bis er seine Braut gefickt hat. Und Horse ist ein schlauer Mann«, murmelte Ruger, während er an einem Tisch stehen blieb und einen Rucksack hochnahm. Dann wurde mir klar, in welche Richtung wir marschierten.

»Nein«, sagte ich und versuchte, mich loszureißen. »Nicht in die Werkstatt. Ich geh nicht wieder in diese Scheune.«

»Kein Problem«, antwortete Ruger und wechselte fließend die Richtung.

Nun marschierten wir auf die Rückseite des Arsenals zu. Ich sah Dancer im Vorübergehen, sie lachte und zeigte mit dem Finger auf mich.

Eine schöne Freundin.

Schließlich waren wir im Treppenhaus und stiegen in den dritten Stock hinauf. Ruger entdeckte bei einem der Schlafzimmer eine offene Tür. Als wir hineingingen, trafen wir auf eine kniende Frau, die einem Mann, den ich noch nie gesehen hatte, gerade einen blies.

»Brauch 'ne Decke«, sagte Ruger zu ihm und zog eine vom Bett. Der Typ nickte, und schon waren wir wieder draußen, bevor ich vor lauter Peinlichkeit knallrot anlaufen konnte. Ruger brachte mich eine weitere Treppe hinauf und durch eine Tür, die auf das Dach hinausführte. Es war eine große, freie Fläche, mit einer breiten Brüstung rundherum. Die Fläche war leicht geneigt, und wir standen mitten im Freien.

»Das ist nicht viel besser als die Scheune«, sagte ich.

Ruger drehte sich mit gehobenen Augenbrauen zu mir um.

»Scheiße, das meinst du doch wohl nicht ernst?«, fragte er. »Ich find den einzigen Platz im Umkreis von einer Meile, wo wir für uns sein können, und du nörgelst dran herum? Außerdem hat der Platz Tradition. Die Männer nehmen hier ständig Mädels mit rauf. Zum Teufel, Horse hat Marie auf einem Dach den Heiratsantrag gemacht.«

Ich runzelte die Stirn.

»Ich schätze, es wird schon gehen«, sagte ich.

»Na, da bin ich ja beruhigt«, murmelte er und breitete schwungvoll die Decke aus. Dann spielten seine Hände mit meinen Haaren, und sein Mund bedeckte den meinen.

Ich weiß nicht mehr genau, wie ich auf dem Boden gelandet bin. Und ich kann mich absolut nicht erinnern, was aus meinem Höschen geworden ist, obwohl ich fast vermute, dass Ruger es gestohlen hat. Er scheint einen Höschenfimmel zu haben.

Recht gut erinnere ich mich daran, dass ich ohne Erfolg versuchte, nicht zu schreien, als er mit seinem Mund intensiv an meiner Klit sog. Ich erinnere mich auch daran, wie er in mich eintauchte, mich weit öffnete und mich daran erinnerte, dass ich nicht nur nach ihm verrückt war, weil er sich so toll um Noah kümmerte.

Heilige Scheiße, der Mann hatte vielleicht Talent.

Wir legten nach der ersten Runde Wiedervereinigungssex eine Pause ein und machten es uns im Schatten hinter dem kleinen Häuschen, in dem sich der Treppenaufgang verbarg, bequem. Ruger lag auf dem Rücken und bot mir seine Armbeuge als Nest zum Ankuscheln an, was ich dankend annahm. Er hatte seine Klamotten irgendwo verloren, und ich dachte mir, wenn es für ihn okay war, hier draußen im Freien splitterfasernackt herumzuliegen, dann konnte ich genauso gut die schöne Aussicht genießen.

Ich stützte mich auf einen Arm und küsste seine Brust.

»Das ist schön«, sagte er mit heiserer Stimme. »Gott, es hat mir so gefehlt, dich zu berühren.«

»Mir hat's auch gefehlt«, sagte ich. Das Tribaltattoo auf seinem Brustmuskel verlangte meine Aufmerksamkeit, weshalb ich es mit meiner Zunge nachfuhr. Ich liebte es, ihn zu schmecken, ein wenig Salz und viel Mann. Ich liebte auch seine harten Muskeln, und tief in meinem Inneren musste ich zugeben, dass es mir sehr gefiel, dass er alles für mich tun würde.

Alles.

Weiter unten entdeckte ich den Ring in seiner Brustwarze und spielte mit meiner Zunge daran herum.

»Meinst du, dass es jetzt an der Zeit ist, über uns zu reden?«, fragte er.

Ich ließ widerstrebend den Ring los.

»Ja, wahrscheinlich«, antwortete ich mit einem Blick nach oben. »Wir sollten wahrscheinlich mal herausfinden, was für eine Art von Beziehung wir haben.«

»Lass es uns offiziell machen«, sagte er. »Ich möchte, dass du meine Alte Lady wirst, das weißt du sicherlich. Bist du dazu bereit?«

»Ich denk schon«, sagte ich langsam. »Hast du das ernst gemeint, dass du treu sein willst? Ich meine, als du mich geholt hast, nachdem Em und ich bei den Devil's Jacks waren? Hast du das ernst gemeint, dass du nicht mit anderen schlafen wirst? Das wär für mich nämlich immer noch ein Ausschlussgrund.«

»Völlig ernst«, antwortete Ruger. Er sah mir direkt in die Augen. »Ich hab mit keiner anderen geschlafen, Baby. Nicht seitdem wir in der Scheune gefickt haben. Ich geb zu, dass ich dran gedacht hab, aber sie waren einfach nicht wie du. Ich hätt nichts dabei gespürt.«

Ich hielt die Luft an.

»Warum hast du mir dann immer erzählt, dass du mir nichts versprechen kannst?«, fragte ich verwundert. »Ich dachte, du würdest jede, die dir über den Weg läuft, vögeln.«

»Ich hab dir immer gesagt, dass ich nicht lügen werd«, sagte er. »Ich wollt dir kein Versprechen geben, das ich nicht halten konnte. Aber, Soph, als ich dachte, ich würd dich verlieren? Da wurde mir alles plötzlich völlig klar. Alle anderen sind mir scheißegal, Baby. Ich liebe dich. Ich glaub, ich liebe dich seit dem Moment, als ich dich mit Zach auf meiner Couch entdeckt hab. Ich habe ziemlich viel Zeit damit verbracht, mir das Ganze auszureden, aber es geht einfach nicht.«

Ich blinzelte schnell. Er liebte mich. Ruger *liebte* mich. Ich schätze, dass ich das eigentlich schon eine ganze Weile wusste – man kümmert sich nicht so um jemanden, wie er sich um mich und Noah gekümmert hatte, wenn man denjenigen nicht liebte.

Trotzdem war es schön, die Worte laut ausgesprochen zu hören.

»Ich liebe dich auch«, antwortete ich und fühlte mich dabei auf einmal schüchtern. »Ich glaub, das tu ich schon lange. Du warst immer für mich da.«

»So ist das, wenn man verrückt nach jemandem ist«, erwiderte er mit einem leichten Grinsen. »Glaub mir, ich hab dir nicht aus reiner Menschenfreundlichkeit beim Umzug geholfen und hab nicht deshalb Alarmanlagen an deinen Fenstern installiert und so weiter, Baby. Ich leite ja schließlich keinen Sozialdienst.«

Ich lachte leise. Sein Blick war so intensiv, dass ich ihm nicht länger standhalten konnte. Stattdessen sah ich mir seine Schulter an und bewunderte die Tattoos – eine Reihe von runden Flecken, jeweils leicht versetzt, beinahe wie mehrere Kometen hintereinander.

»Was ist das?«, fragte ich.

»Was?«

»Die Tattoos auf deiner Schulter. Ich versuch schon seit einer Weile herauszufinden, was sie darstellen. Sie sehen nach nichts Bestimmtem aus.«

Er stützte sich auf seine Ellbogen und sah mich ernst an.

»Setz dich auf meine Hüften«, sagte er.

Ich hob eine Augenbraue.

»Bist du schon bereit für einen Nachschlag?«, fragte ich. »Oder versuchst du der Frage auszuweichen? Lass mich raten, du warst besoffen, und jetzt kannst du dich nicht mehr erinnern, was das sein soll?«

Er schüttelte langsam den Kopf.

»Oh doch, ich erinner mich ganz genau«, sagte er. »Komm, setz dich auf mich. Ich will dir was zeigen.«

Ich sah ihn misstrauisch an, legte aber mein Bein über seine Hüften. Sein Schwanz lag genau an meinem Scheideneingang, und ich spürte die Lust wie eine Welle durch meinen Körper wandern. Er war nicht der Einzige, der mehr wollte.

»Jetzt leg deine Hände auf meine Schultern«, sagte er.

»Was?«

»Leg deine Hände auf meine Schultern.«

Ich tat es und begriff plötzlich.

»Heilige Scheiße, du bist so ein Schwein!«, sagte ich fassungslos. »Was für ein Arschloch hat Fingerabdrücke auf seinen Schultern? Gott, sind die Frauen, die du vögelst, so dumm, dass sie eine Anleitung brauchen, damit sie nicht runterfallen?«

Er riss die Augen auf und begann zu lachen.

Ich nahm ruckartig die Hände von seinen Schultern und starrte ihn wütend an. Als ich versuchte, von ihm runterzukommen, setzte er sich auf und hielt mich an der Taille fest. Dann hörte er auf zu lachen und lächelte mich an.

»Na ja, einige von denen waren wahrscheinlich so doof«, gab er zu. »Aber das sind deine Fingerabdrücke, Baby.«

Ich sah ihn verständnislos an.

»Du wirst dich wahrscheinlich nicht mehr dran erinnern, in der Nacht, als du Noah bekommen hast?«, sagte er. »Du hast dich neben der Straße hingehockt und hast dich während der Wehen an meinen Schultern festgehalten.«

Plötzlich begriff ich, was Ruger meinte. Ich legte meine Finger wieder auf die Tattoos – sie passten perfekt darauf.

»Ich weiß gar nicht, wie ich dir diese Nacht erklären soll«, sagte er. »Es war alles so unglaublich, Soph. Ich hatt keine Ahnung, was da vor sich ging. So etwas hatt ich noch nie erlebt oder gefühlt, nicht mal so was Ähnliches. Du hast dich so angestrengt, um ihn auf die Welt zu bringen. Und ich konnt dich nur festhalten und hoffen, dass ich es nicht vermasseln würde. Du hast meine Schultern so fest gedrückt, dass sie tagelang wehgetan haben. Du hast deine Nägel hineingegraben und Druckstellen hinterlassen, es war richtig heftig. Gott, warst du stark.«

Ich dachte an diese Nacht und erinnerte mich, wie ich neben der Straße gehockt hatte. Erinnerte mich an die Schmerzen, die Angst, die Freude, Noah zum ersten Mal im Arm zu halten.

»Es tut mir leid«, sagte ich sanft. »Ich wollt dir nicht wehtun.«

Er schnaubte und grinste mich an.

»Du hast mir nicht wehgetan, Baby«, sagte er. »Du hast deine Spuren auf mir hinterlassen. Ein großer Unterschied. Diese Nacht war das Wichtigste, was mir in meinem Leben passiert ist. Dich zu halten, Noah aufzufangen – das hat mich für immer verändert. Das wollt ich nie vergessen. Als die blauen Flecken also langsam verblassten, hab ich sie mir tätowieren lassen, sodass ich es nicht mehr vergessen konnte.«

»Verdammt«, sagte ich und berührte die Flecken leicht mit meinen Fingerspitzen. »Ich glaub, das ist die süßeste Geschichte, die ich je gehört hab.«

Ich spürte, wie sein Schwanz unter mir steif wurde, und sah ihn selbstgefällig grinsen.

»So süß, dass ich dafür Sex bekomme?«, fragte er. »Denn ich habe die Geschichte schon anderen Frauen erzählt, und es funktioniert immer wieder. Danach können sie ihr Höschen gar nicht schnell genug ausziehen. Wäre ein Jammer, wenn du die Einzige wärst, die mir widerstehen könnte, obwohl's bei der Geschichte ja um dich geht.«

Ich begann zu lachen, und er rollte mich auf den Rücken und zog mir die Hände über den Kopf. Mein Lachen verklang, als sein Schwanz meinen Scheideneingang fand.

»Ich lieb dich, Baby«, sagte er und glitt in mich hinein. »Versprochen. Ich werd immer für dich da sein.«

»Ich weiß«, flüsterte ich ihm zu. »Das warst du schon immer. Ich liebe dich auch, Ruger. Und ich schwör dir, solltest du diese Geschichte jemals wieder einem anderen Mädel erzählen, dann schneid ich dir die Tattoos eigenhändig vom Leib.«

»Verstanden«, sagte er grinsend.

Ich küsste ihn, als er mich tief innen traf und sich langsam in mir bewegte, wobei er bei jeder Bewegung über meine Klit fuhr. Ich hob meine Beine, um sie um seine Taille zu schlingen, schloss meine Augen, damit mich die Sonne nicht blendete, und spürte, wie sein dicker Schwanz mich öffnete, bis mich dieses Gefühl völlig erfüllte.

Ich liebte diesen Mann.

Ich liebte es, wie er mich festhielt, wie er sich um meinen Sohn kümmerte, wie er immer wieder alles in Ordnung brachte, wenn etwas in meinem Leben auf entsetzliche und schreckliche Weise schiefgegangen war.

Während er sanft schaukelte, konnte ich die Gäste unten im Hof feiern hören. Die Musik stieg nach oben, die Menschen riefen und jubelten und genossen den wahrscheinlich letzten warmen Tag des Jahres in vollen Zügen. Maggs war da unten mit Em und Picnic, Dancer und Bam Bam … Es war nicht nur Ruger gewesen, wurde mir auf einmal bewusst. Sie alle hatten mir geholfen, obwohl ich sie dafür verurteilt hatte, dass sie Reapers waren.

Aber die Reapers waren ein Teil von Ruger, und Ruger war ein Teil von mir.

Er traf mich ganz tief drinnen, und ich begann zu lachen.

»Was zum Teufel?«, grunzte er, ohne innezuhalten.

»Du bist ein Teil von mir«, sagte ich kichernd.

Er legte eine Pause ein und hob eine Augenbraue. Dann ließ er langsam und bewusst seine Hüften kreisen, was mich nach Luft schnappen ließ.

»So ist es, verdammt«, sagte er mit einem zufriedenen Grinsen.

Ich packte seinen Po und drängte ihn, sich wieder zu bewegen, worüber er sich nicht beschwerte. Innerhalb von Sekunden dachte ich nicht mehr an die Party unten und konzentrierte mich stattdessen auf die Gefühle, die sich in mir entwickelten. Er bewegte sich schneller, stieß hinein und schob meinen Po mit der Stärke seiner Stöße über die Decke.

»Shit, ich komm fast schon«, murmelte ich.

Ruger grunzte, zog dann plötzlich seinen Schwanz raus, rollte sich auf seinen Rücken und schnappte nach Luft.

»Was zum Teufel …?«, fragte ich.

»Ich will dir was geben«, sagte er mit gepresster Stimme.

Ich setzte mich auf und starrte ihn verärgert an.

»Nein, du hast echt das beschissenste Timing, das man sich vorstellen kann.«

Er lachte, wenn auch definitiv etwas angestrengt. Mit einem Kopfschütteln setzte er sich auf und beugte sich zur Seite, um in dem Rucksack, den er mitgebracht hatte, herumzuwühlen. Dann zog er sie heraus. Eine schwarze Lederkutte.

Eine Weste mit dem Aufnäher »Eigentum von Ruger«.

Mir blieb der Mund offen stehen, und ich atmete tief ein.

»Ruger …«

»Hör mir zuerst zu«, sagte er und sah mir tief in die Augen. »Du kommst nicht aus meiner Welt, deshalb weißt du nicht genau, was es bedeutet, so eine Kutte zu tragen.«

»Okay …«, sagte ich langsam, obwohl ich mir nicht vorstellen konnte, mit welchen Worten er das mulmige Gefühl in mir wegzaubern könnte.

»Du siehst die Kutte an und liest das Wort ›Eigentum‹«, sagte er. »In Wirklichkeit bedeutet es aber, dass du meine Frau bist und alle Leute das wissen sollen. Ich leb in einer rauen Welt, Baby. In einer Welt, in der schlimme Dinge passieren, das hast du selbst erlebt. Aber egal, was passiert – meine Brüder halten mir den Rücken frei. Diese Kutte bedeutet, dass du eine von uns bist. Das sind nicht nur Worte, Sophie. Wir sind ein Stamm, und jeder Reaper im Club – Männer, die du nicht mal kennst – würde sterben, um eine Frau, die diese Kutte trägt, zu beschützen. Sie würden's tun, weil sie meine Brüder sind und weil die Kutte mehr bedeutet, als ein Ring in unserer Welt je bedeuten könnte.«

»Das versteh ich nicht …«, murmelte ich, während ich noch versuchte, seine Worte zu begreifen.

»Wenn ein Mann eine Frau zu seinem Eigentum erklärt, geht's nicht darum, sie zu besitzen«, fuhr er fort und sah mir dabei prüfend ins Gesicht. »Es geht darum, dass er ihr *vertraut*. Ich vertrau dir mein Leben damit an, Sophie. Und nicht nur mein Leben, sondern auch das meiner Brüder. Das bedeutet, dass ich für alles, was du tust, verantwortlich bin. Wenn du Mist baust, zahl ich dafür. Wenn du Hilfe brauchst, sind wir für dich da. Du bist die einzige Frau, bei der ich in Erwägung ziehe, ihr diese Macht zu verleihen. Zum Teufel, ich zieh's nicht nur in Erwägung, sondern ich hoffe sehr, dass du die Kutte annimmst. Ich will, dass du die Kutte trägst, Soph. Wirst du das tun?«

Ich seufzte und griff nach dem Leder. Es war warm von der Sonne, ich fuhr mit meinen Fingern darüber und spürte, wie fest der Aufnäher angenäht war. Man hatte zweifellos Wert auf lange Haltbarkeit gelegt. Ich würde sie jahrelang tragen können. Vielleicht sogar mein Leben lang.

Ich sah Ruger an, blickte auf seine starken Hände, die meinen Sohn bei der Geburt aufgefangen hatten, auf sein Lächeln, das mir die Luft nahm. Ich wusste, wie meine Antwort lauten würde.

Aber es gab keinen Grund, ihm die Sache zu leicht zu machen …

»Kann ich dich was fragen?«

»Natürlich«, sagte er.

Ich glaubte, eine Spur Nervosität herauszuhören.

»War es wirklich nötig, mitten im Sex aufzuhören, um dieses Gespräch zu führen? Ich hatte beinahe das Happy End erreicht.«

Er lachte und schüttelte seinen Kopf.

»Ich hab mir was geschworen«, sagte er mit beinahe verlegenem Blick.

»Und das wäre?«

»Ich hab mir geschworen, dass du, wenn ich dich das nächste Mal ficke, die Kutte mit meinem Aufnäher trägst. Allerdings wurde ich abgelenkt. Du hast wirklich hübsche Titten, Baby.«

»Wir haben doch schon einmal hier gevögelt«, sagte ich, bemüht, nicht zu grinsen. »Warum hast du es dieses Mal nicht einfach zu Ende gebracht?«

»Weil ich ein Idiot bin«, sagte er mit einem Schulterzucken. »Ich weiß nicht. Ich hab gemerkt, dass du gleich explodieren würdest, meinen Schwanz so zusammenpressen würdest, als ob die Welt gleich untergeht. Und ich wollte einfach, dass du dabei meine Kutte anhast. Ist mir einfach so eingefallen.«

Ich hielt sie hoch und betrachtete sie nachdenklich. Da er mich so kurz vorm Kommen hatte hängen lassen, würde ich ihn auch noch ein bisschen quälen. »Sieht nach einer hübschen Weste aus«, sagte ich langsam. »Bist du dir sicher, dass du dafür bereit bist?«

»Ja, Sophie, ich bin mir verdammt sicher«, antwortete er und verdrehte die Augen. »Also, was wird das jetzt? Entweder du trägst sie und erlöst uns beide von unserem Leiden, oder wir gehen beide voller Schmerzen und verdammt unbefriedigt nach Hause. Denn ich mein's ernst. Kein Aufnäher, kein Schwanz.«

»Okay«, sagte ich.

»Ernsthaft?«

»Ja, ernsthaft«, antwortete ich. »Schau nicht so überrascht. Du hast einen wirklich hübschen Schwanz, Baby.«

Ich zog die Kutte an und genoss dabei den Blick in seinen Augen. Sie scheuerte ein wenig an meinen Brustwarzen, aber ich verkniff mir ein Lachen. Vielleicht könnte mir Marie ein paar Tipps geben, wie man damit klarkam … Dann zog er mich hoch über seinen Körper und hob mich nur leicht an, sodass er den besagten gepiercten Schwanz tief in mich hineinschieben konnte. Ich stützte meine Arme auf seiner Brust ab und beugte mich vor. Während ich mich langsam hin- und herbewegte, betrachtete ich sein Gesicht.

»Was denkst du jetzt?«, flüsterte ich.

»Steht dir gut, Soph«, sagte er lächelnd. »Tolle Aussicht. Hätte natürlich auch nichts dagegen, sie von hinten zu sehen. Hast du Lust auf die umgekehrte Cowgirl-Stellung?«

»Erledige deinen Job erst einmal so rum«, murmelte ich. »Dann können wir über kreative Stellungen reden.«

Ruger lächelte und griff zwischen uns zu meiner Klit.

»Ist das ein Versprechen?«, fragte er.

»Ja, zum Teufel.«

EPILOG

Fünf Jahre später

Ruger

»Ich steck ihn jetzt rein.«

Sophies Stimme klang sanft und verführerisch, unterlegt von einem Hauch Lachen.

Ruger roch ihren unverwechselbaren Duft und spürte ein Ziehen in den Lenden, so wie jedes Mal, seitdem er sie damals in seiner Wohnung gesehen hatte. Sie war so unglaublich schön, und er konnte es noch immer nicht fassen, dass sie wirklich ihm gehörte.

Doch warum zum Teufel sie das hier für eine gute Idee hielt, konnte er sich absolut nicht vorstellen. Sie hatte es zu eilig. Noch waren sie nicht so weit, er wollte, dass sie sich Zeit ließ, dass sie sich wirklich überlegte, wie das ihre Beziehung verändern würde. Zum Club zu gehören hatte ihr die Augen geöffnet. Aber es sollte doch gewisse Grenzen geben.

Er sah sie finster an, packte ihre Hand und hielt sie mitten in der Bewegung fest.

»Warum kannst du nicht einfach bei mir bleiben? Wir haben immer gut zusammengepasst. Ich versteh nicht, warum ich nicht genug für dich bin.«

Sophie verdrehte die Augen.

»Mein Gott, Ruger, du führst dich auf wie ein Höhlenmensch. Kannst du das nicht bleiben lassen?«, murmelte sie. »Du weißt, dass ich es schon eine ganze Weile ausprobieren wollte, es ist ja schließlich nicht mein erstes Mal. Das ändert nichts zwischen dir und mir, Baby. Aber ich *brauch* das. Du willst, dass ich glücklich bin, das *behauptest* du zumindest immer. Manchmal muss man dafür auch etwas aufgeben. Einen Schritt in die richtige Richtung machen. Lass mich mal das Ruder übernehmen.«

Ruger schloss eine Sekunde lang seine Augen und atmete tief ein. Dann öffnete er sie wieder und sah die Frau an, die er mehr als alles andere liebte. Sie grinste ihn an – heilige Scheiße, wie er dieses Grinsen liebte.

»Sorry, Baby«, sagte er und beugte sich vor, um schnell ihre weichen, perfekten Lippen zu küssen. Er musste ihr einfach vertrauen. Ruger zwang sich, zwei Schritte zurückzutreten, sodass der Kies unter seinen Absätzen knirschte.

»Bereit?«, fragte sie. Er nickte knapp. »Okay, dann steck ich ihn jetzt rein. Versprichst du mir, dass du nicht in Panik ausbrichst?«

Ruger verdrehte die Augen.

»Ich bekomm doch keine Panik. Verdammt, ich bin schließlich kein Baby, Soph. Mein Gott.«

Sie antwortete nicht, aber ihr Blick sagte alles. Ruger merkte, wie sich ein Lächeln auf sein Gesicht schlich.

»In Ordnung«, erklärte er mit erhobenen Händen. »Du hast gewonnen. Ich bin eine große Heulsuse und komm einfach mit dem Gedanken nicht klar, dass du deinen Spaß auch ohne mich haben kannst. Ich will, dass du gar keinen Spaß hast, ich will nur, dass du barfuß und schwanger in der Küche stehst, damit …«

»Oh, halt deinen Mund«, sagte sie lachend. »Jetzt tu ich's einfach, und du musst sehen, wie du klarkommst. Geh ein Stück zurück. Ich will schließlich nicht, dass mein großer böser Biker von Kies getroffen wird oder so was.«

Damit steckte sie den Schlüssel ins Zündschloss, und die rot-schwarze Harley Softail erwachte röhrend zum Leben. Ihr Gesicht leuchtete vor Freude auf, er musste zugeben, dass es verdammt scharf aussah, wie sie da auf dem Bike saß. Er konnte sich nicht entscheiden, ob er wollte, dass sie zum Schutz bei der Fahrt mehr Leder anzog oder weniger, denn sie sah toll aus, wenn …

Er würgte den Gedanken ab. Er musste sich auf die Sicherheit seiner Frau konzentrieren, nicht auf ihren Busen.

»Sei vorsichtig!«, rief er.

Sophie lachte, als sie die Auffahrt entlangfuhr, und quiekte dann vor Begeisterung, als sie an der Straße ankam und davonbrauste.

Gottverdammt.

»Ich bring Horse um«, murmelte Ruger. Er hasste es. *Hasste es* wirklich. »Bring ihn und seine verdammte Schlampe um … Die immer mit ihren tollen Ideen. Sie braucht kein eigenes Bike, verdammt noch mal.«

»Du sollst so was nicht sagen, wenn Faith in der Nähe ist«, sagte Noah, der neben ihm stand. »Wenn sie solche Ausdrücke im Kindergarten loslässt, dreht Mom komplett durch.«

Der Junge war zwölf, klang aber wie 30. Im vergangenen Jahr war er zu einem schlaksigen Teenager herangewachsen. Die ersten Mädels hatten auch schon angerufen, was Sophie total nervös machte. Ruger war einfach nur glücklich, dass Noah, was Aussehen und Verstand anging, nach seiner Mutter kam. Faith saß auf Noahs Schultern und betrachtete Ruger mit großen Augen, die sie von ihrer Mutter hatte. Sie schenkte ihm ein Lächeln, das ihm fast das Herz brach. Dann öffnete sie langsam ihren Mund.

»Bling Hoos um, vadammpt«, sagte sie feierlich.

Ruger seufzte, streckte die Arme aus und ließ seine Tochter wie ein kleines Äffchen herüberklettern. Er schnupperte an ihrem Hals und atmete ihren süßen Fast-noch-Baby-Duft ein.

»Den Kampf kannst du nicht gewinnen«, sagte Noah. »Du weißt, dass Faith früher oder später was sagt und Mama es hören wird.«

»Ich sag einfach, sie hat's von dir«, antwortete Ruger mit schmalen Augen.

Noah lachte.

»Und du hast es mir beigebracht.«

»Du kannst manchmal ein ganz schöner kleiner Scheißer sein.«

»Ja, aber ich bin ein kleiner Scheißer, der dir vielleicht eine Rettungsleine zuwirft«, erwiderte Noah nachdenklich. »Wenn sie es vor Mom sagt, erklär ich, dass es meine Schuld ist. Und du bezahlst mich dafür.«

»Wie viel?«

»20 Dollar jedes Mal.«

»Wir haben einen Deal.«

Sophie

Das Motorrad dröhnte unter mir, und der Wind tanzte über mein Gesicht. Ich liebte es. Ich hatte schon eine ganze Weile lang geübt, meistens draußen bei Marie. Sie hatte sich vor einem Jahr ihr eigenes Bike zugelegt. Mir würde es hinter Ruger auf dem Bike nie langweilig werden. Aber ich war auch gerne allein. Ich hatte sechs Monate lang versucht, Ruger davon zu überzeugen, dass ich auch ein Bike brauchte.

Der Blödmann dachte doch tatsächlich, ich würde mich damit umbringen.

Das Problem war, dass Ruger ganz tief drinnen ein verdammter Macho war. Also, so tief drinnen war es nun auch wieder nicht. Er hatte es schon immer etwas raushängen lassen. Aber als er beschloss, dass es jetzt Zeit für Noah wäre, auf einem kleinen Minibike anzufangen, hatte ich die Nase voll.

Mein Zwölfjähriger sollte Motorrad fahren, ich dagegen nicht? Schwachsinn.

Ich hatte also Anfang der Woche verkündet, dass ich mir ein Bike kaufen würde und er mir entweder bei der Auswahl helfen könnte oder damit leben müsste, was ich mir selbst aussuchte. Damit hatte ich ihm Feuer unterm Arsch gemacht: Heute Morgen hatte ein Freund von ihm meine hübsche kleine Harley abgeliefert. Ruger gefiel die Sache zwar nicht, aber zumindest wusste er so, dass es ein ordentliches Bike in gutem Zustand war.

Ich bezahlte es trotzdem von meinem eigenen Geld. Ich wollte, dass es *mein* Bike war. Nicht, dass wir nach unserer Heirat tatsächlich noch »mein« und »dein« gehabt hätten. Aber er bestand darauf, dass ich einen Teil meines Geldes auf meinem eigenen Konto behielt. Ich hatte nie etwas deswegen gesagt, aber Ruger wusste irgendwie instinktiv, dass ich das Gefühl brauchte, für mich selbst sorgen zu können.

Mein eigenes Geld half mir dabei.

Ich hatte vor, das meiste davon für den Schulbesuch der Kinder aufzuheben, aber ab und zu gönnten wir uns etwas Besonderes davon. Zu unserem zweiten Hochzeitstag waren wir nach Hawaii geflogen, was eine gute Investition gewesen war, da ich mit Faith als Souvenir zurückgekommen war. Ich hatte mich gefragt, ob die Beziehung zwischen Ruger und Noah distanzierter würde mit einem Baby im Haus. Aber sie war womöglich noch enger geworden. Noah wurde Tag für Tag mehr zum jungen Mann, und Ruger trug einen Großteil dazu bei.

Nach ein paar Minuten erreichte ich das Ende der Straße und überlegte, ob ich umdrehen oder weiterfahren sollte. Ich hatte sie noch keinesfalls richtig ausgefahren – meine Harley war definitiv eine Sie und fast schon wie eine Schwester für mich. Aber ich wusste, dass Ruger fast umkam.

Ich lächelte und fühlte mich ein klein wenig böse.

Ein Teil von mir wollte einfach weiterfahren, die Freiheit spüren und ihn eine Weile zappeln lassen. Er wäre danach wahrscheinlich ziemlich sauer, aber wenn ich's mir recht überlegte ... Sex mit meinem Mann, wenn er sauer war, kam ziemlich gut. Ich ließ mir die Idee zwar durch den Kopf gehen, wendete aber schließlich lieber das Bike.

Besser kleine Schritte machen.

Es gab schließlich keinen Grund, ihn an einem Tag zu sehr zu erschrecken.

Lieber noch etwas für morgen aufheben, falls er sich nicht ordentlich benahm.

LOB FÜR JOANNA WYLDES ROMANE

»Ein richtig tolles Biker-Buch mit harten Jungs! Genau, was ich gesucht habe.«
Maryse's Book Blog

»Joanna Wyldes Schreibstil nimmt den Leser mit schrägen Figuren und einer spannenden, eigenständigen Handlung gefangen und versetzt ihn in die Welt des Reapers Motorradclubs ... Ich kann dieses Buch allen, die gerne Liebesromane lesen oder aber nach etwas Besonderem Ausschau halten, nur wärmstens empfehlen. Das Buch macht wirklich Spaß und enttäuscht seine Leser sicherlich nicht.«
The Little Black Book Blog

»Die Story ist heiß und explosiv und geht unter die Haut – sie sorgt für ein angenehmes Kribbeln an der richtigen Stelle ... Fans von echten Biker-Büchern dürfen sich dieses Buch nicht entgehen lassen.«
Under the Covers Book Blog

»*Rockersklavin* war die perfekte Mischung: trendy, sexy und amüsant. Toll, dass Joanna Wylde für dieses Buch wirklich recherchiert hat. Sie hat nicht nur einfach eine Liebesgeschichte geschrieben und sie dann mit ein paar heißen Bikern garniert.«
The Book List Reviews

»Kann die nächsten Bücher dieser Reihe kaum erwarten.«
Smexy Books